ro
ro
ro

rororo

«Ich sah eine goldene Zukunft vor mir, wenn ich erst einmal das Königreich für Guthred gesichert hätte. Aber ich hatte die Boshaftigkeit der drei Spinnerinnen vergessen, die am Fuße der Weltenesche unser Schicksal weben.»

Bernard Cornwell, geboren 1944, machte nach dem Studium Karriere bei der BBC, für die er lange Jahre in exponierter Stellung tätig war. Nach Übersiedlung in die USA – seine Frau ist Amerikanerin – war ihm die Arbeit im Journalismus mangels Green Card verwehrt. Und so entschloss er sich, einem langgehegten Wunsch nachzugehen, dem Schreiben. Im englischen Sprachraum gilt er seit langem als unangefochtener König des historischen Romans. Seine Werke wurden in über 20 Sprachen übersetzt – Gesamtauflage: mehr als 20 Millionen. Auch sein neuer Zyklus historischer Romane aus der Zeit Alfreds des Großen eroberte in Großbritannien und den USA die Bestsellerlisten im Sturm. Mit «Die Herren des Nordens» liegt nun der dritte Band auf Deutsch vor. Eröffnet wurde der Zyklus mit «Das letzte Königreich» (rororo 24222), danach kam «Der weiße Reiter» (rororo 24283). Weitere Bände werden folgen.

«Cornwells neuer Roman ist meisterhaft erzählt und äußerst gut recherchiert.» *Observer*

«Ein glänzender dritter Teil.» *Publishers Weekly*

BERNARD CORNWELL

Die Herren des Nordens

Historischer Roman

Deutsch von Karolina Fell

Rowohlt Taschenbuch Verlag

Die Originalausgabe erschien 2006
unter dem Titel «The Lords of the North»
bei HarperCollins Publishers, London.

6. Auflage Februar 2009

Deutsche Erstausgabe
Veröffentlicht im Rowohlt Taschenbuch Verlag,
Reinbek bei Hamburg, Januar 2008

Redaktion Nicole Seifert
Karte Peter Palm, Berlin
Umschlaggestaltung any.way,
Barbara Hanke / Cordula Schmidt
(Foto: Charles & Josette Lenars / CORBIS;
akg-images)
Satz Janson PostScript (InDesign)
bei Pinkuin Satz und Datentechnik, Berlin
Druck und Bindung CPI – Clausen & Bosse, Leck
Printed in Germany
ISBN 978 3 499 24538 1

Für Ed Breslin

… *Com on wanre niht scriðan sceadugengan*

Aus der fahlen Nacht schlüpft
der Schattenwandler Beowulf

INHALT

Firth of Forth
N
S
Lindisfarena
Bebbanburg
Tuede
CUMBRA-LAND
NORDSEE
Hadrianswall
Tine
Gyruum
Dunholm
Cair Ligualid
NORTHUMBRIA
Cetreht
Synningthwait
Thresk
Aire
Eoferwic
IRISCHE SEE
Humber
SCHOTTLAND
NORTHUMBRIA
Eoferwic
MERCIA
EAST-ANGLIA
WALES
Lundene
WESSEX
Wintanceaster
CORN-WALL
Trente
Wash
MERCIA
Ouse
0 50 100 150 km

ORTSNAMEN

Die Schreibung der Ortsnamen im angelsächsischen England war eine unsichere und regellose Angelegenheit, in der nicht einmal über die Namen selbst Übereinstimmung herrschte. London etwa wurde abwechselnd als Lundonia, Lundenberg, Lundenne, Lundene, Lundenwic, Lundenceaster und Lunden bezeichnet. Zweifellos hätten manche Leser andere Varianten der Namen, die unten aufgelistet sind, vorgezogen, doch ich habe mich in den meisten Fällen nach den Schreibungen gerichtet, die entweder im *Oxford Dictionary of English Place-Names* oder im *Cambridge Dictionary of English Place-Names* für die Jahre um die Herrschaft Alfreds von 871 bis 899 zu finden sind. Aber selbst diese Lösung ist nicht narrensicher. So wird die Insel Hayling dort für das Jahr 956 sowohl Heilincigae als auch Hæglingaiggæ geschrieben. Auch bin ich selbst nicht immer konsequent geblieben; ich habe die moderne Bezeichnung England dem älteren Englaland vorgezogen und statt Norðhymbraland Northumbrien geschrieben, dennoch sind die Grenzen des alten Königreiches nicht mit denjenigen des modernen Staates identisch. Aus all diesen Gründen folgt die unten stehende Liste ebenso unberechenbaren Regeln wie die Schreibung der Ortsnamen selbst.

Æthelingæg	Athelney, Somerset
Alclyt	Bishop Auckland, Grafschaft Durham
Baðum (Bathum ausgesprochen)	Bath, Avon
Bebbanburg	Bamburgh Castle, Northumberland

Bebbanburg	Bamburgh Castle, Northumberland
Berrocscire	Berkshire
Cair Ligualid	Carlisle, Cumbrien
Cetreht	Catterick, Yorkshire
Cippanhamm	Chippenham, Wiltshire
Contwaraburg	Canterbury, Kent
Cumbraland	Cumbrien
Cuncacester	Chester-le-Street, Grafschaft Durham
Cynuit	Cynuit Hillfort, nahe Cannington, Somerset
Defnascir	Devonshire
Dornwaraceaster	Dorchester, Dorset
Dunholm	Durham, Grafschaft Durham
Dyflin	Dublin, Irland
Eoferwic	York
Ethandun	Edington, Wiltshire
Exanceaster	Exeter, Devon
Fifhaden	Fyfield, Wiltshire
Gleawecestre	Gloucester, Gloucestershire
Gyruum	Jarrow, Grafschaft Durham
Haithabu	Hedeby, Handelsstadt im Süden Dänemarks
Hamptonscir	Hampshire
Heagostealdes	Hexham, Northumberland
Hocchale	Houghall, Grafschaft Durham
Horn	Hofn, Island
Hreapandune	Repton, Derbyshire
Kenet	Fluss Kennet
Lindisfarena	Lindisfarne (Heilige Insel), Northumberland
Lundene	London
Onhripum	Ripon, Yorkshire

Pedredan	Fluss Parrett
Readingum	Reading, Berkshire
Scireburnan	Sherborne, Dorset
Snotengaham	Nottingham, Nottinghamshire
Strath Clota	Strathclyde
Sumorsæte	Somerset
Suth Seaxa	Sussex (Südsachsen)
Synningthwait	Swinithwaite, Yorkshire
Temes	Fluss Thames
Thornsæta	Dorset
Thresk	Thirsk, Yorkshire
Tine	Fluss Tyne
Tuede	Fluss Tweed
Wiire	Fluss Wear
Wiltun	Wilton, Wiltshire
Wiltunscir	Wiltshire
Wintanceaster	Winchester, Hampshire

ERSTER TEIL

Der Sklavenkönig

Ich brauchte Dunkelheit. In dieser Sommernacht aber schien ein Halbmond immer wieder zwischen den Wolkenlücken hindurch und brachte mich aus der Ruhe. Ich aber wollte Dunkelheit.

Ich hatte zwei Ledertaschen auf den kleinen Hügel gebracht, der die nördliche Grenze meines Anwesens bildete. Meines Anwesens. Mit Fifhaden, so hieß es, hatte mich König Alfred für meine Dienste bei Ethandun belohnt, wo wir auf einem langen grünen Bergrücken das dänische Heer aufgerieben hatten. Es war ein Kampf Schildwall gegen Schildwall gewesen, und an seinem Ende war Alfred wieder König, und die Dänen waren geschlagen, und Wessex war wiederauferstanden. Ich kann sagen, dass ich zu all dem mehr getan habe als die meisten anderen Kämpfer. Meine Frau war umgekommen, mein Freund war umgekommen, ein Speer hatte sich in meinen rechten Oberschenkel gebohrt, und meine Belohnung war Fifhaden.

Fünf Felder. Das bedeutete der Name. Fünf Felder! Es war kaum genug Land, um die vier Sklavenfamilien zu ernähren, die den Boden beackerten und im Kenet fischten. Andere Männer hatten weitläufigen Grundbesitz erhalten, und die Kirche war mit großen Waldgebieten und fetten Weidegründen belohnt worden, und mir gaben sie fünf Felder. Ich hasste Alfred. Er war ein jämmerlicher, frömmlerischer, geiziger König, der mir misstraute, weil ich kein Christ war, weil ich aus dem Norden kam und weil ich ihm in Ethandun sein Königreich zurückerobert hatte. Und meine Belohnung dafür war Fifhaden. Der Bastard.

Also hatte ich die zwei Taschen auf den niedrigen Hügel gebracht, der von Schafen abgeweidet worden war und auf dem mächtige graue Felsblöcke lagen, die weiß schimmerten, wenn der Mond hinter den dichten Wolken hervorkam. Ich hockte mich neben einen dieser riesigen Steine, und Hild kniete neben mir.

Zu dieser Zeit war sie meine Frau. Früher hatte sie als Nonne in Cippanhamm gelebt, aber dann hatten die Dänen die Stadt eingenommen und sie zur Hure gemacht. Und nun war sie mit mir zusammen. Manchmal hörte ich sie nachts beten. Ihre Gebete bestanden bloß aus Tränen und Verzweiflung, und ich vermutete, sie würde schließlich zu ihrem Gott zurückkehren, doch im Moment war ich ihre Zuflucht. «Warum warten wir noch?», fragte sie.

Ich legte einen Finger auf meine Lippen, damit sie schwieg. Sie beobachtete mich. Ihr Gesicht war lang und schmal, mit großen Augen, und unter einem abgetragenen Tuch verbarg sie goldglänzendes Haar. Ich hielt es für eine Verschwendung, dass sie Nonne war. Alfred dagegen wollte sie zurück im Kloster wissen. Und genau deshalb ließ ich sie bei mir bleiben. Um ihn zu ärgern. Den Bastard.

Ich wartete, um sicher zu sein, dass uns niemand sah. Aber das war unwahrscheinlich, weil die Leute sich nachts nicht gerne herauswagen, denn in der Finsternis treiben schreckliche Erscheinungen ihr Unwesen. Hild klammerte sich an ihr Kruzifix, aber ich fühlte mich wohl im Dunkeln. Schon als Kind hatte ich gelernt, die Nacht zu lieben. Ich war ein Sceadugengan, ein Schattenwandler, eine von den Kreaturen, vor denen sich andere fürchteten.

Ich wartete lange, bis ich ganz sicher war, dass sich außer uns niemand auf der Hügelkuppe befand. Dann zog ich Wespenstachel, mein Kurzschwert, und stach eine eckige Grassode aus, die ich neben mich legte. Darauf grub ich mich tiefer in den Grund und häufte die lose Erde auf meinen Umhang. Immer wieder kratzte die Klinge an Kalkschichten und Flintstein, und ich wusste, dass sie davon schartig wurde, aber ich machte trotzdem weiter, bis ich eine Grube ausgehoben hatte, in der man ein Kind hätte beerdigen können. Wir legten die beiden Taschen hinein. Das war mein Hort. Mein Silber und mein Gold, mein Vermögen, und ich wollte mich nicht mit ihm belasten. Ich besaß Fifhaden, zwei Schwerter, ein Kettenhemd, einen Schild, einen Helm, ein Pferd und eine magere Nonne, aber ich hatte keine Männer, um einen Hort zu bewachen, und deshalb musste ich ihn verstecken. Ich behielt nur ein paar Silbermünzen, und den ganzen Rest vertraute ich der Erde an. Danach bedeckten wir den Hort mit Sand, stampften den Boden fest und legten die Sode wieder an ihren Platz. Ich wartete, bis der Mond hinter einer Wolke hervorkam, betrachtete die Grassode, dachte, niemand würde bemerken, dass hier etwas verändert worden war, und prägte mir die Stelle ein, indem ich mir die Lage der Felsblöcke in der Nähe merkte. Eines Tages, wenn ich die Mittel hätte, diesen Schatz zu verteidigen, würde ich zurückkommen und ihn holen. Hild starrte auf das Grab des Hortes. «Alfred sagt, du musst hierbleiben», meinte sie.

«Alfred soll seine Pisse trinken», sagte ich, «und ich hoffe, der Bastard erstickt dran.» Aber er würde wahrscheinlich auch so bald genug sterben, denn Alfred war ein kranker Mann. Er war erst neunundzwanzig Jahre alt, acht Jahre älter, als ich es war, doch er sah fast wie fünfzig aus, und keiner von uns gab ihm noch mehr als zwei oder drei Jahre. Immerzu jammerte er über seine Bauchschmerzen, rannte zum Scheißloch oder zitterte im Fieber.

Hild legte ihre Hand auf die Grassode, unter der ich den

Hort vergraben hatte. «Bedeutet das, dass wir nach Wessex zurückkehren werden?», fragte sie.

«Es bedeutet», sagte ich, «dass kein Mann mit seinem Hort reist, wenn Feinde in der Nähe sind. Hier ist er sicherer, und wenn wir überleben, kommen wir und holen ihn. Und wenn ich sterbe, dann holst du ihn.» Sie erwiderte nichts, und wir trugen die restliche Erde, die noch auf dem Umhang lag, zum Fluss und kippten sie ins Wasser.

Am nächsten Morgen stiegen wir auf die Pferde und ritten nach Osten. Wir wollten nach Lundene, denn in Lundene nehmen alle Straßen ihren Anfang. Es war das Schicksal, das meinen Weg bestimmte. Es war das Jahr 878, ich war einundzwanzig Jahre alt, und ich glaubte, mit meinen Schwertern die ganze Welt erobern zu können. Ich war Uhtred von Bebbanburg, der Mann, der an einem Meeresstrand Ubba Lothbrokson getötet und bei Ethandun Svein vom Weißen Pferd aus dem Sattel geworfen hatte. Ich war der Mann, der Alfred sein Königreich zurückgegeben hatte, und ich hasste ihn. Also würde ich ihn verlassen. Mein Weg war der Weg des Schwertes, und er würde mich nach Hause bringen. Ich würde nach Norden gehen.

Lundene ist die größte Stadt auf der ganzen britannischen Insel, und mir haben seine halbzerfallenen Häuser und seine geschäftigen Gassen immer gut gefallen. Dennoch blieben Hild und ich nur zwei Tage. Wir übernachteten in einem sächsischen Gasthaus der Neustadt, die sich westlich der verfallenden römischen Gemäuer ausbreitete. Zu dieser Zeit gehörte die Stadt zu Mercien, und die Dänen hatten einen Teil ihres Heeres hier liegen. Die Bierschwemmen waren voller Händler und Fremder und Schiffsführer, und es war ein Kaufmann namens Thorkild, der uns eine Überfahrt nach Northumbrien anbot. Ich erzählte ihm, mein Name sei Ragnarson, und er glaubte mir weder, noch stellte er mir Fragen, sondern wollte uns für zwei Silbermünzen mitnehmen, wenn ich mich an eines seiner Ruder setzte. Ich war ein Sachse, doch ich war bei den Dänen aufgewachsen, und deshalb beherrschte ich ihre Sprache. Also nahm Thorkild an, dass ich Däne war. Mein prächtiger Helm, mein Kettenhemd und die zwei Schwerter verrieten ihm, dass ich ein Krieger war, und er musste vermuten, ich sei als Angehöriger der unterlegenen Seite auf der Flucht. Aber was sollte ihn das kümmern? Er brauchte Ruderer. Einige Händler setzten nur Sklaven an ihre Ruder, aber Thorkild fand, Sklaven brächten nichts als Ärger, und beschäftigte deshalb freie Männer.

Wir liefen bei Ebbe aus, das Schiff beladen mit Leinenballen, Öl aus dem Frankenreich, Biberpelzen, vielen guten Sätteln und Ledersäcken mit kostbarem Senf und Kümmel. Als wir die Stadt und die Mündung der Temes hinter uns hatten, befanden wir uns in Ostanglien, doch wir sahen wenig von diesem Königreich, denn in unserer ersten Nacht auf dem Wasser schob sich dichter Nebel vom Meer heran, der sich tagelang hielt. An manchem Morgen konnten wir überhaupt nicht daran denken, weiterzureisen, und auch wenn das Wetter einigermaßen gut war, entfernten wir uns nie weit von der Küste. Ich hatte nach Hause segeln wollen, weil ich dachte, es ginge schneller als über die Straßen, doch nun schlichen wir durch ein Gewirr von Sandbänken, Wasserläufen und trügerischen Strömungen durch den Nebel. Jede Nacht unterbrachen wir die Fahrt und suchten uns einen Platz, an dem wir Anker werfen oder das Schiff mit Tauen festmachen konnten, und wir verbrachten eine ganze gottvergessene Woche in der Marsch von Ostanglien, weil sich eine Planke am Bug löste und das Wasser nicht schnell genug ausgeschöpft werden konnte. Also mussten wir das Schiff ans schlammige Ufer ziehen und den Schaden beheben. Bis wir auch mit dem Kalfatern fertig waren, hatte sich das Wetter geändert, die Sonne glitzerte auf einem nebelfreien Meer, und wir ruderten nordwärts, gingen aber immer noch jede Nacht vor Anker. Unterwegs sahen wir Dutzende von anderen Schiffen, alle waren länger und schlanker als Thorkilds Boot. Es waren dänische Kriegsschiffe, und sie waren auf dem Weg nach Norden. Ich vermutete, dass damit Männer aus Guthrums unterlegenem Heer zurück nach Dänemark flüchteten, oder vielleicht auch nach Friesland, oder wo immer es leichtere Beute zu machen gab als in Alfreds Wessex.

Thorkild war ein großer, schwermütiger Mann, der annahm, er sei ungefähr fünfunddreißig Jahre alt. Er flocht sein ergrauendes Haar, sodass es in langen Zöpfen bis zu seiner Mitte herabhing, und an den Armen trug er keinen von den Ringen, die das Zeichen kriegerischen Heldenmuts sind. «Ich war nie ein Kämpfer», vertraute er mir an. «Ich wurde als Händler erzogen, bin immer ein Händler geblieben, und wenn ich tot bin, wird auch mein Sohn Handel treiben.»

«Lebst du in Eoferwic?», fragte ich.

«In Lundene. Aber ich habe in Eoferwic ein Warenlager. Man kann dort sehr gut Felle kaufen.»

«Herrscht dort immer noch Ricsig?», erkundigte ich mich.

Er schüttelte den Kopf. «Ricsig ist schon seit zwei Jahren tot. Jetzt sitzt dort ein Mann namens Egbert auf dem Thron.»

«Als ich ein Kind war, regierte in Eoferwic ein König mit dem Namen Egbert.»

«Das ist sein Sohn oder sein Enkel. Oder vielleicht sein Cousin? Jedenfalls ein Sachse.»

«Und wer regiert Northumbrien in Wirklichkeit?»

«Wir natürlich», sagte er und meinte die Dänen. Die Dänen setzten in den Ländern, die sie erobert hatten, oft einen gefügigen Sachsen auf den Thron, und Egbert, wer immer er auch war, zählte bestimmt zu den Königen, die an der dänischen Leine lagen. Damit verlieh er der dänischen Besatzung einen Anstrich von Gesetzmäßigkeit, doch der wahre Herrscher war Graf Ivarr, der Däne, der über das meiste Land im Umkreis der Stadt gebot. «Es ist Ivarr Ivarson», erklärte mir Thorkild, und aus seiner Stimme klang Stolz, «und sein Vater war Ivar Lothbrokson.»

«Ich kenne Ivar Lothbrokson», sagte ich.

Ich bezweifle, dass mir Thorkild glaubte, aber es stimmte. Ivar Lothbrokson war ein gefürchteter Kriegsherr gewesen, mager wie ein Gerippe, wild und schreckenerregend, doch er war auch ein Freund Graf Ragnars, der mich aufgezogen hatte. Ivars Bruder hieß Ubba, und ihn hatte ich an einem Strand getötet. «Ivarr ist die wahre Macht in Northumbrien», erklärte mir Thorkild, «nur nicht im Tal des Wiire. Dort regiert Kjartan.» Als er Kjartans Namen aussprach, berührte Thorkild sein Hammeramulett. «Er wird jetzt Kjartan der Grausame genannt», fügte er hinzu, «und sein Sohn ist noch schlimmer.»

«Sven», knurrte ich missmutig. Ich kannte Kjartan und Sven. Sie waren meine Feinde.

«Sven der Einäugige», sagte Thorkild, zog eine Grimasse und berührte erneut sein Amulett, als wollte er damit das Böse der Namen abwehren, die er eben in den Mund genommen hatte. «Und nördlich von ihnen», sprach er weiter, «herrscht Ælfric von Bebbanburg.»

Auch ihn kannte ich. Ælfric von Bebbanburg war mein

Onkel, und er hatte mein Land gestohlen, doch ich tat so, als hätte ich den Namen noch nie gehört. «Ælfric?», fragte ich, «noch ein Sachse?»

«Ein Sachse», bestätigte Thorkild, «aber seine Festung ist zu mächtig. Wir können sie nicht einnehmen», fügte er hinzu, um zu erklären, weshalb es einem sächsischen Herren gestattet wurde, in Northumbrien zu bleiben, «und er tut nichts, um uns zu reizen.»

«Dann ist er ein Dänenfreund?»

«Jedenfalls kein Feind», sagte Thorkild. «Das sind also die drei großen Herren, Ivarr, Kjartan und Ælfric. Aber hinter den Hügeln in Cumbrien? Kein Mensch weiß, was dort vor sich geht.» Er sprach von der Westküste Northumbriens, die an der irischen See lag. «In Cumbrien regierte ein mächtiger Däne», fuhr er fort, «er hieß Hardnicut, aber ich habe gehört, dass er bei einem kleinen Gefecht umgekommen ist. Und jetzt?» Er zuckte die Schultern.

Das also war Northumbrien, ein Königreich mit verfeindeten Grundherren, von denen keiner einen Anlass hatte, mich zu mögen, und von denen mich zwei am liebsten tot sehen wollten. Und doch war es meine Heimat, und ich hatte dort eine Pflicht zu erfüllen, und deshalb folgte ich dem Weg des Schwertes.

Es war die Pflicht der Blutfehde. Die Fehde hatte vor fünf Jahren begonnen, als Kjartan und seine Männer nachts in Graf Ragnars Palas gekommen waren. Sie hatten den Palas niedergebrannt und alle umgebracht, die versucht hatten, den Flammen zu entkommen. Ragnar hatte mich großgezogen, ich hatte ihn wie einen Vater geliebt, und der Mord an ihm war ungesühnt. Er hatte einen Sohn, dessen Name ebenfalls Ragnar lautete, er war mein Freund, doch Ragnar der Jüngere konnte keine Rache nehmen, denn er wurde als Geisel in Wessex festgehalten. Also würde ich nach Norden gehen, und ich würde Kjartan finden, und ich würde ihn töten. Und seinen Sohn, Sven den Einäugigen, würde ich auch töten, weil er Ragnars Tochter gefangen genommen hatte. Lebte Thyra noch? Ich wusste es nicht. Ich wusste nur, dass ich geschworen hatte, den Tod Ragnars des Älteren zu rächen. Manchmal, während ich mich in Thorkilds Ruder legte, dachte ich, wie närrisch ich war, nach Hause zu gehen, denn in Northumbrien wimmelte es von meinen Feinden, aber das Schicksal trieb mich voran, und als wir endlich in die weite Mündung des Humber einfuhren, war meine Kehle wie zugeschnürt.

Durch den dichten Regen war nichts zu erkennen als ein flaches, schlammiges Ufer und Weidenzweige, die in den Untiefen verborgene Wasserläufe anzeigten, und dichte Teppiche von Fingertang und Blasenalgen, die in dem grauen Wasser trieben, aber das war der Fluss, der nach Northumbrien floss, und ich wusste in diesem Moment, dass ich die richtige Entscheidung getroffen hatte. Hier war meine Heimat. Nicht Wessex mit seinen satteren Feldern und sanfteren Hügeln. Wessex war gezähmt worden, der König und die Kirche hatten es sich untertan gemacht, doch hier oben zogen wildere Vogelschwärme durch die kälteren Lüfte.

«Von hier kommst du also?», fragte Hild, als sich die Ufer des Flusses einander annäherten.

«Mein Land liegt ganz oben im Norden», erklärte ich ihr. «Hier ist Mercien.» Ich deutete auf das südliche Flussufer. «Und dort ist Northumbrien.» Ich zeigte ans andere Ufer. «Northumbrien erstreckt sich bis ins Land der Barbaren.»

«Barbaren?»

«Schotten», sagte ich und spuckte über die Reling. Vor den Dänen waren die Schotten unsere ärgsten Feinde gewesen. Immerzu waren sie südwärts in unser Land vorgestoßen, aber dann waren sie, wie wir auch, von den Nordmännern überfallen worden, und dadurch war die Bedrohung durch sie schwächer geworden, wenn sie auch nicht ganz erloschen war.

Wir ruderten die Ouse hinauf, und unsere Gesänge begleiteten die Ruderschläge, während wir zwischen Weiden und Erlen dahinglitten, vorbei an Wiesen und Wäldern, und Thorkild nahm, jetzt, wo wir nach Northumbrien einfuhren, den geschnitzten Hundekopf vom Steven, damit das zähnefletschende Untier die Geister des Landes nicht erschreckte. An diesem Abend kamen wir unter einem blassen Himmel nach Eoferwic, der Hauptstadt von Northumbrien, den Ort, an dem mein Vater hingemetzelt worden war, an dem ich zum Waisen geworden und Ragnar dem Älteren begegnet war, der mich großgezogen und mich die Liebe zu den Dänen gelehrt hatte.

Ich ruderte nicht, als wir uns der Stadt näherten, denn ich hatte mich schon den ganzen Tag am Ruder geplagt, und Thorkild setzte einen anderen an meine Stelle. Ich stand im Bug und betrachtete den Rauch, der über den Dächern aufstieg, und dann wanderte mein Blick nach unten auf das Wasser, und ich sah die erste Leiche. Es war ein Junge, vielleicht zehn oder elf Jahre alt, und er war mit Ausnahme eines Tuchs um die Hüften nackt. Ihm war die Kehle durchgeschnitten worden, doch die klaffende Wunde blutete nicht mehr, denn sie war schon ganz von der Ouse ausgewaschen worden. Sein langes Haar driftete wie Seegras unter dem Wasser.

Wir sahen noch mehr Leichen vorbeitreiben, bis wir nahe genug an der Stadt waren, um Männer auf dem Festungswall zu erkennen. Es waren zu viele Männer, Männer mit Speeren und Schilden, und an der Landestelle waren noch mehr Männer, Männer in Kettenhemden, Männer, die uns aufmerksam beobachteten, Männer mit gezogenen Schwertern. Also rief Thorkild einen Befehl, und unsere Ruder blieben gehoben, und Wasser tropfte von den bewegungslosen Ruderblättern. Das Schiff drehte sich in die Strömung, und ich hörte die Schreie aus der Stadt.

Ich war wieder zu Hause.

EINS

Thorkild ließ das Schiff hundert Schritt stromabwärts treiben und dann in der Nähe einer Weide mit dem Bug aufs Ufer laufen. Er sprang hinunter, schlang zur Sicherung des Schiffes ein Tau aus gedrehtem Robbenfell um den Stamm der Weide und kletterte nach einem angstvollen Blick auf die bewaffneten Männer, die uns aus der Entfernung beobachteten, eilig wieder an Bord. «Du», er deutete auf mich, «finde raus, was dort los ist.»

«Dort gibt's Ärger», sagte ich. «Musst du noch mehr wissen?»

«Ich muss wissen, was mit meinem Lagerhaus ist», sagte er und nickte in Richtung der Bewaffneten, «und ich habe keine Lust, sie zu fragen. Also machst du es.»

Er hatte mich dazu bestimmt, weil ich ein Krieger war und weil es ihn nicht bekümmern würde, wenn ich umkäme. Die meisten seiner Ruderleute konnten kämpfen, aber er vermied möglichst jede Auseinandersetzung, denn das Blutvergießen und der Warenhandel vertragen sich nicht gut. Die bewaffneten Männer kamen nun am Ufer entlang auf uns zu. Es waren sechs, doch sie näherten sich zögerlich, denn Thorkild hatte zweimal so viele Leute auf dem Schiff, und alle trugen Äxte und Speere.

Ich zog mir das Kettenhemd über, wickelte den prächtigen Helm mit dem Wolfskopf aus, den ich von einem dänischen Schiff vor der walisischen Küste erbeutet hatte, gürtete mich mit Schlangenhauch und Wespenstachel und sprang in dieser schweren Kriegsrüstung unbeholfen ans Ufer. Ich rutschte auf dem abschüssigen Hang aus, klammerte mich an ein paar Nesseln fest, fluchte über das Brennen und stieg bis zum Uferpfad hinauf. Ich war schon früher hier gewesen. Über diese ausgedehnte Uferweide hatte mein Vater den Angriff auf Eoferwic geführt. Ich setzte den Helm auf und rief Thorkild zu, er solle mir einen Schild zuwerfen. Das tat er, und gerade als ich auf die sechs Männer zugehen wollte, die inzwischen stehen geblieben waren und mich mit gezogenen Schwertern beobachteten, sprang hinter mir Hild ans Ufer. «Du hättest auf dem Schiff bleiben sollen», sagte ich zu ihr.

«Dort bleibe ich nicht ohne dich», sagte sie. Sie trug die Ledertasche, die unser ganzes Gepäck darstellte und wenig mehr enthielt als einige Kleidungsstücke zum Wechseln, ein Messer und einen Wetzstein. «Wer sind sie?», fragte sie und meinte damit die sechs Männer, die immer noch fünfzig Schritte entfernt waren und es nicht eilig hatten, den Abstand zu verringern.

«Lass es uns herausfinden», sagte ich und zog Schlangenhauch.

Die Schatten waren inzwischen lang geworden, und das Zwielicht hatte den Rauch der Kochfeuer über der Stadt in Purpur und Gold getaucht. Krähen flogen zu ihren Nestern, und in einiger Entfernung erkannte ich Kühe, die auf dem Weg zum abendlichen Melken waren. Ich ging auf die sechs Männer zu. Ich trug ein Kettenhemd, hatte einen Schild und zwei Waffen, Armringe und einen Helm, der drei gute Kettenhemden wert war. Meine Erscheinung schreckte die sechs Männer, und sie warteten eng zusammengedrängt auf mich. Alle hatten ihr Schwert gezogen, doch ich sah, dass sich zwei von ihnen Kruzifixe um den Hals gehängt hatten, und nahm daher an, dass sie Sachsen waren. «Wenn ein Mann nach Hause kommt», rief ich ihnen auf Englisch zu, «will er nicht von Schwertern empfangen werden.»

Zwei von ihnen waren schon älter, in den Dreißigern, und beide waren vollbärtig und trugen ein Kettenhemd. Die anderen vier waren mit einem Lederharnisch angetan und wesentlich jünger, allenfalls siebzehn oder achtzehn, und die Schwerter wirkten in ihren Händen so unpassend, wie sich in meinen der Griff eines Pfluges ausgenommen hätte. Sie mussten annehmen, dass ich ein Däne war, denn ich war von einem dänischen Schiff gekommen, und sie mussten wissen, dass sechs von ihnen einen Dänen töten konnten, aber sie wussten genauso gut, dass ein dänischer Krieger in voller Rüstung mit Leichtigkeit mindestens zwei von ihnen umbringen konnte, bevor er selber starb. Also waren sie erleichtert, als ich sie auf Englisch ansprach. Und sie waren verwundert. «Wer seid Ihr?», rief mir einer der älteren Männer zu.

Ich antwortete nicht, aber ich ging immer weiter in ihre Richtung. Wenn sie sich in diesem Moment entschlossen hätten, mich anzugreifen, hätte ich entweder schmählich fliehen müssen oder ich wäre umgekommen, dennoch ging ich mit zuversichtlichem Schritt weiter, hielt meinen Schild gesenkt und ließ die Spitze meines Schwertes im Gras schleifen. Dass ich nicht antwortete, hielten sie für Überheblichkeit, doch in Wahrheit war es bloße Verwirrung. Ich hatte mir vorgenommen, hier auf keinen Fall unter meinem eigenen Namen aufzutreten, denn Kjartan oder mein betrügerischer Onkel sollten nicht wissen, dass ich nach Northumbrien zurückgekehrt war. Aber mein Name galt auch etwas, und mich überkam die närrische Versuchung, die sechs Männer damit zu beeindrucken. Doch dann fiel mir etwas noch Besseres ein. «Ich bin Steapa von Defnascir», verkündete ich, und für den Fall, dass dieser Name hier unbekannt war, prahlte ich ein bisschen: «Ich bin der Mann, der Svein vom Weißen Pferd in sein kühles Grab geschickt hat.»

Der Mann, der mich nach meinem Namen gefragt hatte, tat einen Schritt rückwärts. «Ihr seid Steapa? Der in Alfreds Diensten steht?»

«Genau der.»

«Herr», sagte er und senkte seine Klinge. Einer der jüngeren Männer berührte sein Kruzifix und fiel auf ein Knie. Ein dritter Mann schob sein Schwert in die Scheide, und die anderen taten vorsichtshalber das Gleiche.

«Und wer seid Ihr?», verlangte ich zu wissen.

«Wir dienen König Egbert», sagte einer der älteren Männer.

«Und die Toten?», fragte ich und deutete auf den Fluss, auf dem eine weitere Leiche in der leichten Strömung vorbeitrieb. «Wer sind sie?»

«Dänen, Herr.»

«Ihr bringt Dänen um?»

«Das ist Gottes Wille», sagte er.

Ich zeigte auf Thorkilds Schiff. «Dieser Mann ist ein Däne und dennoch ein Freund. Werdet Ihr auch ihn töten?»

«Wir kennen Thorkild, Herr», sagte der Mann, «und wenn er in Frieden kommt, wird er am Leben bleiben.»

«Und ich?», erkundigte ich mich. «Was habt Ihr mit mir vor?»

«Der König wird Euch sehen wollen, Herr. Er wird Euch für die große Schlacht gegen die Dänen ehren.»

«Diese Art von großer Schlacht?», fragte ich verächtlich und zeigte mit Schlangenhauch auf einen Toten im Fluss.

«Er wird Euch für den Sieg über Guthrum ehren, Herr. Ist es wirklich wahr, dass Guthrum besiegt wurde?»

«Es ist wahr», sagte ich. «Ich war dort.» Dann wandte ich mich um, steckte Schlangenhauch in die Scheide und winkte Thorkild zu. Er band sein Schiff los und ließ stromaufwärts rudern. Ich rief ihm über das Wasser hinweg zu, dass sich die Sachsen Egberts gegen die Dänen erhoben hatten, ihm diese Männer aber Sicherheit versprachen, wenn er in Frieden käme.

«Was würdest du an meiner Stelle tun?», rief Thorkild zurück. Seine Männer sorgten mit kleinen Ruderschlägen dafür, dass das Schiff nicht von der Strömung weitergetrieben wurde.

«Fahr flussabwärts», rief ich auf Dänisch, «such dir ein paar kampferprobte Dänen und warte, bis du weißt, was hier vor sich geht.»

«Und du?», wollte er wissen.

«Ich bleibe hier», gab ich zurück.

Er wühlte in einem Beutel und warf dann etwas in meine Richtung. Es glitzerte im abnehmenden Tageslicht und verschwand gleich darauf zwischen den Butterblumen, die auch im Dämmerlicht die Wiese noch gelb erstrahlen ließen. «Das ist für deinen Rat», rief er, «und mögest du lange leben, wer auch immer du bist.»

Dann wendete er, und das ging nur mühselig vonstatten, denn sein Schiff war fast so lang wie die Ouse breit, doch er war erfahren genug, und bald ruderten ihn seine Männer flussabwärts und aus meinem Leben. Ich entdeckte später, dass Thorkilds Lagerhaus geplündert und der einarmige Däne, der es bewacht hatte, abgeschlachtet und seine Tochter vergewaltigt worden war. Mein Rat war also die Silbermünze wert gewesen, die Thorkild mir zugeworfen hatte.

«Ihr habt ihn weggeschickt?», fragte mich einer der bärtigen Männer vorwurfsvoll.

«Ich habe Euch gesagt, er ist ein Freund.» Ich bückte mich und fand schließlich den Shilling im Gras.

«Und wie habt Ihr von Alfreds Sieg erfahren?», fragte ich.

«Ein Priester ist gekommen, Herr», sagte er, «und er hat es uns erzählt.»

«Ein Priester?»

«Aus Wessex, Herr. Den ganzen Weg von Wessex ist er gekommen. Er hatte eine Botschaft von König Alfred zu überbringen.»

Ich hätte mir denken können, dass Alfred die Nachricht von seinem Sieg über Guthrum im ganzen sächsischen England verbreiten wollte. Es stellte sich heraus, dass Alfred überallhin, wo Sachsen lebten, Priester gesandt hatte, und diese Priester brachten die Nachricht von Wessex' Sieg und dass dieser Triumph Gott und der Schar seiner Heiligen zu verdanken sei. Einer dieser Priester war auch zu König Egbert nach Eoferwic geschickt worden, und er hatte die Stadt nur einen Tag vor mir erreicht, und mit seiner Ankunft nahm der Irrsinn seinen Anfang.

Der Priester war zu Pferd gekommen und hatte dafür sein Klerikergewand hinter dem Sattel zu einem Bündel zusammengerollt. Er war durch das dänisch besetzte Mercien von einem sächsischen Haus zum nächsten geritten. Die mercischen Sachsen hatten ihm geholfen, weiterzukommen, ihn jeden Tag mit einem ausgeruhten Pferd versorgt und ihn an den größeren dänischen Befestigungen vorbeigeführt, bis er schließlich die Hauptstadt von Northumbrien erreicht hatte und König Egbert die schöne Kunde bringen konnte, dass die Westsachsen die Große Armee der Dänen geschlagen hatten. Doch was auf die northumbrischen Sachsen fast noch größeren Reiz ausübte als der Sieg selbst, war die hanebüchene Behauptung, der Heilige Cuthbert sei Alfred im Traum erschienen und habe ihm gezeigt, wie er diesen Sieg erringen könne. Angeblich hatte Alfred den Traum während des Winters gehabt, in dem er sich mit einer Handvoll sächsischer Flüchtlinge in Æthelingæg vor den Dänen versteckt hatte. Diese Geschichte traf auf die Sachsen König Egberts wie ein gut gezielter Jagdpfeil, denn es gab nördlich des Humber keinen Heiligen, der inniger verehrt wurde als Cuthbert. Cuthbert war der Abgott Northumbriens, der heiligste Christ, der jemals in diesem Landstrich gelebt hatte, und es gab keinen frommen sächsischen Haushalt, in dem nicht täglich zu ihm gebetet wurde. Die Vorstellung, dass es dieser glorreiche Heilige des Nordens gewesen war, der Wessex geholfen hatte, die Dänen zu schlagen, trieb König Egbert so schnell den Verstand aus wie die näher kommende Sense das Rebhuhn aus dem Nest. Er hatte jedes Recht, über Alfreds Sieg erfreut zu sein, und zweifellos hatte er es satt, seine Regierung unter dänischer Aufsicht führen zu müssen, doch er hätte dem Priester danken und dann dafür sorgen sollen, dass er den Mund hielt. Am besten hätte er ihn wie einen Hund in den Zwinger gesperrt. Doch stattdessen hatte er bei Wulfhere, dem Erzbischof von Eoferwic, eine Dankesmesse bestellt, die in der größten Kirche der Stadt abgehalten werden sollte. Wulfhere war kein Dummkopf, und so hatte er augenblicklich ein schweres Fieber bekommen und war zur Erholung aufs Land gereist. Doch ein Narr namens Pater Hrothweard nahm seinen Platz ein und ließ Eoferwics große Kirche von seiner Predigt widerhallen, in der er behauptete, der Heilige Cuthbert sei vom Himmel herabgestiegen, um die Westsachsen zum Sieg zu führen. Und diese unsinnige Geschichte hatte die Sachsen von Eoferwic davon überzeugt, dass Gott und der Heilige Cuthbert dabei waren, ihr Land von den Dänen zu erlösen. Und so hatte das Töten angefangen.

All das erfuhr ich auf dem Weg in die Stadt. Ich erfuhr auch, dass kaum hundert dänische Kämpfer in Eoferwic gewesen waren, weil Graf Ivarr die anderen auf einen Zug nach Norden mitgenommen hatte, um ein schottisches

Heer zu stellen, das über die Grenze vorgestoßen war. Seit Menschengedenken hatte es keinen derartigen Vorstoß gegeben, doch in Südschottland regierte ein neuer König, der geschworen hatte, Eoferwic zu seiner Hauptstadt zu machen. Also war Graf Ivarr mit seinem Heer nordwärts gezogen, um den Schotten eine Lektion zu erteilen.

Ivarr war der eigentliche Herrscher im südlichen Northumbrien. Wenn er sich hätte König nennen wollen, hätte ihn niemand daran hindern können, doch es war für ihn vorteilhaft, einen verlässlichen Sachsen auf dem Thron sitzen zu haben, der die Steuern einzog und dafür sorgte, dass die sächsischen Getreuen friedlich blieben. Ivarr konnte sich unterdessen dem widmen, worin seine Familie am besten war: Er konnte Krieg führen. Er war ein Lothbrok, und es war ihr besonderer Stolz, dass kein Lothbrok je im Bett gestorben war. Sie starben kämpfend mit dem Schwert in der Hand. Ivarrs Vater und einer seiner Onkel waren in Irland umgekommen, während Ubba, der dritte der Lothbrok-Brüder, bei Cynuit unter meinem Schwert gefallen war. Und jetzt zog Ivarr, der jüngste Schwert-Däne einer kriegsvernarrten Sippe, gegen die Schotten und hatte geschworen, ihren König versklavt und in Ketten nach Eoferwic zu bringen.

Ich dachte, dass sich kein Sachse, der bei klarem Verstand war, gegen Ivarr erheben würde, dessen Grausamkeit der seines Vaters in nichts nachstand. Aber Alfreds Sieg und die Behauptung, der Heilige Cuthbert habe ihn herbeigeführt, hatte in Eoferwic die reine Tollheit ausbrechen lassen. Und Pater Hrothweard nährte sie noch mit seinen Predigten. Lauthals verkündete er, Gott, der Heilige Cuthbert und eine Heerschar von Engeln würden vom Himmel herabkommen und die Dänen aus Northumbrien vertreiben. Meine Ankunft sorgte nur dafür, dass der Wahn sich noch steigerte. «Gott hat Euch gesandt», sagten die Männer, die mich vom Schiff hatten kommen sehen, immer wieder, und sie riefen den Leuten zu, dass ich Svein getötet habe. Während wir uns einen Weg zum Palas bahnten, folgte Hild und mir eine wachsende Schar Menschen. Es ging durch enge Straßen, auf denen immer noch die dunklen Flecken des dänischen Blutes zu sehen waren.

Ich war früher schon einmal im Palas von Eoferwic gewesen. Es war ein römischer Bau aus guten, hellen Steinen. Das Ziegeldach, das nun an vielen Stellen mit rußgeschwärztem Stroh geflickt war, ruhte auf mächtigen Säulen. Den Boden hatten einst ebenfalls gebrannte Steine bedeckt, die Bilder der römischen Götter zeigten, doch nun war davon kaum noch etwas zu sehen, und die wenigen Stellen, die noch übrig waren, bedeckten Binsen, auf denen das Blut des Vortages erstarrt war. In der großen Halle stank es wie in einem Schlachthof, und die lodernden Fackeln, die den tiefen Raum erhellten, erfüllten die Luft mit beißendem Rauch.

Der neue König Egbert entpuppte sich als der Neffe des alten Königs Egbert, und er hatte genau den gleichen verschlagenen Gesichtsausdruck und den launisch verzogenen Mund wie sein Onkel. Nun aber wirkte er verängstigt, während er auf das hölzerne Podest am Ende der Halle kam, und das war auch kein Wunder, denn der verrückte Hrothweard hatte einen Sturm entfesselt, und Egbert musste wissen, dass sich Ivarrs Dänen rächen würden. Doch Egberts Anhänger hatten sich von der Begeisterung anstecken lassen und waren überzeugt, Alfreds Sieg sei nur der Vorbote der endgültigen dänischen Niederlage und meine Ankunft ein weiteres Zeichen des Himmels. Ich wurde nach vorne geschoben, und laute Rufe kündigten dem König mein Kommen an. Er betrachtete mich verwirrt, und seine Verwirrung steigerte sich noch, als eine Stimme, eine vertraute Stimme, meinen Namen rief. «Uhtred! Uhtred!»

Ich sah mich um und erkannte Pater Willibald.

«Uhtred!», rief er nochmals vor lauter Freude, mich zu sehen. Egbert ließ einen finsteren Blick von mir zu Willibald wandern. «Uhtred!», sagte der Priester, ohne den König zu beachten, und dann umarmte er mich.

Pater Willibald war ein guter Freund und ein guter Mensch. Er war Westsachse und einst Alfreds Flottenpriester gewesen, und nun hatte ihn das Schicksal dazu auserwählt, den northumbrischen Sachsen im Norden die frohe Botschaft von Ethandun zu bringen.

Der Lärm im Saal verstummte. Egbert versuchte, die Führung zu übernehmen. «Euer Name», sagte er, nachdem er entschieden hatte, meinen Namen nicht gehört zu haben.

«Steapa!», rief einer der Männer, die uns in die Stadt begleitet hatten.

«Uhtred!», verkündete Willibald mit leuchtenden Augen.

«Ich bin Uhtred von Bebbanburg», gab ich zu, außerstande, meine Täuschung länger aufrechtzuerhalten.

«Der Mann, der Ubba Lothbrokson getötet hat!» Willibald versuchte bei diesen Worten meine rechte Hand in die Höhe zu ziehen, um zu zeigen, dass ich ein Held war. «Und der Mann», sprach er weiter, «der bei Ethandun Svein vom Weißen Pferd zu Fall gebracht hat!»

In zwei Tagen, so dachte ich, würde Kjartan der Grausame wissen, dass ich in Northumbrien war, und in drei würde mein Onkel Ælfric von meinem Kommen erfahren haben, und wenn ich nur eine Unze Verstand besessen hätte, wäre ich sofort aus dem Saal verschwunden und hätte mich zusammen mit Hild genauso schnell Richtung Süden davongemacht, wie sich Erzbischof Wulfhere aus Eoferwic abgesetzt hatte.

«Ihr wart in Ethandun?», fragte mich Egbert.

«Ich war dort, Herr.»

«Was ist geschehen?»

Sie hatten die Erzählung von der Schlacht schon aus Pater Willibalds Mund gehört, doch das war die Sicht eines Priesters, durchsetzt mit Gebeten und den Schilderungen von Wundern. Nun lieferte ich ihnen, was sie wirklich hören wollten, und das war die Erzählung eines Kriegers, die von toten Dänen und der Schlacht mit dem Schwert handelte, und die ganze Zeit unterbrach mich ein Priester mit blitzenden Augen, struppigem Haar und wildem Bart mit seinen Halleluja-Rufen. Ich vermutete, das sei Pater Hrothweard, der Priester, der in Eoferwic das Blutbad ausgelöst hatte. Er war jung, kaum älter als ich, und seine kraftvolle Stimme und sein herrisches Auftreten wurden durch seine Leidenschaft noch gesteigert. Jedes Halleluja wurde von einem Speichelschauer begleitet, und kaum hatte ich beschrieben, wie die geschlagenen Dänen den großen Hügel von Ethandun hinunterflüchteten, drängte sich Hrothweard vor und wandte sich an die Menge. «Das ist Uhtred!», rief er und stieß mir seinen spitzen Zeigefinger in die Rippen, die von meinem Kettenhemd geschützt wurden. «Uhtred von Northumbrien, Uhtred von Bebbanburg, ein Dänentöter, ein Gotteskrieger! Und er ist zu uns gekommen genau wie der Heilige Cuthbert zu Alfred in seiner Bedrängnis! Das ist ein Zeichen des Allmächtigen!» Die Menge jubelte, der König wirkte verängstigt, und Hrothweard, nur allzu bereit, sich in seinen Wahn zu steigern, trat der Schaum vor den Mund, als er zu beschreiben begann, wie in naher Zukunft jeder Däne in Northumbrien hingemetzelt würde.

Es gelang mir, mich unauffällig von Hrothweard zu entfernen, indem ich mich immer weiter in den Hintergrund des Podestes schob. Dort packte ich Pater Willibald an seinem mageren Genick und schob ihn in einen Durchgang, der zu den Privaträumen des Königs führte. «Ihr seid ein Tölpel», knurrte ich, «Ihr seid ein Earsling. Ihr seid ein idiotischer, dampfender Scheißhaufen, das seid Ihr. Ich sollte Euch hier und jetzt aufschlitzen und Eure nutzlosen Gedärme an die Schweine verfüttern.»

Willibald öffnete den Mund, und dann schloss er ihn vollkommen hilflos wieder.

«Die Dänen werden bald zurück sein», sagte ich ihm voraus, «und dann gibt es das nächste Blutbad.»

Erneut öffnete und schloss er den Mund, doch er brachte keinen Ton heraus.

«Daher werdet Ihr jetzt Folgendes tun», sagte ich. «Ihr werdet die Ouse überqueren und so schnell nach Süden gehen, wie Euch Eure Beine nur tragen können.»

«Aber es ist doch alles wahr», jammerte er.

«Was ist alles wahr?»

«Dass uns der Heilige Cuthbert den Sieg geschenkt hat!»

«Nein, das ist natürlich nicht wahr», schnappte ich. «Das hat Alfred erfunden. Glaubt Ihr wirklich, dass ihm der Heilige Cuthbert in Æthelingæg erschienen ist? Warum hat uns Alfred dann damals nichts von dem Traum gesagt? Warum hat er dann bis nach der Schlacht gewartet, um uns davon zu erzählen?» Ich hielt inne, und Pater Willibald gab einen erstickten Laut von sich. «Er hat gewartet», beantwortete ich meine eigene Frage, «weil es gar nicht passiert ist.»

«Aber …»

«Er hat es erfunden!», knurrte ich. «Weil er in Northumbrien die Führung im Kampf gegen die Dänen gewinnen will. Er will König von Northumbrien werden, versteht Ihr das nicht? Und nicht nur von Northumbrien. Ich bin sicher, er hat ausreichend Dumme wie Euch gefunden, die auch nach Mercien gehen und behaupten, ein verdammter Heiliger der Mercier sei ihm im Traum erschienen.»

«Aber so war es», unterbrach er mich und fuhr nach meinem verständnislosen Blick fort. «Ihr habt recht! Der Heilige Kenelm hat in Æthelingæg zu Alfred gesprochen. Er ist ihm im Traum erschienen, und er hat Alfred gesagt, dass er siegen wird.»

«Nein, das hat er nicht», sagte ich mit aller Geduld, die ich aufbringen konnte.

«Es ist die Wahrheit!», beharrte er. «Alfred selbst hat es mir erzählt! Das ist Gottes Werk, Uhtred, ein wahrhaftiges Wunder.»

Ich packte ihn an den Schultern und drückte ihn gegen die Wand. «Ihr habt die Wahl, Pater», sagte ich. «Ihr könnt Eoferwic verlassen, bevor die Dänen zurückkommen, oder Ihr könnt Euren Kopf zur Seite neigen.»

«Ich kann was?», fragte er verwirrt.

«Euren Kopf zur Seite neigen», sagte ich, «dann verschließe ich Euch mit dem Daumen das Ohr, sodass der ganze Unsinn zum anderen Ohr herausfällt.»

Doch er ließ sich nicht überzeugen. Die Nachricht von Gottes Ruhmestat, die sich wie ein Lauffeuer in Ethandun verbreitet hatte, das durch die Lüge über den Heiligen Cuthbert weiter angefacht worden war, überstrahlte bald ganz Northumbrien, und der arme Willibald war überzeugt, dass er gerade den Beginn großer Ereignisse miterlebte.

An diesem Abend wurde ein Fest veranstaltet. Es war eine traurige Angelegenheit, bei der gesalzene Heringe, Käse, hartes Brot und schales Bier gereicht wurden und bei der Pater Hrothweard in einer leidenschaftlichen Rede erneut behauptete, Alfred von Wessex habe mich geschickt, seinen größten Krieger, um die Verteidigung der Stadt zu übernehmen, und die himmlischen Heerscharen würden herabsteigen und Eoferwic beschützen. Dazu rief Willibald unablässig Hallelujah und glaubte den ganzen Unsinn. Erst am nächsten Tag, als trüber Regen und grauer Nebel die Stadt einschlossen, regten sich bei ihm erste Zweifel daran, dass die Ankunft von Schwert-Engeln wirklich unmittelbar bevorstand.

Viele Leute verließen die Stadt. Gerüchte über dänische Kriegerverbände, die sich im Norden sammelten, machten die Runde. Doch Hrothweard verkündete unbeirrt weiterhin seine Narrheiten und führte eine Prozession Priester und Mönche durch die Stadt, die Reliquien und Banner trugen. Inzwischen hatte jedoch jeder Mensch mit nur einem kleinen bisschen Verstand begriffen, dass Ivarr vermutlich wesentlich früher auftauchen würde als der Heilige Cuthbert mit einer himmlischen Schar. König Egbert schickte einen Boten nach mir aus, der mich zu einem Gespräch holen sollte, doch ich glaubte, dass Egberts Schicksal besiegelt war, und deshalb leistete ich der Aufforderung nicht Folge. Egbert würde sich allein durchschlagen müssen.

Genau wie ich mich allein durchschlagen musste, und ich wollte die Stadt verlassen, bevor Ivarrs Zorn sich darauf entlud. Im Gasthaus *Crossed Swords*, das in der Nähe des nördlichen Stadttors lag, fand ich meine Rettung in Gestalt eines Dänen namens Bolti. Er hatte das Massaker überlebt, weil er mit einer Sächsin verheiratet und von der Familie seiner Frau versteckt worden war. Er sah mich in dem Gasthaus und fragte, ob ich Uhtred von Bebbanburg sei.

«Das bin ich.»

Er setzte sich zu mir, neigte respektvoll seinen Kopf in Hilds Richtung und bestellte dann mit einem Fingerschnippen bei einem Wirtsmädchen Bier für uns. Bolti war dick und kahl, sein Gesicht war von Pockennarben übersät, seine Nase war schon einmal gebrochen, und aus seinen Augen sprach die Angst. Seine beiden Söhne, beide Halbsachsen, drückten sich hinter seinem Rücken herum. Ich schätzte den einen auf etwa zwanzig Jahre und den anderen fünf Jahre jünger. Beide trugen Schwerter, und keiner schien sich mit den Waffen recht wohl zu fühlen. «Ich kannte Graf Ragnar den Älteren», sagte Bolti.

«Ich kannte ihn auch», sagte ich, «aber an dich erinnere ich mich nicht.»

«Als er das letzte Mal auf der *Windviper* gesegelt ist», sagte er, «habe ich ihm Taue und Ruderschäfte verkauft.»

«Hast du ihn betrogen?», fragte ich höhnisch.

«Ich habe ihn gemocht», erwiderte er heftig.

«Und ich habe ihn geliebt», sagte ich, «weil er für mich zum Vater geworden ist.»

«Das weiß ich», sagte er, «und ich erinnere mich an dich.» Dann verstummte er und warf einen Blick auf Hild. «Du warst sehr jung», sprach er dann weiter und sah wieder mich an, «und du warst mit einem schmächtigen dunkelhaarigen Mädchen zusammen.»

«Also erinnerst du dich wirklich an mich», sagte ich und unterbrach mich, denn unser Bier wurde gebracht. Mir fiel auf, dass Bolti, obwohl er Däne war, ein Kreuz um den Hals trug, und er hatte meinen Blick bemerkt.

«In Eoferwic», sagte er und berührte das Kreuz, «muss ein Mann dafür sorgen, dass er am Leben bleibt.» Er zog seinen Kragen auf, und ich sah, dass er darunter Thors Hammeramulett verbarg. «Am liebsten töten sie Heiden», erklärte er.

Ich zog mein eigenes Hammeramulett aus meinem Wams. «Sind viele Dänen inzwischen Christen geworden?», fragte ich.

«Ein paar», sagte er widerwillig. «Willst du zu dem Bier etwas essen?»

«Ich will wissen, warum du mit mir redest», sagte ich.

Er wollte die Stadt verlassen. Er wollte seine sächsische Frau, seine beiden Söhne und zwei Töchter möglichst weit wegbringen, bevor die Dänen ihre blutige Rache nahmen, und er wollte, dass ihn ein erfahrener Kämpfer beschützte. Er sah mich mit jämmerlicher Miene und hoffnungslosem Blick an und hatte keine Ahnung, dass das, was er wollte, genau das Gleiche war, was ich wollte. «Und wo willst du hin?», fragte ich.

«Nicht nach Westen», sagte er, und ein Schauer überlief ihn. «In Cumbrien stirbt man jetzt zu leicht.»

«In Cumbrien stirbt man immer zu leicht», sagte ich. Cumbrien war der Teil Northumbriens, der auf der anderen Seite der Hügel an die irische See grenzte. Es wurde von Schotten aus Strath Clota, von Nordmännern aus Irland und von Britonen aus dem nördlichen Wales überfallen. Einige Dänen hatten sich in Cumbrien niedergelassen, aber es waren nicht genug, um die wilden Einfälle und die Verwüstungen aufzuhalten.

«Ich will nach Dänemark», sagte Bolti, «aber es gibt keine Kriegsschiffe.» Die einzigen Schiffe, die noch in Eoferwic vor Anker lagen, gehörten sächsischen Händlern, und wenn irgendwer versuchen würde, loszusegeln, würden ihn die dänischen Schiffe abfangen, die bestimmt in der Mündung des Humber lagen.

«Also?», fragte ich.

«Also will ich Richtung Norden», sagte er, «und mich Ivarr anschließen. Ich kann dich bezahlen.»

«Und du glaubst, ich kann dich bei der Durchquerung von Kjartans Land schützen?»

«Ich glaube, mit Ragnars Sohn an meiner Seite bin ich besser dran als ohne ihn», gab er zu, «und wenn die Leute erfahren, dass du mit mir unterwegs bist, werden sich uns weitere Männer anschließen.»

Also ließ ich mich von ihm bezahlen, und ich forderte sechzehn Shilling, zwei Stuten und einen schwarzen Hengst, und als er den Preis des Hengstes hörte, wurde Bolti ganz blass. Ein Mann hatte den Hengst durch die Straßen geführt und ihn feilgeboten, und Bolti kaufte das Tier, weil seine Angst, in Eoferwic in der Falle zu sitzen, vierzig Shilling wert war. Das schwarze Pferd war im Kampf erprobt, was bedeutete, dass laute Geräusche es nicht schreckten und es sich mit einem Schenkeldruck lenken ließ, sodass ein Mann die Hände für Schild und Schwert frei hatte und das Tier dennoch leiten konnte. Der Hengst war von einem der Dänen erbeutet worden, die in den letzten Tagen abgeschlachtet worden waren, und niemand kannte seinen Namen. Ich nannte ihn Witnere, das bedeutet Quälgeist, und das passte, denn er mochte die beiden Stuten nicht und versuchte bei jeder Gelegenheit, nach ihnen zu schnappen.

Auf den Stuten sollten Willibald und Hild reiten. Ich hatte zu Pater Willibald gesagt, er solle nach Süden gehen, doch seine Angst war inzwischen so groß, dass er darauf bestand, bei mir zu bleiben. So ritten wir an dem Tag nach meinem Treffen mit Bolti alle zusammen auf der Römerstraße nordwärts. Ein Dutzend Männer schloss sich uns an. Unter ihnen waren drei Dänen und zwei Nordmänner, denen es gelungen war, sich während Hrothweards Blutbad zu verstecken, alle anderen waren Sachsen, die der Rache Ivarrs entkommen wollten. Alle waren bewaffnet, und Bolti gab mir Geld, um sie zu bezahlen. Ihr Entgelt war nicht hoch, es reichte gerade, um Essen und Bier zu bezahlen, doch ihre Anwesenheit würde die Wegelagerer an der langen Straße abschrecken.

Ich war versucht, nach Synningthwait zu reiten, wo Ragnar und seine Leute ihr Land hatten, doch ich wusste, dass ich dort nur wenige Männer antreffen würde, da die meisten mit Ragnar in den Süden gezogen waren. Einige von ihnen waren inzwischen bei Ethandun gefallen, und die anderen waren noch immer bei Guthrum, dessen geschlagenes Heer in Mercien geblieben war. Guthrum und Alfred hatten Frieden geschlossen, und Guthrum hatte sich sogar taufen lassen, was Willibald als Wunder betrachtete. Daher würden nur sehr wenige Krieger in Synningthwait sein, und es war kein Ort, an dem ich Schutz vor den mörderischen Absichten meines Onkels oder vor Kjartans Hass finden konnte. Ohne rechten Plan für meine Zukunft überließ ich mich meinem Schicksal und setzte auf Bolti, den ich nordwärts begleitete, dorthin, wo uns Kjartans Land wie eine bedrohliche Wolke erwartete, die sich auf unseren Weg gesenkt hatte. Dieses Land zu durchqueren bedeutete, dass wir eine Abgabe zahlen mussten, und diese Abgabe war gesalzen. Nur mächtige Männer wie Ivarr, der mehr Krieger anführte, als Kjartan Gefolgsleute hatte, konnte den Fluss Wiire überqueren, ohne etwas zu zahlen. «Du kannst es ja verschmerzen», reizte ich Bolti. Seine beiden Söhne führten Packpferde, die meiner Vermutung nach mit lauter Münzen beladen waren, die sie in Stoff eingewickelt hatten, damit sie nicht klimperten.

«Ich kann es nicht verschmerzen, wenn er mir meine Töchter nehmen will», sagte Bolti. Er hatte Zwillingstöchter von zwölf oder dreizehn Jahren, genau im richtigen

Alter, um verheiratet zu werden. Sie waren klein, dick, hellhaarig, stupsnasig und unmöglich auseinanderzuhalten.

«So etwas macht Kjartan also?», fragte ich.

«Er nimmt sich, was er will», sagte Bolti säuerlich, «und junge Mädchen gefallen ihm, obwohl ich vermute, dass er noch lieber dich in die Finger bekommen würde.»

«Und warum vermutest du das?», fragte ich ihn ausdruckslos.

«Ich kenne die Geschichten», sagte er. «Sein Sohn hat wegen dir ein Auge verloren.»

«Er hat sein Auge verloren», sagte ich, «weil er der Tochter Ragnars die Kleider vom Leib gerissen hat.»

«Aber er beschuldigt dich.»

«Das tut er», stimmte ich zu. Wir waren damals alle noch Kinder gewesen, aber die Verletzungen aus der Kindheit können lange weiterschwären, und ich zweifelte nicht daran, dass mir Sven der Einäugige zum Ausgleich für sein eines Auge liebend gern alle beide herausreißen würde.

Also wandten wir uns westlich in die Hügel, als wir in die Nähe Dunholms kamen, um Kjartans Männern auszuweichen. Es war Sommer, doch ein kühler Wind hatte niedrige Wolken und feinen Regen herangetrieben, sodass ich froh war, mein ledergefüttertes Kettenhemd zu tragen. Hild hatte die kleinen Metallringe mit Wollfett aus frischen Fellen eingerieben, und so rostete das Metall kaum. Auch meinen Helm und die Klingen meiner Schwerter hatte sie eingefettet.

Wir kamen auf einem ausgetretenen Pfad höher, und in einiger Entfernung folgte uns eine weitere Gruppe, und auf der feuchten Erde waren frische Hufspuren zu erkennen, die verrieten, dass dieser Weg nicht lange zuvor von anderen benutzt worden war. Dass dieser Pfad so viel benutzt wurde, hätte mich zum Nachdenken bringen sollen.

Kjartan der Grausame und Sven der Einäugige lebten von den Abgaben, die sie sich von Reisenden bezahlen ließen, und wenn sie nicht zahlten, wurden die Reisenden ausgeraubt, versklavt oder umgebracht. Kjartan und sein Sohn mussten wissen, dass die Leute versuchten, ihnen auf den Hügelpfaden auszuweichen, und ich hätte wachsamer sein sollen. Bolti fürchtete sich nicht, denn er vertraute mir einfach. Er erzählte mir, wie Kjartan und Sven durch Sklavenhandel reich geworden waren. «Sie nehmen jeden, Däne oder Sachse», sagte er, «und verkaufen alle in das Land über dem Wasser. Wenn man Glück hat, kann man einen Sklaven zurückkaufen, aber der Preis ist sehr hoch.» Er warf einen Blick auf Pater Willibald. «Die Priester bringt er alle um.»

«Das tut er?»

«Er hasst die ganzen Christenpriester. Er hält sie für Hexer, also lässt er sie halb eingraben und von den Hunden zerfleischen.»

«Was hat er gerade gesagt?», fragte mich Willibald und lenkte seine Stute zur Seite, bevor Witnere sie beißen konnte.

«Er hat gesagt, dass Kjartan Euch töten wird, wenn er Euch gefangen nehmen kann, Pater.»

«Mich töten?»

«Er wird Euch an seine Hunde verfüttern.»

«Gütiger Gott», sagte Willibald. Er war unglücklich, fühlte sich verloren so weit entfernt von zu Hause, und in der fremdartigen Landschaft des Nordens fühlte er sich unbehaglich. Hild dagegen schien hier glücklich zu sein. Sie war neunzehn Jahre alt und ertrug geduldig die Mühsal, die das Leben ihr aufbürdete. Sie stammte aus einer reichen, westsächsischen Familie, die zwar nicht zum Adel zählte, doch genug Land besaß, um gut zu leben. Aber Hild war das jüngste von acht Kindern, und ihr Vater hatte sie dem Dienst an der Kirche versprochen, weil ihre Mutter bei ihrer Geburt fast gestorben war und er das Überleben seiner Frau der Gnade Gottes zuschrieb. Also war Hild, deren eigentlicher Name Schwester Hildegyth lautete, mit elf Jahren zu den Nonnen von Cippanhamm geschickt worden und hatte bei ihnen gelebt, abgeschlossen von der Welt, betend und Garn spinnend, spinnend und betend, bis die Dänen gekommen waren und sie zur Hure gemacht hatten.

Noch immer jammerte sie im Schlaf, und ich wusste, dass sie ihre Erniedrigung nicht vergessen hatte, doch nun war sie glücklich, aus Wessex fort zu sein und fort von den Leuten, die sie immerzu mahnten, ihr Leben wieder Gott zu weihen. Auch Willibald hatte sie dafür gerügt, ihr heiliges Dasein aufgegeben zu haben, doch ich hatte ihm gesagt, bei der nächsten Bemerkung dieser Art würde ich ihm den Bauchnabel mit dem Messer erweitern, und seitdem hatte er geschwiegen. Nun saugte Hild jeden neuen Eindruck mit dem Staunen eines Kindes auf. Ihr bleiches Gesicht war von der Sonne mit einem goldenen Schimmer überzogen worden, der zu ihrem Haar passte. Sie war eine kluge Frau, zwar nicht die klügste, die ich gekannt habe, aber doch voll scharfsichtiger Weisheit. Mein Leben währt nun schon lange, und ich habe erkannt, dass manche Frauen Last und Ärger bringen und manche angenehme Gefährtinnen sind, und Hild gehörte zu den angenehmsten, die ich je kannte. Vielleicht lag es daran, dass wir Freunde waren. Wir verbrachten auch die Nächte miteinander, doch Liebe war nicht zwischen uns, und sie wurde unablässig von ihren Schuldgefühlen verfolgt. Das alles behielt sie für sich und vertraute es nur ihren Gebeten an, und im hellen Licht des Tages konnte sie lachen und sich an einfachen

Dingen erfreuen, doch wenn die Dunkelheit der Nacht sie umfing und sie mit ihren langen Fingern leise jammernd ihr Kruzifix umklammerte, wusste ich, dass sie spürte, wie Gott mit langen Krallen nach ihrer Seele griff.

Wir ritten also in die Hügel, und ich war zu sorglos, und so sah Hild die Reiter als Erste. Es waren neunzehn, die meisten von ihnen im Lederwams, doch drei trugen Kettenhemden. Sie schwärmten hinter uns aus, und da wusste ich, dass sie uns wie eine Schafherde vor sich hertreiben würden. Unser Weg folgte einer Hügelflanke, die zu unserer Rechten bis zu einem reißenden Fluss steil abfiel, und obwohl wir in das Tal flüchten konnten, würden wir unausweichlich langsamer sein als die Männer, die uns nun auf dem Pfad folgten. Sie versuchten nicht, den Abstand zu verringern. Sie sahen, dass wir bewaffnet waren, und wollten es nicht auf einen Kampf ankommen lassen, sie wollten einfach nur sicherstellen, dass wir weiter Richtung Norden auf unser Schicksal zutrotteten, wie immer es auch aussehen mochte. «Kannst du sie nicht durch einen Kampf ausschalten?», verlangte Bolti zu wissen.

«Dreizehn gegen neunzehn?», hielt ich ihm vor. «Ja», sagte ich dann, «wenn die dreizehn kämpfen würden, aber das werden sie nicht.» Ich deutete auf die Schwertkämpfer, die Bolti für unsere Begleitung bezahlt hatte. «Sie taugen dazu, Wegelagerer abzuschrecken», fuhr ich fort, «aber sie sind nicht so dumm, gegen Kjartans Männer zu kämpfen. Wenn ich ihnen sage, dass sie kämpfen sollen, werden die meisten zum Feind überlaufen und mit ihm deine Töchter teilen.»

«Aber …», setzte er an, doch dann verstummte er, denn nun hatten wir vor Augen, was uns erwartete. Wo der Fluss reißend hinabstürzte, öffnete sich ein breiteres Tal, und dort lag ein ansehnliches Dorf, in dem eine Brücke, die aus kaum mehr als einer einfachen, riesigen Steinplatte bestand, einen größeren Fluss überspannte, den ich für den Wiire hielt. In dem Dorf war eine Menschenmenge versammelt, und ich sah, dass sie von Männern bewacht wurde. Die Reiter, die uns folgten, kamen nun etwas näher, doch sie hielten an, als ich anhielt. Ich sah den Hügel hinab. Das Dorf war zu weit entfernt, um erkennen zu können, ob Kjartan oder Sven unter den Leuten waren, doch ich konnte davon ausgehen, dass die Männer im Tal aus Dunholm gekommen waren und dass einer von den beiden Herren Dunholms ihr Anführer war. Bolti kreischte vor Schreck auf, doch ich beachtete ihn nicht.

Zwei weitere Wege führten von Süden auf das Dorf zu, und ich vermutete, dass auch sie von Reitern bewacht wurden, deren Aufgabe es war, Reisende abzufangen. Sie hatten ihre Beute zum Dorf getrieben, und diejenigen, die nicht imstande waren, die Abgabe zu zahlen, wurden gefangen genommen. «Was wirst du jetzt tun?», fragte Bolti vor Angst zitternd.

«Ich werde deine Haut retten», sagte ich, und dann sagte ich zu einer seiner Zwillingstöchter, sie solle mir den schwarzen Leinenschal geben, den sie als Gürtel trug. Sie band ihn los und gab ihn mir mit bebender Hand. Ich schlang mir den Stoff um den Kopf, bedeckte meinen Mund, die Nase und die Stirn, und dann bat ich Hild, ihn festzustecken. «Was hast du vor?», jammerte Bolti.

Ich machte mir nicht die Mühe, ihm zu antworten. Stattdessen stülpte ich meinen Helm über den Schal. Die Wangenstücke waren eng angepasst, sodass mein Gesicht nun nur noch eine Maske aus glänzendem Metall über einem schwarzen Schädel war. Allein meine Augen waren noch zu sehen. Ich zog Schlangenhauch halb aus der Scheide, um sicher zu sein, dass mein Schwert leicht zur Hand sein würde, dann trieb ich Witnere ein paar Schritte vor. «Ich bin jetzt Thorkild der Lepröse», erklärte ich Bolti. Der Schal ließ meine Stimme dumpf und verschwommen klingen.

«Wer bist du?», fragte er und starrte mich an.

«Ich bin Thorkild der Lepröse», sagte ich, «und du und ich werden jetzt mit ihnen verhandeln.»

«Ich?», hauchte er mit versagender Stimme.

Mit einer Geste bedeutete ich allen, sich weiterzubewegen. Die Gruppe, die uns bis an diese Stelle getrieben hatte, war wieder Richtung Süden unterwegs, vermutlich, um nach den nächsten Reisenden zu suchen, die versuchten, Kjartans Kriegsrotte zu umgehen.

«Ich habe dich bezahlt, damit du mich beschützt», sagte Bolti verzweifelt.

«Und ich werde dich beschützen», sagte ich. Seine sächsische Frau heulte wie bei einer Beerdigung, und ich knurrte sie an, damit sie ruhig war. Dann ließ ich ein paar hundert Schritt vor dem Dorf halten und wies alle außer Bolti an, auf uns zu warten. «Nur du und ich», erklärte ich Bolti.

«Ich glaube, du solltest alleine mit ihnen verhandeln», sagte er, und dann fing er an zu kreischen. Er kreischte, weil ich seinem Pferd einen Schlag aufs Hinterteil versetzt hatte, sodass es losgaloppierte. Ich holte ihn sofort ein. «Denk dran», sagte ich, «ich bin Thorkild der Lepröse, und wenn du verrätst, wer ich in Wirklichkeit bin, bringe ich dich um, genau wie deine Frau und deine Söhne, und anschließend verkaufe ich deine Töchter als Huren. Wer bin ich?»

«Thorkild», stammelte er.

«Thorkild der Lepröse», sagte ich. Wir waren inzwischen in dem Dorf, eine mitleiderregende Ansammlung niedriger Steinhütten mit Torfdächern. Wenigstens dreißig oder vierzig Menschen wurden auf dem Dorfplatz bewacht, und auf einer Seite, in der Nähe der Brücke aus dem großem Stein, standen ein Tisch und Bänke auf einer Wiese. Zwei Männer saßen an dem Tisch und hatten einen Krug Bier vor sich stehen, das alles sah ich, doch in Wahrheit bemerkte ich nur eines.

Den Helm meines Vaters.

Er lag auf dem Tisch. Der Helm hatte ein geschlossenes Gesichtsstück, das ebenso wie der Kamm des Helmes mit eingelegten Silberverzierungen geschmückt war. Ein grimmig verzogener Mund war in das Metall geschnitten worden. Ungezählte Male hatte ich diesen Helm gesehen. Ich hatte als kleines Kind sogar mit ihm gespielt, doch von meinem Vater eine harte Kopfnuss bezogen, als er es entdeckte. Diesen Helm hatte mein Vater an dem Tag getragen, an dem er in Eoferwic gefallen war, und Ragnar der Ältere hatte ihn dem Mann abgekauft, der meinen Vater getötet hatte, und jetzt gehörte er einem der Mörder Ragnars.

Sven der Einäugige. Er stand auf, während Bolti und ich uns näherten, und es traf mich wie ein Schlag, als ich ihn wieder vor mir hatte. Ich hatte Sven als Kind gekannt, und nun war er ein Mann, doch sofort erinnerte ich mich an das flache, breite Gesicht mit dem einen wild starrenden Auge. An der Stelle des anderen Auges befand sich eine narbige Vertiefung. Sven war groß und breitschultrig, trug langes Haar und einen Vollbart, und gekleidet war das junge Großmaul, das sich mit einem langen und einem kurzen Schwert gegürtet hatte, in den besten Kettenharnisch. «Die nächsten Gäste», bemerkte er, als wir bei ihm angekommen waren, und deutete auf die Bank am anderen Ende des Tisches. «Setzt Euch», befahl er, «dann können wir das Geschäftliche regeln.»

«Setz dich zu ihm», raunte ich Bolti zu.

Bolti sah mich verzweifelt an, stieg vom Pferd und trat an den Tisch. Der zweite Mann war dunkelhaarig und viel älter als Sven. Er trug einen schwarzen Umhang, sodass er aussah wie ein Mönch – nur trug er den Silberhammer des Thor an einer Schnur um den Hals. Vor ihm stand ein flacher, hölzerner Kasten, der sehr durchdacht mit Holzstegen in einzelne Abschnitte aufgeteilt war, sodass alle gleichartigen Münzen zusammenlagen. Die Sonne ließ das Silber aufschimmern. Sven, der sich wieder neben den Mann im schwarzen Umhang gesetzt hatte, schenkte einen Becher Bier ein und schob ihn Bolti zu. Der sah mich noch einmal an und setzte sich dann wie geheißen.

«Und Ihr seid?», fragte ihn Sven.

«Bolti Ericson», sagte Bolti. Er musste es zweimal sagen, denn beim ersten Mal war seine Stimme so leise, dass man ihn kaum verstehen konnte.

«Bolti Ericson», wiederholte Sven, «und ich bin Sven Kjartanson, und mein Vater herrscht über dieses Land. Habt Ihr von Kjartan gehört?»

«Ja, Herr.»

Sven lächelte. «Es scheint mir, als hättet Ihr versucht, uns um unsere Abgabe zu bringen, Bolti! Habt Ihr versucht, uns um unsere Abgabe zu bringen?»

«Nein, Herr.»

«Und woher kommt Ihr?»

«Eoferwic.»

«Ah! Noch ein Händler aus Eoferwic, was? Ihr seid heute schon der dritte! Und was habt Ihr da auf den Packpferden?»

«Nichts, Herr.»

Sven beugte sich leicht vor und grinste dann, während er vernehmlich furzte. «Entschuldigt, Bolti, ich habe gerade nur einen Donner gehört. Habt Ihr gesagt, Ihr habt nichts? Aber ich sehe da vier Frauen, und drei von ihnen sind hübsch jung.» Er lächelte. «Sind das Eure Frauen?»

«Meine Frau und meine Töchter, Herr», sagte Bolti.

«Frauen und Töchter, wie sehr lieben wir sie doch», sagte Sven, und dann sah er zu mir auf, und obwohl ich wusste, dass mein Gesicht verhüllt war und meine Augen tief im Schatten des Helmes lagen, zog sich meine Haut unter seinem Blick zusammen. «Und wer», fragte Sven, «ist das?»

Seine Neugier war verständlich, denn ich sah aus wie ein König. Mein Kettenhemd und mein Helm und meine Waffen waren von allerbester Machart, und meine Armringe kennzeichneten mich als Krieger von hohem Rang. Bolti warf mir einen entsetzten Blick zu, doch er sagte nichts. «Ich habe gefragt», knurrte Sven jetzt lauter, «wer das ist.»

«Sein Name», sagte Bolti, und seine Stimme klang wie das Quietschen einer Maus, «ist Thorkild der Lepröse.»

Sven zog unwillkürlich eine Grimasse und fasste an das Hammeramulett, das um seinen Hals hing. Das konnte ich ihm nicht vorwerfen. Alle fürchten das graue, schlaffe Fleisch der Leprösen, und die meisten Leprakranken werden in die Wildnis geschickt, um zu leben, wie es ihnen eben gelingt, und zu sterben, wie es ihnen bestimmt ist.

«Was habt Ihr mit einem Leprösen zu tun?», fragte Sven.

Bolti wusste keine Antwort.

«Ich reise in den Norden.» Nun hatte ich zum ersten Mal gesprochen, und meine Stimme klang dröhnend unter meinem geschlossenen Helm.

«Und warum reist Ihr in den Norden?», fragte Sven.

«Weil ich den Süden satt habe», sagte ich.

Er hörte die Feindseligkeit in meiner dumpfen Stimme und tat sie als ungefährlich ab. Er musste glauben, dass Bolti mich zum Schutz auf der Reise angestellt hatte, doch ich stellte keine Bedrohung dar. Sven hatte fünf Männer in nächster Nähe, die alle mit Schwertern oder Speeren bewaffnet waren, und innerhalb des Dorfes hatte er mindestens noch einmal vierzig weitere Männer.

Sven trank einen Schluck Bier. «Wie ich höre, hat es in Eoferwic Unruhe gegeben», sagte er fragend zu Bolti.

Bolti nickte. Ich sah, dass sich seine rechte Hand unter dem Tisch krampfhaft öffnete und schloss. «Einige Dänen wurden getötet», sagte er.

Sven schüttelte den Kopf, als fände er diese Neuigkeit höchst besorgniserregend. «Darüber wird Ivarr nicht sehr glücklich sein.»

«Wo ist Ivarr?», fragte Bolti.

«Als ich zuletzt von ihm gehört habe, war er im Tal des Tuede», sagte Sven, «und ließ Aed von Schottland für sich tanzen.» Er schien diesen beiläufigen Austausch von Neuigkeiten zu genießen, als ob er seine Diebereien und Raubzüge in einen Mantel aus Achtbarkeit hüllen wollte, indem er an solchen Gepflogenheiten festhielt. «Also», sagte er und unterbrach sich erneut, um zu furzen, «womit handelst du, Bolti?»

«Leder, Felle, Kleidung, Töpferwaren», sagte Bolti und verstummte, weil er dachte, er habe schon zu viel gesagt.

«Und ich handle mit Sklaven», sagte Sven. «Das ist Gelgill», er deutete auf den Mann neben sich, «und er kauft uns die Sklaven ab, und du hast drei junge Frauen, von denen ich mir für ihn und mich ein sehr einträgliches Geschäft verspreche. Was willst du mir also für sie bezahlen? Zahl mir genug, und du kannst sie behalten.» Er lächelte, als ob er gerade etwas völlig Vernünftiges gesagt hätte.

Bolti schien mit Stummheit geschlagen, doch er schaffte es, einen Beutel unter seinem Mantel hervorzuziehen und ein paar Silbermünzen auf den Tisch zu legen. Sven folgte jeder einzelnen Münze mit dem Blick, und als Bolti zögerte weiterzumachen, lächelte Sven bloß, und Bolti fuhr damit fort, Silber auf den Tisch zu zählen, bis schließlich achtunddreißig Shilling vor Sven lagen. «Das ist alles, was ich habe, Herr», sagte Bolti demütig.

«Alles, was Ihr habt? Das bezweifle ich, Bolti Ericson», sagte Sven, «aber wenn es stimmt, dürft Ihr ein Ohr von einer Eurer Töchter behalten. Ein Ohr zu Erinnerung. Was meinst du, Gelgill?»

Der Name Gelgill war ungewöhnlich, und ich nahm an, dass der Mann übers Meer gekommen war, denn die meisten gewinnbringenden Sklavenmärkte befanden sich in Dyflin oder weit weg im Frankenreich. Leise sagte er etwas, das ich nicht verstand, und Sven nickte. «Bringt die Mädchen her», sagte er zu seinen Männern, und Bolti schauderte. Er sah mich erneut an, als wolle er, dass ich Sven an seinem Vorhaben hindere, aber ich tat nichts, als die beiden Wachen zu unserer wartenden Gruppe hinübergingen.

Sven sprach leichthin über die zu erwartende Ernte, während die Wachen Hild und Boltis Töchtern befahlen, von den Pferden zu steigen. Die Männer, die Bolti als Geleitschutz bezahlt hatte, taten nichts, um Svens Wachen aufzuhalten. Boltis Frau schrie verzweifelt auf und brach in unbeherrschbares Schluchzen aus, als ihre Töchter und Hild an den Tisch geführt wurden. Sven hieß sie mit übertriebener Höflichkeit willkommen, und dann stand Gelgill auf und nahm sie in Augenschein. Er ließ seine Hand über ihre Körper gleiten, als wolle er ein Pferd kaufen. Ich sah, wie Hild zitterte, als er ihr Kleid herabzog, um ihre Brüste zu begutachten, doch er hatte weniger Interesse an ihr als an den beiden jüngeren Mädchen. «Einhundert Shilling jede», sagte er, nachdem seine Musterung abgeschlossen war, «und für die», er warf einen Blick auf Hild, «fünfzig.» Seine Aussprache war fremdartig.

«Aber die ist doch hübsch», wandte Sven ein. «Die anderen beiden sehen dagegen aus wie kleine Ferkelchen.»

«Sie sind Zwillinge», sagte Gelgill. «Für Zwillinge bekomme ich sehr viel Geld. Und das große Mädchen ist zu alt. Sie muss mindestens neunzehn oder zwanzig sein.»

«Jungfräulichkeit ist solch ein kostbares Gut», sagte Sven zu Bolti, «findet Ihr nicht auch?»

Bolti zitterte. «Ich zahle Euch hundert Shilling für jede meiner Töchter», sagte er verzweifelt.

«Oh, nein», sagte Sven, «so viel will Gelgill haben. Ich muss schließlich auch einen Gewinn machen. Ihr könnt sie alle drei behalten, Bolti, wenn Ihr mir sechshundert Shilling bezahlt.»

Das war ein unverschämter Preis, und er sollte es auch sein, doch Bolti erhob Einspruch. «Aber mir gehören doch nur zwei, Herr», jammerte er. «Die dritte ist seine Frau.» Er deutete auf mich.

«Eure?» Sven sah mich an. «Ein Aussätziger mit einer Frau? Also ist Euch Euer wertvollstes Teil noch nicht abgefallen?» Er fand das sehr lustig, und die beiden Männer, die unsere Frauen gebracht hatten, lachten mit ihm. «Und, Aussätziger», fragte Sven, «was wollt Ihr mir für Eure Frau zahlen?»

«Nichts», sagte ich.

Er kratzte sich am Hintern. Seine Männer grinsten. Sie waren an Trotz gewöhnt und auch daran, ihn zu brechen, und sie fanden es sehr unterhaltsam, dabei zuzusehen, wie Sven Reisende ausnahm. Sven schenkte sich Bier nach. «Ihr habt da ein paar schöne Armringe, Aussätziger», sagte er, «und ich vermute, dieser Helm wird Euch nicht mehr viel nutzen, wenn Ihr bald tot seid, also nehme ich im Tausch für Eure Frau Eure Armringe und Euren Helm, und dann könnt Ihr Eures Weges gehen.»

Ich rührte mich nicht, gab keinen Ton von mir, doch ich drückte meine Beine behutsam an Witneres Flanken und spürte, wie das große Pferd zitterte. Der Hengst war ein schlachtenerprobtes Tier und wollte, dass ich ihn endlich auf den Gegner trieb, und vielleicht war es Witneres Spannung, die Sven spürte. Alles, was er von mir sehen konnte, war mein schreckenerregender Helm mit seinen finsteren Augenlöchern und seinem Wolfskamm, und da wurde ihm unwohl. Unbekümmert hatte er den Einsatz erhöht, und nun konnte er nicht mehr zurück, ohne das Gesicht zu verlieren. Jetzt musste er spielen und gewinnen. «Habt Ihr plötzlich die Sprache verloren?», knurrte er mich an, und dann winkte er die beiden Männer heran, die Boltis Töchter und Hild geholt hatten. «Egil! Atsur! Nehmt dem Aussätzigen den Helm ab!»

Sven musste sich sicher geglaubt haben. Er hatte mindestens eine Schiffsmannschaft Männer im Dorf, ich dagegen war allein, und das überzeugte ihn davon, dass ich geschlagen war, noch bevor mich seine Männer überhaupt erreicht hatten. Der eine trug einen Speer, und der andere zog sein Schwert, doch er hatte das Schwert noch nicht einmal halb aus der Scheide gezogen, als ich schon Schlangenhauch in der Hand hatte und Witnere vorantrieb. Das Tier hatte nur auf den Angriff gewartet und preschte mit der Geschwindigkeit von Odins Lieblingspferd Sleipnir los. Zuerst nahm ich mir den Mann zu meiner Rechten vor, den Mann, der immer noch sein Schwert zog, und ließ Schlangenhauch vom Himmel auf ihn herabfahren wie einen Blitz des wütenden Thor, und die Kante meines Schwertes fuhr durch seinen Helm, als sei er aus Pergament, und Witnere, der dem Druck meiner Knie sofort gehorchte, wandte sich schon wieder in Svens Richtung, als der Speerträger auf mich losging. Er hätte seine Waffe gegen Witneres Brust oder gegen seinen Hals richten sollen, doch stattdessen versuchte er, mir den Speer zwischen die Rippen zu rammen, und da drehte sich Witnere kurz nach rechts und schnappte mit seinen großen Zähnen nach dem Gesicht des Mannes, und der Mann stolperte rückwärts, konnte gerade noch dem Biss ausweichen, doch verlor er das Gleichgewicht und fiel auf die Wiese, und ich lenkte Witnere nach links. Ich hatte meinen rechten Fuß schon aus dem Steigbügel gezogen, und nun schwang ich mich aus dem Sattel und ließ mich mit voller Wucht auf Sven fallen. Die Bank behinderte ihn, als er versuchte aufzustehen, und ich riss ihn ganz zu Boden, sodass ihm die Luft ausging, sprang gleich wieder auf die Füße, und schon drückte sich Schlangenhauchs Spitze an Svens Kehle. «Egil!», rief Sven nach dem Speerträger, den Witnere weggedrängt hatte, doch Egil wagte keinen Angriff, solange mein Schwert an der Gurgel seines Gebieters lag.

Bolti winselte. Er hatte sich vor Schrecken bepisst. Ich roch es, und ich hörte es tropfen. Gelgill stand da wie erstarrt und beobachtete mich mit ausdruckslosem Gesicht. Hild lächelte. Ein halbes Dutzend von Svens anderen Männern stand mir gegenüber, doch keiner von ihnen wagte eine Bewegung, denn immer noch lag die Spitze meines blutverschmierten Schwertes an Svens Kehle. Witnere stand mit gebleckten Zähnen an meiner Seite und scharrte dicht neben Svens Kopf unruhig mit dem Vorderhuf. Sven sah mit seinem einen Auge hasserfüllt und voller Angst zu mir hoch. Da trat ich unvermittelt von ihm weg. «Auf die Knie», befahl ich ihm.

«Egil!», flehte Sven erneut.

Egil, der einen schwarzen Bart trug und dessen Nasenlöcher riesig waren, weil ihm die Nasenspitze in einem Kampf abgehauen worden war, hob seinen Speer.

«Er stirbt, wenn du angreifst», sagte ich zu Egil und berührte Sven mit Schlangenhauchs Spitze. Egil war vernünftig genug, zurückzutreten, und ich zog Schlangenhauch über Svens Gesicht, sodass er blutete. «Auf die Knie», wiederholte ich, und als er kniete, beugte ich mich hinunter, zog seine beiden Schwerter aus ihren Scheiden und legte sie neben den Helm meines Vaters auf den Tisch.

«Willst du den Sklavenhändler umbringen?», rief ich Hild zu und deutete auf die Schwerter.

«Nein», antwortete sie.

«Iseult hätte ihn umgebracht», sagte ich. Iseult war meine Geliebte und Hilds Freundin gewesen.

«Du sollst nicht töten», sagte Hild. Das war ein christliches Gebot und ungefähr so sinnlos, wie der Sonne zu befehlen, rückwärts zu wandern.

«Bolti», ich sprach jetzt dänisch, «bring den Sklavenhändler um.» Ich wollte Gelgill nicht den Rücken zuwenden.

Doch Bolti rührte sich nicht. Er war zu erschrocken, um mir zu gehorchen, aber dann überraschten mich seine beiden Töchter. Sie kamen und ergriffen Svens Schwerter. Gelgill versuchte wegzulaufen, doch der Tisch war ihm im Weg, und eines der Mädchen schwang wild die Klinge, traf seinen Schädel, und er brach seitwärts zusammen. Dann machten sie sich gemeinsam über ihn her. Ich sah nicht zu, denn ich bewachte Sven, doch ich hörte die Schreie des Sklavenhändlers und Hilds überraschtes Keuchen, und ich sah die Ungläubigkeit auf den Gesichtern der Männer vor mir. Die Zwillinge grunzten, während sie auf Gelgill einhackten. Er brauchte lange zum Sterben, und kein einziger von Svens Männern unternahm den Versuch, ihn zu retten oder ihren Gebieter zu verteidigen. Alle hatten ihre Waffen gezogen, und wenn nur einer von ihnen ein bisschen Verstand besessen hätte, dann wäre ihm aufgegangen, dass ich es nicht wagen konnte, Sven umzubringen, denn sein Leben war mein Leben. Wenn ich ihm den Garaus gemacht hätte, wären sie mit ihren Schwertern über mich hergefallen, doch sie fürchteten sich zu sehr vor dem, was ihnen Kjartan antun würde, falls sein Sohn starb, und so rührten sie sich lieber gar nicht, und ich drückte die Klinge fester an Svens Kehle, sodass er einen halberstickten Angstschrei ausstieß.

Hinter mir wurde schließlich die Abschlachtung Gelgills vollendet. Ich wagte es, mich kurz umzuwenden, und sah Boltis Zwillingstöchter blutüberströmt und grinsend über ihrem Opfer stehen. «Sie sind Hels Töchter», erklärte ich den Männern und war stolz auf meinen plötzlichen Einfall, denn Hel ist die Totengöttin, halbverwest und furchterregend, und sie holt alle zu sich, die nicht in der Schlacht sterben. «Und ich bin Thorkild!», fuhr ich fort. «Und ich habe Scharen von Kämpfern in Odins Totenhalle geschickt.» Sven zitterte unter mir. Seine Männer schienen den Atem anzuhalten, und mit einem Mal wuchsen meiner Erzählung Flügel, und ich ließ meine Stimme so tief klingen, wie ich es vermochte. «Ich bin Thorkild der Lepröse», verkündete ich laut, «und ich bin schon vor langer Zeit gestorben, nun aber hat mich Odin aus seiner Totenhalle hierher gesandt, um die Seelen Kjartans und seines Sohnes zu holen.»

Sie glaubten mir. Ich sah Männer nach ihren Amuletten greifen. Ein Speerträger fiel sogar auf die Knie. Ich hätte Sven am liebsten an Ort und Stelle getötet, und vielleicht hätte ich das auch besser getan, doch es wäre nur ein einziger richtiger Mann notwendig gewesen, um das Netz aus mystischen Narrheiten zu zerreißen, das ich für sie gewebt hatte. Was ich in diesem Augenblick am dringendsten brauchte, war nicht Svens Seele, sondern unsere Sicherheit, und daher tauschte ich das eine gegen das andere. «Ich werde diesen Wurm weiterkriechen lassen», sagte ich, «damit er seinem Vater die Nachricht von meinem Kommen überbringen kann. Aber vorher verschwindet ihr. Alle! Zieht euch hinter das Dorf zurück, und ich lasse ihn frei. Eure Gefangenen lasst ihr hier.» Sie starrten mich bloß an, und da ließ ich Schlangenhauchs Klinge noch einmal zucken, sodass Sven erneut aufheulte. «Verschwindet!», brüllte ich.

Sie gingen, schnell und voller Angst. Bolti betrachtete seine geliebten Töchter mit Scheu. Ich sagte jedem der Mädchen, dass sie ihre Sache gut gemacht hatten, und hieß sie, eine Handvoll Münzen vom Tisch mitzunehmen. Dann gingen sie zurück zu ihrer Mutter, Silber in der einen und ein blutiges Schwert in der anderen Hand. «Das sind gute Mädchen», sagte ich zu Bolti, und er erwiderte nichts, beeilte sich aber, ihnen zu folgen.

«Ich konnte ihn nicht töten», sagte Hild. Sie schien sich ihrer Überempfindsamkeit zu schämen.

«Das ist nicht wichtig», sagte ich. Ich drückte mein Schwert an Svens Kehle, bis ich sicher war, dass sich alle seine Männer ein gutes Stück ostwärts zurückgezogen hatten. Ihre Gefangenen, die meisten waren heranwachsende Jungen und Mädchen, blieben im Dorf, doch niemand von ihnen wagte sich in meine Nähe.

In diesem Moment kam ich in Versuchung, Sven alles zu erzählen, ihn wissen zu lassen, dass er von seinem alten Feind erneut gedemütigt worden war, doch dann schien mir die Geschichte von Thorkild dem Leprösen zu gut, um sie einfach an ihn zu vergeuden. Ich war auch versucht, ihn nach Thyra, Ragnars Schwester, zu fragen, doch ich fürchtete, falls sie noch lebte und ich Interesse an ihr zeigte, wären ihre Tage gezählt. Also erwähnte ich sie nicht. Stattdessen packte ich Svens Schopf und zerrte seinen Kopf zurück, sodass er mich ansehen musste. «Ich bin auf diese Mittelerde gekommen», sagte ich zu ihm, «um dich und deinen Vater zu töten. Ich werde dich wiederfinden, Sven Kjartanson, und das nächste Mal werde ich dich umbringen. Ich bin Thorkild, und ich wandere durch die Finsternis, und keiner kann mich töten, weil ich schon eine Leiche bin. Richte also deinem Vater meine Grüße aus und erzähle ihm, dass der Totenkrieger mit dem Schwert nach ihm ausgesandt wurde und dass wir alle drei auf *Skidbladnir* zurück nach Niflheim segeln werden.» Niflheim war das grässliche Reich der Finsternis, in dem die unehrenhaften Toten endeten, und *Skidbladnir* war das Götterschiff, das zusammengefaltet und in einem Beutel verborgen werden konnte. Dann ließ ich Sven los und trat ihn so fest in den Rücken, dass er aufs Gesicht fiel. Er hätte wegkriechen können, doch er wagte nicht, sich zu rühren. Er war genauso gut wie ein geprügelter Hund, und obwohl ich ihn immer noch gerne umgebracht hätte, glaubte ich, es sei noch besser, ihn meine unheimliche Geschichte seinem Vater überbringen zu lassen. Kjartan würde mit Sicherheit erfahren, dass Uhtred von Bebbanburg in Eoferwic gesehen worden war, aber er würde auch von dem Totenkrieger hören, der gekommen war, um ihn zu töten, und ich wollte, dass ihn die schrecklichsten Träume plagten.

Sven bewegte sich auch nicht, als ich mich zu seinem Gürtel hinabbeugte und ihn um seinen schweren Münzbeutel erleichterte. Dann streifte ich ihm die silbernen

Ringe von den Armen. Hild schnitt ein Stück von Gelgills Umhang ab und knotete es zu einem Beutel, in den wir die Münzen aus dem Holzkasten des Sklavenhändlers schütteten. Ich gab ihr den Helm meines Vaters in die Hand und schwang mich wieder in Witneres Sattel. Dann klopfte ich ihm den Hals, und er warf seinen Kopf mit einer prächtigen Bewegung zurück, als verstünde er, wie gut er sich an diesem Tag als Kampfhengst bewährt hatte.

Gerade wollte ich davonreiten, da wurde dieser eigenartige Tag noch sonderbarer. Einige der Gefangenen, als glaubten sie jetzt erst, dass sie wahrhaftig frei waren, rannten in die Richtung der Brücke, während andere so verwirrt oder verloren oder verzweifelt waren, dass sie den bewaffneten Männern ostwärts gefolgt waren. Dann waren mit einem Mal psalmodierende Mönche zu hören, und aus einem der niedrigen torfgedeckten Häuser, das ihr Gefängnis gewesen war, tauchte eine Prozession Geistlicher auf. Es waren sieben an der Zahl, und sie hatten an diesem Tag das unfassbarste Glück gehabt, denn wie ich feststellte, war Kjartan der Grausame wirklich ein Christenhasser, und er tötete jeden Priester und jeden Mönch, dessen er habhaft wurde. Diese sieben entkamen ihm nun. Bei ihnen befand sich ein junger Mann in Ketten. Er war groß, muskulös, sehr gutaussehend, in Lumpen gehüllt und ungefähr so alt wie ich. Sein langes gelocktes Haar war so goldfarben, dass es fast weiß wirkte. Seine Wimpern waren farblos, seine Augen tiefblau, und seine gebräunte Haut zeigte mit keiner Spur, dass er schon eine Krankheit zu überstehen gehabt hätte. Sein Gesicht hätte aus Stein gemeißelt sein können, so stark geformt waren seine Wangenknochen, seine Nase und sein Kinn, doch die Härte der Gesichtszüge wurde durch einen fröhlichen Ausdruck gemildert, der vermuten ließ, dass er im Leben ständig neue Überraschungen und

Vergnügungen fand. Als er Sven neben den Hufen meines Pferdes kauern sah, rannte er von den singenden Priestern zu uns und bückte sich auf dem Weg nur einmal, um das Schwert des Mannes aufzuheben, den ich getötet hatte. Er hielt die Waffe ungeschickt, denn seine Hände waren durch eine metallene Kette miteinander verbunden, dennoch trug er es bis zu Sven und ließ es dann über seinem Nacken schweben.

«Nein», sagte ich.

«Nein?» Der junge Mann lächelte zu mir hoch, und ich mochte ihn sofort. Seine Miene war offen und arglos.

«Ich habe ihm versprochen, ihn am Leben zu lassen», sagte ich.

Er überlegte kurz. «Das habt Ihr», sagte er dann, «aber ich nicht.» Er sprach dänisch.

«Aber wenn Ihr ihm das Leben nehmt», sagte ich, «dann muss ich Euch Eures nehmen.»

Der Schalk blitzte aus seinen Augen, als er über meine Worte nachdachte. «Warum?», fragte er und war keineswegs erschrocken, sondern schien es einfach nur wissen zu wollen.

«Weil so das Gesetz ist», sagte ich.

«Aber Sven Kjartanson kennt kein Gesetz», gab er mir zu bedenken.

«Es ist mein Gesetz», sagte ich, «und ich will, dass er seinem Vater eine Nachricht überbringt.»

«Welche Nachricht?»

«Dass der Totenkrieger mit dem Schwert gekommen ist, um ihn zu holen.»

Der junge Mann legte den Kopf zur Seite und ließ sich die Nachricht durch den Sinn gehen. Schließlich schien er sie gutzuheißen, denn er klemmte das Schwert unter einen Arm und knotete dann unbeholfen seinen Hosengürtel auf.

«Von mir kannst du auch eine Nachricht überbringen», sagte er zu Sven, «und hier ist sie.» Er pisste auf Sven. «Ich taufe dich», sagte der junge Mann, «im Namen Thors und Odins und Lokis.»

Die sieben Geistlichen, es waren drei Mönche und vier Priester, betrachteten diese Taufe mit ernsten Mienen, doch keiner von ihnen erhob Einspruch gegen diese Gotteslästerung oder versuchte sie zu verhindern. Der junge Mann pisste ziemlich lange und zielte mit seinem Strahl auf Svens Haar, das er vollkommen durchnässte, und als er endlich fertig war, band er seinen Gürtel wieder fest und lächelte mich erneut an. «Und Ihr seid also der Totenkrieger mit dem Schwert?»

«So ist es», sagte ich.

«Hör auf zu heulen», befahl er Sven und lächelte mir dann wieder zu. «In diesem Fall werdet Ihr mir vielleicht die Ehre erweisen, mir zu dienen?»

«Euch zu dienen?», fragte ich. Jetzt war ich an der Reihe, mich zu belustigen.

«Ich bin Guthred», sagte er, als ob das alles erklärte.

«Von Guthrum habe ich schon gehört», sagte ich, «und ich kenne auch einen Guthwere und habe zwei Männer getroffen, die Guthlac heißen, aber von einem Guthred weiß ich nichts.»

«Ich bin Guthred, der Sohn Hardnicuts», sagte er.

Auch dieser Name sagte mir nichts. «Und warum sollte ich Euch dienen, Guthred, Sohn von Hardnicut?»

«Weil ich ein Sklave war, bis Ihr kamt», sagte er, «aber jetzt … nun, weil Ihr kamt, bin ich jetzt ein König!» Er sprach mit solcher Leidenschaft, dass er sich kaum recht ausdrücken konnte.

Ich lächelte unter dem Leinenschal. «Ihr seid ein König», sagte ich, «aber wovon?»

«Von Northumbrien natürlich», antwortete er strahlend.

«Das ist er, Herr, das ist er wirklich», bemerkte einer der Priester ganz ernsthaft.

Und so lernte der Totenkrieger mit dem Schwert den Sklavenkönig kennen, und Sven der Einäugige kroch zu seinem Vater, und all die Seltsamkeiten, die sich in Northumbrien ausgebreitet hatten, wurden noch seltsamer.

ZWEI

Manchmal hat man auf See, wenn sich das Schiff zu weit vom Land entfernt hat, der Wind auffrischt, die Gezeiten das Boot mit unwiderstehlichen Kräften mitziehen und die Wellen mit weißer Gischt über den Schildpflöcken zerschellen, keine andere Wahl, als dahin zu gehen, wohin einen die Götter schicken. Das Segel muss aufgerollt werden, bevor es reißt, und die langen Ruder können nichts mehr ausrichten, also bindest du sie fest und fährst vor dem Wind und sagst deine Gebete und beobachtest den dunkler werdenden Himmel und hörst den Wind heulen und erträgst den Regen, dessen Tropfen dich wie Geschosse treffen, und dann hoffst du, dass die Ebbe und die Wellen und der Wind dein Schiff nicht gegen die Felsen drücken.

Und so habe ich mich in Northumbrien gefühlt. Zwar war ich dem Irrsinn Hrothweards in Eoferwic entkommen, doch gleich darauf hatte ich Sven gedemütigt, der nun nur noch darauf sann, mich umzubringen, falls er noch glaubte, dass man einen wie mich töten konnte. Also wagte ich es nicht, in der mittleren Region Northumbriens zu bleiben, denn meine Feinde waren hier viel zu zahlreich, doch auch weiter nordwärts konnte ich nicht, denn damit wäre ich auf dem Gebiet der Bebbanburg gewesen, meinem eigenen Land, wo mein Onkel täglich um meinen Tod betete, damit er auch vor dem Gesetz zum Besitzer dessen wurde, was er bis jetzt nur gestohlen hatte, und ich hatte nicht vor, die Erfüllung seiner Gebete zu beschleunigen. Also trieben mich die Winde von Kjartans Hass und Svens Rache zusammen mit der Gezeitenströmung aus der Feindseligkeit meines Onkels Richtung Westen in die Wildnis Cumbriens.

Wir folgten dem römischen Wall über den Hügelkuppen. Dieser Wall ist ein höchst außergewöhnliches Bauwerk, das von Meer zu Meer das ganze Land durchschneidet. Es ist aus Stein errichtet, steigt und fällt mit den Hügeln und Tälern, und seine unerbittliche Gegenwart endet niemals. Wir trafen auf einen Schäfer, der noch nie von den Römern gehört hatte, und er erzählte uns, dass die Riesen aus der alten Zeit diesen Wall gebaut hätten, und außerdem behauptete er, am Weltenende würden aus dem fernen Norden wilde Männer wie ein Hochwasser über diesen Wall fluten, um Tod und Schrecken zu verbreiten. Am Nachmittag des gleichen Tages musste ich noch einmal an diese Prophezeiung denken, denn ich sah eine Wölfin mit heraushängender Zunge oben über den Umgang des Walls laufen. Sie beäugte uns, sprang hinter unseren Pferden vom Wall und machte sich Richtung Süden davon. Inzwischen bröckelt das Mauerwerk, in den Steinritzen blühen Wildblumen, und eine dicke Erdschicht hat sich den breiten Wehrgang entlang angesammelt. Dennoch ist es ein erstaunliches Bauwerk geblieben. Wir haben einige wenige Kirchen und Klöster aus Stein gebaut, und ich habe ein paar langgestreckte Wohnhäuser aus Stein gesehen, aber ich kann mir nicht vorstellen, dass irgendwer heute in der Lage wäre, solch einen Wall zu errichten. Und es war auch nicht bloß ein Wall. An seiner Seite nämlich verlief ein breiter Graben und dahinter noch eine mit Steinen gepflasterte Straße, und im Abstand von jeweils ungefähr einer Meile erhob sich ein Wachturm, und zweimal am Tag kamen wir an steinernen Festungen vorbei, in denen die römischen Soldaten gewohnt hatten. Die Dächer und die Schlafbaracken sind längst verschwunden, und die steinernen Häuser werden inzwischen nur noch von Füchsen und Raben bevölkert, aber in einer dieser Festungen entdeckten wir einen nackten Mann, dessen Haar ihm bis auf die Hüfte reichte. Er war sehr alt, behauptete selbst, über siebzig Jahre zu sein, und sein grauer Bart war genauso lang und verfilzt wie sein weißes Haar. Die Kreatur starrte nur so vor Schmutz, bestand bloß aus Haut, Knochen und Dreck, aber Willibald und die sieben Geistlichen, die ich aus Svens Händen befreit hatte, fielen dennoch vor ihm auf die Knie. Der Alte war ein weithin bekannter Eremit.

«Einst war er Bischof», erklärte mir Willibald mit ehrfurchtsvoller Stimme, nachdem ihm der Knochenmann den Segen erteilt hatte. «Er besaß ein Vermögen, eine Frau, Bedienstete und großes Ansehen, und das alles gab er auf, um Gott in Einsamkeit anzubeten. Er ist ein heiliger Mann.»

«Vielleicht ist er aber auch nur ein verrückter Bastard», gab ich zu bedenken, «oder seine Frau ist ein bösartiges Weib und hat ihn aus dem Haus geworfen.»

«Er ist ein Kind Gottes», sagte Willibald vorwurfsvoll, «und eines Tages wird man ihn einen Heiligen nennen.»

Hild war vom Pferd gestiegen und sah mich an, als wolle sie meine Erlaubnis dafür, sich dem Einsiedler zu nähern. Sie wollte unbedingt seinen Segen, und deshalb wollte sie meine Einwilligung, aber was sie tat, ging mich nichts an, also zuckte ich nur mit den Schultern, und sie kniete sich vor den schmutzigen Kerl. Er verschlang sie fast mit seinen Blicken, kratzte sich zwischen den Beinen und machte dann das Kreuzeszeichen auf ihren beiden Brüsten, wobei er mit seinem Finger fest drückte, um ihre Nippel zu spüren, während er die ganze Zeit so tat, als segnete er sie, sodass ich in Versuchung geriet, den alten Bastard umgehend die gottgefälligen Freuden der Märtyrerschaft kennenlernen zu lassen. Doch Hild weinte vor lauter Ergriffenheit, als er ihr über den Kopf strich, und nachdem er noch ein Gebet hergesabbert hatte, war sie ihm unendlich dankbar. Mir warf er einen bösen Blick zu und streckte seine schmuddelige Pfote aus, als solle ich ihm Geld geben, doch stattdessen zeigte ich ihm Thors Hammer, und er zischte mir zwischen seinen beiden gelben Zähnen einen Fluch zu, und dann überließen wir ihn dem Moor, dem Himmel und seinen Gebeten.

Ich hatte mich von Bolti getrennt. Er war nördlich des Römerwalls sicher, denn damit war er auf dem Gebiet der Bebbanburg angekommen, wo Ælfrics Reiter zusammen mit den Reitern der Dänen, die auf meinem Land lebten, die Straßen bewachten. Wir folgten dem Wall weiter Richtung Westen, und zu meiner Gruppe gehörten nun Pater Willibald, Hild, König Guthred und die sieben Geistlichen, die ich befreit hatte. Es war mir gelungen, die Kette zu brechen, mit der Guthreds Hände aneinandergefesselt waren, sodass der Sklavenkönig, der jetzt Willibalds Stute ritt, zwei eiserne Armbänder trug, von denen kurze Stücke der rostigen Kette herabbaumelten. Unablässig redete er auf mich ein. «Was wir tun sollten», sagte er mir am zweiten Tag unserer Reise, «ist, in Cumbrien eine Streitmacht zusammenstellen, und dann ziehen wir über die Berge und nehmen Eoferwic ein.»

«Und dann?», fragte ich.

«Dann geht's in den Norden!», sagte er leidenschaftlich. «Der Norden! Wir werden Dunholm besetzen, und danach nehmen wir Bebbanburg ein. Ihr wollt doch, dass ich das tue, nicht wahr?»

Ich hatte Guthred meinen richtigen Namen genannt und ihm erzählt, dass ich der wahre Herr von Bebbanburg war, und jetzt erzählte ich ihm, dass es noch niemals jemandem gelungen war, Bebbanburg einzunehmen.

«Ein harter Brocken, was?», gab Guthred zurück. «Wie Dunholm? Na gut, dann überlegen wir das mit Bebbanburg noch einmal. Wir müssen ja sowieso zuerst Ivarr erledigen.» Er redete, als wäre es keine große Sache, den mächtigsten Dänen von Northumbrien auszuschalten. «Also kümmern wir uns um Ivarr», sagte er. Mit einem Male heiterte sich seine Miene auf: «Oder vielleicht lässt mich Ivarr ja auch König werden! Er hat einen Sohn, und ich habe eine Schwester, die jetzt im heiratsfähigen Alter sein muss. So könnte doch ein Bündnis geschlossen werden, oder?»

«Es sei denn, Eure Schwester ist schon verheiratet», gab ich zu bedenken.

«Ich kann mir nicht vorstellen, wem sie gefallen haben sollte», sagte er. «Sie hat ein Gesicht wie ein Pferd.»

«Pferdegesicht oder nicht», sagte ich. «Sie ist Hardnicuts Tochter. Es gibt bestimmt jemanden, dem es Vorteile bringt, sie zu heiraten.»

«Das war vielleicht vor dem Tod meines Vaters so», sagte Guthred zweiflerisch, «aber jetzt?»

«Jetzt seid Ihr König», erinnerte ich ihn. Ich glaubte in Wahrheit natürlich nicht, dass er ein König war, aber er glaubte es, also gönnte ich ihm das Vergnügen.

«Das stimmt!», sagte er. «Also will bestimmt jemand Gisela haben, oder? Trotz ihres Aussehens!»

«Sieht sie wirklich aus wie ein Pferd?»

«Sie hat ein langes Gesicht», sagte er und schnitt eine Grimasse, «aber ganz hässlich ist sie auch nicht. Es wird außerdem Zeit, dass sie heiratet. Sie muss jetzt schon fünfzehn oder sechzehn sein! Ich glaube, wir sollten sie mit Ivarrs Sohn verheiraten. So kommt ein Bündnis mit Ivarr zustande, und er wird uns helfen, mit Kjartan zurechtzukommen, und dann müssen wir sicherstellen, dass uns die Schotten keinen Ärger mehr machen. Und dann müssen wir natürlich noch diese Bastarde von Strath Clota daran hindern, sich zur Plage zu entwickeln.»

«Natürlich müssen wir das», sagte ich.

«Sie haben meinen Vater getötet, versteht Ihr? Und mich zum Sklaven gemacht!» Er grinste.

Hardnicut, Guthreds Vater, war ein dänischer Graf gewesen, der sich in Cair Ligualid, der bedeutendsten Stadt Cumbriens, niedergelassen hatte. Hardnicut hatte sich selbst König von Northumbrien genannt, und das war eine Anmaßung, doch westlich der Hügel geschehen viele seltsame Dinge, und ein Mann kann dort auch behaupten, über den Mond zu herrschen, wenn es ihm gefällt, denn kein Mensch außerhalb Cumbriens wird das auch nur im Geringsten zur Kenntnis nehmen. Hardnicut hatte für die mächtigeren Herren rund um Eoferwic keine Bedrohung dargestellt. In der Tat hatte er für überhaupt niemanden eine Bedrohung dargestellt, denn Cumbrien war ein jämmerlicher, armseliger Landstrich, nachdem es immerzu von den Nordmännern aus Irland oder den Schreckenshorden aus Strath Clota überfallen wurde, dessen König Eochaid sich selbst König von Schottland nannte, ein Titel, den ihm Aed streitig machte, der gerade gegen Ivarr kämpfte.

Die Dreistigkeit der Schotten, so pflegte mein Vater zu sagen, kennt keine Grenzen. Er hatte Grund genug, das zu sagen, denn die Schotten beanspruchten viel Land, das zu Bebbanburg gehörte, und bis die Dänen kamen, kämpfte unsere Familie immerzu gegen Stämme aus dem Norden. Ich hatte als Kind gelernt, dass es in Schottland die unterschiedlichsten Stämme gab, doch die beiden Stämme, die in der größten Nachbarschaft zu Northumbrien lebten, waren zum einen die Schotten selbst, deren König jetzt Aed war, und zum anderen die Wilden aus Strath Clota, die an der Westküste lebten und niemals in der Nähe von Bebbanburg auftauchten. Sie raubten stattdessen Cumbrien aus, und deshalb hatte Hardnicut beschlossen, sie zu bestrafen, und war mit einer kleinen Streitmacht Richtung Norden in ihr Hügelland vorgerückt. Dort ging er in eine Falle Eochaids von Strath Clota, und sein Heer wurde aufgerieben. Guthred war mit seinem Vater in den Kampf gezogen und gefangen genommen worden. Danach hatte er zwei Jahre lang als Sklave bei ihnen gelebt.

«Warum haben sie Euch nicht umgebracht?», fragte ich.

«Eochaid hätte mich umbringen sollen», räumte Guthred fröhlich ein, «aber zuerst wusste er nicht, wer ich bin, und als er es schließlich herausfand, hatte er keine Lust mehr zum Töten. Er trat mich ein paar Mal und erklärte mir dann, ich müsse ihm als Sklave dienen. Es gefiel ihm, mir dabei zuzusehen, wie ich seinen Scheißekübel leerte. Ich war ein Haushaltssklave, versteht Ihr? Das war noch eine besondere Erniedrigung.»

«Ein Haushaltssklave zu sein?»

«Ich musste Frauenarbeit machen», erklärte Guthred, «aber das bedeutete auch, dass ich viel Zeit mit den Mädchen in der Küche verbrachte. Das hat mir sehr gefallen.»

«Und wie seid Ihr Eochaid entkommen?»

«Das bin ich nicht. Gelgill hat mich ihm abgekauft. Er hat einen wirklich hohen Preis für mich bezahlt!» Aus Guthreds Stimme klang Stolz.

«Und Gelgill hatte vor, Euch an Kjartan weiterzuverkaufen?», fragte ich.

«O nein! Er wollte mich an die Priester von Cair Ligualid verkaufen!» Er nickte in Richtung der sieben Geistlichen, die ich mit ihm zusammen gerettet hatte. «Sie hatten sich vorher schon über den Preis geeinigt, versteht Ihr? Aber Gelgill wollte mehr, und dann haben sie sich alle mit Sven getroffen, und der wollte natürlich nicht, dass dieser Verkauf zustande kam. Er wollte, dass ich nach Dunholm gehe, und Gelgill hätte für Sven und seinen Vater alles getan, deshalb war unser Schicksal besiegelt, bis Ihr aufgetaucht seid.»

Manches in dieser Erzählung ergab Sinn, und nachdem ich mit den sieben Geistlichen gesprochen und Guthred weitere Fragen gestellt hatte, konnte ich mir den Rest selbst zusammenreimen. Gelgill, der auf beiden Seiten der Grenze als Sklavenhändler bekannt war, hatte Eochaid für eine beträchtliche Summe Guthred abgekauft, nicht, weil Guthred diesen Preis wert gewesen wäre, sondern weil ihn die Priester mit diesem Handel beauftragt hatten. «Zweihundert Silberstücke, acht Bullen, zwei Säcke Malz und ein silberbeschlagenes Trinkhorn. So viel kostete ich», erklärte mir Guthred in bester Laune.

«So viel hat Gelgill bezahlt?» Das erstaunte mich.

«Nein, nicht er. Die Priester haben bezahlt. Gelgill hat nur die Verhandlungen geführt.»

«Die Priester haben für Euch bezahlt?»

«Sie müssen das Silber von ganz Cumbrien dafür zusammengekratzt haben», sagte Guthred stolz.

«Und Eochaid war damit einverstanden, Euch zu verkaufen?»

«Bei diesem Preis? Natürlich war er einverstanden! Warum auch nicht?»

«Er hat Euren Vater umgebracht. Eure Pflicht ist es also, ihn umzubringen. Und das weiß er.»

«Ich glaube eher, dass er mich gemocht hat», sagte Guthred, und das konnte ich mir auch vorstellen, denn Guthred war außerordentlich anziehend. Er begann jeden

Tag, als sei von ihm nichts außer Freuden zu erwarten, und in seiner Gesellschaft wirkte das Leben irgendwie heiterer. «Er ließ mich immer noch seinen Scheißekübel ausleeren», räumte Guthred ein, als er mehr von Eochaid erzählte, «aber er hörte damit auf, mich jedes Mal zu treten, wenn ich es tat. Und es gefiel ihm, mit mir zu reden.»

«Worüber?»

«Ach, über alles! Die Götter, das Wetter, Fischen, wie man guten Käse macht, Frauen, einfach alles. Und er hielt mich nicht für einen Krieger, und das bin ich in Wahrheit auch nicht. Jetzt, wo ich König bin, muss ich natürlich auch Krieger sein, aber der Kampf gefällt mir nicht besonders. Eochaid hat mich schwören lassen, dass ich niemals einen Krieg gegen ihn anfangen werde.»

«Und das habt Ihr geschworen?»

«Natürlich! Ich mag ihn. Ich plündere seinen Viehbestand und bringe jeden Mann um, den er nach Cumbrien schickt, aber das ist ja kein Krieg, oder?»

Also hatte Eochaid das Silber der Kirche genommen, und Gelgill hatte Guthred nach Northumbrien gebracht. Doch statt ihn den Priestern zu überantworten, war er mit ihm weiter nach Westen gezogen, weil er vermutete, er könne aus Guthred mehr Geld herausholen, wenn er ihn an Kjartan verkaufte, statt sich an den Vertrag zu halten, den er mit den Geistlichen geschlossen hatte. Die Priester und Mönche folgten ihm und flehten um Guthreds Freilassung, und da trafen alle zusammen auf Sven, der nun für sich selbst eine Gelegenheit erkannte, aus Guthred seinen Vorteil zu ziehen. Dieser befreite Sklave war der Sohn Hardnicuts, und das machte ihn zum Erben cumbrischer Ländereien, und deshalb glaubte Sven, auf einen sehr ansehnlichen Beutel voll Lösegeld zählen zu können. Er hatte geplant, Guthred nach Dunholm zu bringen, wo er zweifellos auch die sieben Kirchenmänner töten wollte. Und dann war ich aufgetaucht, das Gesicht in schwarzes Leinen gewickelt, und jetzt war Gelgill tot, Svens Haar stank nach Pisse, und Guthred war frei.

Das alles verstand ich, aber was keinen Sinn ergab, war, dass sieben sächsische Geistliche von Cair Ligualid gekommen waren, um ein Vermögen für Guthred zu zahlen, der sowohl ein Däne als auch ein Heide war. «Weil ich ihr König bin, natürlich», sagte Guthred, als wäre das ganz klar, «obwohl ich nie gedacht hätte, dass ich eines Tages König werden würde. Nicht, nachdem mich Eochaid in Gefangenschaft genommen hatte, doch das alles ist der Wille des Christengottes. Wer bin ich, dagegen aufzubegehren?»

«Ihr Gott will Euch?», fragte ich und warf einen Blick auf die sieben Kirchenleute, die so weit gereist waren, um ihn zu befreien.

«Ihr Gott will mich», sagte Guthred ernst, «weil ich der Erwählte bin. Meint Ihr, ich sollte Christ werden?»

«Nein», sagte ich.

«Ich glaube, ich sollte Christ werden», sagte er, ohne meine Antwort zu beachten, «schon um meine Dankbarkeit zu beweisen. Die Götter mögen Undankbarkeit nicht, oder?»

«Was die Götter mögen», sagte ich, «ist Unordnung und Verworrenheit.»

Und die Götter waren glücklich.

Cair Ligualid war ein armseliger Ort. Nordmänner hatten ihn zwei Jahre zuvor ausgeraubt und niedergebrannt, kurz nachdem Guthreds Vater von den Schotten getötet worden war, und nicht einmal die Hälfte der Stadt war wieder aufgebaut worden. Was von ihr übrig war, stand am südlichen Ufer des Hedene, und deshalb gab es die Siedlung überhaupt, denn sie lag an der ersten Überquerungsmöglichkeit des Flusses, eines Flusses, der gegen die einfallenden Schotten einen gewissen Schutz bot. Keinen Schutz allerdings hatte er gegen die Raubmannschaften geboten, die den Hedene heraufgesegelt waren. Sie hatten gestohlen, was sie konnten, geschändet, wen sie wollten, umgebracht, wen sie nicht wollten, und wer dann noch lebte, war von ihnen als Sklave mitgenommen worden. Diese Krieger waren von ihren Siedlungen aus Irland gekommen, und sie waren mit den Sachsen verfeindet, mit den Iren, den Schotten und zuweilen sogar mit ihren Verwandten, den Dänen. Sie hatten die Dänen nicht verschont, die in Cair Ligualid lebten. Also ritten wir durch ein zerstörtes Tor und durch eine zerstörte Stadtmauer in eine zerstörte Stadt. Als wir ankamen, senkte sich gerade die Dämmerung herab, der ständige Regen hörte auf, und ein breites, rotes Strahlen durchbrach die Wolken am westlichen Himmel. Wir ritten geradewegs in das Licht des leuchtend untergehenden Sonnenballs hinein, das sich auf meinem Helm mit der Kammzier des silbernen Wolfsrachens widerspiegelte und mein Kettenhemd, meine Armringe und die Hefte meiner beiden Schwerter aufschimmern ließ, und mit einem Male rief jemand, ich sei der König. Ich sah auch aus wie ein König. Ich ritt Witnere, der seinen mächtigen Kopf hochwarf und mit den Hufen aufstampfte, und ich strahlte förmlich in meiner Kriegerpracht.

Cair Ligualid war voller Leute. Hier und da war ein Haus wieder aufgebaut worden, doch die meisten hatten sich mitsamt ihrem Vieh mehr schlecht als recht in den verkohlten Ruinen eingerichtet, und es waren viel mehr, als nach dem Überfall der Nordmänner hier übrig geblieben sein konnten. Es war denn auch das Volk aus Cumbrien, das von seinen Priestern oder Herren mit dem Versprechen nach Cair Ligualid geführt worden war, dass die Ankunft ihres neuen Königs bevorstehe. Und nun näherte sich im Widerschein des Sonnenuntergangs von Osten ein strahlender Krieger auf einem großen, schwarzen Pferd.

«Der König!», rief eine andere Stimme, und der Ruf wurde von vielen anderen Kehlen aufgenommen, und die Leute strömten aus ihren behelfsmäßigen Unterkünften und starrten mich an. Willibald versuchte sie wegzuschicken, aber seine westsächsischen Worte gingen in dem Gelärme unter. Ich erwartete, dass Guthred ebenfalls etwas dagegen tun würde, doch stattdessen zog er sich seinen Umhang über den Kopf, sodass er aussah wie einer der Geistlichen, die sich anstrengen mussten, an unserer Seite zu bleiben, während uns die Menge bedrängte. Die Leute knieten nieder, als wir vorbeikamen, und sprangen dann wieder auf die Füße, um sich dem Zug anzuschließen. Hild lachte, und ich nahm sie an der Hand, damit sie an meiner Seite ritte wie eine Königin. Die wachsende Menge begleitete uns einen langen, sanften Hügel hinauf, auf dessen Gipfel ein neues Gebäude stand. Als wir näher kamen, erkannte ich, dass es kein Palas, sondern eine Kirche war, und dass Priester und Mönche zu unserem Empfang vor die Tür traten.

In Cair Ligualid herrschte der Wahn. Es war ein anderer Wahn als der, durch den in Eoferwic der Blutrausch ausgelöst worden war, aber Wahnsinn war es dennoch. Frauen weinten, Männer riefen laut durcheinander, und Kinder starrten verständnislos um sich. Mütter hielten mir ihre Säuglinge entgegen, als ob meine Berührung sie heilen könnte. «Ihr müsst sie davon abhalten!» Es war Willibald gelungen, sich an meine Seite zu drängen, und er hängte sich an meinen rechten Steigbügel.

«Warum?»

«Weil sie sich täuschen, natürlich! Guthred ist der König!»

Ich lächelte ihn an. «Vielleicht», sagte ich langsam, als hätte ich diesen Einfall gerade jetzt erst, «vielleicht könnte ich ja an seiner statt König werden.»

«Uhtred!», rief Willibald entsetzt.

«Warum nicht?», fragte ich. «Meine Vorfahren waren auch Könige.»

«Guthred ist der König!», widersprach Willibald. «Der Abt hat ihn dazu ernannt!»

Und so hatte der Wahnsinn in Cair Ligualid seinen Anfang genommen. In der Stadt hatten sich nur noch Füchse und Vögel getroffen, als Abt Eadred von Lindisfarena über die Hügel kam. Lindisfarena ist das Kloster, das ganz nah bei Bebbanburg liegt. Das ist an der östlichen Küste Northumbriens, während sich Cair Ligualid ganz im Westen befindet, doch der Abt, vertrieben von dänischen Überfällen, war nach Cair Ligualid gekommen und hatte hier die neue Kirche gebaut, vor der wir jetzt standen. Außerdem hatte der Abt Guthred in seinen Träumen gesehen. Heute kennt natürlich jeder Northumbrier die Erzählung davon, wie der Heilige Cuthbert dem Abt die Erscheinung von Guthred verschaffte, doch damals, an dem Tag von Guthreds Ankunft in Cair Ligualid, schien diese Geschichte einfach nur die jüngste Narrheit von den vielen Narrheiten zu sein, die sich auf der Welt zutragen. Die Leute jubelten mir zu, nannten mich König, und Willibald drehte sich zu Guthred um. «Sagt ihnen, sie sollen damit aufhören!»

«Das Volk will einen König», sagte Guthred, «und Uhtred sieht wie ein König aus. Lasst ihn den Leuten für einen Moment.»

Einige mit Knüppeln bewaffnete jüngere Mönche hielten die aufgeregte Menge von den Kirchentüren fern. Eadred hatte ihnen ein Wunder versprochen, und sie warteten nun schon seit Tagen auf die Ankunft ihres neuen Königs. Und dann war ich von Osten herangeritten, in meiner vollen Pracht als Krieger, der ich immer gewesen bin. Mein ganzes Leben bin ich dem Pfad des Schwertes gefolgt. Wenn ich die Wahl habe, und ich hatte sie schon oft, ziehe ich lieber das Schwert, als einen Streit mit Worten zu schlichten, denn so ist nun einmal das Handwerk des Kriegers. Aber die meisten Männer und Frauen sind keine Kämpfer. Sie sehnen sich nach Frieden. Dennoch hat es das Schicksal gewollt, dass wir in Zeiten geboren werden, in denen die Gewalt herrscht. Die Dänen sind gekommen, und unser Land wurde zerstört. An all unseren Küsten tauchten sie mit ihren langen Schiffen mit dem schnabelförmigen Bug auf, um zu plündern, zu versklaven, zu rauben und zu töten. Nach Cumbrien, dem unwirtlichsten Teil des ganzen sächsischen Gebietes, kamen die Dänen, und die Nordmänner kamen, und die Schotten kamen, und niemand konnte in Frieden leben. Und ich glaube, wer die Träume der Männer zerbricht, ihre Häuser zerstört und ihre Ernte vernichtet, ihre Töchter vergewaltigt und ihre Söhne versklavt, der entfacht den Wahnsinn. Am Ende aller Zeiten, wenn die Götter gegeneinander kämpfen, wird die ganze Menschheit in Raserei geraten, und die Flüsse werden anschwellen vor lauter Blut, und vom Himmel werden die Schreie widerhallen, und der große Lebensbaum wird mit einem Krachen umstürzen, das bis zum letzten Stern das Universum erschüttern wird, doch all dies wird erst noch kommen. Damals, im Jahr 878, als ich noch jung war, herrschte in Cair Ligualid nur ein minderer Wahnsinn. Es war der Wahnsinn der Hoffnung, der Glaube, ein König, der aus dem Traum eines Geistlichen geboren war, könne das Leiden des Volkes beenden.

Abt Eadred erwartete uns im Kreise von Mönchen, und als sich mein Pferd näherte, streckte er seine Arme gen Himmel. Er war groß, alt und weißhaarig, hager und grimmig, seine Augen erinnerten an einen Falken, und er hatte, erstaunlich für einen Gottesmann, ein Schwert an der Seite hängen. Er konnte mein Gesicht zunächst nicht sehen, denn es war unter den Wangenplatten meines Helmes verborgen, doch als ich den Helm abnahm, hielt er mich immer noch für den König. Er sah zu mir empor, dankte Gott mit erhobenen, mageren Händen für meine Ankunft und verbeugte sich dann tief vor mir. «Herr König», sagte er mit dröhnender Stimme. Die Mönche fielen auf die Knie und starrten zu mir hoch. «Herr König», dröhnte Abt Eadred erneut, «willkommen!»

«Herr König», ahmten ihn die Mönche nach, «willkommen!»

Dieser Moment nun war allerdings sehr fesselnd. Eadred nämlich, so erinnern wir uns, hatte Guthred zum König ernannt, weil ihm der Heilige Cuthbert Hardnicuts Sohn im Traum hatte erscheinen lassen. Nun aber hielt Eadred mich für den König, was entweder bedeutete, dass Cuthbert ihm das falsche Gesicht gezeigt hatte oder dass Eadred ein lügnerischer Bastard war. Aber als Wunder, und Eadreds Traum wurde immer als ein Wunder bezeichnet, erregte diese Offenbarung entschiedenes Misstrauen. Ich habe diese Geschichte einmal einem Priester erzählt, und er hat sich geweigert, mir zu glauben. Er zischte mich an, bekreuzigte sich und eilte davon, um zu beten. Guthreds ganzes Leben sollte von der schlichten Tatsache bestimmt werden, dass der Heilige Cuthbert ihn Eadred offenbart hatte. Die Wahrheit aber ist, dass Eadred ihn nicht erkannte, doch das will mir heute niemand mehr glauben. Willibald sprang herum, als hätte er zwei Wespen in der

Hose, und versuchte, Eadreds Fehler zu berichtigen, also trat ich ihm an den Kopf, damit er endlich still war, und dann deutete ich auf Guthred, der nun die Kapuze vom Kopf gezogen hatte. «Das», sagte ich zu Eadred, «ist Euer König.»

Einen Herzschlag lang glaubte mir Eadred nicht, doch dann tat er es, und ein Ausdruck schwärzester Wut huschte über sein Gesicht. Es war eine grimmige Zornesfratze, denn er verstand, wenn es auch sonst niemand tat, dass er Guthred aus seinem Traum hätte wiedererkennen müssen. Danach beherrschte er seinen Ärger, verbeugte sich vor Guthred, wiederholte seine Begrüßung, und Guthred gab sie mit seinem gewohnten Frohmut zurück. Die Mönche eilten herbei, um die Zügel seines Pferdes zu nehmen, dann stieg Guthred aus dem Sattel und wurde in die Kirche geführt. Wir anderen folgten, so schnell es ging. Ich befahl einigen Mönchen, auf Witnere und Hilds Stute zu achten. Sie wollten es nicht, sie wollten in die Kirche, aber ich erklärte ihnen, ich würde ihnen ihre tonsurierten Schädel spalten, wenn die Pferde abhanden kämen, und da gehorchten sie mir.

Es war düster in der Kirche. Auf dem Altar brannten Binsenlichter und noch einige mehr auf dem Boden des Kirchenschiffs, wo sich eine große Mönchsgruppe verneigte und Psalmen sang. Doch die schwachen, rußigen Lichter konnten die Schatten kaum durchdringen. Die Kirche war wenig beeindruckend. Sie war zwar groß, sogar größer als die Kirche, die Alfred in Witanceaster baute, doch sie war in höchster Eile errichtet worden, und die Wände bestanden aus unbearbeiteten Baumstämmen, und als sich meine Augen an die Dunkelheit gewöhnt hatten, sah ich, dass das Dach stümperhaft mit grobem Stroh gedeckt war. Bei uns in der Kirche befanden sich ungefähr fünfzig oder sechzig Geistliche und etwa noch einmal halb so viele Thegn, wenn die Männer in Cumbrien diesen Rang überhaupt kennen. Es waren die vermögenderen Männer der Region, und sie hatten ihre Gefolgsleute mitgebracht. Neugierig stellte ich fest, dass einige das Kreuz und andere den Hammer trugen. In der Kirche standen Dänen und Sachsen beieinander, und sie waren sich offenbar nicht feindlich gesinnt. Im Gegenteil hatten sie sich versammelt, um Eadred zu unterstützen, der ihnen einen König von Gottes Gnaden versprochen hatte.

Und da war Gisela.

Ich bemerkte sie fast augenblicklich. Sie war groß, dunkelhaarig und hatte ein langes, sehr ernstes Gesicht. Ihr Umhang und ihr Kleid waren grau, sodass ich sie zuerst für eine Nonne hielt, doch dann sah ich die silbernen Armreifen und die schwere Brosche, die ihren Umhang am Hals zusammenhielt. Ihre großen Augen glitzerten, doch das lag daran, dass sie weinte. Es waren Tränen der Freude, und als Guthred sie erblickte, eilte er sofort zu ihr, und sie umarmten sich. Er hielt sie fest an sich gedrückt, dann trat er einen Schritt von ihr weg, ohne ihre Hände loszulassen. Sie schwankte zwischen Weinen und Lachen, und er führte sie noch ganz überwältigt zu mir. «Meine Schwester», stellte er sie vor, «Gisela.» Immer noch hielt er ihre Hände. «Dass ich frei bin», sagte er zu ihr, «habe ich Uhtred zu verdanken.»

«Ich danke Euch», sagte sie zu mir, und ich sagte nichts. Mir war bewusst, dass Hild neben mir stand, aber Giselas Anwesenheit war stärker. Fünfzehn? Sechzehn? Aber unverheiratet, denn ihr schwarzes Haar war nicht zusammengenommen. Was hatte ihr Bruder mir erzählt? Dass sie ein Pferdegesicht hätte, aber mir erschien dieses Gesicht so schön wie ein Traum, ein Gesicht, das den Himmel in

Flammen setzen und einen Mann verfolgen konnte. Nach all diesen Jahren sehe ich immer noch dieses Gesicht vor mir. Es war schmal, mit einer langen Nase und dunklen Augen, die manchmal in eine weite Ferne zu blicken schienen und manchmal einen mutwilligen Ausdruck hatten, und als sie mich das erste Mal ansah, war ich verloren. Die Spinnerinnen, die unsere Schicksalsfäden verweben, hatten sie mir gesandt, und ich wusste, dass von nun ab nichts mehr so sein würde wie zuvor.

«Du bist nicht verheiratet, oder?», fragte Guthred sie beunruhigt.

Sie strich sich übers Haar, das immer noch frei wie das eines Mädchens über ihre Schultern fiel. Wenn sie heiratete, würde es aufgesteckt werden. «Natürlich nicht», antwortete sie und sah mich dabei immer noch an. Dann wandte sie sich zu ihrem Bruder: «Und du?»

«Nein», sagte er.

Gisela ließ ihren Blick zu Hild wandern und dann wieder zu mir, und gerade in diesem Moment kam Abt Eadred und zog Guthred fort, und Gisela ging wieder zu ihrer Begleiterin. Über die Schulter sah sie mich noch einmal an, und ich sehe diesen Blick immer noch vor mir. Die gesenkten Augenlider und der kleine Stolperschritt, als sie sich umdrehte, um mich ein letztes Mal anzulächeln.

«Ein hübsches Mädchen», sagte Hild.

«Ich hätte lieber eine hübsche Frau», sagte ich.

«Dann musst du heiraten», sagte Hild.

«Ich bin verheiratet», erinnerte ich sie, und das stimmte. Ich hatte in Wessex eine Frau, eine Frau, die mich hasste, aber Mildrith lebte inzwischen in einem Nonnenkloster, und daher wusste ich weder, ob sie sich eher mit mir oder eher mit Gott als verheiratet betrachtete, noch kümmerte es mich.

«Dieses Mädchen hat dir gefallen», sagte Hild.

«Mir gefallen alle Mädchen», wich ich aus. Ich verlor Gisela aus den Augen, als die Menge anfing, nach vorne zu drängen, um die Zeremonie zu sehen. Sie begann damit, dass Abt Eadred den Schwertgürtel von seiner Taille löste und ihn um Guthreds Lumpen befestigte. Dann legte er dem neuen König einen pelzbesetzten, grünen Umhang aus feinem Stoff um und drückte ihm einen Bronzereif aufs helle Haar. Die Mönche psalmodierten, während Eadred dies tat, und setzten ihre Gesänge fort, als Guthred von dem Abt durch die Kirche geführt wurde, sodass ihn alle sehen konnten. Der Abt hielt die rechte Hand des Königs hoch, und zweifellos fanden es viele Leute seltsam, dass der neue König ausgerufen wurde, während Sklavenketten von seinen Handgelenken herabbaumelten. Männer beugten das Knie vor ihm. Guthred kannte viele der Dänen als Gefolgsleute seines Vaters und grüßte sie strahlend. Die Rolle des neuen Königs stand ihm, denn er war vernünftig und gutmütig zugleich, und dennoch sah ich einen Ausdruck des Übermutes in seinem Gesicht. Glaubte er damals wirklich, er sei der König? Ich vermute, für ihn war das alles ein großes Abenteuer, aber eines, das der Entleerung von Eochaids Scheißekübel eindeutig vorzuziehen war.

Eadreds Predigt war mit Kürze gesegnet, obwohl er sie sowohl auf Englisch als auch auf Dänisch hielt. Sein Dänisch war nicht gut, aber es reichte aus, um Guthreds Landsleuten zu sagen, Gott und der Heilige Cuthbert hätten den neuen König erwählt, und hier sei er, und Ruhm und Herrlichkeit würden unausweichlich folgen. Dann führte er Guthred zu den Binsenlichtern, die in der Mitte des Kirchenschiffes flackerten, und die Mönche, die sich um die rauchenden Flammen geschart hatten, drängten sich zusammen, um dem neuen König Platz zu machen.

Da sah ich, dass sie sich um drei Kästen versammelt hatten, um die im Kreis die Binsenlichtlein aufgestellt waren.

«Jetzt wird der königliche Eid geleistet werden!», verkündete Eadred in den Kirchenraum hinein. Die anwesenden Christen gingen wieder auf die Knie, und ein paar dänische Heiden folgten unbeholfen ihrem Beispiel.

Es sollte vermutlich ein sehr feierlicher Augenblick werden, doch Guthred machte ihn fast zunichte, indem er sich umdrehte und nach mir suchte. «Uhtred!», rief er. «Ihr sollt hier bei mir sein! Kommt!»

Eadred musste sich beherrschen, doch Guthred wollte mich an seiner Seite haben, weil ihn die drei Kästen beunruhigten. Sie waren mit Gold beschlagen, und ihre Deckel wurden von breiten Metallschließen gehalten, und um sie herum standen die flackernden Binsenlichter, sodass er glauben musste, gleich würde irgendein christlicher Zauber abgehalten, und da wollte er die Gefahren mit mir teilen. Abt Eadred starrte mich finster an. «Hat er Euch Uhtred genannt?», fragte er misstrauisch.

«Herr Uhtred befehligt meine Haustruppen», äußerte Guthred würdevoll. Das machte mich zum Befehlshaber von gar nichts, doch ich bewahrte eine ernste Miene. «Und wenn Eide abgelegt werden müssen», fuhr Guthred fort, «dann muss er sie gemeinsam mit mir leisten.»

«Uhtred», sagte Abt Eadred einfach. Er kannte meinen Namen, das war zu erwarten. Er kam von Lindisfarena, wo meine Familie herrschte, und aus seiner Stimme klang Bitterkeit.

«Ich bin Uhtred von Bebbanburg», sagte ich laut genug, damit jeder in der Kirche es hören konnte. Meine Worte lösten ein zischelndes Wispern unter den Mönchen aus. Einige bekreuzigten sich, während mich andere einfach nur hasserfüllt anstarrten.

«Er ist also Euer Gefährte?», wollte Eadred von Guthred wissen.

«Er hat mich gerettet», sagte Guthred, «und er ist mein Freund.»

Eadred bekreuzigte sich. Er hatte mich vom ersten Moment an, in dem er mich mit dem traumgeborenen König verwechselt hatte, nicht gemocht, aber jetzt wollte er erst richtig Gift und Galle über mich ausspeien. Er hasste mich, weil unsere Familie als Hüter des Klosters Lindisfarena angesehen wurde, doch nun bestand das Kloster nur noch aus Ruinen, und Eadred, sein Abt, war ins Exil getrieben worden. «Hat Ælfric Euch geschickt?», verlangte er zu wissen.

«Ælfric», ich spuckte den Namen geradezu aus, «ist ein ehrloser Besatzer, ein Dieb, ein Kuckuck, der seine Eier ins fremde Nest legt, und eines Tages werde ich ihm seine faulen Därme aus dem Leib schneiden und ihn an einen Baum hängen, damit sich die Aasvögel an ihm laben können.»

Da verstand Eadred, wer ich war. «Ihr seid Herrn Uhtreds Sohn», sagte er und betrachtete meine Armringe und mein Kettenhemd und meine meisterhaft geschmiedeten Schwerter und den Hammer, der um meinen Hals hing. «Ihr seid der Junge, der bei den Dänen aufgewachsen ist.»

«Ich bin der Junge», sagte ich höhnisch, «der an einem Strand im Süden Ubba Lothbrokson getötet hat.»

«Er ist mein Freund», beharrte Guthred.

Abt Eadred schauderte, dann neigte er leicht den Kopf, wie um zu zeigen, dass er mich als Guthreds Begleiter in Kauf nahm. «Ihr werdet den Schwur ablegen», knurrte er mich an, «König Guthred treu zu dienen.»

Ich trat einen kleinen Schritt zurück. Eide zu leisten ist eine ernste Angelegenheit. Wenn ich schwor, diesem König zu dienen, der ein Sklave gewesen war, dann wäre ich nicht länger ein freier Mann. Ich wäre Guthreds Mann, ihm auf den Tod verschworen, und ich müsste ihm bis an mein Ende dienen und gehorchen, und diese Vorstellung ließ mir die Galle hochsteigen. Guthred sah mich zögern und lächelte. «Ich werde Euch entbinden», flüsterte er mir auf Dänisch zu, und ich verstand, dass er diese Zeremonie ebenso wenig ernst nahm wie ich.

«Schwört Ihr mir das?», fragte ich.

«Auf mein Leben», sagte er leichthin.

«Die Eide werden nun abgenommen!», verkündete Eadred, der in der Kirche, in der inzwischen überall gemurmelt wurde, wieder eine würdevollere Stimmung verbreiten wollte. Strafend sah er in die Menge, bis wieder Ruhe eingekehrt war, dann öffnete er einen der beiden kleineren Kästen. Darinnen lag ein Buch, dessen Deckel mit wertvollen Steinen besetzt war. «Das ist das Evangeliar von Lindisfarena», sagte Eadred mit ehrfurchtsvoller Stimme. Er hob das Buch aus dem Kasten und hielt es in die Höhe, sodass sich das schwache Licht in den Juwelen brach. Die Mönche bekreuzigten sich. Anschließend übergab Eadred das schwere Buch einem bereitstehenden Priester, dessen Hände bei der Übernahme zitterten. Dann bückte sich Eadred zu dem zweiten der kleineren Kästen. Er machte das Kreuzeszeichen, und dann klappte er den Deckel hoch, und da lag, die geschlossenen Augen in meine Richtung, ein abgeschlagener Kopf. Guthred stieß einen angeekelten Laut aus und packte mich am rechten Arm, weil er ein Hexenwerk fürchtete. «Das ist der hochheilige Sankt Oswald», sagte Eadred, «einst König von Northumbrien und nun ein Heiliger, dem ein bevorzugter Platz im Herzen Gottes des Allmächtigen zuteil wurde.» Seine Stimme zitterte vor Ergriffenheit.

Guthred trat zurück, so sehr stieß ihn der Kopf ab, doch

ich befreite mich aus seinem Griff und ging weiter vor, um auf Oswald hinabzublicken. Er war zu seiner Zeit der Herr von Bebbanburg gewesen, doch das war schon zweihundert Jahre her. Damals war er in einer Schlacht gegen die Mercier umgekommen, und sie hatten ihn in Stücke gehackt. Ich fragte mich, wie sein Kopf aus dem Schlachthaus dieser Niederlage hatte geborgen werden können. Der Kopf mit den eingesunkenen Wangen und der nachgedunkelten Haut wirkte auffällig narbenlos. Das Haar war lang und wirr, während den Hals ein Stück vergilbten Leinens verbarg. Ein vergoldeter Bronzereif diente ihm als Krone. «Inniggeliebter Sankt Oswald», sagte Eadred und machte das Kreuzeszeichen, «beschütze und leite uns und schließe uns in deine Gebete ein.» Die Lippen des Königs waren geschrumpft, sodass drei seiner Zähne sichtbar waren. Sie sahen aus wie gelbe Holzzapfen. Die Mönche, die am dichtesten bei Oswald knieten, schaukelten in inbrünstigem Gebet vor und zurück. «Sankt Oswald», verkündete Eadred, «ist ein Krieger Gottes, und mit ihm an unserer Seite kann uns keine Macht widerstehen.»

Dann ging er an dem Kopf des toten Königs vorbei zum letzten und größten Kasten. In der Kirche herrschte Stille. Den Christen war natürlich bewusst, dass Eadred mit der Ausstellung der Reliquien die Mächte des Himmels anrief, die Eide zu bezeugen, wogegen die heidnischen Dänen, auch wenn sie nicht genau verstanden, was vor sich ging, von der zauberischen Stimmung eingeschüchtert waren, die sie in der großen Kirche wahrnahmen. Und sie spürten, dass noch mehr und noch größerer Zauber bevorstand, denn während Eadred nun schweigend neben dem Kasten betete, warfen sich die Mönche bäuchlings auf den gestampften Boden. Eadred betete lange mit gefalteten Händen, und seine Lippen bewegten sich, während er seine Augen zu den Dachbalken erhoben hatte, zwischen denen die Sperlinge umherjagten. Und dann endlich öffnete er die beiden schweren Bronzeschließen des Kastens und hob den Deckel.

In der großen Truhe lag eine Leiche. Sie war in ein Leinentuch gehüllt, doch ich konnte die Formen des Körpers auch so deutlich genug erkennen. Guthred hatte wieder meinen Arm gepackt, als könne ich ihn vor Eadreds Hexenwerk beschützen. Eadred schlug inzwischen vorsichtig das Leinen auseinander und enthüllte so einen toten Bischof in einem weißen Gewand, dessen Gesicht von einem viereckigen Stück weißen Stoffs mit Goldsaum bedeckt war. Die Leiche trug ein besticktes Skapulier um die Schultern, und eine verbeulte Mitra war ihr vom Kopf gerutscht. Ein goldenes Kreuz mit Verzierungen aus Granatsteinen lag, halb verdeckt von ihren zum Gebet gefalteten Händen, auf ihrer Brust. An einem vertrockneten Finger glänzte ein Rubinring. Ein paar der Mönche schnappten keuchend nach Luft, als ob sie die Kraft der Heiligkeit nicht ertragen könnten, die von der Leiche ausging, und sogar Eadred war überwältigt. Er berührte den Rand des Sarges mit der Stirn und richtete sich dann auf, um mich anzusehen. «Wisst Ihr, wer das ist?», fragte er.

«Nein.»

«Im Namen des Vaters», sagte er, «und des Sohnes und des Heiligen Geistes», und dann nahm er das Stück goldgesäumten Leinens weg, um ein gelbliches Antlitz mit dunkler verfärbten Flecken zu enthüllen. «Das ist der Heilige Cuthbert», sagte Eadred mit vor Rührung bebender Stimme. «Das ist der selige, hochheilige, inniggeliebte Cuthbert. O du gütiger Gott», er schaukelte auf seinen Knien vor und zurück, «das ist wahrhaftig der Heilige Cuthbert.»

Bis zum Alter von zehn Jahren war ich mit Geschichten über den Heiligen Cuthbert aufgewachsen. Ich hatte erfahren, wie er eine Gruppe Seehunde das Psalmensingen gelehrt hatte und wie die Adler ihm Nahrung auf die kleine Insel vor Bebbanburg gebracht hatten, auf der er eine Zeit lang in Einsamkeit lebte. Er konnte Stürme durch seine Gebete zum Erliegen bringen und hatte ungezählte Seeleute vor dem Ertrinken gerettet. Engel besuchten ihn, um sich mit ihm zu unterhalten. Einmal hatte er eine Familie gerettet, indem er den Flammen, die ihr Haus verschlingen wollten, befahl, in die Hölle zurückzukehren, und das Feuer war wie durch ein Wunder erloschen. Er lief in das winterliche Meer, bis ihm das Wasser bis zum Hals reichte, betete so die ganze Nacht, und als er in der Morgendämmerung an den Strand zurückkehrte, war seine Mönchskutte trocken. Während einer Dürre ließ er Wasser aus dem ausgedörrten Grund sprudeln, und als Vögel die frische Gerstensaat stahlen, befahl er ihnen, sie zurückzubringen – und sie gehorchten. Jedenfalls erzählte man mir das. Er war zweifellos der wichtigste Heilige Northumbriens, der Heilige, der über uns wachte und an den wir unsere Gebete richteten, sodass er sie in Gottes Ohr flüstern konnte, und nun lag er hier vor uns in einer geschnitzten, goldbeschlagenen Ulmentruhe, flach auf dem Rücken, mit riesigen Nasenlöchern, leicht geöffnetem Mund, eingefallenen Wangen und fünf gelbschwarzen Zähnen, von denen sich das Zahnfleisch zurückgezogen hatte, sodass sie aussahen wie Tierfänge. Einer der Fänge war abgebrochen. Seine Augen waren geschlossen. Zu den Besitztümern meiner Stiefmutter hatte der Kamm des Heiligen Cuthbert gehört, und sie hatte gern erzählt, dass sie in den Zinken des Kamms ein paar Haare des Heiligen gefunden hatte und dass diese Haare dieselbe Farbe hatten wie allerfeinstes

Gold, aber die Haare dieser Leiche waren pechschwarz. Es war lang, strähnig und aus der hohen Stirn und von der Mönchstonsur weggestrichen. Eadred rückte vorsichtig die Mitra wieder zurecht und beugte sich dann vor, um den Rubinring zu küssen. «Ihr werdet bemerkt haben», sagte er, die Stimme heiser vor lauter Erregung, «dass sein heiliges Fleisch unverwest ist», er unterbrach sich, um eine der knochigen Hände des Heiligen zu streicheln, «und dieses Wunder ist ein sicheres Zeichen für seine Heiligkeit.» Er beugte sich erneut vor, und dieses Mal küsste er den Heiligen mitten auf die geöffneten, eingeschrumpften Lippen. «Oh, du allheiliger Cuthbert», betete er laut, «führe und leite uns und bringe uns zu deiner Herrlichkeit in Seinem Namen, der für uns gestorben ist und zu dessen Rechter du nun im ewigen Glanz des Himmels sitzest, Amen.»

«Amen», fielen die Mönche ein. Die Mönche, die der Truhe am nächsten waren, hatten sich aufgerichtet, sodass sie den unverwesten Heiligen sehen konnten, und die meisten von ihnen weinten, als sie das gelbliche Gesicht betrachteten.

Eadred wandte sich wieder an mich. «In dieser Kirche, junger Herr», sagte er, «befindet sich die geistliche Seele Northumbriens. Hier, in diesen Kästen, sind unsere Wunder, unsere Schätze, unsere Herrlichkeit und die Wege, auf denen wir uns an Gott wenden, um seinen Schutz zu erbitten. Solange diese wertvollen und heiligen Dinge sicher sind, sind auch wir sicher, und einst», bei diesen Worten erhob er sich, und seine Stimme klang heftiger, «einst standen all diese Dinge unter dem Schutz der Herren von Bebbanburg. Doch dieser Schutz hat versagt! Die Heiden sind gekommen, die Mönche wurden abgeschlachtet, und die Männer von Bebbanburg haben sich hinter ihren Befestigungsmauern verschanzt, statt die Heiden niederzumachen. Doch unsere Vorfahren in Christus haben diese heiligen Dinge gerettet, und seitdem ziehen wir umher, ziehen durch wilde Landstriche, und immer noch hüten wir diese Dinge, doch eines Tages werden wir eine große Kirche errichten, und diese Reliquien werden ihren Glanz über ein heiliges Land verbreiten. Und dieses heilige Land liegt dort, wohin ich diese Leute geführt habe!» Er deutete auf die Menschenmenge vor der Kirche. «Gott hat mir eine Streitmacht gesandt», rief er, «und diese Streitmacht wird siegen. Aber ich bin nicht derjenige, der sie anführen wird. Gott und der Heilige Cuthbert haben mir einen Traum zuteil werden lassen, in dem sie mir den König gezeigt haben, der uns alle ins Gelobte Land bringen wird. Sie haben mir König Guthred gezeigt!»

Er stand auf und hob Guthreds Arm, und diese Geste ließ die ganze Versammlung in Jubel ausbrechen. Guthred wirkte eher überrascht als königlich, und ich sah bloß hinunter auf den toten Heiligen.

Cuthbert war der Abt und der Bischof auf Lindisfarena gewesen, der Insel, die nördlich von Bebbanburg nahe an der Küste liegt, und fast zweihundert Jahre lang hatte sein Körper in einer Krypta auf der Insel gelegen. Dann waren die Überfälle der Nordmänner zu bedrohlich geworden, und die Mönche hatten den heiligen Leichnam auf dem Festland in Sicherheit gebracht. Seitdem zogen sie in Northumbrien umher. Ich missfiel Eadred, weil meine Familie die heiligen Reliquien nicht beschützt hatte, aber die Stärke von Bebbanburg bestand in seiner Lage auf einer umtosten Klippe, und nur ein Narr würde jenseits seiner Mauern einen Kampf anfangen. Wenn ich die Wahl hätte, Bebbanburg zu halten oder eine Reliquie aufzugeben, würde ich sämtliche Heiligen dreingeben. Heilige Leichname sind billig, aber Festungen wie Bebbanburg sind selten.

«Seht!», rief Eadred, der immer noch Guthreds Arm in die Höhe hielt. «Der König von Haliwerfolkland!»

Der König wovon? Ich glaubte, mich verhört zu haben, aber das hatte ich nicht. Haliwerfolkland hatte Eadred gesagt und des Heiligen Mannes Land gemeint. So bezeichnete Eadred das Königreich Guthreds. Der Heilige Mann war natürlich Sankt Cuthbert, aber wer auch immer sein Land als König regierte, würde zum Schaf zwischen Wölfen. Ivarr, Kjartan und mein Onkel waren die Wölfe. Sie waren diejenigen, die geübte Krieger anführten, während Eadred hoffte, ein Königreich auf einem Traum aufbauen zu können, und ich zweifelte keinen Moment daran, dass dieses traumgeborene Schaf von den Wölfen zerrissen werden würde. Dennoch war Cair Ligualid im Augenblick mein bester Unterschlupf in Northumbrien, denn so mussten meine Feinde die Hügel überqueren, um mich zu bekämpfen, und außerdem gefiel mir diese Art Wahnsinn, die hier herrschte. Im Wahnsinn liegt Veränderung, in der Veränderung finden sich günstige Gelegenheiten, und günstige Gelegenheiten bedeuten Reichtümer.

«Und jetzt», Eadred ließ Guthreds Hand los, «werdet Ihr Eurem König und seinem Land die Treue schwören.»

Guthred zwinkerte mir zu, also ließ ich mich gehorsam auf die Knie nieder und griff nach seiner rechten Hand, doch Eadred schob meine Hand weg. «Ihr schwört auf den Heiligen», zischte er mir zu.

«Auf den Heiligen?»

«Legt Eure Hände auf die hochheiligen Hände Sankt Cuthberts», befahl mir Eadred, «und sprecht die Formel.»

Ich legte meine Hände auf die Finger Sankt Cuthberts und spürte den großen Rubinring. Ich drückte auf den Stein, nur um festzustellen, ob er lose war und vielleicht herausfallen würde, doch er schien fest in seiner Fassung zu sitzen. «Ich schwöre, Euch zu dienen», sagte ich zu der Leiche, «und treu für Euch einzustehen.» Ich versuchte noch einmal, den Ring zu bewegen, aber die toten Finger waren steif, und der Rubin bewegte sich nicht.

«Schwört Ihr bei Eurem Leben?», fragte Eadred streng.

Erneut wollte ich den Ring drehen, und erneut blieb er unbeweglich. «Ich schwöre bei meinem Leben», sagte ich ehrerbietig, und niemals mehr in meinem ganzen langen Leben habe ich einen Schwur so leicht genommen. Wie kann ein Eid bindend sein, den man einem Toten leistet?

«Und Ihr schwört, König Guthred treu zu dienen?»

«Das tue ich», sagte ich.

«Sodass seine Feinde auch Eure Feinde sind?»

«Ich schwöre es», sagte ich.

«Und Ihr werdet Sankt Cuthbert bis in den Tod hinein dienen?»

«Das werde ich.»

«Dann dürft Ihr den seligen Cuthbert küssen», sagte Eadred. Ich beugte mich über den Sarg, um die gefalteten Hände zu küssen. «Nein!», hinderte mich Eadred. «Auf die Lippen!» Ich rutschte auf den Knien weiter nach oben, beugte mich erneut hinab und küsste den Leichnam auf seine vertrockneten, kratzigen Lippen.

«Gott sei gelobt», sagte Eadred. Dann ließ er Guthred schwören, Cuthbert zu dienen, und die Menge verfolgte, wie sich der Sklavenkönig hinkniete und den Leichnam küsste. Dann sangen die Mönche, während es den Leuten in der Kirche erlaubt wurde, selbst einen Blick auf Cuthbert zu werfen. Hild erschauerte, als sie an den Sarg kam, und fiel mit tränenüberströmtem Gesicht auf die Knie, sodass ich ihr aufhelfen und sie wegführen musste. Willibald war gleichermaßen überwältigt, doch sein Gesicht strahlte einfach nur vor Freude. Mir fiel auf, dass sich Gisela nicht vor dem Leichnam verneigte. Sie betrachtete ihn neugierig, doch es war klar zu erkennen, dass er ihr nichts bedeutete, und daraus schloss ich, sie müsse immer noch Heidin sein. Sie starrte den toten Mann an, richtete dann ihren Blick auf mich und lächelte. Ihre Augen, so ging es mir durch den Kopf, strahlten leuchtender als der Rubin am Finger des toten Heiligen.

Und so kam Guthred nach Cair Ligualid. Ich dachte damals, und denke es immer noch, dass all das Narrheit war, aber es war zauberische Narrheit, und der Totenkrieger mit dem Schwert hatte sich zum Vasallen eines toten Mannes gemacht, und der Sklave war zum König geworden.

Die Götter vergnügten sich.

Später, viel später, wurde mir klar, dass ich tat, was Alfred von mir gewollt hätte. Ich unterstützte die Christen. In diesen Jahren wüteten zwei Kriege. Der offensichtliche Kampf spielte sich zwischen Sachsen und Dänen ab, doch es gab auch eine Schlacht zwischen Heiden und Christen. Die meisten Dänen waren Heiden, und die meisten Sachsen waren Christen, sodass beide Kriege derselbe Kampf zu sein schienen, aber in Northumbrien kam alles durcheinander, und genau darin bestand die Gewitztheit Abt Eadreds.

Denn Eadred beendete in Cumbrien den Krieg zwischen Sachsen und Dänen, und das tat er, indem er Guthred auswählte. Guthred war natürlich Däne, und das bedeutete, dass die Dänen in Cumbrien bereit waren, ihm Gefolgschaft zu leisten und, weil er von einem sächsischen Abt zum König ausgerufen worden war, stellten sich auch die Sachsen darauf ein, ihn zu unterstützen. Auf diese Weise wurden die beiden größten kriegführenden Stämme Cumbriens, die Dänen und die Sachsen, geeint, während die Britonen – und in Cumbrien lebten noch genug Britonen – ebenfalls Christen waren, deren Priester ihnen sagten, sie sollten Eadreds Wahl anerkennen. Also taten sie es.

Es ist eine Sache, einen König auszurufen, und eine andere, tatsächlich zu regieren. Doch Eadred hatte eine kluge Wahl getroffen. Guthred war ein guter Mann, aber er war auch der Sohn Hardnicuts, der sich selbst König von Northumbrien genannt hatte, also hatte Guthred einen Anspruch auf die Krone, und keiner der Thegn von Cumbrien war mächtig genug, um ihn herauszufordern. Sie brauchten einen König, denn schon zu lange befehdeten sie sich untereinander, und zu lange hatten sie unter den Raubzügen der Nordmänner aus Irland und den wilden Einfällen aus Strath Clota gelitten. Guthred konnte durch die Vereinigung der Dänen und Sachsen nun stärkere Kräfte gegen diese Feinde zusammenstellen. Es gab nur einen Mann, der ihm die Macht hätte streitig machen können. Er hieß Ulf und war ein Däne mit viel Landbesitz südlich von Cair Ligualid, und sein Vermögen war größer als das irgendeines anderen Thegn in Cumbrien. Aber er war alt und lahm und hatte keine Söhne, und daher bot er Guthred seine Gefolgschaft an, und Ulfs Beispiel überzeugte die anderen Dänen davon, Eadreds Wahl hinzunehmen. Einer nach dem anderen beugte vor Guthred die Knie, und er grüßte sie mit Namen, zog sie auf die Füße und umarmte sie.

«Ich sollte wirklich Christ werden», sagte er mir am Morgen nach unserer Ankunft.

«Warum?»

«Ich habe Euch schon gesagt, warum. Um meine Dankbarkeit zu zeigen. Und solltet Ihr mich nicht Herr nennen?»

«Ja, Herr.»
«Schmerzt es?»
«Euch Herr zu nennen, Herr?»
«Nein!», er lachte. «Christ zu werden.»
«Weshalb sollte es schmerzen?»
«Ich weiß nicht. Nageln sie einen nicht an ein Kreuz?»
«Das tun sie natürlich nicht», sagte ich verächtlich. «Sie waschen einen bloß.»
«Ich wasche mich ohnehin», sagte er und runzelte anschließend die Stirn. «Warum waschen sich die Sachsen nicht? Nicht du, du wäschst dich, aber die meisten Sachsen tun es nicht. Jedenfalls waschen sich unter den Dänen mehr Leute. Gefällt es den Sachsen, schmutzig zu sein?»
«Man kann sich erkälten, wenn man sich wäscht.»
«Ich erkälte mich dabei nicht», sagte er. «Also das ist es? Eine Waschung?»
«Taufe nennen sie es.»
«Und man muss die anderen Götter aufgeben?»
«Das soll man.»
«Und man darf nur eine Frau haben?»
«Nur eine Frau. Darin sind sie sehr streng.»
Er dachte darüber nach. «Ich glaube, ich sollte es dennoch tun», sagte er dann. «Eadreds Gott ist mächtig. Denk an den toten Mann! Es ist ein Wunder, dass er nicht schon längst verrottet ist!»
Die Dänen waren von Eadreds Reliquien völlig gebannt. Die meisten von ihnen verstanden nicht, weshalb ein paar Mönche einen Leichnam, den Kopf eines toten Königs und ein juwelenbesetztes Buch in ganz Northumbrien herumtrugen, doch sie verstanden, dass dies geweihte Dinge waren, und das beeindruckte sie. Geweihte Dinge besaßen besondere Kräfte. Sie bildeten eine Brücke zwischen unserer Welt und den größeren Welten im Jenseits, und

schon bevor Guthred in Cair Ligualid angekommen war, hatten sich einige Dänen taufen lassen, um die Macht der Reliquien für sich nutzbar zu machen.

Ich bin kein Christ. In unseren Zeiten kommt nichts Gutes bei diesem Eingeständnis heraus, denn die Bischöfe und Äbte besitzen großen Einfluss, und es ist einfacher, so zu tun, als hinge man einem Glauben an, als ihre wilden Vorstellungen zu bekämpfen. Ich wuchs als Christ auf, doch als ich zehn Jahre alt war, wurde ich zum Mitglied von Ragnars Familie, und dort entdeckte ich die alten Sachsengötter, die auch die Götter der Dänen und der Nordmänner waren, und sie zu verehren erschien mir immer sinnvoller, als sich vor einem Gott zu beugen, der aus einem so weit entfernten Land stammt, dass niemand, den ich je getroffen habe, schon einmal dort gewesen ist. Thor und Odin dagegen lebten in unseren Wäldern, schliefen in unseren Tälern, liebten unsere Frauen und tranken aus unseren Flüssen, und das macht sie zu so etwas wie Nachbarn. Und das andere, was mir an unseren Göttern gefällt, ist, dass sie nicht von uns besessen sind. Sie haben ihren eigenen Zank und ihre eigenen Liebesgeschichten, und die meiste Zeit scheinen sie uns gar nicht zu beachten. Der Christengott aber hat nichts Besseres zu tun, als Regeln für uns zu erfinden. Er macht Regeln und noch mehr Regeln, Verbote und Gebote, und er braucht Scharen schwarzgewandeter Priester und Mönche, die dafür sorgen sollen, dass wir Seinen Gesetzen folgen. In meinen Augen ist er ein sehr sauertöpfischer Gott, auch wenn seine Priester unausgesetzt behaupten, dass er uns liebt. Ich war nie dumm genug zu glauben, Thor oder Odin oder Hoder würden mich lieben, ich hoffe nur manchmal, dass sie mich als ihrer wert ansehen.

Doch Guthred wollte, dass die Mächte der heiligen

christlichen Reliquien für ihn wirkten, und so bat er zu Eadreds Entzücken darum, getauft zu werden. Die Zeremonie wurde unter freiem Himmel abgehalten, direkt vor der großen Kirche. Dort wurde Guthred in einem großen Fass mit Flusswasser untergetaucht, und alle Mönche erhoben ihre Hände gen Himmel und priesen Gottes Wege. Anschließend wurde Guthred in ein Gewand gehüllt, und Eadred krönte ihn ein zweites Mal, indem er ihm den vergoldeten Bronzereif König Oswalds aufs feuchte Haar drückte. Darauf wurde Guthreds Stirn mit Fischöl beschmiert, er bekam einen Schild und ein Schwert, und er sollte sowohl das Evangeliar von Lindisfarena als auch die Lippen von Cuthberts Leichnam küssen, der ins Freie gebracht worden war, sodass die versammelte Menge den Heiligen ansehen konnte. Guthred schienen die ganzen Feierlichkeiten sehr zu gefallen, und Abt Eadred war so ergriffen, dass er Cuthberts granatenbesetztes Goldkreuz aus den Händen des Toten wand und es dem neuen König um den Hals hängte. Er ließ es ihm aber nicht lange, sondern gab es der Leiche zurück, nachdem sich Guthred damit seinem zerlumpten Volk zwischen den Ruinen von Cair Ligualid gezeigt hatte.

Abends gab es ein Fest. Zwar war kaum etwas zu essen da, nur Räucherfisch, geschmorter Hammel und hartes Brot, doch das Bier floss reichlich, und am nächsten Morgen ging ich mit pochendem Kopfschmerz zu Guthreds erstem Witanegemot. Als Däne kannte er solche Ratsversammlungen nicht, zu denen alle Thegn und Kirchenoberen eingeladen wurden, um ihre Vorschläge zu den verschiedensten Fragen abzugeben. Dennoch bestand Eadred darauf, dass der Witan abgehalten wurde, und Guthred führte den Vorsitz.

Das Treffen fand in der großen Kirche statt. Es hatte in der vorangegangenen Nacht begonnen zu regnen, und deshalb tropfte es durch das schlechtgedeckte Strohdach, sodass die Männer ständig herumrückten, um den Tropfen auszuweichen. Weil die Hocker und Stühle nicht reichten, saßen wir in einem großen Kreis auf dem mit Binsenstreu ausgelegten Boden um Eadred und Guthred, die neben dem offenen Sarg Sankt Cuthberts thronten. Wir waren sechsundvierzig Männer, die Hälfte waren Geistliche und die andere Hälfte die wichtigsten Grundbesitzer Cumbriens, zu denen sowohl Dänen als auch Sachsen gehörten, aber im Vergleich zu einem westsächsischen Witanegemot war es trotzdem eine dürftige Versammlung. Bedeutender Reichtum zeigte sich bei niemandem. Einige Dänen trugen Armringe, und ein paar Sachsen besaßen kunstvoll gearbeitete Gewandfibeln, aber in Wahrheit sah alles mehr nach einem Bauerntreffen als nach der Ratsversammlung eines Königreiches aus.

Dennoch verfolgte Eadred großartige Zukunftsvorstellungen. Er begann seine Rede, indem er uns die Neuigkeiten aus Northumbrien berichtete. Er wusste, was vor sich ging, denn ihm wurden von Geistlichen aus allen Landesteilen Berichte zugetragen, und diese Berichte sagten, dass sich Ivarr immer noch im Tal des Tuede befand, wo er einen langwierigen Kleinkrieg gegen König Aed von Schottland führte. «Kjartan der Grausame hat sich in seine Festung zurückgezogen und wird sich nicht in den Kampf einmischen. Dann bleibt noch Egbert von Eoferwic, doch der ist schwach.»

«Und was ist mit Ælfric?», unterbrach ich ihn.

«Ælfric von Bebbanburg ist dazu vereidigt, Sankt Cuthbert zu beschützen», sagte Eadred. «Er wird nichts tun, was den Heiligen erzürnen könnte.»

Das mochte stimmen, aber mein Onkel würde zweifellos meinen Kopf als Belohnung fordern, wenn er eine Entweihung des Leichnams verhinderte. Ich sagte nichts weiter, sondern hörte nur zu, als Eadred vorschlug, wir sollten eine Streitmacht zusammenstellen und über die Hügel ziehen, um Eoferwic einzunehmen. Dies rief einiges Erstaunen hervor. Die Männer wechselten Blicke, doch Eadreds Zuversicht war so stark, dass es zunächst niemand wagte, dieses Vorhaben in Frage zu stellen. Sie hatten den Aufruf erwartet, ihre Männer zum Kampf gegen die Nordmänner aus Irland vorzubereiten oder einen weiteren Vorstoß Eochaids aus Strath Clota abzuwehren, doch stattdessen wurden sie aufgefordert, weit übers Land zu ziehen und König Egbert niederzuwerfen.

Schließlich schaltete sich Ulf ein, der vermögendste Däne Cumbriens. Er war schon älter, vielleicht vierzig Jahre alt, und er war in den häufigen Auseinandersetzungen von Cumbrien lahm geworden und narbenübersät, doch er konnte Guthred immer noch vierzig oder fünfzig erfahrene Kämpfer zur Seite stellen. Das waren im Vergleich zu den meisten anderen britannischen Regionen zwar nicht viele, aber in Cumbrien stellten sie eine bedeutende Kraft dar. Und jetzt wollte er wissen, weshalb er seine Männer über die Hügel führen sollte. «Wir haben in Eoferwic keine Feinde», erklärte er, «doch haben wir viele Gegner, die unser Land angreifen werden, während wir unterwegs sind.» Die meisten anderen Dänen murmelten zustimmend.

Aber Eadred kannte seine Zuhörer. «In Eoferwic liegen große Reichtümer», sagte er.

Diese Vorstellung gefiel Ulf, dennoch blieb er zurückhaltend. «Reichtümer?», fragte er.

«Silber», sagte Eadred, «und Gold und Juwelen.»

«Und Frauen?», fragte ein Mann.

«Eoferwic ist ein Sündenbabel», verkündete Eadred,

«ein Spielplatz des Teufels und voller wollüstiger Frauen. Eine Stätte des Bösen, die von einer heiligen Streitmacht gereinigt werden muss.» Die Mienen der meisten Dänen heiterten sich bei der Vorstellung von wollüstigen Frauen auf, und niemand erhob mehr Einspruch gegen den Vorschlag, Eoferwic anzugreifen.

Wenn die Stadt erst einmal eingenommen war – ein Kunststück, das Eadred für selbstverständlich hielt –, sollten wir nordwärts weiterziehen, und die Männer von Eoferwic, so behauptete der Abt, würden unsere Reihen verstärken. «Kjartan der Grausame wird sich uns nicht entgegenstellen», erklärte Eadred, «denn er ist ein Hasenfuß. Er wird seiner Natur folgen, sich in seine Festung zurückziehen und wie eine Spinne in ihrem Netz hocken bleiben, und dort lassen wir ihn sitzen, bis der Tag kommt, an dem wir ihn schlagen werden. Und Ælfric von Bebbanburg wird uns nicht bekämpfen, denn er ist christlichen Glaubens.»

«Er ist ein Bastard, dem man nicht trauen kann», knurrte ich, doch Eadred beachtete mich nicht.

«Und wir werden Ivarr niederwerfen», sagte Eadred, und ich fragte mich, wie unser zusammengewürfelter Haufen gegen Ivarrs Schildwall siegen sollte, doch Eadred zweifelte nicht. «Gott und der heilige Sankt Cuthbert werden für uns kämpfen», erklärte er, «und dann sind wir die Herren von Northumbrien, und das Haliwerfolkland des Allmächtigen wird gekommen sein, und wir werden zu Ehren des Heiligen Cuthbert einen Schrein errichten, der die ganze Welt in Staunen versetzt.»

Das war es also, was Eadred eigentlich wollte: einen Schrein. Darum ging es bei diesem ganzen Wahnsinn, um einen Schrein für einen toten Heiligen. Nur zu diesem Zweck hatte Eadred den Sklaven Guthred zum König gemacht, und nur dafür würde er nun gegen ganz Northumbrien in den Krieg ziehen. Und am nächsten Tag kamen die acht schwarzen Reiter.

Wir hatten dreihundertvierundfünfzig Männer im kampffähigen Alter, und von diesen besaßen weniger als zwanzig ein Kettenhemd, und nur etwa hundert hatten einen ordentlichen Lederpanzer. Die Männer mit der Lederrüstung oder den Kettenhemden trugen fast alle Helme und waren mit guten Waffen, Schwertern oder Speeren ausgerüstet, während die restlichen nur Äxte, Beile, Sicheln und geschliffene Hacken bei sich hatten. Eadred nannte sie großspurig das Heer des Heiligen Mannes, aber wenn ich der Heilige Mann gewesen wäre, hätte ich mich schleunigst in den Himmel zurückgezogen und gewartet, bis eine bessere Streitmacht vorbeigekommen wäre.

Ein Drittel unseres Heeres bestand aus Dänen, die anderen waren zum Großteil Sachsen, obwohl auch ein paar Britonen dabei waren, die sich mit den langen Jagdbögen bewaffnet hatten, mit denen sie ihren Gegnern schrecklich zusetzen können. Deshalb ernannte ich die Britonen zur Geleittruppe des Heiligen Mannes und hieß sie bei dem Leichnam Sankt Cuthberts bleiben, der uns offenbar bei unserem Eroberungsmarsch begleiten sollte. Doch sofort konnten wir ohnehin nicht losziehen, denn zunächst mussten wir Verpflegung für die Männer und Futter für die Pferde beschaffen, von denen wir nur achtundsiebzig besaßen.

Und so war uns die Ankunft der schwarzen Reiter willkommen. Es waren acht, und sie ritten alle auf schwarzen oder braunen Pferden und hatten vier Tiere zum Wechseln dabei. Vier der Reiter trugen Kettenrüstungen und die anderen gute Lederpanzer, und alle waren in schwarze Umhänge gehüllt, und ihre Schilde waren schwarz bemalt. Sie ritten von Osten her in Cair Ligualid ein, nachdem sie dem römischen Wall gefolgt waren, der am anderen Ufer des Flusses entlangführte. Dann hatten sie den Fluss bei der Furt durchquert, weil die alte Steinbrücke von den Nordmännern zerstört worden war.

Die acht Reiter waren nicht die einzigen Neuankömmlinge. Ständig kamen einzelne Männer. Viele von ihnen waren Mönche, aber manche waren auch Krieger aus den Hügeln, und die meisten von ihnen waren mit einer Axt oder einem Kampfstock bewaffnet. Nur wenige hatten eine Rüstung oder ein Pferd, doch die acht schwarzen Reiter erschienen in voller Kriegsmontur. Sie waren Dänen, und sie erzählten Guthred, sie kämen von Hergist, der bei einem Ort namens Heagostealdes Land besaß. Hergist war alt, so erklärten sie Guthred, und konnte selbst nicht kommen, doch er hatte seine besten Männer geschickt. Ihr Anführer hieß Tekil, und er schien ein guter Krieger zu sein, denn er trug vier Armringe zur Schau, besaß ein langes Schwert und entschlossene Züge voller Selbstvertrauen. Vermutlich war er etwa dreißig Jahre alt, ebenso wie die meisten seiner Männer, wenn auch einer von ihnen viel jünger war, fast noch ein Knabe, und er war es auch, der als Einziger keine Armringe trug. «Warum», wollte Guthred von Tekil wissen, «schickt mir Hergist Männer aus Heagostealdes?»

«Unser Ort liegt zu nahe bei Dunholm, Herr», anwortete Tekil, «und Hergist möchte, dass Ihr dieses Wespennest ausräuchert.»

«Dann seid Ihr willkommen», sagte Guthred und erlaubte den acht Männern, vor ihm niederzuknien und ihm den Treueid zu leisten. «Ihr solltet Tekil und seine Leute in meine Haustruppe aufnehmen», sagte er später zu mir. Wir standen auf einer Wiese südlich von Cair Ligualid, auf der ich die Kampfkraft dieser Haustruppe schulte. Ich hatte mehr oder weniger zufällig dreißig junge Männer dafür ausgewählt und nur darauf geachtet, dass die Hälfte Dänen und die Hälfte Sachsen waren. Als wir uns am Schildwall übten, bestand ich darauf, dass jeder Däne einen sächsischen Nebenmann hatte, und jetzt brachte ich ihnen das Kämpfen bei und betete zu meinen Göttern, es möge nie zu einer Auseinandersetzung kommen, denn sie verstanden so gut wie nichts vom Kampf. Die Dänen waren besser, weil die Dänen mit Schwert und Schild aufwachsen, aber auch sie hatten noch nie in einem Schildwall gestanden.

«Eure Schilde müssen sich berühren!», rief ich ihnen zu. «Sonst seid ihr tot. Wollt ihr tot sein? Wollt ihr, dass sich eure Gedärme um eure Knöchel ringeln? Bringt die Schilde in Berührung. Nicht so, du Earsling! Die rechte Seite deines Schildes liegt über der linken Seite seines Schildes. Verstanden?» Ich wiederholte es auf Dänisch und warf dann Guthred einen Blick zu. «Ich will Tekils Männer nicht in der Leibwache.»

«Warum nicht?»

«Weil ich sie nicht kenne.»

«Diese Männer kennt Ihr auch nicht», sagte Guthred und deutete auf die Haustruppe.

«Ich weiß immerhin, dass es Tölpel sind», sagte ich, «und ich weiß, dass ihre Mütter besser ihre Knie beieinander behalten hätten. Was soll das, Clapa?», schrie ich in Richtung eines ungeschlachten jungen Dänen. Ich hatte seinen wirklichen Namen vergessen, aber jeder nannte ihn Clapa, und das bedeutete unbeholfen. Er war ein massiger Bauernjunge und so stark wie zwei andere zusammen, aber nicht gerade der klügste Sterbliche, der auf Gottes weiter Erde wandelte. Er starrte mich verständnislos an, während ich auf die Linie zustürmte. «Was sollst du tun, Clapa?»

«In der Nähe des Königs bleiben, Herr», sagte er mit verwirrtem Gesichtsausdruck.

«Gut!», sagte ich, denn das war die erste und wichtigste Lektion, die den dreißig jungen Männern ins Hirn gemeißelt werden musste. Sie waren die Haustruppe des Königs, und deshalb mussten sie immer beim König bleiben, aber das war nicht die Antwort, die ich von Clapa hatte hören wollen. «Im Schildwall, du Dummkopf», sagte ich und pochte gegen seine muskelbepackte Brust, «was sollst du im Schildwall tun?»

Er dachte eine Weile nach und antwortete dann strahlend: «Den Schild hochhalten, Herr.»

«Ganz recht», sagte ich und zog den Schild von seinen Knöcheln hoch. «Du sollst ihn nicht bei den Zehen schleifen lassen! Was gibt's da zu grinsen, Rypere?» Rypere war Sachse, so mager wie Clapa robust und schlau wie ein Wiesel. Rypere war ein Spitzname, und er bedeutete Dieb, denn genau das war Rypere, und wenn es eine Gerechtigkeit gegeben hätte, wäre er schon längst gebrandmarkt und ausgepeitscht worden, doch mir gefielen seine listigen jungen Augen, und ich vermutete, dass er eine Begabung fürs Töten hatte. «Weißt du, was du bist, Rypere?», fragte ich und drückte ihm seinen Schild gegen die Brust. «Du bist ein Earsling. Was ist ein Earsling, Clapa?»

«Ein Scheißhaufen, Herr.»

«Genau, ihr Scheißhaufen! Schilde hoch! Hoch!» Ich brüllte das letzte Wort. «Wollt ihr, dass die Leute euch auslachen?» Ich deutete auf andere Gruppen, die sich auf der großen Wiese in Scheinkämpfen übten. Tekils Krieger waren auch da, aber sie saßen nur im Schatten und schauten zu, womit sie mehr als deutlich zu verstehen gaben, dass sie keine Übung nötig hatten. Ich ging wieder zu Guthred zurück. «Ihr könnt nicht sämtliche guten Männer in Eurer Haustruppe haben», erklärte ich ihm.

«Warum nicht?»

«Weil Ihr dann mit ihnen eingekreist werdet, während alle anderen schon längst geflüchtet sind. Und dann sterbt Ihr. Und zwar nicht auf die schöne Art.»

«Das ist passiert, als mein Vater gegen Eochaid kämpfte», gab er zu.

«Deshalb gehören nicht alle guten Männer in die Haustruppe», sagte ich. «Wir stellen Tekil an der einen Flanke auf und Ulf mit seinen Männern an der anderen.» Ulf, beflügelt von der Vorstellung unermesslicher Silberschätze und wollüstiger, verderbter Frauen, war inzwischen nur allzu bereit, gegen Eoferwic zu ziehen. Als die schwarzen Reiter ankamen, war er nicht in Cair Ligualid, sondern mit seinen Männern unterwegs, um Futter und Verpflegung heranzuschaffen.

Ich teilte die Haustruppe in zwei Gruppen auf und ließ sie im Schildwall gegeneinander kämpfen, doch zuvor befahl ich den Leuten, ihre Schwerter mit Stoff zu umwickeln, damit sie sich nicht versehentlich gegenseitig abschlachteten. Sie bemühten sich, doch sie hatten nicht die geringste Aussicht auf Erfolg. In ein paar Augenblicken war ich in beide Schildwälle eingebrochen. Aber sie würden schließlich auch noch lernen, wie man kämpft, wenn sie nicht zuvor auf Ivarrs Männer stießen. In diesem Fall würden sie sterben. Etwas später, als sie erschöpft waren und ihnen Schweißbäche übers Gesicht strömten, ließ ich sie ausruhen. Ich bemerkte, dass sich die Dänen mit anderen Dänen und die Sachsen mit anderen Sachsen zusammensetzten, aber das war nur zu erwarten, und mit der Zeit würden sie schon lernen, einander zu vertrauen. Sie konnten sich mehr oder weniger miteinander verständigen, denn wie mir aufgefallen war, hatten in Northumbrien die dänische und die sächsische Sprache begonnen, sich miteinander zu vermischen. Die beiden Sprachen ähnelten sich ohnehin, und die meisten Dänen konnten von den Sachsen verstanden werden, wenn sie laut genug brüllten, aber jetzt wurden sich Dänisch und Sächsisch immer noch ähnlicher. Statt über ihre Schwertkunst zu reden, brüsteten sich die sächsischen Earslinge aus Guthreds Haustruppe ihrer «Geschicklichkeit» mit dem Schwert, die sie freilich keineswegs besaßen. Die Aussprache vieler Worte der beiden Sprachen hatte sich so angenähert, dass manchmal kaum zu unterscheiden war, ob man einen Dänen oder einen Sachsen vor sich hatte. Oft waren sie auch beides, der Sohn eines dänischen Vaters und einer sächsischen Mutter, allerdings niemals andersherum. «Ich sollte eine Sächsin heiraten», sagte Guthred zu mir. Wir waren am Rande des Feldes entlanggegangen, auf dem eine Gruppe Frauen Stroh hackte und die Häcksel mit Hafer mischte. Dieses Gemisch würden wir als Pferdefutter mit über die Hügel nehmen.

«Warum sollte es eine Sächsin sein?», fragte ich.

«Um zu zeigen, dass in Haliwerfolkland beide Stämme zu Hause sind», sagte er.

«Northumbrien», sagte ich missmutig.

«Northumbrien?»

«Es heißt Northumbrien», sagte ich, «nicht Haliwerfolkland.»

Er zuckte die Schultern, als ob es auf den Namen nicht ankäme. «Ich sollte dennoch eine Sächsin heiraten», sagte er, «und sie soll hübsch sein. So hübsch wie Hild, vielleicht? Nur, dass sie zu alt ist.»

«Zu alt?»

«Ich brauche eine, die dreizehn oder vierzehn ist. Sie soll mir schließlich ein paar Kinder gebären.» Er stieg über einen niedrigen Zaun und ein steiles Ufer zu einem kleinen Flüsschen hinunter, das weiter nördlich in den Hedene mündete. «In Eoferwic wird es vermutlich ein paar hübsche Sächsinnen geben.»

«Aber Jungfrau soll sie schon sein, oder?»

«Wahrscheinlich», sagt er und nickte dann bekräftigend, «ja.»

«Vielleicht sind in Eoferwic ja noch eine oder zwei übrig geblieben», sagte ich.

«Schade, die Sache mit Hild», sagte er unbestimmt.

«Was meint Ihr damit?»

«Wenn Ihr nicht mit ihr zusammen wärt», sagte er lebhaft, «könntet Ihr Giselas Mann werden.»

«Hild und ich sind befreundet», sagte ich, «nur befreundet.» Und das stimmte. Wir hatten auch das Bett geteilt, aber seit Hild den Körper des Heiligen Cuthbert gesehen hatte, war sie in Grübeleien versunken. Sie spürte, wie ihr Gott sie am Gewand zupfte, das wusste ich genau, und ich hatte sie gefragt, ob sie wieder die Nonnentracht anlegen wollte, aber sie hatte nur den Kopf geschüttelt und geantwortet, sie sei noch nicht bereit.

«Aber vielleicht sollte ich Gisela auch besser mit einem König verheiraten», fuhr Guthred fort, ohne auf meine Worte einzugehen. «Mit Aed von Schottland? Ihn mit einer Braut ruhig stellen. Oder vielleicht besser mit Ivarrs Sohn? Glaubt Ihr, sie ist hübsch genug dafür?»

«Natürlich ist sie das!»

«Pferdegesicht!», sagte er, und dann lachte er über den alten Spitznamen. «Früher haben wir hier oft zusammen Stichlinge gefangen», sprach er weiter, zog seine Stiefel aus, ließ sie am Ufer liegen und begann, stromaufwärts zu waten. Ich folgte ihm am Ufer, wobei ich mich unter Erlen duckte und wucherndes Gras niedertrat. Fliegen summten um mich. Der Tag war sommerlich warm.

«Sucht Ihr nach Stichlingen?», fragte ich, weil ich immer noch an Gisela dachte.

«Nein, eine Insel», sagte er.

«Kann wohl keine übermäßig große Insel sein», gab ich zurück. Das Gewässer war mit zwei großen Schritten zu durchmessen und reichte kaum höher als bis zu Guthreds Waden.

«Sie war groß genug, als ich dreizehn Jahre alt war», sagte er.

«Wozu groß genug?», fragte ich und zerquetschte eine Pferdebremse mit einem Schlag auf mein Kettenhemd. Der Tag war so warm, dass ich mir wünschte, es nicht angezogen zu haben, doch ich wusste schon lange genug, dass ein Mann die schwere Rüstung gewohnt sein muss, weil sie ihn sonst im Kampf schwerfällig macht. Deshalb trug ich sie fast jeden Tag, damit sie mir zur zweiten Haut wurde. Und wenn ich das Kettenhemd ablegte, fühlte es sich an, als hätten mir die Götter Flügel verliehen.

«Sie war groß genug für mich und eine Sächsin namens Edith», sagte er und grinste mich an. «Sie war meine Erste. Ein süßes Ding.»

«Das ist sie vermutlich immer noch.»

Er schüttelte den Kopf. «Sie wurde von einem Stier aufgespießt und ist daran gestorben.» Er watete weiter, vorbei an ein paar Felsen, auf denen Farne wuchsen, und ungefähr fünfzig Schritte dahinter schrie er glücklich auf, denn er hatte seine Insel gefunden, und mir tat Edith leid, denn Guthreds Insel war kaum mehr als eine Anschwemmung von Steinen, die sich wie Messerklingen in den zarten Mädchenrücken gedrückt haben mussten.

Guthred setzte sich und begann, Kiesel ins Wasser schnellen zu lassen. «Können wir siegen?», fragte er.

«Wahrscheinlich können wir Eoferwic einnehmen», sagte ich, «wenn nicht Ivarr vorher zurückgekommen ist.»

«Und wenn er zurückgekommen ist?»

«Dann seid Ihr tot, mein König.»

Darüber runzelte er die Stirn. «Wir können mit Ivarr verhandeln», schlug er vor.

«Das würde Alfred tun», sagte ich.

«Gut!», Guthreds Laune besserte sich. «Und ich kann ihm Gisela für seinen Sohn anbieten!»

Darauf ging ich nicht ein. «Aber Ivarr wird nicht mit Euch verhandeln», sagte ich stattdessen. «Er wird kämpfen. Er ist ein Lothbrok. Er verhandelt nicht, oder nur, um Zeit zu gewinnen. Er glaubt an das Schwert, den Schild, die Streitaxt und den Tod seiner Feinde. Man kann mit Ivarr nicht verhandeln, man muss gegen ihn kämpfen, und wir haben nicht die Streitmacht zur Verfügung, die man dazu braucht.»

«Aber wenn wir Eoferwic einnehmen», sagte er lebhaft, «werden sich uns die Leute von dort anschließen. Unser Heer wird sich vergrößern.»

«Das nennt Ihr ein Heer?», fragte ich kopfschüttelnd. «Ivarr führt kriegserprobte Dänen an. Wenn wir auf ihn treffen, Herr, werden die meisten unserer Dänen zu ihm überlaufen.»

Er sah mich an. Verwirrung stand auf seinem ehrlichen Gesicht. «Aber sie haben mir den Treueid geleistet!»

«Trotzdem werden sie sich ihm anschließen», sagte ich grimmig.

«Was sollen wir also tun?»

«Wir besetzen Eoferwic», sagte ich, «wir plündern es und kehren hierher zurück. Ivarr wird Euch nicht folgen. Cumbrien kümmert ihn nicht. Dann könnt Ihr hier regieren, und irgendwann wird Ivarr Euch vergessen haben.»

«Das würde Eadred nicht gefallen.»

«Was will er denn?»

«Seinen Schrein.»

«Den kann er auch hier bauen.»

Guthred schüttelte den Kopf. «Er will, dass er an der Ostküste steht, weil dort mehr Menschen leben.»

Was Eadred wollte, überlegte ich, war ein Schrein, der Tausende von Pilgern anlocken würde, die mit ihrem Geld sein Kirchensäckel füllen sollten. Er konnte den Schrein auch hier in Cair Ligualid bauen, aber der Ort war entlegen, und es würden keine tausendköpfigen Pilgerscharen an diesen Ort kommen. «Aber Ihr seid der König», sagte ich, «also erteilt Ihr die Befehle. Nicht Eadred.»

«Stimmt», sagte er säuerlich und warf den nächsten Kiesel ins Wasser. Dann blickte er mich stirnrunzelnd an. «Was macht Alfred zu einem guten König?»

«Wer sagt denn, dass er ein guter König ist?»

«Jeder. Pater Willibald sagt, er ist der bedeutendste König seit Karl dem Großen.»

«Das liegt daran, dass Willibald ein verwirrter Earsling ist.»

«Ihr mögt Alfred nicht?»

«Ich hasse diesen Bastard.»

«Aber er ist ein Krieger, ein Gesetzgeber …»

«Er ist kein Krieger!», fiel ich ihm voller Verachtung ins Wort. «Er hasst den Kampf! Er muss kämpfen, aber er tut es nicht gern, und er ist viel zu krank, um sich in einen Schildwall zu stellen. Aber ein Gesetzgeber ist er. Er liebt Gesetze geradezu. Er glaubt, wenn er erst einmal genug Gesetze erlassen hat, haben wir den Himmel auf Erden.»

«Aber warum sagen die Leute dann, dass er ein guter König ist?», fragte Guthred verständnislos.

Ich sah einem Adler zu, der weit oben am blauen Himmelsgewölbe seine Schleifen zog. «Was man von Alfred sagen kann», antwortete ich und versuchte redlich zu sein, «ist, dass er gerecht ist. Er behandelt die Leute anständig, jedenfalls die meisten. Man kann seinem Wort trauen.»

«Das ist gut», sagte Guthred.

«Aber er ist auch ein frömmelnder, sauertöpfischer, sorgenzerfressener Bastard», sagte ich, «und das ist viel wichtiger.»

«Ich werde auch gerecht sein», sagte Guthred. «Die Leute sollen mich mögen.»

«Sie mögen Euch schon», sagte ich, «aber sie fürchten Euch auch.»

«Sie fürchten mich?» Diese Vorstellung schien ihm nicht zu gefallen.

«Ihr seid ein König.»

«Ich werde ein guter König sein», sagte er inbrünstig, und in genau diesem Moment griffen uns Tekil und seine Männer an.

Ich hätte es ahnen sollen. Acht gut bewaffnete Kämpfer reiten nicht durch die Wildnis, um sich einem hoffnungslosen Haufen anzuschließen. Sie waren geschickt worden, und zwar nicht von irgendeinem Dänen namens Hergist aus Heagostealdes. Sie waren von Kjartan dem Grausamen gekommen. Außer sich vor Zorn über die Demütigung seines Sohnes hatte er diese Männer ausgesandt, um den Totenkrieger mit dem Schwert aufzuspüren, und sie hatten nicht lange gebraucht, um festzustellen, dass wir dem Römerwall gefolgt waren. Und an diesem warmen Tag hatten Guthred und ich uns von den anderen Männern entfernt und saßen auf dem Grund eines schmalen Tals, als die acht

Männer mit gezogenem Schwert die Böschung herunterliefen und auf uns zustürmten.

Ich konnte Schlangenhauch noch aus der Scheide ziehen, doch Tekil lenkte mein Schwert mit seiner Klinge seitwärts, und dann stürzten sich zwei seiner Männer auf mich und drängten mich rücklings in das Flüsschen. Ich wehrte mich, doch mein Schwertarm wurde niedergehalten, ein Mann kniete auf meiner Brust, und ein anderer drückte mir den Kopf unter Wasser, und ich empfand würgendes Entsetzen, als das Wasser in meinen Rachen drang. Ich wollte schreien, doch kein Laut kam aus meinem Mund, und dann wurde mir Schlangenhauch aus der Hand genommen, und um mich versank alles in Schwärze.

Ich kam auf der Kiesinsel wieder zu mir. Die acht Männer standen über Guthred und mir, die Spitzen ihrer Schwerter ruhten auf unseren Bäuchen und Kehlen. Grinsend trat Tekil die Klinge weg, die auf meinen Hals drückte, und kniete sich neben mich. «Uhtred Ragnarson», grüßte er mich, «ich glaube, du hast vor kurzem Sven den Einäugigen getroffen. Er sendet dir seine Empfehlung.» Ich sagte nichts. Tekil lächelte. «Hast du vielleicht *Skidbladnir* in deinem Beutel? Wirst du fortsegeln? Zurück nach Niflheim?»

Ich sagte immer noch nichts. Der Atem rasselte in meiner Kehle, und ich hustete immer noch Wasser. Ich wollte kämpfen, aber die andere Schwertspitze war immer noch auf meine Mitte gerichtet. Tekil schickte zwei seiner Männer los, damit sie die Pferde holten, aber danach wurden wir immer noch von sechs Kriegern bewacht. «Es ist eine Schande», sagte Tekil, «dass wir deine Hure nicht erwischt haben. Kjartan wollte sie auch.» Ich versuchte, all meine Kräfte zusammenzunehmen, um hochzukommen, aber der Mann, der seine Klinge auf meinen Bauch richtete, drückte dagegen, und Tekil lachte mich bloß aus. Dann öffnete er die Schnalle meines Schwertgürtels und zog ihn unter meinem Körper heraus. Er entdeckte den Beutel und grinste, als er die Münzen klimpern hörte.

«Wir haben eine lange Reise vor uns, Uhtred Ragnarson, und wir wollen nicht, dass du uns entkommst. Sihtric!»

Der Junge, der Einzige unter ihnen, der keine Armringe trug, kam näher heran. Er wirkte unruhig. «Herr?», sagte er zu Tekil.

«Handfesseln», sagte Tekil, worauf Sihtric in einem Lederbeutel kramte und zwei Sklavenketten mit Schellen für die Handgelenke zutage förderte.

«Ihn könnt ihr hierlassen», sagte ich und ruckte mit dem Kopf Richtung Guthred.

«Kjartan will auch ihn sprechen», sagte Tekil, «aber nicht so dringend, wie er die Bekanntschaft mit dir erneuern will.» Dann lächelte er, als hätte er einen Scherz gemacht, den nur Eingeweihte verstanden, und zog ein Messer aus seinem Gürtel. Die Klinge war schmal und so scharf, dass ihre Ränder gewellt wirkten. «Er hat mir gesagt, ich soll dir die Kniesehnen durchschneiden, Uhtred Ragnarson, denn ein Mann, der seine Beine nicht gebrauchen kann, kann auch nicht fliehen, oder etwa doch? Wir schneiden dir also zuerst die Sehnen durch, und dann nehmen wir dir noch ein Auge. Sven hat gesagt, ich soll dir ein Auge lassen, damit er sich noch damit vergnügen kann, aber dass ich das zweite auch nehmen könnte, falls dich das gefügiger macht, und ich will schließlich, dass du gefügig bist. Also, welches Auge soll ich nehmen, Uhtred Ragnarson? Dein linkes Auge oder dein rechtes Auge?»

Ich sagte wieder nichts und scheue mich nicht zuzugeben, dass ich Angst hatte. Erneut versuchte ich, mich von ihm wegzuschieben, doch er hatte sein Knie in meinen rechten Oberarm gebohrt, und ein anderer Mann hielt meinen linken Arm nieder, und dann berührte die Klinge seines Messers die Haut dicht unter meinem linken Auge, und Tekil lächelte. «Verabschiede dich von deinem Auge, Uhtred Ragnarson», sagte er.

Die Sonne schien und spiegelte sich in der Klinge, sodass mein linkes Auge von ihrem Widerschein erfüllt war, und ich kann diese schillernde Helligkeit noch heute, nach all diesen Jahren, vor mir sehen.

Und auch den Schrei kann ich immer noch hören.

DREI

Es war Clapa, der schrie. Es klang wie das schrille Kreischen eines jungen Bären, der gerade kastriert wird, und mehr wie ein Angstschrei als nach dem Brüllen eines Herausforderers. Das war auch keine Überraschung, denn Clapa hatte noch nie zuvor gekämpft. Er wusste gar nicht, dass er schrie, während er die Böschung herunterlief. Die anderen Männer von Guthreds Haustruppe folgten ihm, aber es war Clapa, der sie mit unbeholfener Wildheit anführte. Er hatte vergessen, das Tuch abzuwickeln, das die Schneiden seines Schwertes schützte, aber er war so massig und so stark, dass sein umwickeltes Schwert die Wirkung einer Keule hatte. Tekil hatte nur fünf Leute bei sich, und als die dreißig jungen Männer die steile Uferböschung herabstürmten, fühlte ich Tekils Messer über meinen Wangenknochen kratzen, als er sich von mir wegrollte. Ich versuchte, seine Hand mit dem Messer zu packen, aber er war zu schnell, und dann traf ihn Clapa am Kopf, und er stolperte, und Rypere schwang sein Schwert gegen Tekils Kehle, und ich schrie, dass ich sie lebend haben wollte. «Lebend! Lasst sie leben!»

Trotz meines Rufes starben zwei von Tekils Männern. Einer wurde von mindestens einem Dutzend Klingen getroffen und aufgeschlitzt, sodass er zuckend in dem Bachlauf zusammenbrach, dessen Wasser sich mit seinem Blut rot färbte. Clapa hatte sein Schwert weggeworfen und Tekil auf der Kiesbank niedergerungen, wo er ihn mit unbändiger Kraft auf den Boden gedrückt hielt. «Gut gemacht, Clapa», sagte ich und klopfte ihm auf die Schulter, und er grinste mich an, während ich Tekil das Messer und das Schwert abnahm. Rypere machte dem Leben des Mannes ein Ende, der sich im Wasser wand. Einer meiner Leute hatte einen Schwerthieb in den Oberschenkel abbekommen, aber die anderen waren unverletzt und standen nun grinsend im Wasser und erwarteten ein Lob wie junge Hunde, die ihren ersten Fuchs zur Strecke gebracht hatten. «Das habt ihr gut gemacht», erklärte ich ihnen, und das stimmte auch, denn nun waren Tekil und drei seiner Männer unsere Gefangenen. Sihtric, der Jüngling, war einer von ihnen, und er hielt immer noch die Ketten in den Händen, und in meinem Zorn entriss ich sie ihm und schlug ihm damit auf den Kopf. «Ich will auch die beiden anderen», sagte ich zu Rypere.

«Welche anderen, Herr?»

«Er hat zwei Leute losgeschickt, um ihre Pferde zu holen», sagte ich, «finde sie.» Ich schlug noch einmal heftig auf Sihtric ein, weil ich wollte, dass er vor Schmerzen schrie, aber er blieb still, obwohl ihm Blut von der Schläfe lief.

Guthred saß immer noch auf der Kiesinsel, und auf seinem gutaussehenden Gesicht malte sich Verwunderung. «Ich habe meine Stiefel verloren», sagte er. Das schien ihm weit besorgniserregender als sein knappes Entkommen.

«Ihr habt sie weiter flussabwärts am Ufer gelassen», erklärte ich ihm.

«Meine Stiefel?»

«Sie sind flussabwärts», sagte ich und versetzte Tekil einen Tritt, der meinen Fuß mehr schmerzte als seine Rippen unter dem Kettenhemd, aber ich war wütend. Ich war ein Narr gewesen und fühlte mich erniedrigt. Ich gürtete mich mit meinen Schwertern, dann kniete ich mich hin und nahm Tekils vier Armringe. Er sah zu mir auf, und er musste sein Schicksal gekannt haben, doch seine Miene war ausdruckslos.

Die Gefangenen wurden in die Stadt zurückgebracht, und dabei entdeckten wir, dass die zwei Männer, die Tekils Pferde hatten holen sollen, das Geschehen mitbekommen haben mussten, denn sie hatten sich Richtung Osten davongemacht. Es kostete uns viel zu viel Zeit, unsere eigenen Pferde zu satteln und die Verfolgung aufzunehmen, und ich fluchte, denn ich wollte nicht, dass die beiden Kjartan von mir berichteten. Es wäre für die beiden vernünftig gewesen, den Fluss zu überqueren und am Römerwall entlang zu flüchten, aber sie mussten vermutet haben, dass es zu gefährlich war, Cair Ligualid zu durchqueren, und sicherer, zuerst Richtung Süden und dann nach Osten zu reiten. Sie hätten auch ihre reiterlosen Pferde zurücklassen sollen, aber sie waren zu habgierig und nahmen sie alle mit, und das bedeutete, dass ihre Spuren leicht zu verfolgen waren, obwohl die Erde trocken war. Die beiden Männer kannten die Gegend nicht, und so ritten sie zu weit nach Süden und gaben uns damit Gelegenheit, ihnen den Weg Richtung Osten abzuschneiden. Bis zum Abend verfolgten wir sie mit sechzig Männern, und als sie in der Dämmerung in einem Weißbuchenhain rasteten, entdeckten wir sie.

Der Ältere stellte sich dem Kampf. Er wusste, dass er nicht mehr lange zu leben hatte, und war entschlossen, in die Ruhmeshalle Odins einzugehen und seine Ewigkeit nicht mit den Schrecknissen von Niflheim zu verbringen. Also kam er unter den Bäumen hervor, brüllte eine Herausforderung, und ich drückte Witnere die Fersen in die Flanken, aber Guthred schnitt mir den Weg ab. «Er gehört mir», sagte er, zog sein Schwert, und sein Pferd galoppierte los, und zwar vor allem, weil Witnere, der es immer übel nahm, wenn sich ihm etwas in den Weg stellte, seinen kleineren Hengst ins Hinterteil gebissen hatte.

Guthred verhielt sich wie ein wahrer König. Er genoss das Kämpfen nicht und besaß viel weniger Erfahrung als ich, aber er wollte diesen Mann selbst töten, damit seine Leute nicht sagten, er verstecke sich hinter meinem Schwert. Er meisterte die Sache gut genug. Sein Pferd geriet aus dem Tritt, kurz bevor es Kjartans Mann erreichte, aber das erwies sich als Vorteil, denn das Stolpern brachte Guthred außer Reichweite des Feindes, dessen wild geschwungenes Schwert harmlos an seiner Hüfte vorbeifuhr, während Guthreds eigener verzweifelter Schlag das Handgelenk des Mannes traf und es brach, und danach war es leicht, den Feind niederzureiten und ihn tot zu hacken. Das alles gefiel Guthred nicht, doch er wusste, dass er es tun musste, und mit der Zeit wurde dieser Kampf zum Teil seiner Legende. Das Volk sang Lieder auf Guthred von Northumbrien, der im Kampf sechs Übeltäter erschlug, aber es war nur ein Mann gewesen, und Guthred hatte Glück gehabt, dass sich sein Pferd vertreten hatte. Aber das ist gut für einen König. Könige brauchen Glück. Später, als wir nach Cair Ligualid zurückgekehrt waren, gab ich ihm den alten Helm meines Vaters als Anerkennung für seine Tapferkeit, und er war darüber sehr erfreut.

Ich befahl Rypere, den zweiten Mann zu töten, was er mit ermutigendem Genuss tat. Es war keine schwere Aufgabe, denn der zweite Mann war ein Feigling und wollte sich ergeben. Er warf sein Schwert weg, kniete sich zitternd hin und rief, dass er sich geschlagen gebe, aber ich hatte anderes mit ihm vor. «Töte ihn!», sagte ich zu Rypere, und er ließ sein Schwert mit einem wölfischen Grinsen auf den Mann niederfahren.

Dann sammelten wir die zwölf Pferde ein, nahmen den beiden Männern ihre Rüstung und ihre Waffen und überließen ihre Leichen den Tieren, doch zuvor befahl ich

Clapa, ihnen die Köpfe abzuschlagen. Clapa starrte mich an wie ein Ochse. «Ihre Köpfe, Herr?», fragte er.

«Schlag sie ab, Clapa», sagte ich, «und die hier sind für dich.» Ich gab ihm zwei von Tekils Armringen.

Er staunte die beiden Silberreifen an, als hätte er noch nie zuvor so etwas Wunderbares gesehen. «Für mich, Herr?»

«Du hast uns das Leben gerettet, Clapa.»

«Es war Rypere, der uns hingeführt hat», gab er zu. «Er sagte, wir dürften nicht von der Seite des Königs weichen, und Ihr wart weggegangen, also mussten wir Euch folgen.»

Und so gab ich Rypere die beiden anderen Armringe, und dann schlug Clapa den toten Männern die Köpfe ab und erfuhr dabei, wie schwer es ist, einen Nacken zu durchtrennen. Nachdem er es geschafft hatte, nahmen wir die blutigen Köpfe mit zurück nach Cair Ligualid, und als wir die zerstörte Siedlung erreicht hatten, ließ ich die beiden anderen Leichen aus dem Flüsschen ziehen und ebenfalls enthaupten.

Abt Eadred wollte die vier übrigen Gefangenen aufhängen, aber ich überzeugte ihn davon, Tekil mir zu überlassen, wenigstens für eine Nacht. Ich ließ ihn zu mir in die Ruine eines alten Gebäudes bringen, von dem ich glaube, dass es aus der Römerzeit stammte. Die hohen Wände bestanden aus Quadersteinen und waren von drei großen Fenstern durchbrochen. Ein Dach gab es nicht mehr. Der Boden bestand aus winzigen schwarzen und weißen Steinziegeln, die früher ein Muster gebildet hatten, aber dieses Muster war schon seit langem zerstört. Ich entzündete ein Feuer auf dem größten Fleck mit Ziegeln, der auf dem Boden noch übrig geblieben war, und die Flammen warfen ihren grellen Schein auf die alten Mauern, und dazu drang etwas schwaches Licht durch die Fensteröffnungen herein, wenn die Wolken den Mond freigaben. Tekil wurde von Rypere und Clapa zu mir gebracht, und sie wollten bleiben und zusehen, was ich ihm antun würde, doch ich schickte sie weg.

Tekil war statt in seine Rüstung nun in ein schmuddeliges Wams gekleidet. Sein Gesicht war zerschrammt, und seine Handgelenke mit den Ketten zusammengeschlossen, die er für mich bestimmt hatte. Er setzte sich an einem Ende des alten Raumes auf den Boden, und ich ließ mich auf der anderen Seite des Feuers ihm gegenüber nieder. Er starrte mich einfach nur an. Er hatte ein gutes Gesicht, ein starkes Gesicht, und ich dachte, dass ich Tekil hätte mögen können, wären wir Gefährten und nicht Feinde gewesen. Mein prüfender Blick schien ihn zu belustigen. «Du warst der Totenkrieger mit dem Schwert», sagte er nach einer Weile.

«War ich das?»

«Ich weiß, dass der Totenkrieger einen Helm mit einem Wolfsrachen auf dem Kamm getragen hat, und diesen Helm habe ich an dir gesehen», er zuckte mit den Schultern, «oder leiht er dir den Helm vielleicht manchmal aus?»

«Vielleicht tut er das», sagte ich.

Fast musste er lächeln. «Der Totenkrieger mit dem Schwert hat Kjartan und seinen Sohn beinahe zu Tode erschreckt, aber genau das wolltest du ja, oder?»

«Das wollte der Totenkrieger mit dem Schwert», sagte ich.

«Und jetzt», sagte er, «hast du vier von meinen Männern die Köpfe abschlagen lassen, und diese Köpfe wirst du Kjartan überbringen lassen, ist es nicht so?»

«Ja.»

«Weil du ihnen noch größere Schrecken einjagen willst?»

«Ja», sagte ich.

«Aber es müssen acht Köpfe sein», sagte er, «oder etwa nicht?»

«Ja», sagte ich wieder.

Darauf verzog er sein Gesicht zu einer Grimasse, lehnte sich mit dem Rücken an die Wand und sah hinauf zu den Wolken, die vor dem Halbmond entlangzogen. Hunde jaulten in den Ruinen, und Tekil neigte den Kopf, um auf dieses Geräusch zu lauschen. «Kjartan mag Hunde», sagte er. «Er hat ein ganzes Rudel von ihnen. Bösartige Kreaturen. Er lässt sie gegeneinander kämpfen und behält nur die kräftigsten. Er hält sie in einem Zwinger in einem Palas in Dunholm, und er setzt sie zu zwei ganz unterschiedlichen Gelegenheiten ein.» Er unterbrach sich und sah mich spöttisch an. «Das wolltest du, oder? Dass ich dir alles über Dunholm erzähle? Seine Stärken, seine Schwächen, wie viele Männer dort liegen und wie du am besten angreifen kannst?»

«All das», sagte ich, «und noch mehr.»

«Weil es um eine Blutfehde geht, das ist es doch. Kjartans Leben zum Ausgleich für den Tod Graf Ragnars.»

«Graf Ragnar hat mich aufgezogen», sagte ich, «und ich habe ihn wie einen Vater geliebt.»

«Und was ist mit seinem Sohn?»

«Alfred hat ihn als Geisel genommen.»

«Also wirst du an seiner statt Rache üben?», fragte er, und dann zuckte er mit den Schultern, als sei meine Antwort offenkundig. «Du wirst feststellen, dass es nicht leicht ist», sagte er, «und noch schwerer, wenn du gegen Kjartans Hunde kämpfen musst. Er hält sie in einem eigenen Palas. Sie leben dort wie die Könige, und unter dem Boden des Hauptraumes liegt Kjartans Hort. Berge von Gold und Silber. Ein Hort, den er niemals auch nur anschaut. Und dennoch liegt dort alles, vergraben in dem Boden unter den Hunden.»

«Und wer bewacht diesen Schatz?»

«Das ist eine ihrer Aufgaben», sagte Tekil, «aber die zweite ist es, Menschen zu zerfleischen. Und genauso wird er dich umbringen. Zuerst lässt er dir die Augen herausschneiden, und dann lässt er dich von seinen Hunden in Stücke reißen. Oder vielleicht zieht er dir auch ganz langsam die Haut ab. So etwas habe ich ihn schon tun sehen.»

«Kjartan der Grausame», sagte ich.

«Er wird nicht umsonst so genannt», sagte Tekil.

«Und warum dienst du ihm dann?»

«Er ist freigebig», sagte Tekil. «Kjartan liebt viererlei: Hunde, Reichtümer, Frauen und seinen Sohn. Ich mag zweierlei davon, und Kjartan ist mit beidem sehr freigebig.»

«Und die beiden, die du nicht magst?», fragte ich.

«Ich hasse seine Hunde», räumte er ein, «und sein Sohn ist ein Feigling.»

«Sven?» Das überraschte mich. «Als Kind war er kein Feigling.»

Tekil streckte ein Bein aus und zog ein Gesicht, als die Ketten seinen Fuß behinderten. «Als Odin sein Auge verlor», sagte er, «hat er dadurch Weisheit gewonnen, aber als Sven sein Auge verlor, hat er dadurch das Fürchten gelernt. Er ist mutig, wenn er gegen einen Schwächeren kämpft, doch er stellt sich nicht gern einem Stärkeren. Aber sein Vater, der ist kein Feigling.»

«Ich erinnere mich daran, dass Kjartan tapfer war», sagte ich.

«Tapfer, grausam und gewalttätig», sagte Tekil, «und jetzt weißt du auch, dass er einen herrschaftlichen Palas voller Hunde hat, die dich in blutige Fetzen reißen werden.

Und das, Uhtred Ragnarson, war alles, was ich dir erzählen werde.»

Ich schüttelte den Kopf. «Du wirst mir noch mehr erzählen.»

Er sah mir dabei zu, wie ich einen neuen Holzscheit ins Feuer legte. «Und warum werde ich dir mehr erzählen?», fragte er.

«Weil ich etwas habe, das du willst», erklärte ich ihm.

«Mein Leben?»

«Dein Sterben», sagte ich.

Er verstand und verzog die Lippen zu einem Lächeln. «Wie ich höre, wollen die Mönche mich aufhängen.»

«Das wollen sie», sagte ich, «weil sie keine Phantasie haben. Aber ich werde nicht zulassen, dass sie dich hängen.»

«Und was wirst du stattdessen tun? Mich diesen Kindern ausliefern, die du Soldaten nennst? Damit sie an mir üben können?»

«Wenn du nicht redest», sagte ich, «werde ich genau das tun, denn sie haben Übung bitter nötig. Aber ich werde es ihnen leicht machen. Du wirst kein Schwert haben.»

Ohne Schwert konnte er nicht in die Totenhalle Odins einziehen, und das ängstigte Tekil genug, um ihn zum Reden zu bringen. Kjartan, so erklärte er mir, hatte drei Kämpfertruppen in Dunholm, zusammen waren es etwa einhundertundfünfzig Krieger, aber er verfügte nahe der Festung noch über weitere Leute, die für ihn kämpfen würden, wenn er sie rief. Wenn Kjartan wollte, konnte er insgesamt vierhundert erfahrene Krieger in die Schlacht führen. «Und sie sind ihm treu», warnte mich Tekil.

«Weil er freigebig ist?»

«Uns fehlt es nie an Silber oder an Frauen. Was kann sich ein Krieger mehr wünschen?»

«In Odins Totenhalle einzugehen», sagte ich, und Tekil

nickte zu dieser Wahrheit. «Und woher kommen die Sklaven?», fragte ich.

«Von Händlern wie dem, den du umgebracht hast. Oder wir fangen sie selbst.»

«Behaltet ihr sie in Dunholm?»

Tekil schüttelte den Kopf. «Dorthin werden nur die jungen Mädchen geschickt, die anderen kommen nach Gyruum. Wir haben zwei Mannschaften in Gyruum.» Das ergab Sinn. Ich war zuvor schon einmal in Gyruum. An diesem Ort hatte früher ein berühmtes Kloster gestanden, bevor es von Ragnar dem Älteren zerstört worden war. Die Stadt war klein und lag am Südufer des Tine in der Nähe des Meeres, sodass sich der Ort sehr gut dazu eignete, Sklaven zu verschiffen. Auf einer Landzunge, die zu Gyruum gehörte, lag eine alte Römerfestung, aber diese Festung war viel schwerer zu verteidigen als Dunholm. Allerdings spielte das kaum eine Rolle, denn falls sich ein Angriff abzeichnete, konnte die Mannschaft von Gyruum leicht mitsamt den Sklaven nach Süden ziehen und sich in der wesentlich stärkeren Festung von Dunholm verschanzen. «Und Dunholm», sagte Tekil, «kann nicht bezwungen werden.»

«Nein?», fragte ich ungläubig.

«Ich habe Durst», sagte Tekil.

«Rypere!», rief ich. «Ich weiß, dass ihr da draußen seid! Bringt Bier!»

Ich gab Tekil einen Humpen Bier, etwas Brot und kaltes Ziegenfleisch, und beim Essen sprach er von Dunholm und versicherte mir, es sei wirklich uneinnehmbar.

«Wenn die Streitmacht groß genug ist, kann man es besetzen», sagte ich.

Er lachte spöttisch auf. «Die einzige Möglichkeit ist, von Norden zu kommen», sagte er, «und der Zugang ist eng und steil, deshalb kannst du auch mit dem größten Heer der Welt immer nur ein paar Mann gleichzeitig gegen die Verteidiger führen.»

«Hat es schon mal jemand versucht?»

«Ivarr ist gekommen, hat uns vier Tage lang in Augenschein genommen und ist wieder abgezogen. Davor war Graf Ragnars Sohn da, und er ist noch kürzer geblieben. Man könnte die Festung aushungern, nehme ich an, aber das dauert ein Jahr, und wer kann sich schon die Verpflegung einer Belagerungstruppe über ein ganzes Jahr hinweg leisten?» Er schüttelte den Kopf. «Dunholm ist wie Bebbanburg. Uneinnehmbar.»

Und dennoch sollte mich mein Schicksal an diese beiden Orte führen. Ich dachte schweigend nach, bis Tekil die schweren Ketten hochhob, als wolle er feststellen, ob er sie zerreißen könne. Er konnte es nicht. «Und jetzt sage mir, wie ich sterben werde.»

«Ich habe noch eine Frage.»

Er zuckte mit den Schultern. «Dann frage.»

«Thyra Ragnarsdottir.»

Er war überrascht und blieb einen Moment stumm, dann ging ihm auf, dass ich Thyra natürlich als Kind gekannt haben musste. «Die liebliche Thyra», sagte er höhnisch.

«Lebt sie noch?»

«Sie war von Anfang an als Svens Frau vorgesehen», sagte Tekil.

«Und ist sie es geworden?»

Er lachte. «Er hat sie auf sein Lager gezwungen, was glaubst du denn? Aber inzwischen rührt er sie nicht mehr an. Sie ängstigte ihn. Also ist sie eingesperrt worden, und Kjartan lässt sich ihre Träume erzählen.»

«Ihre Träume?»

«Die Götter sprechen durch sie. Das glaubt jedenfalls Kjartan.»

«Und was glaubst du?»

«Ich glaube, das Weib ist verrückt.»

Ich starrte ihn durch die Flammen hindurch an. «Aber sie lebt?»

«Wenn man das leben nennen kann», sagte er trocken.

«Verrückt?»

«Sie verletzt sich selbst», sagte Tekil und zog seine rechte Handkante über den linken Arm. «Sie jammert, ritzt sich das Fleisch auf und spricht Verwünschungen aus. Kjartan fürchtet sich vor ihr.»

«Und Sven?»

Tekil zog ein Gesicht. «Er fürchtet sich noch mehr vor ihr. Er will ihren Tod.»

«Und warum ist sie dann nicht tot?»

«Weil ihr die Hunde nichts tun», sagte Tekil, «und weil Kjartan glaubt, dass sie in die Zukunft schauen kann. Sie hat ihm gesagt, der Totenkrieger mit dem Schwert würde ihn umbringen, und er hat ihr halb geglaubt.»

«Der Totenkrieger mit dem Schwert wird Kjartan umbringen», sagte ich, «und morgen werde ich dich umbringen.»

Er nahm sein Schicksal an. «Haselruten?»

«Ja.»

«Und ich habe ein Schwert in der Hand?»

«In beiden Händen, wenn du willst», sagte ich, «weil dich der Totenkrieger mit dem Schwert so oder so umbringen wird.»

Er nickte, dann schloss er die Augen und lehnte sich wieder mit dem Rücken an die Wand. «Sihtric», erklärte er mir, «ist Kjartans Sohn.»

Sihtric war der Junge, den ich mit Tekil gefangen hatte. «Er ist Svens Bruder?», fragte ich.

«Sein Halbbruder. Sihtrics Mutter war ein sächsisches

Sklavenmädchen. Kjartan hat sie den Hunden vorgeworfen, als er glaubte, sie habe ihn vergiften wollen. Vielleicht wollte sie das, doch vielleicht hatte er auch nur Bauchschmerzen. Aber ganz gleich, woran es lag, er hat sie an seine Hunde verfüttert. Sihtric hat er am Leben gelassen, weil er mein Diener ist und ich mich für ihn eingesetzt habe. Er ist ein guter Junge. Du solltest ihn lieber nicht töten.»

«Aber ich brauche acht Köpfe», erinnerte ich ihn.

«Ja», sagte er müde, «die brauchst du.» Das Schicksal ist unausweichlich.

Abt Eadred wollte die vier Männer hängen. Oder ertränken. Oder erwürgen. Er wollte, dass sie einen ehrlosen Tod starben und vergessen werden würden. «Sie haben unseren König angegriffen!», rief er leidenschaftlich. «Und deshalb müssen sie einen elenden Tod sterben, einen elenden Tod!» Er genoss diese Worte offenbar außerordentlich, so oft wiederholte er sie. Doch ich zuckte nur die Schultern und sagte, dass ich Tekil ein ehrenhaftes Sterben versprochen hatte, eines, das ihn nach Walhalla und nicht nach Niflheim bringen würde. Eadred starrte auf mein Hammeramulett und kreischte, in Haliwerfolkland dürfe es keine Gnade für Männer geben, die Cuthberts auserwähltem König etwas antun wollten.

Wir stritten uns auf dem Hang direkt unter der neuen Kirche, und die vier Gefangenen, alle in Ketten oder Fesseln, saßen unter der Bewachung von Guthreds Haustruppe auf dem Boden und erwarteten gemeinsam mit vielen Leuten aus der Stadt Guthreds Entscheidung. Eadred ließ einen Wortschwall auf den König niedergehen, in dem er behauptete, Schwäche zu zeigen würde Guthreds Macht untergraben. Die Geistlichen waren mit dem Abt einer

Meinung, aber das war keine Überraschung, und seine größten Mitstreiter waren zwei gerade erst eingetroffene Mönche, die von Ost-Northumbrien aus über die Hügel gekommen waren. Sie hießen Jænberht und Ida, waren beide in ihren Zwanzigern, und beide schuldeten Eadred Gehorsam. Offenbar waren sie im Auftrag des Abtes auf der anderen Seite der Hügel unterwegs gewesen, doch nun waren sie zurück in Cair Ligualid und setzten sich stürmisch für einen schmählichen, qualvollen Tod der Gefangenen ein. «Verbrennt sie!», drängte Jænberht. «Ebenso wie die Heiden so viele unserer Heiligen verbrannt haben! Röstet sie auf Höllenflammen!»

«Hängt sie auf!», beharrte Abt Eadred.

Ich konnte spüren, auch wenn Eadred das nicht tat, dass die cumbrischen Dänen, die sich Guthred angeschlossen hatten, an dem Ungestüm der Priester Anstoß nahmen. Also zog ich den König beiseite. «Glaubt Ihr, ohne die Dänen König bleiben zu können?», fragte ich ihn.

«Natürlich nicht.»

«Aber wenn Ihr andere Dänen zu Tode foltert, wird ihnen das nicht gefallen. Sie werden denken, Ihr zieht ihnen die Sachsen vor.»

Guthred wirkte beunruhigt. Er hatte seinen Thron Eadred zu verdanken und würde ihn nicht behalten, wenn sich der Abt von ihm abwandte, doch ebenso wenig würde er ihn behalten, wenn er die Unterstützung der Dänen von Cumbrien verlor. «Was würde Alfred tun?», fragte er mich.

«Er würde beten», sagte ich, «und genauso würde er alle seine Mönche und Priester beten lassen, aber am Ende würde er tun, was auch immer notwendig ist, um das Königreich nicht zu gefährden.» Guthred starrte mich an. «Was auch immer notwendig ist», wiederholte er langsam.

Guthred nickte, und dann ging er mit gerunzelter Stirn zu Eadred. «Noch einen Tag oder zwei», sagte Guthred laut genug, damit ihn die meisten Leute hören konnten, «dann ziehen wir Richtung Osten. Wir werden die Hügel überqueren und unseren segensreichen Heiligen in ein neues Zuhause in einem heiligen Land bringen. Wir werden über unsere Feinde siegen, wer sie auch sein mögen, und wir werden ein neues Königreich errichten.» Er sprach dänisch, doch seine Worte wurden von drei oder vier Männern ins Englische übersetzt. «Dies alles wird geschehen», sagte er, und seine Stimme wurde fester, «weil Gott und der heilige Sankt Cuthbert meinem Freund Abt Eadred einen Traum gesandt haben. Wenn wir diesen Ort verlassen, um über die Hügel zu ziehen, werden wir das mit Gottes Segen und mit Sankt Cuthberts Hilfe tun, und wir werden ein besseres Königreich, ein geheiligtes Königreich errichten, das von der Zauberkraft des Christentums beschützt werden wird.» Eadred runzelte bei dem Wort Zauberkraft die Stirn, doch er erhob keinen Einspruch. Guthreds Verständnis von seiner neuen Religion war noch etwas grob, aber größtenteils sagte er das, was Eadred hören wollte. «Und wir werden ein Königreich der Gerechtigkeit haben!», sprach Guthred sehr laut weiter. «Ein Königreich, in dem jeder Mann Gott und dem König vertraut, aber in dem nicht jeder Mann denselben Gott verehrt.» Nun hörten ihm alle zu, und zwar mit voller Aufmerksamkeit. Jænberht und Ida wollten bei Guthreds letzter Bemerkung aufbegehren, doch Guthred redete weiter. «Und ich werde nicht der König eines Landes sein, in dem manchen Männern die Gebräuche anderer Männer aufgezwungen werden, und es gehört zu den Gebräuchen dieser Männer», er deutete auf Tekil und seine Gefährten, «mit einem Schwert in der Hand zu sterben, und deshalb sei es so. Und Gott sei ihren Seelen gnädig.»

Kein Laut war zu hören. Dann wandte sich Guthred zu Eadred um und senkte seine Stimme. «Hier gibt es Leute», sagte er auf Englisch, «die glauben, wir können die Dänen nicht im Kampf besiegen. Also sollen sie es jetzt sehen.»

Eadred erstarrte und zwang sich dann zu einem Nicken. «Wie Ihr befehlt, Herr König», sagte er.

Also wurden die Haselzweige geholt.

Die Dänen kennen die Regeln dieses Kampfes, der innerhalb eines Feldes ausgetragen wird, dessen Ausmaße entlaubte Haselruten anzeigen. Bei diesem Kampf überlebt nur einer der beiden Gegner, und wenn einer der Männer aus dem angezeigten Bereich flieht, darf ihn jeder töten. Dann ist er zu einem Nichts geworden. Guthred wollte selbst gegen Tekil antreten, aber ich spürte, dass er diesen Vorschlag nur machte, weil er von ihm erwartet wurde, und Guthred in Wahrheit nicht gegen einen erfahrenen Krieger kämpfen wollte. Und außerdem war ich nicht in der Stimmung, mir etwas abschlagen zu lassen. «Ich übernehme sie alle», bestimmte ich, und er widersprach nicht.

Heute bin ich alt. So alt. Manchmal vergesse ich sogar, wie alt, aber es muss wohl achtzig Jahre her sein, dass meine Mutter bei meiner Geburt gestorben ist, und nur wenige Männer leben so lange, und nur wenige, die im Schildwall kämpfen, leben halb so lange. Ich bemerke die Blicke der Leute, die jederzeit mit meinem Tod rechnen, und ich werde ihre Erwartungen bestimmt bald erfüllen. Sie senken ihre Stimme, wenn sie mir näher kommen, weil sie mich nicht stören wollen, und das ist ein Ärgernis, denn ich höre nicht mehr so gut wie früher, und ich sehe auch nicht mehr so gut wie früher, und ich muss die ganze Nacht pissen, und meine Knochen sind steif, und meine alten Narben schmerzen, und jeden Abend, wenn ich mich hinlege, überprüfe ich, dass ich Schlangenhauch oder ein anderes meiner Schwerter neben mir habe, sodass ich den Griff packen kann, wenn der Tod mich holen kommt. Und in der Nacht, wenn ich den Wellen zuhöre, die schäumend auf den Strand rollen, und dem Wind, der das Strohdach zaust, erinnere ich mich daran, wie es war, jung zu sein und groß und stark und schnell. Und überheblich.

Denn das alles war ich. Ich war Uhtred, der Bezwinger Ubbas, und 878, dem Jahr, in dem Alfred Guthrum besiegte, und dem Jahr, in dem Guthred den Thron Northumbriens bestieg, war ich gerade einundzwanzig, und mein Name war überall bekannt, wo Schwerterklingen gewetzt wurden. Ich war ein Krieger. Ein Schwertkrieger, und ich war stolz darauf. Tekil wusste das. Er war gut. Er hatte in vielen Schlachten gekämpft, aber als er über die Haselruten trat, wusste er dennoch, dass er ein toter Mann war.

Ich will nicht behaupten, ich wäre nicht aufgeregt gewesen. Männer haben mich auf den Schlachtfeldern ganz Britanniens kämpfen sehen und sich gefragt, ob ich keine Angst kenne, aber natürlich kannte ich die Angst. Wir alle kennen die Angst. Wie ein Tier kriecht sie in dir herum, schlägt ihre Krallen in deine Eingeweide, schwächt deine Muskeln, will die Herrschaft über deine Därme bekommen und versucht, dich zum Zittern und zum Jammern zu bringen. Aber die Angst muss beiseitegeschoben werden, und dann muss sich das Handwerk des Kämpfens entfalten, und Wildheit durchrauscht dich, und obwohl viele Männer versucht haben, mich zu töten, um damit prahlen zu können, Uhtred getötet zu haben, hat mich diese Wildheit bis jetzt überleben lassen. Und inzwischen denke ich, bin ich zu alt, um im Kampf zu sterben, und stattdessen werde ich mich ins Nichts hinübersabbern. Wird bið ful āræd, sagen wir, und es stimmt. Das Schicksal ist unausweichlich.

Tekils Schicksal war es, zu sterben. Er kämpfte mit

Schwert und Schild, und ich hatte ihm auch sein Kettenhemd zurückgegeben, sodass niemand sagen konnte, ich sei ihm gegenüber im Vorteil gewesen. Ich selbst kämpfte ohne jede Rüstung und auch ohne Schild. Ich war überheblich, und mir war bewusst, dass Gisela zusah, und in meinem Kopf beschloss ich, Tekil für sie zu töten. Ich brauchte nur wenige Augenblicke dafür, trotz meines Hinkens. Dieses leichte Hinken hatte ich, seit mir bei Ethandun ein Speer in den rechten Oberschenkel gefahren war, aber ich bin trotzdem nicht langsamer geworden. Tekil stürmte auf mich zu und hoffte, mich mit seinem Schild niederwerfen zu können, um dann mit seinem Schwert auf mich einzuhacken, aber ich wich ihm einfach aus, und danach blieb ich immer in Bewegung. Das ist das Geheimnis, wenn man einen Schwertkampf gewinnen will. In Bewegung bleiben. Tanzen. Im Schildwall kann sich ein Mann nicht bewegen, nur zustechen und schlagen und hacken und den Schild oben halten, aber im Haselrutenfeld hängt von deiner Geschmeidigkeit dein Leben ab. Der andere Mann muss herausgefordert und aus dem Gleichgewicht gebracht werden. Und Tekil war langsam, denn er trug sein Kettenhemd, und ich war unbelastet, aber sogar mit einer Rüstung war ich noch schnell, und Tekil hatte keine Aussicht, mit meiner Geschwindigkeit Schritt zu halten. Er ging erneut auf mich los, und ich ließ ihn an mir vorbeilaufen, und dann bereitete ich ihm einen schnellen Tod. Er wollte sich gerade wieder zu mir herumdrehen, doch ich war schneller, und Schlangenhauch traf ihn im Nacken, genau über dem Rand seines Kettenhemdes und, weil er keinen Helm trug, fuhr die Klinge durch seine Nackenwirbel, und er brach im Staub zusammen. Danach tötete ich ihn schnell, und er ging in die Totenhalle ein, in der er mich eines Tages empfangen wird.

Die Menge klatschte. Ich glaube, die Sachsen unter ihnen hätten die Gefangenen lieber verbrannt, ertränkt oder von Pferden niedergetrampelt gesehen, aber es waren auch genügend da, die etwas für die Schwertkunst übrig hatten. Gisela lächelte mich an. Hild sah nicht zu. Sie stand mit Pater Willibald am Rande der Menge. Die beiden verbrachten lange Stunden mit Gesprächen, und ich wusste, dass sie über christliche Fragen redeten, aber das ging mich nichts an.

Die nächsten beiden Gefangenen bebten vor Angst. Tekil war ihr Anführer gewesen, und ein Mann führt die anderen an, weil er der beste Kämpfer ist. In Tekils unvermitteltem Sterben sahen sie ihren eigenen Tod, und so kämpfte keiner von den beiden ernsthaft. Statt anzugreifen versuchten sie, sich zu verteidigen. Der zweite konnte gut genug mit dem Schwert umgehen, um mich wieder und wieder abzuwehren, bis ich schließlich mit der Klingenspitze nach ihm stieß. Da zog er seinen Schild hoch, und ich trat ihm die Füße unter dem Körper weg, und die Menge jubelte, als er gleich darauf starb.

Nun war noch Sihtric übrig, der Junge. Die Mönche, die unsere Gefangenen am liebsten aufgehängt hätten, anschließend aber ein unheiliges Vergnügen an ihrem ehrenvollen Sterben gefunden hatten, schubsten ihn in das Feld. Ich sah sofort, dass Sihtric nicht einmal wusste, wie man ein Schwert richtig hält und dass sein Schild nichts weiter als eine störende Last für ihn war. Sein Tod stand unmittelbar bevor und würde mir nicht mehr Mühe bereiten, als eine Fliege zu erschlagen. Auch er wusste das, und er schluchzte.

Ich brauchte acht Köpfe. Ich hatte sieben. Ich starrte den Jungen an, und er konnte meinem Blick nicht standhalten. Er wandte seine Augen ab und hatte nun die blutgetränkten Stellen vor Augen, von denen die Leichen seiner drei Gefährten weggeschleppt worden waren. Da fiel er auf die Knie. Die Menge raste vor Vergnügen. Die Mönche riefen mir zu, ich solle ihn töten. Stattdessen aber wartete ich ab, was Sihtric tun würde, und ich sah, dass er seine Furcht meisterte. Ich sah die Anstrengung, die es ihn kostete, sein Flennen zu unterdrücken, seinen Atem zu verlangsamen und die Herrschaft über seine zitternden Beine wiederzugewinnen, sodass er schließlich aufstehen konnte. Er packte seinen Schild, und dann sah er mir in die Augen. Ich deutete auf sein Schwert, und gehorsam erhob er es, sodass er wie ein Mann sterben würde. Auf seiner Stirn hatten meine Hiebe mit den Sklavenketten blutige Schrammen hinterlassen.

«Wie hieß deine Mutter?», fragte ich ihn. Er starrte mich an und schien unfähig zu sprechen. Die Mönche forderten kreischend seinen Tod. «Wie hieß deine Mutter?», fragte ich ihn erneut.

«Elflæd», sagte er zögernd, aber so leise, dass ich ihn nicht verstand. Ich runzelte die Stirn, wartete, und er wiederholte den Namen. «Elflæd.»

«Elflæd, Herr», berichtigte ich ihn.

«Sie hieß Elflæd, Herr», sagte er.

«War sie Sächsin?»

«Ja, Herr.»

«Und hat sie versucht, deinen Vater zu vergiften?»

Er schwieg einen Moment, dann ging ihm auf, dass ihm die Wahrheit nicht mehr schaden konnte. «Ja, Herr.»

«Und wie?» Ich musste meine Stimme erheben, um den Lärm der Menge zu übertönen.

«Mit den schwarzen Beeren, Herr.»

«Tollkirschen?»

«Ja, Herr.»

«Wie alt bist du?»

«Ich weiß nicht, Herr.»

Vierzehn, schätzte ich. «Liebt dich dein Vater?», fragte ich.

Diese Frage verwirrte ihn. «Mich lieben?»

«Kjartan. Er ist dein Vater, oder nicht?»

«Ich kenne ihn kaum, Herr», sagte Sihtric, und das stimmte wahrscheinlich. Kjartan hatte in Dunholm bestimmt hundert Bälger in die Welt gesetzt.

«Und deine Mutter?», fragte ich.

«Ich habe sie geliebt, Herr», sagte Sihtric und kämpfte wieder mit den Tränen.

Ich ging näher an ihn heran, und sein Schwertarm schwankte, doch er versuchte sich aufrecht zu halten. «Auf die Knie, Junge», sagte ich.

Mit einem Mal sah er mich aufsässig an. «Ich will ehrenvoll sterben», sagte er, und seine Stimme war schrill vor Angst.

«Auf die Knie!», schnarrte ich, und meine Stimme jagte ihm so viel Schrecken ein, dass er auf die Knie fiel und sich nicht rühren konnte, als ich vor ihn trat. Er zuckte zusammen, als ich Schlangenhauch umdrehte, weil er erwartete, dass ich ihm den schweren Knauf überziehen würde. Doch als ich ihm das Heft des Schwertes entgegenhielt, überzog ungläubiges Staunen sein Gesicht. «Fass an», sagte ich, «und sprich die Formel.» Er starrte immer noch zu mir hoch, schaffte es endlich, seinen Schild und sein Schwert loszulassen und legte seine Hand auf Schlangenhauchs Heft. Ich legte meine Hand über seine. «Sprich die Formel», forderte ich ihn erneut auf.

«Ich bin Euer Mann, Herr», sagte er und sah zu mir empor, «und ich werde Euch dienen bis in den Tod.»

«Und darüber hinaus», sagte ich.

«Und darüber hinaus, Herr. Das schwöre ich.»

Jænberht und Ida legten als Erste Widerspruch ein. Die beiden Mönche traten über die Haselruten in das Kampffeld und schrien, der Junge müsse sterben, es sei Gottes Wille, dass er sterbe, und Sihtric zuckte erneut zusammen, als ich ihm Schlangenhauch wegzog und das Schwert herumschwang. Die Klinge, rot von frischem Blut und schartig vom Kampf, zischte zu den Mönchen, und mit der Spitze genau vor Jænberhts Gurgel hielt ich sie unvermittelt bewegungslos. Raserei wollte mich überwältigen, die Raserei der Schlacht, der Blutrausch, die Lust am Töten – doch alles, was ich tun konnte, war zu verhindern, dass Schlangenhauch sich noch ein Leben nahm. Mein Schwert wollte es, ich spürte sein zitterndes Verlangen in meiner Hand. «Sihtric ist mein Mann», sagte ich zu dem Mönch, «und wenn ihm irgendjemand etwas tut, ist er mein Feind, und ich bringe dich um, Mönch, wenn du ihm etwas tust, und ich tue es, ohne ein zweites Mal darüber nachzudenken.» Ich brüllte inzwischen und drängte ihn zurück. Ich bestand nur noch aus Wut und Blutrünstigkeit, und ich wollte seine Seele. «Leugnet hier irgendjemand», rief ich, und es gelang mir endlich, Schlangenhauchs Spitze von Jænberhts Kehle zu entfernen und das Schwert einmal im Kreis zu schwingen, damit sich die gesamte Menge angesprochen fühlte, «dass Sihtric mein Mann ist? Irgendjemand?»

Niemand sagte ein Wort. Eine Windbö rauschte über Cair Ligualid, und man roch den Tod in diesem Hauch. Niemand sagte ein Wort, aber ihre Stille befriedigte meinen Zorn nicht. «Irgendjemand?», rief ich erneut und hoffte verzweifelt auf einen, der meine Herausforderung annehmen würde. «Du kannst ihn dann nämlich jetzt töten. Du kannst ihn hier und jetzt töten, so wie er da kniet, aber vorher musst du erst mich töten.»

Jænberht beobachtete mich. Er hatte ein schmales, dunkles Gesicht und verschlagene Augen. Sein Mund war entstellt, vielleicht war ihm als Kind ein Unglück zugestoßen, und diese Entstellung verlieh ihm einen spottenden Ausdruck. Ich wollte ihm seine verfaulte Seele aus dem mageren Körper reißen. Er wollte meine Seele auch, aber er wagte keine Bewegung. Und auch sonst bewegte sich niemand, bis Guthred über die Haselruten trat und Sihtric seine Hand entgegenstreckte. «Willkommen», sagte er zu dem Jungen.

Pater Willibald, der sofort herbeigeeilt war, als ich mit meinem wütenden Gebrüll angefangen hatte, trat ebenfalls über die Haselruten. «Ihr könnt Euer Schwert wieder in die Scheide stecken, Herr», sagte er sanft. Er fürchtete sich zu sehr, um mir wirklich nahe zu kommen, war aber tapfer genug, sich vor mich zu stellen und Schlangenhauch behutsam zur Seite zu drücken. «Ihr könnt das Schwert wieder in die Scheide stecken», wiederholte er.

«Der Junge bleibt am Leben», knurrte ich ihn zornerfüllt an.

«Ja», sagte Willibald leise, «der Junge bleibt am Leben.»

Gisela beobachtete mich, und ihre Augen strahlten genauso wie in dem Moment, in dem sie ihren Bruder willkommen geheißen hatte, als er aus der Sklaverei heimkehrte. Hild beobachtete Gisela.

Und mir fehlte immer noch ein abgeschlagener Kopf.

Wir machten uns im Morgengrauen auf den Weg. Eine Streitmacht zog in den Krieg.

Ulfs Männer bildeten die Vorhut, dann kam die Horde Kirchenleute, die Abt Eadreds wertvolle Kästen trugen, und nach ihnen folgte Guthred auf einer weißen Stute. Gisela ging an der Seite ihres Bruders, und ich lief knapp dahinter, während Hild Witnere am Zügel führte. Wenn sie müde wurde, bestand ich jedoch darauf, dass sie aufstieg und ritt.

Hild sah aus wie eine Nonne. Sie hatte ihr langes, goldenes Haar geflochten und die Zöpfe eng um ihren Kopf gelegt. Darüber trug sie eine hellgraue Haube. Ihr Umhang hatte die gleiche hellgraue Farbe, und um den Hals hatte sie sich ein einfaches Holzkreuz gehängt, das sie beim Reiten oftmals betastete.

«Sie sind dir wieder mit ihrem entnervenden Drängen zu Leibe gerückt, oder?», sagte ich.

«Wer?»

«Die Priester», sagte ich, «Pater Willibald. Sie haben dir gesagt, du sollst ins Kloster zurückgehen.»

«Gott ist mir zu Leibe gerückt», sagte sie. Ich sah zu ihr hinauf, und sie lächelte mich an, wie um mir zu bedeuten, dass sie mich nicht mit ihrer Zwickmühle belasten würde. «Ich habe zu Sankt Cuthbert gebetet», sagte sie.

«Hat er dir eine Antwort gegeben?»

«Ich habe einfach nur gebetet», sagte sie ruhig, «und das ist ein Anfang.»

«Gefällt es dir nicht, frei zu sein?», fragte ich sie in unfreundlichem Ton.

Darüber lachte Hild nur. «Ich bin eine Frau», sagte sie, «wie kann ich frei sein?» Ich sagte nichts, und sie lächelte mich erneut an. «Ich bin wie der Mistelzweig», sagte sie. «Ich brauche einen Ast, auf dem ich wachsen kann. Ohne einen Ast bin ich nichts.» Aus ihrer Stimme klang keine Bitterkeit, sie schien einfach nur eine offenkundige Wahrheit festzustellen. Und sie hatte recht. Sie war eine Frau von guter Herkunft, und wenn man sie damals nicht der Kirche übergeben hätte, wie die kleine Æthelflaed, dann hätte man sie einem Mann gegeben. So ist das Schicksal der Frauen. Mit den Jahren lernte ich auch Frauen kennen, die ihm trotzten, aber Hild war wie ein Ochse, der an einem Feiertag das Joch vermisste.

«Jetzt bist du frei», sagte ich.

«Nein», sagte sie, «ich bin von dir abhängig.» Sie warf einen Blick auf Gisela, die gerade über etwas lachte, was ihr Bruder gesagt hatte. «Und du sorgst dich sehr darum, Uhtred, mich nicht zu beschämen.» Sie meinte, dass ich sie nicht demütigte, indem ich sie aufgab, um Gisela nachzusteigen, und das stimmte, aber nur gerade eben noch. Sie sah mein Gesicht und lachte. «In vieler Hinsicht», sagte sie, «bist du ein guter Christ.»

«Bin ich das?»

«Du versuchst, das Richtige zu tun, oder?» Sie lachte über meine entsetzte Miene. «Ich will, dass du mir etwas versprichst», sagte sie.

«Wenn ich es kann», erwiderte ich misstrauisch.

«Versprich mir, nicht den Kopf des Heiligen Oswald zu stehlen, damit du auf deine acht Köpfe kommst.»

Ich lachte und war erleichtert, dass das Versprechen nichts mit Gisela zu tun hatte. «Ich hatte es überlegt», gab ich zu.

«Ich weiß, dass du das getan hast», sagte sie. «Aber es würde nicht gehen. Er ist zu alt. Und du würdest Eadred damit unglücklich machen.»

«Und was ist daran falsch?»

Sie beachtete diese Frage nicht. «Sieben sind genug», beharrte sie.

«Acht wären besser.»

«Unersättlicher Uhtred», sagte sie.

Die sieben Köpfe waren mittlerweile in einen Sack eingenäht worden, den Sihtric einem Esel aufgebürdet hatte, den er an einem Strick führte. Fliegen summten um den

Sack herum, von dem ein so grässlicher Gestank ausging, dass Sihtric alleine für sich lief.

Wir waren eine seltsame Streitmacht. Ohne die Geistlichen zählten wir dreihundertundachtzehn Männer, und mit uns zogen mindestens noch einmal so viele Frauen und Kinder und die übliche Hundemeute. Es waren sechzig oder siebzig Mönche und Priester, und ich hätte jeden von ihnen sofort gegen mehr Pferde oder mehr Kämpfer eingetauscht. Ich bezweifelte, dass von den dreihundertundachtzehn Männern auch nur hundert für den Schildwall taugten. In Wahrheit waren wir gar keine Streitmacht, sondern nur ein wahllos zusammengewürfelter Haufen.

Die Mönche psalmodierten beim Gehen. Ich vermutete, sie sangen auf Latein, denn ich verstand die Worte nicht. Sie hatten den Sarg des Heiligen Cuthbert mit einem feinen, grünen Tuch bedeckt, das mit Kreuzen bestickt war, und an diesem Morgen hatte ein Rabe seinen Kot auf das Tuch fallen lassen. Zuerst sah ich darin ein schlechtes Omen, doch weil der Rabe Odins Vogel war, änderte ich meine Meinung und fand, dass Odin sein Missfallen über diesen toten Christen ausdrücken wollte. Für mein Vergnügen über diesen Scherz eines Gottes erntete ich von Jænberht und Ida böse Blicke.

«Was machen wir», fragte mich Hild, «wenn wir in Eoferwic ankommen und feststellen, dass Ivarr schon zurück ist?»

«Dann laufen wir ganz schnell weg, was sonst?»

Sie lachte. «Du bist glücklich, oder?», fragte sie.

«Ja.»

«Warum?»

«Weil ich von Alfred weg bin», sagte ich, und erst da wurde mir bewusst, wie sehr das stimmte.

«Alfred ist ein guter Mann», rügte mich Hild.

«Das ist er», gab ich zurück, «aber freut man sich je auf seine Gesellschaft? Braut man ein besonderes Bier für ihn? Würdest du ihm einen Witz erzählen? Sitzt jemals ein Mensch mit ihm am Feuer und unterhält ihn mit Rätselfragen? Singen wir mit ihm? Er fragt sich nur immerzu, was sein Gott will, und dann stellt er Regeln auf, um seinem Gott zu gefallen, und wenn du etwas für Alfred getan hast, dann ist es nie genug, weil sein elender Gott immer mehr und mehr will.»

Hild antwortete mit ihrem gewohnten geduldigen Lächeln auf meine Beleidigung ihres Gottes. «Alfred will, dass du zu ihm zurückkehrst», sagte sie.

«Er will nur mein Schwert», sagte ich, «nicht mich.»

«Wirst du zurückgehen?»

«Nein», sagte ich entschlossen und versuchte, meine Zukunft vor mir zu sehen, um meine Antwort zu überprüfen, aber ich wusste nicht, was die Spinnerinnen, die unsere Schicksalsfäden verweben, mit mir im Sinn hatten. Manchmal hoffte ich sogar, mit diesem Haufen Männer Kjartan zu besiegen und Bebbanburg zu erobern, auch wenn mir der klare Verstand sagte, dass dies unmöglich war. Aber der klare Verstand hätte auch nie geglaubt, dass ein befreiter Sklave von den Sachsen und den Dänen zugleich als König anerkannt werden würde.

«Dann kehrst du niemals zurück?», fragte Hild, die meine erste Antwort nicht recht glauben mochte.

«Niemals», sagte ich, und ich konnte hören, wie mich die Spinnerinnen auslachten, und fürchtete, dass mich das Schicksal an Alfred gebunden hatte, und das ärgerte mich, denn es bedeutete, dass ich nicht mein eigener Herr war. Vielleicht war ich ja auch ein Mistelzweig, nur dass ich eine Pflicht zu erfüllen hatte. Ich musste eine Blutfehde zum Abschluss bringen.

Wir folgten den Römerstraßen über die Hügel. Es dauerte fünf Tage, und wir kamen nur langsam voran, denn die Mönche trugen die Leiche des Heiligen auf ihren Schultern. Jeden Abend beteten sie, und jeden Tag stießen neue Leute zu uns, sodass wir am letzten Tag, an dem wir über die große Ebene auf Eoferwic zumarschierten, fast fünfhundert Männer waren. Ulf, der sich jetzt Graf Ulf nannte, führte den Zug unter seinem Banner mit dem Adlerkopf. Er hatte angefangen, Guthred zu mögen. Ulf und ich waren die engsten Berater des Königs geworden. Eadred stand ihm natürlich auch nah, aber Eadred konnte zu Fragen des Krieges nicht viel sagen. Wie die meisten Geistlichen ging er davon aus, dass sein Gott uns den Sieg bringen werde, und das war alles, was er beisteuern konnte. Ulf und ich dagegen hatten sehr viel zu sagen, und das Wesentliche davon war, dass fünfhundert schlecht ausgebildete Männer auch nicht annähernd reichten, um Eoferwic einzunehmen, falls Egbert vorhatte, sich zu verteidigen.

Doch Egbert war in einer verzweifelten Lage. Es gibt da in einem heiligen Buch der Christen diese Geschichte von einem König, der irgendeine Schrift an der Wand gesehen hat. Ich habe die Geschichte schon einige Male gehört, aber ich kann mich an die Einzelheiten nicht erinnern, außer, dass es um einen König ging und dass Worte an seiner Wand standen und dass er sich davor fürchtete. Ich glaube, der Christengott hatte die Worte geschrieben, doch nicht einmal das weiß ich noch genau. Ich könnte den Priester meiner Frau holen lassen, denn ich gestatte ihr heute, solch einen Kerl zu beschäftigen, und ihn könnte ich nach den Einzelheiten fragen, aber er würde bloß vor mir auf dem Bauch rutschen und um eine höhere Zuteilung von Fisch, Bier und Feuerholz für seine Familie betteln. Und weil ich das nicht will, sind die Einzelheiten jetzt nicht so wichtig. Da war ein König, an seiner Wand standen Worte geschrieben, und die Worte erschreckten ihn.

Es war Willibald, von dem ich diese Geschichte zuerst hörte. Er weinte, als wir in die Stadt kamen, es waren Tränen der Freude, und als er erfuhr, dass uns Egbert keinen Widerstand leisten würde, begann er zu rufen, dass der König die Schrift an der Wand erkannt hatte. Immer und immer wieder rief er das, und damals verstand ich nicht, was es bedeuten sollte. Aber jetzt weiß ich, was er sagen wollte. Er wollte sagen, dass Egbert seine Niederlage erkannt hatte, noch bevor der Kampf überhaupt anfing.

In Eoferwic war Ivarrs Rückkehr erwartet worden, und viele der Bewohner hatten die Stadt verlassen, weil sie sich vor der Rache der Dänen fürchteten. Egbert hatte natürlich eine Leibwache, doch die meisten seiner Leute waren ebenfalls geflüchtet. Danach zählte seine Haustruppe nur noch achtundzwanzig Männer, und von diesen wollte keiner für einen König mit einer Schrift an der Wand sterben. Die Bewohner von Eoferwic, die sich nicht zur Flucht entschlossen hatten, waren nicht in der rechten Stimmung, um die Tore zu verbarrikadieren oder den Festungswall zu bemannen, und so zog Guthreds Heer in Eoferwic ein, ohne auf den geringsten Widerstand zu stoßen. Wir wurden sogar willkommen geheißen. Ich glaube, das Volk von Eoferwic dachte, wir wären gekommen, um die Stadt gegen Ivarr zu verteidigen, und nicht, um Egbert die Krone zu nehmen. Aber sogar als sie erfuhren, dass sie einen neuen König hatten, waren sie zufrieden. Was ihnen am besten gefiel, war natürlich die Anwesenheit Sankt Cuthberts. Eadred lehnte den Sarg des Heiligen in der Kirche des Erzbischofs schräg an die Wand und öffnete den Deckel.

Die Leute drängten sich in Scharen herein, um den toten Mann zu sehen und zu ihm zu beten.

Wulfhere, der Erzbischof, war nicht in der Stadt, doch Pater Hrothweard war immer noch da, und er predigte immer noch den Wahnsinn. Er stellte sich sofort auf Eadreds Seite. Ich vermute, auch er hatte die Schrift an der Wand gesehen. Das Einzige, was ich sah, waren Kreuze, die in Eingangstüren geschnitten worden waren. Sie sollten wohl zeigen, dass in diesen Häusern Christen lebten, aber auch die meisten überlebenden Dänen schnitzten zum Schutz vor Plünderern Kreuze in ihre Türen, und Guthreds Männer wollten plündern. Eadred hatte ihnen wollüstige Frauen und Berge von Silber versprochen, doch nun trachtete der Abt mit allem Eifer danach, die Christen Eoferwics vor Guthreds Dänen zu schützen. Daraufhin gab es Streitereien, doch viele waren es nicht. Die Leute von Eoferwic waren vernünftig genug, lieber ein paar Münzen, Verpflegung und Bier zu verteilen, als sich ausrauben zu lassen. Außerdem fand Guthred im Palas einige Truhen mit Silber und gab das Geld an seine Streitmacht aus, und weil es außerdem in den Gasthäusern genügend Bier gab, waren die Männer von Cumbrien erst einmal zufrieden.

«Was würde Alfred jetzt tun», fragte mich Guthred an unserem ersten Abend in Eoferwic. An diese Frage gewöhnte ich mich langsam, denn Guthred war zu der Überzeugung gekommen, Alfred sei ein König, dem es nachzueifern gelte. Dieses Mal ging es bei seiner Frage um Egbert, der in seinem Schlafzimmer aufgespürt worden war. Sie hatten Egbert in den großen Saal gezerrt, wo er auf die Knie gefallen war und Guthred Treue geschworen hatte. Es war ein merkwürdiger Anblick, ein König, der vor einem anderen kniet, während der alte Römersaal mit Kohlenpfannen erleuchtet wurde, deren Rauch unter der

Decke stand. Hinter Egbert knieten seine Höflinge und Diener und rutschten langsam weiter vor, um Guthred ihr Treueversprechen ebenfalls zu geben. Egbert sah alt, krank und unglücklich aus, während Guthred ein strahlender junger Herrscher war. Ich hatte Egberts Kettenhemd gefunden und es Guthred gegeben, der die Rüstung gerne trug, weil sie ihn noch königlicher aussehen ließ. Er begegnete dem entthronten König heiter, zog ihn von den Knien hoch, küsste ihn auf beide Wangen und bat ihn dann voller Höflichkeit, neben ihm Platz zu nehmen.

«Bring den alten Bastard um!», sagte Ulf.

«Mir steht der Sinn danach, gnädig zu sein», sagte Guthred hoheitsvoll.

«Euch steht der Sinn danach, ein Narr zu sein», gab Ulf zurück. Er war in finsterer Stimmung, denn Eoferwic hatte ihm nicht einmal ein Viertel der Beute gebracht, die er erwartet hatte. Andererseits hatte er Mädchenzwillinge gefunden, die ihm gefielen, also beschwerte er sich nicht allzu laut.

Als die Zeremonie vorüber war und auch Eadred seine unendliche Predigt zum Abschluss gebracht hatte, ging Guthred mit mir durch die Stadt. Ich glaube, er wollte sich in seiner neuen Rüstung zeigen, aber vielleicht wollte er nach dem verrauchten Saal auch einfach nur wieder einen klaren Kopf bekommen. Er trank in jedem Gasthaus Bier, scherzte mit seinen Männern auf Englisch und Dänisch und küsste wenigstens fünfzig Mädchen. Doch dann führte er mich zum Festungswall, und wir gingen ihn schweigend entlang, bis wir auf der östlichen Seite der Stadt waren. Dort blieb ich stehen und sah über das weite Feld, auf dem der Fluss wie ein Band aus getriebenem Silber unter dem Halbmond lag. «Hier ist mein Vater gestorben», sagte ich.

«Mit dem Schwert in der Hand?»

«Ja.»

«Das ist gut», sagte er und hatte einen Augenblick lang vergessen, dass er jetzt Christ war. «Aber doch ein kummervoller Tag für Euch.»

«Es war ein guter Tag», sagte ich. «Ich habe Graf Ragnar kennengelernt. Und meinen Vater hatte ich nie besonders gemocht.»

«Nein?» Er klang überrascht. «Warum nicht?»

«Er war ein unerbittlicher Rohling», sagte ich. «Die Männer wollten seine Anerkennung, und er missgönnte sie ihnen.»

«Also wie Ihr», sagte er, und nun war es an mir, überrascht zu sein.

«Wie ich?»

«Mein unerbittlicher Uhtred», sagte er, «ganz Ingrimm und Bedrohlichkeit. Und nun sagt mir, was soll ich mit Egbert tun?»

«Was Ulf vorgeschlagen hat», sagte ich. «Das versteht sich doch von selbst.»

«Ulf würde am liebsten jeden umbringen», sagte Guthred, «weil er dann aller Sorgen ledig wäre. Was würde Alfred tun?»

«Es ist unwichtig, was Alfred tun würde.»

«Doch, es ist wichtig», beharrte er geduldig, «also sagt es mir.»

Guthred hatte etwas an sich, das mich immer dazu brachte, ihm die Wahrheit zu sagen, oder jedenfalls meistens die Wahrheit zu sagen, und ich war versucht zu antworten, dass Alfred den alten König auf den Marktplatz schleppen und ihm den Kopf abhauen würde, aber wie ich wusste, stimmte das nicht. Alfred hatte nach Ethandun seinen verräterischen Cousin verschont, und er hatte seinen Neffen Æthelwold am Leben gelassen, obwohl dieser Neffe einen berechtigteren Anspruch auf den Thron hatte als Alfred selbst. Also seufzte ich. «Er würde ihn leben lassen», sagte ich, «aber Alfred ist eben ein frommer Narr.»

«Nein, das ist er nicht», sagte Guthred.

«Er fürchtet sich schrecklich davor, Gottes Unwillen zu erregen», sagte ich.

«Sich vor Gottes Unwillen zu fürchten, ist sehr vernünftig», sagte Guthred.

«Bringt Egbert um, Herr», sagte ich drängend. «Wenn Ihr ihn nicht umbringt, wird er versuchen, sein Königreich zurückzubekommen. Er hat südlich von hier Landbesitz. Er kann eine Streitmacht aufstellen. Wenn Ihr ihn leben lasst, wird er mit seinen Männern zu Ivarr gehen, und Ivarr will ihn wieder auf dem Thron haben. Egbert ist ein Feind!»

«Egbert ist ein alter Mann, es geht ihm nicht gut, und er hat Angst», sagte Guthred langmütig.

«Dann befreit den armen Hund doch von seinem Elend», beharrte ich. «Ich kann es Euch auch abnehmen. Ich habe noch nie einen König getötet.»

«Und das würdet Ihr gern einmal tun?»

«Ich töte ihn für Euch», sagte ich. «Er hat seine Sachsen die Dänen in der Stadt abschlachten lassen! Er ist nicht so mitleiderregend, wie Ihr glaubt.»

Guthred sah mich vorwurfsvoll an. «Ich kenne Euch, Uhtred», sagte er sanft. «Ihr wollt damit prahlen, dass Ihr der Mann seid, der Ubba am Meeresstrand getötet, Svein vom Weißen Pferd zu Fall gebracht und König Egbert von Eoferwic in sein kaltes Grab geschickt hat.»

«Und Kjartan den Grausamen umgebracht hat», sagte ich, «und Ælfric niedergemacht hat, den Besatzer von Bebbanburg.»

«Ich bin froh, dass Ihr nicht mein Feind seid», sagte

er leichthin. Dann zog er ein Gesicht. «Das Bier ist hier ziemlich sauer.»

«Sie stellen es anders her», erklärte ich. «Was rät Euch Abt Eadred zu tun?»

«Das Gleiche wie Ihr und Ulf natürlich. Egbert zu töten.»

«Wenigstens einmal hat Eadred recht.»

«Aber Alfred würde ihn nicht töten», sagte er fest.

«Alfred ist König von Wessex», sagte ich. «Er hat keinen Gegner wie Ivarr und keinen Rivalen wie Egbert.»

«Aber Alfred ist ein guter König», beharrte Guthred.

Ich trat vor hilfloser Enttäuschung an einen Schanzpfahl. «Warum wollt Ihr Egbert am Leben lassen?», fragte ich. «Weil Euch das Volk lieben soll?»

«Ich will, dass mich die Leute mögen», sagte er.

«Sie sollten Euch fürchten», sagte ich leidenschaftlich. «Ihr seid ein König! Ihr müsst mitleidlos sein. Man muss Euch fürchten.»

«Wird Alfred gefürchtet?»

«Ja», sagte ich, und es überraschte mich, dass dies die Wahrheit war.

«Weil er mitleidlos ist?»

Ich schüttelte den Kopf. «Die Männer fürchten sein Missfallen.» Ich hatte nie zuvor darüber nachgedacht, doch mit einem Mal war es mir klar. Alfred war nicht mitleidlos. Sein Wesen war gnädig, aber er wurde dennoch gefürchtet. Ich glaube, die Leute verstanden, dass Alfred unter einer Ordnung stand, genau wie sie unter seinem Gesetz standen. Alfreds Ordnung war seine Gottesfurcht. Und dieser Gottesfurcht würde er niemals entkommen. Er würde nie so gut sein können, wie er es erstrebte, aber er würde trotzdem nicht aufhören, es zu versuchen. Ich dagegen hatte schon vor langer Zeit hingenommen, dass ich fehlbar war, doch Alfred würde dies für sich selbst niemals hinnehmen.

«Ich hätte auch gerne, dass die Leute mein Missfallen fürchten», sagte Guthred sanft.

«Dann lasst mich Egbert töten», sagte ich, aber den Atem hätte ich mir sparen können. Guthred, angetrieben von seiner Verehrung für Alfred, verschonte Egbert, und später erwies sich, dass er damit das Richtige getan hatte. Er schickte den alten König in ein Kloster auf der Südseite des Flusses und hieß die Mönche darauf zu achten, dass Egbert das Klostergelände nicht verließ, und das taten sie auch. Innerhalb eines Jahres starb Egbert an einer Krankheit, die ihn als schmerzgeplagtes Bündel aus Haut und Knochen dahinsiechen ließ. Er wurde in der großen Kirche von Eoferwic beerdigt, wenn ich das alles auch nicht selbst miterlebt habe.

Es war inzwischen Hochsommer geworden, und ich fürchtete jeden Tag, Ivarrs Männer würden südwärts in unsere Richtung ziehen. Doch stattdessen verbreiteten sich Gerüchte über eine große Schlacht zwischen Ivarr und den Schotten. Solche Gerüchte gibt es immer, und die meisten sind falsch, also glaubte ich sie nicht. Guthred jedoch beschloss, die Geschichte zu glauben, und erlaubte den meisten Männern seiner Streitmacht, nach Cumbrien zurückzukehren und ihre Ernte einzubringen. Dadurch hatten wir zur Sicherung Eoferwics nur noch wenige Männer. Guthreds Haustruppe war geblieben, und jeden Morgen ließ ich sie mit Schwert, Schild und Speer üben, und jeden Nachmittag ließ ich sie den Befestigungswall Eoferwics ausbessern, der an zu vielen Stellen eingefallen war. Ich hielt Guthred für einen Tölpel, weil er die meisten seiner Leute hatte gehen lassen, aber er sagte, dass sein Volk ohne die Ernte verhungern würde und dass er sicher sei, die Männer würden zurückkehren. Und erneut hatte er recht. Sie kamen wieder. Ulf führte sie von Cumbrien zurück und wollte wissen, welche Aufgaben der Streitmacht bevorstanden.

«Wir ziehen nach Norden und entmachten Kjartan», sagte Guthred.

«Und Ælfric», drängte ich.

«Natürlich», sagte Guthred.

«Wie viel Beute gibt es bei Kjartan zu holen?», wollte Ulf wissen.

«Berge», sagte ich und erinnerte mich an Tekils Bericht. Die wilden Hunde, die das Silber und das Gold bewachten, erwähnte ich nicht. «Kjartan ist reicher, als man es sich erträumen kann.»

«Dann wird es Zeit, die Schwerter zu wetzen», sagte Ulf.

«Und Ælfrics Hort ist sogar noch größer», fügte ich hinzu, obwohl ich keine Ahnung hatte, ob das stimmte.

Aber ich war wirklich davon überzeugt, dass wir Bebbanburg einnehmen konnten. Die Festung war noch nie in die Hände eines Feindes gefallen, aber das bedeutete nicht, dass es unmöglich war, sie einzunehmen. Alles hing von Ivarr ab. Wenn wir ihn schlagen konnten, dann wäre Guthred der mächtigste Mann Northumbriens, und Guthred war mein Freund, und er, so glaubte ich, würde mir nicht nur helfen, Kjartan zu töten und damit Ragnar den Älteren zu rächen, sondern mich danach wieder auf meinem Besitz und meiner Festung am Meer einsetzen. Davon träumte ich in jenem Sommer. Ich sah eine goldene Zukunft vor mir, wenn ich erst einmal das Königreich für Guthred gesichert hätte. Aber ich hatte die Boshaftigkeit der drei Spinnerinnen vergessen, die am Fuße der Weltenesche unser Schicksal weben.

Pater Willibald wollte nach Wessex zurückkehren, und das konnte ich ihm nicht verübeln. Er war Westsachse, und Northumbrien gefiel ihm nicht. Ich erinnere mich an einen Abend, an dem wir Elder aßen. Das ist gepresster und gekochter Kuheuter. Und während ich das Gericht verschlang und sagte, dass ich seit meiner Kindheit nicht so gut gegessen hatte, brachte der arme Willibald keinen Bissen hinunter. Er sah aus, als müsse er sich gleich übergeben, und ich verspottete ihn, ein Schwächling aus dem Süden zu sein. Sihtric, der inzwischen mein Diener geworden war, brachte Willibald Brot und Käse, und Hild teilte seinen Elder zwischen uns auf. Sie stammte zwar auch aus dem Süden, war aber nicht so wählerisch wie Willibald. Es war an diesem Abend, an dem er über dem Essen angewidert sein Gesicht verzog, als er uns sagte, er wolle zurück zu Alfred.

Wir hörten aus Wessex kaum etwas, doch schien Frieden zu herrschen. Aber Guthrum war ja auch besiegt, und es war Teil seines Friedensabkommens mit Alfred gewesen, dass er sich hatte taufen lassen. Sein Taufname lautete Æthelstan, was so viel wie ‹wertvoller Stein› bedeutet, und Alfred war sein Pate, und den Berichten aus dem Süden zufolge hielt Guthrum, oder wie immer er jetzt hieß, das Friedensabkommen ein. Alfred lebte, und viel mehr wussten wir von Wessex nicht.

Guthred beschloss, eine Gesandtschaft zu Alfred zu schicken. Er wählte vier Dänen und vier Sachsen aus, weil er glaubte, solch eine Gruppe käme auf ihrem Ritt unbeschadet durch dänisches und sächsisches Gebiet. Willibald sollte seine Botschaft überbringen. Willibald schrieb sie auch nieder, und seine Feder kratzte über das Stück frischgeschabtes Pergament. «Mit Gottes Hilfe», sprach ihm Guthred vor, «habe ich das Königreich Northumbrien ...»

«Das Haliwerfolkland heißt», unterbrach Eadred.

Guthred wedelte höflich mit der Hand, als ob er es Willibald überließe, ob er diese Ergänzung aufnehmen wollte. «Und ich bin entschlossen», fuhr Guthred fort, «dieses Land durch Gottes Gnade in Frieden und Gerechtigkeit zu regieren …»

«Nicht so schnell, Herr», sagte Willibald.

«Und die Leute das richtige Bierbrauen zu lehren», machte Guthred weiter.

«Und die Leute …», murmelte Willibald.

Guthred lachte. «Nein, nein, Pater! Schreibt das nicht!»

Der arme Willibald. Dieser Brief war so lang, dass die Haut eines weiteren Lammes gespannt, abgeschabt und zugeschnitten werden musste. Lang und länger berichtete der Brief über den heiligen Sankt Cuthbert und wie er das Heer des heiligen Volkes nach Eoferwic gebracht hatte und dass Guthred ihm einen Schrein errichten würde. Zwar erwähnte er, dass es immer noch Feinde gab, die diese Absicht zunichte machen konnten, aber er ließ sie unbedeutend erscheinen, als wären Ivarr, Kjartan und Ælfric nur mindere Hindernisse auf seinem weiten Weg. Er bat auch darum, dass Alfred für ihn beten sollte, und versicherte dem König von Wessex, die Christen von Haliwerfolkland schlössen ihn jeden Tag in ihre Gebete ein. «Ich sollte Alfred auch ein Geschenk bringen lassen», sagte Guthred. «Was würde ihm wohl gefallen?»

«Eine Reliquie», schlug ich säuerlich vor.

Und der Vorschlag war gut, denn Alfred liebte nichts mehr als heilige Reliquien. Doch davon gab es in Eoferwic nicht viele zu holen. Zwar besaß die Kirche des Erzbischofs große Schätze, sogar den Schwamm, mit dem Jesus in seiner Todesstunde Essig zu trinken gegeben worden war, und auch das Halfter von Bileams Esel, obwohl ich nicht wusste, wer Bileam war, und warum sein Esel heilig sein sollte, fand ich noch unverständlicher. Die Kirche also besaß ein Dutzend solcher Dinge, aber der Erzbischof hatte sie mitgenommen, und niemand wusste genau, wohin Wulfhere gegangen war. Ich glaubte, er hätte sich Ivarr angeschlossen. Hrothweard sagte, er habe einen Samen von einem Maulbeerbaum, der in der Bibel erwähnt wird, aber als wir die Silberdose öffneten, in der dieser Samen aufbewahrt wurde, fanden wir nichts als Staub. Schließlich machte ich den Vorschlag, dem Heiligen Oswald zwei von seinen drei Zähnen zu ziehen. Eadred wollte das zuerst nicht, aber dann fand er den Vorschlag doch nicht schlecht. Also wurden Zangen geholt, die kleine Truhe geöffnet, einer der Mönche zog dem toten König zwei seiner gelben Hauer, und dann wurden sie in einen wunderschönen Silbertopf gelegt, in dem Egbert früher geräucherte Austern aufbewahrt hatte.

Die Gesandtschaft brach an einem Morgen im späten August auf. Guthred nahm Willibald zur Seite und gab ihm eine letzte Botschaft für Alfred, in der er Alfred versicherte, dass er, Guthred, zwar Däne sei, aber auch Christ, und deshalb solle Alfred, falls Northumbrien bedroht würde, Krieger schicken, um für dieses Gottesland zu kämpfen. Das war in den Wind geschissen, dachte ich, denn Wessex hatte schon genug Feinde, auch ohne sich um das Schicksal Northumbriens zu bekümmern.

Auch ich nahm Willibald zur Seite. Es tat mir leid, dass er ging, denn ich mochte ihn, und er war ein guter Mann, aber es war nicht zu übersehen, wie sehr er sich nach Wessex zurücksehnte. «Ihr werdet etwas für mich tun, Pater», sagte ich.

«Wenn es möglich ist», erwiderte er vorsichtig.

«Richtet dem König meinen Gruß aus», sagte ich.

Auf Willibalds Gesicht zeigte sich Erleichterung, so als hätte er erwartet, dass ich ihn um einen viel größeren Gefallen bitten würde, und damit hatte er recht gehabt, wie er sogleich feststellen konnte. «Der König wird wissen wollen, wann Ihr zurückkehrt, Herr», sagte er.

«Früh genug», sagte ich, obwohl ich nur noch einen Grund hatte, nach Wessex zurückzukehren, und der war, meinen Hort zu holen, den ich in Fifhaden vergraben hatte. Jetzt bedauerte ich es, den Schatz dort versteckt zu haben, denn in Wahrheit wollte ich Wessex niemals wiedersehen. «Ich will, dass Ihr Graf Ragnar findet», erklärte ich Willibald.

Er riss die Augen auf. «Die Geisel?», fragte er.

«Findet ihn», sagte ich, «und richtet ihm eine Botschaft von mir aus.»

«Wenn ich es kann», sagte er, immer noch auf der Hut.

Ich packte ihn an den Schultern, damit er genau zuhörte, und er verzog unter der Kraft meiner Hände das Gesicht. «Ihr werdet ihn finden», sagte ich drohend, «und Ihr werdet ihm meine Botschaft ausrichten. Sagt ihm, dass ich in den Norden gehe, um Kjartan zu töten. Und sagt ihm, dass seine Schwester lebt. Sagt ihm, dass ich alles tun werde, um sie zu finden und in Sicherheit zu bringen. Sagt ihm, das schwöre ich bei meinem Leben. Und sagt ihm, er soll hierherkommen, sobald er frei ist.» Ich ließ ihn alles wiederholen und auf sein Kruzifix schwören, dass er die Botschaft überbringen würde. Er zauderte, solch einen Schwur abzulegen, aber er fürchtete sich so sehr vor meiner Wut, dass er schließlich sein kleines Kreuz umklammerte und das feierliche Versprechen ablegte.

Und dann machte er sich auf den Weg.

Und wir hatten wieder eine Streitmacht, denn die Ernte war eingebracht. Es war Zeit, nordwärts zu ziehen.

Guthred ging aus drei Gründen in den Norden. Der wichtigste war Ivarr, den er schlagen musste, und der zweite war Kjartan, dessen Anwesenheit in Northumbrien wie eine entzündete Wunde schwärte, und der dritte war Ælfric, der sich Guthreds Führung unterordnen musste. Ivarr war der Gefährlichste, und er würde uns mit Sicherheit besiegen, wenn er sein Heer in den Süden führte, aber er musste dennoch niedergeworfen werden, weil es in Northumbrien keinen Frieden geben würde, solange er am Leben war. Von Ælfric ging die geringste Gefahr aus. «Euer Onkel ist König von Bebbanburg», sagte Guthred auf dem Zug nach Norden zu mir.

«Nennt er sich selbst so?», fragte ich erbost.

«Nein, nein! Dazu ist er zu klug. Aber wenn man es genau betrachtet, ist er genau das. Kjartans Land wirkt wie ein Schutzwall für ihn, nicht wahr? Und so gelten die Gesetze von Eoferwic nicht über Dunholm hinaus.»

«Früher waren wir die Könige von Bebbanburg», sagte ich.

«Tatsächlich?» Das überraschte Guthred. «Könige von Northumbrien?»

«Von Bernicia», sagte ich. Diesen Namen hatte Guthred nie gehört. «Das war das ganze nördliche Northumbrien», sagte ich, «und alles um Eoferwic war das Königreich von Deira.»

«Haben sie sich zusammengeschlossen?», fragte Guthred.

«Wir haben ihren letzten König umgebracht», sagte ich, «aber das ist schon vor sehr vielen Jahren geschehen. Bevor sich das Christentum ausgebreitet hat.»

«Also habt Ihr hier Anspruch auf die Königswürde?», fragte er, und zu meinem Erstaunen klang Misstrauen aus seiner Stimme. Ich starrte ihn an, und er wurde rot. «Aber habt Ihr den Anspruch?», fragte er erneut und versuchte so zu klingen, als kümmere ihn meine Antwort nicht.

Ich lachte ihn aus. «Herr König», sagte ich, «wenn Ihr mich auf der Bebbanburg wieder einsetzt, werde ich das Knie vor Euch beugen und Euch und Euren Erben lebenslange Treue schwören.»

«Erben!», sagte er fröhlich. «Hast du Osburh gesehen?»

«Ich habe Osburh gesehen», sagte ich. Sie war Egberts Nichte, ein Sachsenmädchen, und sie hatte im Palas gewohnt, als wir Eoferwic besetzt hatten. Sie war vierzehn Jahre alt, dunkelhaarig und besaß ein pummeliges, hübsches Gesicht.

«Wenn ich sie heirate», fragte mich Guthred, «kann Hild dann ihre Begleiterin werden?»

«Fragt sie», sagte ich und drehte mich nach Hild um, die hinter uns lief. Ich hatte geglaubt, Hild würde vielleicht mit Pater Willibald nach Wessex zurückkehren, aber sie hatte mir erklärt, sie sei zu einer Begegnung mit Alfred noch nicht bereit, und das konnte ich sehr gut verstehen, also hatte ich sie nicht weiter gedrängt. «Ich vermute, es wäre eine Ehre für sie, die Begleiterin Eurer Frau zu werden», erklärte ich Guthred.

Wir rasteten in der ersten Nacht bei Onhripum, wo Guthred, Eadred und die Schar der Geistlichen in einem kleinen Kloster unterkamen. Unser Heer bestand jetzt aus fast sechshundert Männern, und nahezu die Hälfte von ihnen war beritten. Daher erhellten unsere Lagerfeuer alle Felder rund um das Kloster. Als Anführer der Haustruppe lagerte ich am nächsten bei den Gebäuden, und meine jungen Männer, inzwischen vierzig an der Zahl, die beim Plündern in Eoferwic fast alle ein Kettenhemd gefunden hatten, schliefen dicht am Klostertor.

Ich übernahm mit Clapa und zwei Sachsen die erste Wache. Sihtric war bei mir. Ich nannte ihn meinen Diener, aber er lernte auch mit Schwert und Schild umzugehen, und ich vermutete, dass er in ein oder zwei Jahren einen guten Soldaten abgeben würde. «Hast du die Köpfe sicher verstaut?», fragte ich ihn.

«Man riecht sie bis hierher!», jammerte Clapa.

«Sie riechen nicht schlechter als du, Clapa», gab ich zurück.

«Sie sind sicher aufbewahrt, Herr», sagte Sihtric.

«Ich sollte acht Köpfe haben», sagte ich und legte meine Hände um Sihtrics Hals. «Was für ein hübsches, mageres Hälschen, Sihtric.»

«Aber ein sehr widerstandsfähiges Hälschen, Herr», sagte er.

In diesem Moment öffnete sich die Klostertür, und angetan mit einem schwarzen Umhang schlüpfte Gisela heraus. «Ihr solltet schlafen, meine Dame», rügte ich sie.

«Ich kann nicht schlafen. Ich möchte ein bisschen gehen.» Sie schaute mich aufsässig an. Ihre Lippen waren leicht geöffnet, und das Lagerfeuer ließ ihre Zähne glitzern und spiegelte sich in ihren großen Augen.

«Wo möchtet Ihr entlanggehen?», fragte ich.

Sie zuckte mit den Schultern, ohne ihren Blick von mir zu lösen, und ich dachte an Hild, die im Kloster schlief.

«Ich übertrage dir die Verantwortung, Clapa», sagte ich, «und wenn Ivarr kommt, dann bring den Bastard um.»

«Ja, Herr.»

Ich hörte die Wachen kichern, als wir die ersten Schritte getan hatten. Mit einem Knurren brachte ich sie zum Schweigen. Dann führte ich Gisela zu den Bäumen östlich des Klosters, denn dort war es sehr dunkel. Sie nahm meine Hand. Sie sagte nichts, es genügte ihr, einfach dicht neben mir zu gehen. «Hast du keine Angst im Dunkeln?», fragte ich sie.

«Nicht mit dir.»

«Als Kind», sagte ich, «habe ich mich in einen Sceadugengan verwandelt.»

«Was ist ein Sceadugengan?» Es war ein sächsisches Wort, und sie kannte es nicht.

«Ein Schattenwandler», erklärte ich. «Ein Wesen, das in der Nacht umgeht.» Eine Eule rief ganz in der Nähe, und Giselas Finger schlossen sich unwillkürlich fester um meine.

Unter einigen Buchen, durch die der Wind rauschte, blieben wir stehen. Zwischen den Blättern blitzte ab und zu der Widerschein eines Lagerfeuers auf. Ich legte ihr die Hand unters Kinn und sah zu ihr hinunter. Sie war groß, aber immer noch einen Kopf kleiner als ich. Sie ließ sich mustern, und als ich einen Finger sanft ihren langen Nasenrücken entlanggleiten ließ, schloss sie die Augen. «Ich …», sagte ich und verstummte wieder.

«Ja», sagte sie, als wüsste sie, was ich hatte sagen wollen.

Ich zwang mich dazu, mich von ihr abzuwenden. «Ich kann Hild nicht unglücklich machen.»

«Sie hat mir erzählt», sagte Gisela, «dass sie mit Pater Willibald nach Wessex zurückgegangen wäre, aber sie will noch warten, ob du Dunholm einnehmen kannst. Sie sagt, dafür betet sie, und wenn du es schaffst, wäre das ein Zeichen Gottes.»

«Das hat sie gesagt?»

«Sie hat gesagt, es wäre das Zeichen, dass sie zurück in ihren Konvent gehen muss. Das hat sie mir heute Abend erzählt.»

Das stimmte vermutlich. Ich streichelte Giselas Gesicht.

«Dann sollten wir warten, bis Dunholm eingenommen ist», sagte ich, und es war nicht das, was ich eigentlich gern gesagt hätte.

«Mein Bruder sagt, ich muss die Friedenskuh spielen», sagte sie bitter. Eine Friedenskuh war eine Frau, die in eine rivalisierende Familie verheiratet wurde, um für freundschaftliche Beziehungen zu sorgen, und bestimmt dachte Guthred an Ivarrs Sohn oder einen Schotten. «Aber ich werde keine Friedenskuh», sagte sie heftig. «Ich habe die Runenstäbe geworfen und kenne nun mein Schicksal.»

«Was hast du erfahren?»

«Ich werde zwei Söhne und eine Tochter haben.»

«Gut», sagte ich.

«Es werden deine Söhne sein», sagte sie aufsässig, «und deine Tochter.»

Einen Moment lang erwiderte ich nichts. Mit einem Mal wirkte die Nacht wie durchsichtig. «Das haben dir die Runenstäbe gesagt?», brachte ich schließlich heraus.

«Sie haben noch nie gelogen», sagte sie ruhig. «Als Guthred gefangen genommen wurde, haben mir die Runenstäbe gesagt, dass er zurückkommen würde, und sie haben mir gesagt, dass mein Ehemann mit ihm ankommen würde. Und du bist gekommen.»

«Aber er will dich zur Friedenskuh machen», sagte ich.

«Dann musst du mich verschleppen», sagte sie, «auf die alte Art.» Die alte dänische Art, sich eine Braut zu nehmen, war, sie zu entführen. Man überfiel das Haus ihrer Familie, griff sie und brachte sie zur Heirat. Es wird manchmal immer noch so gemacht, aber in unseren sanfteren Zeiten folgt der Überfall normalerweise erst auf Verhandlungen der Familien, und die Braut hat Zeit, ihre Sachen zu packen, bevor die Reiter kommen.

«Ich werde dich wegbringen», versprach ich ihr, und ich

wusste, dass ich damit für Ärger sorgen würde und dass Hild nichts getan hatte, um das zu verdienen, und dass sich Guthred hintergangen fühlen würde. Aber auch so hob ich mit einem Finger Giselas Kinn und küsste sie.

Sie umschlang mich. Und dann ertönten Rufe. Ich hielt sie fest, und wir lauschten. Die Rufe kamen aus dem Lager, und ich erkannte durch die Bäume, wie Männer an den Feuern vorbei auf die Straße zuliefen. «Ärger», sagte ich, drückte ihre Hand und rannte mit ihr zum Kloster, wo Clapa und die Wachen mit gezogenen Schwertern standen. Ich schob Gisela zur Klostertür und zog Schlangenhauch aus der Schwertscheide.

Aber es gab keinen Ärger. Nicht für uns jedenfalls. Bei den Neuankömmlingen, die vom Licht unserer Feuer angezogen worden waren, handelte es sich um drei Männer. Einer von ihnen war schwer verwundet, und sie brachten Neuigkeiten mit. Innerhalb kürzester Zeit war die kleine Klosterkirche hell erleuchtet, und die Priester und Mönche sangen Gottes Lob, und was die drei Männer aus dem Norden berichteten, verbreitete sich in Windeseile im gesamten Lager, sodass diejenigen, die gerade erst aufgewacht waren, zum Kloster liefen, um die Nachricht noch einmal zu hören und sich versichern zu lassen, dass sie auch stimmte.

«Gott hat ein Wunder bewirkt!», rief Hrothweard in die Menge. Er war über eine Leiter auf das Dach des Klosters gestiegen. Es war dunkel, doch einige Leute hatten Fackeln mitgebracht, und in ihrem Licht sah Hrothweard riesig groß aus. Er erhob die Arme, um die Menge zum Schweigen zu bringen. Dann ließ er sie warten, blickte hinunter in die Gesichter, die zu ihm aufschauten, und hinter ihm erklang der feierliche Gesang der Mönche, und irgendwo im Dunkel rief eine Eule, und da ballte Hrothweard die Fäuste und reckte sich noch höher, als könne er den mondüberglänzten Himmel erreichen. «Ivarr ist geschlagen!», rief er endlich. «Lob sei Gott und allen Heiligen, der Tyrann Ivarr ist geschlagen! Er hat sein Heer verloren!»

Und die Leute von Haliwerfolkland, die den Kampf mit dem mächtigen Ivarr gefürchtet hatten, jubelten, bis sie heiser waren, weil das größte Hindernis für Guthreds Herrschaft in Northumbrien einfach so verschwunden war. Nun konnte er sich wahrhaftig König nennen, und das tat er auch. König Guthred.

VIER

Es hatte eine Schlacht gegeben, so hörten wir, ein Gemetzel, einen entsetzlichen Kampf, in einem Tal, in dem der Gestank nach Blut in der Luft gestanden hatte. Und dort war Ivarr Ivarson, der mächtigste Däne Northumbriens, von Aed von Schottland besiegt worden.

Das Töten auf beiden Seiten war grässlich gewesen. Am nächsten Morgen hörten wir mehr von dem Kampf, denn sechzig weitere Überlebende kamen bei uns an. Ihr Trupp war groß genug, um von Kjartans Leuten nicht behelligt zu werden, und sie taumelten immer noch unter den Schlägen, die sie auf dem grauenvollen Schlachtfeld erhalten hatten. Ivarr war über einen Fluss und in ein Tal gelockt worden, wo er Aeds Versteck zu finden glaubte. Aber es war eine Falle gewesen. Die Hänge auf beiden Seiten des Tales waren voll von Aeds Kriegern gewesen, die brüllend durch Nebel und Heidekraut stürmten, um auf den dänischen Schildwall einzuhacken. «Es waren Tausende», sagte ein Mann, und bei diesen Worten zitterte er.

Ivarrs Schildwall hielt stand, aber ich konnte mir die Grausamkeit dieser Schlacht vorstellen. Mein Vater hatte oft gegen die Schotten gekämpft, und er hatte sie immer wie leibhaftige Dämonen beschrieben. Irrsinnige Dämonen, sagte er, Schwertdämonen, brüllende Dämonen. Und Ivarrs Leute erzählten uns, wie sie sich nach diesem ersten Angriff gesammelt hatten und Schwerter und Speere einsetzten, um die Dämonen niederzumachen, aber immer weiter stürmten die kreischenden Horden heran und sprangen mit blutverschmiertem, fliegendem Haar und zischenden Schwertern über ihre eigenen Toten. Da hatte Ivarr versucht, an der Nordseite aus dem Tal zu kommen und eine Hügelkuppe zu erreichen. Also musste er sich hackend und stechend einen Weg durch die dichtgedrängten Gegner kämpfen, und es war ihm misslungen. Darauf hatte Aed seine Haustruppe auf Ivarrs beste Männer gehetzt, und die Klingen sangen, und ein Krieger Ivarrs nach dem anderen starb. Ivarr, berichteten die Überlebenden, hatte gekämpft wie ein Besessener, aber dann traf ihn ein Schwerthieb in die Brust, und ein Speer schlitzte sein Bein auf. Also zogen ihn seine Männer aus dem Schildwall. Er wütete gegen sie, wollte im Angesicht seiner Feinde sterben, doch seine Leute hielten ihn zurück und wehrten die Dämonen ab. Und dann kam langsam die Nacht.

Der hinterste Teil der dänischen Aufstellung hielt weiter stand, und die Überlebenden, fast alle blutend, schleppten ihren Anführer in Richtung des Flusses. Ivarrs Sohn, Ivar, der gerade erst sechzehn Jahre alt war, versammelte die Leichtverwundeten um sich, und mit ihnen machte er einen Ausfall und durchbrach die Einkesselung. Doch Dutzende fanden später noch den Tod, als sie versuchten, im Dunkeln den Fluss zu überqueren. Manche wurden von dem Gewicht ihrer Rüstung unter Wasser gezogen und ertranken. Andere wurden an seichten Stellen niedergemetzelt, und vielleicht schaffte es ein Sechstel von Ivarrs Streitmacht zurück ans südliche Ufer, wo sie sich eng zusammenkauerten und den Schreien der Sterbenden und dem Brüllen der Schotten lauschten. In der Morgendämmerung bildeten sie einen Schildwall, weil sie erwarteten, die Schotten würden übers Wasser kommen und ihr Werk vollenden. Aber Aeds Leute waren fast ebenso geschlagen und erschöpft wie die unterlegenen Dänen. «Wir haben Hunderte getötet», sagte ein Mann trostlos, und später hörten wir, dass es stimmte, und dass sich Aed zurück nach Norden geschleppt hatte, um seine Wunden zu lecken.

Graf Ivarr lebte noch. Er war verwundet, aber er lebte. Angeblich versteckte er sich in den Hügeln, weil er fürchtete, in die Gewalt Kjartans zu geraten. Also sandte Guthred hundert Reiter aus, um ihn zu suchen, und sie stellten fest, dass auch Kjartans Leute die Hügel durchforsteten. Ivarr musste gewusst haben, dass er gefunden werden würde, und er zog es vor, Guthreds und nicht Kjartans Gefangener zu sein. Deshalb ergab er sich einem Trupp von Ulfs Männern, die den verletzten Grafen kurz nach Mittag zurück in unser Lager brachten. Ivarr konnte nicht reiten und wurde daher auf einem Schild getragen. Er wurde von seinem Sohn und dreißig weiteren Überlebenden begleitet, von denen manche ebenso schwer verwundet waren wie ihr Anführer. Als Ivarr klar wurde, dass er gleich dem Mann begegnen würde, der sich Northumbriens Thron angeeignet hatte, bestand er darauf, bei dieser Begegnung auf seinen eigenen Füßen zu stehen. Also stieg er von dem Schild. Ich weiß nicht wie, denn es muss die reine Qual gewesen sein, aber er zwang sich zum Humpeln, und alle paar Schritte ruhte er sich auf den Speer gestützt aus, den er als Krücke benutzte. Ich sah den Schmerz, aber ich sah auch den Stolz, der nicht zuließ, dass er in Guthreds Anwesenheit getragen wurde.

So ging er also auf uns zu. Er zuckte bei jedem Schritt zusammen, aber seine Kühnheit und sein Zorn hatten ihn dennoch nicht verlassen. Ich hatte ihn nie zuvor gesehen, denn er war in Irland aufgewachsen, aber er sah genauso aus wie sein Vater. Genau wie Ivar der Knochenlose glich er einem wandelnden Gerippe. Er hatte auch das gleiche Totenschädelgesicht mit den tiefliegenden Augen, das gleiche blonde Haar, das im Nacken zusammengebunden war, und die gleiche bösartige Miene. Und er hatte die gleiche Macht.

Guthred wartete am Eingang des Klosters, und seine Haustruppe bildete zwei Reihen, durch die Ivarr gehen musste. Neben Guthred standen seine Anführer und gleich daneben Abt Eadred, Pater Hrothweard und die ganzen anderen Geistlichen. Ein Dutzend Schritte vor Guthred blieb Ivarr stehen, lehnte sich auf seinen Speer und sah uns alle scharf an. Er verwechselte mich mit dem König, vielleicht weil meine Kettenrüstung und mein Helm so viel besser gearbeitet waren als Guthreds. «Seid Ihr der Junge, der sich hier König nennt?», wollte er wissen.

«Ich bin der Junge, der Ubba Lothbrokson getötet hat», gab ich zurück. Ubba war Ivarrs Onkel gewesen. Nach meiner höhnischen Antwort wandte sich mir Ivarr ganz zu, und ich sah ein seltsames, grünes Glitzern in seinen Augen. Er hatte Schlangenaugen in seinem Totenschädelgesicht. Er konnte verwundet sein und womöglich seine Macht verloren haben, aber in diesem Moment war sein einziger Wunsch der, mich zu töten.

«Und Ihr seid?», forderte er Auskunft.

«Ihr wisst, wer ich bin», sagte ich verächtlich. Überheblichkeit ist eben alles für einen jungen Krieger.

Guthred packte mich am Arm, wie um mich zum Schweigen zu bringen, dann trat er einen Schritt vor. «Herr Ivarr», sagte er, «es bekümmert mich, dass Ihr verwundet seid.»

Dafür hatte Ivarr nur Spott übrig. «Ihr solltet froh darüber sein», sagte er, «und bekümmert, dass ich nicht tot bin. Ihr seid Guthred?»

«Ich bedaure, dass Ihr verwundet seid, Herr», sagte Guthred, «und ich bedaure die Männer, die Ihr verloren habt, und froh bin ich über die Feinde, die Ihr habt sterben lassen. Wir schulden Euch Dank.» Er trat zurück und sah über Ivarrs Schulter zu unserer Streitmacht, die sich an der Straße versammelt hatte. «Er hat eine Gefahr für unseren Norden unschädlich gemacht! König Aed ist nach Hause gehumpelt, um über seine Verluste zu jammern und die schottischen Witwen zu trösten!»

Die Wahrheit lautete natürlich, dass Ivarr humpelte und Aed gewonnen hatte, aber Guthreds Worte sorgten für Jubel, und dieser Jubel verwunderte Ivarr. Er musste erwartet haben, dass Guthred ihn tötete, und genau das hätte Guthred auch tun sollen, stattdessen behandelte er Ivarr mit allen Ehren.

«Bringt den Bastard um», murmelte ich Guthred zu.

Es sah mich so überrascht an, als habe er noch nie von so etwas gehört. «Warum?», fragte er leise.

«Bringt ihn einfach um», drängte ich, «und diese Ratte von einem Sohn gleich dazu.»

«Ihr seid ja besessen vom Töten», sagte Guthred belustigt. Ich sah, dass Ivarr uns beobachtete, er musste gewusst haben, was ich zu Guthred gesagt hatte. «Ihr seid willkommen, Herr Ivarr», Guthred hatte sich von mir abgewandt und lächelte ihn an. «Northumbrien braucht große Krieger», sprach Guthred weiter, «und Ihr, Herr, braucht Erholung.»

Ich beobachtete die Schlangenaugen und erkannte Ivarrs Verblüffung, aber ich erkannte auch, dass er Guthred für einen Narren hielt, doch in genau demselben Moment verstand ich, dass Guthred ein glückliches Schicksal bestimmt war. Wird bið ful āræd. Als ich ihn vor Sven gerettet hatte und er behauptete, ein König zu sein, hatte ich das als Scherz betrachtet, und als er in Cair Ligualid zum König gekrönt wurde, dachte ich immer noch an einen besonders gelungenen Spaß, und sogar in Eoferwic glaubte ich noch nicht, dass wir dieses Theater länger als ein paar Wochen durchhalten würden, denn der schreckliche Ivarr war Großherr in Northumbrien. Doch nun hatte Aed dieses Hindernis für uns beseitigt. Ivarr hatte den größten Teil seiner Männer verloren, war verwundet worden, und mit einem Mal gab es in Northumbrien nur noch drei Herren von Bedeutung. Da war Ælfric, der an seinem gestohlenen Land in Bebbanburg klebte, Kjartan, der wie eine schwarze Spinne auf seiner Festung am Fluss hockte, und da war König Guthred, der Herr des Nordens und der einzige Däne in Britannien, zu dessen Leuten bereitwillige Sachsen ebenso gehörten wie Dänen.

Wir blieben in Onhripum. Das hatten wir nicht vorgehabt, aber Guthred bestand darauf, dass wir warteten, bis Ivarrs Wunden behandelt waren. Die Mönche nahmen sich seiner an, und Guthred bediente den verletzten Grafen, brachte ihm zu essen und zu trinken. Die meisten von Ivarrs Leuten waren verletzt, und Hild wusch ihre Wunden und suchte saubere Tücher, um sie zu verbinden. «Sie brauchen Verpflegung», erklärte sie mir, aber wir hatten so schon zu wenig zu essen, und jeden Tag musste ich die Versorgungstrupps weiter ins Land führen, um Korn oder Vieh zu finden. Ich drängte Guthred, wieder loszuziehen, sodass wir in Regionen kämen, in denen es vielleicht einfacher war, Nachschub zu besorgen, doch sein einziges Interesse galt Ivarr. «Ich mag ihn», erklärte er mir, «und wir können ihn nicht hier zurücklassen.»

«Und wenn wir ihn hier beerdigen?», schlug ich vor.

«Er ist unser Verbündeter!», beharrte Guthred, und er glaubte daran. Ivarr überschüttete ihn mit Lobpreisungen, und Guthred vertraute jedem einzelnen trügerischen Wort.

Die Mönche erledigten ihre Aufgabe gut, denn Ivarr erholte sich schnell. Ich hatte gehofft, er würde an seinen Verletzungen sterben, aber innerhalb von drei Tagen saß er wieder auf dem Pferd. Er litt immer noch. Das war nicht zu übersehen. Die Schmerzen mussten schrecklich gewesen sein, aber er zwang sich zu gehen und ein Pferd zu besteigen, genau wie er sich zwang, Guthred seinen Treueid anzudienen.

Etwas anderes konnte er auch kaum tun. Ivarr hatte nur noch etwa hundert Männer, von denen außerdem viele verletzt waren, und er war nicht mehr der große Kriegsherr, der er gewesen war. Also beugten er und sein Sohn vor Guthred das Knie, ergriffen seine Hände und schworen ihm Treue. Der Sohn, der sechzehnjährige Ivar, sah aus wie sein Vater und Großvater: hager und gefährlich. Ich misstraute allen beiden, aber Guthred wollte nicht auf mich hören. Es war recht für einen König, sagte er, edelmütig zu sein, und indem er Ivarr Gnade erwies, glaubte er den Mann für immer an sich zu binden. «Das hätte Alfred auch getan», erklärte er mir.

«Alfred hätte den Sohn als Geisel genommen und den Vater weggeschickt», sagte ich.

«Er hat einen Eid geschworen», beharrte Guthred.

«Er wird neue Truppen aufstellen», warnte ich.

«Gut!» Sein ansteckendes Grinsen überzog sein Gesicht. «Wir brauchen Männer, die etwas vom Kampf verstehen.»

«Er will seinen Sohn zum König machen.»

«Er will selbst nicht König werden, warum also sollte er es für seinen Sohn wollen? Ihr seht überall nur Feinde, Uhtred. Der junge Ivar sieht gut aus, findest du nicht?»

«Er sieht aus wie eine halbverhungerte Ratte.»

«Er ist im richtigen Alter für Gisela! Pferdegesicht und Ratte, was?», sagte er grinsend, und ich wollte ihm das Grinsen mit der Faust aus dem Gesicht wischen. «Es ist eine Überlegung wert, oder?», fuhr er fort. «Schließlich wird es Zeit, dass sie heiratet, und außerdem würde es Ivarr an mich binden.»

«Und warum wollt Ihr nicht mich an Euch binden?», fragte ich.

«Ihr und ich, wir sind schon Freunde», sagte er immer noch grinsend, «und dafür danke ich Gott.»

Wir zogen nordwärts, sobald es Ivarr gut genug ging. Er war sicher, dass noch mehr seiner Leute die Schlacht mit den Schotten überlebt hatten, und deshalb ritten Bruder Jænberht und Bruder Ida unter dem Schutz von fünfzig Männern voraus. Die beiden Mönche, so versicherte mir Guthred, kannten die Gegend um den Tuede und konnten die Männer führen, die nach Ivarrs Leuten suchten.

Den größten Teil des Tages ritt Guthred an Ivarrs Seite. Ivarrs Schwur, den Guthred der Wirkung christlichen Zaubers zuschrieb, hatte ihm geschmeichelt, und als sich Ivarr zurückfallen ließ, um mit seinen eigenen Leuten zu reiten, rief Guthred Pater Hrothweard zu sich und fragte den zauselbärtigen Priester über Cuthbert, Oswald und die Heilige Dreifaltigkeit aus. Guthred wollte wissen, wie er den Zauber für sich selbst wirken lassen könne, und Hrothweards Erläuterungen enttäuschten ihn schwer. «Der Sohn ist nicht der Vater», versuchte es Hrothweard erneut, «und der Vater ist nicht der Heilige Geist, und der Heilige Geist ist nicht der Sohn, aber Vater, Sohn und Heiliger Geist sind eins, untrennbar und ewig.»

«Also sind es drei Götter?», fragte Guthred.

«Ein Gott!», knurrte Hrothweard ärgerlich.

«Versteht Ihr das, Uhtred?», rief mir Guthred über die Schulter zu.

«Ich habe es noch nie verstanden, Herr», sagte ich. «Für mich ist das alles Unsinn.»

«Es ist kein Unsinn», zischte Hrothweard in meine

Richtung. «Denkt an ein Kleeblatt, Herr», wandte er sich dann wieder an Guthred, «drei einzelne Blätter, aber eine Pflanze.»

«Es ist ein Rätsel, Herr», warf Hild ein.

«Ein Rätsel?»

«Gott ist rätselhaft, Herr», sagte sie und achtete nicht auf Hrothweards bösen Blick, «und in seiner Rätselhaftigkeit können wir Wunder entdecken. Ihr müsst es nicht verstehen, lasst Euch einfach nur davon erstaunen.»

Guthred drehte sich im Sattel zu Hild um. «Und wollt Ihr nun die Begleiterin meiner Frau werden?», fragte er gutgelaunt.

«Heiratet sie zuerst, Herr», sagte Hild, «dann werde ich mich entscheiden.»

Grinsend drehte er sich wieder um.

«Ich dachte, du wolltest wieder zurück ins Kloster gehen», sagte ich leise.

«Hat Gisela dir das gesagt?»

«Ja.»

«Ich warte auf ein Zeichen Gottes», sagte Hild.

«Den Fall Dunholms?»

Sie runzelte die Stirn. «Möglich. Es ist ein böser Ort. Wenn Guthred diese Stadt unter das Banner Sankt Cuthberts bringen kann, zeigt Gott damit seine Macht. Vielleicht wäre es das Zeichen, das ich will.»

«Das klingt für mich», sagte ich, «als hättest du dein Zeichen schon gehabt.»

Sie lenkte ihre Stute etwas von Witnere weg, der sie bedrohlich anfunkelte. «Pater Willibald wollte, dass ich mit ihm nach Wessex zurückkehre», sagte sie, «aber ich habe nein gesagt. Ich habe ihm erklärt, dass ich, wenn ich mich wieder von der Welt zurückziehe, zunächst wissen will, wie die Welt überhaupt ist.» Sie ritt eine Weile schweigend weiter und sagte dann sehr sanft. «Ich hätte gerne Kinder gehabt.»

«Du kannst Kinder haben», sagte ich.

Sie schüttelte ablehnend den Kopf. «Nein», sagte sie, «das hat das Schicksal nicht für mich vorgesehen.» Sie warf mir einen Blick zu. «Weißt du, dass Guthred Gisela mit Ivarrs Sohn verheiraten will?», fragte sie.

Ich fuhr bei dieser unerwarteten Frage zusammen. «Ich weiß, dass er darüber nachdenkt», antwortete ich vorsichtig.

«Ivarr hat zugestimmt. Gestern Abend.»

Ich war betroffen, doch ich versuchte, es nicht zu zeigen. «Woher weißt du das?», fragte ich.

«Gisela hat es mir erzählt. Aber es gibt einen Brautpreis.»

«Es gibt immer einen Brautpreis», sagte ich schroff.

«Ivarr will Dunholm», sagte sie.

Ich brauchte einen Moment, um die Bedeutung ihrer Worte zu begreifen, und dann durchschaute ich den ganzen abscheulichen Handel. Ivarr hatte den größten Teil seiner Macht verloren, als sein Heer von Aed niedergemetzelt worden war, aber wenn er Dunholm und die Ländereien Dunholms bekäme, wäre er wieder stark. Die Männer, die nun Kjartan Gefolgschaft leisteten, würden seine Männer werden, und so würde Ivarr mit einem Schlag seine Macht wiedergewinnen. «Und hat Guthred zugestimmt?», fragte ich.

«Noch nicht.»

«So dumm kann er nicht sein», sagte ich wütend.

«Der Dummheit von Männern», sagte Hild säuerlich, «scheinen keine Grenzen gesetzt. Aber erinnerst du dich, dass du mir, bevor wir von Wessex aufbrachen, gesagt hast, Northumbrien sei voller Feinde?»

«Ich erinnere mich.»

«Und ich glaube, es sind sogar noch mehr, als du glaubst», sagte sie, «deshalb bleibe ich, bis ich weiß, dass du überleben wirst.» Sie streckte die Hand aus und berührte meinen Arm. «Manchmal denke ich, du hast außer mir keinen einzigen Freund hier oben. Also lass mich bleiben, bis ich weiß, dass du sicher bist.»

Ich lächelte sie an und berührte Schlangenhauchs Heft. «Ich bin sicher», sagte ich.

«Deine Überheblichkeit», sagte sie, «macht die Leute blind für dein ganzes freundliches Wesen.» Nach diesem Tadel richtete sie ihren Blick nach vorn. «Was wirst du jetzt tun?», fragte sie.

«Meine Blutfehde beenden», sagte ich. «Deshalb bin ich hier.» Und das stimmte. Deshalb war ich in den Norden gezogen, ich wollte Kjartan töten und Thyra befreien, aber wenn mir das gelänge, würde Dunholm Ivarr und Gisela Ivarrs Sohn gehören. Ich fühlte mich betrogen, obwohl es in Wahrheit keinen Betrug gegeben hatte, denn Gisela war mir nie versprochen worden. Guthred hatte die Freiheit, sie zu verheiraten, mit wem auch immer es ihm gefiel. «Oder vielleicht sollten wir einfach wegreiten», sagte ich bitter.

«Wohin?»

«Irgendwohin.»

«Zurück nach Wessex?»

«Nein!»

«Wohin dann?»

Nirgendwohin. Ich hatte Wessex verlassen und würde einzig zurückkehren, um meinen Hort zu holen, wenn ich erst einen sicheren Platz hatte, an den ich ihn bringen konnte. Das Schicksal hatte mich mit festem Griff gepackt, und das Schicksal hatte mir Feinde bestimmt. Überall.

Wir überquerten den Wiire ein gutes Stück westlich von Dunholm an einer Furt und führten unsere Streitmacht zu einem Ort fünf Meilen nördlich von Dunholm, den die Einheimischen Cuncacester nennen. Die Römer hatten hier eine Festung errichtet, deren Mauern immer noch standen, obwohl sie kaum mehr darstellten als bröckelnde Wälle inmitten grüner Wiesen. Guthred verkündete, dass unser Heer bei der zerfallenen Festung lagern sollte, und ich sagte, wir sollten weiter Richtung Süden bis nach Dunholm ziehen. Wir stritten uns zum ersten Mal, weil er seine Meinung nicht ändern wollte. «Was hat es für einen Zweck, Herr», fragte ich, «ein Heer zwei Stunden Fußmarsch von seinem Feind entfernt zu halten?»

«Eadred sagt, wir müssen hierbleiben.»

«Abt Eadred? Versteht er etwas davon, wie man eine Festung einnimmt?»

«Er hatte einen Traum», sagte Guthred.

«Einen Traum?»

«Sankt Cuthbert möchte, dass sein Schrein hier errichtet wird», sagte Guthred. «Genau dort.» Er deutete auf einen kleinen Hügel, auf dem der Heilige im Sarg von betenden Mönchen umringt war.

Für mich ergab das keinen Sinn. Die Stelle hatte mit Ausnahme der Festungsruinen nichts Besonderes. Hügel, ein paar Bauernhäuser und einen kleinen Fluss, alles war sehr gefällig, aber warum genau hier der rechte Ort sein sollte, um einen Heiligenschrein zu bauen, ging über meinen Verstand. «Unsere Aufgabe, Herr», sagte ich, «ist es, Dunholm zu erobern. Das gelingt uns nicht, indem wir hier eine Kirche errichten.»

«Aber Eadreds Träume haben sich immer als richtig erwiesen», sagte Guthred ernst, «und Sankt Cuthbert hat mich noch nie im Stich gelassen.»

Ich brachte weitere Einwände vor und konnte mich dennoch nicht durchsetzen. Sogar Ivarr unterstützte mich und erklärte Guthred, dass wir die Streitmacht näher an Dunholm heranführen müssten, doch Abt Eadreds Traum hatte bestimmt, dass wir in Cuncacester lagern mussten, und die Mönche begannen sofort, am Bau ihrer Kirche zu arbeiten. Die Hügelkuppe wurde eingeebnet, Bäume wurden geschlagen, und Abt Eadred pflanzte Stangen auf, um anzuzeigen, wo die Mauern errichtet werden sollten. Er wollte ein Fundament aus Steinen, und das bedeutete, dass ein Steinbruch gefunden werden musste oder besser noch ein Römergebäude, das eingerissen werden konnte, aber es musste schon ein großes Gebäude sein, denn Eadred plante eine Kirche, deren Ausmaße die eines Königspalas übertrafen.

Und am nächsten Tag, einem Spätsommertag, über dessen Himmel einzelne Wolken zogen, ritten wir südwärts nach Dunholm. Wir wollten Kjartan herausfordern und auszukundschaften, wie stark die Festung war.

Einhundertundfünfzig Männer machten sich auf den kurzen Weg. Guthred ritt zwischen Ivarr und seinem Sohn, dann folgten Ulf und ich. Die Geistlichen blieben in Cuncacester. Wir waren Dänen und Sachsen, Schwertkrieger und Speerwerfer, und wir ritten unter Guthreds neuem Banner, das Sankt Cuthbert mit einer segnend erhobenen Hand zeigte, während er in der anderen das goldene Evangeliar von Lindisfarena hielt. Es war kein ehrfurchterregendes Banner, jedenfalls nicht für mich, und ich wünschte, es wäre mir in den Sinn gekommen, Hild ein Banner mit dem Wolfskopf von Bebbanburg für mich selbst machen zu lassen. Graf Ulf hatte sein Banner mit dem Adlerkopf, Guthred hatte seines, und Ivarr ritt unter einem zerfetzten Banner mit zwei Raben, das er irgendwie aus der Niederlage gegen die Schotten gerettet hatte. Nur ich ritt ohne jede Fahne.

Graf Ulf fluchte, als Dunholm in Sicht kam, denn er hatte den massigen hohen Felsen, der in einer Flussschleife des Wiire lag, noch nie gesehen. Der Fels war nicht nackt, Bergahorn und Hainbuchen wucherten dicht an seinen abschüssigen Hängen, doch der Gipfel war von allem Bewuchs befreit worden, und so erkannten wir einen starken Wall mit einer Holzpalisade und dahinter drei oder vier sehr große Gebäude. Den Eingang zu der Festung bildete ein großes Torhaus, das von dem Wall überragt wurde, auf dem ein dreieckiges Banner flatterte. Es zeigte ein schlangenköpfiges Schiff und erinnerte damit an Kjartans Vergangenheit als Schiffsführer, und unter dem Banner standen Männer mit Speeren und außen an der Palisade hingen Reihen von Schilden.

Ulf starrte wie gebannt auf die wehrhafte Festung. Guthred und Ivarr taten es ihm gleich. Niemand von uns sprach ein Wort, denn es gab nichts zu sagen. Die Festung wirkte uneinnehmbar. Machtvoll und schrecklich. Es gab einen Weg hinauf, doch er war steil, und er war schmal, und nur sehr wenige Männer waren nötig, um diesen Pfad zu bewachen, der sich an Baumstümpfen und Felsblöcken vorbei zu dem großen Tor emporwand. Wir hätten unsere gesamte Streitmacht auf diesen Pfad schicken können, aber an einigen Stellen wurde er so eng, dass zwanzig Mann unser ganzes Heer aufhalten konnten, und die ganze Zeit würde es Speere und Felssteine auf unsere Köpfe regnen. Guthred, dem Dunholm schlechterdings uneinnehmbar erschien, warf mir einen flehenden Blick zu.

«Sihtric!», rief ich, und der Junge eilte zu mir. «Dieser Festungswall», sagte ich, «zieht er sich um den gesamten Gipfel?»

«Ja, Herr», sagte er. Dann setzte er zögernd hinzu: «Außer …»

«Außer wo?»

«Da ist eine kleine Stelle an der Südseite, Herr, über einer Felswand. Dort ist kein Wall. An der Stelle werfen sie die Scheiße runter.»

«Eine Felswand?», fragte ich, und er machte eine Bewegung mit der rechten Hand, um zu zeigen, dass es ein lotrechter Abbruch war. «Kann man die Wand hinaufklettern?», fragte ich ihn.

«Nein, Herr.»

«Was ist mit dem Wasser?», fragte ich. «Haben sie einen Brunnen?»

«Zwei Brunnen, Herr, aber sie liegen beide außerhalb der Palisade. Einer ist auf der westlichen Seite und wird nicht häufig benutzt, und der andere auf der Ostseite. Aber der liegt ganz weit oben am Hang, wo die Bäume wachsen.»

«Aber außerhalb des Festungswalls?»

«Ja, außerhalb, Herr, aber der Brunnen hat seinen eigenen Befestigungswall.»

Ich warf ihm eine Münze zur Belohnung zu, obwohl mir seine Auskünfte nicht gefallen hatten. Ich hatte gedacht, Kjartans Männer würden ihr Wasser aus dem Fluss holen. Dann hätten wir Bogenschützen aufstellen können, um sie aufzuhalten, aber kein Pfeil konnte Bäume und Festungswälle durchbohren, um sie am Wasserholen zu hindern.

«Was sollen wir also tun?», wandte sich Guthred an mich, und in mir flammte Verdruss auf, sodass ich versucht war, mich zu erkundigen, warum er sich mit dieser Frage nicht an seine Priester wandte, die darauf bestanden hatten, das Heer so unvorteilhaft weit weg lagern zu lassen. Doch dann gelang es mir, diese Erwiderung hinunterzuschlucken. «Ihr könntet ihm Bedingungen stellen, Herr», sagte ich, «und wenn er sie ablehnt, müsst Ihr ihn aushungern.»

«Die Ernte ist gerade eingebracht», gab Guthred zu bedenken.

«Dann dauert es eben ein Jahr», erwiderte ich. «Schneidet mit einem Wall die Flussinsel von der Landverbindung ab. Dann sitzt er in der Falle. Er soll den Hungertod vor Augen haben. Wenn Ihr den Wall baut», sagte ich und erwärmte mich immer mehr für meinen eigenen Vorschlag, «müsst Ihr hier auch kein ganzes Heer stehen lassen. Dann reichen sogar sechzig Männer.»

«Sechzig?», fragte Guthred.

«Sechzig Männer könnten an dieser Stelle einen Wall verteidigen», sagte ich. Das große Felsmassiv, auf dem Dunholm lag, war geformt wie eine Birne, und wir standen auf seinem niedriger gelegenen, schmaleren Ende und sahen zu den Festungsanlagen hinauf. Der Fluss verlief zu unserer Rechten, schwang sich um den riesigen Felsen und tauchte zu unserer Linken wieder auf, und an dieser Stelle betrug die Entfernung zwischen den beiden Flussufern kaum dreihundert Schritte. Es würde eine Woche dauern, um auf diesen dreihundert Schritten eine Schneise durch den Baumbewuchs zu schlagen, und eine weitere Woche, um einen Graben auszuheben und eine Palisade zu errichten, und eine dritte Woche, um diese Palisade mit einem Wall zu verstärken, sodass sechzig Männer ausreichen würden, um ihn zu verteidigen. Die Landenge war nicht flach, sondern ein unebener, felsiger Buckel, sodass die Palisade dieser Krümmung würde folgen müssen. Sechzig Männer konnten zwar niemals dreihundert Schritte Festungswall verteidigen, doch die Landenge bestand an vielen Stellen aus steilen Felsenböschungen, von denen aus niemals ein Angriff geführt werden konnte. In Wahrheit würden die sechzig Männer den Wall also nur an drei oder vier Stellen verteidigen müssen.

«Sechzig!» Ivarr hatte die ganze Zeit geschwiegen, doch nun spuckte er das Wort aus, als wäre es ein Fluch. «Ihr braucht mehr als sechzig. Die Männer müssen über Nacht abgelöst werden. Andere müssen Wasser holen, das Vieh hüten und die Ufer des Flusses bewachen. Sechzig Männer sind vielleicht imstande, den Wall zu halten, aber Ihr braucht noch zweihundert mehr, damit diese sechzig ihre Aufgabe erfüllen können.» Er sah mich finster an. Er hatte natürlich recht. Und wenn zweihundert bis dreihundert Männer in Dunholm gebunden wären, dann würden zweihundert bis dreihundert Männer bei der Sicherung Eoferwics oder bei der Bewachung unserer neuen Anpflanzungen fehlen.

«Aber ein Wall an dieser Stelle», sagte Guthred, «wäre Dunholms Untergang.»

«Das wäre er», stimmte Ivarr zu, obwohl aus seiner Stimme noch Zweifel klangen.

«Also brauche ich einfach mehr Leute», sagte Guthred. «Ich brauche mehr Leute.»

Ich führte Witnere ein Stück Richtung Osten, als wollte ich prüfen, wo der Wall errichtet werden könnte. Auf dem hohen Tor von Dunholm standen Männer, die uns beobachteten. «Vielleicht dauert es auch kein Jahr», rief ich Guthred zu. «Kommt und seht Euch das an.»

Er lenkte sein Pferd zu mir, und ich hatte ihn noch nie so herabgestimmt gesehen. Bis jetzt war Guthred alles einfach zugefallen. Der Thron, Eoferwic und Ivarrs Huldigung, doch Dunholms massiger Fels, der schiere Macht ausstrahlte, hatte seinen hoffnungsvollen Frohmut zum Erliegen gebracht. «Was wollt Ihr mir zeigen?», fragte er und wunderte sich, dass ich ihn von dem Pfad weggerufen hatte.

Ich warf einen Blick zurück, um sicher zu sein, dass Ivarr und sein Sohn außer Hörweite waren. Dann deutete ich auf den Fluss, als würde ich über die Besonderheiten des Geländes reden. «Wir können Dunholm einnehmen», erklärte ich Guthred mit gesenkter Stimme, «aber ich werde Euch nicht dabei helfen, wenn Ihr es Ivarr als Belohnung gebt.» Er zuckte zusammen, dann sah ich einen listigen Ausdruck über sein Gesicht huschen und wusste, dass er am liebsten geleugnet hätte, jemals daran gedacht zu haben, Ivarr die Festung zu übergeben. «Ivarr ist schwach», erklärte ich ihm, «und solange Ivarr schwach bleibt, wird er Euer Freund sein. Wenn Ihr ihn stärkt, schafft Ihr Euch einen Feind.»

«Und was nutzt ein schwacher Freund?», fragte er.

«Mehr als ein starker Feind, Herr.»

«Ivarr will nicht König werden», sagte er, «warum also sollte er mir feindlich gesonnen sein?»

«Was Ivarr will», sagte ich, «ist, den König wie ein Hündchen an der Leine zu führen. Wollt Ihr das? Ivarrs Hündchen sein?»

Er starrte zu dem großen Tor hinauf. «Einer muss Dunholm verteidigen», sagte er schwach.

«Dann gebt es mir», sagte ich, «weil ich nämlich Euer Freund bin. Oder zweifelt Ihr daran?»

«Nein, Uhtred», sagte er, «daran zweifle ich nicht.» Er beugte sich zu mir und berührte meinen Ellenbogen. Ivarr beobachtete uns mit seinen Schlangenaugen. «Ich habe niemandem etwas versprochen», fuhr Guthred fort, aber er sah bei diesen Worten beunruhigt aus. Dann zwang er sich zu einem Lächeln. «Könnt Ihr die Festung einnehmen?»

«Ich glaube, wir können Kjartan von hier vertreiben, Herr.»

«Wie?», fragte er.

«Ich werde heute Nacht einen Zauber vorbereiten, Herr», erklärte ich ihm, «und morgen redet Ihr mit ihm. Sagt ihm, wenn er bleibt, werdet Ihr ihn vernichten. Sagt ihm, dass Ihr damit anfangt, seine Bauernhöfe und seine Sklavenpferche in Gyruum niederzubrennen. Versichert ihm, dass er seinen gesamten Besitz verlieren wird. Gebt Kjartan zu verstehen, dass ihn nichts als Tod, Feuer und Elend erwarten, solange er hierbleibt. Und dann bietet Ihr ihm einen Ausweg an. Stellt es ihm frei, in ein Land über dem Meer zu segeln.» Das wollte ich zwar nicht, denn am liebsten hätte ich gesehen, wie sich Kjartan der Grausame unter Schlangenhauch wand, aber meine Rache war weniger wichtig, als Kjartan aus Dunholm herauszubekommen.

«Also macht Euren Zauber», sagte Guthred zu mir.

«Und wenn es gelingt, Herr, versprecht Ihr mir dann, die Festung nicht an Ivarr zu geben?»

Er zögerte, dann streckte er mir seine Hand entgegen. «Wenn es gelingt, Freund», sagte er, «dann, verspreche ich, werde ich sie Euch übergeben.»

«Ich danke Euch, Herr», sagte ich, und Guthred belohnte mich mit seinem ansteckenden Lächeln.

Kjartans Wachen mussten sich gewundert haben, als wir an diesem Nachmittag davonritten. Wir entfernten uns nicht weit, sondern lagerten an einer Hügelflanke nördlich der Festung, und wir entzündeten Feuer, um Kjartan wissen zu lassen, dass wir noch in der Nähe waren. Dann, als die Nacht gekommen war, ritt ich mit Sihtric zurück nach Dunholm. Ich machte mich an meinen Zauber, mit dem ich Kjartan das Entsetzen lehren wollte, und dafür musste ich ein Sceadugengan werden, ein Schattenwandler. Die Sceadugengan wandern durch die Nacht, in der es ehrliche Männer ängstigt, das Haus zu verlassen. Denn in der Nacht suchen seltsame Wesen die Erde heim, dann durchstreifen Wechselgestalten, Geister, Elfen, Untiere und zottige Männer das Land.

Doch ich hatte mich in der Dunkelheit immer wohlgefühlt. Von Kindertagen an hatte ich das Schattenwandeln geübt, bis ich selbst zu einem der Wesen geworden war, das die Menschen fürchten, und in dieser Nacht ging ich mit Sihtric den Pfad hinauf, der zu Dunholms großem Tor führte. Sihtric führte unsere Pferde, und ebenso wie er zitterten sie vor Furcht. Ich hatte Mühe, auf dem Pfad zu bleiben, denn Wolken waren vor den Mond gezogen, sodass ich meinen Weg ertasten musste, indem ich mit Schlangenhauch als Stab nach Büschen und Felsen spürte. Wir bewegten uns langsam, und Sihtric hing an meinem Umhang, um mich nicht zu verlieren. Als wir etwas weiter nach oben gekommen waren, wurde es leichter, denn in der Festung brannten Feuer, und der Widerschein ihrer Flammen drang wie ein Leitstrahl über die Palisade. Ich machte die Schattenumrisse der Schildwachen auf dem Haupttor aus, doch sie konnten uns nicht sehen, als wir einen Vorsprung erreichten, an dem sich der Pfad leicht senkte, bevor er das letzte lange Stück bis zum Tor wieder anstieg. Der gesamte Abhang zwischen dem kurzen Felsvorsprung und der Palisade war von jedem Baumbewuchs befreit worden, sodass sich kein Feind ungesehen an die Verteidigungsanlage schleichen und einen Überfall versuchen konnte.

«Du bleibst hier», sagte ich zu Sihtric. Ich brauchte ihn, um die Pferde zu bewachen und meinen Schild, meinen Helm und den Sack mit den abgeschlagenen Köpfen zu tragen, den ich ihm jetzt abnahm. Dann befahl ich ihm, sich hinter den Bäumen zu verstecken und zu warten.

Darauf legte ich die Köpfe auf den Pfad, den ersten nur fünfzig Schritte von dem Tor entfernt, den letzten nahe an die Bäume, die am Rand des Felsvorsprungs wuchsen. Die Maden wimmelten unter meinen Händen, wenn ich wieder einen Kopf aus dem Sack holte. Ich richtete die toten Augen der verwesenden Schädel im Dunkeln nach Gefühl in Richtung der Festung aus, sodass meine Hände glitschig vor Schleim waren, als ich mein Vorhaben beendet hatte. Niemand hörte mich, niemand sah mich. Die Dunkelheit hüllte mich ein, der Wind strich seufzend über den Hügel, und laut rauschte der Fluss durch sein felsiges Bett. Ich ging zurück zu Sihtric, der vor Angst bebte, ließ mir von ihm das schwarze Tuch geben, wand es um mein Gesicht und verknotete es im Nacken. Dann drückte ich meinen Helm über das Leinen und nahm meinen Schild. Und dann wartete ich.

In einer bewölkten Morgendämmerung wird es nur langsam hell. Zuerst kriecht kaum mehr als eine Andeutung von grauem Schein am östlichen Himmel entlang, und eine Weile ist es weder hell noch dunkel, und es gibt keine Schatten, nur das kalte Grau, das sich ausbreitet, während die Fledermäuse, die Schattensegler, in ihre Höhlen zurückjagen. Die Bäume werden schwarz, während der Himmel heller wird, und dann verleihen die ersten Sonnenstrahlen der Welt wieder ihre Farben. Dann hörte ich Vögel zwitschern. Nicht so viele wie im Frühling oder Frühsommer, aber ich hörte doch Zaunkönige, Zilpzalpe und Rotkehlchen den Tag begrüßen, und unter mir, wo die Bäume standen, hämmerte ein Specht. Die schwarzen Bäume waren jetzt dunkelgrün, und nicht weit entfernt erkannte ich die hellroten Beeren einer Eberesche. Und in diesem Moment entdeckten die Wachen die Köpfe. Ich hörte Rufe, weitere Männer kamen auf den Wall, und ich wartete. Das Banner über dem Haupttor war gehisst, und immer mehr Männer erschienen auf dem Wall, und dann wurde das Tor geöffnet, und zwei Männer traten vorsichtig heraus. Hinter ihnen wurde das Tor wieder geschlossen, und ich hörte den dumpfen Schlag, mit dem der mächtige Schließbalken an seinen Platz zurückfiel. Die beiden Männer zögerten. Ich stand mit gezogenem Schwert hinter den Bäumen verborgen. Die Wangenstücke meines Helmes waren geöffnet, sodass der Raum zwischen den Rändern von dem schwarzen Leintuch ausgefüllt wurde. Ich trug einen schwarzen Umhang über meinem Kettenhemd, das Hild mit Flusssand gescheuert und zum Glänzen gebracht hatte, und hohe, schwarze Stiefel. Ich war wieder der Totenkrieger mit dem Schwert, und ich beobachtete die zwei Männer, wie sie vorsichtig den Pfad hinunter auf die Reihe mit den Köpfen zugingen. Als sie den ersten blutverschmierten Schädel erreicht hatten, rief einer der beiden zur Festung zurück, der Kopf gehöre einem von Tekils Leuten. Dann fragte er, was er tun solle.

Die Antwort gab Kjartan. Ich war sicher, dass er es war, obwohl ich sein Gesicht nicht sehen konnte. «Tretet sie weg!», brüllte er, und die beiden gehorchten. Sie traten an die Köpfe, sodass sie von dem Pfad herunter in das hohe Gras rollten, wo die Bäume gefällt worden waren.

So kamen sie mir immer näher, bis nur noch einer von den sieben Köpfen übrig war, und gerade als sie ihn erreicht hatten, trat ich unter den Bäumen hervor.

Sie sahen einen gesichtslosen Krieger vor sich, schimmernd und groß und bewaffnet mit Schwert und Schild. Sie sahen den Totenkrieger mit dem Schwert, und ich stand einfach nur da, kaum zehn Schritte von ihnen entfernt, und ich bewegte mich nicht, und ich sprach nicht, und sie starrten mich an, und einer machte ein Geräusch wie ein maunzendes Kätzchen, und dann, ohne ein weiteres Wort, stürzten sie Hals über Kopf davon.

So stand ich da, als die Sonne aufging. Kjartan und seine Männer waren wie gelähmt von meinem Anblick. Im Frühlicht des Tages war ich der schattengesichtige Tod in blendender Rüstung, der Tod mit blitzendem Helm, und dann, bevor sie entscheiden konnten, die Hunde auf mich zu hetzen, um zu entdecken, dass ich keine Geistererscheinung war, zog ich mich in die Schatten unter den Bäumen zurück, wo Sihtric auf mich wartete.

Ich hatte alles getan, um Kjartan in Furcht und Schrecken zu versetzen. Jetzt musste Guthred ihn zur Aufgabe überreden, und dann, so wagte ich zu hoffen, wäre die mächtige Festung auf dem Felsen mein und Gisela ebenso, und ich wagte all das zu hoffen, weil Guthred mein Freund war. Ich sah meine Zukunft ebenso glänzend vor mir liegen wie Guthreds. Ich sah, wie ich die Blutfehde gewann, ich sah, wie meine Männer Bebbanburgs Ländereien überfielen, um meinen Onkel zu schwächen, und ich sah, wie Ragnar nach Northumbrien zurückkehrte, um an meiner Seite zu kämpfen. Kurz gesagt: Ich vergaß die Götter und spann meinen eigenen goldenen Schicksalsfaden, und die drei Spinnerinnen am Fuß des Weltenbaumes lachten dazu.

Noch bevor es Mittag wurde, kehrten wir mit dreißig Reitern nach Dunholm zurück. Clapa hatte mit einem Blätterzweig die Spitze übernommen, um anzuzeigen, dass wir in Frieden kamen. Wir alle trugen Kettenhemden, wenn ich auch meinen guten Helm bei Sihtric gelassen hatte. Es war mir durch den Sinn gegangen, als Totenkrieger mit dem Schwert zu erscheinen, aber er hatte seinen Zauber durchgeführt, und nun würden wir sehen, ob er wirkte.

Wir erreichten die Stelle, an der ich gestanden und beobachtet hatte, wie die beiden Männer die sieben Köpfe vom Pfad getreten hatten, und hielten an. Clapa wedelte auffällig mit dem Zweig, und Guthred rutschte unruhig im Sattel herum, während er das Tor beobachtete. «Wie lange werden wir morgen brauchen, um nach Gyruum zu kommen?», fragte er.

«Gyruum?», fragte ich zurück.

«Ich wollte morgen dort hinreiten», sagte er, «und die Sklavenpferche niederbrennen. Wir können die Falken mitnehmen. Jagen.»

«Wenn wir mit der Dämmerung aufbrechen», sagte Ivarr, «sind wir mittags dort.»

Weit im Westen ballten sich unheilvoll schwarze Wolken. «Dort zieht ein Unwetter auf», sagte ich.

Ivarr erschlug eine Bremse auf dem Nacken seines Hengstes und schaute dann mit gefurchten Brauen zum Haupttor. «Der Bastard will nicht mit uns reden.»

«Ich möchte morgen reiten», sagte Guthred sanft.

«Dort gibt es doch nichts», sagte ich.

«Dort sind Kjartans Sklavenpferche», sagte Guthred, «und Ihr habt mir gesagt, dass wir sie zerstören müssen. Außerdem will ich auch das alte Kloster sehen. Wie ich höre, war es ein sehr großes Gebäude.»

«Dann geht, wenn das Unwetter durchgezogen ist», schlug ich vor.

Guthred erwiderte nichts, denn als Antwort auf Clapas Wedeln mit dem Zweig war hinter dem Haupttor in ein Horn geblasen worden. Schweigend betrachteten wir, wie die Flügel des Tores aufgeschoben wurden und eine Gruppe Reiter auf uns zukam.

Sie wurde von Kjartan angeführt, der auf einem großen Schecken saß. Kjartan war von massiger Gestalt, mit breitem Gesicht, gewaltigem Bart und kleinen, misstrauischen Augen. Er trug seine Kriegsaxt, als habe sie kein Gewicht. An seinem Helm war ein Paar Rabenflügel befestigt, und von seinen breiten Schultern hing ein schmutzigweißer Umhang herab. Ein paar Schritte vor uns zügelte er sein Pferd, und eine Zeit lang sagte er nichts, sondern starrte uns einfach nur an. Ich suchte nach Furcht in seinen Augen, doch er wirkte einfach nur streitlustig, wenn auch seine Stimme gedämpft klang, als er das Schweigen brach. «Herr Ivarr», sagte er, «ich bedaure, dass Ihr Aed nicht töten konntet.»

«Ich habe überlebt», sagte Ivarr trocken.

«Das erfreut mich», sagte Kjartan. Dann ließ er seinen Blick lange auf mir ruhen. Ich stand ein kleines Stück von den anderen entfernt etwas erhöht neben dem Pfad, wo der Weg leicht zu den Bäumen anstieg, bevor er wieder Richtung Landenge abfiel. Kjartan musste mich wiedererkannt, musste gewusst haben, dass ich Ragnars angenommener Sohn war, der seinen eigenen Sohn ein Auge gekostet hatte, aber er entschied, mich nicht zu beachten, und wandte sich wieder an Ivarr. «Was Ihr brauchtet, um Aed zu besiegen», sagte er, «ist ein Zauberer.»

«Ein Zauberer?», Ivarr klang belustigt.

«Aed fürchtet die alten, magischen Kräfte», sagte Kjartan. «Er würde niemals gegen jemanden kämpfen, der durch Zauberei Köpfe abschlagen kann.»

Ivarr sagte nichts. Doch er drehte sich um und starrte mich an, und so verriet er den Totenkrieger mit dem Schwert und beruhigte Kjartan darüber, dass er es nicht mit Zauberei, sondern nur mit einem alten Feind zu tun hatte. Erleichterung überzog Kjartans Gesicht. Dann lachte er auf, es war ein kurzes, höhnisches Bellen, doch immer noch wandte er sich nicht an mich. Stattdessen sprach er Guthred an: «Wer bist du?»

«Ich bin Euer König», sagte Guthred.

Kjartan lachte erneut. Er war nun guter Dinge, sicher,

dass er es nicht mit schwarzer Magie zu tun hatte. «Das hier ist Dunholm, Grünschnabel», sagte er, «und wir haben keinen König.»

«Und doch bin ich hier», sagte Guthred, ungerührt von der Beleidigung, «und hier bleibe ich, bis Eure Knochen unter Dunholms Sonne bleichen.»

Kjartan lachte bloß. «Glaubst du wirklich, du kannst mich aushungern? Du und deine Priester? Glaubst du, ich verhungere, weil du aufgetaucht bist? Hör mir gut zu, Grünschnabel: In jedem Fluss leben Fische, und Vögel fliegen überall, und Dunholm kann nicht ausgehungert werden. Du kannst hier warten, bis das Weltenende mit seinen Wirren über uns hereinbricht, und immer noch werde ich besser zu essen haben als du. Warum habt Ihr ihm das nicht gesagt, Herr Ivarr?» Ivarr zuckte bloß mit den Schultern, als gingen ihn Guthreds Pläne nichts an. «Also», Kjartan legte sich die Axt über die Schulter, als wollte er zeigen, dass sie nicht gebraucht wurde, «was wolltest du mir anbieten, Grünschnabel?»

«Ihr könnt mit Euren Männern nach Gyruum gehen», sagte Guthred, «und wir werden Schiffe beschaffen, und dann könnt Ihr lossegeln. Eure Leute dürfen Euch begleiten, diejenigen, die lieber in Northumbrien bleiben, können das tun.»

«Du spielst hier wahrhaftig den König, mein Junge», sagte Kjartan und sah erneut Ivarr an. «Seid Ihr mit ihm verbündet?»

«Ich bin mit ihm verbündet», sagte Ivarr ausdruckslos.

Kjartan ließ seinen Blick zurück zu Guthred wandern. «Mir gefällt es hier, Grünschnabel. Mir gefällt Dunholm. Ich will nichts, als in Frieden gelassen werden. Ich will deinen Thron nicht, ich will dein Land nicht, höchstens deine Frau, falls du eine hast und sie hübsch genug für mich ist.

Also mache ich dir ein Angebot. Du lässt mich in Frieden, und ich vergesse, dass es dich gibt.»

«Ihr stört meinen Frieden», sagte Guthred.

«Ich scheiß auf deinen Frieden, Grünschnabel, wenn du nicht von hier verschwindest», knurrte Kjartan, und aus seiner Stimme klang eine Gewalttätigkeit, die Guthred zusammenzucken ließ.

«Also lehnt Ihr mein Angebot ab?», fragte Guthred. Er hatte die Machtprobe verloren, und er wusste es.

Kjartan schüttelte den Kopf, als sei die Welt noch trübseliger, als er erwartet hatte. «Das nennt Ihr einen König?», forderte er Ivarr heraus. «Wenn Ihr einen König braucht, dann sucht Euch einen Mann.»

«Wie ich gehört habe, war dieser König Manns genug, auf deinen Sohn zu pissen», ich hatte zum ersten Mal gesprochen, «und wie ich gehört habe, ist Sven heulend weggekrochen. Du hast einen Feigling großgezogen, Kjartan.»

Kjartan zeigte mit seiner Axt auf mich. «Mit dir habe ich noch zu tun», sagte er, «aber heute ist nicht der Tag, an dem ich dich kreischen lasse wie eine Frau. Doch der Tag wird kommen.» Er spuckte in meine Richtung, zerrte den Kopf seines Pferdes herum und trieb es ohne ein weiteres Wort zum Haupttor zurück. Seine Männer folgten ihm.

Guthred sah ihm nach. Wütend starrte ich Ivarr an, der absichtlich meinen Zauber verraten hatte. Ich glaubte, er hatte erfahren, dass ich Dunholm bekommen würde, wenn es fiele, und so hatte er dafür gesorgt, dass es nicht fiel. Flüchtig erwiderte er meinen Blick, dann sagte er etwas zu seinem Sohn, und beide lachten.

«In zwei Tagen», wandte sich Guthred an mich, «fangt Ihr mit dem Wall an. Ich gebe Euch zweihundert Männer, um ihn zu bauen.»

«Warum soll ich nicht schon morgen anfangen?», fragte ich.

«Weil wir morgen nach Gyruum gehen, deshalb. Wir gehen auf die Jagd!»

Ich zuckte die Schultern. Könige haben ihre Launen, und dieser König wollte eben auf die Jagd gehen.

Wir ritten wieder nach Cuncacester und fanden, dass Jænberht und Ida zurückgekehrt waren, die beiden Mönche, die nach weiteren Überlebenden von Ivarrs Truppe gesucht hatten. «Habt Ihr noch jemanden gefunden?», fragte ich sie, als wir vom Pferd stiegen.

Jænberht starrte mich an, als verstünde er meine Frage nicht, und dann schüttelte Ida eilig den Kopf. «Wir haben niemanden gefunden», sagte er.

«Also habt Ihr Eure Zeit vergeudet», sagte ich.

Darauf grinste Jænberht, aber vielleicht war es auch nur sein entstellter Mund, der mich denken ließ, er habe gegrinst. Dann wurden die beiden zu Guthred gerufen, um von ihrer Suche zu berichten, und ich ging mich bei Hild erkundigen, ob die Christen ihre Feinde mit Flüchen belegen, und wenn es so war, sollte sie Ivarr gleich zwei Dutzend Mal verfluchen. «Jag deinen Teufel auf ihn», sagte ich.

An diesem Abend versuchte Guthred uns aufzumuntern, indem er ein Fest gab. Er hatte ein Bauernhaus im Tal unter dem Hügel besetzt, auf dem Abt Eadred seine Kirche plante, lud alle Männer ein, die bei der Begegnung mit Kjartan dabei gewesen waren, und bewirtete uns mit gekochtem Hammel, frischen Forellen, Bier und gutem Brot. Nach dem Essen spielte ein Harfner, und ich erzählte die Geschichte von Alfred, der als Harfner verkleidet nach Cippanhamm gegangen war. Mit meiner Beschreibung davon, wie ein Däne Alfred geschlagen hatte, weil er so ein schlechter Musiker war, brachte ich alle zum Lachen.

Abt Eadred gehörte auch zu den Gästen, und als Ivarr gegangen war, bot er an, das Abendgebet zu sprechen. Die Christen versammelten sich an einer Seite des Feuers, und so blieben Gisela und ich neben der Tür des Bauernhauses allein. Sie hatte einen Lammfellbeutel am Gürtel hängen und, als Eadred mit seinen Gesängen anfing, öffnete sie den Beutel und nahm ein Bündel Runenstäbe heraus, das mit einem Wollfaden zusammengebunden war. Die Stäbe waren schlank und weiß. Sie sah mich an, als wolle sie mich fragen, ob sie die Stäbe werfen dürfe, und ich nickte. Sie hielt sie über den Boden, schloss die Augen, und dann ließ sie die Stäbe fallen.

Wie üblich bildeten die Runenstäbe ein wirres Muster. Gisela kniete sich daneben, und ihr Gesicht lag neben dem ersterbenden Feuer in tiefem Schatten. Lange betrachtete sie die übereinanderliegenden Stäbe, sah dabei einmal oder zweimal zu mir auf, und dann, ganz unvermittelt, begann sie zu weinen. Ich berührte sie an der Schulter. «Was ist?», fragte ich.

Dann schrie sie. Sie hob ihren Kopf zu den verrauchten Dachbalken und jammerte. «Nein!», rief sie laut und brachte Eadred zum Verstummen, «nein!» Da eilte Hild zu ihr und legte einen Arm um die Schultern des schluchzenden Mädchens, doch Gisela schüttelte ihren Arm ab und kauerte sich erneut über die Runenstäbe. «Nein!», rief sie ein drittes Mal.

«Gisela!» Ihr Bruder hockte sich neben sie. «Gisela!»

Sie drehte sich zu ihm und schlug ihn hart ins Gesicht, und dann fing sie an zu keuchen, als bekäme sie nicht genügend Luft, und Guthred raffte mit brennender Wange die Runenstäbe zusammen.

«Das ist heidnischer Zauber, Herr», sagte Eadred, «eine Abscheulichkeit.»

«Bringt sie weg», sagte Guthred zu Hild, «bringt sie in ihre Hütte.» Zwei Frauen, die von dem Schluchzen angezogen worden waren, halfen Hild, Gisela wegzuführen.

«Der Teufel straft sie für ihr Hexenwerk», betonte Eadred.

«Was hat sie gesehen?», fragte mich Guthred.

«Sie hat es nicht gesagt.»

Er blickte mich weiter an, und einen winzigen Moment lang glaubte ich, Tränen in seinen Augen schimmern zu sehen, doch da kehrte er mir unvermittelt den Rücken und warf die Runenstäbe ins Feuer. Heftig prasselnd entzündeten sie sich, und eine zuckende Flamme schoss zum Dachbalken empor. Danach verkrümmten sich die Stäbe in schwarzen Windungen. «Was ist Euch lieber», fragte Guthred, «Falke oder Habicht?» Verständnislos schaute ich ihn an. «Wir gehen morgen auf die Jagd», erklärte er. «Was ist Euch lieber?»

«Falke», sagte ich.

«Dann könnt Ihr morgen mit Swiftness jagen», sagte er und nannte damit einen seiner Vögel beim Namen.

«Gisela ist krank», erklärte mir Hild später am Abend, «sie hat Fieber. Sie hätte kein Fleisch essen sollen.»

Am nächsten Morgen kaufte ich einem von Ulfs Männern ein Bündel Runenstäbe ab. Sie waren schwarz und länger als die weißen, die verbrannt waren. Ich bezahlte einen guten Preis für sie. Dann ging ich mit ihnen zu Giselas Hütte, aber eine ihrer Begleiterinnen sagte mir, Gisela leide unter einer Frauenkrankheit und ich könne sie nicht sehen. Also ließ ich die Stäbe für sie da. Man konnte die Zukunft aus ihnen lesen, und ich hätte besser daran getan, viel besser, sie selbst zu werfen. Stattdessen ging ich auf die Jagd.

Es war heiß an diesem Tag. Immer noch ballten sich im Westen dunkle Wolken, doch sie schienen nicht näher gekommen, und die Sonne brannte so heftig, dass nur die zwei Dutzend Männer von der Haustruppe ihre Kettenhemden trugen. Wir rechneten nicht damit, auf Feinde zu treffen. Guthred führte uns an, Ivarr und sein Sohn ritten mit, Ulf und auch die zwei Mönche Jænberht und Ida. Sie wollten für die Mönche beten, die einst in Gyruum niedergemetzelt wurden. Ich erzählte ihnen nicht, dass ich bei diesem Gemetzel anwesend gewesen war. Es war das Werk Ragnars des Älteren gewesen, und er hatte Grund dazu gehabt. Die Mönche hatten Dänen ermordet, und dafür bestrafte Ragnar sie. Doch heute wird immer erzählt, die Mönche hätten in aller Unschuld ihre Gebete verrichtet und seien als unbefleckte Märtyrer gestorben. In Wahrheit waren es bösartige Mörder, die auch nicht davor zurückschreckten, Frauen und Kinder zu töten, aber welche Rolle spielt die Wahrheit, wenn Priester ihre Geschichten verbreiten?

Guthred war von fiebriger Fröhlichkeit. Er redete ohne Unterlass, lachte über seine eigenen Scherze und versuchte sogar, Ivarrs Totenschädelmiene ein Lächeln zu entlocken. Ivarr sprach, abgesehen von den Ratschlägen, die er seinem Sohn zur Jagd mit dem Habicht erteilte, nur wenig. Guthred hatte mir seinen Falken gegeben, damit ich ihn fliegen ließ, doch zunächst ritten wir durch bewaldetes Gebiet, in dem ein Falke nicht jagen kann, also war sein Habicht im Vorteil und holte denn auch zwei Krähen aus dem Geäst. Bei jedem erlegten Tier jubelte Guthred. Erst als wir das freie Flusstal erreicht hatten, konnte mein Falke ungehindert fliegen und sich herabstürzen, um eine Ente zu schlagen. Doch er verfehlte die Ente, und sie flatterte in die Sicherheit eines Erlenhains. «Nicht Euer Glückstag heute», sagte Guthred zu mir.

«Vielleicht ist es bald für uns alle kein Glückstag mehr», sagte ich und deutete nach Westen, wo sich die Wolken am Himmel türmten. «Es wird Sturm geben.»

«Aber erst heute Abend», sagte er wegwerfend, «und nicht bevor es dunkel ist.» Er hatte einem Bediensteten seinen Habicht gegeben, und ich überließ meinen Falken einem anderen. Wir hatten den Fluss jetzt zu unserer Rechten, und vor uns lagen die verkohlten Steingebäude des Klosters von Gyruum, das an einer Stelle des Ufers erbaut worden war, die sich leicht über die weitgestreckten salzigen Sümpfe erhob. Es herrschte Ebbe, und Korbreusen hingen in dem Fluss, der ein kurzes Stück weiter östlich in die See mündete.

«Gisela hat Fieber», sagte Guthred zu mir.

«Das habe ich gehört.»

«Eadred hat gesagt, er wird sie mit dem Tuch berühren, das über Cuthberts Gesicht liegt. Er sagt, das wird sie heilen.»

«Hoffentlich», sagte ich zweiflerisch. Vor uns ritten Ivarr und eine Gruppe von rund zwanzig seiner Leute. Wenn sie sich jetzt gegen uns wandten, könnten sie Guthred und mich ganz leicht niedermachen, also beugte ich mich zur Seite und hielt Guthreds Pferd an, sodass Ulf und seine Leute zu uns aufschließen konnten.

Guthred ließ mich gewähren, doch mein Handeln belustigte ihn. «Er ist kein Feind, Uhtred.»

«Eines Tages», sagte ich, «werdet Ihr ihn töten müssen. Und an diesem Tag, Herr, werdet Ihr sicher sein.»

«Bin ich jetzt nicht sicher?»

«Eure Streitmacht ist klein und unerfahren», sagte ich, «und Ivarr wird sich neue Männer suchen. Er wird so lange Schwert-Dänen, Schild-Dänen und Speer-Dänen in seine Dienste nehmen, bis er wieder Herr von Northumbrien ist.

Jetzt ist er schwach, aber er wird nicht für immer schwach bleiben. Deshalb will er Dunholm, weil es ihn wieder stark machen wird.»

«Ich weiß», sagte Guthred geduldig, «ich weiß das alles.»

«Und wenn Ihr Gisela mit seinem Sohn verheiratet», sagte ich, «wie viele Männer bringt Euch das?»

Er sah mich mit scharfem Blick an. «Wie viele Männer könnt Ihr mir denn bringen?», fragte er, aber auf meine Antwort wartete er nicht. Stattdessen trieb er sein Pferd an, um auf die Erhöhung mit den Überresten des Klosters zu kommen, das Kjartans Männer als Palas benutzt hatten. Sie hatten ein Strohdach über die Steinwände gelegt, und darunter befanden sich eine Feuerstelle und ein Dutzend Holzpodeste zum Schlafen. Die Männer, die hier gelebt hatten, mussten nach Dunholm zurückgekehrt sein, noch bevor wir den Fluss auf unserem Weg nach Norden überquert hatten, denn der Palas war verlassen und die Feuerstelle kalt. Unter dem Hügel, in dem breiten Tal zwischen dem Kloster und der alten Römerfestung auf der Landzunge, lagen Sklavenpferche, die kaum mehr waren als mit Flechtzäunen umgebene Koppeln. Alle waren leer. In der alten Festung lebten ein paar Leute, die einen hohen Holzstapel bewachten, den sie zur Warnung anzünden sollten, falls Reiter am Fluss auftauchten. Ich bezweifelte, dass dieses Feuer jemals gebrannt hatte, denn kein Däne würde in Kjartans Land auf Raub gehen. Doch unterhalb des Hügels mit dem Warnfeuer ankerte ein einzelnes Schiff an der Stelle auf dem Tine, an der sich der Fluss endgültig nach dem Meer ausrichtet. «Wir stellen fest, was er hier zu tun hat», sagte Guthred grimmig, als ob er dem Schiff sein Dasein verüble. Dann befahl er seiner Haustruppe, die Flechtzäune einzureißen und zusammen mit dem Strohdach zu verbrennen. Er beobachtete, wie seine Männer mit der Arbeit begannen, und dann grinste er mich an. «Sollen wir nachsehen, was es mit diesem Schiff auf sich hat?»

«Das ist ein Händler», sagte ich. Es war ein dänisches Schiff, denn andere fuhren nicht an dieser Küste, aber es war offenbar kein Kampfschiff, denn sein Rumpf war kürzer und breiter als bei jedem Kriegsschiff.

«Dann sagen wir ihm, dass es hier nichts mehr zum Handeln gibt», sagte Guthred, «jedenfalls keine Sklaven.»

Er und ich ritten ostwärts. Ein Dutzend Männer kam mit uns. Ulf war einer davon, Ivarr und sein Sohn waren dabei, und hinter ihnen klebte Jænberht an Guthred und drängte ihn, das Kloster wiederaufzubauen.

«Zuerst müssen wir die Kirche für Sankt Cuthbert errichten», erklärte Guthred.

«Aber dieses Gotteshaus muss wiederhergestellt werden», beharrte Jænberht, «das ist ein heiliger Ort. Der hochheilige und gesegnete Beda hat hier gelebt.»

«Es wird wieder aufgebaut werden», versprach Guthred, und dann zügelte er sein Pferd an einem Steinkreuz, das von seinem Sockel gefallen war und nun halb eingesunken und von Gras und Unkraut überwuchert auf der Erde lag. Es war eine schöne Steinmetzarbeit, voller Tiere, Pflanzen und Heiliger. «Und dieses Kreuz soll wieder aufgerichtet werden», sagte er und blickte dann über die weite Flussschleife. «Ein guter Platz», sagte er.

«Das ist er», stimmte ich zu.

«Wenn die Mönche zurückkommen», sagte er, «kann er wieder sehr einträglich werden. Fisch, Salz, Getreide, Vieh. Wie beschafft sich Alfred Geld?»

«Steuern», sagte ich.

«Besteuert er auch die Kirche?»

«Es gefällt ihm nicht, die Kirche zu besteuern», sagte

ich, «aber er tut es, wenn die Umstände es erfordern. Sie müssen schließlich etwas dafür geben, wenn sie beschützt werden.»

«Prägt er sein eigenes Geld?»

«Ja, Herr.»

Er lachte. «Es ist schwierig, ein König zu sein. Vielleicht sollte ich Alfred besuchen. Ihn um seinen Rat bitten.»

«Das würde ihm gefallen», sagte ich.

«Er würde mich bei sich willkommen heißen?» Er klang zweifelnd.

«Das würde er.»

«Obwohl ich Däne bin?»

«Weil Ihr Christ seid», sagte ich.

Er dachte eine Weile darüber nach und ritt dann auf dem Pfad weiter, der sich durch das Marschland wand, und überquerte einen kleinen, seichten Wasserlauf, wo zwei Ceorl, also die niedrigsten der freien Männer, die es bei uns gab, Aalreusen auslegten. Sie knieten nieder, als wir vorbeiritten, und Guthred bedachte sie mit einem Lächeln, das jedoch keiner von den beiden sah, so tief hatten sie ihre Köpfe geneigt. Vier Männer wateten von dem ankernden Schiff an Land, und keiner von ihnen trug eine Waffe. Ich vermutete, sie wollten uns nur begrüßen und uns versichern, dass sie nichts Arges im Schilde führten. «Sagt mir», meinte Guthred unvermittelt, «ist Alfred durch sein Christentum anders?»

«Ja», sagte ich.

«Und auf welche Art?»

«Er ist entschlossen, ein guter Mensch zu sein, Herr», sagte ich.

«Unsere Religion», gab er zurück und vergaß für einen Moment, dass er getauft war, «legt darauf keinen Wert, oder?»

«Nein?»

«Odin und Thor verlangen von uns Tapferkeit», sagte er, «und sie verlangen, dass wir sie achten, aber sie machen uns nicht zu guten Menschen.»

«Nein», stimmte ich zu.

«Also ist das Christentum anders», beharrte er und zügelte sein Pferd dort, wo der Pfad endete und in eine niedrige Kiesbank am Wasser auslief. Die vier Männer warteten etwa hundert Schritte weiter am anderen Ende der Kiesbank. «Gebt mir Euer Schwert», sagte Guthred mit einem Mal.

«Mein Schwert?»

Er lächelte geduldig. «Diese Seemänner sind nicht bewaffnet, Uhtred, und ich will, dass Ihr zu ihnen geht und mit ihnen sprecht, also gebt mir Euer Schwert.»

Ich hatte nur Schlangenhauch bei mir. «Ich hasse es, unbewaffnet zu sein, Herr», legte ich schwachen Widerspruch ein.

«Es ist ein Gebot der Höflichkeit, Uhtred», beharrte Guthred und streckte seine Hand aus.

Ich rührte mich nicht. Keine Höflichkeit, von der ich jemals gehört hatte, verlangte von einem Herrn, das Schwert abzulegen, bevor er mit gewöhnlichen Seeleuten sprach. Ich starrte Guthred an und hörte, wie hinter mir Klingen aus der Scheide gezogen wurden.

«Gebt mir Euer Schwert», sagte Guthred, «und dann geht Ihr zu den Männern. Ich werde Euer Pferd halten.»

Ich erinnere mich daran, mich umgesehen und angesichts des Sumpfes hinter mir und der Kiesbank vor mir gedacht zu haben, dass ich nur mein Pferd antreiben musste, um von hier wegzugaloppieren. Aber Guthred beugte sich herüber und griff nach meinen Zügeln. «Begrüßt sie für mich», sagte er fordernd.

Noch immer hätte ich ihm die Zügel entreißen und weggaloppieren können, aber dann drängten sich Ivarr und sein Sohn heran. Beide hatten das Schwert gezogen, und Ivarrs Hengst stellte sich Witnere in den Weg, der gereizt zu beißen versuchte. «Was habt Ihr getan, Herr?», fragte ich Guthred.

Einen Herzschlag lang konnte er nicht sprechen. Er war sogar unfähig mich anzusehen, doch dann zwang er sich zu einer Antwort. «Ihr habt mir erklärt», sagte er, «dass Alfred tun würde, was auch immer notwendig ist, um sein Königreich zu erhalten. Und eben das tue ich auch.»

«Und was ist das genau?»

Er hatte den Anstand, beschämt dreinzublicken. «Ælfric von Bebbanburg bringt Truppen, um die Besetzung Dunholms zu unterstützen», sagte er. Ich starrte ihn nur an. «Er kommt», fuhr Guthred fort, «um mir den Treueid zu leisten.»

«Diesen Eid habe ich Euch geleistet», sagte ich bitter.

«Und ich habe Euch versprochen, Euch davon zu entbinden», sagte er, «und das tue ich hiermit.»

«Also liefert Ihr mich meinem Onkel aus?», fragte ich.

Er schüttelte den Kopf. «Euer Onkel hat Euer Leben als Preis gefordert, doch das habe ich abgelehnt. Ihr werdet weggehen, Uhtred. Das ist alles. Ihr werdet sehr weit weggehen. Und im Tausch für Eure Verbannung gewinne ich einen Verbündeten mit vielen Kriegern. Ihr hattet recht. Ich brauche Krieger. Ælfric von Bebbanburg kann sie mir bieten.»

«Und warum muss ich unbewaffnet in die Verbannung gehen?», fragte ich.

«Gebt mir Euer Schwert», sagte Guthred. Zwei von Ivarrs Leuten waren, das Schwert ebenfalls gezogen, hinter mir.

«Warum muss ich unbewaffnet gehen?», fragte ich erneut.

Guthred warf einen Blick auf das Schiff und sah dann wieder mich an. Er zwang sich zu sagen, was noch gesagt werden musste. «Ihr werdet unbewaffnet gehen», erklärte er mir, «weil Ihr werdet, was ich war. Das ist der Preis von Dunholm.»

Einen Augenblick lang konnte ich weder atmen noch sprechen, und ich konnte nicht sofort fassen, dass er es tatsächlich so meinte. «Ihr verkauft mich in die Sklaverei?», fragte ich.

«Im Gegenteil», sagte er. «Ich habe dafür bezahlt, dass Ihr versklavt werdet. Also geht mit Gott, Uhtred.»

Damals hasste ich Guthred, obwohl ein kleiner Teil von mir eingestand, dass er einfach nur skrupellos war, und das gehört zum Königtum. Ich konnte ihm zwei Schwerter bringen, mehr nicht, aber mein Onkel Ælfric konnte ihm dreihundert Schwerter und Speere bringen, und Guthred hatte seine Wahl getroffen. Es war, so vermute ich, die richtige Wahl, und ich war dumm gewesen, es nicht kommen gesehen zu haben.

«Geht», sagte Guthred nun schroff, und ich schwor Rache und stieß die Fersen in Witneres Flanken, und er schoss vorwärts, doch er wurde augenblicklich von Ivarrs Pferd aufgehalten, brach taumelnd in die Knie, und ich wurde auf seinen Hals geschleudert. «Tötet ihn nicht!», rief Guthred, und Ivarrs Sohn schmetterte mir die flache Seite seiner Schwertklinge an den Kopf, sodass ich vom Pferd fiel, und bis ich wieder auf die Füße gekommen war, hielt Ivarr Witnere in sicherem Griff, und Ivarrs Männer richteten von ihren Pferden aus die Schwertspitzen auf meinen Hals.

Guthred hatte sich nicht gerührt. Er beobachtete mich

einfach nur, aber hinter ihm, mit einem Lächeln auf dem ungestalten Gesicht, war Jænberht, und da verstand ich. «Hat dieser Bastard die Sache geplant?», fragte ich Guthred.

«Bruder Jænberht und Bruder Ida kommen aus dem Hausstand Eures Onkels», räumte Guthred ein.

Da wusste ich, was für ein Narr ich gewesen war. Seit die beiden Mönche nach Cair Ligualid gekommen waren, hatten sie über mein Schicksal verhandelt, und ich war blind dafür gewesen.

Ich klopfte mein Lederwams ab. «Gewährt Ihr mir eine Bitte, Herr?», sagte ich.

«Wenn ich kann.»

«Gebt Hild mein Schwert und mein Pferd. Gebt ihr alles, was mir gehört, und sagt ihr, sie soll es für mich aufbewahren.»

Er antwortete nicht gleich. «Ihr werdet nicht zurückkommen, Uhtred», sagte er dann mit sanfter Stimme.

«Gewährt mir diese Bitte, Herr», beharrte ich.

«Ich werde es tun», versprach Guthred, «aber zuerst gebt mir Euer Schwert.»

Ich legte Schlangenhauch ab. Ich dachte daran, das Schwert zu ziehen und mit seiner guten Klinge einfach dreinzuschlagen, doch dann wäre ich in einem Augenblick tot gewesen. Also küsste ich nur sein Heft und reichte es Guthred hoch. Dann streifte ich meine Armringe ab, diese Ehrenzeichen des Kriegers, und streckte sie ihm entgegen. «Gebt Hild auch diese», bat ich.

«Das werde ich tun», sagte er und nahm die Reifen. Dann sah er zu den vier Männern hinüber, die auf mich warteten. «Graf Ulf hat diese Männer gefunden», sagte Guthred und nickte in Richtung der Sklavenhändler. «Sie wissen nicht, wer du bist, nur dass sie dich von hier wegbringen sollen.» Dass ich ihnen unbekannt blieb, war eine

Art von Vergünstigung. Wenn die Sklavenhändler gewusst hätten, wie gerne mich Ælfric in seiner Gewalt gehabt hätte oder wie viel Kjartan der Grausame für meine Augen bezahlt hätte, dann wäre ich keine Woche mehr am Leben geblieben. «Und jetzt geht», befahl Guthred.

«Ihr hättet mich einfach wegschicken können», sagte ich bitter.

«Euer Onkel hat seinen Preis», sagte Guthred, «und das ist er. Er wollte Euren Tod, doch er hat sich stattdessen mit dem hier einverstanden erklärt.»

Ich sah über seine Schulter, wo sich am westlichen Himmel die schwarzen Wolken wie Berge aufeinandertürmten. Sie waren jetzt viel näher und viel dunkler, und ein kühler Wind frischte auf. «Auch Ihr müsst gehen, Herr», sagte ich, «denn ein Sturm zieht auf.»

Er sagte nichts, und ich ging. Das Schicksal ist unausweichlich. Am Fuße des Lebensbaumes hatten die drei Spinnerinnen entschieden, dass der Goldfaden, der mein Leben begünstigt hatte, nun zu Ende war. Ich erinnere mich, wie der Kies unter meinen Stiefeln knirschte, und ich erinnere mich an die weißen Möwen, die frei über mir umherflogen.

Ich hatte mich getäuscht, was die vier Männer betraf. Sie waren bewaffnet. Nicht mit Schwertern oder Speeren, aber mit kurzen Knüppeln. Sie beobachteten, wie ich näher kam, ebenso wie Guthred und Ivarr beobachteten, wie ich mich entfernte, und ich wusste, was mich erwartete, und versuchte, keinen Widerstand zu leisten. Ich ging zu den vier Männern, und einer von ihnen trat vor und schlug mich in den Magen, um mir allen Atem aus dem Körper zu treiben, und ein anderer schlug mich seitlich an den Kopf, sodass ich auf dem Kies zusammenbrach, und dann wurde ich nochmals geschlagen, und dann weiß ich nichts mehr.

Ich war ein Herr von Northumbrien, ein Schwertkrieger, der Mann, der Ubba Lothbrokson am Ufer des Meeres getötet und der Svein vom Weißen Pferd zu Fall gebracht hatte. Und jetzt war ich ein Sklave.

ZWEITER TEIL

Das rote Schiff

FÜNF

Der Besitzer des Schiffes, mein Besitzer, hieß Sverri Ravnson und war einer der vier Männer gewesen, die mich mit Schlägen empfangen hatten. Er war einen Kopf kleiner als ich, zehn Jahre älter und zweimal so breit. Sein Gesicht war flach wie ein Ruderblatt, die Nase irgendwann einmal zu Brei geschlagen worden, der Bart mit drahtigen weißen Haaren durchsetzt, außerdem hatte er noch drei Zähne im Mund und einen sehr kurzen Hals. Er war einer der stärksten Männer, die ich je getroffen hatte. Und einer der schweigsamsten.

Sverri war Händler, und so hatte er sein Schiff *Trader* genannt, denn das heißt Händler. Es war robust, gut gebaut, stark betakelt und besaß Bänke für sechzehn Ruderer, wenn Sverri auch nur elf Ruderer hatte, sodass er sich freute, durch mich die Zahl ausgleichen zu können. Sämtliche Ruderer waren Sklaven. Die fünf freien Männer der Schiffsbesatzung rührten niemals ein Ruder an, sie waren da, um Sverri zu helfen. Das taten sie am Steuerrad und auch, indem sie dafür sorgten, dass wir arbeiteten. Außerdem stellten sie sicher, dass wir nicht zu entkommen versuchten, und warfen unsere Leichen über Bord, falls wir es doch versucht hatten. Zwei waren, ebenso wie Sverri, Nordmänner, zwei waren Dänen, und der fünfte war ein Friese namens Hakka, und es war Hakka, der mir die Sklavenketten um die Knöchel schloss. Vorher zogen sie mir meine guten Kleider aus und ließen mir nur mein Hemd. Dann warfen sie mir ein Paar verlauste Hosen zu. Nachdem mich Hakka angekettet hatte, riss er mein Hemd an der linken Schulter auf und ritzte mir mit einem gedrungenen Messer ein großes S in den Oberarm. Das Blut lief über meinen Ellenbogen hinab und wurde vom ersten Regen verwässert, den Böen aus dem Westen herantrugen. «Ich sollte dich brandmarken», sagte Hakka, «aber auf einem Schiff kann man kein Feuer machen.» Er kratzte Dreck von den Planken des Kielraums und rieb ihn mir in die frische Wunde. Sie entzündete sich, diese Wunde, und schwitzte Eiter aus, aber als sie geheilt war, hatte ich Sverris Zeichen auf dem Arm. Dort ist es heute noch.

Fast hätte das Sklavenzeichen nicht mehr heilen können, denn wir alle hatten in dieser Nacht den Tod vor Augen. Unvermittelt setzte starker Wind ein und verwandelte den Fluss in ein schäumendes Gewoge, der *Trader* zerrte an seiner Ankerleine, und der Regen peitschte uns waagerecht ins Gesicht. Das Schiff bäumte sich auf und zitterte, und weil die Ebbe kam, drückten uns der Wind und die Strömung gefährlich nah ans Ufer, und der Anker, der vermutlich nichts weiter war als ein großer Steinring, der das Schiff nur durch sein Gewicht am Platz hielt, entwickelte immer mehr Zugkraft. «Ruder!», schrie Sverri, und ich glaubte, er wollte, dass wir gegen den Druck von Wind und Ebbe ruderten, doch er hieb das bebende Seil durch, das uns mit dem Anker verband, und der *Trader* bewegte sich mit einem Satz von der Stelle. «Rudert, ihr Bastarde!», rief Sverri. «Rudert!»

«Rudert!», stimmte Hakka ein und zog uns seine Peitsche über. «Rudert!»

«Wollt ihr weiterleben?», brüllte Sverri über den heulenden Wind. «Dann rudert!»

Er steuerte uns auf das Meer hinaus. Auf dem Fluss wären wir ans Ufer getrieben worden, aber wir wären sicher gewesen, denn es kam die Ebbe, und mit der nächsten Flut wären wir wieder aufs Wasser gekommen. Aber Sverris Schiff war voller Waren, und falls er stranden sollte, fürchtete er, von den finsteren Gestalten ausgeraubt zu werden, die in den Hütten von Gyruum hausten. Also nahm er es lieber in Kauf, auf See zu sterben, als an Land ermordet zu werden, und fuhr mit uns in eine grauenvolle Wirrnis aus Wind, Dunkelheit und Wasser. Nach der Flussmündung wollte er sich Richtung Norden halten und in Küstennähe einen sicheren Platz suchen, und das war kein schlechter Einfall, denn wir hätten im Windschatten des Landes liegen und den Sturm abwarten können. Aber er hatte nicht mit der Zugkraft der Ebbe gerechnet, und wir konnten rudern und uns in die Riemen legen, wie wir wollten, es gelang uns nicht, das Schiff an die Küste zurückzubringen. Stattdessen wurden wir aufs Meer hinausgetrieben und mussten aufhören zu rudern, die Ruderlöcher verschließen und anfangen, das Schiff auszuschöpfen. Die ganze Nacht schöpften wir Wasser aus dem Kielraum und schütteten es über Bord, und ich erinnere mich an die Ermüdung, an die Erschöpfung, die bis ins Knochenmark reichte, und an die Angst vor den weiten, dunklen Gewässern, die uns hochhoben und die Luft mit lautem Brausen erfüllten. Manchmal lagen wir breitseits auf den Wellen, und ich glaubte, nun würden wir unweigerlich kentern, und klammerte mich an eine Bank, während die Ruder durch das Schiff geschleudert wurden und das Wasser um meine Hüften strudelte. Aber irgendwie richtete sich der *Trader* immer wieder auf, und wir schöpften Wasser über Bord, und warum das Schiff nicht gesunken ist, werde ich nie verstehen.

Als die Dämmerung kam, trieben wir mit einem halb vollgelaufenen Schiff in einer aufgewühlten, aber nicht mehr bedrohlichen See. Land war nicht in Sicht. Die Ketten hatten während der Nacht meine Knöchel blutig gerieben, aber ich schöpfte immer noch Wasser. Niemand sonst rührte sich noch. Die restlichen Sklaven, von denen ich noch nicht einmal die Namen wusste, hingen auf den Bänken, und die Mannschaft hatte sich unter das Podest des Steuerrades gekauert, auf dem sich Sverri an das Steuerrad klammerte. Ich spürte, wie er mich mit seinen dunklen Augen beobachtete, während ich mit einem Kübel Wasser schöpfte und in den Ozean zurückschüttete. Ich wollte aufhören. Ich blutete, ich hatte Prellungen, und meine Kräfte erlahmten, aber ich wollte keine Schwäche zeigen. Einen Kübel um den anderen schleuderte ich hoch, meine Arme schmerzten, aus meinem Magen stieg ein bitterer Geschmack auf, und in meinen Augen brannte das Salz. Mir war elend, aber ich wollte nicht aufhören. Im Kielraum schwappte Erbrochenes, aber es war nicht von mir.

Sverri brachte mich schließlich dazu aufzuhören. Er stieg zu mir herunter, schlug mir eine kurze Peitsche über die Schulter, und ich brach auf einer Bank zusammen. Bald darauf brachten uns zwei seiner Männer altbackenes Brot, das sich mit Meerwasser vollgesogen hatte, und einen Schlauch saures Bier. Niemand sprach ein Wort. Die Böen schlugen die Ledertaue an den kurzen Mast, die Wellen zischten am Schiffskörper entlang, der Wind war kalt, und der Regen prasselte aufs Meer. Ich tastete nach meinem Hammeramulett. Sie hatten es mir gelassen, denn es war eine kunstlose Schnitzerei aus einem Ochsenknochen und besaß keinerlei Wert. Ich betete zu allen Göttern. Ich betete zu Njord, dass er mich in diesem wütenden Meer überleben ließe, und zu den anderen Göttern betete ich um Rache. Ich dachte, auch Sverri und seine Männer müssten schlafen, und wenn sie schliefen, würde ich sie umbringen. Aber dann schlief ich vor ihnen ein, und wir alle schliefen, während die Kraft des Windes erlahmte. Einige Zeit später wurden wir Sklaven mit Tritten wieder geweckt und zogen das Segel auf, und dann fuhren wir vor dem Wind in Richtung des grauen Küstensaums.

Vier der Ruderer waren Sachsen, drei waren Nordmänner, drei waren Dänen, und der letzte war Ire. Er saß auf der Bank mir gegenüber, und ich wusste zuerst nicht, dass er Ire war, denn am Anfang sprach er kaum je ein Wort. Er war von hagerer Gestalt, hatte dunkle Haut und schwarzes Haar und trug, obwohl er vermutlich höchstens ein Jahr älter als ich war, die Narben eines erfahrenen Kriegers. Mir fiel auf, dass Sverris Männer ihn genau im Auge behielten, weil sie fürchteten, er könne Schwierigkeiten machen, und als der Wind später an diesem Tag auf Süden drehte und wir wieder rudern mussten, legte sich der Ire mit wütender Entschlossenheit in die Riemen. Da fragte ich ihn nach seinem Namen, aber sofort stürmte Hakka zu uns und schlug mich mit einem Lederknoten ins Gesicht. Blut schoss mir aus der Nase. Hakka lachte darüber und wurde gleich darauf erneut wütend, weil ich keinen Schmerz zeigte. Also schlug er mich noch einmal. «Du sprichst nicht», erklärte er mir, «und du bist ein Garnichts. Was bist du?» Ich antwortete nicht, also schlug er mich wieder, diesmal noch fester. «Was bist du?», forderte er Antwort.

«Ein Garnichts», knurrte ich.

«Du hast gesprochen!», jubelte er und schlug mich erneut. «Du darfst nicht sprechen!», schrie er mich an und knallte mir den Lederknoten an den Kopf. Er lachte, weil er mich dazu gebracht hatte, die Regel zu übertreten, und ging zurück in den Schiffsbug. Also ruderten wir schweigend, und wenn es dunkel war, schliefen wir, doch bevor wir schliefen, wurden wir aneinandergekettet. Das taten sie jede Nacht, und einer von ihnen hatte dabei immer einen Pfeil zum Abschuss bereit, falls jemand von uns den Mann angreifen sollte, der sich vor uns niederbeugte, um die Ketten aneinanderzuschließen.

Sverri wusste, wie man ein Sklavenschiff führt. In diesen ersten Tagen suchte ich immer nach einer Möglichkeit zu kämpfen, doch ich fand keine. Niemals legten wir die Ketten ab. Wenn wir in einem Hafen waren, mussten wir in den Raum unter der Steuerplattform kriechen, der anschließend zugenagelt wurde. Hier konnten wir reden, und so erfuhr ich manches von den anderen Sklaven. Die vier Sachsen waren alle von Kjartan in die Sklaverei verkauft worden. Sie waren Bauern gewesen und verfluchten den Christengott für ihr Unglück. Die Nordmänner und die Dänen waren Diebe und von ihren eigenen Leuten zur Sklaverei verurteilt worden und allesamt mürrische Rohlinge. Von Finan, dem Iren, erfuhr ich wenig. Er war wortkarg und ein aufmerksamer Beobachter. Obwohl der Kleinste von uns, war er sehr stark, und hinter seinem schwarzen Bart verbarg sich ein kluges Gesicht. Ebenso wie die Sachsen war auch er Christ, jedenfalls hingen die zersplitterten Reste eines Holzkreuzes an einer Lederschnur um seinen Hals, und manchmal küsste er das Holz und drückte es an seine Lippen, während er schweigend betete. Wohl sprach er nicht viel, doch er hörte genau zu, wenn die anderen Sklaven von Frauen, Essen und ihrem früheren Leben redeten, und ich meine, sie haben über alles nur Lügen erzählt. Ich hielt meinen Mund, genau wie Finan seinen Mund hielt, obwohl er manchmal, wenn die anderen schliefen, ein trauriges Lied in seiner Sprache sang.

Wenn Fracht in den tiefen Raum zu laden war, der kurz hinter dem Mast in der Mitte des Schiffes lag, wurden wir aus unserem dunklen Gefängnis entlassen. Die Mannschaft betrank sich in manchem Hafen, doch zwei von ihnen blieben immer nüchtern, und diese beiden bewachten uns. Wenn wir vor der Küste ankerten, ließ uns Sverri manchmal an Deck bleiben, doch dann kettete er uns aneinander, sodass niemand von uns einen Fluchtversuch unternehmen konnte.

Meine erste Fahrt mit dem *Trader* führte von der sturmzerklüfteten Küste Northumbriens nach Friesland, wo wir uns durch eine seltsame Küstenlandschaft aus niedrigen Inseln, Sandbänken, starken Gezeitenströmungen und glitzernden Muren hindurchfädelten. Wir landeten an einem elenden, kleinen Hafen, wo vier andere Schiffe Ladung aufnahmen, und alle vier waren Sklavenschiffe. Wir beluden den Laderaum des *Trader* mit Aalhäuten, Räucherfisch und Otternfellen.

Von Friesland fuhren wir nach Süden und liefen einen Hafen im Frankenreich an. Dass wir im Frankenreich waren, erfuhr ich, weil Sverri an Land gegangen war und in düsterer Stimmung zurückkehrte. «Wenn ein Franke nicht dein Freund ist», knurrte er seinen Leuten wütend zu, «kannst du sicher sein, dass er dich übers Ohr haut.» Er bemerkte, dass ich ihn ansah und schlug mich ins Gesicht, dabei ließ mir sein Ring aus Silber und Bernstein die Stirn aufplatzen. «Diese Schweine», sagte er, «Frankenschweine! Diese raffgierigen, verhurten Frankenschweine!» An diesem Abend warf er auf der Steuerplattform seine Runenstäbe. Wie alle Seeleute war Sverri abergläubisch, und er bewahrte ein Bündel schwarzer Runenstäbe in einem Lederbeutel auf. Unter der Steuerplattform eingeschlossen, hörte ich die schmalen Stäbe klappernd auf das Deck fallen. Dann studierte er das Muster, in das die Stäbe gefallen waren, und muss in dieser Unordnung wohl ein hoffnungsvolles Zeichen entdeckt haben, denn er entschied, dass wir bei den raffgierigen, verhurten Frankenschweinen blieben, und nach drei Tagen erfolgreichen Handelns beluden wir das Schiff mit Schwertklingen, Speerspitzen, Sensen, Kettenhemden, Eibenkloben und Fellen. Mit dieser Ladung fuhren wir nach Norden, weit nach Norden, in die Länder der Dänen und Schweden, und dort verkaufte Sverri alles wieder. Fränkische Klingen waren begehrt, und aus den Eibenkloben konnten Pflugscharen gemacht werden, und das Geld, das er verdient hatte, setzte Sverri ein, um das Schiff mit Eisenerz zu beladen, mit dem wir wieder nach Süden fuhren.

Sverri war gut darin, mit Sklaven umzugehen, und noch besser im Geldverdienen. Die Münzen vermehrten sich immerzu und wurden in einer großen Holztruhe im Laderaum aufbewahrt. «Die würdet ihr gerne in die Finger kriegen, was?», knurrte er uns eines Tages an, als wir eine unbekannte Küste entlangfuhren. «Ihr Scheißhaufen!» Die Vorstellung, dass wir ihn ausrauben könnten, ließ ihn gesprächig werden. «Denkt ihr, dass ihr mich aufs Kreuz legen könnt? Vorher bringe ich euch um. Ich ersäufe euch. Ich lasse euch Seehundskacke fressen, bis ihr kotzt.» Wir schwiegen bloß zu seinem Ausbruch.

Langsam kam der Winter. Ich wusste nicht, wo wir waren, nur dass es im Norden war und Dänemark in der Nähe liegen musste. Nachdem wir die letzte Fracht ausgeladen hatten, ruderten wir das unbeladene Schiff einen einsamen Sandstrand entlang, bis Sverri uns einen Gezeitenfluss hinaufsteuerte, an dessen Ufern Schilfgras wuchs, und den *Trader* schließlich auf eine schlammige Uferbank laufen ließ. Wir landeten gerade, als der Höhepunkt der Flut überschritten war und die Ebbe einsetzte. An dem kleinen Fluss lag kein Dorf, nur ein langes Haus, das mit moosüberwachsenem Riedgras gedeckt war. Aus dem Abzugsloch im Dach stieg Rauch. Möwen schrien. Eine Frau trat vor das Haus, und sobald Sverri vom Schiff gesprungen war, lief sie ihm mit Freudenrufen entgegen, und er schloss sie in seine Arme und wirbelte sie im Kreis herum. Dann rannten drei Kinder zu ihm, und er gab jedem von ihnen eine Handvoll Silbermünzen und kitzelte sie und warf sie in die Höhe und umarmte sie.

Es war klar, dass Sverri hier mit dem *Trader* überwintern wollte. Er ließ uns die Ballaststeine aus dem Schiff laden, die Segel verpacken, das Takelwerk und den Mast ausbauen, und dann zogen wir es über Rollen aus Holzstämmen so weit ans Ufer hinauf, dass es auch von der höchsten Flut nicht erreicht werden konnte. Der *Trader* war schwer, und Sverri rief einen Nachbarn von der anderen Seite der Marsch, der uns mit seinem Ochsengespann zu Hilfe kam. Sverris ältestem Kind, einem Sohn von etwa zehn Jahren, bereitete es großes Vergnügen, uns mit dem Ochsenspieß zu stechen. Hinter dem Haus stand eine Sklavenhütte. Sie bestand aus schweren Holzstämmen, sogar das Dach war aus Holzstämmen, und dort schliefen wir in unseren Ketten. Tagsüber arbeiteten wir. Wir reinigten den Schiffsrumpf, kratzten den Dreck, die Algen und die Kletten ab und holten den Schmutz aus dem Kielraum. Dann breiteten wir das Segel aus, damit es vom Regen gewaschen werden konnte, und beobachten Sverris Frau mit gierigen Blicken, als sie das Segel mit einer Nadel aus Bein und einem Faden aus Darmsaiten flickte. Sie war stämmig, hatte kurze Beine und ausladende Hüften, und ihr rundes Gesicht war von den pockigen Narben einer Krankheit übersät. Die Haut ihrer Hände und Arme war rot und rau. Sie war alles andere als schön, aber wir waren ausgehungert nach Frauen und konnten den Blick kaum von ihr wenden. Sverri nutzte das zu seinem Vergnügen. Einmal zog er ihr das Kleid über die Schulter herunter, sodass wir eine pralle weiße Brust zu sehen bekamen, und lachte über unsere weit aufgerissenen Augen. Ich träumte von Gisela. Ich versuchte mir in meinen Träumen ihr Gesicht in Erinnerung zu rufen, doch es gelang mir nicht, und von ihr zu träumen bedeutete ohnehin keinen Trost.

Sverris Leute gaben uns Getreidebrei und Aalsuppe und grobkörniges Brot und Eintopf aus Fischen zu essen, und als der Winter kam, warfen sie uns schlammverkrustete Felle zu, und wir kauerten uns in die Sklavenhütte und hörten auf den Wind und sahen durch die breiten Ritzen zwischen den Stämmen dem Schneetreiben zu. Es war kalt, eiskalt, und einer der Sachsen starb. Er hatte Fieber bekommen, und nach fünf Tagen starb er einfach, und zwei von Sverris Männern trugen seinen Körper zu dem Fluss und warfen ihn über das vereiste Ufer ins Wasser, sodass er von der nächsten Flut davongetragen wurde. Nicht weit entfernt erstreckten sich Wälder, und alle paar Tage wurden wir zu den Bäumen geführt. Dort bekamen wir Äxte und sollten Feuerholz hacken. Die Ketten waren absichtlich zu kurz, sodass man mit der Axt nicht voll ausholen konnte, und sie bewachten uns mit Bogen und Speeren, und ich wusste, dass ich tot wäre, bevor ich eine von den Wachen mit der Axt erreichen konnte, aber fast hätte ich es dennoch versucht. Einer von den Dänen versuchte es, bevor ich es tun konnte. Schreiend wandte er sich gegen unsere Wächter und lief unbeholfen auf sie zu, und dann traf ihn ein Pfeil, und er brach zusammen, und Sverris Männer nahmen sich viel Zeit, um ihn zu töten. Die ganze Zeit schrie er vor Schmerzen. Sein Blut färbte den Schnee in weitem Umkreis, und sie quälten ihn lange, um uns anderen eine Lehre zu erteilen. Also fällte ich einfach nur Bäume, hackte die Äste ab, spaltete die Stämme mit einem Hammer und Keilen, fällte den nächsten Baum und kehrte in die Sklavenhütte zurück.

«Wenn mir die kleinen Bastarde auch nur einmal zu nah kommen», sagte Finan am nächsten Tag, «dann erwürge ich die dreckigen Pisser, das versprech ich dir.»

Ich war erstaunt, denn das war der längste Satz, den ich je von ihm gehört hatte. «Wäre besser, sie als Geiseln zu nehmen», schlug ich vor.

«Aber die wissen schon, warum sie außer Reichweite bleiben», fuhr er fort, ohne meine Bemerkung zu beachten. Sein Dänisch hatte einen fremden Klang. «Du warst ein Krieger», sagte er.

«Ich bin ein Krieger», sagte ich. Wir saßen zu zweit auf einem Grasfleck vor der Hütte, von dem der Schnee weggetaut war, und nahmen mit stumpfen Messern Heringe aus. Über uns kreischten die Möwen. Einer von Sverris Männern saß vor dem Langhaus und behielt uns von dort aus im Auge. Über seinen Knien lag ein Bogen und neben ihm ein Schwert. Ich fragte mich, wie Finan erraten konnte, dass ich ein Krieger war, denn ich hatte nie über mein Leben gesprochen. Auch meinen wahren Namen hatte ich nicht genannt und sie lieber glauben lassen, ich hieße Osbert. Osbert war einmal mein richtiger Name gewesen, den ich bei meiner Geburt bekommen hatte, aber dann wurde ich Uhtred genannt, nachdem mein älterer Bruder gestorben war, denn mein Vater hatte darauf beharrt, dass sein ältester Sohn Uhtred heißen sollte. Doch an Bord des *Trader* benutzte ich den Namen Uhtred nicht. Uhtred war ein stolzer Name, der Name eines Kriegers, und ich würde ihn für mich behalten, bis ich aus der Sklaverei frei käme. «Woher weißt du, dass ich ein Krieger bin?», fragte ich Finan.

«Weil du nie aufhörst, die Bastarde zu beobachten», sagte er. «Du hörst nie auf, darüber nachzudenken, wie du sie umbringen kannst.»

«Du bist genauso», sagte ich.

«Finan der Flinke, so wurde ich genannt», sagte er, «weil ich um die Feinde herumtanzte. Ich tanzte, und ich tötete. Tanzen und Töten.» Er schlitzte den nächsten Fisch auf und schnippte die Innereien in den Schnee, wo sich zwei Möwen darum stritten. «Früher», fuhr er wütend fort, «besaß ich fünf Speere, sechs Pferde, zwei Schwerter, ein schimmerndes Kettenhemd, einen Schild und einen Helm, der so hell leuchtete wie das Feuer. Ich hatte eine Frau mit Haaren bis zur Hüfte und einem Lächeln, das die Mittagssonne in den Schatten stellte. Und jetzt nehme ich Heringe aus.» Er stieß das Messer in einen Fisch. «Und eines Tages komme ich hierher zurück und bringe Sverri um, bumse seine Frau, erwürge seine Brut und stehle sein Geld.» Er lachte roh. «Er hat alles hier. Das ganze Geld. Hat es vergraben.»

«Weißt du das genau?»

«Was sollte er sonst damit tun? Er frisst es nicht, schließlich scheißt er kein Silber, oder? Nein, es ist hier.»

«Wo immer hier auch ist», sagte ich.

«Jütland», sagte er. «Die Frau ist Dänin. Wir kommen jeden Winter hierher.»

«Seit wie vielen Wintern?»

«Das ist mein dritter», sagte Finan.

«Und wie hat er dich gefangen?»

Er warf den nächsten gereinigten Fisch in den Binsenkorb. «Es gab einen Kampf. Wir gegen die Nordmänner, und die Bastarde haben uns geschlagen. Ich wurde gefangen, und die Bastarde haben mich an Sverri verkauft. Und du?»

«Verraten von meinem Herrn.»

«Also noch ein Bastard, der den Tod verdient hat, was? Mein Herr hat mich auch verraten.»

«Wie?»

«Er hat mich nicht freigekauft. Er wollte meine Frau, verstehst du? Also hat er mich gehen lassen, und diese Freundlichkeit vergelte ich ihm, indem ich darum bete, dass er stirbt und seine Frau die Kiefernsperre bekommt und sein Vieh die Drehkrankheit und dass seine Kinder in ihrer eigenen Scheiße verrecken und sein Getreide verdorrt und seine Hunde ersticken.» Er bebte vor unbändigem Zorn.

Graupel löste den Schnee ab, und langsam schmolz das Eis am Ufer der Bucht. Aus abgelagertem Fichtenholz vom letzten Jahr machten wir neue Ruder, und als sie fertig waren, war das Eis verschwunden. Grauer Nebel lag über dem Land, und erste Blumen zeigten sich am Saum der Schilfwiesen. Fischreiher stelzten durch die Untiefen, wenn die Morgensonne die dünne Eisschicht der Nacht hatte schmelzen lassen. Der Frühling kam, und wir kalfaterten den *Trader* mit Tierhaaren, Teer und Moos. Wir reinigten das Schiff und ließen es zu Wasser, luden den Ballast in den Kielraum, richteten den Mast auf und befestigten das gereinigte und geflickte Segel an der Rah. Sverri umarmte seine Frau, küsste seine Kinder und watete zum Schiff. Zwei seiner Leute hievten ihn an Bord, und wir griffen nach den Rudern.

«Rudert, ihr Bastarde!», rief er. «Rudert!»

Und wir ruderten.

Wut kann dich am Leben halten, aber mehr auch nicht. Manchmal, wenn ich krank war und mich zu schwach fühlte, um zu rudern, ruderte ich trotzdem, denn wenn ich ins Stocken gekommen wäre, hätten sie mich über Bord geworfen. Ich ruderte, während ich kotzte, ruderte, während ich schwitzte, ruderte, während ich zitterte, und ich ruderte, während jeder Muskel in meinem Körper schmerzte. Ich ruderte unter Regen und Sonne und Wind und Graupel. Einmal hatte ich Fieber und dachte, ich würde sterben. Ich wollte sogar sterben, aber Finan flüsterte mir Beschimpfungen zu. «Du schwächlicher Sachse», stachelte er mich an, «du bist ein Weichling. Ein Jammerlappen, du sächsischer Abschaum.» Ich grunzte eine Erwiderung, und er knurrte mich erneut an, dieses Mal lauter, sodass es Hakka im Bug hörte. «Sie wollen, dass du stirbst, du Bastard», sagte Finan, «also tu ihnen den Gefallen nicht. Rudere, du Sachsenschwächling, rudere.» Hakka schlug ihn dafür, dass er gesprochen hatte. Ein anderes Mal tat ich das Gleiche für Finan. Ich erinnere mich, ihn in den Armen gehalten und ihm mit den Fingern Getreidebrei in den Mund geschoben zu haben. «Bleib am Leben, du Bastard», befahl ich ihm, «diese Earslinge sollen uns nicht kleinkriegen. Lebe!» Und er lebte weiter.

In diesem Sommer fuhren wir nach Norden. Wir ruderten einen Fluss hinauf, der sich durch eine Landschaft aus Moos und Birken wand, die so weit nördlich lag, dass sich an Schattenplätzen immer noch Schnee hielt. Wir kauften Rentierhufe in einem Dorf zwischen den Birken und kehrten mit ihnen auf die See zurück, tauschten sie gegen Stoßzähne von Walrössern und Walknochen, für die wir dann Bernstein und Entenfedern einhandelten. Wir fuhren mit Malz und Robbenhäuten, Pelzen und Salzfleisch, Eisenerz und Fellen. In einer Felsenbucht verbrachten wir zwei Tage damit, Schieferplatten zu laden, die zu Wetzsteinen verarbeitet werden würden, und später tauschte Sverri den Schiefer gegen Kämme aus Hirschhorn, dicke Taurollen aus Robbenhaut und ein Dutzend schwere Bronzebarren, und mit all dem kehrten wir in den jütländischen Hafen Haithabu zurück. Dieser Handelshafen war so groß, dass es ein Sklavengelände gab, in das wir eingesperrt und von Speerträgern und hohen Mauern bewacht wurden.

Finan traf dort ein paar irische Landsmänner, und ich sprach mit einem Sachsen, der an der Küste Ostangliens von einem Dänen gefangen genommen worden war. König Guthrum, so berichtete der Sachse, war nach Ostanglien zurückgekehrt, wo er sich Æthelstan nannte und Kirchen erbaute. Alfred war, soweit er wusste, noch am Leben. Die Dänen von Ostanglien hatten Wessex nicht angegriffen, dennoch hatte er gehört, dass Alfred an der Grenze Befestigungsanlagen errichten ließ. Von Alfreds dänischen Geiseln wusste er nichts und konnte mir deshalb nicht sagen, ob Ragnar freigelassen worden war, auch von Guthred oder aus Northumbrien wusste der Mann nichts zu berichten. Also stellte ich mich in die Mitte des Sklavengeländes und rief: «Ist hier irgendwer aus Northumbrien?» Ich erntete von den Männern nur verständnislose Blicke. «Northumbrien?», rief ich erneut, und dieses Mal antwortete mir eine Frau von der anderen Seite der Holzpalisade, die den Bereich der Männer und der Frauen trennte. Die Männer drängten sich an der Palisade zusammen und spähten durch die Lücken zu den Frauen hinüber, und ich schob zwei von ihnen weg. «Kommst du aus Northumbrien?», fragte ich die Frau, die mir geantwortet hatte.

«Aus Onhripum», erklärte sie. Sie war eine Sächsin, fünfzehn Jahre alt und eine Gerberstochter. Ihr Vater hatte Graf Ivarr Geld geschuldet, und um die Schuld auszugleichen, hatte Ivarr das Mädchen genommen und es an Kjartan verkauft.

Zuerst glaubte ich, falsch gehört zu haben. «An Kjartan?», fragte ich.

«An Kjartan», sagte sie ausdruckslos, «der mir Gewalt angetan und mich dann diesen Bastarden verkauft hat.»

«Kjartan lebt?», erkundigte ich mich erstaunt.

«Er lebt», sagte sie.

«Aber er wurde doch belagert», widersprach ich.

«Nicht während ich dort war», sagte sie.

«Und Sven? Sein Sohn?»

«Der hat mich auch vergewaltigt», sagte sie.

Später, viel später, konnte ich mir die ganze Geschichte zusammenreimen. Guthred und Ivarr hatten, unterstützt von meinem Onkel Ælfric, versucht, Kjartan auszuhungern, doch der Winter wurde hart, in ihrem Heer brach eine Krankheit aus, und Kjartan hatte angeboten, ihnen Abgaben zu zahlen. Die drei hatten sein Silber angenommen. Guthred hatte Kjartan außerdem das Versprechen abgerungen, keine Geistlichen mehr anzugreifen, und eine Weile lang war dieses Versprechen auch eingehalten worden, aber die Kirche war zu reich und Kjartan zu habgierig, und so waren noch vor Ablauf eines Jahres wieder Mönche versklavt oder getötet worden. Die jährliche Abgabe an Silber, die Guthred, Ivarr und Ælfric von Kjartan zugesagt worden war, wurde einmal und dann nie wieder bezahlt. Also hatte sich nichts geändert. Ein paar Monate lang hatte sich Kjartan unterworfen, doch dann hatte er die Stärke seiner Gegner eingeschätzt und erkannt, wie schwach sie waren. Die Gerberstochter aus Onhripum wusste nichts über Gisela, hatte sogar nie von ihr gehört, und ich dachte, sie sei vielleicht gestorben, und an diesem Abend erfuhr ich, was Verzweiflung ist. Ich weinte. Ich erinnerte mich an Hild und fragte mich, was aus ihr geworden sein mochte, und ich hatte Angst um sie, und ich erinnerte mich auch an diesen einen Abend mit Gisela, an dem ich sie unter den Buchen geküsst hatte, und ich glaubte, all meine Träume seien hoffnungslos geworden, und deshalb weinte ich.

Ich hatte in Wessex eine Frau geheiratet und wusste

nicht, wie es ihr ging, und, wenn ich ehrlich sein soll, kümmerte es mich auch nicht. Ich hatte meinen kleinen Sohn an den Tod verloren. Ich hatte Iseult an den Tod verloren. Ich hatte Hild verloren, ich hatte meine Hoffnung auf Gisela verloren, und an diesem Abend überschwemmte mich das Selbstmitleid. So saß ich in der Hütte, Tränen liefen mir übers Gesicht, und so sah mich Finan und fing ebenfalls an zu weinen, und ich wusste, dass auch er sich an zu Hause erinnerte. Ich bemühte mich, meine Wut wieder wachzurufen, denn nur durch sie bleibt man am Leben, aber die Wut wollte sich nicht einstellen. Stattdessen weinte ich nur. Ich konnte einfach nicht mehr aufhören. Die dunkelste Verzweiflung hatte mich bei der Erkenntnis gepackt, dass es mein Schicksal war, mich in ein Ruder zu legen, bis ich eines Tages nicht mehr konnte, und dann würde ich über Bord geworfen werden. Ich weinte.

«Du und ich», begann Finan und unterbrach sich wieder. Es war dunkel, und die Nacht kalt, obwohl Sommer war.

«Du und ich?», fragte ich und kniff die Augenlider in einem Versuch zusammen, die Tränen zurückzudrängen.

«Das Schwert in der Hand», sagte er, «du und ich. Es wird geschehen.» Er meinte, wir würden frei sein und unsere Rache bekommen.

«Träume», sagte ich.

«Nein!» Finan wurde wütend. Er kam an meine Seite und ergriff meine Hand mit seinen beiden Händen. «Gib nicht auf», knurrte er mich an. «Wir sind Krieger, du und ich, wir sind Krieger!» Früher war ich ein Krieger, dachte ich. Es hatte eine Zeit gegeben, in der ich in Rüstung und Helm geglänzt hatte, aber jetzt war ich verlaust, dreckig, schwach und weinerlich. «Hier», sagte Finan und schob etwas in meine Hand. Es war einer von den Hornkämmen, die wir als Fracht geladen hatten, und irgendwie war es ihm gelungen, ihn zu stehlen und in seiner Lumpenkleidung zu verstecken. «Man darf niemals aufgeben», erklärte er mir, und ich nahm den Kamm, um mein Haar zu entwirren, das mir inzwischen fast bis auf die Hüfte hinabhing. Ich kämmte die Knoten aus, zupfte Läuse aus den Zinken des Kamms, und am nächsten Tag flocht Finan mein glattes Haar, und ich tat das Gleiche für ihn. «So tragen die Krieger unserer Sippe ihr Haar», erklärte er, «und du und ich, wir sind Krieger. Wir sind keine Sklaven, wir sind Krieger!» Wir waren mager, schmutzig und abgerissen, aber die Verzweiflung war wie ein Regenschauer auf See vorbeigezogen, und meine Wut verlieh mir wieder neue Entschlossenheit.

Am nächsten Tag beluden wir den *Trader* mit Barren aus Kupfer, Bronze und Eisen. Dann rollten wir Fässer voller Bier ins Heck des Schiffes und füllten den übrigen Laderaum mit Salzfleisch, hartgebackenen Brotringen und Schläuchen mit eingesalzenem Kabeljau. Sverri lachte über unsere Zöpfe. «Ihr zwei glaubt wohl, so kommt ihr an eine Frau, was?», machte er sich lustig. «Oder wollt ihr etwa selber Frauen sein?» Wir antworteten nicht und ließen Sverri grinsen. Er war guter Stimmung, geradezu überschwänglich. Sverri liebte die Seefahrt, und angesichts der vielen Vorräte, die wir geladen hatten, vermutete ich, dass wir eine lange Reise vor uns hatten, und so kam es auch. Von Zeit zu Zeit warf er seine Runenstäbe, und sie mussten ihm gesagt haben, dass seine Geschäfte erfolgreich sein würden, denn er kaufte drei neue Sklaven. Alle drei waren Friesen. Sverri wollte für die neue Fahrt gut bemannt sein. Und diese neue Fahrt begann schlecht, denn als wir Haithabu verließen, nahm ein anderes Schiff die Verfolgung auf. Ein Piratenschiff, wie Hakka säuerlich bemerkte. Wir wandten uns mit geblähtem Segel und vollbesetzten Ruderbänken nach Norden, und dennoch holte das andere Schiff langsam auf, denn es war länger, schlanker und schneller, und nur weil die Dunkelheit kam, konnten wir entkommen. Trotzdem herrschte die ganze Nacht Beunruhigung auf dem *Trader*. Wir zogen die Ruder ein und ließen das Segel herunter, sodass unser Schiff keine Geräusche verursachte. Ich hörte die Ruderschläge unserer Verfolger in der Dunkelheit, und Sverri und seine Leute hockten mit den Waffen in der Hand bei uns, um uns zu töten, sobald wir einen Laut gaben. Es war dennoch eine Versuchung, und Finan hätte fast gegen die Seitenwand des Schiffes geschlagen, um unsere Verfolger anzulocken, aber dann hätte uns Sverri umstandslos niedergemetzelt, und deshalb blieben wir ruhig, und das fremde Schiff glitt in der Nacht an uns vorbei, und als die Dämmerung kam, war es verschwunden.

Solche Bedrohungen waren selten. Der Wolf reißt keine Wölfe, und der Falke schlägt keinen anderen Falken, und so raubten sich auch die Nordmänner nur selten gegenseitig aus. Nur ein paar Verzweifelte wagten das gefährliche Unternehmen, Landsmänner aus Dänemark oder anderen Nordländern anzugreifen. Diese Piraten galten als Ausgestoßene, sie galten gar nichts, und dennoch wurden sie gefürchtet. Die meisten wurden gejagt und die Mannschaften getötet oder versklavt, und dennoch entschieden sich manche Männer für dieses Leben als Außenseiter, denn wenn es ihnen gelang, auch nur ein reiches Schiff wie den *Trader* aufzubringen, gewannen sie ein Vermögen, das ihnen Ansehen, Macht und Anerkennung brachte. Doch wir entkamen in dieser Nacht, und am nächsten Tag segelten wir weiter nordwärts und immer weiter nordwärts, und als der Abend kam, legten wir nicht an und ebenso wenig an vielen weiteren Abenden. Dann sah ich eines Morgens eine schreckliche, schwarze Klippenküste vor uns, an deren zerklüfteten Felsen sich wild schäumend die Wellen brachen, und dachte, wir hätten das Ziel unserer Fahrt erreicht. Doch wir gingen nicht an Land. Stattdessen segelten wir weiter nach Westen und darauf ein Stück nach Süden, und dann erreichten wir endlich eine Inselbucht, in der wir ankerten.

Zuerst glaubte Finan, wir seien in Irland, doch die Leute, die in einem kleinen Lederboot zum *Trader* kamen, sprachen nicht seine Sprache. Vor der gesamten Nordküste Britanniens liegen Inseln, und dies war vermutlich eine davon. Auf diesen Inseln leben Wilde, und Sverri ging nicht an Land, doch er handelte gegen ein paar dürftige Münzen von den Wilden Möweneier, Trockenfisch und Ziegenfleisch ein. Am nächsten Morgen ruderten wir unter lebhaftem Wind weiter, und wir ruderten den ganzen Tag nach Westen durch die Ödnis des wilden Meeres. Ragnar der Ältere hatte mich vor diesen Gewässern gewarnt und erzählt, dass es hinter ihnen weitere Länder gab, dass die meisten Männer, die versucht hatten, dorthin zu gelangen, jedoch niemals zurückgekehrt waren. In diesen westlichen Ländern, so erklärte er mir, wohnten die Seelen der toten Seeleute. Die Landschaften waren farblos, nebelverhangen und sturmgepeitscht, und dennoch fuhren wir geradewegs dorthin, und Sverri stand mit glücklicher Miene am Ruder, und an dieses Gefühl des Glücks konnte auch ich mich erinnern. Ich erinnerte mich an die schiere Freude, am Ruder eines guten Schiffs zu stehen und sein pulsierendes Leben durch den festen Griff ums Steuer zu spüren.

Unsere Fahrt dauerte zwei Wochen. Wir folgten dem Pfad der Wale, und die Seekolosse wälzten sich herum, um uns anzusehen, oder bliesen Wasser hoch, und die Luft wurde kälter, und der Himmel war immerzu bewölkt, und ich wusste, dass in Sverris Mannschaft Unruhe herrschte. Sie dachten, wir hätten uns verirrt, und das dachte ich auch, und ich glaubte, mein Leben würde am Saum dieses Meeres zu Ende gehen, wo riesige Strudel die Schiffe in den Tod ziehen. Seevögel zogen ihre Kreise über uns, ihre Schreie verhallten in der weißen Kälte, und die großen Wale tauchten unter uns, und wir ruderten, bis wir unsere Rücken vor lauter Schmerzen nicht mehr spürten. Schaumgekrönte Wellen türmten sich zu grauen Bergen auf, unendlich und kalt, und wir hatten nur an einem Tag günstigen Wind, sodass wir unter dem Segel fahren konnten, während die mächtigen grauen Wellen zischend an unserem Schiff entlangglitten.

Und so kamen wir nach Horn im Land des Feuers, das manche Leute Thule nennen. Berge rauchten dort, und wir hörten Geschichten von zauberischen Becken voll heißen Wassers, obwohl ich selbst keines davon sah. Und es war auch nicht nur ein Land des Feuers, sondern eine Unendlichkeit voller Eis. Es gab Berge aus Eis, Flüsse aus Eis und Platten aus Eis, die in den Himmel ragten. Es gab Kabeljau, der länger war, als ein Mann groß ist, und wir hatten dort gut zu essen, und Sverri war glücklich. Die Leute fürchteten die Reise, die wir gerade gemacht hatten, und ihm war sie gelungen, und in Thule war seine Fracht dreimal mehr wert als in Dänemark oder im Frankenreich, obwohl er natürlich einige Stücke der teuren Warenladung als Abgabe an das Oberhaupt des Ortes geben musste. Doch er verkaufte die übrigen Metallbarren und nahm Walknochen, Stoßzähne von Walrössern und Robbenhäute an Bord und wusste, dass er sehr viel Geld verdienen würde, wenn er sie heil bis nach Hause brächte. Er war so guter Stimmung, dass er uns sogar an Land gehen ließ, wo wir in einem Langhaus, das nach Walfleisch stank, Birkenwein zu trinken bekamen. Wir waren alle in Ketten, und die gewöhnlichen Fußketten hatte Sverri noch durch Ketten um unsere Hälse ergänzt. Außerdem ließ er uns von Männern aus dem Ort bewachen. Drei von diesen Wächtern waren mit den langen, schweren Speeren bewaffnet, mit denen die Männer aus Thule auf Walfang gehen, während vier weitere breite Tranmesser trugen. Sverri konnte sich auf sie verlassen, und das wusste er auch, und während all der Monate, die ich mit ihm verbrachte, ließ er sich hier das einzige Mal herab, mit uns zu sprechen. Er prahlte mit der Reise, die hinter uns lag, und lobte sogar unsere Fähigkeiten am Ruder. «Aber ihr zwei hasst mich», sagte er und sah zuerst Finan und dann mich an.

Ich sagte nichts.

«Der Birkenwein ist gut», sagte Finan, «dafür danke ich Euch.»

«Der Birkenwein ist Walrosspisse», sagte Sverri und rülpste. Er war betrunken. «Ihr hasst mich», wiederholte er, weil ihn unser Hass verunsicherte. «Ich habe euch beobachtet, und ihr hasst mich. Die anderen, die hat die Peitsche zur Vernunft gebracht, aber ihr zwei würdet mich umbringen, ohne mit der Wimper zu zucken. Am besten bringe ich euch gleich selber um, oder? Ich sollte euch der See zum Opfer bringen.» Keiner von uns erwiderte darauf etwas. Ein Birkenscheit brach funkensprühend im Feuer. «Aber ihr rudert gut», sagte Sverri. «Einmal habe ich einen Sklaven freigelassen», fuhr er fort, «ich habe ihn freigelassen, weil ich ihn mochte. Ich habe ihm vertraut. Ich habe ihn sogar ans Steuerruder gelassen, aber er hat trotzdem versucht mich umzubringen. Und wisst ihr, was ich mit ihm gemacht habe? Ich habe seinen dreckigen Körper an den Bug genagelt und ihn dort langsam verrotten lassen. Ich habe meine Lektion gelernt. Ihr seid da, um zu rudern. Sonst nichts. Ihr rudert, und ihr arbeitet, und ihr sterbt.» Kurz darauf schlief er ein, und auch wir schliefen ein, und am nächsten Morgen waren wir wieder an Bord des *Trader*, und unter peitschendem Regen verließen wir dieses merkwürdige Land aus Feuer und Eis.

Die Fahrt zurück Richtung Osten war viel kürzer, da wir vor einem günstigen Wind segeln konnten. Wieder überwinterten wir in Jütland. Wir zitterten in der Sklavenhütte, und nachts hörten wir Sverri im Bett seiner Frau grunzen. Der Schnee kam, das Ufer fror zu, und so brach das Jahr 880 an, und ich war dreiundzwanzig Jahre alt und wusste, dass es mir bestimmt war, in Ketten zu sterben, denn Sverri war aufmerksam, schlau und erbarmungslos.

Und dann kam das rote Schiff.

Das Schiff war nicht wirklich rot. Die meisten Schiffe werden aus Eichenholz gebaut, das mit der Zeit dunkel wird, doch dieses Schiff war aus Kiefernholz, und wenn das Licht morgens oder abends schräg übers Meer fiel, schien es die Farbe gerinnenden Blutes zu haben.

Als wir es zuerst sahen, wirkte es glutrot. Das war an dem Abend, an dem wir wieder auf See gegangen waren und das rote Schiff lang und niedrig und schlank aufgetaucht war. Es kreuzte am östlichen Horizont und kam schräg auf uns zu, und über sein schmutzig graues Segel liefen die Spannseile, und Sverri sah den Tierkopf an seinem Bug und hielt es für ein Piratenschiff, sodass er den *Trader* in die Küstengewässer lenkte, die er gut kannte. Das Wasser dort war seicht, und das rote Schiff zögerte, die Verfolgung aufzunehmen. Wir ruderten durch schmale Wasserläufe, scheuchten Wildvögel auf, und das rote Schiff blieb in Sichtweite, doch es hielt sich vor den Dünen, und dann kam der Abend, und wir änderten unseren Kurs und ließen uns von der Ebbe hinaus auf die offene See tragen, und Sverris Männer peitschten uns, damit wir so schnell wie möglich von der Küste wegruderten. Die Morgendämmerung brach kalt und neblig an, aber als sich der Nebel hob, war das rote Schiff verschwunden.

Wir fuhren nach Haithabu, um die erste Fracht des Jahres aufzunehmen, doch als wir uns dem Hafen näherten, entdeckte Sverri das rote Schiff erneut, und als es sich in unsere Richtung wandte, fluchte er. Wir konnten mit dem Wind davonsegeln, was es uns leicht machte, zu entkommen, aber auch so versuchte das rote Schiff uns einzuholen. Sie ruderten und weil sie wenigstens zwanzig Ruderbänke hatten, waren sie viel schneller als der *Trader*, doch den Vorsprung, den uns der Wind gegeben hatte, konnten sie nicht aufholen, sodass wir am nächsten Morgen wieder allein auf einer leeren See waren. Sverri verfluchte das rote Schiff dennoch. Er warf seine Runenstäbe, und sie überzeugten ihn davon, sein Vorhaben in Haithabu aufzugeben. Also kreuzten wir hinüber ins Land der Schweden, wo wir Biberkrallen und kotverschmierte Felle einluden.

Diese Ladung tauschten wir gegen gute Kerzen aus gerolltem Wachs. Dann verschifften wir wieder Eisenerz, und so verging der Frühling, und der Sommer kam, und das rote Schiff tauchte nicht mehr auf. Wir vergaßen es. Sverri glaubte, es sei nun sicher, Haithabu anzulaufen, und deshalb fuhren wir mit einer Ladung Rentierfelle hin, und Sverri musste feststellen, dass er von dem roten Schiff nicht vergessen worden war. Er kehrte eilig an Bord zurück, wollte nicht einmal neue Fracht aufnehmen und sprach aufgeregt mit seiner Mannschaft. Das rote Schiff, sagte er, kreuzte auf der Suche nach dem *Trader* an den Küsten. Es war, so glaubte er, ein dänisches Schiff, und seine Mannschaft bestand aus Kriegern.

«Wer ist es?», fragte Hakka.

«Das weiß niemand.»

«Und welchen Grund haben sie?»

«Woher soll ich das wissen?», knurrte Sverri, aber er war beunruhigt genug, um an Deck wieder seine Runenstäbe zu werfen, und sie rieten ihm, Haithabu sofort zu verlassen. Sverri hatte einen Feind, und er wusste nicht, wer es war, also führte er den *Trader* an einen Ort nahe seinem Winterhaus und brachte Geschenke an Land. Sverri hatte einen Herrn. Fast alle Männer haben einen Herrn, der ihnen Schutz bietet, und dieser Herr hieß Hyring und besaß viel Land, und jeden Winter zahlte ihm Sverri Silbermünzen, und als Gegenleistung beschützte Hyring Sverri und seine Familie. Aber Hyring konnte nur wenig tun, um Sverri auf See Schutz zu bieten, obwohl er versprach, in Erfahrung zu bringen, wer das rote Schiff führte und was dieser Mann von Sverri wollte. In der Zwischenzeit wollte Sverri weit wegfahren. Also machten wir uns auf den Weg zur Nordsee, und er verkaufte an der Küste entlang gesalzenen Hering. Zum ersten Mal, seit ich ein Sklave war, fuhren wir nach Britannien hinüber. Wir kamen bei einem Fluss in Ostanglien an Land, dessen Namen ich nie erfahren habe, und luden dicke Felle ein, mit denen wir zum Frankenreich fuhren, wo wir eine Ladung Eisenbarren kauften. Diese Fracht war wertvoll, denn das fränkische Eisen ist das beste auf der Welt. Außerdem kauften wir einhundert ihrer vielgerühmten Schwertklingen. Sverri fluchte wie immer über die Dickköpfigkeit der Franken, aber in Wahrheit war er genauso dickköpfig wie irgendein Franke und, obwohl er für das Eisen und die Schwertklingen einen stolzen Preis bezahlte, wusste er, dass sie ihm in den Nordländern einen hohen Gewinn einbringen würden.

Dann wandten wir uns wieder nach Norden, und der

Sommer ging zu Ende, und die Gänse zogen über uns in großen Scharen nach Süden, und zwei Tage nachdem wir die Ladung aufgenommen hatten, sahen wir das rote Schiff vor der Küste Frieslands auf uns warten. Seit Wochen hatten wir es nicht gesehen, und Sverri musste gehofft haben, dass Hyring dieser Bedrohung ein Ende gemacht hatte, aber da lag es vor der Küste, und dieses Mal hatte das rote Schiff einen Vorteil durch den Wind, sodass wir uns in die Küstengewässer zurückzogen und Sverris Männer unbarmherzig auf uns einpeitschten. Ich keuchte bei jedem Ruderschlag schwer, damit es so wirkte, als legte ich mich mit aller Anstrengung ins Ruder, aber in Wahrheit versuchte ich, weniger Kraft einzusetzen, damit das rote Schiff uns einholen konnte. Ich konnte es deutlich erkennen. Ich konnte sehen, wie sich seine Ruderblätter hoben und senkten, und ich sah die schäumend weiße Wasserlinie an seinem Bug lecken. Das Schiff war viel länger als der *Trader*, und es war viel schneller, aber es hatte auch mehr Tiefgang, und deshalb hatte uns Sverri in die Küstengewässer Frieslands gebracht, die von allen Schiffsführern gefürchtet werden.

Es gibt hier keine Felsen, wie an vielen anderen Ufern der Nordsee. Es gibt keine Klippen, an denen auch ein robustes Schiff zerschellen kann. Stattdessen gibt es ein Gewirr von Wasserläufen, Inseln, Buchten und Sandbänken. Weite Flächen werden von gefährlichen Untiefen bedeckt. Durchfahrten sind mit Weidenruten gekennzeichnet, die im Schlamm stecken, und diese schwachen Zweige weisen einen sicheren Weg durch den Wirrwarr, aber die Friesen sind auch Piraten. Sie kennzeichnen gern Irrwege, die nur auf eine Sandbank führen, auf der ein Schiff bei Ebbe stranden kann, und dann schwärmen die Leute, die in ihren Lehmhütten auf ihren Lehminseln leben, wie Wasserratten zum Plündern aus.

Aber Sverri hatte hier schon einmal Waren verkauft und erinnerte sich, wie alle bewährten Schiffsführer, an die guten und die schlechten Wasserwege. Das rote Schiff holte auf, doch Sverri beunruhigte sich nicht. Ich beobachtete ihn beim Rudern, und ich sah, wie seine Augen von rechts nach links schnellten, um sich für einen Wasserlauf zu entscheiden, dann drehte er leicht am Steuerruder, und wir liefen in den Wasserarm ein, den er für gut befunden hatte. Er suchte nach den seichtesten Stellen, den gewundensten Wasserläufen, und die Götter waren mit ihm, denn, obwohl unsere Ruder manchmal eine Sandbank trafen, lief der *Trader* nicht auf Grund. Das rote Schiff bewegte sich, vermutlich weil es größer war und weil sein Schiffsführer die Küste nicht so gut kannte wie Sverri, viel langsamer, und unser Abstand vergrößerte sich zusehends.

Erst als wir eine weite, offene Wasserfläche durchqueren mussten, holte es wieder auf, doch Sverri fand auf der anderen Seite wieder einen neuen Wasserlauf, und hier ließ er uns zum ersten Mal langsamer rudern. Er rief Hakka in den Bug, und Hakka warf ein ums andere Mal eine mit Blei beschwerte Schnur ins Wasser, um die Tiefe auszuloten. Wir schoben uns in ein Labyrinth aus Schlamm und Wasser, kamen langsam weiter Richtung Nordosten, und als ich nach Osten sah, bemerkte ich, dass Sverri schließlich doch einen Fehler gemacht hatte. Eine Reihe Weidenruten stand am Rand des Wasserlaufs, den wir benutzten, doch dahinter und noch hinter einer niedrigen Schlickinsel voller Vögel zeigten größere Weidenruten eine tiefere Wasserrinne an, die von der Küstenseite kommend unseren Weg kreuzte und die es dem roten Schiff ermöglichte, uns zu überholen. Das rote Schiff erkannte die Gelegenheit und fuhr in den größeren Wasserlauf ein. Seine Ruderblätter schlugen Schaum, so schnell glitt es dahin, es lag bald vor uns, und dann lief es mit einem Durcheinander von aneinanderschlagenden Rudern auf Grund.

Sverri lachte. Er hatte gewusst, dass die größeren Weidenruten einen Irrweg anzeigten, und das rote Schiff war in die Falle gegangen. Ich konnte es jetzt genau sehen, die Besatzung war schwer bewaffnet, die Männer trugen Kettenhemden, es waren Schwertdänen und Speerkrieger, doch das Schiff war gestrandet.

«Eure Mütter waren Ziegen», brüllte Sverri über die Marsch, obwohl ich bezweifle, dass seine Stimme bis zu dem Schiff trug, «ihr seid ein Ziegenschiss! Lernt zuerst ein Schiff zu steuern, ihr Tölpel!»

Dann fuhren wir auf einem anderen Wasserlauf weiter, ließen das rote Schiff hinter uns, und Hakka stand immer noch im Bug des *Trader*, warf seine bleibeschwerte Schnur aus und rief Sverri die Wassertiefe zu. Dieser Kanal hatte keine Kennzeichnung, und wir mussten uns mit höchster Vorsicht vorantasten, denn Sverri wollte keinesfalls auf Grund laufen. Hinter uns, inzwischen sogar weit hinter uns, bemühte sich die Mannschaft des roten Schiffes freizukommen. Die Krieger hatten ihre Kettenhemden abgelegt, standen im Wasser und versuchten den langen Schiffsrumpf von der Sandbank zu drücken. Als es dunkel wurde, sah ich das Schiff wieder frei auf dem Wasser liegen, und es nahm die Verfolgung sofort wieder auf, doch wir waren inzwischen schon weit voraus, und die zunehmende Dunkelheit bot uns weiteren Schutz.

Diese Nacht verbrachten wir in einer Bucht, deren Ufer von Schilf gesäumt waren. Auf einer nahe gelegenen Insel lebten Leute, und ihre Feuer flackerten in der Dunkelheit. Anderes Licht entdeckten wir nicht, und deshalb konnten wir davon ausgehen, dass dies die einzige Siedlung in weitem Umkreis war. Ich wusste, dass Sverri darüber besorgt war, dass die Feuer das rote Schiff anlocken könnten, und deshalb weckte er uns in der ersten Morgendämmerung mit Tritten, wir holten den Anker ein, und Sverri führte uns Richtung Norden in einen mit Weidenruten gekennzeichneten Wasserlauf, der sich am Ufer der Insel entlang in Richtung offenes Meer zu schlängeln schien, wo sich schaumgekrönt die Wellen brachen, und uns damit einen Weg aus den unübersichtlichen Küstengewässern bot. Hakka rief wieder die Wassertiefe aus, während wir uns an Schilf und Sandbänken vorbeischoben. Der Wasserlauf war seicht, so seicht, dass unsere Ruderblätter immer wieder den Grund trafen und Schlamm aufwirbelten, doch Schritt für Schritt folgten wir den schwachen Kennzeichnungen, und dann rief Hakka, das rote Schiff sei hinter uns.

Es war weit entfernt. Wie Sverri befürchtet hatte, war es von den Feuern der Siedlung angezogen worden, doch es war ans südliche Ende der Insel gefahren, und nun lag die unwägbare Landschaft aus Schlammbänken und Wasserläufen zwischen uns. Westlich in Richtung der offenen See konnte es sich nicht wagen, denn dort schlugen gefährliche Wellen an einen Uferabbruch, also konnte es uns nur weiter verfolgen oder versuchen, einen weiten Bogen ostwärts zu schlagen, um einen anderen Zugang zum Meer zu finden.

Es entschied sich, uns weiter zu folgen, und wir beobachteten, wie es sich an der Südküste der Insel entlangtastete und nach einem Weg in die Bucht suchte, in der wir geankert hatten. Wir arbeiteten uns unterdessen weiter Richtung Norden voran, doch dann vernahmen wir unvermittelt ein leises Kratzen unter unserem Kiel, den *Trader* durchlief ein sanftes Schaudern, und dann lag er unheilvoll still. «Zurückrudern!», brüllte Sverri.

Wir legten uns in die Ruder, doch der *Trader* lag auf Grund. Das rote Schiff war im Zwielicht des Schleierdunstes verschwunden, der über den Inseln lag. Wir hatten Ebbe. Gerade stand das Wasser zwischen dem Wechsel von Ebbe und Flut still, und Sverri starrte wie gebannt auf den Wasserlauf und betete, dass er die Flut kommen sehen würde, die uns wieder schwimmen lassen würde, aber da war nur der unbewegte, kalte Wasserspiegel.

«Runter vom Schiff!», rief er dann. «Schieben!»

Wir versuchten es. Oder die anderen versuchten es, während Finan und ich nur so taten. Doch der *Trader* saß fest. Obwohl er so sanft und leise auf Grund gelaufen war, bewegte er sich kein bisschen, und Sverri sah von seiner Steuerplattform aus, dass die Inselbewohner über die Schilfbänke auf uns zukamen, und, noch besorgniserregender, er sah das rote Schiff die weite Bucht überqueren, in der wir geankert hatten. Er sah den Tod kommen.

«Alles ausladen», rief er.

Das war eine schwere Entscheidung für Sverri, aber es war besser als der Tod, und deshalb warfen wir all die Metallbarren über Bord. Finan und ich konnten uns nicht länger drücken, denn nun konnte Sverri erkennen, wie viel jeder von uns tat. Er schlug uns mit einem Knüppel, und wir vernichteten den Gewinn einer einjährigen Handelsfahrt. Sogar die Schwertklingen wurden geopfert, und die ganze Zeit kam das rote Schiff langsam immer näher, fuhr den Wasserlauf hoch, und es war nur noch eine Viertelmeile hinter uns, als der letzte Barren klatschend im Wasser versank und sich der *Trader* leicht hob. Die Flut hatte inzwischen eingesetzt, und Wasser strudelte um die Barren, die über Bord gegangen waren.

«Rudert!», brüllte Sverri. Die Inselbewohner beobachteten uns. Sie hatten es nicht gewagt, näher zu kommen, weil sie die bewaffneten Männer auf dem roten Schiff fürchteten, und nun wandten sie keinen Blick von uns, als wir nordwärts weiterfuhren, gegen die hereinströmende Flut kämpften und unsere Ruder mit jedem Schlag in den Schlamm gruben. Trotzdem schrie Sverri, wir sollten uns noch stärker in die Ruder legen. Um mit dem Schiff ins freie Wasser zu kommen, nahm er die Gefahr in Kauf, noch einmal auf Grund zu laufen, und die Götter waren mit ihm, denn wir schossen aus dem Wasserlauf, und das Heck des *Traders* bäumte sich in den hereinrollenden Wellen auf, und mit einem Mal waren wir wieder auf See, und die Gischt kochte weiß um unsere Ruder, und Sverri setzte das Segel, und wir fuhren nach Norden, und das rote Schiff schien dort auf Grund gelaufen zu sein, wo auch wir gestrandet waren. Es war in die Haufen der Metallbarren gefahren, die wir über Bord geworfen hatten, und weil sein Rumpf tiefer im Wasser lag als der des *Traders*, brauchte es lange, um wieder freizukommen, und bis es wieder auf dem Wasserlauf fuhr, wurden wir schon von den heftigen Regenschauern verborgen, die von Westen herbeifegten und auf unser Schiff einhämmerten.

Sverri küsste sein Hammeramulett. Er hatte ein Vermögen verloren, aber er war reich und konnte es verschmerzen. Doch er wollte auch reich bleiben, und er wusste, dass er von dem roten Schiff verfolgt wurde und dass es vor der Küste bleiben würde, bis es uns gefunden hatte, und deshalb ließ er, als es dämmrig wurde, das Segel einholen und befahl uns an die Ruder.

Wir hatten uns nach Norden gewandt. Das rote Schiff war immer noch hinter uns, doch es lag weit zurück, und manchmal verbargen uns die Regenschauer, und wenn es ein größerer Regenschauer war, ließ Sverri das Segel einholen und steuerte den *Trader* gegen den Wind nach Westen, und seine Männer peitschten auf uns ein. Zwei von seinen Leuten legten sich sogar selbst in die Ruder, damit wir über den immer dunkler werdenden Horizont entkommen konnten, bevor das rote Schiff bemerkte, dass wir den Kurs gewechselt hatten. Es war eine grausame Anstrengung. Die schweren Böen drückten gegen das Schiff, und steil tauchten wir in die Wellentäler hinein, und jeder Ruderschlag brannte in den Muskeln, bis ich glaubte, vor Erschöpfung die Besinnung zu verlieren. Erst die vollkommene Dunkelheit erlöste uns. Sverri konnte die hohen Wellen, die von Westen heranwogten, nicht mehr sehen, und so ließ er uns die Ruder einholen und die Ruderlöcher verschließen. Und dann lagen wir wie Tote in unserem Schiff, das von der nächtlichen See auf Wellenberge getragen und in tiefe strudelnde Täler hinabgeworfen wurde.

In der Morgendämmerung waren wir allein auf dem weiten Meer. Wind und Regen trieben von Süden heran, und das bedeutete, dass wir nicht rudern mussten, sondern das Segel aufziehen und uns vom Wind über die grauen Wassermassen tragen lassen konnten. Ich blickte mich nach dem roten Schiff um, doch es war nirgends zu sehen. Da waren nur die Wellen und die Wolken und die Regenschauer, die über unser Erwachen zogen, und die wilden Vögel, die wie kleine, weiße Tuchfetzen in dem scharfen Wind taumelten, und der *Trader* schoss in diesem Wind so schnell dahin, dass die Wellen an unseren Bordwänden entlangrauschten, und Sverri stand am Steuer und pries sein Entkommen vor dem geheimnisvollen Feind mit einem Lied. Ich hätte am liebsten wieder geweint. Ich wusste nicht, was das rote Schiff vorhatte oder wer es führte, aber ich wusste, dass es ein Feind Sverris war, und jeder Feind Sverris war mein Freund. Aber das Schiff war verschwunden. Wir waren ihm entkommen.

Und so kehrten wir nach Britannien zurück. Sverri hatte nicht vorgehabt, hierher zu fahren, und er hatte auch keine Ladung zu verkaufen, und obwohl er an Bord Münzen versteckt hatte, mit denen er Waren kaufen konnte, mussten sie auch dafür ausreichen, uns am Leben zu erhalten. Er war dem roten Schiff entgangen, aber er wusste, dass es ihm bei seiner Rückkehr an der jütländischen Küste auflauern würde, und bestimmt dachte er über einen anderen Ort nach, an dem er sicher überwintern konnte. Das bedeutete, dass er einen neuen Herrn finden musste, der ihm Schutz bot, während er den *Trader* ans Ufer holte, um ihn zu reinigen, zu flicken und zu kalfatern, und dafür würde dieser Herr Silber fordern. Wir Ruderleute reimten uns aus aufgeschnappten Gesprächsbrocken zusammen, dass Sverri eine letzte Ladung aufnehmen, damit nach Dänemark fahren und sie dort verkaufen wollte. Dann wollte er nach einem sicheren Hafen suchen, von dem aus er sich über Land auf den Weg nach Hause machen konnte, um das Silber zur Bezahlung der Handelsreise des kommenden Jahres zu holen.

Wir lagen vor der britannischen Küste. Ich erkannte nicht, wo genau wir uns befanden, aber ich wusste, dass es nicht Ostanglien war, denn vor uns lagen Felsgestein und schroffe Hügel. «Hier gibt's nichts zu kaufen», murrte Sverri.

«Vielleicht Felle?», überlegte Hakka.

«Und welchen Preis bringen die um diese Jahreszeit ein?», fragte Sverri wütend. «Wir kriegen nur, was sie im Frühjahr nicht losgeworden sind. Nichts als wertloses Zeug, an dem überall die Schafsköttel kleben. Da lade ich noch lieber Kohle.»

An einem Abend suchten wir uns einen Platz in einer Flussmündung, und bewaffnete Reiter erschienen am Ufer, um uns in Augenschein zu nehmen, doch sie ließen die kleinen Fischerboote, die auf dem Strand lagen, unbenutzt liegen, und deuteten damit an, dass sie uns in Ruhe lassen würden, wenn wir sie ebenfalls in Ruhe ließen. Kurz bevor es dunkel wurde, kam ein weiteres Handelsschiff in die Mündung und ankerte ganz in unserer Nähe. Der dänische Schiffsführer bestieg ein kleines Boot und ruderte damit zu uns herüber, und dann hockten Sverri und er in dem Raum unter der Steuerplattform und tauschten Neuigkeiten aus. Wir konnten nichts davon hören. Wir sahen die beiden Männer nur Bier trinken und sich unterhalten. Der Fremde ging, bevor die Nacht sein Schiff vollkommen verschluckt hatte, und Sverri schien diese Unterhaltung erfreut zu haben, denn am nächsten Morgen rief er seinen Dank in Richtung des anderen Schiffes und befahl uns, den Anker zu lichten und uns an die Ruder zu setzen. Es war ein windstiller Tag, glatt lag das Meer vor uns, und wir ruderten an der Küste entlang nordwärts. Ich starrte aufs Land, sah Rauch von den Kochfeuern der Siedlungen aufsteigen und dachte daran, dass dort die Freiheit lag.

Ich träumte von der Freiheit, doch inzwischen glaubte ich nicht mehr daran, dass ich sie jemals wiederfinden würde. Ich dachte, ich würde an diesem Ruder sterben, wie so viele andere, die unter Sverris Peitsche gestorben waren. Von den elf Ruderern, die an Bord gewesen waren, als man mich zu Sverri gebracht hatte, lebten nur noch vier. Finan war einer von ihnen. Wir hatten jetzt vierzehn Ruderleute, denn Sverri hatte die Toten ersetzt und, seit ihn das rote Schiff bedrohte, noch mehr Sklaven für seine Ruder gekauft. Manche Schiffsführer ließen lieber freie Männer für sich rudern, aber diese Männer erwarteten einen Anteil des Gewinns, und Sverri war ein Geizhals.

Am späten Vormittag erreichten wir die Einmündung

eines Flusses, und ich sah auf einer Landzunge an seinem südlichen Ufer einen hohen Holzstapel, der angezündet werden sollte, falls Plünderer kamen, um die Leute hinter der Küste zu warnen. Und ich hatte diesen Holzstapel schon früher einmal gesehen. Er war wie hundert andere seiner Art, und dennoch erkannte ich ihn wieder, und deshalb wusste ich, dass er bei den Ruinen der römischen Festung lag, wo meine Versklavung ihren Anfang genommen hatte. Wir waren an die Mündung des Tine zurückgekommen.

«Sklaven!», verkündete uns Sverri. «Das kaufen wir hier. Sklaven, genau wie ihr Bastarde es seid. Außer, dass es Frauen und Kinder sind. Schotten. Versteht hier jemand ihre Drecksprache?» Niemand von uns antwortete. Es musste auch keiner von uns Schottisch verstehen, denn die Sprache von Sverris Peitsche war auch so verständlich genug.

Sklaven nahm er nicht gerne als Ladung auf, denn sie erforderten ständige Überwachung und Verpflegung, doch der andere Händler hatte ihm von Frauen und Kindern erzählt, die vor kurzem erst in einer dieser endlosen Grenzzwistigkeiten zwischen Northumbrien und Schottland gefangen worden waren, und diese Sklaven versprachen sehr gute Gewinne einzubringen. Falls von den Frauen und Kindern welche hübsch waren, würden sie auf den jütländischen Sklavenmärkten hohe Preise erzielen, und Sverri musste gute Geschäfte machen, und deshalb ruderten wir mit der Flut den Tine hinauf. Es ging auf Gyruum zu, und Sverri wartete, bis die Wasserlinie fast den Saum aus Tang und Treibgut erreicht hatte, der den Höchststand der Flut anzeigte, bis er den *Trader* aufs Ufer laufen ließ. Das tat er nicht oft, doch er wollte, dass wir den Rumpf abkratzten, bevor wir uns auf den Weg nach Dänemark machten. Außerdem war es bei einem auf Grund gesetzten Schiff leichter, menschliche Fracht einzuladen. Also brachten wir den *Trader* ans Ufer, und ich sah, dass die Sklavenpferche wieder aufgebaut worden waren und auf dem zerstörten Kloster ein neues Strohdach lag. Alles war wie zuvor.

Sverri ließ uns Sklavenkragen umlegen, die aneinandergekettet wurden, sodass wir nicht entkommen konnten, und dann, während er die Salzmarsch durchquerte, schabten wir mit Steinen den freiliegenden Schiffskörper ab. Finan sang bei der Arbeit in seiner irischen Sprache, aber manchmal lächelte er mich auch schief an. «Zieh die Abdichtung zwischen den Bohlen raus, Osbert», sagte er.

«Damit wir sinken?»

«Ja, aber Sverri geht mit uns unter.»

«Lass ihn lieber leben, damit wir ihn umbringen können», sagte ich.

«Und wir werden ihn umbringen», sagte Finan.

«Niemals die Hoffnung aufgeben, was?»

«Ich habe es geträumt», sagte Finan. «Ich habe es drei Mal geträumt, seit das rote Schiff gekommen ist.»

«Aber jetzt ist das rote Schiff wieder verschwunden.»

«Wir werden ihn umbringen. Ich versprech's dir. Ich werde auf seinen Gedärmen tanzen, das weiß ich genau.»

Um die Mittagszeit hatte die Flut ihren Höhepunkt erreicht, sodass das Wasser den ganzen Nachmittag hindurch fiel. Schließlich lag der *Trader* weit über den unruhigen Wellen und konnte erst lange nach Einbruch der Dunkelheit wieder aufs Wasser gebracht werden. Sverri fühlte sich nie wohl, wenn sein Schiff am Ufer lag, und ich wusste, er würde noch am gleichen Tag seine Ladung aufnehmen wollen, um den *Trader* mit der nächsten Flut am Abend wieder im Wasser zu haben. Er hatte einen Anker bereitliegen, sodass wir uns im Dunkeln vom Ufer und der Salzmarsch wegstoßen und in der Mitte des Flusses ankern konnten, um dann mit der frühen Dämmerung auszulaufen.

Er kaufte dreiunddreißig Sklaven. Die jüngsten waren fünf oder sechs Jahre alt, die ältesten vielleicht siebzehn oder achtzehn. Es waren alles Frauen und Kinder, kein einziger Mann war dabei. Wir hatten den Rumpf fertig abgekratzt und hockten am Ufer, als sie ankamen. Mit den gierigen Augen von Männern, die ihre Bedürfnisse nicht erfüllen können, starrten wir die Frauen an. Die Sklaven weinten, und so konnte man kaum sagen, ob die Frauen hübsch waren. Sie weinten, weil sie Sklaven waren und weil sie aus ihrem Land fortgebracht worden waren und weil sie das Meer fürchteten und weil sie uns fürchteten. Ein Dutzend Bewaffneter ritt hinter ihnen. Ich erkannte keinen von ihnen. Sverri ging an der Reihe der aneinandergeketteten Sklaven entlang, prüfte die Zähne der Kinder und zog den Frauen die Kleider herunter, um ihre Brüste zu begutachten. «Die Rothaarige wird dir einen hübschen Preis einbringen», rief einer der Reiter Sverri zu.

«Das werden sie alle.»

«Ich hab sie mir gestern Abend vorgenommen», sagte der Mann, «also kriegt sie vielleicht ein Kind von mir. Dann hast du zwei Sklaven zum Preis von einem, du glücklicher Hund.»

Die Sklaven waren schon in Ketten, und Sverri musste für diese Fesseln und Ketten ebenfalls zahlen, genau wie er Nahrungsmittel und Bier kaufen musste, um die dreiunddreißig Schotten auf dem Weg nach Jütland am Leben zu halten. Wir sollten diese Vorräte aus dem Kloster holen, und Sverri führte uns durch die Salzmarsch, über den Fluss und hinauf zu dem umgestürzten Steinkreuz, wo uns sechs berittene Männer bei einem Wagen erwarteten. Der Wagen war mit Bierfässern, Bottichen mit eingesalzenem

Hering und geräuchtertem Aal und einem Sack Äpfel beladen. Sverri biss in einen Apfel, verzog das Gesicht und spuckte den Bissen wieder aus. «Verwurmt», beschwerte er sich und warf den Apfel in unsere Richtung. Es gelang mir, ihn aus der Luft zu schnappen, obwohl sich auch alle anderen nach ihm streckten. Ich brach den Apfel durch und gab Finan eine Hälfte. «Sie schlagen sich um einen wurmstichigen Apfel», freute sich Sverri. Dann schüttete er einen Beutel Münzen auf dem Boden des Wagens aus. «Hinknien, ihr Bastarde», knurrte er uns an, als die sieben Reiter näher an den Wagen kamen.

Gehorsam knieten wir vor den Neuankömmlingen nieder. «Wir müssen die Münzen prüfen», sagte einer von ihnen, und ich erkannte die Stimme und sah auf und hatte Sven den Einäugigen vor mir.

Und er erwiderte meinen Blick.

Ich senkte den Kopf und biss in den Apfel.

«Fränkische Deniers», sagte Sverri stolz und hielt Sven ein paar der Silbermünzen hin.

Sven nahm sie nicht. Er starrte mich an. «Wer ist das?», wollte er wissen.

Sverri warf einen Blick auf mich. «Osbert», sagte er. Er wählte ein paar weitere Münzen aus. «Das hier sind Alfreds Pennys», sagte er und streckte sie Sven entgegen.

«Osbert?», sagte Sven. Immer noch starrte er mich an. Ich sah nicht aus wie Uhtred von Bebbanburg. Mein Gesicht war von neuen Narben gezeichnet, mein ungekämmtes Haar bildete eine verfilzte Masse, mein Bart war struppig, und meine Haut war so dunkel wie gebeiztes Holz, und dennoch starrte er mich weiter an. «Komm her, Osbert», sagte er.

Ich konnte mich nicht gut bewegen, weil ich mit der Kette um meinen Hals mit den anderen Ruderern verbunden war, aber ich stand auf, schlurfte, so weit es die Kette erlaubte, in seine Richtung und kniete wieder nieder, denn ich war ein Sklave, und er war ein Herr.

«Sieh mich an», knurrte er.

Ich gehorchte und sah ihm gerade in die Augen, und ich bemerkte sein gutes Kettenhemd und seinen guten Umhang und das gute Pferd, auf dem er saß. Ich ließ meine rechte Wange zittern und Speichel aus meinem Mundwinkel tropfen, als wäre ich halbverrückt, und ich grinste, als würde ich mich freuen, ihn zu sehen, und ich nickte wie ein Blöder mit dem Kopf, und er musste sich denken, dass ich einfach nur einer von den vielen zugrunde gerichteten, irre gewordenen Sklaven war, und er winkte mich weg und nahm die Münzen von Sverri. Sie schacherten, doch schließlich waren genügend Münzen mit genügend Silbergehalt gefunden, und wir Ruderleute wurden angewiesen, die Fässer und Bottiche zum Schiff zu tragen.

Sverri schlug mich auf den Rücken, während wir gingen. «Was hast du gemacht?»

«Gemacht, Herr?»

«Gezittert wie ein Blöder. Gesabbert.»

«Ich glaube, ich werde krank, Herr.»

«Kennst du diesen Mann?»

«Nein, Herr.»

Sverri blieb misstrauisch, doch er erfuhr nichts, und als wir die Fässer auf den *Trader* hievten, der immer noch halb gestrandet am Ufer lag, ließ er mich in Ruhe. Aber als wir die Verpflegung verstauten, zitterte ich weder noch sabberte ich, und Sverri wusste, dass ich ihm etwas verheimlichte, und als er eine Weile darüber nachgedacht hatte, schlug er mich, weil ihm die Lösung eingefallen war. «Du bist von hier gekommen, oder?»

«Bin ich das, Herr?»

Er schlug mich erneut, dieses Mal noch fester, und die anderen Sklaven sahen dabei zu. Sie erkannten ein verwundetes Tier, wenn sie eines vor sich hatten, und nur Finan bemitleidete mich, aber auch er konnte nichts tun. «Du bist von hier gekommen», sagte Sverri. «Wie konnte ich das bloß vergessen? Hier haben sie dich zu mir gebracht.» Er deutete auf Sven, der auf der anderen Seite der Marsch bei den Ruinen auf dem Hügel war. «Was hast du mit Sven dem Einäugigen zu tun?»

«Nichts», sagte ich, «ich habe ihn noch nie vorher gesehen.»

«Du lügst, Scheißkerl», sagte er. Er besaß das Gespür des Händlers für eine Verdienstmöglichkeit, und deshalb ließ er mich von den anderen Ruderern losketten. Meine Fußfesseln und die Kette am Hals musste ich weitertragen. Sverri nahm das Ende der Kette und wollte mich zurück zum Kloster führen, doch wir kamen nicht weiter als bis zur ersten Kiesbank, denn auch Sven hatte ein zweites Mal nachgedacht. Mein Gesicht verfolgte ihn in seinen schlimmsten Träumen, und in der zuckenden Idiotengrimasse Osberts hatte er seine Albträume wiedergesehen, und jetzt galoppierte er, gefolgt von sechs Reitern, auf uns zu.

«Hinknien», befahl Sverri.

Ich kniete nieder.

Schlitternd kam Svens Pferd auf dem Kies zum Stehen. «Sieh mich an», hieß er mich erneut, und ich sah hoch und Spucke lief von meinem Mund in meinen Bart. Ich zuckte mit dem Gesicht, und Sverri zog mir eins über. «Wer ist er?», fragte Sven.

«Er hat mir erzählt, sein Name sei Osbert, Herr», sagte Sverri.

«Das hat er Euch erzählt?»

«Ich habe ihn hier bekommen, Herr, genau hier an dieser Stelle», sagte Sverri, «und er hat mir erzählt, sein Name sei Osbert.»

Darauf lächelte Sven. Er stieg ab, kam zu mir und zog mir das Kinn hoch, sodass er mich genau ansehen konnte. «Hier habt Ihr ihn bekommen?», fragte er Sverri.

«König Guthred hat ihn mir gegeben, Herr.»

Da wusste Sven, wer ich war, und sein einäugiges Gesicht verzerrte sich in einer seltsamen Mischung aus Triumph und Hass. Er schlug mich auf den Kopf, so fest, dass ich einen Moment lang die Besinnung verlor und auf die Seite fiel. «Uhtred!», erklärte er siegesgewiss. «Du bist Uhtred!»

«Herr!» Sverri stand neben mir, um mich zu beschützen. Nicht weil er mich mochte, sondern weil er sich einen unverhofften Verdienst von mir versprach.

«Er gehört mir», sagte Sven, und sein langes Schwert glitt leise wie ein Flüstern aus der fellgefütterten Scheide.

«Er gehört mir, bis ich ihn verkaufe, und Euch, wenn Ihr ihn kauft», sagte Sverri demütig, aber entschieden.

«Um ihn mir zu nehmen», sagte Sven, «würde ich dich töten, Sverri, und genauso alle deine Männer. Also ist mein Preis für diesen Mann dein Leben.»

Da wusste Sverri, dass er verloren hatte. Er verbeugte sich, ließ die Kette an meinem Hals los und trat einen Schritt zurück, und ich wog die Kette in meiner Hand und schleuderte ihr loses Ende nach Sven, und es fuhr zischend an seinem Gesicht vorbei und drängte ihn zurück. Und dann rannte ich. Die Fußketten behinderten mich und mir blieb nichts anderes übrig, als in den Fluss zu laufen. Ich stolperte durch die niedrigen Wellen und wandte mich um, bereit, die Kette als Waffe einzusetzen, und ich wusste, dass ich tot war, denn Svens Reiter setzten mir nach, und ich watete noch weiter ins Wasser hinaus. Es war besser zu ertrinken, dachte ich, als Svens Folter zu erleiden.

Da zügelten die Reiter ihre Pferde. Sven rannte zwischen ihnen hindurch, und dann blieb auch er stehen, und ich stand bis zur Brust im Fluss, und die Kette in meiner Hand störte mich, und ich bereitete mich darauf vor, mich rücklings ins Todesdunkel des Wassers zu stürzen, als Sven selbst einen Schritt von mir weg tat. Dann trat er noch weiter zurück, wandte sich um und rannte zu seinem Pferd. In seinem Gesicht hatte Angst gestanden, und ich ging das Wagnis ein, mich nach dem umzudrehen, was ihn erschreckt hatte.

Und da kam vom Meer, vorangetrieben von seinen Zwillingsrudern und der schnell steigenden Flut, das rote Schiff.

SECHS

Das rote Schiff war schon nahe, und es war schnell. Seinen Bug schmückte ein Drachenkopf mit schwarzen Zähnen, und dahinter standen bewaffnete Männer mit Kettenhemden und Helmen. Sie rauschten wie im Lärm eines Sturmes heran, die Ruder ließen das Wasser aufspritzen, mit lärmenden Rufen verständigten sich die Krieger, und siedende Wasserstrudel kreisten um den breiten, roten Bug. Ich taumelte zur Seite, um dem Schiff auszuweichen, denn es verlangsamte seine Fahrt nicht, als es sich dem Ufer näherte, sondern behielt seine volle Geschwindigkeit bei, und dann kam der letzte Ruderschlag, und der Bug schrammte über das Ufer, und der Drachenkopf bäumte sich auf, und der mächtige Kiel schob sich in einem Hagel umherfliegender Kiesel krachend auf den Strand. Der dunkle Schiffsrumpf hing drohend über mir, und dann traf mich ein Ruderschaft in den Rücken und schleuderte mich unter Wasser, und als ich strampelnd wieder auf die Füße kam, sah ich, dass das Schiff zitternd zur Ruhe gekommen war und ein Dutzend Männer in Kettenhemden mit Speeren, Schwertern, Äxten und Schilden vom Bug sprang. Die Ersten von ihnen, die an den Strand kamen, brüllten schon herausfordernd, während die Mannschaft noch ihre Ruder fallen ließ, sich bewaffnete und ihnen folgte. Das war kein Händler, sondern ein Beuteschiff, und die Mannschaft war zum Töten hierhergekommen.

Sven flüchtete. Eilig stieg er in seinen Sattel und stob über die Marsch davon, während seine sechs Männer viel tapferer waren und den einbrechenden Kriegern entgegenritten. Doch die Tiere wurden schreiend mit den Äxten zu Fall gebracht und die Reiter am Strand abgeschlachtet. Ihr Blut floss in die niedrigen Wellen, in denen ich mit offenem Mund stand und kaum glauben konnte, was ich doch mit meinen eigenen Augen sah. Sverri lag auf den Knien und hatte die Hände weit ausgebreitet, um zu zeigen, dass er unbewaffnet war.

Der Führer des roten Schiffes, prächtig anzusehen in seinem Helm, der von Adlerschwingen bekrönt war, führte seine Männer zu dem Weg durch die Marsch in Richtung der Klostergebäude. Er ließ ein halbes Dutzend Krieger am Ufer zurück, und einer von ihnen war von riesenhafter Gestalt, groß wie ein Baum und breit wie ein Fass, und er trug eine Kriegsaxt, von der das Blut troff. Er zog seinen Helm vom Kopf und grinste mich an. Er sagte etwas, doch ich verstand ihn nicht. Ich starrte ihn einfach nur ungläubig an, und sein Grinsen wurde noch breiter.

Es war Steapa.

Steapa Snotor. Steapa der Schlaue bedeutete das, und das war ein Scherz, denn er war nicht gerade der klügste Mann, den ich im Leben getroffen hatte. Doch er war ein großer Krieger, der einst mein geschworener Feind gewesen und seitdem mein Freund geworden war. Und jetzt grinste er mich vom Ufer aus an, und ich verstand nicht, weshalb ein westsächsischer Krieger auf einem Schiff der Nordmänner fuhr, und dann begann ich zu weinen. Ich weinte, weil ich frei war und weil Steapas breites, vernarbtes, finsteres Gesicht das Schönste war, was ich gesehen hatte, seit ich zuletzt an diesem Ufer war.

Ich watete aus dem Fluss und umarmte ihn, und er klopfte mir unbeholfen auf die Schulter und konnte nicht mit dem Grinsen aufhören, weil er so glücklich war. «Das haben sie mit dir gemacht?», sagte er und deutete auf meine Fußfesseln.

«Ich trage sie seit über zwei Jahren», sagte ich.

«Stell die Füße auseinander, Herr», sagte er.

«Herr?» Sverri hatte von dem, was Steapa gesagt hatte, dieses eine sächsische Wort verstanden. Er erhob sich von den Knien und ging zögernd einen Schritt auf uns zu. «Hat er dich so genannt?», fragte er. «Herr?»

Ich starrte Sverri einfach nur an, und da ging er wieder auf die Knie. «Wer bist du?», fragte er und fürchtete sich.

«Soll ich ihn umbringen?», knurrte Steapa.

«Noch nicht», sagte ich.

«Ich habe dich am Leben erhalten», sagte Sverri, «ich habe dir zu essen gegeben.»

Ich richtete meinen Zeigefinger auf ihn. «Schweig», sagte ich, und er schwieg.

«Stell die Füße auseinander», sagte Steapa erneut, «spann die Kette für mich.»

Ich tat, was er verlangte. «Sei vorsichtig», sagte ich.

«Sei vorsichtig!», machte er sich lustig, und dann holte er mit der Axt aus, und die breite Klinge zischte an meinem Schritt vorbei und fuhr krachend in die Kette, sodass meine Knöchel durch den heftigen Zug inwärts zuckten und ich taumelte. «Steh still», befahl Steapa und dann holte er erneut aus, und dieses Mal gab die Kette nach. «Du kannst jetzt laufen», sagte Steapa, und so war es, obwohl ich die Glieder der durchgehauenen Kette hinter mir herschleppte.

Ich ging zu den Toten und suchte mir zwei Schwerter. «Befreie diesen Mann», sagte ich zu Steapa und deutete auf Finan, und Steapa schlug noch mehr Ketten durch, und Finan kam übers ganze Gesicht grinsend zu mir, und wir starrten uns an, Freudentränen in den Augen, und dann reichte ich ihm eines der Schwerter. Einen Moment lang sah er die Klinge so ungläubig an, als könne er seinen Augen nicht trauen, dann nahm er sie am Heft und jaulte wie ein Wolf in der Dämmerung. Und dann fiel er mir um den Hals. Er weinte. «Du bist frei», sagte ich zu ihm.

«Ich bin wieder ein Krieger», sagte er. «Ich bin Finan der Flinke!»

«Und ich bin Uhtred», sagte ich und sprach meinen Namen zum ersten Mal aus, seit ich zuletzt an diesem Ufer gestanden hatte. «Ich heiße Uhtred», sagte ich noch einmal lauter, «und ich bin der Herr von Bebbanburg.» Dann drehte ich mich zu Sverri um. Wut kochte in mir hoch. «Ich bin Herr Uhtred», erklärte ich ihm, «der Mann, der Ubba Lothbrokson am Meeresstrand getötet und Svein vom Weißen Pferd in Odins Totenhalle geschickt hat. Ich bin Uhtred.» Ich raste inzwischen vor Zorn, ging steifbeinig zu Sverri hin und hob sein Kinn mit der Schwertklinge an. «Ich bin Uhtred», sagte ich, «und du sagst Herr zu mir.»

«Ja, Herr», sagte er.

«Und das ist Finan von Irland», sagte ich, «und zu ihm sagst du auch Herr.»

Sverri sah Finan an, konnte seinen Blick nicht ertragen und senkte den Kopf. «Herr», sagte er zu Finan.

Ich wollte ihn umbringen, aber ich hatte so eine Ahnung, als könne mir Sverri auf Erden noch zu etwas nütze sein, und deshalb begnügte ich mich damit, Sverri das Messer abzunehmen und ihm damit den Hemdsärmel aufzuschlitzen. Er zitterte, weil er dachte, ich würde ihm gleich die Kehle durchschneiden, doch stattdessen grub ich das Messer in seinen Arm und schnitt ein S in sein Fleisch. Dann rieb ich Sand in die Wunde. «Also, Sklave», sagte ich, «wie öffnet man diese Nieten?», ich tippte mit dem Messer auf meine Fußfesseln.

«Dazu braucht man Schmiedewerkzeuge, Herr», sagte Sverri.

«Wenn du noch ein bisschen am Leben bleiben willst, Sverri, dann bete, dass wir hier einen Schmied finden.»

Bei der Klosterruine musste es Werkzeuge geben, denn dort hatten Kjartans Leute ihre Sklaven in Ketten gelegt. Also schickte Steapa zwei Männer los, die danach suchen sollten. Finan vergnügte sich in der Zwischenzeit damit, Hakka abzuschlachten, weil ich ihn nicht Sverri niedermetzeln lassen wollte. Die schottischen Sklaven beobachteten entsetzt, wie das Blut neben dem am Ufer liegenden *Trader* ins Wasser strömte. Danach tanzte Finan vor Freude und sang eines seiner wilden Lieder, und dann brachte er die übrigen Männer von Sverris Mannschaft um.

«Wieso bist du hier?», fragte ich Steapa.

«Ich wurde gesandt, Herr», sagte er stolz.

«Gesandt? Wer hat dich gesandt?»

«Der König natürlich», sagte er.

«Guthred hat dich hierher gesandt?»

«Guthred?», fragte Steapa, der mit diesem Namen offenbar nichts anfangen konnte. Dann schüttelte er den Kopf. «Nein, König Alfred natürlich.»

«Alfred hat euch gesandt?», fragte ich und riss die Augen auf. «Alfred?»

«Alfred hat uns gesandt», bestätigte er.

«Aber das sind Dänen», ich deutete auf die Männer, die mit Steapa am Ufer zurückgeblieben waren.

«Manche sind Dänen», sagte er, «aber die meisten von uns sind Westsachsen. Alfred hat uns ausgesandt.»

«Alfred hat euch ausgesandt?», fragte ich erneut und wusste, dass ich mich anhörte wie ein schwachsinniger

Tölpel, aber ich konnte kaum glauben, was ich da hörte. «Alfred hat Dänen ausgesandt?»

«Ein Dutzend von ihnen», sagte Steapa, «und sie sind nur hier, weil sie ihm Gefolgschaft leisten.» Er deutete auf den Schiffsführer mit den Schwingen am Helm, der mit großen Schritten zum Ufer zurückkam. «Er ist die Geisel», sagte Steapa, als wäre damit alles erklärt, «und Alfred hat mich ausgesandt, damit er redlich bleibt. Ich bewache ihn.»

Die Geisel? Dann erinnerte ich mich, wessen Zeichen die Adlerschwinge war, und ich stolperte dem Führer des roten Schiffes entgegen, behindert von den Teilen der Kette, die ich an den Knöcheln hinterherschleppte, und der Krieger nahm beim Näherkommen den Helm ab, und ich konnte ihn kaum klar sehen, weil mir Tränen die Sicht raubten. Trotzdem rief ich seinen Namen. «Ragnar!», schrie ich. «Ragnar!»

Er lachte. Als wir uns erreicht hatten, umarmte er mich, wirbelte mich herum, umarmte mich noch einmal, und dann schob er mich von sich. «Du stinkst», sagte er, «du bist der hässlichste, haarigste, stinkendste Bastard, der mir je unter die Augen gekommen ist. Ich sollte dich den Krabben vorwerfen, bloß glaube ich nicht, dass eine anständige Krabbe so etwas Ekelerregendes wie dich anrühren würde.»

Ich lachte, und ich weinte. «Alfred hat dich geschickt?»

«Hat er, aber ich wäre nicht gekommen, wenn ich gewusst hätte, was aus dir inzwischen für ein verdreckter Ziegenschiss geworden ist», sagte er. Er lächelte übers ganze Gesicht, und dieses Lächeln erinnerte mich an seinen Vater, an seinen Frohsinn und seine Strenge. Ragnar umarmte mich erneut. «Gut, dich zu sehen, Uhtred Ragnarson», sagte er.

Ragnars Leute hatten die übrigen Truppen Svens in

die Flucht geschlagen. Sven selbst war auf seinem Pferd Richtung Dunholm entkommen. Wir befreiten die Sklaven, verbrannten die Pferche, und am Abend, im Licht der brennenden Flechtzäune, wurden die Schellen um meine Knöchel aufgeschlagen, und ein paar Tage lang hob ich meine Füße beim Gehen lächerlich hoch, weil ich mich so an das Gewicht der eisernen Fesseln gewöhnt hatte.

Dann wusch ich mich. Die rothaarige schottische Sklavin kürzte, von Finan aufmerksam beobachtet, mein Haar. «Sie heißt Ethne», sagte er zu mir. Er beherrschte ihre Sprache, jedenfalls konnten sie sich verständigen, obwohl ich, so wie sie sich ansahen, glaubte, unterschiedliche Sprachen wären für die beiden keine Hürde gewesen. Ethne hatte unter den Toten aus Svens Truppe zwei Männer entdeckt, die ihr Gewalt angetan hatten, und sich Finans Schwert ausgeliehen, um ihre Leichen zu verstümmeln. Stolz hatte ihr Finan dabei zugesehen. Jetzt benutzte sie eine Schere, um mein Haar und meinen Bart zu stutzen, und danach zog ich ein Lederwams, saubere Hosen und ordentliche Schuhe an. Anschließend aßen wir in den Ruinen der Klosterkirche, und ich saß bei meinem Freund Ragnar und ließ mir die Geschichte von meiner Befreiung erzählen.

«Wir sind euch den ganzen Sommer über gefolgt», sagte er.

«Wir haben euch gesehen.»

«Mit diesem Schiff konnte man uns auch kaum übersehen, was? Ist es nicht scheußlich? Ich hasse Schiffe aus Kiefernholz. Es heißt *Drachenfeuer*, aber ich nenne es *Wurmatem*. Ich habe einen Monat gebraucht, um es seetüchtig zu machen. Früher hat es einem Mann gehört, der bei Ethandun gefallen ist, und dann ist es an der Temes verrottet, bis Alfred es uns gegeben hat.»

«Und warum hat Alfred das getan?»

«Weil er meint, du hättest ihm bei Ethandun seinen Thron gewonnen», sagte Ragnar und grinste. «Da hat Alfred natürlich maßlos übertrieben», fuhr er fort, «da bin ich ganz sicher. Vermutlich bist du einfach ein bisschen auf dem Schlachtfeld herumgestolpert und hast ordentlich Lärm veranstaltet, aber damit hast du genug getan, um Alfred zu täuschen.»

«Ja, ich habe genug getan», sagte ich sanft und erinnerte mich an den langgezogenen grünen Hügel. «Aber ich habe geglaubt, Alfred hätte nichts davon bemerkt.»

«Er hat es bemerkt», sagte Ragnar, «aber er hat uns nicht allein deinetwegen losgeschickt. Er hat dafür auch noch ein Nonnenkloster bekommen.»

«Was hat er bekommen?»

«Ein Nonnenkloster. Sein Gott allein weiß, warum er unbedingt eins haben wollte. Ich hätte dich vielleicht gegen ein Hurenhaus eingetauscht, aber Alfred hat ein Nonnenkloster bekommen und scheint mit diesem Handel höchst zufrieden zu sein.»

Und dann erfuhr ich alles. Ich hörte an diesem Abend nicht die ganze Geschichte, aber später konnte ich mir alles zusammenreimen und werde es an dieser Stelle erzählen. Angefangen hatte es mit Hild.

Guthred hatte sein letztes Versprechen gehalten, das er mir gegeben hatte, und Hild respektvoll behandelt. Er gab ihr mein Schwert und meinen Helm, er ließ ihr mein Kettenhemd und meine Armringe, und er bat sie, die Begleiterin seiner jungen Frau zu werden. Königin Osburh war die sächsische Nichte des entthronten Königs von Eoferwic. Doch Hild schrieb sich selbst die Schuld für den Verrat an mir zu. Sie glaubte, sie habe ihren Gott beleidigt, indem sie ihrer Berufung als Nonne nicht gefolgt war, und deshalb bat sie Guthred, nach Wessex zurückkehren und wieder in ihren Orden eintreten zu dürfen. Er wollte, dass sie in Northumbrien blieb, doch sie bat ihn erneut und erklärte ihm, Gott und Sankt Cuthbert verlangten nach ihr, und von Sankt Cuthberts Ansichten ließ sich Guthred nur zu gern überzeugen. Also erlaubte er ihr, einige Botschafter zu begleiten, die er zu Alfred schickte, und auf diese Weise kehrte Hild nach Wessex zurück. Kaum angekommen, traf sie Steapa wieder, der immer etwas für sie übriggehabt hatte.

«Sie hat mich nach Fifhaden mitgenommen», erzählte mir Steapa an jenem Abend, an dem die Zäune hinter den Ruinen von Gyruums Kloster brannten.

«Nach Fifhaden?»

«Und dort haben wir deinen Hort ausgegraben», sagte Steapa. «Hild hat mir gezeigt, wo er war, und ich habe ihn ausgegraben. Dann haben wir ihn zu Alfred gebracht. Alles. Wir haben die Beutel vor seinen Füßen ausgeleert, und er konnte kaum den Blick davon abwenden.»

Der Hort war Hilds Waffe. Sie berichtete Alfred von Guthred und wie er mich verraten hatte, und sie versprach Alfred, dass sie mit dem vielen Gold und Silber, das vor ihm auf dem Boden lag, ein Gotteshaus bauen und ihre Sünden bereuen und den Rest ihres Lebens als Braut Christi zubringen würde, wenn er Männer aussandte, um mich zu finden. Sie würde die Fesseln der Kirche anlegen, damit meine Eisenketten gelöst würden.

«Sie ist wieder Nonne geworden?», fragte ich.

«Sie hat gesagt, sie wollte es», antwortete Steapa. «Sie hat gesagt, Gott wollte es. Und Alfred hat es getan. Er hat ja gesagt.»

«Dann hat Alfred dich freigelassen?», fragte ich Ragnar.

«Ich hoffe, er tut es», sagte Ragnar, «wenn ich dich zurück nach Hause gebracht habe. Ich bin immer noch eine Geisel, aber Alfred meinte, ich könne nach dir suchen, wenn ich verspreche, zu ihm zurückzukehren. Wir werden alle bald frei sein. Guthrum verhält sich ruhig. Er heißt jetzt König Æthelstan.»

«Er ist in Ostanglien?»

«Er ist in Ostanglien», bestätigte Ragnar, «und dort baut er Kirchen und Klöster.»

«Also ist er wirklich Christ geworden?»

«Der arme Kerl ist genauso fromm wie Alfred», sagte Ragnar mit finsterer Miene. «Guthrum war schon immer ein leichtgläubiger Narr. Jedenfalls hat Alfred nach mir geschickt. Er hat mir erklärt, dass ich nach dir suchen kann. Ich konnte die Männer mitnehmen, die mir in der Verbannung gedient haben, und die anderen sind Seeleute, die Steapa gefunden hat. Es sind Sachsen, versteht sich, aber die Bastarde rudern gar nicht schlecht.»

«Steapa hat behauptet, er sei hier, um dich zu bewachen», sagte ich.

«Steapa!», Ragnar sah sich im Schein des Feuers um, das wir im Kirchenschiff entzündet hatten. «Du stinkender Haufen Wieselschiss. Hast du wirklich gesagt, du bist hier, um mich zu bewachen?»

«Aber das bin ich doch, Herr», sagte Steapa.

«Du bist ein Stück Dreck. Aber du kämpfst gut.» Ragnar grinste und wandte sich wieder mir zu. «Und ich soll dich zurück zu Alfred bringen.»

Ich sah ins Feuer, in dem Stücke des Flechtzaunes hellrot verglühten. «Thyra ist in Dunholm», sagte ich, «und Kjartan lebt.»

«Und ich gehe nach Dunholm, sobald Alfred mich freilässt», sagte Ragnar, «aber zuerst muss ich dich nach Wessex bringen. Ich habe einen Eid darauf abgelegt. Ich habe geschworen, dass ich den Frieden in Northumbrien nicht brechen, sondern dich nur holen werde. Und natürlich hat Alfred Brida bei sich behalten.» Brida war Ragnars Frau.

«Er hat sie bei sich behalten?»

«Als Pfand für mich, nehme ich an. Aber er wird sie wieder freilassen, und dann verschaffe ich mir Geld und stelle eine Truppe auf, und dann lasse ich Dunholm vom Antlitz der Erde verschwinden.»

«Du hast kein Geld?»

«Nicht genug.»

Also erzählte ich ihm von Sverris Haus in Jütland und von dem Geld dort, oder dass wir jedenfalls glaubten, er habe sein Geld dort gehortet, und Ragnar dachte darüber nach, und ich dachte über Alfred nach.

Alfred mochte mich nicht. Er hatte mich noch nie gemocht. Hin und wieder hatte er mich sogar gehasst, aber ich hatte ihm gute Dienste geleistet. Ich hatte ihm sogar sehr gute Dienste geleistet, und diese Dienste hatte er mir sehr schlecht vergolten. Fifhaden hatte er mir gegeben, während ich ihm ein Königreich gegeben hatte. Doch nun schuldete ich ihm meine Freiheit, und ich verstand nicht, was er damit bezweckte. Außer, natürlich, dass er von Hild dafür ein Gotteshaus bekam, und so etwas gefiel ihm, genauso wie es ihm gefiel, dass sie ihre Sünden bereute, und beides zusammen ergab einen verdrehten Sinn. Und dennoch hatte er mich befreit. Er hatte seinen Arm ausgestreckt und mich aus der Sklaverei geholt, und das erschien mir doch großzügig. Aber ich wusste auch, dass ich dafür würde bezahlen müssen. Alfred wollte mehr als Hilds Seele und ein neues Kloster. Er wollte mich. «Ich hatte gehofft, Wessex nie mehr wiederzusehen», sagte ich.

«Aber du wirst es wiedersehen», sagte Ragnar, «weil ich geschworen habe, dich zurückzubringen. Außerdem können wir hier nicht bleiben.»

«Nein», stimmte ich zu.

«Kjartan ist spätestens morgen früh mit hundert Männern hier», sagte Ragnar.

«Zweihundert», sagte ich.

«Also müssen wir weg», sagte er und fügte sehnsüchtig hinzu: «In Jütland gibt es also einen Hort zu holen?»

«Einen großen Hort», sagte Finan.

«Wir glauben, dass er in einem Riedhaus vergraben ist», ergänzte ich, «und seine Bewacher eine Frau und drei Kinder sind.»

Ragnar starrte durch die Türöffnung auf ein paar kleine Feuer, die bei den armseligen Schuppen neben der Römerfestung brannten. «Ich kann nicht nach Jütland gehen», sagte er leise, «ich habe einen Eid geschworen, dass ich dich zurückbringe, sobald ich dich gefunden habe.»

«Dann kann ein anderer gehen», schlug ich vor. «Du hast jetzt zwei Schiffe. Und Sverri erzählt uns bestimmt, wo er seinen Hort vergraben hat, wenn wir ihm genug Angst einjagen.»

Und so befahl Ragnar seinen zwölf Dänen am nächsten Morgen, mit dem *Trader* übers Meer zu fahren. Zum Anführer wurde Rollo bestimmt, Ragnars bester Steuermann. Finan bat darum, mit Rollo fahren zu dürfen, und das schottische Mädchen Ethne begleitete Finan, der nun ein Kettenhemd und einen Helm und ein langes Schwert an seiner Hüfte trug. Sverri war an eine Ruderbank auf dem *Trader* gekettet, und als das Schiff ablegte, sah ich Finan mit derselben Peitsche auf ihn einschlagen, mit der Sverri uns monatelang den Rücken zernarbt hatte.

Der *Trader* entfernte sich, und wir setzten mit dem roten Schiff die schottischen Sklaven ans nördliche Ufer des Flusses über und ließen sie dort frei. Sie waren verängstigt und wussten nicht, was sie anfangen sollten, also gaben wir ihnen eine Handvoll Münzen aus Sverris Geldtruhe und sagten ihnen, sie sollten sich auf den Weg machen, immer mit dem Meer zur Rechten, und so würden sie mit etwas Glück vielleicht wieder bis nach Hause kommen. Wahrscheinlicher war es, dass sie von den Festungstruppen Bebbanburgs gefangen genommen und erneut in die Sklaverei verkauft werden würden, aber daran konnten wir nichts ändern. Dann schoben wir das rote Schiff vom Ufer weg und wandten uns dem offenen Meer zu.

Hinter uns, wo auf dem Hügel von Gyruum noch unsere Feuer rauchten, tauchten Reiter in Rüstung und Helm auf. Sie bildeten auf dem Hügelkamm eine Reihe, und ein Stoßtrupp galoppierte über die Salzmarsch bis auf den Kiesstrand. Aber sie kamen viel zu spät. Wir liefen mit der Ebbe in Richtung des Meeres aus, und als ich mich umsah und Kjartans Männer vor Augen hatte, wusste ich, dass ich sie wiedersehen würde. Dann glitt *Drachenfeuer* um die Biegung des Flusses, die Ruder tauchten ins Wasser, und die Sonne glitzerte wie frischgeschliffene Speerspitzen auf den niedrigen Wellen, und ein Fischadler kreiste über uns, und ich hob die Augen zum Himmel, und ich weinte.

Freudentränen.

Wir brauchten drei Tage, bis wir Lundene erreichten, wo wir an die Dänen Silber zahlten, denn sie trieben von jedem Schiff, das flussaufwärts fuhr, eine Abgabe ein. Danach dauerte es noch einmal zwei Tage bis Readingum, wo wir *Drachenfeuer* aufs Ufer laufen ließen und mit Sverris Geld Pferde kauften. Es war Herbst in Wessex, die Zeit der Nebel und brachliegenden Felder. Die Wanderfalken waren von dort zurückgekehrt, wohin ihre Reise durch die Lüfte sie in den Sommermonaten auch immer führt, und die Eichenblätter färbten sich bronzebraun und hingen zitternd im Wind.

Wir ritten nach Witanceaster, weil uns gesagt wurde, Alfred hielte dort Hof, doch als wir ankamen, war er auf eines seiner Güter geritten und wurde an diesem Tag nicht mehr zurückerwartet. Daher ließ ich Ragnar, während sich die Sonne langsam hinter dem Gerüst von Alfreds großem Kirchenbau senkte, im Gasthaus *Zwei Kraniche* zurück und machte mich auf den Weg zum nördlichen Stadtrand. Ich musste nach dem Weg fragen und wurde eine lange Gasse hinuntergeschickt, durch die sich schlammige Wagenspuren zogen. Zwei Schweine wühlten in dem Sträßchen, an dessen einer Seite die hohe Wehrpalisade der Stadt entlangführte, während sich auf der anderen Seite eine braune Holzwand mit einer niedrigen Tür befand, die durch ein Kreuz gekennzeichnet war. Ein paar Bettler hatten sich vor der Tür auf dem kotigen Schlamm niedergelassen. Sie waren in Lumpen gekleidet. Manchen fehlte ein Arm oder ein Bein, die meisten hatten Geschwüre auf der Haut, und eine blinde Frau hielt ein narbenentstelltes Kind im Arm. Als ich mich näherte, rückten sie ängstlich zur Seite.

Ich klopfte und wartete. Gerade wollte ich erneut klopfen, als eine kleine Luke in der Tür aufglitt. Ich erklärte, was ich wollte, die Luke wurde zugeschoben, und ich wartete erneut. Das Kind mit den Narben weinte, und die blinde Frau hielt eine Bettlerschale auffordernd in meine Richtung. Eine Katze lief über die Mauerkrone, und eine Wolke Stare erhob sich und flog westwärts davon. Zwei Frauen, die sich riesige Bündel Feuerholz auf den Rücken gebunden hatten, gingen vorbei, und hinter ihnen trieb ein Mann eine Kuh durch die Gasse. Ehrerbietig neigte er den Kopf vor mir, denn ich sah wieder aus wie ein Herr. Ich war in Leder gekleidet, und an meiner Seite hing ein Schwert, wenn es auch nicht Schlangenhauch war. Mein schwarzer Umhang wurde am Hals von einer schweren Fibel aus Silber und Bernstein zusammengehalten, die ich einem der Toten aus Sverris Mannschaft abgenommen hatte. Diese Fibel war mein einziger Schmuck, denn Armringe hatte ich nicht.

Dann wurde die niedrige Tür entriegelt und an ihren Lederschlaufen nach innen aufgezogen. Eine kleine Frau winkte mich herein. Ich duckte mich unter dem Türrahmen hindurch, und sie schloss die Tür. Dann führte sie mich über ein Stück Wiese und ließ mir Zeit, den Kot aus der Gasse von meinen Stiefeln zu kratzen, bevor sie mich in eine Kirche brachte. Sie schob mich hinein und blieb erneut stehen, um sich vor den Altar zu knien. Sie murmelte ein Gebet, und dann bedeutete sie mir mit einer Geste, ich solle durch eine andere Tür in einen kahlen Raum mit Wänden aus Lehm und Flechtwerk gehen. Dort bildeten zwei Stühle die gesamte Einrichtung, und sie erklärte mir, ich könne mich auf einen von ihnen setzen. Darauf öffnete sie einen Fensterladen, sodass die letzten Sonnenstrahlen den Raum erhellten. Eine Maus raschelte in der Binsenspreu auf dem Boden, die Frau murmelte kopfschüttelnd etwas vor sich hin, und dann ließ sie mich allein.

Wieder wartete ich. Auf dem Dach krächzte ein Rabe. Nicht weit entfernt hörte ich das gleichmäßige Geräusch, mit dem Milch in einen Eimer gemolken wird. Eine weitere Kuh mit vollem Euter wartete geduldig vor dem offenen Fenster. Der Rabe krächzte noch einmal, und dann wurde die Tür geöffnet, und drei Nonnen kamen herein. Zwei von ihnen stellten sich an die gegenüberliegende Wand, während die dritte zu mir kam, mich ansah und leise zu schluchzen begann. «Hild», sagte ich und stand auf, um sie zu umarmen, aber sie hielt mich mit ausgestreckter Hand davor zurück, sie zu berühren. Sie schluchzte weiter, aber sie lächelte auch, und dann bettete sie ihr Gesicht in die Hände und blieb lange so stehen.

«Gott hat mir verziehen», sagte sie schließlich durch ihre Finger.

«Das freut mich», sagte ich.

Sie schniefte, nahm die Hände vom Gesicht und bedeutete mir, ich solle mich wieder setzen. Dann setzte sie sich mir gegenüber hin, und eine Zeit lang sahen wir uns nur an, und ich dachte, wie sehr sie mir gefehlt hatte, nicht als Geliebte, sondern als Freundin. Ich wollte sie wieder umarmen, und vielleicht spürte sie das, denn sie straffte sich im Sitzen und bemühte sich um Förmlichkeit. «Ich bin jetzt die Äbtissin Hildegyth», sagte sie.

«Ich hatte vergessen, dass dein richtiger Name Hildegyth ist», sagte ich.

«Und es tut meinem Herzen wohl, dich zu sehen», sagte sie steif. Sie trug ein grobes, graues Gewand, das zu den Kutten ihrer Begleiterinnen passte, die beide ältere Frauen waren. Sie hatten ihre Gewänder mit Hanfstricken gegürtet, und ihr Haar verschwand unter schweren Hauben. Ein einfaches Holzkreuz hing Hild um den Hals, und sie betastete es wie unter Zwang. «Ich habe für dich gebetet», sprach sie weiter.

«Offenbar haben deine Gebete gewirkt», sagte ich unbeholfen.

«Ich habe all dein Geld gestohlen», sagte sie mit einem Hauch ihres alten Übermuts.

«Ich schenke es dir», sagte ich, «sogar gern.»

Sie erzählte mir von dem Frauenkloster. Sie hatte es mit dem Geld von Fifhadens Hort gebaut, und inzwischen beherbergte es sechzehn Nonnen und acht Laienschwestern. «Unser Leben», sagte sie, «haben wir Christus und Sankt Hedda geweiht. Weißt du, wer Hedda war?»

«Ich habe noch nie von ihr gehört», sagte ich.

Die beiden älteren Nonnen, die mich mit strenger Missbilligung beäugt hatten, fingen mit einem Mal an zu kichern. Hild lächelte. «Hedda war ein Mann», sagte sie freundlich, «und er ist in Northumbrien geboren und war der erste Bischof von Witanceaster. Er ist als ein großer Heiliger und gütiger Mensch in die Geschichte eingegangen, und ich habe ihn ausgewählt, weil du aus Northumbrien kommst und es an deiner unbeabsichtigten Großzügigkeit gelegen hat, dass wir dieses Haus in der Stadt bauen konnten, in der Sankt Hedda gepredigt hat. Wir haben gelobt, jeden Tag um deine Rückkehr zu ihm zu beten, und nun werden wir jeden Tag zu ihm beten, um ihm für die Erhörung unserer Gebete zu danken.»

Ich sagte nichts, denn ich wusste nicht, was ich sagen sollte. Ich erinnere mich, gedacht zu haben, Hilds Stimme klänge gezwungen, als ob sie sich selbst genauso wie mich davon überzeugen wollte, dass sie glücklich war. Ich täuschte mich. Ihre Stimme klang gezwungen, weil meine Anwesenheit unwillkommene Erinnerungen in ihr wachrief, und mit der Zeit begriff ich, dass Hild wirklich glücklich war. Sie tat etwas Nützliches. Sie hatte ihren Frieden mit ihrem Gott gemacht, und nach ihrem Tod wurde sie als Heilige verehrt. Es ist noch nicht lange her, da erzählte mir ein Bischof alles über die gesegnete, ehrwürdige Heilige Hildegyth und welches überragende Beispiel christlicher Mildtätigkeit und Keuschheit sie gegeben habe. Ich war sehr versucht, ihm zu sagen, was diese Heilige nicht nur auf einer Wiese voller Butterblumen mit mir getan hatte, aber dann konnte ich mich doch zurückhalten. Was die Mildtätigkeit angeht, hatte er sicher recht. Hild erzählte mir, dass sich die Nonnen ihres Frauenklosters nicht nur damit beschäftigten, für mich als ihren Wohltäter zu beten, sondern dass sie auch Kranke heilen wollten. «Damit haben wir den ganzen Tag zu tun», sagte sie, «und selbst am Abend noch. Wir nehmen die Armen auf und kümmern uns um sie. Ich bin sicher, dass auch jetzt einige vor unserer Tür warten.»

«Ja, einige», sagte ich.

«Diese armen Menschen sind unsere Bestimmung», sagte sie, «und wir sind ihre Dienerinnen.» Sie lächelte mich kurz an. «Und jetzt erzähle mir, was ich hören will. Erzähle mir, was dir widerfahren ist.»

Also erzählte ich es ihr, aber ich ließ manches von dem aus, was geschehen war, und ließ die Sklaverei als erträgliches Los erscheinen. Ich sagte nur, dass ich angekettet war und deshalb nicht fliehen konnte. Ich erzählte ihr von den Reisen und von den seltsamen Orten und Menschen, die ich gesehen hatte. Ich sprach über das Land aus Eis und Feuer, von den Walen, die sich durch das endlose Meer pflügen, und ich erzählte ihr von dem langen Fluss, der sich durch ein Land voller Birken und Schnee windet, und zum Schluss sagte ich, wie glücklich ich war, wieder frei zu sein, und wie sehr ich ihr dafür dankte.

Hild blieb still, nachdem ich meine Erzählung beendet hatte. Immer noch hörte man den Milchstrahl in den Melkeimer schießen. Ein Sperling flatterte auf den Fenstersims, putzte sich und flog wieder davon. Hild hatte mich genau gemustert, so als wolle sie die Wahrhaftigkeit meiner Worte prüfen. «War es schlimm?», fragte sie nach einer Weile.

Ich zögerte, wollte lügen, doch dann zuckte ich mit den Schultern. «Ja», sagte ich knapp.

«Aber jetzt bist du wieder Herr Uhtred», sagte sie, «und ich habe, was dir gehört.» Sie gab einer der Nonnen ein Zeichen, und diese verließ den Raum. «Wir haben alles für dich aufgehoben», sagte Hild strahlend.

«Alles?», fragte ich.

«Außer deinem Pferd», sagte sie reumütig. «Ich konnte das Pferd nicht mitnehmen. Wie hieß es noch? Witnere?»

«Witnere», sagte ich.

«Ich fürchte, es ist gestohlen worden.»

«Gestohlen?»

«Der Herr Ivarr hat es sich genommen.»

Ich sagte nichts, denn die Nonne war zusammen mit einer weiteren Gottesfrau zurückgekommen. Sie schleppten schwer an meiner sperrigen Rüstung und den Waffen. Auf ihren Armen trugen sie meinen Helm, mein schweres Lederwams, das Kettenhemd, meine Armringe und auch Wespenstachel und Schlangenhauch. Das alles ließen sie mir vor die Füße fallen, und mir traten Tränen in die Augen, als ich mich vorbeugte, um das Heft von Schlangenhauch zu berühren. «Das Kettenhemd war beschädigt», sagte Hild, «also haben wir es von einem Waffenschmied des Königs flicken lassen.»

«Danke», sagte ich.

«Ich habe darum gebetet», sagte Hild, «dass du dich nicht an König Guthred rächen wirst.»

«Er hat mich versklavt», sagte ich barsch. Ich konnte kaum die Hand von meinem Schwert lösen. In den vergangenen beiden Jahren hatte ich so viele verzweifelte Momente erlebt, Momente, in denen ich geglaubt hatte, niemals mehr ein Schwert in die Hand zu bekommen, ganz zu schweigen von Schlangenhauch, doch nun lag es vor meinen Füßen, und ich schloss meine Hand fest um seinen Griff.

«Guthred hat getan, was er als das Beste für sein Königreich angesehen hat», sagte Hild ernst, «und er ist Christ.»

«Er hat mich versklavt», wiederholte ich.

«Und du musst ihm vergeben», sagte Hild mit Nachdruck, «so wie ich den Männern vergeben habe, die mir Gewalt angetan haben, und so, wie Gott mir vergeben hat. Ich war eine Sünderin», sprach sie weiter, «eine große Sünderin, doch Gott hat sich meiner angenommen und mich mit seiner Gnade erfüllt und mir vergeben. Also schwöre mir, dass du Guthred verschonen wirst.»

«Ich werde keine Eide darauf leisten», sagte ich rau, und immer noch umklammerte ich den Griff meines Schwertes.

«Du bist kein ungnädiger Mensch», sagte Hild, «das weiß ich. Du warst freundlicher zu mir, als ich es je verdient habe. Also lass auch bei Guthred Gnade walten. Er ist von gutem Wesen.»

«Ich werde daran denken, wenn ich ihn treffe», sagte ich ausweichend.

«Und denke daran, dass er seine Tat bereut hat», sagte Hild, «und dass er es getan hat, weil er glaubte, so sein Königreich bewahren zu können. Und denke auch daran, dass er zur Buße diesem Haus Geld gegeben hat. An armen, kranken Leuten herrscht nie Mangel, aber an Almosen immer.»

Ich lächelte sie an. Dann stand ich auf, löste das Schwert, dass ich in Gyruum einem von Svens Männern abgenommen hatte, öffnete die Gewandfibel und ließ Umhang, Fibel und Schwert auf die Bodenspreu fallen. «Das kannst du verkaufen», sagte ich. Dann zog ich mir, keuchend vor Anstrengung, mein schweres Kettenhemd über, gürtete mich mit meinen alten Schwertern und nahm meinen Helm mit dem Wolfskamm auf. Das Kettenhemd schien ungeheuer schwer auf mir zu lasten, nachdem ich so lange keine Rüstung mehr getragen hatte. Es war mir auch zu groß geworden, denn ich war in den Jahren an Sverris Ruder abgemagert. Ich streifte die Armringe über meine Hände, und dann sah ich Hild an. «Einen Eid leiste ich dir, Äbtissin Hildegyth», sagte ich. Sie blickte zu mir auf, und sie hatte den alten Uhtred vor sich, den Herrn und Schwertkrieger in seiner schimmernden Rüstung. «Ich werde dein Haus unterstützen», versprach ich, «und du bekommst Geld von mir und kannst es vergrößern, und du wirst immer unter meinem Schutz stehen.»

Sie lächelte bei meinen Worten. Dann griff sie nach einem Beutel, der an ihrem Gürtel hing, und zog ein kleines Silberkreuz heraus. «Und das ist mein Geschenk für dich», sagte sie, «und ich bete, dass du es ehren wirst, wie ich es tue, und dass du seine Lehre verstehst. Unser segensreicher Gott ist an diesem Kreuz für all unsere bösen Taten gestorben, und ich zweifle nicht daran, Herr Uhtred, dass ein Teil der Schmerzen, die er ertragen musste, auch deinen Sünden geschuldet waren.»

Sie gab mir das Kreuz, und unsere Finger berührten sich, und ich sah ihr in die Augen, und sie zuckte mit ihrer Hand zurück. Trotzdem stieg ihr Röte ins Gesicht, und sie erwiderte meinen Blick unter halbgesenkten Lidern. Einen Herzschlag lang sah ich die alte Hild vor mir, die zarte, schöne Hild, doch dann beherrschte sie ihre Miene wieder und bemühte sich um einen strengen Gesichtsausdruck. «Jetzt kannst du zu Gisela gehen», sagte sie.

Ich hatte Gisela während unseres ganzen Gespräches nicht erwähnt, und jetzt tat ich so, als würde mir dieser

Name wenig bedeuten. «Sie wird inzwischen wohl verheiratet sein», sagte ich leichthin, «wenn sie überhaupt noch lebt.»

«Als ich aus Northumbrien weggegangen bin, lebte sie noch», sagte Hild, «allerdings ist das schon acht Monate her. Damals hat sie nicht mehr mit ihrem Bruder gesprochen, weil er dir das angetan hat. Ich habe ganze Tage damit verbracht, sie zu trösten. Sie war in Tränen aufgelöst und außer sich vor Wut. Ein starkes Mädchen.»

«Und im heiratsfähigen Alter», sagte ich ruppig.

Doch Hild lächelte nur sanft. «Sie hat geschworen, auf dich zu warten.»

Ich berührte das Heft von Schlangenhauch. Ich war gleichzeitig voller Hoffnung und von Befürchtungen gequält. Gisela. Mit meinem Verstand wusste ich, dass sie die Fieberträume eines Sklaven nicht erfüllen konnte, aber es gelang mir dennoch nicht, sie aus meinem Kopf zu verbannen.

«Und vielleicht tut sie es ja wirklich», fügte Hild an und trat dann unvermittelt einen Schritt zurück. «Jetzt haben wir unsere Gebete zu verrichten, Arme zu speisen und Kranke zu heilen.»

Und damit war ich entlassen, und nachdem ich mich durch die Tür des Konvents geduckt hatte, stand ich wieder in der schlammigen Gasse. Die Bettler wurden hereingeholt, und ich lehnte mich mit Tränen in den Augen rücklings an die Holzwand. Die Leute drückten sich ängstlich auf der anderen Seite der Gasse an mir vorbei, denn ich war mit einer Kriegsrüstung angetan, und von meinen Seiten hingen Schwerter.

Gisela, dachte ich, Gisela. Vielleicht hatte sie gewartet, aber ich glaubte nicht daran, denn sie war als Friedenskuh zu wertvoll, und dennoch würde ich zurück nach Norden gehen, sobald es mir möglich war. Ich würde Gisela suchen. Ich umschloss das silberne Kreuz mit der Faust, bis sich seine Kanten sogar durch die Schwielen bohrten, die Sverris Ruder auf meinen Handflächen hinterlassen hatten. Dann zog ich Schlangenhauch aus der Scheide und sah, dass sich Hild sehr gut um die Klinge gekümmert hatte. Sie schimmerte unter einer dünnen Schicht aus Wollfett oder Schmalz, die den Stahl vor Rost geschützt hatte. Ich hob das Schwert an meine Lippen und küsste die Klinge. «Du hast Männer zu töten», sagte ich zu ihr, «und Rache zu nehmen.»

Und so war es.

Am nächsten Tag suchte ich mir einen Waffenschmied. Er erklärte, er sei sehr beschäftigt und könne meinen Auftrag erst viele Tage später erfüllen, und da erklärte ich ihm, dass er meinen Auftrag an diesem Tag erfüllen oder nie mehr einen Auftrag erfüllen würde, und so kamen wir zu einer Übereinstimmung: Er stimmte mit mir überein, dass er meinen Auftrag an diesem Tag erfüllen würde.

Schlangenhauch ist eine wundervolle Waffe. Sie wurde von Ealdwulf gefertigt, einem Schmied aus Northumbrien, und ihre Klinge besitzt fast überirdische Eigenschaften. Sie ist biegsam und stark, und als sie gemacht wurde, wollte ich ihr glattes Eisenheft mit Silber oder vergoldeter Bronze verziert haben, aber Ealdwulf weigerte sich. «Das ist ein Werkzeug», hatte er mir erklärt, «einfach ein Werkzeug. Nur etwas, mit dem man sich die Arbeit erleichtert.»

An der Griffstelle war das Heft an beiden Seiten mit Eschenholz belegt, und mit den Jahren war das Holz immer abgegriffener, und glatter geworden. Solch ein abgenutzter Griff ist gefährlich. Im Kampf kann er dem Krieger leicht aus der Hand rutschen, besonders, wenn Blutspritzer darauf sind, und deshalb sagte ich dem Schmied, er solle mir neue Hölzer an das Heft des Schwertes nieten und darauf achten, dass sie gut in der Hand lagen. Und ich sagte ihm, er solle das kleine Silberkreuz, das mir Hild gegeben hatte, in den Schwertknauf einlegen.

«Ich werde alles tun, Herr», sagte er.

«Heute.»

«Ich werde mich bemühen, Herr», sagte er kraftlos.

«Es wird Euch gelingen», sagte ich, «und es wird eine sorgfältige Arbeit sein.» Ich zog Schlangenhauch, und als ich die Klinge in der düsteren Werkstatt ans Schmiedefeuer hielt, schimmerten in dem rötlichen Licht die Muster auf dem Stahl. Die Klinge war aus drei glatten und vier gedrehten Stangen geschmiedet worden. Sie waren erhitzt und gehämmert, erhitzt und gehämmert worden, und als die Klinge fertig war, als die sieben Stangen ein einziger unbarmherzig schimmernder Streifen Stahl geworden waren, hatten die gedrehten Stangen einen geisterhaften Abdruck auf der Klinge hinterlassen. Daher hatte mein Schwert seinen Namen, denn die Muster sahen aus wie der wirbelnde Atemhauch einer Riesenschlange.

«Eine schöne Klinge, Herr», sagte der Waffenschmied.

«Das ist die Klinge, die Ubba am Ufer des Meeres getötet hat», sagte ich und strich über den Stahl.

«Und Ihr werdet den Auftrag heute erfüllen», wiederholte ich und legte das Schwert und die Scheide auf seine Werkbank, die mit Brandspuren übersät war. Anschließend legte ich Hilds Kreuz auf das Heft des Schwertes und daneben eine Silbermünze. Ich war nicht mehr reich, aber ich war auch nicht arm, und mit der Hilfe von Schlangenhauch und Wespenstachel würde ich mir bestimmt wieder ein Vermögen erkämpfen.

Die Sonne schien an diesem schönen Herbsttag und ließ

das frische Holz von Alfreds Kirche wie Gold schimmern. Ragnar und ich warteten auf den König. Wir setzten uns auf ein frisch abgemähtes Wiesenstück in einem Hof, und Ragnar beobachtete einen Mönch, der einen Stapel Pergamente zum königlichen Skriptorium trug. «Hier wird alles aufgeschrieben», sagte er, «alles! Kannst du lesen?»

«Ich kann lesen und schreiben.»

Das beeindruckte ihn. «Ist es zu etwas nütze?»

«Mir hat es noch nie etwas genützt», räumte ich ein.

«Warum machen sie es dann?», erkundigte er sich.

«Ihre Religion ist aufgeschrieben», sagte ich, «unsere nicht.»

«Eine geschriebene Religion?» Das verblüffte ihn.

«Sie haben ein Buch», sagte ich, «darin steht alles.»

«Warum brauchen sie es schriftlich?»

«Ich weiß nicht. Sie schreiben es eben auf. Außerdem schreiben sie natürlich auch die Gesetze auf. Alfred ist ganz versessen darauf, neue Gesetze zu machen, und sie müssen alle in Büchern aufgeschrieben werden.»

«Wenn sich ein Mann nicht an die Gesetze erinnern kann», sagte Ragnar, «dann gibt es zu viele davon.»

Die Rufe spielender Kinder unterbrachen uns, genauer gesagt, das beleidigte Gebrüll eines kleinen Jungen und das spöttische Lachen eines Mädchens, und einen Augenblick später rannte das Mädchen um die Ecke. Sie wirkte wie neun oder zehn, ihr goldfarbenes Haar leuchtete wie die Sonne, und sie hielt ein geschnitztes Holzpferd in der Hand, das offensichtlich dem kleinen Jungen gehörte, der hinter ihr herrannte. Das Mädchen schwenkte das Holzpferd wie eine Trophäe über dem Kopf, als sie vor uns die Wiese überquerte. Sie war munter, schmal und fröhlich, während der Junge, der drei oder vier Jahre jünger sein mochte als sie, robuster gebaut war und eine höchst jämmerliche Miene zog. Es bestand keine Aussicht für ihn, das Mädchen einzuholen, denn sie war viel zu schnell, doch in diesem Moment sah sie uns und blieb mit aufgerissenen Augen vor uns stehen. Der Junge holte zu ihr auf, aber er war zu eingeschüchtert von Ragnar und mir, um sich sein hölzernes Pferd zurückzuholen. Dann keuchte ein rotgesichtiges Kindermädchen um die Ecke und rief die Namen der Kinder. «Edward! Æthelflaed!»

«Du bist es!», sagte Æthelflaed und starrte mich entzückt an.

«Ich bin es», sagte ich und stand auf, denn Æthelflaed war eine Königstochter, und Edward war der Ætheling, der Prinz, der sehr wahrscheinlich Wessex regieren würde, wenn sein Vater Alfred gestorben war.

«Wo warst du?», fragte Æthelflaed, als ob ich nur ein oder zwei Wochen nicht da gewesen wäre.

«Ich war im Land der Riesen», sagte ich, «und an Orten, wo das Feuer wie Wasser fließt und wo die Berge aus Eis gemacht sind und wo Schwestern niemals ihre kleinen Brüder ärgern.»

«Niemals?», fragte sie lächelnd.

«Ich will mein Pferd!», jammerte Edward und versuchte, es ihr zu entwinden, aber da hielt Æthelflaed es hoch über ihren Kopf, sodass er es nicht erreichen konnte.

«Man soll sich von einem Mädchen nie etwas mit Gewalt holen», sagte Ragnar, «wenn man es auch durch eine List bekommen kann.»

«List?» Edward runzelte die Stirn, offensichtlich kannte er dieses Wort noch nicht.

Ragnar furchte die Brauen und sah Æthelflaed an. «Hat das Pferd Hunger?»

«Nein.» Sie wusste, dass er es auf ein Spiel anlegte und wollte gewinnen.

«Und wenn ich einen Zauber anwende», sagte Ragnar, «und es dazu bringe, Gras zu fressen?»

«Das kannst du nicht.»

«Woher weißt du das?», fragte er. «Ich war schon an Orten, wo die Holzpferde jeden Morgen auf die Weide getrieben werden. Dort wächst das Gras über Nacht bis zum Himmel, und jeden Tag weiden es die Holzpferde wieder ab.»

«Nein, das tun sie nicht», sagte sie grinsend.

«Und wenn ich meinen Zauberspruch aufsage», fuhr Ragnar fort, «dann frisst dein Pferd auch Gras.»

«Es ist mein Pferd», beharrte Edward.

«Zauberspruch?» Nun hatte Ragnar ihre Aufmerksamkeit geweckt.

«Dazu musst du das Pferd auf die Wiese stellen», sagte Ragnar.

Sie suchte in meinem Gesicht nach einer Bestätigung, doch ich zuckte nur mit den Schultern, und sie wandte ihren Blick wieder Ragnar zu, der vollkommen ernst blieb. Und weil sie gern einen Zauber sehen wollte, stellte sie das Holzpferd vorsichtig neben einen der langgezogenen Haufen abgemähten Grases. «Und jetzt?», fragte sie erwartungsvoll.

«Jetzt musst du die Augen schließen», sagte Ragnar, «dich dreimal um dich selbst drehen und dabei ganz laut Havacar rufen.»

«Havacar?»

«Vorsicht!», sagte er warnend und blickte erschreckt um sich. «Man darf Zauberworte nicht leichtfertig aussprechen.»

Sie schloss die Augen, drehte sich dreimal um sich selbst, und während sie das tat, deutete Ragnar auf das Pferd und nickte Edward zu, der es sich schnappte und zu seinem

Kindermädchen rannte, und bis Æthelflaed leicht schwankend vom Drehschwindel ihr Zauberwort gerufen hatte, war das Pferd verschwunden.

«Du hast gemogelt!», beschuldigte sie Ragnar.

«Aber du hast eine Lektion gelernt», sagte ich und ging neben ihr in die Hocke, als wolle ich ihr ein Geheimnis verraten. Ich beugte mich an ihr Ohr und flüsterte: «Trau niemals einem Dänen.»

Sie lächelte. Sie hatte mich während des langen, feuchten Winters gut kennengelernt, in dem ihre Familie in die Marschen von Somersæte geflüchtet war, und in dieser trübseligen Zeit begonnen, mich zu mögen, genauso wie ich sie. Sie hob ihre Hand und berührte meine Nase. «Wie ist das passiert?»

«Ein Mann hat mir die Nase gebrochen», sagte ich. Es war Hakka gewesen, der mich auf dem *Trader* geprügelt hatte, weil ich mich vorm Rudern drücken wollte.

«Sie ist schief», sagte sie.

«Deswegen rieche ich auch nur noch schiefe Gerüche.»

«Was ist aus dem Mann geworden, der sie dir gebrochen hat?»

«Er ist tot», sagte ich.

«Gut», sagte sie. «Bald werde ich verheiratet.»

«Wirklich?»

«Mit Æthelred von Mercien», sagte sie stolz. Dann runzelte sie die Stirn, weil ein Ausdruck des Abscheus über mein Gesicht geflogen war.

«Mit meinem Cousin?», fragte ich und bemühte mich um eine erfreute Miene.

«Ist Æthelred dein Cousin?», fragte sie.

«Ja.»

«Ich bin zu seiner Frau bestimmt», sagte sie, «und ich werde in Mercien leben. Warst du schon in Mercien?»

«Ja.»

«Ist es schön dort?»

«Es wird dir gefallen», sagte ich, obwohl ich es nicht glaubte, jedenfalls nicht, solange sie mit meinem rotznäsigen, aufgeblasenen Cousin verheiratet war. Doch das konnte ich kaum sagen.

Sie runzelte wieder die Stirn. «Bohrt Æthelred in der Nase?»

«Ich glaube nicht.»

«Edward tut es», sagte sie, «und dann lutscht er seinen Finger ab. Uuh.» Sie beugte sich zu mir, gab mir unvermittelt ein Küsschen auf meine gebrochene Nase und rannte zurück zu dem Kindermädchen.

«Ein hübsches Kind», sagte Ragnar.

«Das an meinen Cousin verschwendet wird», sagte ich.

«Verschwendet?»

«Er ist nichts weiter als ein wichtigtuerisches Stück Scheiße namens Æthelred», sagte ich. Er hatte Männer nach Ethandun gebracht, nicht viele, aber genug, um Alfreds Gunst zu gewinnen. «Dahinter steckt der Gedanke», sagte ich, «dass er nach dem Tod seines Vaters zum Aldermann von Mercien wird, und wenn er mit Alfreds Tochter verheiratet ist, wird das Mercien an Wessex binden.»

Ragnar schüttelte den Kopf. «Dafür gibt es zu viele Dänen in Mercien. Die Sachsen werden nie wieder dort herrschen.»

«Alfred würde seine Tochter niemals nach Mercien verheiraten», sagte ich, «wenn er nicht überzeugt wäre, dass es dort etwas zu gewinnen gibt.»

«Wer etwas gewinnen will», sagte Ragnar, «muss kühn sein. Es reicht nicht, etwas aufzuschreiben, um zu gewinnen, man muss Wagnisse eingehen. Alfred ist zu vorsichtig.»

Ich unterdrückte ein Lächeln. «Glaubst du wirklich, dass er vorsichtig ist?»

«Natürlich ist er das», sagte Ragnar verächtlich.

«Nicht immer», sagte ich und unterbrach mich dann, weil ich nicht wusste, ob ich aussprechen sollte, was ich gerade dachte.

Mein Zögern ärgerte Ragnar. Er wusste, dass ich ihm etwas verschwieg. «Was?», forderte er zu wissen.

Ich zögerte immer noch, dann entschied ich, dass diese alte Geschichte wohl nichts schaden konnte. «Erinnerst du dich an diese Winternacht in Cippanhamm?», fragte ich. «Als Guthrum dort war und ihr alle glaubtet, ganz Wessex sei besiegt, und ihr in der Kirche gesessen und getrunken habt?»

«Natürlich erinnere ich mich daran.»

Es war der Winter gewesen, in dem Guthrum Wessex überfallen hatte, und es hatte so ausgesehen, als hätte er den Krieg gewonnen, denn die Armee Westsachsens war völlig aufgelöst. Manche Thegn waren außer Landes geflüchtet, viele andere hatten mit Guthrum ihren Einzelfrieden geschlossen, und Alfred musste sich im Marschenland von Somersæte verstecken. Doch Alfred war, obwohl besiegt, doch nicht gebrochen, und er hatte darauf beharrt, sich als Harfenspieler zu verkleiden und heimlich nach Cippanhamm zu gehen, um die Dänen auszuspähen. Fast wäre dieses Unternehmen mit einer Katastrophe zu Ende gegangen, denn Alfred fehlte jede Gerissenheit des Spähers. Ich hatte ihn in dieser Nacht gerettet, und in der gleichen Nacht entdeckte ich Ragnar in der Kirche des Königs. «Und erinnerst du dich auch», fuhr ich fort, «dass ich einen Diener bei mir hatte, der sich mit einer tief ins Gesicht gezogenen Kapuze hinten in die Kirche hockte und dem ich befahl zu schweigen?»

Ragnar zog die Augenbrauen zusammen, während er sich die Winternacht ins Gedächtnis rief. Dann nickte er. «So war es, das stimmt.»

«Das war kein Diener», sagte ich, «das war Alfred.»

Ragnar starrte mich an. In seinem Kopf arbeitete es. Ihm wurde klar, dass ich ihn in jener lang vergangenen Nacht belogen hatte, und ihm wurde ebenfalls klar, dass er, hätte er nur gewusst, wer sich unter der Kapuze verbarg, in dieser Nacht ganz Wessex für die Dänen hätte erobern können. Einen Moment lang bereute ich, ihm diese Sache erzählt zu haben, denn ich dachte, er würde wütend auf mich werden, aber dann lachte er nur. «Das war Alfred? Im Ernst?»

«Er war losgegangen, um euch auszuspähen», sagte ich, «und ich bin losgegangen, um ihn zu retten.»

«Das war Alfred? Mitten in Guthrums Lager?»

«Er geht Wagnisse ein», sagte ich und kehrte damit wieder zu unserem Gespräch über Mercien zurück.

Aber Ragnars Gedanken waren immer noch bei dieser fernen, kalten Nacht. «Warum hast du es mir nicht gesagt?», wollte er wissen.

«Weil ich ihm meinen Eid geleistet hatte.»

«Wir hätten dich reicher als den reichsten König gemacht», sagte Ragnar. «Wir hätten dir Schiffe, Männer, Pferde, Silber, Frauen, wir hätten dir alles gegeben! Du hättest nur den Mund aufzumachen brauchen.»

«Ich hatte ihm meinen Eid geleistet», wiederholte ich, und ich erinnerte mich, wie kurz ich davor gestanden hatte, Alfred zu verraten. Die Versuchung, einfach die Wahrheit zu sagen, hätte mich beinahe überwältigt. In dieser Nacht hätte ich mit ein paar Worten dafür sorgen können, dass niemals mehr ein Sachse in England regierte. Ich hätte Wessex in ein dänisches Königreich verwandeln können.

Ich hätte all dies tun können, indem ich einen Mann, den ich nicht besonders mochte, an einen Mann verriet, den ich wie einen Bruder liebte, und doch hatte ich geschwiegen. Ich hatte einen Eid geleistet, und die Ehre fesselt uns an Wege, die wir selbst uns nicht aussuchen würden. «Wird bið ful āræd», sagte ich.

Das Schicksal ist unausweichlich. Es schließt uns ein wie ein Harnisch. Ich hatte geglaubt, Alfred und Wessex entkommen zu sein, doch hier war ich wieder, zurück in seinem Palas. An diesem Nachmittag kehrte er mit viel Hufgeklapper und einer lärmenden Schar Diener, Mönche und Priester zurück. Zwei Männer trugen das Bett des Königs zurück in sein Zimmer, während ein Mönch eine Schubkarre vor sich herschob, in der sich ein hoher Stapel Dokumente türmte, ohne die Alfred seine eintägige Abwesenheit offenbar nicht hätte überstehen können. Ein Priester eilte mit einem Altartuch und einem Kruzifix vorbei, während zwei weitere die Reliquien trugen, die Alfred bei all seinen Reisen begleiteten. Dann kamen einige königliche Leibwächter, denen es als Einzigen gestattet war, im Wohnbezirk des Königs Waffen zu tragen, und dann folgten noch mehr Priester, die sich angeregt unterhielten, und mitten unter ihnen befand sich Alfred. Er hatte sich nicht verändert. Immer noch sah er aus wie ein Geistlicher, hager, blass und gelehrt. Ein Priester redete lebhaft auf ihn ein, und er nickte, während er schweigend zuhörte. Seine Kleidung war bescheiden. Er trug seinen schwarzen Umhang, der ihn aussehen ließ wie einen Kleriker, und keinen königlichen Stirnreif, sondern nur eine wollene Kappe. An seiner Hand ging Æthelflaed, und wie mir auffiel, hatte sie wieder das Pferd ihres Bruders dabei. Sie hüpfte mehr auf einem Bein, als dass sie ging, und zog auf diese Art ihren Vater immer wieder ein Stück von dem Priester weg, doch Alfred ließ sie gewähren, denn er liebte seine Kinder zärtlich. Dann zog sie ihn absichtlich weg, weil sie ihn an die Stelle der Wiese bringen wollte, wo Ragnar und ich zu seiner Begrüßung standen, und er gab nach und ließ sich von ihr zu uns führen.

Ragnar und ich knieten nieder. Ich hielt meinen Kopf gesenkt.

«Uhtred hat eine gebrochene Nase», erklärte Æthelflaed ihrem Vater, «und der Mann, der es getan hat, ist jetzt tot.»

Eine königliche Hand hob mein Kinn an, und ich blickte in das bleiche, schmale Gesicht mit den klugen Augen. Er wirkte erschöpft. Ich vermutete, dass er wieder an den Krämpfen im Gedärm litt, die sein Leben zu einer einzigen Qual machten. Er blickte mich mit gewohntem Ernst an und brachte dann doch noch ein halbes Lächeln zustande. «Ich dachte, ich würde dich niemals wiedersehen, Uhtred.»

«Ich schulde Euch Dank, Herr», sagte ich demütig, «also danke ich Euch.»

«Steht auf», sagte er zu uns, und wir standen beide auf. Alfred sah Ragnar an. «Ich werde Euch bald freilassen, Herr Ragnar.»

«Ich danke Euch, Herr.»

«Aber in einer Woche werden wir hier eine Feier zur Fertigstellung unserer neuen Kirche abhalten. Außerdem werden wir diese junge Dame in aller Form mit Herrn Æthelred verloben. Ich habe den Witan einberufen, und ich bitte euch beide zu bleiben, bis die Beratungen abgeschlossen sind.»

«Ja, Herr», sagte ich. In Wahrheit wollte ich nur nach Northumbrien, aber ich war Alfred verpflichtet und konnte eine Woche oder zwei warten.

«Und in dieser Zeit», sagte er, «könnte ich Angelegenheiten zu erledigen haben», er unterbrach sich, als ob er fürchtete, zu viel zu sagen, «Angelegenheiten», fuhr er rätselhaft fort, «bei denen ich eure Dienste beanspruchen könnte.»

«Ja, Herr», wiederholte ich, und er verabschiedete sich mit einem Nicken.

Also warteten wir. In Erwartung der Feierlichkeiten kamen immer mehr Leute in die Stadt. Es waren Tage der Zusammenkunft. All die Männer, die Alfreds Truppen bei Ethandun geführt hatten, waren da, und sie grüßten mich voll Freude. Wiglaf von Somersæte und Harald von Defnascir und Osric von Wiltunscir und Arnulf aus Suth Seaxa, alle kamen nach Witanceaster. Sie waren jetzt die Mächtigen des Königreiches, die großen Herren, die Männer, die zu ihrem König gestanden hatten, als seine Niederlage besiegelt schien. Doch Alfred strafte auch die nicht, die aus Wessex geflohen waren. Wilfrith war immer noch Aldermann von Hamptonscir, obwohl er sich ins Frankenreich davongemacht hatte, um Guthrums Angriff zu entgehen, und Alfred behandelte Wilfrith mit übertriebener Höflichkeit. Trotzdem stand immer noch eine unsichtbare Hürde zwischen denen, die geblieben waren, um zu kämpfen, und denen, die geflohen waren.

Auch Volk, das für Unterhaltung sorgte, kam in die Stadt. Die üblichen Gaukler und Stelzengänger, die Geschichtenerzähler und Musiker, aber den größten Zulauf hatte ein mürrischer Mann aus Mercien. Er hieß Offa und reiste mit einem Rudel abgerichteter Hunde. Es waren nur Terrier, die Art, die meistens bei der Rattenjagd eingesetzt wird, doch Offa konnte sie tanzen, auf ihren Hinterläufen gehen und durch Reifen springen lassen. Einer der Hunde konnte sogar reiten. Er hielt dabei die Zügel zwischen den Zähnen, und die anderen liefen mit kleinen Ledereimern hinterher, um die Pennys von den Zuschauern einzusammeln. Zu meinem Erstaunen war Offa in den Palas eingeladen. Alfred hatte für seichte Vergnügungen normalerweise nicht viel übrig. Seine Vorstellung von einer gelungenen Gesellschaft bestand aus einer langwierigen Erörterung theologischer Fragen. Trotzdem befahl er die Hunde und ihren Herrn in den königlichen Wohnbezirk, und ich vermutete, dass er das nur tat, um sie vor seinen Kindern auftreten zu lassen. Ragnar und ich gingen ebenfalls zu der Vorstellung, und dort entdeckte mich Pater Beocca.

Der arme Beocca. Er war in Tränen aufgelöst, weil er mich lebend wiederhatte. Sein Haar, das immer rot gewesen war, hatte nun viele graue Strähnen. Er war jetzt über vierzig Jahre, ein alter Mann, und sein Schielauge wurde milchig. Er wurde oft wegen seines Hinkens und seiner verkümmerten linken Hand verspottet, allerdings wagte das niemand, solange Beocca in meiner Gesellschaft war. Er kannte mich seit meiner Kindheit, denn er war bei meinem Vater in Bebbanburg Priester und mein erster Lehrer gewesen. Mal liebte, mal verabscheute er mich, aber er hatte sich immer als Freund erwiesen. Er war auch ein guter Priester, ein kluger Mann und einer von Alfreds Kaplanen, und er war glücklich in den Diensten des Königs. Und nun war er geradezu in einem Freudentaumel und strahlte mich unter Tränen an. «Du lebst», sagte er und umarmte mich unbeholfen.

«Ich bin schwer totzukriegen, Pater.»

«Das stimmt, das stimmt», sagte er, «obwohl du als Kind sehr schwächlich warst.»

«Ich?»

«Der mickrigste Welpe im Wurf, wie dein Vater immer sagte. Dann bist du aber gewachsen.»

«Und wollte gar nicht mehr aufhören, oder?»

«Was für ein schlauer Einfall!», sagte Beocca, der sah, wie zwei Hunde auf ihren Hinterläufen gingen. «Ich mag Hunde», fuhr er fort, «und du solltest dich einmal mit Offa unterhalten.»

«Mit Offa?», fragte ich und warf einen Blick auf den Mercier, der seinen Hunden durch ein Fingerschnipsen oder einen Pfiff Befehle gab.

«Er war diesen Sommer in Bebbanburg», sagte Beocca. «Er hat mir erzählt, dass dein Onkel den Palas neu aufgebaut hat. Er ist nun größer als zuvor. Und Gytha ist gestorben. Die arme Gytha», er bekreuzigte sich, «sie war eine gute Frau.»

Gytha war meine Stiefmutter, und nachdem mein Vater in Eoferwic umgekommen war, hatte sie meinen Onkel geheiratet und war dadurch auf die Seite des Besatzers von Bebbanburg gewechselt. Ich sagte nichts zu ihrem Tod, aber nach der Vorstellung, als Offa und seine beiden Gehilfinnen die Reifen einpackten und die Hunde anleinten, ging ich zu ihm und erklärte, dass ich mit ihm sprechen wollte.

Offa war ein seltsamer Mann. Er war so groß wie ich, von düsterer Art, besaß viel Wissen und das Merkwürdigste von allem – er war christlicher Priester. Eigentlich hieß er Pater Offa. «Aber ich hatte die Kirche satt», erklärte er mir im Gasthaus *Zwei Kraniche*, wo ich ihm einen Humpen Bier bezahlt hatte, «und meine Frau genauso. Ich war ihrer vollkommen überdrüssig.»

«Also seid Ihr weggegangen?»

«Ich bin weggetanzt», sagte er, «weggehüpft. Und wenn Gott mir Flügel gegeben hätte, wäre ich weggeflogen.»

Inzwischen reiste er seit über zehn Jahren umher, durch alle sächsischen und dänischen Länder Britanniens, und er wurde überall willkommen geheißen, denn er sorgte für Gelächter und Vergnügen. Im Gespräch aber war er von schwermütiger Art. Doch Beocca hatte recht gehabt. Offa war in Northumbrien gewesen, und es war wohl zu bemerken, dass er alles, was ihm dort begegnete, mit besonderer Aufmerksamkeit betrachtet hatte. So aufmerksam, dass ich nun verstand, weshalb Alfred die Hunde im königlichen Wohnbezirk hatte auftreten lassen. Offa war eindeutig einer der Späher, die den westsächsischen Hof mit Neuigkeiten aus Britannien versorgten. «Wollt Ihr mir nicht erzählen, was in Northumbrien vor sich geht?», forderte ich ihn auf.

Er zog ein Gesicht und sah zu den Deckenbalken hinauf. Die Männer im *Zwei Kraniche* machten sich ein Vergnügen daraus, jedes Mal eine Kerbe in einen der Balken zu schnitzen, wenn sie eine der Gasthaushuren anheuerten. Offa schien die Kerben zu zählen, und das konnte ewig dauern, doch dann sah er mich säuerlich an. «Neuigkeiten, Herr», sagte er, «sind eine Ware wie Aal oder Kuhhaut oder die Dienste einer Hure. Sie werden gekauft und verkauft.» Er wartete, bis ich eine Münze zwischen uns auf den Tisch legte, und danach sah er die Münze nur kurz an und gähnte, also legte ich noch einen weiteren Shilling neben den ersten. «Wo soll ich anfangen?», fragte er.

«Mit dem Norden.»

In Schottland herrsche Ruhe, sagte er. König Aed litt an einer schlimmen Fistel. Trotzdem wurde natürlich in Northumbrien, wo sich mein Onkel Ælfric, der Besatzer, jetzt Herr von Bernicia nannte, regelmäßig Vieh geraubt.

«Also will er König von Bernicia werden?», fragte ich.

«Vor allem will er in Ruhe gelassen werden», sagte Offa. «Er greift niemanden an, er häuft Reichtümer an, er hat Guthred als König anerkannt, und er sorgt dafür, dass seine

Schwerter immer gewetzt sind. Dänische Siedler sind ihm willkommen, weil sie einen gewissen Schutz gegen die Schotten bieten, aber er lässt keinen Dänen nach Bebbanburg, bevor er nicht sicher ist, dass er ihm trauen kann. Die Sicherheit der Festung bedeutet ihm alles.»

«Aber nun will er König werden?», beharrte ich auf meiner Frage.

«Ich weiß, was er tut», sagte Offa kurz angebunden, «aber was er vorhat, bleibt zwischen Ælfric und seinem Gott.»

«Lebt sein Sohn noch?»

«Er hat mittlerweile zwei Söhne, sie sind beide noch klein, aber seine Frau ist gestorben.»

«Das habe ich gehört.»

«Sein ältester Sohn mochte meine Hunde und wollte, dass sein Vater sie kauft. Ich habe nein gesagt.»

Sonst wusste er nicht viel Neues aus Bebbanburg, nur, dass Ælfric den Palas vergrößert hatte und, viel verdächtiger, der äußere Wall und das niedrige Tor erhöht und verstärkt worden waren. Ich fragte Offa, ob man ihn und seine Hunde gerne in Dunholm sähe, worauf er mich scharf ansah und sich dann bekreuzigte. «Keiner geht freiwillig nach Dunholm», sagte Offa. «Euer Onkel hat mir durch Kjartans Land Geleitschutz gegeben, und ich war ihm sehr dankbar dafür.»

«Also laufen Kjartans Angelegenheiten gut?», erkundigte ich mich bitter.

«Sie sprießen wie ein Lorbeerbaum», sagte Offa, und als er meine Verwunderung sah, erklärte er seine Antwort näher. «Seine Macht wächst und gedeiht, und er raubt, mordet und vergewaltigt und hält sich in Dunholm verschanzt. Aber sein Einfluss reicht weiter, viel weiter. Er ist reich, und er kauft sich mit seinem Geld Freunde. Wenn sich ein Däne über Guthred beschwert, kann man sicher sein, dass er Kjartans Geld genommen hat.»

«Ich dachte, Kjartan hat zugestimmt, an Guthred Abgaben zu zahlen.»

«Er hat sie ein Jahr lang bezahlt. Seitdem hat König Guthred der Gute gelernt, ohne diese Abgaben auszukommen.»

«König Guthred der Gute?»

«So wird er in Eoferwic genannt», sagte Offa, «aber nur von den Christen. Die Dänen halten ihn für einen leichtgläubigen Narren.»

«Weil er Christ geworden ist?»

«Ist er denn ein Christ?», fragte sich Offa selbst. «Er behauptet jedenfalls, es zu sein, und er geht zur Messe, aber ich habe den Verdacht, dass er immer noch an die alten Götter glaubt. Nein, den Dänen missfällt er, weil er die Christen bevorzugt. Er hat versucht, die Dänen mit einer Kirchensteuer zu belegen. Das war kein sehr kluger Einfall.»

«Wie lange wird sich König Guthred also noch halten können?», fragte ich.

«Für Prophezeiungen berechne ich mehr», sagte Offa, «denn alles Wertlose muss besonders teuer verhökert werden.»

Mein Geld blieb in seinem Beutel. «Was ist mit Ivarr?», fragte ich.

«Wie meint Ihr das, was mit ihm ist?»

«Erkennt er Guthred immer noch als König an?»

«Zur Zeit schon», sagte Offa vorsichtig, «aber Graf Ivarr ist inzwischen wieder der mächtigste Mann in Northumbrien. Er hat auch Geld von Kjartan genommen, wie ich gehört habe, und es dazu benutzt, eine Streitmacht aufzustellen.»

«Und wozu braucht er eine Streitmacht?»

«Was glaubt Ihr denn?», fragte Offa spöttisch.

«Um seinen eigenen Mann auf den Thron zu bringen?»

«Das wäre denkbar», sagte Offa, «aber auch Guthred hat ein Heer.»

«Ein sächsisches Heer?»

«Ein christliches Heer. Die meisten Männer sind aber Sachsen.»

«Also droht ein Krieg aller gegen alle?»

«In Northumbrien», sagte Offa, «droht immer ein Krieg aller gegen alle.»

«Und Ivarr wird gewinnen», sagte ich, «weil er keine Skrupel kennt.»

«Er ist vorsichtiger geworden», sagte Offa. «Das hat ihn Aed vor drei Jahren gelehrt. Aber wenn es so weit ist, wird er angreifen. Wenn er sicher ist, dass er gewinnen kann.»

«Also muss Guthred», sagte ich, «Ivarr und Kjartan töten.»

«Was Könige tun müssen, Herr, liegt außerhalb meiner bescheidenen Befugnisse. Ich lehre Hunde das Tanzen, nicht Männer das Regieren. Möchtet Ihr noch etwas über Mercien hören?»

«Ich möchte etwas über Guthreds Schwester hören.»

Beinahe hätte Offa gelächelt. «Die! Sie ist jetzt Nonne.»

«Gisela?» Ich war erschüttert. «Nonne? Ist sie Christin geworden?»

«Ich bezweifle, dass sie Christin ist», sagte Offa, «aber sie hat im Kloster Schutz gefunden.»

«Vor wem?»

«Vor Kjartan. Er wollte sie mit seinem Sohn verheiraten.»

Das überraschte mich. «Aber Kjartan hasst Guthred», sagte ich.

«Trotzdem fand Kjartan, dass Guthreds Schwester eine passende Braut für seinen einäugigen Sohn abgeben würde», sagte Offa. «Ich vermute, er will, dass sein Sohn eines Tages König von Eoferwic wird, und es würde dieses Vorhaben unterstützen, wenn er Sven mit Guthreds Schwester verheiratet. Wie auch immer, er hat Männer nach Eoferwic geschickt und Guthred Geld, Frieden und das Versprechen angeboten, keine Christen mehr zu behelligen, und ich glaube, Guthred war sehr in Versuchung.»

«Wie konnte er das?»

«Weil ein verzweifelter Mann Verbündete braucht. Vielleicht hat Guthred einen Tag oder zwei davon geträumt, Ivarr und Kjartan auseinanderzubringen. Und Geld braucht er ganz bestimmt. Außerdem hängt Guthred der verhängnisvollen Überzeugung an, in jedem Menschen stecke etwas Gutes. Seine Schwester hat weniger an solch menschenfreundlichen Überzeugungen zu tragen, und abgesehen davon hätte sie von der ganzen Sache nichts. Also ist sie in ein Nonnenkloster geflüchtet.»

«Wann war das?»

«Vergangenes Jahr. Kjartan hat in ihrer Ablehnung eine Beleidigung gesehen und gedroht, sie von jedem einzelnen seiner Männer vergewaltigen zu lassen.»

«Ist sie immer noch in dem Kloster?»

«Als ich aus Eoferwic abgereist bin, war sie es noch. Sie ist dort sicher vor der Heirat, oder? Vielleicht mag sie auch keine Männer. Viele Nonnen mögen keine. Aber ich bezweifle, dass ihr Bruder sie noch lange dort bleiben lässt. Sie ist eine sehr wertvolle Friedenskuh.»

«In einer Ehe mit Kjartans Sohn?», fragte ich verächtlich.

«Das wird nicht geschehen», sagte Offa und goss sich Bier nach. «Pater Hrothweard, wisst Ihr, wer das ist?»

«Ein Wahnsinniger», sagte ich und dachte daran, wie Hrothweard in Eoferwic das Volk angestachelt hatte, die Dänen umzubringen.

«Hrothweard ist wirklich ein außerordentlich widerwärtiger Geselle», pflichtete Offa mit seltener Überschwänglichkeit bei. «Er war es, der vorgeschlagen hat, von den Dänen Kirchensteuer einzuziehen. Er hat auch vorgeschlagen, dass Guthreds Schwester die neue Frau Eures Onkels wird, und dieser Gedanke könnte Guthred gefallen. Ælfric braucht eine Frau, und wenn er bereit wäre, seine Speerkämpfer in den Süden zu schicken, würde das Guthreds Kampfkraft erheblich stärken.»

«Dann wäre Bebbanburg ohne Schutz», sagte ich.

«Sechzig Männer reichen, um Bebbanburg bis zum Jüngsten Tag zu verteidigen», sagte Offa wegwerfend. «Guthred braucht eine größere Streitmacht, und zweihundert Männer von Bebbanburg wären für ihn ein Geschenk des Himmels und bestimmt eine Schwester wert. Wohlgemerkt, Ivarr würde alles tun, um diese Heirat zu verhindern. Er will nicht, dass sich die Sachsen aus dem nördlichen Northumbrien mit den Christen aus Eoferwic verbünden. So, Herr», er schob seine Sitzbank zurück, als wolle er damit zeigen, dass sein Bericht beendet war. «In Britannien herrscht Friede, nur in Northumbrien hat Guthred mit Schwierigkeiten zu kämpfen.»

«Keine Unruhe in Mercien?»

Er schüttelte den Kopf. «Nichts Außergewöhnliches.»

«Ostanglien?»

Er hielt inne. «Dort gibt es auch keine Schwierigkeiten», sagte er nach merklichem Zögern, aber ich wusste, dass er diese Pause absichtlich gemacht hatte, ein Köder am Haken, also wartete ich ab. Offa jedoch sah mich nur unschuldig an, und schließlich seufzte ich, nahm eine weitere Münze aus meinem Beutel und legte sie auf den Tisch. Er ließ sie aufspringen, um festzustellen, ob das Silber gut war. «König Æthelstan», sagte er, «früher hieß er Guthrum, verhandelt mit Alfred. Alfred glaubt, ich wüsste nichts davon, aber da täuscht er sich. Sie werden gemeinsam England aufteilen.»

«Sie?», fragte ich. «England aufteilen? Es ist nicht an ihnen, das Land aufzuteilen!»

«Die Dänen bekommen Northumbrien, Ostanglien und den nordöstlichen Teil von Mercien. Wessex gewinnt den südwestlichen Teil Merciens dazu.»

Ich starrte ihn an. «Damit wird sich Alfred niemals einverstanden erklären», sagte ich.

«Doch, das wird er.»

«Er will ganz England», widersprach ich.

«Er will Sicherheit für Wessex», sagte Offa und ließ die Münze auf dem Tisch kreiseln.

«Und dafür soll er bereit sein, halb England aufzugeben?», fragte ich ungläubig.

Offa lächelte. «Seht es einmal so an, Herr», sagte er. «In Wessex leben keine Dänen, aber wo Dänen herrschen, leben sehr viele Sachsen. Wenn sich die Dänen bereit erklären, Alfred nicht anzugreifen, kann er sich sicher fühlen. Aber wie können sich die Dänen jemals sicher fühlen? Sogar wenn Alfred zustimmt, sie nicht anzugreifen, haben sie immer noch Tausende von Sachsen in ihrem Gebiet, und diese Sachsen könnten sich jederzeit gegen sie erheben, besonders, wenn sie von Wessex dazu ermutigt werden. König Æthelstan wird seinen Vertrag mit Alfred schließen, aber er wird nicht das Pergament wert sein, auf dem er geschrieben steht.»

«Ihr meint, Alfred wird den Vertrag brechen?»

«Nicht offen, nein. Aber er wird die Erhebung der Sachsen fördern, er wird die Christen unterstützen, er wird die Unruhe schüren, und die ganze Zeit über wird er seine Gebete aufsagen und ewige Freundschaft mit dem Feind schwören. Ihr alle haltet Alfred für einen frömmlerischen Gelehrten, doch in Wahrheit richtet sich sein Ehrgeiz auf das gesamte Land zwischen hier und Schottland. Ihr seht ihn beten, ich sehe ihn träumen. Er wird Missionare zu den Dänen schicken, und Ihr werdet denken, mehr unternimmt er nicht, aber jedes Mal, wenn ein Sachse einen Dänen umbringt, wird Alfred die Klinge beschafft haben.»

«Nein», sagte ich, «doch nicht Alfred. Sein Gott verbietet ihm die Heimtücke.»

«Was wisst Ihr von Alfreds Gott?», fragte Offa spöttisch, und darauf schloss er die Augen und sprach weiter: «‹Denn der Herr unser Gott hat uns den Feind ausgeliefert›», intonierte er, «‹und wir haben ihn geschlagen und auch seine Söhne und seine ganze Sippe. Wir haben seine Städte genommen und alle Männer erschlagen und die Frauen und die kleinen Kinder.›» Er öffnete die Augen. «So etwas tut Alfreds Gott, Herr Uhtred. Wollt Ihr noch mehr aus der Heiligen Schrift hören? ‹Der Herr Euer Gott soll Euch all Eure Feinde ausliefern und Ihr sollt sie totschlagen und gänzlich vernichten.›» Offa schnitt ein Gesicht. «Alfred glaubt an Gottes Verheißungen, und er träumt von einem Land ohne Heiden, in dem der Feind gänzlich vernichtet ist und in dem nur gottgefällige Christen leben. Wenn es auf der britannischen Insel einen Mann zu fürchten gibt, Herr Uhtred, dann ist dieser Mann König Alfred.» Er stand auf. «Ich muss feststellen, ob diese dummen Weiber meine Hunde gefüttert haben.»

Ich sah ihm nach und glaubte, einen klugen Mann getroffen zu haben, der Alfred missverstanden hatte.

Und das war natürlich genau das, was mich Alfred glauben lassen wollte.

SIEBEN

Der Witan war der königliche Rat, der aus den führenden Männern des Reiches bestand, und er kam zur Weihe von Alfreds neuer Kirche und zur Feier der Verlobung Æthelflaeds mit meinem Cousin zusammen. Ragnar und ich hatten mit den Gesprächen des Witans nichts zu tun, und deshalb gingen wir ins Gasthaus, während sie tagten. Brida hatte die Erlaubnis bekommen, uns zu begleiten, und deshalb war Ragnar umso besser gelaunt. Sie war eine Sächsin aus Ostanglien und früher meine Geliebte, aber das war schon viele Jahre her, und wir waren fast noch Kinder gewesen. Inzwischen war sie zur Frau geworden und dänischer als die Dänen. Sie und Ragnar hatten nie geheiratet, aber sie war ihm Freundin, Geliebte, Beraterin und Zauberin. Er war hellhaarig und sie dunkel, er schlang sein Essen wie ein Eber hinunter, während sie wie ein Vögelchen pickte, er lärmte, und sie war von stiller Klugheit, doch zusammen waren sie der Inbegriff des Glücks. Ich verbrachte Stunden damit, ihr von Gisela zu erzählen, und Brida hörte mir geduldig zu. «Glaubst du wirklich, dass sie auf dich gewartet hat?», fragte Brida.

«Ich hoffe es», antwortete ich und tastete nach Thors Hammer.

«Die Ärmste», sagte Brida lächelnd. «Also hast du dich verliebt?»

«Ja.»

«Wieder», sagte sie.

Wir drei saßen am Tag vor Æthelflaeds Verlobung im Gasthaus *Zwei Kraniche*, und dort fand uns auch Pater Beocca. Seine Hände waren mit Tinte beschmiert. «Ihr habt wieder geschrieben», warf ich ihm vor.

«Wir arbeiten an Listen von den Fyrds der Grafschaften», erklärte er. «Jeder Mann zwischen zwölf und sechzig muss jetzt dem König den Treueid leisten. Ich stelle die Listen zusammen, aber uns ist die Tinte ausgegangen.»

«Kein Wunder», sagte ich, «so wie Ihr Euch beschmiert habt.»

«Gerade wird ein neuer Topf gemischt», sagte er, ohne auf meine Bemerkung einzugehen, «und das wird einige Zeit dauern, also habe ich überlegt, dass ihr vielleicht die neue Kirche gerne sehen würdet.»

«Ich kann mir nichts Schöneres vorstellen», sagte ich.

Er bestand darauf, uns hinzuführen, und die Kirche war tatsächlich von erlesener Pracht. Sie war größer als jeder Palas, den ich je gesehen hatte. Ihr erstaunlich hohes Dach wurde von massiven Eichenstämmen getragen, in die Heilige und Könige geschnitzt worden waren. Die Schnitzereien waren farbig bemalt, und die Heiligenscheine und Flügel schimmerten von Blattgold, das nach Beoccas Erklärung von Handwerkern aufgetragen worden war, die nur zu diesem Zweck aus dem Frankenreich hierhergekommen waren. Der Boden war mit Steinplatten ausgelegt, sodass keine Binsenspreu mehr gebraucht wurde und die Hunde nicht mehr wussten, wohin sie pissen sollten. Alfred hatte eine Regel aufgestellt, nach der keine Hunde in die Kirche kommen durften, aber sie kamen trotzdem herein, also hatte er einen Wächter bestellt, der mit einer Peitsche ausgerüstet wurde und die Tiere aus dem großen Kirchenschiff vertreiben sollte, doch der Wächter hatte bei Ethandun ein Bein an eine dänische Kriegsaxt verloren und kam daher nur recht langsam voran, sodass die Hunde keine Schwierigkeiten hatten, ihm auszuweichen. Der untere Teil der Kirchenwände war aus Quadersteinen erbaut, doch der obere Teil und das Dach bestanden aus Holz, und gerade unterhalb des Daches befanden sich hohe Fenster, die mit abgeschabten Hornstücken ausgefüllt waren, sodass der Regen nicht eindringen konnte. Jedes Stückchen Wand war mit Leder bespannt, das mit Bildern vom Himmel und von der Hölle bemalt war. Der Himmel war mit Sachsen bevölkert, während in der Hölle scheinbar eher die Dänen ihren Aufenthalt genommen hatten. Obwohl, wie ich überrascht feststellte, auch ein paar Priester im Höllenfeuer brieten. «Es gibt auch schlechte Priester», versicherte mir Beocca ernst, «aber natürlich nicht viele.»

«Und es gibt gute Priester», sagte ich sehr zur Freude Beoccas. «Wenn wir gerade dabei sind, habt Ihr etwas von Pater Pyrlig gehört?» Pyrlig war ein Britone, der mit mir bei Ethandun gekämpft hatte, und ich mochte ihn sehr. Weil er dänisch sprach, war er nach Ostanglien gesandt worden, um bei Guthrum als Priester zu dienen.

«Er verrichtet das Werk Gottes», sagte Beocca begeistert. «Er hat erzählt, dass schon sehr viele Dänen getauft wurden! Ich glaube wirklich, wir erleben die Bekehrung der Heiden mit.»

«Aber nicht dieses Heiden», sagte Ragnar.

Beocca schüttelte den Kopf. «Eines Tages wird Gott auch zu Euch kommen, Herr Ragnar, und seine Gnade wird Euch überwältigen.»

Dazu sagte Ragnar nichts. Ich sah ihm an, dass ihn Alfreds Kirche ebenso beeindruckte wie mich. Das Grabmal des Heiligen Swithun hatte einen Querfries aus Silber und stand vor dem Hochaltar, der mit einem roten Tuch von der Segelfläche eines Drachenbootes bedeckt war. Auf dem Altar standen ein Dutzend gute Wachskerzen in silbernen

Haltern neben einem großen Silberkreuz mit Goldeinlagen, eine Beute, wie mir Ragnar zuflüsterte, für die er eine vierwöchige Reise in Kauf nehmen würde.

Auf jeder Seite des Kreuzes waren Reliquien angeordnet; Kästen und Kolben aus Silber und Gold, alle besetzt mit Juwelen und manche mit kleinen Fenstern aus Kristallgestein, durch die man die Reliquien erspähen konnte. Da waren Maria Magdalenas Zehenring genauso wie das, was von der Feder jener Taube noch übrig war, die Noah von der Arche ausgesandt hatte. Da waren der Hornlöffel des Heiligen Kenelm, ein Kolben mit Staub aus dem Grab Sankt Heddas und ein Huf des Esels, auf dem Jesus in Jerusalem eingezogen war. Das Tuch, mit dem Maria Magdalena Jesus die Füße getrocknet hatte, war in eine große Goldtruhe eingeschlossen, und daneben, weit überstrahlt von dem Glanz des Goldes, waren die Zähne des Heiligen Oswald, das Geschenk Guthreds. Die beiden Zähne lagen immer noch in dem silbernen Austerntopf, der jedoch im Vergleich zu den anderen Behältnissen mit einem Mal recht schäbig wirkte. Beocca zeigte uns all diese heiligen Schätze, aber sein größter Stolz war ein Knochenstück, das hinter einer Scherbe milchigen Kristalls zu erahnen war. «Ich war es, der es gefunden hat», sagte er. «Ist das nicht wunderbar?» Er hob den Deckel des Kästchens an und nahm das Knochenstück heraus, das aussah wie der Überrest eines schlechten Schmorgerichts. «Das ist Sankt Cedds Aestel!», sagte Beocca mit ehrfurchtsvoller Stimme. Dann bekreuzigte er sich und studierte mit seinem guten Auge das gelbliche Knochenstück, als wäre die pfeilspitzenförmige Reliquie gerade eben erst vom Himmel herabgefallen.

«Sankt Cedds was?», fragte ich.

«Sein Aestel.»

«Was ist ein Aestel?», fragte Ragnar. Sein Englisch war nach den Jahren als Geisel sehr gut, aber manche Worte verwirrten ihn immer noch.

«Ein Aestel ist ein Gerät, mit dem man sich das Lesen erleichtern kann», sagte Beocca. «Man folgt damit den Zeilen. Es ist wie ein kleiner Zeigestock.»

«Was ist gegen einen Finger einzuwenden?», wollte Ragnar wissen.

«Damit kann man die Tinte verschmieren. Und ein Aestel ist sauber.»

«Und das hat wirklich dem Heiligen Cedd gehört?», fragte ich und spielte den Erstaunten.

«Das hat es, das hat es», sagte Beocca, der angesichts dieses Wunders in einen Rausch der Verzückung geriet, «des Heiligen Cedds höchsteigenes Aestel! Und ich habe es entdeckt! Es war in einer kleinen Kirche in Dornwaraceaster, und der Priester dort war ein unwissender Bruder und hatte nicht die leiseste Ahnung davon, was es war. Es lag in einem Hornkästchen, und Sankt Cedds Name war darauf eingekratzt, aber der Priester konnte nicht einmal lesen. Ein Priester! Des Lesens unkundig! Also habe ich es beschlagnahmt.»

«Wollt Ihr damit sagen, Ihr habt es gestohlen?»

«Ich habe es in sichere Verwahrung genommen!», sagte Beocca gekränkt.

«Und wenn Ihr eines Tages heilig gesprochen werdet», sagte ich, «wird jemand Eure müffelnden Schuhe in einen goldenen Kasten legen und sie anbeten.»

Beocca errötete. «Du machst dich über mich lustig, Uhtred, du machst dich über mich lustig.» Er lachte, aber ich erkannte an seinem Erröten, dass ich sein heimliches Streben entdeckt hatte. Er wollte heilig gesprochen werden, und warum auch nicht? Er war ein guter Mann, viel besser als die meisten, die ich gekannt habe und die heute als Heilige verehrt werden.

Brida und ich besuchten an diesem Nachmittag Hild, und ich gab dreißig Shilling für ihr Nonnenkloster. Es war fast das gesamte Geld, das ich besaß, doch Ragnar vertraute voll darauf, dass wir Sverris Vermögen aus Jütland bekommen würden, und ich vertraute darauf, dass Ragnar mit mir teilen würde. Also drängte ich Hild das Geld auf, während sie noch erfreut ihr Silberkreuz betrachtete, das nun in Schlangenhauchs Knauf eingelegt war. «Von nun an musst du das Schwert mit Klugheit führen», erklärte sie mir ernsthaft.

«Ich führe mein Schwert immer mit Klugheit.»

«Du hast die Macht Gottes auf diese Waffe herabgerufen», sagte sie, «und deshalb soll sie nichts Böses mehr anrichten.»

Ich zweifelte, dass ich dieser Anordnung folgen würde, aber es tat gut, Hild zu sehen. Alfred hatte ihr ein bisschen von dem Staub aus dem Grab Sankt Heddas geschenkt, und sie erzählte mir, dass vermischt mit Sauermilch ein wundertätiges Heilmittel daraus würde, das schon wenigstens ein Dutzend Kranke unter den Schützlingen der Nonnen geheilt hatte. «Wenn du jemals krank wirst», sagte sie, «dann kommst du zu mir, und wir mischen den Staub mit frischer Sauermilch und schmieren dich damit ein.»

Ich sah Hild schon am nächsten Tag wieder, als wir alle zur Weihe in die Kirche bestellt waren, in der wir zugleich noch Æthelflaeds Verlobung bezeugen sollten. Hild war zusammen mit allen anderen Nonnen von Witanceaster im Seitenschiff, während Ragnar, Brida und ich zu spät gekommen waren und nur noch ganz hinten in der Kirche einen Platz zum Stehen gefunden hatten. Ich war größer als die meisten anderen Männer, dennoch konnte ich von der Zeremonie, die scheinbar ewig dauern sollte, nur sehr wenig sehen. Zwei Bischöfe sprachen Gebete, Priester verspritzten Weihwasser, und Mönche sangen Choräle. Dann hielt der Erzbischof von Contwaraburg eine lange Predigt, in der er merkwürdigerweise nichts über die neue Kirche sagte und auch nichts über die Verlobung, sondern in der er die Geistlichkeit von Wessex dafür beschimpfte, kurze Kittel zu tragen statt lange Gewänder. Diese bestialische Gepflogenheit, donnerte der Erzbischof, habe den Heiligen Vater in Rom beleidigt und müsse unter Androhung der Exkommunikation unverzüglich aufgegeben werden. Ein Priester, der neben uns stand, trug einen kurzen Kittel und duckte sich, damit er aussähe, als sei er ein Zwerg in einem langen Gewand. Darauf sangen die Mönche wieder, und mein überheblicher Cousin stolzierte zum Altar, wo ihm die kleine Æthelflaed von ihrem Vater zugeführt wurde. Der Erzbischof murmelte ein paar Worte über ihnen, sie wurden mit Weihwasser bespritzt, und dann wurde das frischverlobte Paar der Gemeinde vorgestellt, und wir alle brachen pflichtbewusst in Beifall aus.

Æthelflaed wurde schnell weggeschoben, als die bedeutenden Männer Æthelred ihre Glückwünsche aussprachen. Er war zwanzig Jahre alt, elf Jahre älter als Æthelflaed, und er war ein kleiner, rothaariger, aufgeblasener junger Mann, dessen Hauptüberzeugung seine eigene Bedeutsamkeit war. Und begründet lag diese Bedeutsamkeit allein darin, dass er der Sohn seines Vaters war, und sein Vater war der führende Aldermann im südlichen Mercien, und das war im gesamten Land die Region, in der sich die Dänen am wenigsten durchgesetzt hatten. Deshalb würde Æthelred eines Tages der Anführer der freien Sachsen Merciens werden. Kurz gesagt, konnte Æthelred einen großen Teil Merciens unter die Herrschaft von Wessex bringen, und aus diesem Grund wurde ihm Alfreds Tochter zur Ehe versprochen. Æthelred zog durch den Mittelgang aus der Kirche, grüßte dabei die Herren von Wessex, und als er mich erblickte, stutzte er vor Überraschung. «Ich habe gehört, du wärst im Norden gefangen genommen worden», sagte er.

«Das wurde ich auch.»

«Und da bist du also wieder. Genau der Mann, den ich brauche.» Er lächelte, weil er überzeugt war, dass ich ihn mochte, eine Überzeugung, die nicht falscher hätte sein können. Doch Æthelred ging davon aus, dass ihn jeder Mensch auf der Welt beneidete und nichts anderes begehrte, als mit ihm befreundet zu sein. «Der König», sagte er, «hat mich mit der Führung seiner Haustruppe geehrt.»

«Das hat Alfred getan?», fragte ich überrascht.

«Jedenfalls bis ich die Pflichten meines Vaters übernehme.»

«Dein Vater ist wohlauf, hoffe ich», erkundigte ich mich trocken.

«Er ist krank», sagte Æthelred und klang dabei erfreut, «also kann niemand wissen, wie lange ich Alfreds Wache befehligen werde. Aber du wärst mir von großem Nutzen, wenn du in der Haustruppe dienen würdest.»

«Da würde ich noch lieber Scheiße in Kübel schaufeln», sagte ich, und dann deutete ich auf Brida. «Erinnerst du dich an Brida?», fragte ich. «Vor zehn Jahren hast du versucht, ihr Gewalt anzutun.»

Er lief rot an und wandte sich ohne ein weiteres Wort zum Gehen. Brida lachte über diesen Rückzug und verneigte sich dann leicht, weil Ælswith, Alfreds Frau, an uns vorbeikam. Ælswith beachtete uns nicht, denn sie hatte weder Brida noch mich je gemocht, aber Eanflæd lächelte.

Sie war Ælswiths vertrauteste Gefährtin, und ich warf ihr einen Handkuss zu. «Früher war sie eine Gasthaushure», erklärte ich Brida, «und jetzt führt sie den Haushalt des Königs.»

«Gut für sie», sagte Brida.

«Weiß Alfred, dass sie eine Hure war?», fragte Ragnar.

«Er tut so, als wüsste er es nicht», sagte ich.

Alfred kam als Letzter. Er wirkte krank, aber das war nicht ungewöhnlich. Er neigte fast unmerklich seinen Kopf in meine Richtung, sagte aber nichts, doch dann wieselte Beocca zu mir, während wir an der Kirchentür darauf warteten, dass sich die Menge zerstreute. «Du wirst nach dem Mittagsgebet vom König erwartet», erklärte er mir, «und auch Ihr, Herr Ragnar. Ich soll Euch rufen, wenn es so weit ist.»

«Wir sind im *Zwei Kraniche*», sagte ich.

«Ich weiß nicht, warum dir dieses Gasthaus so gefällt.»

«Weil es zugleich ein Hurenhaus ist, natürlich», sagte ich. «Und wenn Ihr dorthin geht, Pater, dürft Ihr nicht vergessen, eine Kerbe in einen Deckenbalken zu schnitzen, damit man sieht, dass Ihr eine von den Damen besessen habt. Ich empfehle übrigens gern Ethel. Sie hat zwar nur eine Hand, aber was sie damit anfangen kann, ist ein wahres Wunder.»

«Gütiger Gott, Uhtred, gütiger Gott. Was sind deine Gedanken nur für ein grässlicher Sündenpfuhl. Wenn ich je heirate, und ich bete zu Gott um dieses schöne Glück, dann will ich meiner Braut unbefleckt gegenübertreten.»

«Ich bete auch, dass Ihr dieses Glück findet», sagte ich und meinte es auch. Der arme Beocca. Er war so hässlich und träumte von einer Frau, doch nie hatte er die Richtige gefunden, und ich bezweifelte, dass es ihm noch gelingen würde. Es gab viele Frauen, die ihn mitsamt seinem Schielauge und allem anderen heiraten wollten, schließlich war er ein hochgestellter Priester, den Alfred überaus schätzte, aber Beocca wartete darauf, dass ihn die Liebe träfe wie ein Blitzschlag. Er gaffte schöne Frauen an, träumte seine unerfüllbaren Träume und sprach seine Gebete. Vielleicht, dachte ich, würde er in seinem Himmel mit einer herrlichen Braut belohnt werden, aber nichts, was ich je über den Christenhimmel gehört hatte, ließ vermuten, dass man solche Freuden dort erwarten konnte.

Beocca holte uns am Nachmittag vom *Zwei Kraniche* ab. Ich bemerkte, dass er einen kurzen Blick zur Decke warf und ihn die Anzahl der Kerben erschütterte, doch er machte keine Bemerkung dazu und führte uns nur zum Königspalas, wo wir im Wachhaus unsere Waffen abgeben mussten. Ragnar sollte im Hof warten, während Beocca mich zu Alfred brachte, der sich in seinem kleinen Studierzimmer befand, ein Raum, der noch von dem Römergebäude stammte, das den Kern des königlichen Bezirks von Witanceaster bildete. Ich war schon früher hier gewesen, deshalb überraschte mich die karge Einrichtung nicht und auch nicht der hohe Stapel Pergamente, der jeden Moment von dem breiten Fensterbrett zu rutschen drohte. Die Wände waren aus weißgekalktem Stein, sodass es recht hell war, doch aus irgendeinem Grund hatte Alfred in einer Ecke zahlreiche Kerzen entzündet. In jede dieser Kerzen waren mit einer Daumenbreite Abstand tiefe Kerben eingeritzt. Die Kerzen konnten kaum der Beleuchtung dienen, denn die Herbstsonne flutete durch das große Fenster herein, und ich wollte ihn nicht nach ihrem Zweck fragen, um mir eine langwierige Erklärung darüber zu ersparen, wozu er sie brennen ließ. Ich nahm einfach an, dass er für jeden Heiligen, zu dem er in den letzten paar Tagen gebetet hatte, eine Kerze entzündete und jede der Kerben eine Sünde darstellte, die verbrannt werden musste. Alfred besaß ein sehr scharfes Gespür für Sünden – ganz besonders für meine.

An diesem Nachmittag trug Alfred ein braunes Gewand, sodass er aussah wie ein Mönch. Seine Hände waren, ebenso wie Beoccas, mit Tinte befleckt. Ich hatte gehört, dass ihn wieder seine Magenschmerzen quälten, und er zuckte oft zusammen, wenn der Schmerz besonders heftig durch seine Eingeweide fuhr. Dennoch grüßte er mich herzlich. «Uhtred, ich hoffe, du bist bei guter Gesundheit.»

«Das bin ich, Herr», sagte ich immer noch kniend, «und ich erhoffe für Euch das Gleiche.»

«Gott hat mich auserwählt, seinen Prüfungen standzuhalten, also muss ich darüber froh sein. Bitte steh auf. Ist Graf Ragnar mit dir gekommen?»

«Er ist draußen, Herr.»

«Gut», sagte er. Ich stand auf dem einzigen freien Fleck in dem kleinen Raum. Die geheimnisvollen Kerzen nahmen viel Platz ein, und Beocca lehnte an einer Wand neben Steapa, der sogar noch mehr Platz einnahm. Es überraschte mich, Steapa hier zu sehen. Alfred bevorzugte kluge Menschen, und dazu konnte man Steapa wohl kaum rechnen. Er war als Sklave geboren, und nun war er ein Krieger, und im Grunde war er zu nichts weiter gut, als Bier zu trinken und die Feinde des Königs abzuschlachten, was er beides mit atemberaubender Leistungsfähigkeit durchführte. Nun stand er mit unbehaglicher Miene neben dem Schreibpult des Königs, als sei es ihm unheimlich, hierher gerufen worden zu sein.

Ich glaubte, Alfred wolle mich zu meiner qualvollen Zeit als Sklave befragen, denn er liebte Geschichten über ferne Orte und fremde Menschen, doch er sagte gar nichts dazu und fragte mich stattdessen nach meinen Ansichten über

Guthred. Ich sagte, dass ich Guthred mochte, was den König zu überraschen schien. «Du magst ihn», fragte Alfred, «nach dem, was er dir angetan hat?»

«Er hatte kaum eine Wahl, Herr», sagte ich. «Ich habe ihm selbst erklärt, dass ein König rücksichtslos sein Reich verteidigen muss.»

«Dennoch.» Alfred musterte mich zweifelnd.

«Wenn wir einfachen Männer, Herr, von Königen Anerkennung erwarten würden», sagte ich mit meinem ernsthaftesten Gesichtsausdruck, «dann würden wir immer nur Enttäuschungen erleben.»

Er sah mich streng an und brach dann in raues Gelächter aus. «Du hast mir gefehlt, Uhtred», sagte er, «du bist der einzige Mann, der sich mir gegenüber Frechheiten erlaubt.»

«Er hat es nicht so gemeint, Herr», sagte Beocca ängstlich.

«Natürlich hat er es so gemeint», sagte Alfred. Er schob einige Pergamente auf der Fensterbank zur Seite und setzte sich. «Was hältst du von meinen Kerzen?», fragte er mich.

«Ich meine, Herr», antwortete ich nachdenklich, «dass sie bei Dunkelheit von größerem Nutzen sind.»

«Ich versuche, eine Uhr zu entwickeln», sagte er.

«Eine Uhr?»

«Um die vergehenden Stunden anzuzeigen.»

«Die liest man doch an der Sonne ab, Herr, und bei Nacht an den Sternen.»

«Nicht allen von uns ist es gegeben, durch Wolken hindurchsehen zu können», bemerkte er scharfzüngig. «Jede dieser Markierungen soll eine Stunde darstellen. Ich bemühe mich herauszufinden, welches die genauesten Markierungen sind. Wenn ich eine Kerze habe, die zwischen

Mittag und Mittag vierundzwanzig Abschnitte verbrennt, dann weiß ich immer, welche Stunde wir haben, nicht wahr?»

«Ja, Herr», sagte ich.

«Wir müssen unsere Zeit sinnvoll nutzen», sagte er, «und um das tun zu können, müssen wir zuerst wissen, wie viel Zeit wir überhaupt haben.»

«Ja, Herr», sagte ich erkennbar gelangweilt.

Alfred seufzte, dann suchte er aus den Pergamenten eines heraus, an dem ein Siegel aus fahlgrünem Wachs hing. «Das ist eine Botschaft von König Guthred», sagte er. «Guthred erbittet meinen Rat, und ich bin gesonnen, ihm diesen zu gewähren. Zu diesem Zweck werde ich eine Gesandtschaft nach Eoferwic schicken. Pater Beocca hat sich damit einverstanden erklärt, dort an meiner statt zu sprechen.»

«Das ist eine Auszeichnung, Herr», sagte Beocca glücklich, «eine große Auszeichnung.»

«Außerdem wird Pater Beocca wertvolle Geschenke für König Guthred mitnehmen», fuhr Alfred fort, «und diese Geschenke müssen geschützt werden, weshalb wir bewaffneten Geleitschutz brauchen. Ich habe überlegt, ob du vielleicht für diesen Schutz sorgen könntest, Uhtred? Du und Steapa?»

«Ja, Herr», sagte ich dieses Mal voller Begeisterung, denn ich träumte nur noch von Gisela, und sie war in Eoferwic.

«Aber du musst wissen», sagte Alfred, «dass es Beocca ist, der diese Gesandtschaft anführt. Er ist mein Botschafter, und du wirst seine Anordnungen befolgen. Ist das klar?»

«Gewiss, Herr», sagte ich, obwohl ich von Alfred in Wirklichkeit keine Befehle mehr entgegennehmen musste. Ich hatte ihm keinen neuen Treueid geleistet, und ich war kein Westsachse, aber er bat mich darum, dorthin zu gehen, wohin ich selbst wollte, und so erinnerte ich ihn nicht daran, dass ich ihm nichts geschworen hatte.

Doch diese Erinnerung brauchte er gar nicht. «Ihr werdet alle drei vor der Heiligen Nacht zurückkehren und über Eure Gesandtschaft berichten», sagte er, «und wenn du mir das nicht schwörst», er sah mir ins Gesicht, «und mir schwörst, mein Mann zu sein, dann lasse ich dich nicht gehen.»

«Ihr wollt meinen Eid?», fragte ich ihn.

«Ich bestehe darauf, Herr Uhtred», sagte er.

Ich zögerte. Ich wollte nicht wieder Alfreds Mann werden, aber ich spürte, dass sich hinter seiner sogenannten Gesandtschaft viel mehr verbarg, als Guthred einen Rat zu geben. Wenn Alfred nur das wollte, könnte er es ebenso gut in einem Brief tun. Oder er könnte eine Handvoll Priester schicken, um Guthred die Ohren vollzusäuseln. Doch Alfred entsandte Steapa und mich, und in Wahrheit verstanden wir beide nur von einer einzigen Sache etwas, und das war der Kampf. Und Beocca war zweifellos ein guter Mann, aber kaum ein sehr beeindruckender Gesandter. Alfred, so dachte ich, hatte mit Steapa und mir im Norden etwas vor, und das konnte nur eines bedeuten: Irgendeine Gewalttat sollte verübt werden, und das war vielversprechend. Dennoch zögerte ich, und das erboste den König.

«Muss ich dich daran erinnern», fragte Alfred schroff, «dass ich viele Mühen auf mich genommen habe, um dich aus der Sklaverei zu befreien?»

«Und warum habt Ihr diese Mühen auf Euch genommen, Herr?»

Beocca zischte wütend, weil ich nicht augenblicklich den Wünschen des Königs nachgegeben hatte, und Alfred war vor den Kopf gestoßen, doch dann schien er zu finden, dass meine Frage eine Antwort verdiente. Mit einer

Geste brachte er Beocca zum Schweigen, dann spielte er an Guthreds Siegel herum und kratzte gedankenversunken kleine grüne Wachsstückchen davon ab. «Die Äbtissin Hildegyth hat mich davon überzeugt», sagte er schließlich. Ich wartete. Alfred warf mir einen Blick zu und stellte fest, dass ich glaubte, es müsse mehr gegeben haben als Hilds Bitten. Er zuckte mit den Schultern. «Außerdem schien es mir so», fuhr er mit sichtlichem Unbehagen fort, «dass ich dir mehr schuldete als das, womit ich dich für deine Dienste in Æthelingæg entlohnt habe.»

Das war noch keine Entschuldigung, aber es war die Anerkennung, dass Fifhaden nicht die angemessene Belohnung für ein Königreich war. Ich neigte den Kopf. «Ich danke Euch, Herr», sagte ich, «und Ihr sollt meinen Eid bekommen.» Ich wollte ihm nichts schwören, aber welche Wahl blieb mir? So entscheidet sich unser Lebensweg. Lange Jahre hatte ich zwischen meiner Liebe zu den Dänen und meiner Zugehörigkeit zu den Sachsen geschwankt, und nun stand ich neben einer flackernden Kerzenuhr und diente mich einem König an, den ich nicht leiden konnte. «Doch darf ich fragen, Herr», fuhr ich fort, «in welcher Sache Guthred einen Rat braucht?»

«Ivarr Ivarson ist seiner müde», sagte Alfred, «und Ivarr möchte einen anderen, einen willfährigeren Mann auf dem Thron Northumbriens sitzen sehen.»

«Oder den Thron für sich selbst erobern?», legte ich Alfred nahe.

«Ich glaube nicht, dass sich Ivarr mit der schweren Verantwortung des Königtums belasten will», sagte Alfred. «Er will Macht, er will Geld, er will Krieger, und er will einen neuen Mann, der ihm die schwere Aufgabe abnimmt, unter den Sachsen die Gesetze durchzusetzen und von den Sachsen Steuern einzuziehen. Und dafür wird er einen

Sachsen aussuchen.» Dieser Gedanke ergab Sinn. Auf diese Art herrschten die Dänen gewöhnlich über die besiegten Sachsen. «Und Ivarr», sprach Alfred weiter, «will Guthred nicht mehr.»

«Warum nicht, Herr?»

«Weil König Guthred», sagte Alfred, «versucht, seinen Gesetzen bei Dänen und Sachsen gleichermaßen Geltung zu verschaffen.»

Ich erinnerte mich an Guthreds Hoffnung, einfach nur ein König sein zu können. «Ist das schlecht?», fragte ich.

«Es ist Torheit», sagte Alfred, «wenn er bestimmt, dass jeder Mann, gleich ob Heide oder Christ, den Zehnten an die Kirche abgeben muss.»

Offa hatte diese Kirchensteuer erwähnt, und es war wirklich ein törichter Einfall. Der Zehnte war der zehnte Teil all dessen, was ein Mann erntete, züchtete oder herstellte, und die heidnischen Dänen würden solch ein Gesetz niemals annehmen. «Ich hätte gedacht, so etwas müsstet Ihr befürworten, Herr», sagte ich boshaft.

«Natürlich befürworte ich den Kirchenzehnten», sagte Alfred müde, «aber er sollte mit Überzeugung gegeben werden.»

«Hilarem datorem diligit Deus», warf Beocca wenig hilfreich ein. «So steht es in der Heiligen Schrift.»

«Gott liebt einen fröhlichen Geber», steuerte Alfred die Übersetzung bei, «aber wenn ein Land halb heidnisch und halb christlich ist, befördert man die Einheit nicht, indem man die mächtigere Hälfte beleidigt. Guthred muss den Dänen ein Däne sein und den Sachsen ein Christ. Das ist mein Rat an ihn.»

«Wenn sich die Dänen erheben», fragte ich, «ist Guthred dann stark genug, um sie zu besiegen?»

«Er verfügt über den sächsischen Fyrd, jedenfalls über

das, was noch davon übrig ist, und einige dänische Christen, wenn es auch leider viel zu wenige sind. Meiner Schätzung nach kann er sechshundert Männer zu den Waffen rufen, aber weniger als die Hälfte von ihnen sind zuverlässige Kämpfer.»

«Und Ivarr?», fragte ich.

«Eher tausend. Und wenn ihn Kjartan unterstützt, werden es noch viel mehr. Und Kjartan ermutigt ihn.»

«Aber Kjartan», sagte ich, «verlässt Dunholm nicht.»

«Er muss Dunholm auch nicht verlassen», sagte Alfred, «er muss Ivarr nur zweihundert Männer zur Unterstützung schicken. Und Kjartan, so wurde mir erzählt, hasst Guthred ganz besonders.»

«Das liegt daran, dass Guthred auf seinen Sohn gepisst hat», sagte ich.

«Er hat was getan?» Fassungslos starrte mich der König an.

«Er hat Pisse auf seine Haare regnen lassen», sagte ich. «Ich war selbst dabei.»

«Gott im Himmel», sagte Alfred, der offensichtlich dachte, sämtliche Männer nördlich des Humber seien Barbaren.

«Was Guthred jetzt also tun muss», meinte ich, «ist, Ivarr und Kjartan zu vernichten?»

«Das ist seine Angelegenheit», sagte Alfred zurückhaltend.

«Er muss Frieden mit ihnen schließen», sagte Beocca und sah mich stirnrunzelnd an.

«Frieden ist immer eine wünschenswerte Lösung», sagte Alfred ohne große Begeisterung.

«Wenn wir Missionare zu den northumbrischen Dänen schicken, Herr», beharrte Beocca, «dann wird der Friede kommen.»

«Wie ich gesagt habe», gab Alfred zurück, «der Friede ist wünschenswert.» Erneut hatte er ohne jede Inbrunst gesprochen, und das, so dachte ich, ist seine eigentliche Botschaft. Er wusste, dass es keinen Frieden geben konnte.

Da fiel mir wieder ein, was mir der Hundeabrichter Offa über die Verheiratung Giselas mit meinem Onkel gesagt hatte. «Guthred könnte meinen Onkel davon überzeugen, ihn zu unterstützen», gab ich zu bedenken.

Alfred warf mir einen gedankenvollen Blick zu. «Und würdest du das begrüßen, Uhtred?»

«Ælfric ist ein räuberischer Besatzer», sagte ich. «Er hat geschworen, mich als rechtmäßigen Erben von Bebbanburg anzuerkennen, und er hat seinen Schwur gebrochen. Nein, Herr, ich würde es nicht begrüßen.»

Alfred musterte seine Kerzen, die tropfend brannten und mit ihrem Rauch die gekalkte Wand schwärzten. «Die hier», sagte er, «brennt zu schnell.» Er befeuchtete seine Finger mit der Zunge, drückte die Flamme aus und legte die erloschene Kerze in einen Korb voller Kerzenstummel. «Es ist sehr zu wünschen», sagte er, während er immer noch die Kerzen besah, «dass in Northumbrien ein christlicher König regiert. Es wäre sogar am besten, wenn das Guthred wäre. Er ist Däne, und wenn wir die Dänen für Gottes Lehre und die Liebe zu Jesus Christus gewinnen wollen, dann brauchen wir christliche dänische Könige. Was wir nicht brauchen, sind ein Kjartan und ein Ivarr, die gegen die Christen einen Krieg anfangen. Sie würden die Kirche vernichten, wenn sie es könnten.»

«Kjartan würde das bestimmt tun», sagte ich.

«Und ich bezweifle, dass dein Onkel stark genug ist, um Kjartan und Ivarr zu schlagen», sagte Alfred, «sogar wenn er bereit wäre, sich mit Guthred zusammenzuschließen. Nein», er hielt nachdenklich inne, «Guthreds einziger

Ausweg ist es, mit den Heiden Frieden zu schließen. Das ist ebenfalls mein Rat an ihn.» Die letzten Worte richtete er an Beocca.

Beocca war erfreut. «Ein weiser Rat, Herr», sagte er, «Gott sei gepriesen.»

«Und wenn wir gerade von Heiden sprechen», Alfred sah mich an, «was wird Graf Ragnar tun, wenn ich ihn freilasse?»

«Er wird nicht für Ivarr kämpfen», sagte ich fest.

«Kannst du dir dessen sicher sein?»

«Ragnar hasst Kjartan», sagte ich, «und wenn sich Kjartan mit Ivarr verbündet, hasst Ragnar alle beide. Ja, Herr, ich kann mir dessen sicher sein.»

«Wenn ich Ragnar also freilasse», sprach Alfred weiter, «und ihm erlaube, mit dir in den Norden zu ziehen, wird er sich dann auch nicht gegen Guthred wenden?»

«Er wird gegen Kjartan kämpfen», sagte ich, «aber was er von Guthred halten wird, das weiß ich nicht.»

Alfred wog meine Antwort ab und nickte dann. «Es sollte ausreichen», sagte er, «wenn er gegen Kjartan ist.» Dann drehte er sich zu Beocca um und lächelte ihn an. «Eure Gesandtschaft, Pater, hat die Aufgabe, Guthred Frieden zu predigen. Ihr werdet ihm raten, den Dänen ein Däne und den Sachsen ein Christ zu sein.»

«Ja gewiss, Herr», sagte Beocca, aber seine Verwirrung war nicht zu übersehen. Alfred redete von Frieden, doch er schickte Krieger, weil er wusste, dass es keinen Frieden geben konnte, solange Ivarr und Kjartan am Leben waren. Er wagte es nicht, dies öffentlich zu äußern, denn sonst würden die Dänen im Norden Wessex beschuldigen, in die Angelegenheiten Northumbriens einzugreifen. Das würden sie Alfred übel nehmen, und ihr Groll würde Ivarrs Seite weiter stärken. Alfred wollte, dass Guthred auf dem

Thron Northumbriens blieb, denn Guthred war Christ, und ein christliches Northumbrien würde eine sächsische Streitmacht eher zulassen, falls ein solches Heer einmal in ihr Land kommen sollte. Ivarr und Kjartan dagegen würden Northumbrien in eine Hochburg der Heiden verwandeln, wenn sie die Gelegenheit dazu bekämen, und das wollte Alfred verhindern. Deshalb sollte Beocca Frieden und Versöhnung predigen, während Steapa, Ragnar und ich Schwerter tragen würden. Wir waren seine Kriegsmeute, und Alfred wusste ganz genau, dass uns Beocca nichts befehlen konnte.

Er träumte, das war es, was Alfred tat, und seine Träume umfassten die gesamte britannische Insel.

Und ich sollte erneut sein eingeschworener Mann werden, und das war nicht, was ich gewollt hatte, aber er schickte mich in den Norden, zu Gisela, und das wollte ich, und so kniete ich mich vor ihn hin, legte meine Hände zwischen seine, schwor den Eid und verlor meine Freiheit. Dann wurde Ragnar hereingerufen, und auch er kniete sich hin, und ihm wurde seine Freiheit zurückgegeben.

Und am nächsten Tag ritten wir alle nordwärts.

Gisela war schon verheiratet.

Das hörte ich von Wulfhere, dem Erzbischof von Eoferwic, und er musste es wissen, denn er selbst hatte die Zeremonie in seiner großen Kirche abgehalten. Ich war fünf Tage zu spät gekommen, und als ich die Neuigkeit hörte, ergriff mich die gleiche Verzweiflung, die mich in Haithabu hatte in Tränen ausbrechen lassen. Gisela war verheiratet.

Es war noch Herbst, als wir in Northumbrien ankamen. Wanderfalken zogen ihre Kreise am Himmel und stießen auf die Schnepfen herab, die zur Überwinterung angekommen waren, oder auf Möwenschwärme, die sich neben den überschwemmten Ackerfurchen niedergelassen hatten. Bis jetzt war es ein schöner Herbst gewesen, doch während wir nordwärts durch Mercien ritten, zogen immer neue Regengebiete vom Westen herein. Wir waren zu zehnt; Ragnar und Brida, Steapa und ich und Pater Beocca, der die Aufsicht über drei Diener führte, die Packpferde mit unseren Schilden, Rüstungen, unserer Kleidung zum Wechseln und den Geschenken Alfreds für Guthred führten. Außerdem hatte Ragnar zwei Männer bei sich, die mit ihm in der Geiselhaft gelebt hatten. Wir alle ritten auf guten Pferden, die uns Alfred gegeben hatte, und wir hätten schnell vorankommen können, wenn wir nicht Beocca dabeigehabt hätten. Er hasste das Reiten, und obwohl wir den Sattel seiner Stute mit zwei dicken Fellen ausgelegt hatten, konnte er die Schmerzen kaum ertragen. Er verbrachte den ganzen Tag damit, sich an seiner Begrüßungsrede für Guthred zu üben. Immer noch einmal wiederholte er die Worte, bis wir anderen sie nicht mehr hören konnten. In Mercien blieben wir völlig unbehelligt, da Ragnars Anwesenheit dafür sorgte, dass wir in dänischen Häusern immer willkommen geheißen wurden. Im nördlichen Mercien gab es noch einen sächsischen König namens Ceowulf, aber wir begegneten ihm nicht, und es war unverkennbar, dass die eigentliche Macht in den Händen der dänischen Großherren lag. Die Grenze zu Northumbrien überquerten wir unter prasselndem Regen, und es regnete immer noch, als wir in Eoferwic eintrafen.

Und hier erfuhr ich, dass Gisela verheiratet war. Und nicht nur verheiratet, sie hatte außerdem zusammen mit ihrem Bruder Eoferwic verlassen. «Ich habe das Ehesakrament gespendet», erklärte uns Erzbischof Wulfhere.

Er löffelte gerade Suppe, und lange klebrige Tropffäden hingen in seinem weißen Bart. «Das dumme Mädchen hat während der ganzen Zeremonie geweint und wollte nicht an der Messe teilnehmen, aber das ändert nichts. Sie ist auch so verheiratet.»

Ich war entsetzt. Fünf Tage, mehr nicht. Das Schicksal ist unausweichlich. «Ich dachte, sie sei ins Kloster gegangen», sagte ich, als würde das jetzt noch einen Unterschied machen.

«Sie hat in einem Nonnenkonvent gelebt», sagte Wulfhere, «aber wenn man eine Katze in einen Pferdestall sperrt, verwandelt sie sich ja auch noch lange nicht in ein Pferd, oder? Sie hat sich der Welt vorenthalten! Sie wollte ihren fruchtbaren Schoß nutzlos vergeuden! Sie ist zu sehr verwöhnt worden, darin liegt das Übel. Und dann wurde ihr gestattet, in einem Kloster zu leben, wo sie aber nie ein Gebet gesprochen hat. Ihr mussten einmal Zügel angelegt werden. Eine ordentliche Tracht Prügel, die hätte ich ihr verpasst. Aber auch so ist sie jetzt nicht mehr in dem Kloster. Guthred hat sie herausgezerrt und verheiratet.»

«Und mit wem?», fragte Beocca.

«Mit Herrn Ælfric natürlich.»

«Ælfric war in Eoferwic?», fragte ich erstaunt, denn mein Onkel verließ Bebbanburg genauso ungern, wie Kjartan die sicheren Mauern Dunholms hinter sich ließ.

«Er ist nicht selbst gekommen», sagte Wulfhere. «Er hat zwanzig Männer geschickt, und einer von ihnen hat Ælfric vertreten. Es war eine Stellvertreterhochzeit. So etwas erlaubt das Gesetz.»

«Das stimmt», sagte Beocca.

«Und wo ist sie jetzt?»

«Auf dem Weg nach Norden», Wulfhere wedelte mit seinem Hornlöffel. «Sie sind alle mitgezogen. Ihr Bruder bringt sie nach Bebbanburg. Abt Eadred ist bei ihnen, und er hat natürlich auch den Leichnam des Heiligen Cuthbert mitgenommen. Und dieser grässliche Hrothweard ist auch dabei. Ich kann Hrothweard nicht ausstehen. Er war der Dummkopf, der Guthred davon überzeugt hat, den Dänen den Zehnten aufzuzwingen. Ich habe Guthred erklärt, was das für eine Torheit ist, aber Hrothweard behauptete, seine Anweisungen von Sankt Cuthbert selbst zu erhalten, also hatte nichts, was ich sagte, die geringste Wirkung. Und jetzt ziehen die Dänen vermutlich ihre Kräfte zusammen, und es wird Krieg geben.»

«Krieg?», fragte ich. «Hat Guthred der dänischen Seite den Krieg erklärt?» Das klang unwahrscheinlich.

«Natürlich nicht! Aber sie müssen ihn aufhalten.» Wulfhere wischte sich den Bart am Ärmel seines Gewandes ab.

«Wobei aufhalten?», fragte Ragnar.

«Bebbanburg zu erreichen, natürlich, was denn sonst? Der Tag, an dem Guthred seine Schwester und Sankt Cuthbert in Bebbanburg abliefert, ist der Tag, an dem ihm Ælfric zweihundert Speerkämpfer gibt. Aber das lassen die Dänen nicht mit sich machen! Sie haben Guthred mehr oder weniger hingenommen, aber nur, weil er zu schwach ist, um ihnen Befehle zu erteilen, aber wenn er ein paar hundert der besten Speerkämpfer von Ælfric bekommt, werden ihn die Dänen wie eine Laus zerquetschen. Ich bin überzeugt davon, dass Ivarr schon seine Streitmacht aufstellt, um diesem Unsinn ein Ende zu machen.»

«Sie haben den gesegneten Sankt Cuthbert bei sich?», fragte Beocca.

Der Erzbischof musterte Beocca mit gerunzelter Stirn. «Ihr seid ein merkwürdiger Gesandter», sagte er.

«Merkwürdig, Herr?»

«Ihr könnt nicht einmal geradeaus schauen, oder? Alfred muss wirklich knapp an Männern sein, wenn er so einen hässlichen Gesellen wie Euch hierherschickt. In Bebbanburg gab es auch mal einen schielenden Priester. Das ist schon Jahre her, da lebte der alte Herr Uhtred noch.»

«Das war ich», sagte Beocca lebhaft.

«Seid kein Narr, das wart natürlich nicht Ihr. Der, den ich meine, war jung und rothaarig. Nehmt alle Stühle mit, ihr hirnlosen Tölpel!», er hatte sich zu einem seiner Diener umgewandt. «Alle sechs. Und du, bring mir mehr Brot.» Wulfhere wollte verschwinden, bevor der Krieg zwischen Guthred und den Dänen ausbrach, und in seinem Hof drängten sich Wagen, Ochsen und Packpferde, denn er ließ auch seinen Kirchenschatz aufladen, um ihn an einen sicheren Ort zu bringen. «König Guthred hat Sankt Cuthbert mitgenommen», sagte der Erzbischof, «weil das Ælfrics Preis war. Er will den Leichnam genauso wie den fruchtbaren Schoß. Ich hoffe nur, er weiß noch, welchen von den beiden man vögelt.»

Mein Onkel, das wurde mir nun klar, strebte nach größerer Macht. Guthred war schwach, aber er besaß mit dem Leichnam Sankt Cuthberts einen wertvollen Schatz, und wenn Ælfric diesen Schatz an sich bringen könnte, würde er zum Beschützer aller northumbrischen Christen werden. Zusätzlich würde er durch die Pilgerpfennige ein kleines Vermögen machen. «Was er vorhat», sagte ich, «ist, Bernicia wieder aufzubauen. Es wird nicht mehr lange dauern, bis er sich König nennt.»

Wulfheres Blick schien zu sagen, dass ich offenbar kein völliger Narr war. «Ihr habt recht», meinte er, «und diese zweihundert Speerkämpfer werden vielleicht einen Monat bei Guthred bleiben, länger nicht. Dann kehren sie wieder nach Hause zurück, und die Dänen rösten Guthred auf dem offenen Feuer. Ich habe ihn gewarnt! Ich habe ihm erklärt, dass ein toter Heiliger viel mehr wert ist als zweihundert Speerkämpfer, aber er ist in einer verzweifelten Lage. Und wenn Ihr ihn sprechen wollt, dann reitet Ihr am besten nach Norden.» Wulfhere hatte uns empfangen, weil wir Alfreds Gesandte waren, aber er hatte uns weder etwas zu essen noch Unterkunft angeboten und wollte uns eindeutig, so schnell es die Höflichkeit gestattete, wieder los sein. «Geht nach Norden», wiederholte er, «wenn Ihr Glück habt, lebt der Dummkopf vielleicht noch.»

Danach kehrten wir zu dem Gasthaus zurück, in dem Steapa und Brida auf uns warteten, und ich verfluchte die drei Spinnerinnen, die mich so nah an mein Glück hatten herankommen lassen, um es mir dann zu verweigern. Gisela war vor vier Tagen abgereist, und das war mehr als genug Zeit, um Bebbanburg zu erreichen, und das verzweifelte Bemühen ihres Bruders um Ælfrics Unterstützung hatte die Dänen vermutlich in einen Aufruhr getrieben. Nicht, dass mich die Wut der Dänen gekümmert hätte. Ich dachte nur an Gisela.

«Wir müssen nach Norden», sagte Beocca, «und den König suchen.»

«Bei Eurem ersten Schritt in die Festung», erklärte ich ihm, «bringt Ælfric Euch um.» Beocca hatte bei seiner Flucht von Bebbanburg alle Pergamente mitgenommen, die bewiesen, dass ich der rechtmäßige Herr von Bebbanburg war, und das wusste Ælfric und nahm es Beocca sehr übel.

«Ælfric würde keinen Priester töten», sagte Beocca, «nicht, wenn ihm sein Seelenheil lieb ist. Und ich bin ein Gesandter! Er kann keinen Gesandten töten.»

«Solange er sicher auf Bebbanburg sitzt», warf Ragnar ein, «kann er tun, was immer er will.»

«Vielleicht ist Guthred nicht in Bebbanburg angekommen», sagte Steapa, und ich war so überrascht, ihn überhaupt reden zu hören, dass ich nicht richtig auf seine Worte achtete. Ebenso wenig, so schien es, wie alle anderen, denn keiner von uns sagte etwas dazu. «Wenn sie das Mädchen nicht mit Ælfric verheiratet sehen wollen», fuhr Steapa fort, «dann halten sie ihn auf.»

«Sie?», fragte Ragnar.

«Die Dänen, Herr», sagte Steapa.

«Und Guthred kommt nur langsam voran», ergänzte Brida.

«Ist das so?», fragte ich.

«Du hast gesagt, er hat Cuthberts Leichnam mitgenommen.»

In mir regte sich Hoffnung. Steapa und Brida hatten recht. Guthreds Ziel mochte Bebbanburg sein, aber er war nur so schnell, wie der Leichnam getragen werden konnte, und die Dänen würden versuchen, ihn aufzuhalten. «Er könnte mittlerweile schon tot sein», sagte ich.

«Es gibt nur einen Weg, um das herauszufinden», sagte Ragnar.

Bei Tagesanbruch ritten wir los. Wir hielten uns auf der Römerstraße Richtung Norden, und wir ritten so schnell wir konnten. Bisher hatten wir Alfreds Pferde geschont, nun aber trieben wir sie hart an, wenn uns auch Beocca immer noch langsamer sein ließ, als wir es ohne ihn gewesen wären. Dann, im Laufe des Vormittags, fing es wieder an zu regnen. Zuerst nur leicht, doch bald so stark, dass der Boden glatt und tückisch wurde. Wind erhob sich und blies uns schneidend ins Gesicht. In einiger Entfernung grollte Donner, und dann wurde der Regen noch stärker, und wir alle waren mit Schlamm bespritzt, wir alle froren, und wir alle waren vollkommen durchnässt. Knackend bogen sich die Bäume und ließen ihre letzten Blätter in den heftigen Böen davonwirbeln. Es war so der rechte Tag, um in einem schönen Palas an einem gewaltigen Feuer zu sitzen.

Die ersten Leichen entdeckten wir neben der Straße. Dort lagen zwei nackte Männer, deren Wunden vom Regen ausgewaschen worden waren. Neben einem der Toten lag eine zerbrochene Sichel. Drei weitere Leichen lagen eine halbe Meile weiter nördlich, und zwei von ihnen hatten Holzkreuze um den Hals hängen, was bedeutete, dass es Sachsen waren. Beocca machte das Zeichen des Kreuzes über den Toten. Blitze zuckten über den Hügel im Westen, und dann deutete Ragnar geradeaus, und ich sah unter dem peitschenden Regen eine Siedlung neben der Straße. Sie bestand aus ein paar niedrigen Häusern, dem, was eine Kirche gewesen sein mochte, und einem Palas, um den sich eine Holzpalisade zog.

Zwei Dutzend Pferde standen an die Palisade angebunden, und als wir aus dem Sturm auftauchten, rannten ein Dutzend Männer mit Schwertern und Speeren aus dem Tor. Sie sprangen in die Sättel und galoppierten die Straße herunter auf uns zu, doch als sie die Armringe sahen, die Ragnar und ich trugen, wurden sie langsamer. «Seid ihr Dänen?», rief Ragnar.

«Wir sind Dänen!» Sie senkten ihre Schwerter, drehten mit ihren Pferden um und ritten gemeinsam mit uns zu der Siedlung. «Habt ihr hier irgendwo Sachsen gesehen?», fragte einer von ihnen Ragnar.

«Nur tote.»

Wir stellten die Pferde in einem der Häuser unter und zogen einen Teil des Strohdachs herunter, um die Tür zu vergrößern, sodass die Pferde hindurchpassten. In dem Haus saß eine sächsische Familie, die ängstlich vor uns zurückschreckte. Die Frau wimmerte und streckte in wortlosem Flehen die Hände nach uns aus. «Meine Tochter ist krank», sagte sie.

Das Mädchen lag zitternd in einer Ecke. Sie wirkte weniger krank als verstört. «Wie alt ist sie?», fragte ich.

«Elf Jahre, glaube ich, Herr», antwortete die Mutter.

«Ist sie geschändet worden?», fragte ich.

«Von vier Männern, Herr», sagte sie.

«Jetzt ist sie sicher», sagte ich, und ich gab ihnen ein paar Münzen, um den Schaden am Dach richten zu lassen. Dann hießen wir Beoccas Diener und Ragnars zwei Männer die Pferde bewachen und gingen zu den Dänen in dem großen Palas, in dessen Feuerstelle hell die Flammen loderten. Die Männer, die um das Feuer saßen, rückten für uns zusammen, obwohl sie nicht verstanden, weshalb wir in Gesellschaft eines christlichen Priesters unterwegs waren. Sie beäugten den verschmutzten Beocca misstrauisch, doch Ragnar war ein so unverkennbarer Däne, dass sie nichts sagten, und seine Armringe, ebenso wie meine, zeigten an, dass er ein Däne von höchstem Stand war. Der Anführer war von Ragnar so beeindruckt, dass er sich fast verneigte. «Ich bin Hakon», sagte er, «von Onhripum.»

«Ragnar Ragnarson», stellte sich Ragnar selbst vor. Doch stellte er weder Steapa noch mich vor, nur in Bridas Richtung nickte er kurz. «Und das ist meine Frau.»

Hakon hatte schon von Ragnar gehört, und das war keine Überraschung, denn Ragnars Name war in den Hügeln westlich von Onhripum berühmt. «Ihr wart als Geisel in Wessex, Herr?», fragte er.

«Das ist vorbei», sagte Ragnar knapp.

«Willkommen zu Hause, Herr», sagte Hakon.

Man brachte uns Bier und Brot und Käse und Äpfel. «Die

Toten, die wir am Straßenrand gesehen haben», fragte Ragnar, «war das Euer Werk?»

«Sachsen, Herr. Wir hindern sie daran, sich zu sammeln.»

«Diese Männer habt Ihr mit Sicherheit daran gehindert, noch einmal zu einer Versammlung zu gehen», sagte Ragnar und entlockte Hakon damit ein Lächeln. «Auf wessen Befehl?», fragte Ragnar.

«Von Graf Ivarr, Herr. Er hat uns gerufen. Und wenn wir einen Sachsen mit Waffen finden, bringen wir ihn um.»

Mutwillig nickte Ragnar in Steapas Richtung. «Der ist Sachse, und er ist bewaffnet.»

Hakon und seine Männer betrachteten den massigen, finsterblickenden Steapa. «Er ist mit Euch zusammen, Herr.»

«Und warum hat Ivarr Euch kommen lassen?», fragte Ragnar.

Dann hörten wir die ganze Geschichte, oder jedenfalls, was Hakon darüber wusste. Guthred war auf eben dieser Straße nordwärts gezogen, aber Kjartan hatte Männer geschickt, die ihm den Weg abschnitten. «Guthred hat nicht mehr als hundertfünfzig Speerkämpfer», berichtete uns Hakon, «und Kjartan hat ihm zweihundert oder mehr entgegengeschickt. Guthred hat es nicht auf einen Kampf ankommen lassen.»

«Und wo ist Guthred also?»

«Er ist geflüchtet, Herr.»

«Wohin?», fragte Ragnar scharf nach.

«Wir glauben, Richtung Westen, auf Cumbrien zu.»

«Und Kjartan ist ihm nicht gefolgt?»

«Kjartan, Herr, entfernt sich niemals weit von Dunholm. Er fürchtet, dass Ælfric von Bebbanburg einen Angriff auf Dunholm unternehmen könnte, wenn er weiter weg ist.»

«Und wohin hat Ivarr euch bestellt?», erkundigte sich Ragnar.

«Wir sollen Herrn Ivarr in Thresk treffen», sagte Hakon.

«In Thresk?» Ragnar war verblüfft. Thresk war eine Siedlung, die einige Meilen weiter östlich an einem See lag. Guthred war scheinbar Richtung Westen geflohen, und doch stellte Ivarr seine Streitmacht weit im Osten auf. Dann verstand Ragnar. «Wird Ivarr Eoferwic angreifen?»

Hakon nickte. «Wenn wir Guthreds Stammsitz nehmen, Herr», sagte er, «wohin kann er dann noch gehen?»

«Bebbanburg?», warf ich ein.

«Guthred wird von Reitern beschattet», sagte Hakon, «und wenn er versucht, sich nach Norden zu wenden, wird Kjartan wieder gegen ihn ziehen.» Er berührte das Heft seines Schwertes. «Wir werden die Sachsen für immer auslöschen, Herr. Der Herr Ivarr wird über Eure Rückkehr glücklich sein.»

«Meine Familie», sagte Ragnar schroff, «kämpft nicht zusammen mit Kjartan.»

«Nicht einmal, um plündern zu können?», fragte Hakon. «Ich habe gehört, dass Eoferwic voll wertvoller Beute steckt.»

«Eoferwic ist schon geplündert worden», sagte ich, «was kann da noch übrig sein?»

«Genug», sagte Hakon trocken.

Ivarr, fand ich, hatte seine Vorgehensweise sehr gut durchdacht. Guthred zog mit zu wenigen Kriegern und belastet von Priestern, Mönchen und einem toten Heiligen durch das Sturmwetter Northumbriens, während seine Feinde unterdessen seinen Palas und seine Stadt besetzen würden, und damit auch die Besatzung seiner Stadtwache in die Hand bekämen, die den wichtigsten Teil von Guthreds

Truppen ausmachte. Und die ganze Zeit würde Kjartan verhindern, dass Guthred die Sicherheit von Bebbanburg erreichen konnte.

«Wessen Palas ist das hier?», fragte Ragnar.

«Er gehörte einem Sachsen, Herr», sagte Hakon.

«Gehörte?»

«Er hat sein Schwert gezogen», erklärte Hakon, «deswegen sind er und all seine Leute jetzt tot. Außer zweien seiner Töchter.» Mit einem Heben des Kinns deutete er auf den Hintergrund des langen Raumes. «Sie sind im Kuhstall, falls Ihr sie wollt.»

Mit der Dunkelheit erschienen weitere Dänen. Sie waren alle unterwegs nach Thresk, und der Palas bot guten Schutz vor dem schlechten Wetter, aus dem nun ein richtiger Sturm geworden war. Es gab genug Bier, und unweigerlich betranken sich die Männer, doch es war ein fröhliches Trinken, denn Guthred hatte einen schrecklichen Fehler begangen. Er war in der Überzeugung mit zu wenigen Männern nach Norden gezogen, dass sich die Dänen nicht mit ihm anlegen würden, und jetzt hatten diese Dänen die Verheißung eines leichten Sieges und reicher Beute vor Augen.

Wir besetzten einen der Schlafpodeste, die an der Wand standen. «Was wir tun müssen», sagte Ragnar zu uns, «ist, nach Synningthwait zu gehen.»

«Gleich wenn es hell wird», stimmte ich zu.

«Warum nach Synningthwait?», wollte Beocca wissen.

«Weil dort meine Männer sind», sagte Ragnar, «und genau das brauchen wir jetzt: Männer.»

«Aber wir müssen Guthred suchen!», beharrte Beocca.

«Wir brauchen Männer, um ihn zu finden», sagte ich, «und wir brauchen Schwerter.»

Northumbrien würde in Wirren und Unsicherheit versinken, und die beste Art, um solche Wirren zu überstehen, ist es, in einem Meer von Schwertern und Speeren zu schwimmen.

Drei betrunkene Dänen hatten uns miteinander sprechen sehen, und dass wir einen christlichen Priester in unser Gespräch einbezogen, machte sie neugierig oder vielleicht brachte es sie auf. Sie kamen zu unserem Podest herüber und wollten wissen, wer Beocca sei und warum wir ihn bei uns hatten.

«Wir haben ihn für den Fall bei uns», sagte ich, «dass uns einmal der Hunger überfällt.» Damit waren sie zufrieden, und als der Scherz die Runde machte, sorgte er für weiteres Gelächter.

Über Nacht ebbte der Sturm ab. Das Donnergrollen wurde immer leiser, und auch der Regen, der auf das windzerzauste Dach peitschte, wurde nach und nach schwächer. Als der Morgen graute, hatte er sich in leichtes Nieseln verwandelt, und von dem Moosdach tropfte das Wasser. Wir legten unsere Kettenhemden und Helme an, und als sich Hakon mit den anderen Dänen Richtung Osten nach Thresk aufmachte, ritten wir auf die Hügel im Westen zu.

Ich dachte an Gisela, die irgendwo in diesen Hügeln herumirrte, weil ihr Bruder sie seiner Verzweiflung geopfert hatte. Guthred musste geglaubt haben, das Jahr sei schon zu weit fortgeschritten, um noch Heere aufzustellen, und er käme an Dunholm vorbei nach Bebbanburg, ohne dass sich ihm die Dänen entgegenstellten. Und jetzt war er kurz davor, alles zu verlieren. «Wenn wir ihn finden», fragte Beocca mich, «können wir ihn dann in den Süden zu Alfred bringen?»

«In den Süden zu Alfred?», fragte ich zurück. «Warum sollten wir das tun?»

«Damit er überlebt. Wenn er Christ ist, wird man ihn in Wessex willkommen heißen.»

«Alfred will, dass er hier König bleibt», sagte ich.

«Dafür ist es zu spät», sagte Beocca mit düsterer Miene.

«Nein», sagte ich, «es ist nicht zu spät.» Beocca starrte mich an, als sei ich verrückt geworden, und vielleicht war es auch so, doch in all den Wirren, die Northumbrien heimsuchten, hatte Ivarr eines nicht bedacht. Er glaubte nämlich, er habe schon gewonnen. Er zog seine Kräfte zusammen, während Guthred von Kjartan in das unwegsame Kernland Northumbriens getrieben wurde, wo in all der Kälte, dem Wind und dem Regen keine Streitmacht lange durchhalten konnte. Aber Ivarr hatte Ragnar vergessen. Ragnar war lange weit weg gewesen, doch immer noch besaß er einen Streifen Land in den Hügeln, und dort lebten Männer, und diese Männer hatten Ragnar den Treueid geschworen.

Und so ritten wir nach Synningthwait, und meine Kehle war wie zugeschnürt, als wir in das Tal galoppierten, denn ich hatte als Kind ganz nahe bei Synningthwait gelebt. Hier hatte mich Ragnars Vater aufgezogen, hier hatte ich zu kämpfen gelernt, hier war ich geliebt worden, hier war ich glücklich gewesen, und hier hatte ich Kjartan Ragnars Palas niederbrennen und alle seine Bewohner umbringen sehen. Und nun kam ich zum ersten Mal seit jener unheilvollen Nacht wieder hierher.

Ragnars Männer lebten in der Siedlung und in den nahe gelegenen Hügeln. Doch der erste Mensch, den ich sah, war Ethne, die schottische Sklavin, die wir in Gyruum befreit hatten. Sie trug zwei Wasserkübel und erkannte mich erst, als ich ihren Namen rief. Da ließ sie die Kübel fallen und rannte mit lauten Rufen zu den Häusern, und dann trat Finan unter einem niedrigen Türsturz heraus. Er jubelte vor Freude, und noch mehr Leute tauchten auf, und mit einem Mal brach die ganze Menge in Jubel aus, weil Ragnar zu seinen Leuten zurückgekommen war.

Finan konnte nicht abwarten, bis ich abgestiegen war. Grinsend lief er neben meinem Pferd her. «Willst du wissen, wie Sverri gestorben ist?», fragte er.

«Langsam?», riet ich.

«Und laut.» Er grinste wieder. «Und wir haben sein Geld.»

«Viel?»

«Mehr, als du dir vorstellen kannst!», rief er überschwänglich. «Und sein Haus haben wir auch niedergebrannt. Seine Frau und seine Kinder haben nur noch gejammert.»

«Ihr habt sie am Leben gelassen?»

Er war verlegen. «Sie haben Ethne leidgetan. Aber das Vergnügen, ihn umzubringen, war ohnehin nicht mehr zu übertreffen.» Erneut verzog ein Grinsen sein Gesicht. «Und? Ziehen wir in den Krieg?»

«Wir ziehen in den Krieg.»

«Wir müssen diesen Bastard von Guthred erledigen, was?», sagte Finan.

«Das würdest du gerne machen?»

«Er hat uns einen Priester mit der Anordnung geschickt, wir müssten Geld an die Kirche bezahlen! Den haben wir gleich wieder weggejagt.»

«Ich dachte, du bist ein Christ», sagte ich.

«Bin ich auch», verteidigte sich Finan, «aber ich will trotzdem verdammt sein, bevor ich einem Priester den zehnten Teil meines Geldes gebe.»

Die Männer von Synningthwait erwarteten, dass sie für die Sache Ivarrs in den Kampf ziehen sollten. Sie waren Dänen, und sie betrachteten den bevorstehenden Krieg als eine Auseinandersetzung zwischen Dänen und ehrgeizigen Sachsen. Doch viel Begeisterung war nicht zu spüren, denn Ivarr wurde nicht gemocht. Der Bote mit Ivarrs Sammlungsbefehl war vor fünf Tagen in Synningthwait eingetroffen, und Rollo, der die Männer in Ragnars Abwesenheit führte, hatte den Abzug absichtlich verzögert. Jetzt lag die Entscheidung bei Ragnar, und an diesem Abend, an dem vor seinem Palas ein großes Feuer brannte, bat er seine Männer um ihre Meinung. Er hätte ihnen befehlen können, was immer er wollte, aber er hatte die meisten von ihnen drei Jahre lang nicht gesehen, und er wollte wissen, welche Stimmung unter seinen Leuten herrschte. «Ich lasse sie reden», erklärte er mir, «und danach sage ich ihnen, was wir tun werden.»

«Und was werden wir tun?», fragte ich.

Ragnar grinste. «Das weiß ich noch nicht.»

Rollo sprach als Erster. Er hatte nichts gegen Guthred, sagte er, aber er fragte sich, ob es keinen besseren König für Northumbrien gäbe. «Ein Land braucht einen König», sagte er, «und dieser König sollte redlich und gerecht sein und großzügig und stark. Guthred ist weder gerecht noch ist er stark. Er bevorzugt die Christen.» Beifälliges Murmeln erklang aus der Menge.

Beocca, der neben mir saß, verstand genug von dem, was gesagt wurde, um wütend zu werden. «Alfred unterstützt Guthred!», zischte er mir zu.

«Seid still», ermahnte ich ihn.

«Guthred», fuhr Rollo fort, «verlangt, dass wir Steuern an die christlichen Priester zahlen.»

«Habt ihr es getan?», fragte Ragnar.

«Nein.»

«Wenn Guthred nicht der König ist», sagte Ragnar, «wer soll es sonst sein?» Niemand äußerte sich. «Ivarr?», schlug Ragnar vor, und ein Schaudern lief durch die Menge. Niemand mochte Ivarr, und niemand außer Beocca tat den Mund auf, und auch er bekam nur ein Wort heraus, bevor ich seinen Widerspruch mit einem kräftigen Stoß in seine knochigen Rippen beendete. «Was ist mit Graf Ulf?», fragte Ragnar.

«Der ist inzwischen zu alt dafür», antwortete Rollo. «Außerdem ist er nach Cair Ligualid zurückgegangen, und dort will er auch bleiben.»

«Gibt es einen Sachsen, der uns Dänen in Frieden lassen würde?», erkundigte sich Ragnar, doch erneut sagte niemand etwas. «Ein anderer Däne also?», schlug Ragnar vor.

«Guthred muss König bleiben!» Beocca knurrte wie ein Hund.

Rollo trat einen Schritt vor, als wolle er etwas Bedeutendes sagen. «Wir würden Euch folgen, Herr», sagte er zu Ragnar, «denn Ihr seid redlich und gerecht und großzügig und stark.» Aus der Menge, die um das Feuer saß, erklang Beifall.

«Das ist Verrat!», zischte Beocca.

«Seid still», sagte ich.

«Aber Alfred hat uns ...»

«Alfred ist nicht hier», sagte ich, «aber wir sind es, also seid still.»

Ragnar sah in die Flammen. Er sah außergewöhnlich gut aus mit seinem kantigen, fröhlichen Gesicht, doch in diesem Moment war er beunruhigt. Er wandte mir seinen Blick zu. «Du könntest der König sein», sagte er.

«Das könnte ich», stimmte ich zu.

«Wir sind hier, um Guthred zu unterstützen!», schnappte Beocca.

«Finan», sagte ich, «hier neben mir sitzt ein schieläugiger, klumpfüßiger Priester mit einer verkümmerten Hand, der mich immer wieder reizt. Wenn er noch einmal etwas sagt, dann schneid ihm die Kehle durch.»

«Uhtred!», kreischte Beocca.

«Diese eine Äußerung gestatte ich ihm noch», erklärte ich Finan, «aber beim nächsten Ton schickst du ihn zu seinen Ahnen.»

Finan grinste und zog sein Schwert. Beocca schwieg.

«Du könntest König sein», sagte Ragnar erneut zu mir, und ich spürte Bridas dunkle Augen auf mir.

«Meine Vorfahren waren Könige», sagte ich, «und ihr Blut fließt in mir. Es ist das Blut Odins.» Mein Vater hatte, obwohl er Christ war, immer mit viel Stolz erzählt, dass unsere Familie vom Gott Odin abstammte.

«Und du wärst ein guter König», sagte Ragnar. «Es ist besser, wenn ein Sachse regiert, und du bist ein Sachse, der die Dänen liebt. Du könntest König Uhtred von Northumbrien sein, und warum auch nicht?» Brida sah mich immer noch an. Ich wusste, dass sie an die Nacht dachte, in der Ragnars Vater gestorben war und in der Kjartan und sein brüllender Haufen die Männer und Frauen niedergemetzelt hatten, die aus dem brennenden Haus taumelten. «Nun?», forderte Ragnar meine Antwort.

Ich war in Versuchung. Ich gebe zu, dass ich sehr in Versuchung war. Zu ihrer Zeit hatte meine Familie die Könige von Bernicia gestellt, und nun war der Thron Northumbriens zum Greifen nah. Mit Ragnar an der Seite konnte ich mir der dänischen Unterstützung sicher sein, und die Sachsen würden tun, was man ihnen befahl. Ivarr würde es natürlich zu verhindern suchen, genau wie Kjartan und mein Onkel, aber das war nichts Neues, und ich war sicher, dass ich ein besserer Krieger war als Guthred.

Und doch wusste ich, dass es nicht mein Schicksal war,

König zu werden. Ich habe viele Könige gekannt, und ihr Dasein besteht nicht nur aus Reichtümern, Festen und Frauen. Alfred wurde von seinen Verpflichtungen aufgerieben, obwohl sein schwächliches Aussehen zum Teil seiner ständigen Krankheit geschuldet war und zum Teil auch seiner Unfähigkeit, seine Pflichten leicht zu nehmen. Doch Alfred hatte recht mit dieser Hingabe an seine Pflichten. Ein König muss regieren, er muss für den Ausgleich zwischen den mächtigen Thegn seines Reiches sorgen, er muss Rivalen aus dem Feld schlagen, er muss immer für gefüllte Geldtruhen sorgen, er muss die Straßen, die Festungen und die Streitmacht unterhalten. An all das dachte ich, während mich Ragnar und Brida nicht aus den Augen ließen und Beocca neben mir den Atem anhielt, und ich wusste, dass ich diese Verpflichtungen nicht auf mich nehmen wollte. Ich wollte Reichtümer, Feste und Frauen, aber nur diejenigen, die ich auch ohne einen Thron bekommen konnte. «Das ist nicht mein Schicksal», sagte ich.

«Vielleicht aber weißt du auch nicht, was das Schicksal für dich bestimmt hat», meinte Ragnar.

Der Rauch verwirbelte in der kalten Luft, und überall am Himmel glitzerten Sterne. «Mein Schicksal», sagte ich, «ist es, über Bebbanburg zu herrschen. Das weiß ich. Und ich weiß, dass Northumbrien nicht von Bebbanburg aus regiert werden kann. Aber vielleicht ist es ja dein Schicksal», sagte ich zu Ragnar.

Er schüttelte den Kopf. «Mein Vater», sagte er, «und sein Vater und dessen Vater vor ihm waren alle Wikinger. Wir fuhren dorthin, wo wir Reichtümer holen konnten. Wir wurden vermögend. Unser Leben bestand aus Lachen, Bier und Kampf. Als König wäre ich ein Beschützer und müsste meinen Besitz vor anderen Männern verteidigen, die ihn mir nehmen wollten. Statt ein Wikinger zu sein, wäre ich zum Schäfer geworden. Ich will frei sein. Ich habe zu lange als Geisel gelebt, und jetzt will ich meine Freiheit behalten. Ich will den Wind in meinen Segeln und meine Schwerter in der Sonne blitzen sehen. Ich will mir keine Pflichten aufbürden.» Mit einem Mal grinste er, als sei er gerade eine schwere Bürde losgeworden. «Ich möchte reicher als jeder König sein», verkündete er seinen Männern, «und ich werde euch alle zusammen mit mir reich machen.»

«Wer soll also König sein?», fragte Rollo.

«Guthred», sagte Ragnar.

«Gott sei gepriesen», sagte Beocca.

«Still», zischte ich.

Ragnars Männer waren nicht sehr froh über diese Wahl. Der bärtige, magere Rollo, der Ragnar treu ergeben war, sprach für alle. «Guthred bevorzugt die Christen», sagte er. «Er ist mehr Sachse als Däne. Er will uns alle dazu bringen, ihren angenagelten Gott anzubeten.»

«Er wird tun, was er gesagt bekommt», äußerte ich mit fester Stimme, «und als Erstes sagen wir ihm, dass kein Däne den Zehnten an ihre Kirche zahlen wird. Er wird ein König sein, wie es Egbert war, und gehorsam die dänischen Forderungen erfüllen.» Beocca neben mir stotterte irgendetwas, aber ich beachtete ihn nicht. «Worauf es ankommt», fuhr ich fort, «ist, welcher Däne ihm seine Anordnungen gibt. Soll es Ivarr sein? Kjartan? Oder Ragnar?»

«Ragnar!», riefen die Männer.

«Und mein Wunsch», Ragnar war näher an das Feuer gerückt, und im leuchtenden Flammenschein wirkte er größer und kräftiger, «mein Wunsch», wiederholte er, «ist es, Kjartan geschlagen zu sehen. Wenn Ivarr Guthred besiegt, dann wird Kjartan mächtiger werden, und Kjartan ist mein Feind. Er ist unser Feind. Zwischen seiner Familie und meiner wird eine Blutfehde ausgetragen, und ich will diese Fehde nun zu Ende bringen. Wir ziehen los, um Guthred zu helfen, aber wenn uns Guthred nicht bei der Eroberung Dunholms unterstützt, dann schwöre ich euch, werde ich Guthred und alle seine Leute umbringen und den Thron besetzen. Aber ich wate lieber in Kjartans Blut, als zum König aller Dänen zu werden. Ich schlachte lieber Kjartan ab, als über die ganze Welt zu herrschen. Ich habe mit Guthred keinen Streit. Und mit den Sachsen auch nicht. Und auch nicht mit den Christen. Ich streite mich mit Kjartan dem Grausamen.»

«Und in Dunholm», sagte ich, «liegt ein Hort Silber, der den Göttern würdig wäre.»

«Also werden wir Guthred suchen», verkündete Ragnar, «und für ihn kämpfen.»

Kurz zuvor hatten die Männer noch gewollt, dass Ragnar sie gegen Guthred führte, aber nun jubelten sie bei der Aussicht, dass sie für den König kämpfen sollten. Etwa siebzig Krieger saßen um das Feuer, das waren nicht viele, aber sie gehörten zu den besten in Northumbrien, und sie trommelten mit ihren Schwertern auf ihre Schilde und riefen Ragnars Namen.

«Jetzt könnt Ihr reden», erklärte ich Beocca.

Aber er hatte nichts zu sagen.

Und in der nächsten Morgendämmerung ritten wir unter einem klaren Himmel los, um Guthred zu finden.

Und Gisela.

DRITTER TEIL

Schattenwandler

ACHT

Zusammen mit Steapa und mir waren wir sechsundsiebzig Kämpfer. Alle waren beritten, und alle waren bewaffnet und trugen Kettenhemden oder gute Lederrüstungen und Helme. Zwei Dutzend Bedienstete auf kleineren Pferden kümmerten sich um die Schilde und führten unsere Ersatzpferde. Aber diese Diener kämpften nicht, und deshalb waren sie bei den sechsundsiebzig nicht mitgezählt. Früher hatte Ragnar mehr als zweihundert Krieger zu den Waffen rufen können, doch viele von ihnen waren bei Ethandun gefallen, und andere hatten während seiner langen Monate als Geisel neue Herren gefunden, aber sechsundsiebzig war immer noch eine gute Anzahl. «Und diese Männer sind echte Krieger», erklärte er mir stolz.

Er ritt unter seinem Banner, der Adlerschwinge. Es war eine echte Adlerschwinge, die an eine lange Stange genagelt worden war, und seinen Helm schmückten zwei weitere dieser Schwingen. «Davon habe ich geträumt», erzählte er mir, während wir nach Osten ritten, «ich habe davon geträumt, in den Krieg zu ziehen. In meiner ganzen Zeit als Geisel wollte ich in den Krieg ziehen. Es gibt nichts Besseres im Leben, Uhtred, einfach nichts!»

«Frauen?», fragte ich.

«Frauen und Krieg!», sagte er. «Frauen und Krieg!» Er stieß einen Freudenschrei aus, und sein Hengst legte die Ohren an und machte ein paar kurze, tänzelnde Schritte, als würde er das Glücksgefühl seines Herrn teilen. Wir ritten an der Spitze, wenn Ragnar auch ein Dutzend Männer auf flinken Ponys als Vorhut losgeschickt hatte. Diese Männer tauschten Meldungen aus und gaben sie an Ragnar weiter. Sie sprachen mit den Schäfern, hörten sich Gerüchte an und prüften, woher der Wind wehte. Sie waren wie Hunde, die nach einer Fährte suchten, und nun wollten sie Guthreds Spur finden. Wir gingen davon aus, dass er westwärts in Richtung Cumbrien unterwegs war, doch die Späher hielten sich den ganzen Morgen über im Osten. Wir kamen nur langsam voran, was Pater Beocca unruhig werden ließ, aber bevor wir schnell reiten konnten, mussten wir wissen, wohin es gehen sollte. Dann waren endlich die Späher sicher, dass die Spur Richtung Osten führte, ließen ihre Ponys über die Hügel galoppieren, und wir folgten ihnen. «Guthred versucht, zurück nach Eoferwic zu kommen», vermutete Ragnar.

«Das ist ihm zu spät eingefallen», sagte ich.

«Oder die Angst hat ihn überwältigt», meinte Ragnar gutgelaunt, «und er weiß nicht mehr, was er tut.»

«Das klingt schon wahrscheinlicher», sagte ich.

Brida und ungefähr zwanzig weitere Frauen ritten mit uns. Brida trug eine Lederrüstung, und ihr schwarzer Umhang wurde am Hals von einer schönen Brosche aus Silber und Jettstein zusammengehalten. Sie hatte ihr Haar mit einem schwarzen Band hochgebunden, und an ihrer Seite hing ein Schwert. Sie war zu einer anmutigen Frau herangewachsen und strahlte Durchsetzungsvermögen aus, und das, so glaube ich, war Pater Beocca, der sie seit ihrer Kindheit kannte, ein Dorn im Auge. Sie war als Christin erzogen worden, doch dann hatte sie diesen Glauben aufgegeben, und das hatte Beocca erschüttert, wenn ich auch meine, dass ihn ihre Schönheit noch stärker aus dem Gleichgewicht brachte. «Sie ist eine Zauberin», zischte er mir zu.

«Wenn sie eine Zauberin ist», sagte ich, «dann ist es gut, sie auf unserer Seite zu haben.»

«Gott wird uns strafen», warnte er.

«Dieses Land gehört nicht Eurem Gott», erklärte ich ihm. «Das ist Thors Land.»

Er bekreuzigte sich, um sich vor meinen sündigen Gedanken zu schützen. «Und was ist dir gestern Abend eingefallen?», fragte er empört. «Wie konntest du auch nur daran denken, hier König zu werden?»

«Ganz einfach», sagte ich. «Ich stamme von Königen ab. Anders als Ihr, Pater. Ihr stammt von Schweinehirten ab, war es nicht so?»

Darauf ging er nicht ein. «Der König ist im Namen des Herrn geweiht», beharrte er. «Der König ist von Gott und der ganzen Heiligenschar auserwählt. Sankt Cuthbert hat Guthred Northumbrien verliehen, wie konntest du auch nur daran denken, ihn zu ersetzen? Wie konntest du?»

«Dann können wir ja umkehren und nach Hause zurückkehren», sagte ich.

«Umkehren und nach Hause zurückkehren?», fragte Beocca entsetzt. «Warum?»

«Wenn Cuthbert ihn wirklich auserwählt hat», sagte ich, «dann kann Cuthbert ihn auch verteidigen. Dann braucht uns Guthred nicht. Er kann ja mit seinem toten Heiligen aufs Schlachtfeld ziehen. Vielleicht hat er es auch schon getan», sagte ich. «Habt Ihr daran schon einmal gedacht?»

«Woran?»

«Dass Guthred schon besiegt sein könnte. Er könnte tot oder von Kjartan in Ketten gelegt worden sein.»

«Davor möge uns Gott behüten», sagte Beocca und bekreuzigte sich erneut.

«Das ist nicht geschehen», beruhigte ich ihn.

«Woher weißt du das?»

«Weil wir sonst schon Überlebenden aus seiner Truppe begegnet wären», sagte ich, obwohl ich dessen nicht sicher sein konnte. Vielleicht kämpfte Guthred eben in diesem Moment, in dem wir uns unterhielten, aber ich hatte das Gefühl, dass er am Leben und nicht sehr weit entfernt war. Es ist kaum möglich, dieses Gefühl zu beschreiben. Es ist wie ein unsichtbares Wahrnehmungsvermögen und so schwer zu deuten wie eine göttliche Botschaft aus dem Fall einer Zaunkönigsfeder. Dennoch hatte ich gelernt, diesem Gefühl zu trauen.

Und es trog mich auch dieses Mal nicht, denn am späten Vormittag jagte einer der Späher über die Moorlandschaft auf uns zu. Die Mähne seines Ponys flatterte im Wind. Bei uns angekommen, zügelte er sein Pferd in einem Wirbel von Torfbrocken und Farnkräutern und berichtete Ragnar atemlos, im Tal des Swale liege ein großer Verband aus Männern und Pferden. «Sie sind in Cetreht, Herr», sagte er.

«Auf unserer Seite des Flusses?», fragte Ragnar.

«Auf unserer Seite, Herr», sagte der Späher, «in der alten Festung. Sitzen in der Falle.»

«In der Falle?»

«Außerhalb der Festung liegt eine weitere Streitmacht, Herr», sagte der Späher. Er war nicht nahe genug gewesen, um die Banner zu erkennen, aber zwei andere Späher waren in das Tal hinabgeritten, während der erste zu uns zurückgekehrt war, um uns zu berichten, dass Guthred wahrscheinlich in nächster Nähe war.

Wir trieben unsere Pferde an. Wolken jagten im Wind, und um die Mittagszeit gab es einen heftigen Regenschauer, und gerade als er vorbei war, kamen uns die beiden anderen Späher entgegen, die zu den Feldern vor der Festung hinuntergeritten waren und mit den Kriegern gesprochen hatten. «Guthred ist in der Festung», sagte einer von ihnen.

«Und wer liegt davor?»

«Kjartans Leute, Herr», sagte der Mann. Und dann grinste er, denn er wusste, dass es zum Kampf kommen würde, wenn auch nur einer von Kjartans Männern in der Nähe war.

«Ist Kjartan auch dort? Oder Sven?»

«Nein, Herr. Sie werden von einem Mann mit Namen Rolf geführt.»

«Habt Ihr mit ihm gesprochen?»

«Mit ihm gesprochen und sein Bier getrunken, Herr. Sie behalten Guthred im Auge. Sorgen dafür, dass er nicht entkommt. Sie werden ihn dort festhalten, bis Ivarr in den Norden heraufkommt.»

«Bis Ivarr kommt?», fragte Ragnar. «Nicht Kjartan?»

«Kjartan bleibt in Dunholm, Herr», sagte der Mann, «das haben sie uns erzählt und auch, dass Ivarr hierher in den Norden kommen wird, nachdem er Eoferwic eingenommen hat.»

«In dem Tal sind sechzig von Kjartans Männern», rief Ragnar seinen Kriegern über die Schulter zu, und seine Hand bewegte sich unwillkürlich zum Griff des Herzbrechers. Das war sein Schwert, dem er den gleichen Namen gegeben hatte, den einst die Klinge seines Vaters trug, sodass er niemals seine Pflicht vergaß, den Tod Ragnars des Älteren zu rächen. «Sechzig Männer zum Töten», fügte er hinzu, und dann rief er einem Diener zu, er solle ihm seinen Schild bringen. Anschließend wandte er sich wieder den Spähern zu. «Für wen haben sie euch gehalten?»

«Wir haben behauptet, Hakon zu dienen, Herr. Wir haben gesagt, wir sind auf der Suche nach ihm.»

Ragnar gab den Männern ein paar Silbermünzen. «Das habt ihr gut gemacht», sagte er. «Und wie viele Männer hat Guthred in der Festung?»

«Rolf sagt, es sind wenigstens hundert, Herr.»

«Hundert? Und da hat er nicht versucht, die sechzig Mann zu zerstreuen?»

«Nein, Herr.»

«Was für ein König», sagte Ragnar höhnisch.

«Wenn er sie angreift», sagte ich, «hat er heute Abend weniger als fünfzig Männer übrig.»

«Und was macht er stattdessen?», wollte Ragnar wissen.

«Vermutlich beten.»

Guthred wusste, wie wir später erfuhren, nicht mehr ein noch aus. Nachdem sein Plan, Bebbanburg zu erreichen, vereitelt worden war, hatte er sich nach Westen Richtung Cumbrien gewandt, weil er glaubte, in diesem vertrauten Land auf Freunde zu treffen. Doch dann kam er bei dem schlechten Wetter nur langsam voran, unausgesetzt wurde er von feindlichen Reitern beobachtet, und er vermutete eine Falle in den steilen Hügeln, die vor ihm lagen. Also hatte er seine Absichten geändert und entschieden, nach Eoferwic zurückzukehren, aber er war nicht weiter gekommen als bis zu der alten Römerfestung, die einst bei Cetreht den Übergang über den Swale bewachte. Seine Lage war inzwischen verzweifelt. Ein paar von seinen Speerkämpfern hatten sich davongemacht, denn sie glaubten, dass sie nichts weiter als den Tod zu erwarten hätten, wenn sie beim König blieben. Da hatte Guthred Boten ausgesandt, die bei den christlichen Thegn von Northumbrien Unterstützung beschaffen sollten, aber wir hatten die Leichen dieser Boten gesehen, und so wussten wir, dass von den Thegn keine Hilfe kommen würde. Guthred saß in der Falle. Die sechzig Männer würden ihn in Cetreht festhalten, bis Ivarr kam, um ihn zu töten.

«Wenn Guthred betet», sagte Beocca ernst, «dann sind seine Gebete erhört worden.»

«Wollt Ihr damit sagen, der Christengott hätte uns hierhergeschickt?», fragte ich.

«Wer sonst?», gab er empört zurück, während er den Staub von seinem schwarzen Gewand klopfte. «Wenn wir Guthred treffen», sagte er dann, «wirst du mich als Ersten sprechen lassen.»

«Glaubt Ihr, das ist der rechte Moment für Förmlichkeiten?»

«Ich bin ein Gesandter des Königs!», betonte er. «Vergiss das nicht.» Seine Empörung brach sich mit einem Mal Bahn, wie ein vom Regen geschwollener Fluss über seine Ufer tritt. «Dir fehlt jeglicher Begriff für Würde! Ich bin ein Gesandter! Gestern Abend, Uhtred, als du diesem irischen Barbaren gesagt hast, er solle mir die Kehle durchschneiden, was hast du dir dabei gedacht?»

«Ich habe gedacht, so würdet Ihr endlich still sein, Pater.»

«Ich werde Alfred von deiner Anmaßung berichten. Dessen kannst du sicher sein. Ich werde ihm alles berichten!»

Er beschwerte sich immer weiter, doch ich hörte nicht mehr zu, denn wir waren über die Hügelkuppe geritten, und vor uns im Tal lag Cetreht in einer der Flussschleifen des Swale. Die Römerfestung erstreckte sich nicht weit vom südlichen Ufer des Swale entfernt, und die alten Erdwälle bildeten ein großes Viereck, in dem um eine Kirche herum die Häuser eines Dorfes standen. Jenseits der Festung lag die steinerne Brücke, die von den Römern erbaut worden war, um ihre große Straße, die von Eoferwic kam, bis hinauf in den wilden Norden weiterzuführen. Die Hälfte des alten Steinbogens stand noch.

Als wir näher kamen, erkannte ich, dass sich innerhalb der Festung Pferde und Menschen drängten. Ein Banner flatterte am Kirchengiebel, und ich nahm an, dass es

Guthreds Banner mit dem Bild des Sankt Cuthbert war. Ein paar Reiter auf der nördlichen Seite des Flusses versperrten Guthred die Flucht über die andere Seite der Festung, während Rolfs sechzig Reiter in den Feldern südlich der Festung geblieben waren. Gemeinsam wirkten sie wie Hunde, die einen Fuchsbau ausheben.

Ragnar hatte sein Pferd gezügelt. Seine Männer machten sich zum Kampf bereit. Sie fuhren mit den Armen in die Schlaufen ihrer Schilde, rückten die Schwerter zurecht und warteten auf Ragnars Anweisungen. Ich blickte hinunter in das Tal. Die Festung bot keinerlei Schutz. Ihre Mauern waren längst in die Gräben gesunken, und es gab keine Palisade, sodass ein paar große Schritte reichten, um über die Wälle zu steigen. Die sechzig Berittenen hätten einfach in das Dorf reiten können, aber sie hielten sich lieber dicht vor dem alten Festungswall und brüllten Beleidigungen. Einige von Guthreds Männern beobachteten sie vom Rand der Festung aus. Andere hatten sich um die Kirche versammelt. Sie hatten uns auf dem Hügel gesehen und mussten geglaubt haben, wir wären ebenfalls Feinde, denn sie rannten zu den Überresten der südlichen Festungswälle. Mit brennenden Augen starrte ich auf das Dorf hinunter. War dort Gisela? Ich dachte an die Art, in der sie ihren Kopf herumwarf, und daran, wie mich ihre Augen unter dem dunklen Haar angesehen hatten, und wie von selbst trieb ich mein Pferd ein paar Schritte voran. Ich hatte über zwei Jahre an Sverris Ruder verbracht, und nun war der Moment gekommen, von dem ich all die Zeit geträumt hatte. Also wartete ich nicht auf Ragnar. Ich drückte meinem Pferd die Fersen in die Flanken und ritt allein hinunter in das Tal des Swale.

Beocca natürlich, das war auch nicht anders zu erwarten, folgte mir und quäkte, er müsse als Alfreds Gesandter an der Spitze reiten, wenn wir bei Guthred einträfen, aber ich achtete nicht auf ihn, und auf halbem Weg den Hügel herunter fiel er vom Pferd. Verzweifelt schrie er auf und versuchte humpelnd, seine Stute wieder einzufangen.

Die späte Herbstsonne schien hell über der immer noch regenfeuchten Landschaft. Ich trug einen Schild mit einem polierten Buckel, eine Kettenrüstung und einen Helm, meine Armringe glänzten, und ich glitzerte wie ein Kriegsherr. Kurz wandte ich mich im Sattel nach Ragnar um. Er folgte mir nicht auf geradem Weg, sondern schlug einen Bogen Richtung Osten. Offenbar hatte er vor, Kjartans Männern die beste Fluchtmöglichkeit über die östlich gelegenen Uferauen abzuschneiden.

Dann erreichte ich den Fuß des Hügels und galoppierte durch das Flusstal auf die Römerstraße zu. Ich kam an einem christlichen Friedhof vorbei, auf dessen unebenem Grund viele Holzkreuze standen, die auf ein größeres Kreuz ausgerichtet waren. Es würde den Toten an dem Tag, an dem die Christen glaubten, dass ihre Körper aus der Erde auferstünden, anzeigen, in welcher Richtung Jerusalem lag. Die Straße führte an den Gräbern vorbei zum südlichen Eingang der Festung, von wo aus mich einige von Guthreds Männern beobachteten. Kjartans Leute trieben ihre Pferde an, um mich auf der Straße abzufangen, doch sie zeigten keinerlei Besorgnis. Warum auch? Ich schien ein Däne zu sein, ich war allein, und sie waren viele, und mein Schwert steckte in seiner Scheide. «Wer von euch ist Rolf?», rief ich beim Näherkommen.

«Das bin ich.» Ein Mann mit schwarzem Bart lenkte sein Pferd auf mich zu. «Und wer bist du?»

«Ich bin dein Tod», antwortete ich, zog Schlangenhauch,

drückte meinem Hengst die Fersen in die Seiten, und er galoppierte los. Rolf war immer noch dabei, sein Schwert zu ziehen, als ich an ihm vorbeidonnerte, weit mit Schlangenhauch ausholte und die Klinge durch seinen Hals fahren ließ, sodass sein Kopf und sein Helm nach hinten flogen, auf die Straße fielen und unter die Hufe meines Pferdes rollten. Ich lachte. Die Freude an der Schlacht überkam mich. Drei Männer waren vor mir, und keiner von ihnen hatte schon sein Schwert gezogen. Sie starrten einfach nur voller Entsetzen von mir zu Rolfs kopflosem Rumpf, der im Sattel schwankte. Ich griff den mittleren Mann an, indem ich mit meinem Pferd seines wegdrängte, ihm mit der flachen Seite meiner Klinge einen heftigen Schlag versetzte, und schon war ich an Kjartans Männern vorbei, und die Festung lag vor mir.

Fünfzig oder sechzig Männer waren am Eingang der Festung aufgezogen. Nur die wenigsten von ihnen waren beritten, doch fast alle hatten Schwerter oder Speere. Unter ihnen erkannte ich Guthred, seine hellen Locken glänzten in der Sonne. Und neben ihm war Gisela. Ich hatte in diesen langen Monaten an Sverris Ruder so oft versucht, mir ihr Gesicht vor Augen zu rufen, und immer war ich daran gescheitert. Doch mit einem Mal waren mir ihr breiter Mund und ihr kühner Blick wieder ganz vertraut. Sie trug ein weißes Leinengewand, das mit einer Silberkette gegürtet war, und auf ihrem Haar, das sie zu einem Knoten geschlungen trug, weil sie verheiratet war, saß eine leinene Haube. Sie hatte ihre Hand auf den Arm ihres Bruders gelegt, und Guthred starrte einfach nur auf die seltsamen Geschehnisse, die sich vor seiner Zuflucht abspielten.

Zwei von Kjartans Männern hatten mich verfolgt, während die anderen ziellos herumhasteten, verwirrt vor Entsetzen über Rolfs Tod und das unerwartete Auftauchen von Ragnars Kriegstruppe. Ich wandte mich zu meinen Verfolgern und riss mein Pferd dabei so heftig herum, dass sich seine Hufe in den Schlamm gruben und sich die beiden Krieger vor Schreck zurückzogen. Ich ritt hinter ihnen her. Einer war zu schnell, aber der andere hatte ein schwerfälliges Pferd, und als er den Hufschlag meines Hengstes hinter sich hörte, holte er in einem verzweifelten Versuch mich abzuwehren mit seinem Schwert nach hinten aus. Ich fing die Klinge mit meinem Schild ab und stieß dem Mann Schlangenhauch in den Rücken, sodass er sich krümmte und schrie. Dann zog ich Schlangenhauch wieder frei und hieb ihn dem Mann ins Gesicht. Er fiel aus dem Sattel, und ich ritt einen Kreis um ihn, mein Schwert rot von seinem Blut, und dann nahm ich meinen Helm ab und trabte wieder zurück zur Festung.

Ich prahlte. Natürlich prahlte ich. Einer gegen sechzig? Aber Gisela sah zu. In Wahrheit schwebte ich nicht in Gefahr. Die sechzig Männer waren nicht kampfbereit gewesen, und falls sie mich jetzt angriffen, könnte ich mich zu Guthreds Männern retten.

Aber Kjartans Männer verfolgten mich nicht. Sie waren zu sehr mit Ragnars Auftauchen beschäftigt. Also achtete ich nicht weiter auf sie und ritt stattdessen zu Guthred und seinen Männern.

«Habt ihr vergessen, wie man kämpft?», schrie ich sie an. Guthred beachtete ich nicht. Ich beachtete nicht einmal Gisela, obwohl ich meinen Helm abgenommen hatte, damit sie mich erkennen sollte. Ich wusste, dass sie mich nicht aus den Augen ließ. Ich spürte ihre dunklen Augen auf mir, und ich spürte ihr Erstaunen, und ich hoffte, dass es ein freudiges Erstaunen war. «Sie alle müssen sterben!», rief ich und deutete mit meinem Schwert auf Kjartans

Männer. «Jeder einzelne von diesen Bastarden muss sterben, also kommt raus und tötet sie!»

In diesem Moment griff Ragnar an, und man hörte den Zusammenprall von Schilden und das Klirren von Schwertern und die Schreie von Männern und von Pferden. Kjartans Männer liefen auseinander, und da ihnen der Fluchtweg nach Osten abgeschnitten war, versuchten einige verzweifelt, in Richtung Westen zu entkommen. Ich sah die Männer am Eingang der Festung an. «Rypere! Clapa! Ich will, dass ihr diese Männer aufhaltet!»

Clapa und Rypere starrten mich an, als sei ich ein Geist, und das stimmte in gewisser Hinsicht wohl auch. Ich war froh, Clapa immer noch bei Guthred zu finden, denn Clapa war Däne, und das bedeutete, dass Guthred weiterhin dänische Getreue zu seinen Leuten zählte. «Clapa! Du Earsling!», brüllte ich. «Sei nicht zäh wie ein gekochtes Ei. Steig auf ein Pferd und kämpfe!»

«Ja, Herr!»

Ich ritt noch näher und sah auf Guthred hinunter. Hinter mir fand ein Kampf statt, und Guthreds Männer waren aus ihrer Erstarrung erwacht und eilten zur Schlacht, doch Guthred hatte keine Augen für den Gegner. Er starrte einfach nur zu mir herauf. Hinter ihm standen Priester, und an seiner Seite war Gisela, aber ich sah Guthred einfach nur in die Augen, und dort fand ich Angst. «Erinnert Ihr Euch noch an mich?», fragte ich kalt.

Er wusste nicht, was er erwidern sollte.

«Ihr würdet gut daran tun», sagte ich, «ein königliches Beispiel zu geben und jetzt ein paar Männer zu töten. Habt Ihr ein Pferd?»

Immer noch unfähig zu sprechen, nickte er.

«Dann steigt auf Euer Pferd», sagte ich knapp, «und kämpft.»

Guthred nickte erneut und trat einen Schritt zurück, doch obwohl sein Bediensteter mit einem Pferd zu ihm kam, stieg Guthred nicht auf. Dann sah ich endlich Gisela an, und sie sah mich an, und es schien mir so, als könnte man mit ihrem lodernden Blick ein Feuer entzünden. Ich wollte etwas sagen, aber nun war ich selbst unfähig zu sprechen. Ein Priester zupfte sie am Arm, als wolle er sie von dem Kampf wegbringen, aber ich ließ Schlangenhauchs blutige Klinge in seine Richtung zucken, und der Priester erstarrte. Dann sah ich wieder Gisela an, und es kam mir so vor, als könnte ich nicht mehr atmen und als würde die Welt still stehen. Ein leiser Windhauch spielte mit einer schwarzen Haarsträhne, die unter ihrer Haube hervorlugte. Sie schob die Strähne aus dem Gesicht, und dann lächelte sie. «Uhtred», sagte sie, als würde sie meinen Namen zum ersten Mal aussprechen.

«Gisela», bekam ich heraus.

«Ich wusste, dass du zurückkommen würdest», sagte sie.

«Ich dachte, Ihr wolltet kämpfen gehen», knurrte ich Guthred an, worauf er wie ein geprügelter Hund losrannte.

«Hast du ein Pferd?», fragte ich Gisela.

«Nein.»

«Du!», rief ich einem Jungen zu, der mich mit aufgerissenen Augen angaffte. «Hol mir das Pferd her!» Ich deutete auf den Hengst des Mannes, dessen Gesicht ich verletzt hatte. Dieser Mann war inzwischen tot, umgebracht von Guthreds Leuten.

Der Junge brachte mir den Hengst, und Gisela stieg in den Sattel, wobei sie ihr Gewand sehr undamenhaft bis zu den Oberschenkeln raffte. Sie schob ihre schlammverschmutzten Schuhe in die Steigbügel, und dann streckte sie ihre Hand aus und berührte meine Wange. «Du bist magerer geworden», sagte sie.

«Du auch.»

«Seit dem Moment, in dem du weggebracht wurdest», sagte sie, «war ich nicht mehr glücklich.» Einen Augenblick lang umfasste sie noch meine Wange, dann zog sie unvermittelt die Hand zurück, riss die Leinenhaube von ihrem Kopf und löste ihr schwarzes Haar, sodass es um ihre Schultern fiel wie bei einem unverheirateten Mädchen. «Ich bin nicht verheiratet», sagte sie, «jedenfalls nicht richtig verheiratet.»

«Noch nicht», sagte ich, und mein Herz quoll über vor Freude. Ich konnte meine Augen nicht von ihr wenden. Ich war wieder bei ihr, und die Monate der Sklaverei fielen von mir ab, als hätte es sie nie gegeben.

«Hast du schon genug Männer getötet?», fragte sie mutwillig.

«Nein.»

Also ritten wir zur Schlacht.

Man kann nicht jeden Mann einer gegnerischen Streitmacht töten. Oder nur sehr selten. Immer, wenn die Dichter eine Schlacht besingen, beharren sie darauf, kein Gegner sei entkommen, außer der Dichter selbst ist Teil der Schlacht, der er allein entkommt. Das ist merkwürdig. Dichter überleben immer, während alle anderen sterben, aber was verstehen Dichter vom Kampf? Niemals bin ich im Schildwall einem Dichter begegnet. Und doch, vor Cetreht mussten wir schon mehr als fünfzig von Kjartans Männern getötet haben, als alles durcheinanderkam, weil Guthreds Leute Kjartans Männer und Ragnars Dänen nicht unterscheiden konnten, und deshalb entkamen einige unserer Gegner, während wir die Kämpfer auseinanderhielten. Finan, der von zwei Männern aus Guthreds Haustruppe angegriffen worden war, hatte beide umgebracht, und als ich dazukam, war er dabei, sich über einen dritten herzumachen. «Der ist auf unserer Seite», rief ich Finan zu.

«Er sieht aber aus wie eine Ratte», knurrte Finan.

«Er heißt Sihtric», sagte ich, «und er hat mir einmal Treue geschworen.»

«Ändert nichts, sieht trotzdem aus wie eine Ratte.»

«Bist du auf unserer Seite?», rief ich Sihtric zu, «oder gehörst du jetzt zum Heer deines Vaters?»

«Herr, Herr!» Sihtric rannte zu mir und fiel in dem aufgeweichten Schlamm neben meinem Pferd auf die Knie. «Ich bin immer noch Euer Mann, Herr.»

«Du hast Guthred keinen Treueid geleistet?»

«Er hat mich nie darum gebeten, Herr.»

«Aber du dienst ihm, du bist nicht nach Dunholm zurückgekehrt?»

«Nein, Herr! Ich bin beim König geblieben.»

«Das stimmt», sagte Gisela.

Ich ließ Gisela mein Schwert halten und reichte Sihtric die Hand. «Also bist du immer noch mein Mann?»

«Natürlich, Herr.» Meine Hand fest umklammernd, starrte er mich ungläubig an.

«Aber zu viel bist du nicht nütze», sagte ich, «wenn du nicht einmal einen mageren Iren wie den da erledigen kannst.»

«Er ist schnell, Herr», sagte Sihtric.

«Bring ihm deine Kniffe bei», sagte ich zu Finan und tätschelte dann Sihtric Wange. «Gut, dich zu sehen, Sihtric.»

Ragnar hatte zwei Gefangene gemacht, und Sihtric erkannte den größeren der beiden. «Sein Name ist Hogga», erklärte er mir.

«Und jetzt ist er ein toter Hogga», sagte ich. Ich wusste,

dass Ragnar keinen von Kjartans Männern am Leben lassen würde, solange Kjartan selbst am Leben war. Das war die Blutfehde. Das war der Hass. Damit nahm Ragnars Rache für den Tod seines Vaters ihren Anfang, doch Hogga und sein kleinerer Gefährte dachten offensichtlich, dass sie mit dem Leben davonkommen würden. Sie redeten bereitwillig. Sie berichteten, dass Kjartan fast zweihundert Männer in Dunholm hatte. Sie sagten, Kjartan habe einen großen Kampfverband zur Unterstützung Ivarrs losgeschickt, während der Rest seiner Leute unter Rolf auf dieses blutige Feld bei Cetreht gezogen war.

«Warum hat Kjartan nicht alle seine Leute hierher gebracht?», wollte Ragnar wissen.

«Er will Dunholm nicht verlassen, Herr, denn er fürchtet, Ælfric von Bebbanburg könnte angreifen, während er weg ist.»

«Hat Ælfric damit gedroht?», fragte ich.

«Ich weiß es nicht, Herr», sagte Hogga.

Es passte nicht zu meinem Onkel, einen Angriff auf Dunholm zu riskieren, aber er könnte versuchen, Guthred zu retten, falls er wusste, wo Guthred war. Mein Onkel wollte den Leichnam des Heiligen, und er wollte Gisela, und trotzdem glaubte ich nicht, dass er sehr viel einsetzen würde, um an beides zu kommen. Sicherlich würde er nicht Bebbanburg selbst aufs Spiel setzen, ebenso wenig wie Kjartan Dunholm aufs Spiel setzen würde.

«Und Thyra Ragnarsdottir?», lautete Ragnars letzte Frage. «Lebt sie noch?»

«Ja, Herr.»

«Und lebt sie gut?», fragte Ragnar schroff.

Sie zögerten, und dann schnitt Hogga ein Gesicht. «Sie ist verrückt geworden, Herr.» Er sprach jetzt ganz leise. «Sie ist völlig verrückt.»

Ragnar starrte die beiden Männer an. Unter diesem Blick wurde ihnen unbehaglich, doch dann sah Ragnar zum Himmel hinauf, wo ein Bussard über den Hügeln im Westen durch die Lüfte glitt. «Und jetzt sagt mir», fuhr er dann leise, fast beiläufig fort, «wie lange dient ihr Kjartan schon?»

«Acht Jahre, Herr», sagte Hogga.

«Sieben Jahre, Herr», sagte der andere Mann.

«Also habt ihr ihm beide schon gedient», sagte Ragnar immer noch mit gedämpftem Ton, «bevor er sich in Dunholm verschanzt hat?»

«Und ihr habt ihm beide schon gedient», sprach Ragnar nun mit schroffer Stimme weiter, «als er mit seinen Männern nach Synningthwait gekommen ist und den Palas meines Vaters niedergebrannt hat. Als er meine Schwester zur Hure seines Sohnes gemacht hat. Als er meine Mutter und meinen Vater umgebracht hat.»

Keiner der Männer antwortete. Der kleinere zitterte. Hogga sah sich um, als suche er nach einer Fluchtmöglichkeit, doch er war von berittenen Schwert-Dänen eingekreist. Und dann zuckte er zurück, denn Ragnar zog den Herzbrecher.

«Nein, Herr», sagte Hogga.

«Doch», sagte Ragnar, und sein Gesicht verzerrte sich vor Zorn, als er auf ihn einhieb. Er musste vom Pferd steigen, um Hogga endgültig zu töten. Er brachte beide Männer um und hackte wie rasend auf ihre auf dem Boden liegenden Leichen ein. Ich sah zu und wandte mich dann zu Gisela um. Ihre Miene verriet nichts, dann wurde sie sich meines Blickes bewusst und erwiderte ihn mit einem leicht siegesgewissen Ausdruck, als habe sie gewusst, dass ich halb erwartet hatte, sie würde beim Anblick der ausgeweideten Männer von Entsetzen gepackt. «Haben sie es verdient?», fragte sie.

«Sie haben es verdient», sagte ich.

«Gut.»

Wie mir auffiel, hatte ihr Bruder nicht dabei zugesehen, wie Ragnar die beiden Leichen zerhackte. Ihm war in meiner Anwesenheit äußerst unbehaglich zumute, was ich ihm nicht verdenken kann, und zweifellos erschreckte ihn auch Ragnar, der mittlerweile mit Blut beschmiert war wie ein Schlachter. Also hatte sich Guthred ins Dorf zurückgezogen und uns mit den Toten allein gelassen. Pater Beocca war es gelungen, einige Priester Guthreds ausfindig zu machen, und nachdem er mit ihnen gesprochen hatte, hinkte er auf uns zu. «Es ist vereinbart», sagte er, «dass wir dem König in der Kirche unsere Aufwartung machen.» Mit einem Mal bemerkte er die beiden abgeschlagenen Köpfe und die verstümmelten Körper. «Gütiger Gott, wer hat das getan?»

«Ragnar.»

Beocca bekreuzigte sich. «In der Kirche», sagte er, «wir treffen uns in der Kirche. Versuche, das Blut von deinem Kettenhemd abzuwischen, Uhtred. Wir sind eine Gesandtschaft!»

Als ich mich umdrehte, sah ich ein paar Männer über die Hügel im Westen flüchten. Zweifellos würden sie den Fluss weiter oben überqueren und sich mit den Reitern auf der anderen Seite zusammentun, und diese Reiter würden aufmerksam werden. Sie würden nach Dunholm berichten, dass Feinde gekommen waren, und Kjartan würde von dem Banner mit den Adlerschwingen erfahren und wissen, dass Ragnar aus Wessex zurückgekehrt war.

Und vielleicht würde er, da oben auf seinem Felsen, hinter seinen hohen Mauern, von Angst ergriffen.

Ich ritt mit Gisela zu der Kirche. Beocca eilte zu Fuß hinterher, aber er war viel langsamer als wir. «Warte auf mich!», rief er. «Warte auf mich!»

Ich wartete nicht. Stattdessen trieb ich meinen Hengst noch mehr an und ließ Beocca weit hinter mir.

In der Kirche war es sehr düster. Das einzige Licht stammte von einem kleinen Fenster über der Tür und von einigen schwächlichen Binsenkerzen, die auf dem Altar brannten, der aus einer Werkbank bestand, über die ein schwarzes Tuch gebreitet war. Sankt Cuthberts Sarg stand zusammen mit den beiden anderen Reliquientruhen vor dem Altar, und daneben saß, flankiert von zwei Männern und einer Frau, Guthred auf einem Melkschemel. Einer der Männer war Abt Eadred, und Pater Hrothweard war der andere. Die Frau war jung, hatte ein rundliches, hübsches Gesicht und einen schwangeren Bauch. Es war Osburh, Guthreds sächsische Königin. Sie ließ ihren Blick von mir zu ihrem Ehemann wandern und erwartete offensichtlich, dass er das Gespräch eröffnete, doch Guthred schwieg. Etwa zwanzig Krieger standen auf der linken Seite der Kirche und eine noch größere Anzahl Priester und Mönche auf der rechten. Sie hatten sich gestritten, doch als ich die Kirche betrat, verstummten sie alle.

Gisela hatte ihre Hand auf meinen rechten Arm gelegt. Nebeneinander gingen wir durch die Kirche, bis wir vor Guthred standen, der unfähig schien, mich anzusehen oder das Wort an mich zu richten. Einmal öffnete er den Mund, doch es kam nichts heraus, und da sah er an mir vorbei, als hoffte er, jemand weniger Unheilverkündendes käme durch die Kirchentür. «Ich werde Eure Schwester heiraten», erklärte ich ihm.

Er öffnete den Mund und schloss ihn wieder.

Ein Mönch zuckte, als wolle er Widerspruch einlegen,

doch er wurde von einem Gefährten zurückgehalten, und ich bemerkte, dass es die Götter an diesem Tag besonders gut mit mir meinten, denn die beiden waren Jænberht und Ida, die Mönche, die meine Versklavung in die Wege geleitet hatten. Doch dann erklang Widerspruch von der anderen Kirchenseite. «Die Dame Gisela», vernahm ich, «ist schon verheiratet.»

Der Sprecher war ein grauhaariger, stämmiger Mann. Er trug einen kurzen braunen Kittel und eine Silberkette um den Hals, und als ich auf ihn zuging, warf er streitlustig den Kopf in den Nacken. «Ihr seid Aidan», sagte ich. Es war nun fünfzehn Jahre her, dass ich nicht mehr in Bebbanburg war, aber Aidan erkannte ich dennoch. Er war einer der Türhüter meines Vaters gewesen und hatte sich darum zu kümmern, ungebetene Leute vom Palas meines Vaters fernzuhalten. Die Silberkette aber zeigte deutlich, dass er seither in einen höheren Rang aufgestiegen war. Ich schnippte gegen die Kette. «Was seid Ihr jetzt, Aidan?», erkundigte ich mich.

«Verwalter des Herrn von Bebbanburg», sagte er verdrießlich. Er erkannte mich nicht. Wie hätte er mich auch erkennen sollen? Ich war neun Jahre alt gewesen, als er mich zum letzten Mal gesehen hatte.

«Also seid Ihr mein Verwalter», sagte ich.

«Euer Verwalter?», fragte er. Dann begriff er, wer ich war, und tat einen Schritt zurück zwischen zwei junge Krieger. Es war ein unwillkürlicher Schritt gewesen, immerhin war Aidan keine Memme. Zu seiner Zeit war er sogar ein guter Soldat, doch so unvermittelt vor mir zu stehen hatte ihn aus der Fassung gebracht. Er erholte sich jedoch schnell und sah mich herausfordernd an. «Die Dame Gisela», sagte er, «ist verheiratet.»

«Bist du verheiratet?», fragte ich Gisela.

«Nein», sagte sie.

«Sie ist nicht verheiratet», erklärte ich Aidan.

Guthred räusperte sich, als wolle er sprechen, aber dann sagte er doch nichts, denn Ragnar und seine Leute kamen in die Kirche.

«Die Dame ist verheiratet», wurde eine Stimme aus den Reihen der Mönche laut. Ich drehte mich um und erkannte, dass es Bruder Jænberht gewesen war, der gesprochen hatte. «Sie ist mit dem Herrn Ælfric verheiratet», beharrte Jænberht.

«Sie ist mit Ælfric verheiratet?», fragte ich, als hätte ich nicht recht verstanden. «Sie ist mit diesem Stück Läusedreck von einer Hurenmutter verheiratet?»

Aidan stieß einem der jungen Krieger neben ihm den Ellbogen in die Seite, und der Mann zog sein Schwert. Der andere tat es ihm gleich, und ich lächelte sie an, und dann zog ich ganz langsam Schlangenhauch.

«Dies ist ein Gotteshaus!», rief Abt Eadred aufgeregt. «Steckt die Schwerter weg!»

Die beiden jungen Männer zögerten, doch als ich Schlangenhauch nicht in die Scheide zurückgleiten ließ, hielten auch sie ihre Schwerter weiter bereit, wenn sie auch nichts taten, um mich anzugreifen. Sie kannten meinen Ruf, und darüber hinaus klebte an Schlangenhauch noch überall das Blut von Kjartans Leuten.

«Uhtred!» Dieses Mal unterbrach mich Beocca. Er stürmte in die Kirche und drängte sich zwischen Ragnars Männern nach vorn. «Uhtred!», rief er erneut.

Ich wandte mich ihm zu. «Das ist meine Angelegenheit, Pater», sagte ich, «und Ihr werdet sie mich in Ruhe erledigen lassen. Erinnert Ihr Euch an Aidan?» Verwirrung zeigte sich auf Beoccas Gesicht, dann erkannte er den Verwalter, der all die Jahre, die Beocca meinem Vater als

Priester gedient hatte, auf Bebbanburg gewesen war. «Aidan will, dass mich diese beiden Jungen töten», sagte ich, «aber bevor sie ihm gehorchen», ich sah nun wieder den Verwalter an, «erklärt Ihr mir, wie Gisela mit einem Mann verheiratet sein kann, den sie noch nie gesehen hat.»

Aidan warf einen Blick zu Guthred hinüber, als erwarte er vom König Hilfe, doch Guthred saß immer noch da wie erstarrt, also musste es Aidan allein mit mir aufnehmen. «Ich habe Herrn Ælfric an ihrer Seite vertreten», sagte er, «also ist sie in den Augen der Kirche verheiratet.»

«Habt Ihr sie auch mit in Euer Bett genommen?», erkundigte ich mich, und die Priester und Mönche zischten vor Empörung.

«Natürlich nicht», sagte Aidan beleidigt.

«Wenn keiner sie gehabt hat», sagte ich, «dann ist sie nicht verheiratet. Eine Stute ist nicht gezähmt, bevor sie nicht gesattelt und zugeritten wurde. Bist du zugeritten worden?», fragte ich Gisela.

«Noch nicht», sagte sie.

«Sie ist verheiratet», beharrte Aidan.

«Ihr habt anstelle meines Onkels vor dem Altar gestanden», sagte ich, «und das nennt Ihr eine Hochzeit?»

«Es ist eine», sagte Beocca ruhig.

«Wenn ich Euch jetzt also umbringe», gab ich Aidan zu bedenken, ohne auf Beocca zu achten, «ist sie dann Witwe?»

Aidan schob einen der Krieger auf mich zu und, närrisch wie er war, griff er mich an, und Schlangenhauch schlug einmal hart zu, sodass sein Schwert weggeschleudert wurde und meine Klinge auf seinen Bauch zeigte. «Willst du deine Därme auf dem Boden liegen sehen?», erkundigte ich mich freundlich bei ihm. «Ich bin Uhtred», sagte ich dann, und nun war meine Stimme kräftig und überheblich.

«Ich bin der Herr von Bebbanburg, und ich bin der Mann, der Ubba Lothbrokson am Meer getötet hat.» Ich drückte ihm die Spitze meines Schwertes in den Bauch, sodass er zurückweichen musste. «Ich habe mehr Männer umgebracht, als du zählen kannst», erklärte ich ihm, «aber lass dich davon nicht abhalten, gegen mich zu kämpfen. Willst du dich rühmen, mich getötet zu haben? Dieses Stück Krötenschleim von Ælfric wird sehr erfreut sein, wenn du es tust. Er wird dich sogar dafür belohnen.» Wieder schob ich ihn ein Stück rückwärts. «Los», sagte ich und wurde immer wütender, «versuch's.» Doch er tat nichts dergleichen. Stattdessen machte er den nächsten schwankenden Schritt zurück, und der andere Kämpfer tat das Gleiche. Das war wenig überraschend, denn inzwischen standen Ragnar und Steapa neben mir, und hinter ihnen drängte sich eine Gruppe Dänen in Kettenhemden, die mit Äxten und Speeren bewaffnet waren. Ich wandte mich wieder an Aidan. «Ihr könnt jetzt zu meinem Onkel zurückkriechen», sagte ich, «und ihm sagen, dass er seine Braut losgeworden ist.»

«Uhtred!» Endlich war es Guthred gelungen, ein Wort herauszubringen.

Doch ich achtete nicht auf ihn. Stattdessen ging ich auf die Seite der Kirche, auf der die Priester und Mönche dicht beieinanderstanden. Gisela hatte wieder ihre Hand auf meinen Arm gelegt und kam mit. Als wir vor Jænberht standen, gab ich ihr Schlangenhauch zum Halten. «Glaubst du, dass Gisela verheiratet ist?», fragte ich ihn.

«Das ist sie», sagte er trotzig. «Der Brautpreis wurde bezahlt und die Vereinigung feierlich geweiht.»

«Brautpreis?» Ich sah Gisela an. «Was haben sie dir bezahlt?»

«Wir haben bezahlt», sagte sie. «Sie haben tausend Shilling und den Arm des Heiligen Oswald bekommen.»

«Den Arm des Heiligen Oswald?» Fast hätte ich aufgelacht.

«Abt Eadred hat ihn gefunden», sagte Gisela ausdruckslos.

«Wahrscheinlich hat er ihn eher auf einem Friedhof ausgegraben», sagte ich.

Jænberht schnaubte wütend. «Alles», sagte er, «wurde nach Recht und Gesetz und den Geboten der Kirche durchgeführt. Diese Frau», er sah Gisela spöttisch an, «ist verheiratet.»

Irgendetwas an seinem verkniffenen, hochmütigen Gesicht reizte mich unsäglich, also streckte ich den Arm aus und packte ihn am Haar. Er versuchte mir zu widerstehen, doch er war schwach, und ich zerrte seinen Kopf nach vorne und nach unten, und dann hob ich mit einem Ruck mein rechtes Knie, sodass sein Gesicht heftig gegen den metallenen Beinschutz meines Oberschenkels prallte.

Dann zerrte ich seinen Kopf wieder hoch und blickte ihm in sein blutiges Gesicht. «Ist sie verheiratet?»

«Sie ist verheiratet», sagte er, und seine Aussprache war von dem Blut in seinem Mund unklar. Also riss ich ihn wieder nach unten, und dieses Mal spürte ich an meinem Knie, wie seine Zähne ausbrachen.

«Ist sie verheiratet?», fragte ich. Er antwortete nicht, also riss ich seinen Kopf erneut hinunter und nun brach seine Nase an meinem Knieschutz. «Ich habe dich etwas gefragt», sagte ich.

«Sie ist verheiratet», beharrte Jænberht. Er zitterte vor Wut, krümmte sich vor Schmerz, und die Priester versuchten mich mit lauten Worten zum Aufhören zu bringen, doch mit einem Mal hatte mich ein unfassbarer Zorn ergriffen. Das hier war der willfährige Mönch, den sich mein Onkel gezähmt hatte, der Mann, der mit Guthred ausgehandelt hatte, dass ich zum Sklaven werden sollte. Er hatte sich gegen mich verschworen. Er hatte versucht, mich auszulöschen, und diese Erkenntnis ließ meinen Zorn unbeherrschbar werden. Mit einem Mal erfüllte mich blutrünstige Wut, die noch gesteigert wurde durch meine Erinnerungen an die Erniedrigungen, die ich auf Sverris *Trader* hatte erdulden müssen. Also zerrte ich Jænberhts Kopf erneut zu mir, doch dieses Mal rammte ich ihm nicht mein Knie ins Gesicht, sondern ich zog mein Kurzschwert Wespenstachel und schnitt ihm die Kehle durch. Mit einem Hieb. Wespenstachel zu ziehen dauerte einen Augenblick, und in diesem Augenblick sah ich, wie der Mönch ungläubig die Augen aufriss, und ich gebe zu, dass ich selbst kaum fassen konnte, was ich da tat. Aber ich tat es dennoch. Ich schnitt ihm die Kehle durch, und der Stahl Wespenstachels fuhr knirschend gegen Sehnen und Knorpel, und dann schlitzte er sich durch ihren Widerstand, sodass das Blut an meinem Kettenhemd herunterschoss. Dann brach Jænberht zuckend und Blutblasen spuckend auf der feuchten Binsenspreu zusammen.

Die Mönche und Priester kreischten wie Frauen. Es hatte sie abgestoßen, dass ich Jænberhts Gesicht zerschunden hatte, doch keiner von ihnen erwartete einen glatten Mord. Sogar ich selbst war überrascht darüber, was mein Zorn angerichtet hatte, aber ich bedauerte es nicht, und ich sah es auch nicht als Mord. Ich sah es als Rache, und darin lag ein ganz besonderes Vergnügen. Jeder Schlag, den ich an Sverris Ruder getan, und jeder Hieb, den mir einer von Sverris Leuten versetzt hatte, lag in diesem einen Schwertstreich. Ich richtete meinen Blick auf den Boden, wo sich Jænberht in Todeszuckungen wand, und dann hob ich meine Augen zu seinem Gefährten Bruder Ida. «Ist Gisela verheiratet?», fragte ich ihn.

«Nach dem Kirchenrecht», setzte Ida leicht stammelnd an, dann unterbrach er sich und ließ seine Augen zur Klinge Wespenstachels wandern. «Sie ist nicht verheiratet, Herr», beeilte er sich dann weiterzusprechen, «bis die Ehe vollzogen ist.»

«Bist du verheiratet?», fragte ich Gisela.

«Natürlich nicht», sagte sie.

Ich bückte mich und wischte Wespenstachel an Jænberhts Gewand ab. Er war mittlerweile tot, und in seinen Augen stand noch die Überraschung darüber. Ein Priester, der tapferer als die anderen war, kniete sich neben den Mönch, um für ihn zu beten, doch die anderen Kirchenleute gafften mich an wie die Schafe den bösen Wolf. Sie gafften einfach nur, waren zu entsetzt, um ihre Empörung auszudrücken. Beocca öffnete und schloss seinen Mund, doch auch er sagte nichts. Ich steckte Wespenstachel in die Scheide, ließ mir von Gisela Schlangenhauch wiedergeben, und zusammen drehten wir uns zu ihrem Bruder um. Er starrte auf Jænberhts Leiche und auf das Blut, das über den Boden und das Gewand seiner Schwester gespritzt war, und er muss gedacht haben, dass ich mit ihm das Gleiche vorhatte, denn seine Hand wanderte zu seinem Schwert. Aber ich deutete mit Schlangenhauch auf Ragnar. «Das ist Graf Ragnar», sagte ich zu Guthred, «und er ist hier, um für Euch zu kämpfen. Ihr verdient seine Unterstützung nicht. Wenn ich zu entscheiden hätte, müsstet Ihr wieder in Sklavenketten gehen und den Scheißekübel König Eochaids ausleeren.»

«Er ist von Gott gesalbt!», fuhr Pater Hrothweard wütend dazwischen. «Ihr müsst Ehrerbietung zeigen!»

Ich hob Wespenstachel wieder. «Euch mochte ich auch noch nie», sagte ich.

Beocca zog mich entsetzt zur Seite und verbeugte sich

vor Guthred. Beocca war bleich, und das war auch kein Wunder, denn er hatte gerade gesehen, wie ein Mönch ermordet wurde, aber nicht einmal das konnte ihn von seinem glorreichen Amt abhalten, das er als Gesandter Alfreds ausübte. «Ich überbringe Euch Grüße», sagte er, «von Alfred von Wessex, der …»

«Später, Pater», sagte ich.

«Ich überbringe Euch christliche Grüße von …», nahm Beocca einen neuen Anlauf, und dann quietschte er auf, weil ich ihn nach hinten zerrte. Die Priester und Mönche glaubten wohl, dass ich vorhatte, ihn zu töten, denn einige von ihnen hielten sich die Augen zu.

«Später, Pater», sagte ich und ließ ihn los. Dann richtete ich meinen Blick auf Guthred. «Also, was werdet Ihr jetzt tun?», fragte ich ihn.

«Tun?»

«Was tut Ihr? Wir haben die Männer ausgeschaltet, die Euch hier bewacht haben, also könnt Ihr weiterziehen. Was werdet Ihr also tun?»

«Was wir tun werden», es war Hrothweard, der antwortete, «ist, Euch zu bestrafen!» Er zeigte mit dem Finger auf mich, und dann überkam ihn rasende Wut. Er brüllte, ich sei ein Mörder, ein Heide und ein Sünder und dass Gott an Guthred Rache nehmen würde, wenn ich ohne Strafe davonkäme. In Königin Osburhs Zügen stand Entsetzen, während Hrothweard seine Drohungen schrie. Er war nur noch ein tobendes Bündel mit verfilztem Haar, das vor Erregung anfing zu stottern, als es kreischte, ich hätte einen Heiligen Bruder ermordet. «Die einzige Hoffnung für Haliwerfolkland», wütete Hrothweard, «besteht in unserem Zusammenschluss mit Ælfric von Bebbanburg. Schickt Frau Gisela zu Ælfric von Bebbanburg und tötet diesen Heiden!» Er zeigte auf mich. Gisela stand immer noch neben mir, und wir hielten uns an der Hand. Ich sagte nichts.

Abt Eadred, der nun so alt aussah wie der tote Sankt Cuthbert, versuchte für Ruhe zu sorgen. Er hob seine Hände, bis Stille einkehrte, dann dankte er Ragnar dafür, die Männer Kjartans getötet zu haben. «Was wir nun tun müssen, Herr König», wandte sich Eadred an Guthred, «ist, den Heiligen nach Norden zu bringen. Nach Bebbanburg.»

«Zuerst müssen wir den Mörder bestrafen!», fuhr Hrothweard dazwischen.

«Nichts ist für unser Land von größerem Wert als der Körper des Heiligen Cuthbert», sagte Eadred, ohne auf Hrothweards Wüten einzugehen, «und wir müssen ihn an einen sicheren Ort bringen. Wir sollten morgen schon losreiten, nach Norden, und in Bebbanburg Zuflucht nehmen.»

Aidan, Ælfrics Verwalter, bat um die Erlaubnis zu sprechen. Er war trotz mancher Gefahren in Treu und Glauben in den Süden gekommen, so sagte er, doch ich hätte ihn beleidigt und seinen Herrn und den Frieden Northumbriens, doch er würde all diese Beleidigungen vergessen, wenn Guthred sich entschlösse, Sankt Cuthbert und Gisela nach Bebbanburg zu bringen. «In Bebbanburg allein», sagte Aidan, «ist der Heilige sicher.»

«Er muss sterben», beharrte Hrothweard und streckte mir sein Holzkreuz entgegen.

Guthred war beunruhigt. «Wenn wir nach Norden reiten», sagte er, «wird sich uns Kjartan entgegenstellen.»

Eadred war auf diesen Einwand vorbereitet. «Wenn Graf Ragnar mit uns zieht, Herr, dann werden wir auch das überstehen. Die Kirche wird Graf Ragnar für diesen Dienst entlohnen.»

«Es wird für keinen von uns Sicherheit geben», schrie Hrothweard, «wenn einem Mörder erlaubt wird, weiterzuleben.» Er fuchtelte erneut mit seinem Holzkreuz in meine Richtung. «Er ist ein Mörder! Ein Mörder! Bruder Jænberht ist ein Märtyrer!» Die Mönche und Priester riefen zustimmende Worte, und Guthred konnte ihr Gezeter nur zum Verstummen bringen, indem er ihnen ins Gedächtnis rief, dass Pater Beocca als Gesandter gekommen war. Er verlangte Ruhe, und dann bat er Beocca darum, zu sprechen.

Der arme Beocca. Tagelang hatte er geübt, an den Worten gefeilt, sie laut aufgesagt, eine Formulierung geändert und doch wieder die ursprüngliche gewählt. Er hatte Ratschläge erbeten, die Ratschläge abgelehnt und seine Rede unendliche Male deklamiert, und nun überbrachte er Alfreds formelle Grüße, und ich bezweifle, dass Guthred auch nur ein Wort davon aufnahm, denn er sah immerzu nur Gisela und mich an, während Hrothweard nicht aufhörte, ihm Gift ins Ohr zu träufeln. Doch Beocca leierte unbeeindruckt sein Sprüchlein herunter, pries Guthred und Königin Osburh, verkündete, dass sie die Flamme Gottes in den Norden trügen, und auf diese Art langweilte er jeden, der ihm überhaupt zuhörte. Einige von Guthreds Kriegern ahmten seine Sprechweise nach, zogen Grimassen oder schielten, bis Steapa, der genug von diesen Grausamkeiten hatte, neben Beocca trat und die Hand auf den Griff seines Schwertes legte. Steapa besaß ein freundliches Wesen, doch er sah aus, als sei er von unerbittlicher Grausamkeit. Zunächst einmal war er hünenhaft groß, und dazu schien seine Haut zu straff über seinen Schädel gezogen worden zu sein, sodass seine Miene lediglich reinen Hass und wölfische Gier auszudrücken vermochte. Er ließ seinen stechenden Blick durch den Raum wandern und warnte damit alle davor, Beocca herabzuwürdigen. Diese Einschüchterung sorgte schnell für Ruhe.

Beocca glaubte natürlich, er habe mit seiner Sprachgewandtheit für Aufmerksamkeit und Stille gesorgt. Er beendete seine Rede mit einer tiefen Verbeugung vor Guthred und überreichte ihm dann die Geschenke Alfreds. Als Erstes kam ein Buch, von dem Alfred behauptete, er habe es vom Lateinischen ins Englische übertragen, und vielleicht hatte er das wirklich getan. Es war voller christlicher Predigten, sagte Beocca, und er verneigte sich erneut, als er den schweren Band mit dem juwelengeschmückten Einband übergab. Guthred drehte und wendete das Buch, fand endlich heraus, wie die Deckelschließe zu öffnen war, betrachtete dann eine Seite falsch herum und erklärte, dies sei das wertvollste Geschenk, das er jemals erhalten habe. Dasselbe sagte er von dem zweiten Geschenk, einem Schwert. Es hatte eine fränkische Klinge, das Heft bestand aus Silber und Gold und der Knauf aus einem dicken Brocken klaren Kristallsteins. Das letzte Geschenk war zweifellos das kostbarste, denn es war ein Reliquiar aus dem feinsten Gold, das mit glänzenden Granatsteinen besetzt war. Darinnen lagen einige Barthaare des Heiligen Augustinus von Contwaraburg. Sogar Abt Eadred, der Wächter des heiligsten Leichnams von ganz Northumbrien, zeigte sich beeindruckt und beugte sich vor, um das schimmernde Gold zu berühren. «Der König möchte Euch mit diesen Geschenken eine Botschaft übermitteln», sagte Beocca.

«Macht es kurz», murmelte ich, und Gisela drückte meine Hand.

«Ich wäre hocherfreut, diese Botschaft zu hören», sagte Guthred höflich.

«Das Buch verweist auf das Wissen», sagte Beocca,

«denn ohne das Wissen ist ein Königreich nichts weiter als eine Hülle für Barbarei. Das Schwert ist das Mittel, mit dem wir das Wissen verteidigen und Gottes irdisches Reich beschützen, und sein Kristall steht für das innere Auge, das uns erlaubt, den Willen unseres göttlichen Retters zu erkennen. Und die Haare aus dem Bart des Heiligen Augustinus, Herr König, erinnern uns daran, dass wir ohne Gott nichts und ohne die Heilige Kirche nichts als Spreu im Wind sind. Alfred von Wessex wünscht Euch ein langes Leben voller Wissen, eine gottgefällige Herrschaft und ein sicheres Königreich.» Er verbeugte sich.

Guthred dankte ihm wortreich, doch er endete mit einer Klage. Würde Alfred von Wessex Northumbrien Hilfe schicken?

«Hilfe?», fragte Beocca, der nicht wusste, wie er antworten sollte.

«Ich brauche Kämpfer», sagte Guthred, wenn es auch sein Geheimnis blieb, wie er lange genug durchhalten wollte, bis Truppen aus Westsachsen bei ihm eingetroffen wären.

«Er hat mich geschickt», beantwortete ich seine Frage.

«Mörder!», spuckte Hrothweard. Er wollte einfach nicht aufgeben.

«Er hat mich geschickt», wiederholte ich, ließ Giselas Hand los und stellte mich zu Beocca und Steapa in die Mitte des Kirchenschiffs. Beocca wedelte mit der Hand, als solle ich mich wieder zurückziehen und den Mund halten, aber Guthred wollte hören, was ich zu sagen hatte. «Vor mehr als zwei Jahren», erinnerte ich ihn, «ist Ælfric Euer Verbündeter geworden, und meine Freiheit war der Preis für dieses Bündnis. Er hat Euch versprochen, Dunholm zu zerstören, und doch höre ich, dass Dunholm nicht gefallen und Kjartan noch immer am Leben ist. So viel sind Ælfrics

Versprechungen also wert. Dennoch wollt Ihr erneut Euer Vertrauen in ihn setzen? Glaubt Ihr wirklich, dass Ælfric für Euch kämpft, wenn Ihr ihm Eure Schwester und einen toten Heiligen gebt?»

«Mörder», zischte Hrothweard.

«Bebbanburg liegt von hier aus immer noch zwei Tagesmärsche entfernt», sagte ich, «und um dorthin zu kommen, braucht Ihr die Hilfe Graf Ragnars. Aber Graf Ragnar ist mein Freund, nicht Eurer. Er hat mich noch nie verraten.»

Ein Zucken lief über Guthreds Gesicht, als ich von Verrat sprach.

«Wir brauchen keine heidnischen Dänen», sagte Hrothweard wütend zu Guthred. «Wir müssen uns erneut unserem Gott weihen, Herr König, hier im Jordan, und Gott wird uns sicher durch Kjartans Land führen!»

«Der Jordan?», fragte Ragnar hinter mir. «Wo liegt der denn?»

Ich hatte geglaubt, der Jordan fließe im Heiligen Land der Christenheit, aber nun sah es danach aus, als läge er hier, hier in Northumbrien. «In unserem Fluss Swale», Hrothweard brüllte, als hätte er eine Versammlung Tausender vor sich, «hat der gesegnete Sankt Paulinus die Taufe an Edwin vorgenommen, dem ersten christlichen König unseres Landes. Tausende wurden hier getauft. Das ist unser Heiliger Fluss! Unser Jordan! Wenn wir unsere Schwerter und Speere in den Swale tauchen, dann wird Gott sie segnen. Dann können wir nicht besiegt werden!»

«Ohne Graf Ragnar», erklärte ich Hrothweard verächtlich, «wird Kjartan Euch in Stücke reißen. Und Graf Ragnar», ich ließ meinen Blick wieder zu Guthred wandern, «ist mein Freund, nicht Eurer.»

Guthred nahm seine Frau an der Hand und bot schließlich den Mut auf, mir in die Augen zu sehen. «Was würdet Ihr tun, Herr Uhtred?»

Meine Gegner, und davon gab es reichlich in dieser Kirche, hatten gehört, dass er mich Herr Uhtred genannt hatte, und ein entrüstetes Murmeln lief durch die Reihen. Ich trat vor. «Das ist einfach, Herr», sagte ich, und obwohl ich eben noch nicht gewusst hatte, was ich sagen würde, fiel es mir mit einem Mal ein. Vielleicht trieben die drei Spinnerinnen einen Scherz mit mir, oder aber sie hatten mir ein Schicksal gegeben, das so golden war wie das Guthreds, denn mit einem Mal schien alles ganz einfach.

«Einfach?», fragte Guthred.

«Ivarr ist nach Eoferwic gezogen, Herr», sagte ich, «und Kjartan hat Leute losgeschickt, die verhindern sollen, dass Ihr Bebbanburg erreicht. Sie wollen Euch zum Flüchtling machen. Sie werden Eure Festung einnehmen, Euren Palas besetzen, Eure sächsischen Unterstützer niederwerfen, und wenn Ihr Euch nirgends mehr verstecken könnt, dann werden sie Euch gefangen nehmen und Euch töten.»

«Also?», fragte Guthred mit klagender Stimme. «Was sollen wir tun?»

«Wir ziehen uns natürlich zurück, auf eine Festung. An einen sicheren Ort.»

«Wo?»

«Dunholm», sagte ich, «wo sonst?»

Er starrte mich einfach nur an. Niemand sagte ein Wort. Sogar die Kirchenleute, die noch vor einem Moment meinen Tod gefordert hatten, waren verstummt. Und ich dachte an Alfred und wie er in diesem grässlichen Winter, in dem ganz Wessex dem Untergang geweiht schien, nicht das Überleben im Sinn gehabt hatte, sondern nur den Sieg.

«Wenn wir in der Dämmerung aufbrechen», sagte ich,

«und schnell sind, können wir Dunholm in zwei Tagen einnehmen.»

«Das könnt Ihr?», fragte Guthred.

«Nein, Herr», sagte ich, «wir können es.» Wie es uns jedoch gelingen sollte, davon hatte ich nicht die geringste Vorstellung. Ich wusste nur, dass wir wenige waren und der Feind zahlreich und dass Guthred bis jetzt eine Maus in den Fängen einer Katze gewesen war und es Zeit für ihn wurde, sich zu wehren. Und nachdem Kjartan so viele Männer zur Bewachung der Zugangswege nach Bebbanburg geschickt hatte, war Dunholm so schwach wie nie zuvor.

«Wir können es», sagte Ragnar, der neben mich getreten war.

«Dann tun wir es», sagte Guthred, und so wurde es entschieden.

Den Priestern gefiel es nicht, dass ich unbestraft bleiben sollte, und noch weniger gefiel es ihnen, dass Guthred ihre Einwände beiseitewischte und mich stattdessen bat, mit ihm in das kleine Haus zu kommen, in dem er übernachtete. Auch Gisela kam mit, setzte sich mit dem Rücken an die Wand gelehnt auf den Boden und betrachtete uns beide. In dem Raum brannte ein kleines Feuer. Es war ein kalter Nachmittag, man spürte schon den herannahenden Winter.

Nun, da wir nur noch zu dritt waren, wand sich Guthred vor Verlegenheit. Sein Lächeln gelang nur halb. «Es tut mir leid», sagte er unsicher.

«Ihr seid ein Hurensohn», sagte ich.

«Uhtred», fing er an und verstummte wieder.

«Ihr seid ein Stück Wieseldreck», sagte ich, «ein Earsling.»

«Ich bin ein König», sagte er in einem Versuch, seine Würde wiederzugewinnen.

«Dann seid Ihr eben ein königliches Stück Wieseldreck. Ein Earsling auf dem Thron.»

«Ich», fing er wieder an, und erneut fiel ihm nichts weiter ein, also setzte er sich auf den einzigen Stuhl im Raum und zuckte einfach nur die Schultern.

«Aber Ihr habt das Richtige getan», sagte ich.

«Habe ich das?» Seine Miene erhellte sich.

«Nur ist Euer Plan nicht gelungen, oder? Ihr hattet vor, mich zu opfern, um Ælfrics Streitmacht auf Eure Seite zu bekommen. Ihr hattet vor, Kjartan wie eine Laus zu zerquetschen, aber er ist immer noch da, und Ælfric nennt sich inzwischen Herr von Bernicia, und Ihr habt es bald mit einem Aufstand der Dänen zu tun. Und dafür wurde ich zwei Jahre lang als Rudersklave geknechtet?» Er sagte nichts. Ich löste meinen Schwertgürtel, zog mir das schwere Kettenhemd über den Kopf und ließ es zu Boden fallen. Guthred betrachtete mich verwirrt, als ich auch noch mein Hemd von der linken Schulter zog. Dann zeigte ich ihm die Sklavenmarke, die mir Hakka in den Oberarm geschnitten hatte. «Wisst Ihr, was das ist?», fragte ich. Guthred schüttelte den Kopf. «Das ist eine Sklavenmarke, Herr König. Habt Ihr keine?»

«Nein», sagte er.

«Ich habe sie an Eurer statt bekommen», sagte ich. «Ich habe sie bekommen, damit Ihr hier König sein konntet, doch stattdessen ist ein priesterhöriger Flüchtling aus Euch geworden. Ich habe Euch schon vor langem gesagt, dass Ihr Ivarr töten sollt.»

«Das hätte ich auch besser getan», gab er zu.

«Und dann habt Ihr Euch auch noch von diesem langhaarigen Narren Hrothweard einreden lassen, den Dänen eine Abgabe aufzuzwingen!»

«Das war für den Schrein», sagte er. «Hrothweard hatte

einen Traum. Der Heilige Cuthbert hat zu ihm gesprochen und ihm gesagt, dass wir mit dieser Abgabe den Schrein bezahlen sollen.»

«Cuthbert ist recht gesprächig für einen Toten, findet Ihr nicht? Ihr scheint zu vergessen, dass Ihr dieses Land regiert, nicht der Heilige Cuthbert.»

Er zog ein jämmerliches Gesicht. «Der Christenzauber hat für mich immer sehr gut gewirkt», sagte er.

«Hat er nicht», sagte ich höhnisch. «Kjartan lebt noch, Ivarr lebt noch, und die Dänen planen den Aufstand gegen Euch. Vergesst Euren Christenzauber. Jetzt habt Ihr mich, und Ihr habt Graf Ragnar. Er ist der beste Mann in Eurem Königreich. Behandelt ihn gut.»

«Und Euch», sagte er, «Euch werde ich auch gut behandeln. Ich verspreche es.»

«Ich auch», sagte Gisela.

«Ihr werdet nämlich mein Schwager», erklärte ich Guthred. Er nickte dazu und lächelte mich dann kläglich an. «Sie hat immer gesagt, dass Ihr zurückkommt.»

«Und Ihr habt geglaubt, ich sei tot?»

«Ich habe gehofft, dass Ihr es nicht wärt», sagte er. Dann stand er auf und lächelte. «Könnt Ihr mir glauben», fragte er, «wenn ich Euch sage, dass ich Euch vermisst habe?»

«Ja, Herr», sagte ich, «weil ich Euch auch vermisst habe.»

«Das habt Ihr?», fragte er hoffnungsvoll.

«Ja, Herr», sagte ich, «das habe ich.» Und seltsam genug, das stimmte auch. Ich hatte geglaubt, ihn zu hassen, wenn wir uns erst wiedersähen, doch ich hatte sein freundliches Wesen vergessen. Ich mochte ihn immer noch. Wir umarmten uns. Guthred nahm seinen Helm und ging zur Tür, die aus einem Tuch bestand, das an Nägeln hing. «Ich werde Euch heute Nacht mein Haus überlassen», sagte er lächelnd, «euch beiden.»

Und das tat er.

Gisela. Nun, wo ich alt bin, sehe ich manchmal ein Mädchen, das mich an Gisela erinnert, und dann wird mir die Kehle eng. Ich sehe ein Mädchen mit weit ausholenden Schritten, sehe das schwarze Haar, die schlanke Mitte, die Anmut ihrer Bewegungen und das trotzige Zurückwerfen ihres Kopfes. Und wenn ich solch ein Mädchen sehe, dann ist mir, als sähe ich Gisela wieder, und oft, denn ich bin im Alter ein gefühlsseliger Narr geworden, steigen mir auch noch Tränen in die Augen.

«Ich habe schon eine Frau», erklärte ich ihr in dieser Nacht.

«Bist du verheiratet?», fragte Gisela.

«Sie heißt Mildrith», sagte ich, «und ich habe sie vor langem geheiratet, weil Alfred es befohlen hat. Sie hasst mich, also ist sie ins Kloster gegangen.»

«Alle deine Frauen tun das», sagte Gisela. «Mildrith, Hild und ich.»

«Das stimmt.» Diese Feststellung belustigte mich, mir selbst war das zuvor noch nicht aufgefallen.

«Hild hat mir geraten, ins Kloster zu gehen, falls ich bedroht würde», erklärte Gisela.

«Das hat Hild getan?»

«Sie meinte, dort sei ich sicher. Und deshalb bin ich, als Kjartan sagte, er wolle mich mit seinem Sohn verheiraten, ins Kloster gegangen.»

«Guthred hätte dich nie mit Sven verheiratet.»

«Mein Bruder hat darüber nachgedacht», sagte sie. «Er brauchte Geld. Er brauchte Unterstützung, und ich war alles, was er anzubieten hatte.»

«Die Friedenskuh.»

«Das bin ich», sagte sie.

«Hat es dir im Kloster gefallen?»

«Die ganze Zeit, in der du nicht da warst, war schrecklich. Wirst du Kjartan umbringen?»

«Ja.»

«Und wie?»

«Ich weiß nicht. Vielleicht bringt ihn aber auch Ragnar um. Ragnar hat mehr Grund dazu als ich.»

«Als ich die Heirat mit Sven abgelehnt habe», sagte Gisela, «hat Kjartan erklärt, er würde mich einfangen und mir von seinen Männern Gewalt antun lassen. Er hat gesagt, er würde mich festbinden, damit mich seine Männer benutzen können, und wenn sie damit fertig wären, würde er mich seinen Hunden überlassen. Hast du mit Mildrith Kinder?»

«Eins», sagte ich, «einen Sohn. Er ist gestorben.»

«Meine werden nicht sterben. Meine Söhne werden Krieger, und meine Tochter wird die Mutter von Kriegern.»

Ich lächelte, und dann ließ ich meine Hand ihr langes Rückgrat hinabgleiten, sodass sie auf mir erschauerte. Wir lagen unter drei Umhängen, und ihr Haar war feucht, weil es durch das Strohdach tropfte. Die Bodenspreu unter mir war verrottet und nass, aber wir waren glücklich. «Bist du in dem Kloster zur Christin geworden?», fragte ich sie.

«Natürlich nicht», sagte sie verächtlich.

«Hat es sie nicht gestört?»

«Ich habe ihnen Silber gegeben.»

«Dann hat es sie nicht gestört.»

«Ich glaube nicht, dass irgendein Däne ein echter Christ ist», erklärte sie.

«Nicht einmal dein Bruder?»

«Wir haben viele Götter», sagte sie, «und der Christengott ist einfach noch einer mehr. Ich bin sicher, so denkt Guthred darüber. Wie heißt noch der Gott der Christen? Eine Nonne hat es mir gesagt, aber ich habe es vergessen.»

«Jehova.»

«Also sind es Odin, Thor und Jehova. Hat er eine Frau?»

«Nein.»

«Armer Jehova.»

Armer Jehova, dachte ich, und ich dachte es immer noch, als wir unter heftigem Dauerregen, der auf die steinernen Überbleibsel der Römerstraße niederpeitschte und die Felder in Schlammpfühle verwandelte, den Swale überquerten, um nach Norden zu einer uneinnehmbaren Festung zu reiten. Wir ritten zur Eroberung Dunholms.

NEUN

Es schien so einfach, als ich es vorschlug. Wir sollten nach Dunholm reiten, einen Überraschungsangriff machen und auf diese Weise Guthred einen sicheren Rückzugsort verschaffen und Ragnar eine Gelegenheit, Rache zu nehmen. Doch Hrothweard war entschlossen, unseren Plan zu hintertreiben, und bevor wir losreiten konnten, brachte er einen weiteren schwergewichtigen Einwand vor. «Was ist», wollte Hrothweard von Guthred wissen, «mit unserem gesegneten Heiligen? Wenn Ihr wegreitet, wer wird dann Cuthbert beschützen?»

Hrothweard besaß wahre Leidenschaft. Ich ließ mich mehr von Wut antreiben, vermute ich. Männer wie er sind mir im Leben so manches Mal begegnet, Männer, die sich über die kleinste Beleidigung der einen Sache, die ihnen wichtig war, in unglaubliche Raserei steigern konnten. Für Hrothweard war diese eine Sache die Kirche, und er hielt jeden, der nicht an Christus glaubte, für einen Feind seiner Kirche. Er war zu Guthreds wichtigstem Berater geworden, und es war seine Leidenschaft, die ihm diesen Aufstieg ermöglicht hatte. Guthred betrachtete das Christentum immer noch als eine Art überlegener Zauberkunst, und er glaubte, in Hrothweard einen Mann gefunden zu haben, der diesen Zauber beherrschte. Wie ein Zauberer sah Hrothweard allerdings zweifellos aus, mit seiner verfilzten Mähne, seinem spitzen Bart und seinen flink umherhuschenden Augen. Außerdem konnte er sich der lautesten Stimme rühmen, die ich jemals von einem Menschen vernommen habe. Er war nicht verheiratet, sondern hatte sich vollkommen seiner geliebten Religion geweiht, und es gab viele, die in ihm den Nachfolger Wulfheres als Erzbischof von Eoferwic sahen.

Guthred dagegen besaß keine Leidenschaft. Er war vernünftig, zumeist sehr liebenswürdig, weil er die Menschen um sich herum glücklich sehen wollte, und er ließ sich von Hrothweard nötigen. Die meisten Bewohner Eoferwics waren Christen, und Hrothweard war ohne weiteres imstande, den Pöbel auf die Straße zu rufen. Und weil Guthred einen Aufruhr in der Stadt fürchtete, hatte er sich Hrothweard gebeugt. Noch dazu setzte Hrothweard das Missfallen des Heiligen Cuthbert ein, um Guthred zu drohen, und mit genau dieser Waffe versuchte er auch, unseren Aufbruch nach Dunholm zu verhindern. Wir hatten nur eine einzige Möglichkeit, die Festung einzunehmen, und zwar, indem wir überraschend kamen. Das hieß, dass wir schnell sein mussten und daher auch, dass wir Cuthberts Leichnam und Oswalds Kopf und das wertvolle Evangeliar mitsamt allen Priestern, Mönchen und Frauen in Cetreht zurücklassen mussten. Pater Hrothweard beharrte jedoch darauf, dass es unsere erste Pflicht sei, Sankt Cuthbert zu beschützen. «Wenn unser Heiliger den Heiden in die Hände fällt», schrie er Guthred an, «dann wird er entweiht werden!» Da hatte er natürlich recht. Der Heilige Cuthbert würde seines Brustkreuzes und seines edlen Ringes beraubt und anschließend an die Schweine verfüttert werden, während von dem wertvollen Evangeliar aus Lindisfarena die juwelenbesetzten Deckel abgerissen und die Seiten zum Feuermachen oder zum Abwischen dänischer Hintern benutzt werden würden. «Eure erste Pflicht ist es, den Heiligen zu beschützen», donnerte Hrothweard.

«Unsere erste Pflicht ist es», gab ich zurück, «den König in seinem Amt zu bewahren.»

Die Priester, das versteht sich von selbst, unterstützten Hrothweard, und kaum hatte ich mich geäußert, da wandte er seine Leidenschaft gegen mich. Ich war ein Mörder, ein Heide, ein Ketzer, ein Sünder, ein Verführer, und alles, was Guthred tun musste, um seinen Thron zu bewahren, war, mich der Gerechtigkeit auszuliefern. Beocca bemühte sich als Einziger unter den Kirchenleuten darum, den tobenden Priester zu beruhigen, doch Beocca wurde niedergeschrien. Priester und Mönche erklärten, dass Guthred den Fluch Gottes auf sich ziehen würde, wenn er Cuthbert im Stich ließe. Guthred stand vollkommen ratlos vor dieser Drohung, und es war Ragnar, der dem Unsinn ein Ende bereitete. «Versteckt den Heiligen», schlug er vor. Er musste es dreimal wiederholen, bevor ihn überhaupt jemand hörte.

«Verstecken?», fragte Abt Eadred.

«Wo?», fragte Hrothweard höhnisch.

«Es gibt doch einen Friedhof hier», sagte Ragnar. «Beerdigt ihn. Wer würde jemals auf dem Friedhof nach einem Leichnam suchen?» Die Geistlichen starrten ihn nur an, und Abt Eadred öffnete den Mund, um zu widersprechen. Doch der Vorschlag war so einleuchtend, dass er nichts sagte. «Begrabt ihn», fuhr Ragnar fort, «dann geht nach Westen in die Hügel und wartet, bis wir zurück sind.»

Hrothweard versuchte, die Ausführung des Plans zu verhindern, aber Guthred unterstützte Ragnar. Er benannte zehn Krieger, die zum Schutz bei den Priestern bleiben sollten, und am Morgen, als wir losritten, hoben diese Männer ein vorläufiges Grab auf dem Friedhof aus, in dem der Leichnam des Heiligen und die anderen Reliquien versteckt wurden. Die Männer von Bebbanburg blieben ebenfalls in Cetreht. Ich war derjenige, der darauf bestanden hatte. Aidan wollte mit uns reiten, aber ich vertraute ihm nicht. Er konnte meinen Tod allzu leicht herbeiführen, indem er vorausritt und Kjartan verriet, dass wir auf dem Weg waren. Also nahmen wir ihm alle seine Pferde ab, sodass Aidan und seine Leute bei den Kirchenmännern bleiben mussten. Osburh, Guthreds schwangere Königin, blieb ebenfalls zurück. Abt Eadred betrachtete sie als Unterpfand für Guthreds Rückkehr, aber obwohl Guthred viel Aufhebens um das Mädchen machte, spürte ich doch, dass es ihn kaum berührte, ohne sie wegzureiten. Osburh war eine ängstliche Frau und neigte ebenso leicht zu Tränen wie Mildrith, und genau wie Mildrith verehrte sie jeden Priester. Hrothweard war ihr Beichtvater, und ich vermute, dass sie Guthred im Bett die Botschaften dieses wilden Mannes vorbetete. Guthred versicherte ihr, dass keine umherstreifenden Dänen in die Nähe von Cetreht kommen würden, wenn wir weg wären, aber da konnte er nicht so sicher sein. Es bestand immer die Möglichkeit, dass wir bei unserer Rückkehr alle abgeschlachtet finden oder von ihrer Gefangennahme erfahren würden. Doch wenn wir uns irgendeine Hoffnung auf die Eroberung Dunholms machen wollten, mussten wir schnell handeln.

Konnten wir uns diese Hoffnung überhaupt machen? In Dunholm konnte man in völliger Sicherheit seine Gegner abwehren und darüber in Ruhe alt werden. Und wir hatten weniger als zweihundert Männer und etwa zwanzig Frauen, die darauf bestanden hatten, uns zu begleiten. Gisela war eine von ihnen, und sie trug, ebenso wie die anderen Frauen, Hosen und ein Lederwams. Auch Pater Beocca war bei uns. Ich hatte ihm erklärt, dass er nicht schnell genug reiten könne und dass wir ihn, falls er zurückfiele, im Stich lassen würden, aber er wollte nichts davon hören, in Cetreht zu bleiben. «Als Gesandter», verkündete er großspurig, «ist mein Platz an Guthreds Seite.»

«Euer Platz ist bei den anderen Priestern», sagte ich.

«Ich komme mit», sagte er dickköpfig und konnte nicht vom Gegenteil überzeugt werden. Er ließ sich von uns die Beine an den Sattelgurt binden, sodass er nicht vom Pferd fallen konnte, und ertrug auch die schnellste Gangart. Wie muss er sich gequält haben, doch er beschwerte sich nicht. Ich glaube, er wollte die Erregung des Kampfes spüren. Mochte er auch ein schielender Krüppel, ein klumpfüßiger Priester, ein tintenbekleckster Schreiberling und ein spitzfindiger Gelehrter sein, Beocca besaß das Herz eines Kriegers.

Wir verließen Cetreht in der Dämmerung eines trübseligen, regnerischen Morgens im Spätherbst. Kjartans Reiter, die uns entkommen waren und Cetreht wieder vom Nordufer des Flusses aus beobachteten, folgten uns in geringer Entfernung. Sie waren noch achtzehn Leute, und wir ließen es zu, dass sie uns folgten, und um sie zu täuschen, blieben wir nicht auf der Römerstraße, die geradewegs durch flacheres Land nach Dunholm führte, sondern wandten uns nach einigen Meilen Richtung Westen und nahmen einen Pfad in die sanft geschwungenen Hügel. Die Sonne brach noch vor Mittag durch die Wolken, doch sie stand niedrig am Himmel, und die Schatten blieben lang. Rotdrosseln schwärmten, und Falken zogen ihre Bahnen unter den Wolken. Um diese Zeit des Jahres wurde das Vieh zur Schlachtung ausgewählt. Rinder wurden erschlagen und mit Herbsteicheln fettgemästete Schweine geschlachtet, und ihr eingesalzenes Fleisch zum Trocknen in Fässern über rauchende Feuer gehängt. Die Gerbergruben stanken nach Dung und Urin. Die Schafe wurden von den hochgelegenen Weiden abgetrieben, um sich in engen Ställen zu drängen, während die Täler von den Axthieben widerhallten, wo die Männer das Feuerholz für den Winter schlugen.

Die wenigen Dörfer, durch die wir zogen, waren menschenleer. Die Leute mussten davor gewarnt worden sein, dass Reiter kämen, und nun waren sie vor uns geflohen. Sie versteckten sich in den Wäldern, bis wir wieder verschwunden waren, und beteten, dass wir nicht vorhatten zu plündern. Wir ritten weiter, immer höher in die Hügel, und ich glaubte bestimmt, dass unsere Verfolger ihre Botschafter über die Römerstraße zu Kjartan geschickt hatten, um ihm zu berichten, dass wir westwärts ritten, um einen Bogen um Dunholm zu schlagen. Kjartan musste glauben, dass Guthred einen verzweifelten Versuch unternahm, Bebbanburg zu erreichen, und wenn unsere Täuschung gelang, so hoffte ich, würde Kjartan weitere Männer aus der Festung schicken, um in den westlichen Hügeln die Übergänge über den Wiire zu blockieren.

Wir verbrachten die Nacht in diesen Hügeln. Einen gewissen Schutz bot uns ein Wäldchen an einem Südhang, auf dem auch eine Schäferhütte stand, in der die Frauen schlafen konnten. Wir anderen legten uns dicht an die Lagerfeuer. Ich wusste, dass Kjartans Späher uns von der anderen Talseite aus beobachteten, und ich hoffte, sie nun davon überzeugt zu haben, dass wir Richtung Westen zogen. Der Regen verzischte im Feuer, als Ragnar, Guthred und ich mit Sihtric sprachen und ihm jede Erinnerung an den Ort entlockten, in dem er aufgewachsen war. Ich erfuhr dabei nichts Neues. Sihtric hatte mir schon viel früher alles erzählt, was er wusste, und ich hatte oft darüber nachgedacht, während ich an Sverris Ruder saß. Dennoch hörte ich wieder zu, als er beschrieb, wie Dunholms Festungspalisade rund um die Kuppe des riesigen Felsens lief und nur am Südrand eine Lücke hatte, wo der Fels zu steil war, um erklettert werden zu können. Das Wasser kam von einem Brunnen auf der Ostseite. «Der Brunnen liegt außerhalb der Palisade», sagte Sihtric, «ein kurzes Stück den Abhang hinunter.»

«Aber der Brunnen hat seinen eigenen Befestigungswall?»

«Ja, Herr.»

«Wie steil ist der Abhang?», fragte Ragnar.

«Sehr steil, Herr», sagte Sihtric. «Ich erinnere mich daran, dass ein Junge dort hinunterfiel und mit dem Kopf an einen Baum schlug und davon dumm wurde. Und an der Westseite ist noch ein Brunnen», fügte er hinzu, «aber er wird selten benutzt. Das Wasser ist trübe.»

«Also hat er Nahrungsmittel und Wasser», sagte Guthred bitter.

«Wir können ihn ohnehin nicht aushungern», sagte ich, «dazu fehlen uns die Männer. Der Brunnen an der Ostseite», ich hatte mich wieder an Sihtric gewandt, «liegt unter Bäumen. Wie viele sind es?»

«Sie stehen dicht, Herr», sagte er, «es sind Hainbuchen und Ahorn.»

«Und im Festungswall ist sicher ein Tor, damit die Männer zum Brunnen gehen können?»

«Die Frauen gehen, Herr, ja.»

«Kann der Fluss dort überquert werden?»

«Eigentlich nicht, Herr.» Sihtric bemühte sich, uns zu helfen, doch es klang entmutigend, als er beschrieb, wie schnell der Wiire in einem fast abgeschlossenen Kreis um den Steilfelsen von Dunholm floss. Der Fluss sei flach genug, um hindurchzuwaten, sagte er, doch viele trügerische Untiefen, Strudel und Fischreusen machten ihn gefährlich. «Ein vorsichtiger Mann kann bei Tag auf die andere Seite kommen», sagte er, «aber nicht während der Nacht.»

Ich rief mir ins Gedächtnis, was ich vor Augen gehabt hatte, als ich in Gestalt des Totenkriegers mit dem Schwert so lange vor der Festung ausgeharrt hatte. Im Osten, so erinnerte ich mich, fiel der Hang steil ab, er war uneben und voller Baumstümpfe und Felsblöcke, doch auch bei Nacht müsste ein Mann in der Lage sein, diese Schräge bis zum Fluss hinunterzusteigen. Aber ich erinnerte mich auch an einen steilen Felsrücken, der mir die Sicht auf den Fluss versperrt hatte, und ich hoffte einfach, dass dieser Felsen doch nicht so steil war, wie ihn mir das Bild in meinem Kopf zeigte. «Was wir tun müssen», sagte ich, «ist, Dunholm bis morgen Abend zu erreichen. Kurz bevor es dunkel wird, müssen wir da sein. Und in der Morgendämmerung greifen wir an.»

«Wenn wir vor dem Dunkelwerden hinkommen», gab Ragnar zu bedenken, «dann sehen sie uns und können sich auf unseren Angriff vorbereiten.»

«Wir können nicht erst im Dunkeln dort sein», sagte ich, «weil wir den Weg dann niemals finden werden. Übrigens will ich, dass sie sich auf unseren Angriff vorbereiten.»

«Das willst du?» Guthred klang überrascht.

«Wenn sie Männer auf der Nordseite sehen, werden sie ihren Festungswall besetzen. Sämtliche Männer werden das große Tor bewachen. Aber dort werden wir nicht angreifen.» Ich sah Steapa über das Feuer hinweg an. «Du fürchtest die Dunkelheit, ist es nicht so?»

Steapa erwiderte meinen Blick. Er gab nicht gerne zu, dass er sich vor irgendetwas auf der Welt fürchtete, doch dann siegte seine Ehrlichkeit. «Ja.»

«Aber morgen Nacht», sagte ich, «vertraust du mir da genug, dass ich dich durch die Dunkelheit führen kann?»

«Ich vertraue dir.»

«Dich und zehn weitere Männer», sagte ich und glaubte, ich wüsste, wie wir das uneinnehmbare Dunholm würden besetzen können. Das Schicksal musste dazu auf unserer

Seite sein, doch ich glaubte, als wir in dieser Regennacht ums Feuer saßen, dass die drei Spinnerinnen wieder einen neuen, goldenen Faden in mein Geschick woben. Und ich hatte immer geglaubt, dass Guthred ein goldglänzendes Schicksal bestimmt sei.

«Nur ein Dutzend Männer?», fragte Ragnar.

«Ein Dutzend Sceadugengan», sagte ich, denn es würden die Schattenwandler sein, die Dunholm einnahmen. Es war Zeit für die seltsamen Wesen, die in der Nacht umgehen, Zeit für die Wechselgestalten und die Schrecken der Dunkelheit, uns zu Hilfe zu kommen.

Und wenn Dunholm erst einmal in unserer Hand war, mussten wir immer noch Ivarr töten.

Wir wussten, dass Kjartan flussaufwärts die Übergänge über den Wiire bewachen ließ. Es musste ihm bewusst sein, dass wir umso leichter über den Fluss kämen, je weiter wir uns Richtung Westen bewegten, und ich baute darauf, dass ihn dieser Gedanke dazu bringen würde, viele seiner Krieger weit flussaufwärts zu schicken. Wenn er vorhatte, zu kämpfen und uns aufzuhalten, mussten seine Männer da sein, bevor wir an den Wiire kamen. Damit es noch mehr danach aussah, als wollten wir tief in die Hügel ziehen, wandten wir uns am nächsten Morgen nicht in Richtung des Flusses, sondern ritten nordwestlich übers Moorland. Als Ragnar und ich auf einem windgepeitschten Hügelkamm Rast machten, sahen wir, wie sich sechs von Kjartans Spähern aus der Verfolgergruppe lösten und Richtung Osten galoppierten. «Sie sind unterwegs, um ihm zu berichten, wohin wir ziehen», sagte Ragnar.

«Also ist es an der Zeit, woandershin zu reiten», meinte ich.

«Bald», sagte Ragnar, «aber noch nicht gleich.»

Sihtrics Pferd hatte ein Hufeisen verloren, und wir warteten, bis er eines der Ersatzpferde gesattelt hatte. Dann setzten wir unseren Weg noch eine Stunde in nordwestlicher Richtung fort. Wir beeilten uns nicht und folgten einem Schafspfad in ein Tal, in dem ein dichtes Wäldchen stand. Von dort aus zogen Guthred und die meisten anderen Reiter weiter nach Westen, während etwa zwanzig von uns unter den Bäumen warteten. Kjartans Späher, die sahen, wie Guthred und die anderen weiter ins Moor ritten, folgten ihnen, ohne sich weitere Gedanken zu machen. Die Beobachtergruppe bestand inzwischen nur noch aus neun Männern, die anderen waren mit Botschaften nach Dunholm geschickt worden, und die übrigen neun ritten auf kleinen, wendigen Pferden, mit denen sie leicht vor uns fliehen konnten, falls wir sie angriffen. Doch sie ritten ohne jede Besorgnis in das Wäldchen. Als sie es zur Hälfte durchquert hatten, sahen sie Ragnar vor sich und wandten sich zur Flucht, wir aber hatten unsere Männer in vier Gruppen aufgeteilt, damit Kjartans Leute in der Falle saßen. Ragnar war vor ihnen, ich schnitt ihnen den Rückweg ab, Steapa hatte zu ihrer Linken und Rollo zu ihrer Rechten Stellung bezogen, und mit einem Mal wurde den neun Männern klar, dass wir sie eingekreist hatten. Sie griffen meine Gruppe an, um aus dem Dickicht des Waldes zu entkommen, doch wir versperrten ihnen zu fünft den Rückzug, und unsere Pferde waren kräftiger, und zwei der Späher starben rasch, einen von ihnen hatte ich mit Schlangenhauch aufgeschlitzt. Die anderen sieben versuchten sich zu zerstreuen, doch Sträucher und Bäume behinderten sie, und unsere Männer waren ihnen dicht auf den Fersen. Steapa stieg ab, um den letzten der Gegner durchs dichte Unterholz zu verfolgen. Ich sah, wie sich seine Axt hob und niederfuhr, und darauf folgte ein kaum enden wollender Schrei. Ich dachte, nun müsse er aufhören, aber der Schrei hielt an, und Steapa hielt inne, weil er niesen musste. Dann hob er seine Axt erneut, und als sie niedergefahren war, herrschte unvermittelt Stille.

«Hast du dich erkältet?», fragte ich ihn.

«Nein», sagte er und schob sich, die Leiche hinter sich herziehend, aus dem Unterholz. «Sein Gestank ist mir in die Nase gestiegen.»

Nun war Kjartan blind. Er wusste es nicht, aber er hatte seine Späher verloren, und sobald die neun Männer tot waren, bliesen wir in ein Horn, um Guthred zurückzurufen. Während wir auf ihn warteten, nahmen wir den Toten alles Wertvolle ab. Wir nahmen ihre Pferde, ihre Armringe, Waffen, ein paar Münzen, etwas feuchtes Brot und zwei Schläuche mit Birkenwein. Einer der Männer hatte ein gutes Kettenhemd getragen, so gut, dass ich vermutete, es sei im Frankenreich gemacht worden, aber er war so mager gewesen, dass niemand von uns in das Hemd passte. Da nahm es Gisela für sich selbst. «Du brauchst keine Rüstung», sagte ihr Bruder spöttisch.

Gisela beachtete ihn nicht. Sie war erstaunt, dass ein so feines Kettenhemd so viel wiegen konnte, aber sie zog es dennoch über ihren Kopf, befreite ihr Haar im Nacken aus den Kettengliedern, und gürtete sich mit dem Schwert eines der Toten. Dann warf sie sich ihren schwarzen Umhang über die Schultern und sah Guthred herausfordernd an. «Nun?»

«Du jagst mir Angst ein», sagte er mit einem Lächeln.

«Gut», sagte sie, und dann führte sie ihr Pferd ganz nahe neben meines, sodass die Stute ruhig stehen blieb, während sie aufstieg. Doch Gisela hatte das Gewicht des Kettenhemdes nicht bedacht und musste sich schwer in den Sattel hochkämpfen.

«Es steht dir gut», sagte ich, und das stimmte auch. Sie

sah aus wie eine Walküre, eine dieser Kriegerinnen Odins, die in strahlenden Rüstungen über den Himmel reiten.

Wir wandten uns nun nach Osten und zogen schneller weiter. Wir ritten durch die Wälder, duckten uns immerzu unter den Zweigen, die uns ins Gesicht zu schlagen drohten, ritten einen Hügel hinab und folgten einem vom Regen geschwollenen Flusslauf, der uns zum Wiire führen musste. Am frühen Nachmittag waren wir in der Nähe Dunholms, wohl kaum mehr als fünf oder sechs Meilen entfernt. Nun führte uns Sihtric, denn er glaubte sich an eine Stelle zu erinnern, an der wir den Wiire überqueren konnten. Der Lauf des Wiire machte, nachdem er an Dunholm vorbei war, einen Bogen nach Süden und verbreiterte sich, wo er über flacheres Weideland floss. In diesen sanften Tälern, so erklärte uns Sihtric, gab es mehrere Furten. Er kannte diese Gegend gut, denn die Eltern seiner Mutter hatten hier gelebt, und er hatte als Kind oft das Vieh über den Fluss getrieben. Es war ein Vorteil, dass diese Furten östlich von Dunholm lagen, denn diese Seite ließ Kjartan nicht bewachen, weil er nicht damit rechnete, von hier aus angegriffen zu werden. Doch der Regen, der am Nachmittag wieder eingesetzt hatte, konnte uns zum Hindernis werden, indem er den Wiire so ansteigen ließ, dass die Furt nicht mehr zu durchqueren war.

Immerhin verbargen uns die Regenschleier, als wir von den Hügeln hinunter in das Flusstal ritten. Wir waren nun sehr dicht an Dunholm, das im Norden vor uns lag, doch immer noch im Schutz eines bewaldeten Hügelausläufers, an dessen Fuß einige Hütten dicht beieinanderstanden. «Hocchale», erklärte mir Sihtric mit einem Nicken in Richtung der Siedlung, «dort ist meine Mutter geboren worden.»

«Sind deine Großeltern immer noch dort?»

«Kjartan hat sie umbringen lassen, Herr, als er meine Mutter von seinen Hunden zerreißen ließ.»

«Wie viele Hunde hat er?»

«Als ich dort war, hatte er vierzig oder fünfzig. Riesige Ungeheuer. Sie gehorchten nur Kjartan und seinen Jägern. Und der Herrin Thyra.»

«Sie haben ihr gehorcht?», fragte ich nach.

«Mein Vater wollte Thyra einmal bestrafen», sagte Sihtric, «und hat die Hunde auf sie gehetzt. Ich glaube nicht, dass er vorhatte, sie auffressen zu lassen, er wollte ihr nur Angst einjagen, aber da hat sie angefangen, für sie zu singen.»

«Sie hat für sie gesungen?», fragte Ragnar. In den letzten Wochen hatte er Thyra kaum erwähnt. Es war, als fühlte er sich schuldig, weil er sie so lange in Kjartans Gewalt gelassen hatte. Ich wusste, dass er nach ihrem Verschwinden versucht hatte, sie wiederzufinden, er hatte sogar in Kauf genommen, für ein Gespräch einen Waffenstillstand mit Kjartan zu schließen. Aber Kjartan hatte mit aller Heftigkeit bestritten, dass Thyra überhaupt in Dunholm war, und danach war Ragnar mit dem Großen Heer gezogen, um in Wessex einzumarschieren, und dann war er zur Geisel geworden, und in all dieser Zeit war Thyra in Kjartans Gewalt gewesen. Nun sah Ragnar Sihtric an. «Sie hat für sie gesungen?», fragte er erneut.

«Sie hat für sie gesungen, Herr», bestätigte Sihtric, «und sie haben sich einfach hingelegt. Mein Vater war wütend.» Ragnar runzelte die Stirn, als ob er nicht glauben könne, was er da gehört hatte. Sihtric zuckte nur mit den Schultern. «Sie sagen, sie ist eine Zauberin, Herr», erklärte er demütig.

«Thyra ist keine Zauberin», entgegnete Ragnar zornig. «Alles was sie wollte, war heiraten und Kinder bekommen.»

«Aber sie hat für die Hunde gesungen, Herr», beharrte Sihtric, «und sie haben sich hingelegt.»

«Wenn sie uns sehen, werden sie sich aber nicht einfach hinlegen», sagte ich. «Kjartan wird sie auf uns hetzen, sobald er uns entdeckt hat.»

«Das wird er, Herr», sagte Sihtric und seine Unruhe war unübersehbar.

«Also müssen wir einfach für sie singen», erklärte ich heiter.

Wir folgten einem durchweichten Pfad neben einem überschwemmten Graben bis zum Wiire, der wild schäumend dahinschoss. Die Furt war offensichtlich nicht mehr zu durchqueren. Der Regen wurde dichter, er trommelte auf den Fluss, der zischend über seine steilen Uferböschungen leckte. Auf der anderen Uferseite lag ein Hügel, und die Wolken hingen niedrig genug, um die schwarzen, kahlen Äste der Bäume zu berühren, die auf seiner langgestreckten Kuppe standen. «Hier kommen wir niemals hinüber», sagte Ragnar. Pater Beocca, der in seiner triefenden Mönchskutte immer noch an seinem Sattelgurt festgebunden war, zitterte am ganzen Leib. Unsere Reiter trabten an dem schlammigen Ufer auf und ab, die Augen auf den Fluss gerichtet, der aus seinem Bett zu treten drohte, doch dann gab Steapa, der auf einem riesigen, schwarzen Hengst saß, ein Knurren von sich und ritt einfach den Pfad hinunter ins Wasser. Sein Pferd sträubte sich vor der reißenden Strömung des Flusses, doch er trieb es weiter, bis das Wasser um seine Steigbügel strudelte, und dann blieb er stehen und gab mir ein Zeichen, dass ich ihm folgen sollte.

Er hatte vor, mit den größten Pferden die starke Strömung zu brechen. Ich lenkte mein Pferd neben Steapas, dann kamen weitere Reiter, wir stellten uns dicht an dicht und bauten so eine Mauer aus Pferdefleisch auf, die sich über den Wiire hinzog, der an dieser Stelle dreißig oder vierzig Schritte breit war. Unser Damm musste nur auf dem mittleren Stück stehen, wo die Strömung am stärksten war, und als wir schließlich mit hundert Reitern im Fluss standen, die sich mühten, ihre Pferde ruhig zu halten, führte Ragnar die anderen eilig durch das ruhigere Wasser, das hinter unserer notdürftigen Mauer lag. Beocca, dem Armen, stand das Entsetzen ins Gesicht geschrieben, doch Gisela nahm die Zügel seines Pferdes und trieb ihre eigene Stute ins Wasser. Ich wagte kaum hinzusehen. Wenn ihr Pferd den Stand verlor, würde sie von ihrem Kettenhemd unter Wasser gezogen werden, aber dann erreichten Gisela und Beocca wohlbehalten das andere Ufer, und jeweils zu zweit folgten die anderen. Eine Frau und ein Krieger wurden von der Strömung mitgerissen, doch beide strampelten sich über den Fluss, und ihre Pferde fanden etwas flussab wieder Grund und erreichten die Böschung. Nachdem die kleineren Pferde die Furt überquert hatten, lösten wir nach und nach unseren Damm auf und bewegten uns vorsichtig durch die reißenden Wasser in Sicherheit.

Mittlerweile begann es dunkel zu werden. Es war noch Nachmittag, doch die schwarzen Wolken hingen tief am Himmel. Es war ein düsterer, nasser, elender Tag, und nun mussten wir unter tropfenden Bäumen den Steilhang hinauf. An einer Stelle war das Gefälle so stark, dass wir absteigen und die Pferde am Zügel führen mussten. Als wir die Kuppe erreicht hatten, zogen wir nordwärts weiter, und wenn es eine Lücke zwischen den niedrigen Wolken gab, konnte ich vor mir Dunholm sehen. Die Festung wirkte wie ein dunkler Fleck auf ihrem hohen Felsen, und über ihr erkannte ich den Rauch der Feuer von Kjartans Truppe, der sich mit den Regenwolken vermischte. Es war nun möglich, dass uns Wachen von der Südseite des Festungswalls aus sahen, doch wir ritten immer noch unter Bäumen, und unsere Rüstungen waren schlammverdreckt, und selbst wenn sie uns sähen, würden sie uns sicher nicht für Feinde halten. Sie hatten zuletzt von Guthred gehört, dass er mit seiner hoffnungslosen Truppe nach Westen ritt und eine Stelle suchte, um den Wiire zu überqueren, und jetzt waren wir östlich der Festung und schon auf der anderen Seite des Flusses.

Wir ließen uns immer noch von Sihtric führen. An der Ostflanke des Hügels machten wir uns an den Abstieg, sodass wir von der Festung aus nicht mehr gesehen werden konnten. Wir erreichten ein Tal, in dem ein Fluss westwärts strömte. Es war nicht schwierig, ihn zu durchqueren, und danach ging es wieder bergauf. Während der ganzen Zeit kamen wir an jämmerlichen Hütten vorbei, aus deren niedrigen Eingängen uns ängstliche Leute anstarrten. Das waren Kjartans eigene Sklaven, erklärte mir Sihtric, sie mussten Schweine züchten, Feuerholz machen und das Getreide für Dunholm anbauen.

Unsere Pferde wurden müde. Sie waren lange mit Reitern in Kettenhemden und mit schweren Schilden über weichen Boden getrieben worden, doch wir waren auch fast am Ziel. Es war nun gleichgültig, ob wir von der Festung aus gesehen wurden, denn wir hatten den schroffen Berg erreicht, auf dem Dunholm lag, und nun konnte niemand mehr von dort weg, ohne auf uns zu treffen. Kjartan konnte die Krieger, die er zu unserer Verfolgung nach Westen geschickt hatte, nicht mehr zurückrufen, denn nun beherrschten wir den einzigen Zugang zu seinem Bollwerk.

Und so kamen wir an die Engstelle mit der leichten Senkung des Bergkamms, wo der Weg eine Biegung nach Süden macht, bevor er zu dem mächtigen Torhaus emporsteigt. Dort hielten wir an, und mit unseren Pferden, die sich auf der Anhöhe verteilten, mussten wir für die Männer auf dem Festungswall aussehen wie ein Heer der Finsternis. Wir waren alle schlammverkrustet, unsere Pferde waren schmutzig, doch Kjartans Leute konnten unsere Speere und Schilde und Schwerter und Äxte sehen. Inzwischen mussten sie wissen, dass sie den Feind vor sich, und wir ihren einzigen Weg nach Dunholm abgeschnitten hatten, und vermutlich lachten sie uns nur aus. Wir waren so wenige, und ihre Festung lag so hoch, und ihr Wall war so mächtig, und der Regen peitschte ohne Unterlass auf uns herab, und eine feuchte Dunkelheit kroch die Täler zu unseren beiden Seiten hinauf, und dann knisterte auch noch ein scharfer Blitzstrahl unheilvoll über den nördlichen Himmel.

Wir machten die Pferde an einer sumpfigen Wiese fest. So gut wir es vermochten, rieben wir den Schlamm von ihrem Fell und kratzten ihnen die Hufe aus. Dann entzündeten wir etwa zwanzig Feuer an der windabgewandten Seite einer Schwarzdornhecke. Es dauerte unendlich lange, das erste Feuer in Brand zu setzen. Viele unserer Männer hatten trockenes Zündholz in ihren Ledertaschen, doch sobald sie es herauszogen, wurde es vom Regen durchnässt. Schließlich bildeten zwei Männer mit ihren Umhängen eine Art Zelt und nach einem Klicken von Stahl auf Flintstein sah ich den ersten Rauch. Die beiden beschützten das kleine Feuer, als wäre es aus Gold, und endlich züngelten die Flammen, und wir konnten das nasse Feuerholz darauflegen. Zischend kochten Wasserblasen aus den Scheiten, doch das Feuer schenkte uns dennoch ein wenig Wärme, und es zeigte Kjartan, dass seine Feinde immer noch auf dem Berg waren. Ich bezweifle, dass er Guthred für mutig genug hielt, solch einen Angriff zu wagen, aber er musste von Ragnars Rückkehr aus Wessex wissen, und er wusste, dass ich von den Toten auferstanden war, und vielleicht verspürte er in dieser langen, nassen Sturmnacht den kalten Hauch der Angst.

Und während er sich ängstigte, glitten die Sceadugengan durch die Dunkelheit.

Als es Nacht wurde, betrachtete ich den Weg, den ich in der Dunkelheit würde nehmen müssen, und ich hatte kein gutes Gefühl dabei. Ich würde zum Fluss hinuntersteigen müssen, dann südwärts am Ufer entlang, doch gerade unterhalb des Festungswalls, dort wo der Fluss hinter dem Felsmassiv verschwand, auf dem Dunholm lag, versperrte ein riesiger Steinblock den Weg. Der Felsblock war ungeheuer groß, größer als Alfreds neue Kirche in Witanceaster, und wenn ich keinen Weg fand, auf dem ich ihn umgehen konnte, würde ich über seine weitgestreckte, flache Kuppe klettern müssen, die keinen Speerwurf von Kjartans Festungswall entfernt war. Ich schützte meine Augen vor dem Regen, sah genau hin und glaubte an der Flussseite einen Weg an dem riesigen Felsen vorbeiführen zu sehen.

«Kann es gelingen?», fragte mich Ragnar.

«Es muss gelingen.»

Ich wollte Steapa dabeihaben und wählte außer ihm zehn weitere Männer aus, die uns begleiten sollten. Sowohl Guthred als auch Ragnar wollten mitkommen, aber das lehnte ich ab. Ragnar musste den Angriff auf das große Tor anführen, und Guthred war als Krieger einfach nicht gut genug. Außerdem war er einer der Gründe, aus denen ich diesen Kampf führte, und falls er hier auf dem Steilhang vor Dunholm den Tod fände, wäre der ganze Einsatz umsonst gewesen. Ich zog Beocca ein Stück von den anderen weg. «Erinnert Ihr Euch», fragte ich ihn, «wie mein Vater Euch bat, während des Angriffs auf Eoferwic nicht von meiner Seite zu weichen?»

«Natürlich erinnere ich mich!», sagte er empört. «Und du wolltest nicht bei mir bleiben, war es nicht so? Immer wieder hast du versucht mitzukämpfen! Es war allein deine Schuld, dass du gefangen wurdest!» Ich war damals zehn Jahre alt gewesen und wollte um alles in der Welt eine Schlacht sehen. «Wenn du mir nicht davongelaufen wärst», sagte er und klang immer noch ungehalten, «dann hätten dich die Dänen niemals gefangen! Dann wärst du jetzt ein Christ. Und ich bin schuld an allem. Ich hätte deine Zügel an meine binden sollen.»

«Dann wärt auch Ihr gefangen worden», sagte ich, «dennoch möchte ich, dass Ihr morgen dasselbe mit Guthred macht. Bleibt bei ihm und passt auf, dass er sich nicht in Lebensgefahr bringt.»

Beocca war beunruhigt. «Er ist ein König! Ein erwachsener Mann. Ich kann ihm nicht sagen, was er tun soll.»

«Sagt ihm, Alfred will, dass er am Leben bleibt.»

«Alfred könnte schon wollen, dass er am Leben bleibt», sagte er finster, «aber gib einem Mann ein Schwert in die Hand, und schon verliert er den Verstand. Das habe ich mehr als einmal mit meinen eigenen Augen gesehen!»

«Dann sagt ihm, Euch sei Sankt Cuthbert im Traum erschienen und hätte gesagt, Guthred solle sich aus dem Kampf heraushalten.»

«Das wird er mir nicht glauben!»

«Doch, das wird er», versicherte ich ihm.

«Ich werde es versuchen», sagte Beocca, und dann betrachtete er mich mit seinem gesunden Auge. «Kann dir dieser Plan gelingen, Uhtred?»

«Ich weiß nicht», sagte ich aufrichtig.

«Ich werde für dich beten.»

«Dafür danke ich Euch, Pater», sagte ich. Ich würde zu

jedem Gott beten, der mir nur einfiel, und es konnte nicht schaden, wenn noch einer mehr dabei war. Aber wenn man es recht bedachte, wurde schließlich doch alles vom Schicksal bestimmt. Die Spinnerinnen kannten unseren Plan schon vor uns und wussten, wie alles ausgehen würde, und ich konnte einfach nur hoffen, dass sie nicht gerade ihre Scheren wetzten, um damit meinen Lebensfaden abzuschneiden. Und vielleicht würde der Wahnsinn meines Vorhabens mehr als alles andere zu seinem Gelingen beitragen. In ganz Northumbrien herrschte der Wahnsinn, seit ich zum ersten Mal zurückgekehrt war. Eoferwic hatte er in ein Schlachthaus verwandelt, in Cair Ligualid war ein heiliger Irrsinn ausgebrochen, und nun hatte er zu diesem verzweifelten Plan geführt.

Steapa hatte ich ausgewählt, weil er drei oder vier Kämpfer aufwog. Sihtric, weil er sich auskennen würde, wenn wir es bis nach Dunholm hinein schafften. Finan wählte ich, weil der Ire einen Zorn in seiner Seele nährte, der sich im Kampf vermutlich in haltlose Wildheit verwandeln würde. Ich wählte Clapa, weil er stark und furchtlos, und Rypere, weil er schlau und flink war. Die anderen sechs gehörten zu Ragnars Männern, alle waren kräftig, jung und gute Kämpfer. Ich erklärte ihnen, was wir tun würden, und versicherte mich dann, dass jeder von ihnen einen schwarzen Umhang hatte, der ihn von Kopf bis Fuß einhüllte. Dann rieben wir uns Gesicht, Hände und die Helme mit einer Mischung aus Schlamm und Asche ein. «Keine Schilde», bestimmte ich. Das war eine schwere Entscheidung gewesen, denn ein Schild sorgt im Kampf für sehr viel Schutz, doch Schilde sind schwer, und wenn sie gegen Steine oder Bäume schlagen, dröhnen sie wie eine Trommel. «Ich gehe als Erster», sagte ich, «und wir bewegen uns langsam. Sehr langsam. Wir haben die ganze Nacht Zeit.»

Wir banden uns mit den Lederzügeln unserer Pferde aneinander. Ich wusste, wie leicht man sich in der Dunkelheit aus den Augen verlieren konnte, und in dieser Nacht war die Dunkelheit vollkommen undurchdringlich. Wenn überhaupt ein Mond schien, so war er hinter dichten Wolken verborgen, aus denen unaufhörlich Regen fiel. Dennoch konnten wir uns von drei Dingen leiten lassen. Zunächst war da der Berghang selbst. Ich hatte ihn zur Rechten und wusste damit, dass wir uns östlich von Dunholm befanden. Als Zweites war da das Rauschen und Zischen des Flusses, der um Dunholm strömte, und schließlich noch die Feuer in Dunholm selbst. Kjartan fürchtete einen Angriff bei Nacht und ließ seine Männer deshalb brennende Holzscheite vom Festungswall bei dem großen Tor schleudern. Diese Holzscheite erhellten den Weg, doch um immer genügend von ihnen zu haben, musste Kjartan jenseits des Festungswalls ein großes Feuer unterhalten, das die Umrisse der Wallkrone von hinten beleuchtete und mit seinem roten Schein die niedrig ziehenden Wolken aufglühen ließ. Dieser Widerschein fiel zwar nicht auf den Berghang, doch er war da, jenseits all der schwarzen Schatten, und führte uns mit seinem Glimmen durch die feuchte Dunkelheit.

Ich hatte mich mit Schlangenhauch und Wespenstachel gegürtet, und wie die anderen trug ich einen Speer, dessen Spitze in ein Stück Tuch gewickelt war, sodass uns kein metallisches Aufblitzen verraten konnte. Die Speere sollten uns als Stab auf dem schrägen Hang und dazu dienen, den Weg zu ertasten. Wir brachen erst auf, als es vollkommen dunkel geworden war, denn ich wollte nicht von einer adleräugigen Wache auf dem Weg in Richtung Fluss entdeckt werden. Doch auch als es Nacht geworden war, fiel uns das erste Stück leicht, denn unsere eigenen Feuer beleuchteten hier noch den Hang. Wir ließen die Festung in unserem Rücken, sodass niemand auf dem Wall sehen konnte, wie wir unser Lager verließen, dann arbeiteten wir uns zum Fluss hinunter, wo wir uns nach Süden wandten. Unser Weg führte nun über den Fuß des Bergabhangs. Dort waren Bäume gefällt worden, und ich musste jeden Schritt zuvor ertasten. Dickicht wucherte überall, und darin lagen die Reste der gefällten Bäume. Kleinere Äste waren zum Verrotten liegen gelassen worden, und wir verursachten viel Lärm, als wir darauf traten, doch immer noch waren die Geräusche des Regens lauter, und zu unserer Linken zischte und donnerte der Fluss. Mein Umhang verfing sich immerfort in Zweigen und Baumstümpfen und ich riss seinen Saum auf, als ich ihn loszerrte. In Abständen fuhren riesige Blitze auf die Erde herab, und jedes Mal erstarrten wir, und ich sah in dem blendenden, blauweißen Licht die Umrisse der Festung hoch über mir. Ich erkannte sogar die Speere der Wächter, die sich wie Dornenfunken gegen den Himmel abhoben, und ich dachte daran, dass diese Wächter froren, durchnässt waren und vermutlich auf diese elende Nacht fluchten. Einen Herzschlag später hallte der Donner ganz nah über uns, als ob Thor seinen Kriegshammer gegen einen ungeheuren Eisenschild schlüge. Die Götter sahen uns zu. Das wusste ich. Das tun die Götter in ihrem Himmelspalas. Sie sehen uns zu und belohnen uns für unseren Wagemut oder bestrafen uns für unsere Anmaßung, und ich griff nach Thors Hammer, um ihn um Hilfe zu bitten, und Thor ließ unter seinem Donner den Himmel erzittern, und darin sah ich ein Zeichen seiner Billigung.

Der Hang wurde steiler. Regenbäche liefen über das Erdreich, das an manchen Stellen nichts weiter war als glitschiger Schlamm. Wir alle rutschten mehr als einmal aus, während wir uns langsam südwärts weiterbewegten. Die Baumstümpfe wurden spärlicher, doch nun ragten Felsblöcke aus dem Hang, und die nassen Steine waren glatt, so glatt, dass wir manchmal auf allen vieren weiterkriechen mussten. Es wurde nun auch dunkler, denn der Hang wölbte sich über uns und verdeckte den Widerschein des großen Feuers hinter dem Festungswall, sodass wir uns nun schlitternd, kletternd und fluchend in eine grauenerregende Schwärze hineinbewegen mussten. Der Fluss schien mit einem Mal viel näher, und in mir stieg die Angst auf, von einem Felsen abzurutschen und in die brodelnden Wasser zu stürzen.

Dann stieß mein Tastspeer an Stein, und mir wurde klar, dass wir den riesigen Felsblock erreicht hatten, der im Dunkeln wie eine ungeheure Klippe aufragte. Weil ich geglaubt hatte, einen Pfad gesehen zu haben, der an der Flussseite an ihm vorbeiführte, schob ich mich langsam dorthin vor, tastete immer mit dem Speer, bevor ich einen Schritt tat, doch wenn ich in dem Zwielicht wirklich einen Pfad gesehen hatte, dann fand ich ihn jetzt nicht mehr. Der Felsen schien nur steil aus dem Fluss herauszuragen und sich über das Wasser zu neigen, und so blieb uns nichts übrig, als dicht neben dem Felsblock den Hang wieder hinaufzusteigen und dann seine gewölbte Kuppe zu überqueren. Also bewegten wir uns Schritt für Schritt nach oben, klammerten uns an Baumschösslingen fest und traten Vertiefungen in die regendurchtränkte Erde, und jeder Fußbreit brachte uns näher an den Festungswall. Die Lederzügel, mit denen wir uns aneinandergebunden hatten, verfingen sich wieder und wieder in Zweigen und Baumstümpfen, und es schien unendlich lange zu dauern, bis wir eine Stelle erreicht hatten, an der wieder der glimmende Widerschein des Feuers hinter der Palisade die Flanke des Felsblocks beleuchtete, die uns zur Kuppe führte.

Diese Kuppe bestand aus einer Fläche nackten Steins, die wie ein flaches Dach geformt und etwa fünfzehn Schritte breit war. Das westliche Ende stieg gegen die Festung hin an, während die östliche Seite in einem glatten Abbruch zum Fluss hin endete, und all das sah ich im flackernden Licht ferner Blitze, die im Norden über den Himmel zuckten. Wir würden die Felsenkuppe in der Mitte überqueren müssen. Sie lag nicht mehr als zwanzig Schritte von Kjartans Festungswall entfernt, und dort stand ein Wächter, dessen Speerspitze unter den Blitzen aufschien wie ein weißer Feuerfunke. Wir kauerten uns neben dem Felsen zusammen, und ich ließ alle die Zügel von den Gürteln lösen. Wir würden sie zu einem einzigen Seil zusammenbinden, und ich würde als Erster über die Kuppe kriechen und das Seil hinter mir herziehen, und diesem Seil mussten alle anderen folgen. «Immer nur einer», sagte ich, «und wartet, bis ich an dem Seil ziehe. Ich ziehe drei Mal. Das ist das Zeichen für den nächsten Mann, hinüberzuklettern.» Ich musste fast schreien, um mich über den hämmernden Regen und den böigen Wind verständlich zu machen. «Kriecht auf dem Bauch», sagte ich ihnen. Falls es blitzte, wäre ein liegender Mann unter einem schlammverdreckten Umhang viel schwerer zu erkennen als ein kauernder Krieger. «Rypere geht als Letzter», sagte ich, «und er bringt das Seil mit.»

Es schien mir so, als bräuchten wir die halbe Nacht, nur um diese kurze Strecke nackten Felsens zu überqueren. Ich kroch blind durch die Finsternis und musste mit dem Speer eine Stelle ertasten, an der ich mich auf der anderen Seite des Felsens hinabrutschen lassen konnte. Dann zog ich an dem Seil, und nach einer unerträglich langen Zeit hörte ich einen Mann über den Felsblock kriechen. Es war einer von Ragnars Dänen, der sich an dem Seil entlangschob und dann neben mich glitt. Dann kamen einer nach dem anderen die Übrigen. Ich zählte mit. Wir halfen jedem den Felsen hinunter, und ich betete, dass es nicht blitzen sollte, aber dann, gerade als Steapa mitten auf der Felskuppe lag, tauchte eine knisternde, blauweiße Lichtgabel die Kuppe in blendende Helligkeit und beleuchtete uns wie erstarrte Würmer in einer Feuerfalle der Götter. In diesem Augenblick der Helligkeit sah ich Steapa zittern, und dann brüllte der Donner über uns hinweg, und der Regen schien noch ärger zu werden. «Steapa!», rief ich. «Los komm!» Aber Steapa war so erschrocken, dass er sich nicht mehr bewegen konnte, und ich musste mich zurück auf die Felskuppe winden, seine Hand nehmen und ihn zu jeder Bewegung überreden, und während ich das tat, vergaß ich, wie viele Männer schon über den Felsen gekommen waren, sodass ich, als ich dachte, der Letzte sei da, feststellte, dass Rypere noch auf der anderen Seite war. Er schob sich schnell zu uns herüber und wickelte dabei das Seil auf. Dann knoteten wir die Zügel wieder auseinander und verknüpften uns erneut damit an den Gürteln. Wir alle froren, und wir waren völlig durchnässt, doch das Schicksal war auf unserer Seite gewesen, und es hatte keinen Warnruf vom Festungswall gegeben.

Halb rutschten, halb fielen wir den Abhang zum Ufer des Flusses hinunter. Die Böschung war hier viel steiler, doch Ahorn und Hainbuchen wuchsen dicht und erleichterten uns den Weg. Wir hielten uns weiter Richtung Süden, der Wall lag zur Rechten hoch über uns. Auch hier lagen Felsblöcke. Zwar hatte keiner die ungeheuren Ausmaße des Riesen, der uns zuvor den Weg versperrt hatte, doch jeder war schwer genug zu bewältigen, und für jeden brauchten wir viel Zeit, unendlich viel Zeit, und dann, als wir die Hangseite eines großen Felsens umgingen, ließ Clapa seinen Speer fallen. Die Waffe klapperte den Felsen hinunter und schlug dumpf gegen einen Baum.

Es schien unmöglich, dass dieser Lärm auf dem Festungswall gehört worden war. Der Regen peitschte gegen die Bäume, und der Wind pfiff laut um die Palisade, dennoch hatte jemand in der Festung etwas gehört oder argwöhnte etwas, denn unvermittelt wurde ein brennender Holzscheit vom Wall heruntergeschleudert und brach durch nasse Zweige. Er fiel zwanzig Schritte nördlich von uns auf den Boden, und wir hatten in diesem Moment angehalten, weil ich einen Weg um den nächsten Felsen suchte, und die Flammen waren nicht sehr hell. Wir waren nichts weiter als schwarze Schatten zwischen den schwarzen Schatten der dunklen Bäume. Der flackernde Scheit wurde schnell vom Regen gelöscht, und ich zischte meinen Männern zu, sich hinzukauern. Ich erwartete, dass noch mehr Feuerscheite herabgeschleudert würden, und so war es auch. Dieses Mal flog ein großer, gepresster Ballen aus ölgetränktem Stroh vom Wall, der sehr viel heller brannte als das Holzscheit. Auch der Strohballen war in die falsche Richtung geschleudert worden, doch das Licht erreichte uns dennoch, und ich betete zu Surtur, dem Gott des Feuers, dass er die Flammen löschen sollte. Wir kauerten uns reglos wie der Tod knapp über dem reißenden Fluss eng zusammen. Und dann hörte ich, was ich am meisten zu hören gefürchtet hatte.

Hunde.

Kjartan oder wer auch immer diesen Abschnitt des Festungswalls bewachte, hatte die Kriegshunde durch das kleine Tor geschickt, das zu dem Brunnen führte. Ich hörte, wie die Jäger ihnen singende Befehle zuriefen, damit sie im Unterholz nach Feinden suchten, und ich hörte, wie die Hunde bellten, und ich wusste, dass es von diesem steilen, schlüpfrigen Abhang keine Fluchtmöglichkeit gab. Wir würden es niemals schaffen, den Hügel wieder hinaufzukommen und über den großen Felsen zu klettern, bevor die Hunde sich auf uns stürzten. Ich zog das Tuch von der Speerspitze, weil ich wenigstens eine dieser Bestien töten wollte, wenn uns die Meute stellte, angriff und zerfetzte. Und in eben diesem Moment zerriss der nächste Blitz den Himmel, und der Donner rollte, als sei das Weltenende gekommen. Der gewaltige Lärm dröhnte in unseren Ohren und hallte wie Paukenschläge im Flusstal wider.

Hunde hassen den Donner, und dieser Donner war Thors Geschenk an uns. Ein zweiter Schlag dröhnte über den Himmel, und die Hunde begannen zu winseln. Der Regen wurde erneut heftiger, trieb wie ein Pfeilhagel über den Abhang und schien die Laute der verängstigten Hunde ertrinken zu lassen. «Sie werden nicht kämpfen», brüllte mir Finan ins Ohr.

«Nein?»

«Nicht bei diesem Regen.»

Die Jäger riefen den Hunden weitere, schärfere Befehle zu, und dann hörte ich zwischen zwei Windböen, dass die Hunde den Abhang herunterkamen. Sie rannten nicht, sie schlichen zögernd und langsam. Der Donner hatte sie verschüchtert, der Blitz hatte sie geblendet, und der heftige Regen verwirrt. Sie waren nicht auf Beute aus. Eines der Tiere kam uns sehr nahe, und ich glaubte, seine Augen funkeln zu sehen, aber wie das in dieser Dunkelheit möglich gewesen sein sollte, wo der Hund selbst nur ein Schatten in schwärzester Finsternis war, das weiß ich selbst nicht. Die Bestie aber wandte sich in dem ununterbrochenen Regen wieder in Richtung der Festung. Die Jäger riefen nun keine Befehle mehr. Keiner der Hunde hatte angeschlagen, daher mussten die Jäger annehmen, dass sie nichts aufgestöbert hatten. Und wir kauerten immer noch unbeweglich in dem schrecklichen Regen, warteten und warteten, bis ich schließlich meinte, die Hunde müssten zurück in der Festung sein. Dann stolperten wir weiter.

Wir mussten den Brunnen finden, und das stellte sich als sehr schwierig heraus. Zunächst knüpften wir die Zügel wieder zu einem Seil zusammen, und Finan hielt das eine Ende, während ich den Hügel hinaufkroch. Ich tastete mich zwischen den Bäumen hindurch, rutschte im Schlamm aus und verwechselte immer wieder Baumstämme mit dem Palisadenwall des Brunnens. Das Seil verfing sich in abgebrochenen Zweigen, und zweimal musste ich umkehren, mich jeden Schritt wieder zurücktasten und erneut mit der Suche beginnen. Ich wollte schon verzweifeln, als ich erneut stolperte und meine linke Hand dabei einen flechtenüberwachsenen Holzstamm hinunterglitt. Ein Splitter fuhr in meine Handfläche. Ich stürzte schwer gegen den Stamm und entdeckte, dass es kein abgebrochener Ast war, sondern dass ich die Palisade gefunden hatte, die den Brunnen umgab. Ich zerrte an dem Seil, und die anderen kletterten mir nach.

Erneut warteten wir. Der Donner wanderte weiter nach Norden, und der Regen mäßigte sich zu einem stetigen, dichten Fall. Zitternd hockten wir zusammen und warteten auf das erste graue Schimmern der Dämmerung, und ich war besorgt, denn Kjartan musste bei diesem Regen vielleicht niemanden zum Brunnen schicken, weil sich in den Regenfässern der Festung genügend Wasser gesammelt hatte. Trotzdem wird überall, ich vermute sogar überall auf der ganzen Welt, in der Morgendämmerung das Wasser geholt. Auf diese Art begrüßen wir den Tag. Wir brauchen Wasser zum Kochen und zum Bartscheren und zum Waschen und Bierbrauen, und in vielen Stunden, die ich mit schmerzenden Muskeln an Sverris Ruder lag, hatte ich an Sihtrics Bericht davon gedacht, dass Dunholms Brunnen außerhalb des Festungswalls lagen, was bedeutete, dass Kjartan jeden Morgen ein Tor öffnen musste. Und wenn er ein Tor öffnete, dann konnten wir in die uneinnehmbare Festung eindringen. Das war mein Plan. Einen anderen hatte ich nicht, und wenn er scheiterte, wären wir alle tot. «Wie viele Frauen holen das Wasser?», fragte ich Sihtric mit gedämpfter Stimme.

«Ungefähr zehn, Herr.»

Ich spähte um die Palisade herum. Von hier aus konnte ich gerade noch den Widerschein des Feuers über dem Festungswall sehen, und ich schätzte, dass der Brunnen zwanzig Schritte von der Festung entfernt lag. Das war nicht weit, doch es bedeutete zwanzig Schritte steilen Anstieg. «Sind dort Wachen am Tor?», fragte ich und kannte die Antwort schon, denn ich hatte diese Frage schon früher gestellt, aber in der Dunkelheit und mit dem Kampf vor Augen hatte das Sprechen eine beruhigende Wirkung.

«Als ich dort war, Herr, standen dort nur zwei oder drei Männer Wache.»

Und diese Wachen würden müde sein, dachte ich, sie würden nach dieser Nacht ohne Schlaf immer nur gähnen. Sie würden das Tor öffnen, den Frauen zusehen, die hindurchgingen, und dabei am Festungswall lehnen und von anderen Frauen träumen. Doch es brauchte nur eine der Wachen aufmerksam zu sein, selbst wenn die anderen Torwachen träumten, reichte ein aufmerksamer Wächter auf dem Festungswall, um unseren Plan zu vereiteln. Ich wusste, dass der Wall hier auf der Ostseite keinen Umgang hatte, auf dem gekämpft werden konnte, doch es gab kleinere Vorsprünge, auf denen ein Mann stehen und die

Umgebung beobachten konnte. So machte ich mir meine Gedanken, stellte mir vor, wie sich alles zum Schlechten wenden konnte, und neben mir schnarchte Clapa in einem Moment des Schlafs, und es erstaunte mich, dass er überhaupt schlafen konnte, so durchnässt wie er war und bei dieser Kälte, und dann schnarchte er noch einmal, und ich schubste ihn, damit er aufwachte.

Die Morgendämmerung schien niemals kommen zu wollen, und wenn sie käme, dann wären wir bestimmt so durchfroren und unsere Glieder so steif durch die Feuchtigkeit, dass wir uns nicht würden bewegen können. Dann endlich zeigte sich über den Gipfeln auf der anderen Seite des Flusses ein grauer Streif in der Dunkelheit. Er vergrößerte sich wie ein nasser Fleck. Wir rückten näher zusammen, sodass uns die Brunnenpalisade vor dem Blick jedes Wachpostens auf dem Festungswall verbarg. Das Grau wurde heller, und in der Festung krähten die Hähne. Immer noch fiel dichter Regen. Unter mir erkannte ich weiße Gischt, wo der Fluss über Felsen rauschte. Im Halbdunkel waren nun auch die Bäume unter uns erkennbar. Ein Dachs schlich in zehn Schritten Entfernung an uns vorbei, dann drehte er sich um und sprang mit plumpen Bewegungen den Abhang hinunter. Ein roter Hauch wurde an einer schmalen Wolkenbank im Osten sichtbar, und mit einem Mal war es Tag, wenn es auch ein trüber Tag mit silbrigen Regenfäden war. Ragnar baute jetzt wohl seinen Schildwall auf und ließ Männer auf dem Pfad Stellung beziehen, um die Aufmerksamkeit der Festungsmannschaft auf sich zu lenken. Wenn die Frauen Wasser holen würden, dachte ich, dann müssten sie bald kommen. Ich bewegte mich ein Stück den Abhang hinunter, damit ich alle meine Männer im Blick hatte. «Wenn wir gehen», zischte ich, «dann müssen wir schnell sein! Hoch zum

Tor und die Wachen töten, und dann bleibt ihr nahe bei mir. Wenn wir es aber erst einmal in die Festung geschafft haben, bewegen wir uns langsam weiter. Wir gehen einfach durch die Festung. Wir tun so, als ob wir zu Kjartans Leuten gehören.»

Wir konnten uns zu zwölft keine Hoffnung machen, sämtliche Männer Kjartans zu überwältigen. Wenn wir gewinnen wollten, mussten wir uns in die Festung einschleichen. Sihtric hatte mir erzählt, dass hinter dem Brunnentor ein Wirrwarr von Gebäuden stand. Wenn es uns gelang, die Wachen schnell zu töten und uns niemand dabei beobachtete, dann konnten wir uns vermutlich zwischen den Gebäuden verstecken, und wenn wir sicher wären, dass wir nicht aufgefallen waren, konnten wir einfach zum nördlichen Tor gehen. Wir trugen alle Kettenhemden oder Lederharnisch und Helme, und wenn die Festungsmannschaft beobachtete, wie Ragnar anrückte, würden wir möglicherweise gar nicht bemerkt werden, und wenn doch, dann würden sie glauben, wir gehörten zu den Verteidigern. Wenn wir erst einmal den Festungswall erreicht hätten, wollte ich einen Abschnitt des Umgangs besetzen. Wir würden die Männer töten, die dort eingesetzt waren, und dann konnte Ragnar mit seinen Leuten zu uns stoßen. Seine gewandteren Männer würden die Palisade ersteigen, indem sie Äxte in die Holzstämme schlugen und als Trittstufen benutzten, und Rypere würde ihnen mit unserem Lederseil von oben helfen. Mit dieser Verstärkung würden wir uns den Festungswall entlang bis zu dem großen Tor durchkämpfen und es Ragnars übrigen Männern öffnen.

Das alles hatte nach einem guten Einfall geklungen, als ich es Ragnar und Guthred erklärt hatte, doch in dieser klammen Morgendämmerung wirkte es nur wie ein verzweifelter, zum Scheitern verurteilter Plan, und mit einem Mal erfüllte mich tiefste Hoffnungslosigkeit. Ich berührte mein Hammeramulett. «Betet zu euren Göttern», sagte ich, «betet darum, dass uns niemand sieht. Betet darum, dass wir den Wall erreichen.» Ich hatte das Falsche gesagt. Ich hätte zuversichtlich klingen sollen, doch stattdessen hatte ich meine Ängste verraten, und dies war auch nicht der Moment, um zu den Göttern zu beten. Sie hatten unser Schicksal ohnehin in der Hand, und sie würden uns helfen oder uns scheitern lassen, ganz wie unser Tun ihnen gefiel. Ich erinnerte mich an Ravn, Ragnars blinden Großvater, der mir erklärt hatte, dass die Götter Tapferkeit mögen und Tollkühnheit lieben, Feigheit aber hassen und zweiflerisches Schwanken verabscheuen. «Wir sind hier, um sie zu unterhalten», hatte Ravn gesagt, «das ist alles. Und wenn wir es gut machen, dann feiern wir mit ihnen, bis ans Ende der Zeiten.» Ravn war ein Krieger gewesen, bevor er sein Augenlicht verlor, und danach wurde er ein Skalde, er machte Gedichte, und in seinen Gedichten rühmte er den Kampf und die Tapferkeit. Und wenn uns dies hier gelang, dachte ich, dann hätte ein ganzes Dutzend Skalden Beschäftigung.

Dann war von der Festung her eine Stimme zu hören, und ich hielt eine Hand hoch, damit niemand von uns mehr ein Geräusch von sich gab. Wenig später waren Frauenstimmen zu unterscheiden, und ein Holzeimer schlug dumpf gegen einen Balken. Die Stimmen kamen näher. Eine der Frauen jammerte, aber die Worte waren nicht zu verstehen, dann antwortete eine andere Frau, die schon viel besser zu hören war. «Sie werden es nie in die Festung schaffen, ganz einfach. Sie schaffen es nicht.» Sie sprachen englisch, also waren sie entweder Sklavinnen oder Frauen von Kjartans Kriegern. Ich hörte ein Platschen, als der Kübel in den Brunnen fiel. Immer noch hielt ich meine Hand erhoben, damit meine elf Männer daran dachten, keinen Laut von sich zu geben. Es würde dauern, bis alle Kübel mit Wasser gefüllt waren, und je länger es dauerte, desto besser, denn dann würden die Wachen anfangen, sich zu langweilen. Ich ließ meinen Blick über die schmutzigen Gesichter schweifen und suchte nach einem Zeichen der Unsicherheit, das die Götter gegen uns aufbringen könnte, und mit einem Mal stellte ich fest, dass wir nicht zu zwölft waren, sondern zu dreizehnt. Der dreizehnte Mann hielt seinen Kopf gesenkt, sodass ich sein Gesicht nicht erkennen konnte, also stieß ich meinen Speer gegen seinen Stiefel, und er sah zu mir auf.

Sie sah zu mir auf. Es war Gisela.

Ihr Blick war trotzig und bittend zugleich, und ich war entsetzt. Es gibt keine unheilvollere Zahl als die Dreizehn. Denn einst gab es in Walhalla ein Fest für zwölf Götter, aber der listenreiche Gott Loki kam, ohne eingeladen zu sein, und er spielte den anderen bösartige Streiche, und er stiftete den blinden Hoder dazu an, einen Mistelzweig nach seinem Bruder Baldur zu werfen. Baldur war der beste Gott von allen, der gute Gott, aber er konnte durch einen Mistelzweig sterben. Und so warf sein blinder Bruder den Zweig, und Baldur starb, und Loki lachte, und seit jener Zeit wissen wir, dass die Dreizehn Unheil bringt. Dreizehn Vögel am Himmel sind ein Unglückszeichen, dreizehn Kiesel in einem Kochtopf vergiften jegliche Speise in dem Topf, und dreizehn Esser an einer Tafel heißt, den Tod an seinen Tisch zu laden. Dreizehn Speere gegen eine Festung konnte nur unsere Niederlage bedeuten. Sogar die Christen wissen, dass die Dreizehn Pech bringt. Pater Beocca hat mir erklärt, es käme daher, dass beim letzten Abendmahl Christi dreizehn Männer am Tisch saßen, und der dreizehnte war Judas. Deshalb starrte ich Gisela nur voller Entsetzen an, und damit sie verstand, was sie getan hatte, legte ich meinen Speer weg und hob zehn Finger, dann zwei, und dann deutete ich auf sie und hob einen weiteren Finger. Sie schüttelte den Kopf, als wolle sie nicht hinnehmen, was ich ihr mitteilte, doch ich deutete ein zweites Mal auf sie und dann auf den Boden, damit sie verstand, dass sie bleiben musste, wo sie war. Es würden zwölf nach Dunholm gehen, nicht dreizehn.

«Wenn das Neugeborene nicht trinken will», sagte eine der Frauen hinter der Palisade, «dann reib seine Lippen mit Schlüsselblumensaft ein. Das hilft immer.»

«Und deine Brustwarzen kannst du auch damit einreiben», sagte eine andere Stimme.

«Und seinen Rücken kannst du mit einer Paste aus Asche und Honig beschmieren», riet eine dritte Frau.

«Noch zwei Kübel», sagte die erste Stimme, «dann kommen wir endlich aus diesem Regen heraus.»

Es war Zeit zu gehen. Ich deutete erneut auf Gisela und bedeutete ihr mit wütenden Gesten noch einmal, dass sie bleiben musste, wo sie war, dann nahm ich meinen Speer in die linke Hand und zog Schlangenhauch. Ich küsste die Klinge und richtete mich auf. Es fühlte sich fast unnatürlich an, wieder aufrecht zu stehen, sich im Tageslicht zu bewegen und um die Brunnenpalisade herumzugehen. Ich fühlte mich nackt und schutzlos unter dem Festungswall und wartete auf den Ruf eines aufmerksamen Wächters, doch er kam nicht. Vor mir, gar nicht weit, war das Tor, und es stand kein Wächter in dem geöffneten Durchlass. Sihtric eilte zu meiner Linken entlang. Der Weg bestand aus nacktem Stein, er war nass und schlüpfrig. Ich hörte eine der Frauen hinter uns aufkeuchen, doch immer noch erklang kein Warnruf vom Festungswall, dann war ich durch das Tor, und ich entdeckte einen Mann zu meiner Rechten, und ich schwang Schlangenhauch herum, und mein Schwert fuhr in seine Kehle, und ich zog es zurück, und das Blut schoss hellrot in das graue Morgenlicht. Er fiel rücklings gegen den Wall, und ich trieb meinen Speer in seine zerfetzte Kehle. Ein zweiter Torwächter sah mich von etwa zehn Schritt Entfernung beim Töten. Sein Harnisch bestand aus der langen Lederschürze eines Schmiedes, und seine Waffe war eine Holzfälleraxt, doch er war unfähig, sie zu heben. Reines Erstaunen malte sich auf seinem Gesicht, und er rührte sich auch nicht, als Finan auf ihn zukam. Dann wurden seine Augen noch größer, er verstand, in welcher Gefahr er schwebte, drehte sich um und wollte flüchten, doch Finans Speer brachte ihn zum Stolpern, und dann stand der Ire über ihm und stieß ihm sein Schwert ins Rückgrat. Ich hielt die Hand hoch, damit alle ruhig blieben. Wir warteten. Kein Feindesruf ertönte. Regen tropfte aus den Strohdächern. Ich zählte meine Männer und kam auf zehn, dann trat Steapa durch das Tor und zog es hinter sich zu. Wir waren zwölf und nicht dreizehn.

«Die Frauen bleiben beim Brunnen», erklärte mir Steapa.

«Bist du sicher?»

«Sie bleiben beim Brunnen», knurrte er. Ich hatte Steapa gesagt, er solle mit den Frauen reden, und bestimmt hatte schon seine Körpergröße ausgereicht, um sie von jeglichen Plänen abzubringen, in denen Warnrufe eine Rolle spielten.

«Und Gisela?»

«Sie bleibt auch beim Brunnen.»

So also drangen wir nach Dunholm ein. Wir befanden uns in einer düsteren Ecke der Festung, in der sich neben einem langen, niedrigen Gebäude zwei große Misthaufen erhoben. «Ställe», erklärte mir Sihtric flüsternd, obwohl weit und breit niemand zu sehen war, der uns hätte hören können. Der Regen fiel mit ununterbrochener Heftigkeit weiter. Ich spähte um die Ecke des Stalles und sah nichts als weitere Holzwände, große Stapel Feuerholz und vermooste Strohdächer. Eine Frau trieb eine Geiß mit Stockschlägen zwischen den Hütten entlang, damit sich das Tier im Regen schneller bewegte.

Ich wischte Schlangenhauch an dem fadenscheinigen Umhang des Mannes ab, den ich getötet hatte. Dann gab ich Clapa meinen Speer und nahm den Schild des toten Mannes. «Steckt die Schwerter weg», sagte ich zu den anderen. Wenn wir mit gezogenen Waffen durch die Festung gingen, würden wir nur Aufmerksamkeit auf uns lenken. Wir mussten aussehen wie Männer, die gerade aufgewacht waren und sich in Kälte und Nässe nun lustlos auf den Weg zu ihrer Pflicht machten. «Wo lang?», fragte ich Sihtric.

Er führte uns an der Palisade entlang. Als wir die Ställe hinter uns gelassen hatten, sah ich drei langgestreckte Wohngebäude, die uns den Blick auf den nördlichen Teil des Festungswalls nahmen. «Kjartans Palas», flüsterte Sihtric und deutete auf das Gebäude zur Rechten.

«Sprich natürlich», sagte ich zu ihm.

Er hatte auf das größte Langhaus gezeigt, das einzige, aus dessen Dachöffnung Rauch stieg. Seine Seiten lagen nach Westen und Osten, und einer der Giebel reichte bis knapp an den Festungswall, was uns zwingen würde, bis weit in die Mitte der Festung zu gehen, um den großen Palas zu umrunden. Inzwischen sahen wir mehr Leute, und sie sahen uns, aber wir erschienen niemandem seltsam. Wir waren einfach nur bewaffnete Männer, die durch die schlammige Straße gingen, und sie waren vom Regen durchnässt, froren und eilten zwischen den Gebäuden umher, und ihre Aufmerksamkeit galt viel mehr dem Ziel, möglichst schnell ins Warme und Trockene zu kommen, als sich über ein Dutzend verdreckte Krieger Gedanken zu machen. Eine Esche wuchs vor Kjartans Palas, und unter ihren kahlen Ästen hockte ein einsamer Wächter, der hier sinnlos nach Schutz vor Wind und Regen gesucht hatte. Ich hörte jetzt auch Rufe. Sie waren leise, aber als wir uns der Lücke zwischen den Gebäuden näherten, sah ich Männer auf dem Festungswall stehen. Sie blickten nordwärts, und einige von ihnen schwenkten herausfordernd ihre Speere. Also rückte Ragnar an. Er war auch in der trüben Dämmerung gut zu sehen, denn seine Männer trugen brennende Fackeln. Ragnar ließ seine Angriffstruppe Fackeln tragen, damit die Verteidiger ihn im Auge behielten und von der anderen Seite der Festung abgelenkt wurden. Auf diese Weise fanden Feuer und Stahl ihren Weg nach Dunholm, doch die Verteidiger grölten Beifall, als sich Ragnars Männer den schlüpfrigen Pfad emporkämpften. Sie grölten, weil sie wussten, wie hoch ihr Festungswall war und wie klein die Angreifertruppe. Doch die Sceadugengan standen schon in ihrem Rücken, und keiner aus der Festung hatte uns bemerkt, und langsam lösten sich die Ängste, die in der kalten Dämmerung in mir emporgekrochen waren, wieder auf. Ich berührte mein Hammeramulett und sagte Thor im Stillen Dank.

Wir waren nur noch wenige Schritte von der Esche vor Kjartans Palas entfernt. Der Schössling war hier als Verkörperung für den Weltenbaum Yggdrasil gesetzt worden, an dessen Fuß die drei Spinnerinnen unser Schicksal weben, doch dieser Baum wirkte kränklich, und viel war aus dem Setzling nicht geworden, der hier in der dünnen

Bodenkruste Dunholms nach Platz für seine Wurzeln suchte. Der Wächter sah uns kurz an, fand nichts Auffälliges an unserer Erscheinung, und wandte seinen Blick dann über Dunholms flache Hügelkuppe hinweg zum Torhaus. Dort drängten sich Männer auf dem Torwall, während weitere Kämpfer auf dem Umgang des Walls standen, der sich rechts und links an das Torhaus anschloss. Eine große Gruppe Berittener hielt sich hinter dem Tor bereit, zweifellos, um die Angreifer zu verfolgen, wenn sie von der Palisade zurückgeschlagen worden waren. Ich suchte die Verteidiger zu zählen, doch sie waren zu zahlreich. Dann sah ich mich weiter um und entdeckte zu meiner Rechten eine stabile Leiter, die westlich des Torhauses auf den Umgang des Festungswalls hinaufführte. Dorthin, dachte ich, sollte ich mit meinen Leuten gehen. Wenn wir die Leiter hinaufkamen und den westlichen Abschnitt des Walls einnahmen, konnten wir Ragnar in die Festung lassen und so Rache für seinen Vater nehmen und Thyra befreien und ganz Northumbrien beeindrucken.

Ich grinste. Mit einem Mal erfüllte mich das Bewusstsein, es wirklich nach Dunholm hinein geschafft zu haben, mit Hochgefühl. Ich dachte an Hild und malte mir aus, wie sie in ihrer Kapelle betete, während die Bettler sich schon vor dem Tor ihres Nonnenklosters scharten. Alfred arbeitete bestimmt und verdarb sich die Augen, indem er beim fahlen Licht der Dämmerung Manuskripte las. In jeder Festung Britanniens fing der Tag an, Männer gähnten und streckten sich. Ochsen wurden angeschirrt, und wir waren hier, in Kjartans Hochburg, wo uns kein Mensch vermutete. Wir waren durchnässt, wir froren, unsere Glieder waren steif, und auf einen von uns kamen zwanzig Gegner, doch die Götter standen auf unserer Seite, und ich wusste, dass wir gewinnen würden, und am liebsten wäre ich in lauten Jubel ausgebrochen. Die Freude am Kampf machte sich langsam in mir breit, und ich wusste, dass die Skalden eine große Tat rühmen würden.

Aber vielleicht würden die Skalden auch eine große Klage anstimmen. Denn mit einem Mal, ganz unvermittelt, wendete sich alles zum Schlechten.

ZEHN

Der Wächter unter der Esche drehte sich zu uns um und sprach uns an. «Sie verschwenden ihre Zeit», sagte er, und es verstand sich, dass er Ragnars Leute meinte. Der Wächter hegte keinen Verdacht gegen uns, er gähnte sogar, als wir uns näherten, doch dann erschien ihm irgendetwas merkwürdig. Vielleicht war es Steapa, denn es gab in Dunholm bestimmt keinen zweiten Mann, der so groß war wie dieser Westsachse. Was es auch war, mit einem Mal wurde dem Mann klar, dass wir Fremde waren, und er trat sofort zurück und zog sein Schwert. Gerade wollte er zu einem Warnruf ansetzen, da traf ihn Steapas Pfeil in die rechte Schulter und warf ihn nach hinten, und sofort danach rammte ihm Rypere seinen Speer mit solcher Gewalt in den Bauch, dass der Mann festgenagelt an der kränklichen Esche stehen blieb. Dann brachte Rypere den Wächter mit dem Schwert endgültig zum Schweigen, und als das Blut strömte, tauchten zwei Männer hinter dem kleineren Gebäude zu unserer Linken auf und begannen sofort zu rufen, dass Feinde in der Festung waren. Einer drehte sich um und rannte weg, der andere zog sein Schwert, und das war ein Fehler, denn Finan täuschte mit seinem Speer einen niedrigen Stoß an, und als der Mann seine Klinge senkte, um den Angriff abzuwehren, zuckte der Speer nach oben und traf den Mann in das weiche Fleisch unter seinem Kiefer. Blut lief ihm blasig aus dem Mund und in den Bart, als Finan zu ihm trat und ihm sein Kurzschwert in seinen Bauch stieß.

Zwei weitere Leichen. Es regnete wieder stärker, die

Tropfen hämmerten auf den Schlamm und verdünnten das frische Blut, und ich überlegte, ob uns die Zeit reichte, um über den weiten offenen Platz zu der Leiter am Festungswall zu laufen, und in demselben Moment wurde alles noch schlimmer, denn die Tür zu Kjartans Palas wurde geöffnet, und drei Männer drängten sich hindurch, und ich rief Steapa zu, er solle sie ins Haus zurücktreiben. Er benutzte seine Axt, tötete den ersten mit einem Aufwärtshieb von grausiger Wirkung, schob den ausgeweideten Mann in den Weg des zweiten, den er mit dem Kopf der Axt mitten ins Gesicht traf, dann drückte Steapa die beiden Männer zur Seite, um den dritten zu verfolgen, der ins Innere des Gebäudes geflüchtet war. Ich schickte Clapa los, um Steapa zu helfen. «Und hole ihn, so schnell es geht, dort heraus», sagte ich zu Clapa, denn die Reiter an dem großen Tor hatten mitbekommen, dass etwas vorging, und jetzt sahen sie auch die Toten und unsere gezogenen Schwerter und waren schon dabei, ihre Pferde zu uns umzuwenden.

Da wusste ich, dass wir verloren hatten. Alles hatte von der Überraschung abgehangen, und jetzt waren wir entdeckt und hatten keinerlei Aussicht mehr, den nördlichen Festungswall zu erreichen. Die Männer auf dem Umgang hatten sich zu uns herumgedreht, und einige waren von dem Wall herunterbefohlen worden und bildeten nun hinter dem Tor einen Schildwall. Die Reiter, es waren etwa dreißig, sprengten auf uns zu. Wir waren nicht nur gescheitert, sondern wir konnten uns glücklich schätzen, wenn wir überhaupt am Leben blieben. «Zurück!», rief ich. «Zurück!» Wir konnten nur noch hoffen, dass es uns gelang, uns in die engen Gassen zurückzuziehen, irgendwie die Reiter abzuwehren und das Brunnentor zu erreichen. Dann müssten wir Gisela vom Brunnen holen, und daran würde sich ein hastiger Rückzug den Berg hinunter anschließen, die rachsüchtigen Verfolger dicht auf den Fersen. Vielleicht, überlegte ich, würde es uns gelingen, über den Fluss zu kommen. Wenn wir durch den angeschwollenen Wiire waten könnten, würden sie die Verfolgung möglicherweise einstellen, doch das war bestenfalls eine schwache Hoffnung. «Steapa!», rief ich. «Steapa! Clapa!», und die beiden tauchten aus dem Gebäude auf, Steapa mit einer blutüberströmten Axt in der Hand. «Zusammenbleiben», brüllte ich. Die Reiter hatten uns schon fast erreicht, doch wir rannten zurück zu den Ställen, und den Berittenen schienen die düsteren Winkel und unübersichtlichen Ecken zwischen den Gebäuden zu gefährlich, denn sie zügelten ihre Pferde neben der Esche, an deren Stamm immer noch der Tote von dem Speer aufrecht gehalten wurde, und ich dachte, ihre Vorsicht würde uns lange genug Zeit geben, um aus der Festung zu kommen. Die Hoffnung kehrte zurück, nicht auf den Sieg, aber auf das Leben. Und dann hörte ich den Lärm.

Es war Hundegebell. Die Reiter hatten nicht angehalten, weil sie sich fürchteten uns anzugreifen, sondern weil Kjartan seine Hunde losgelassen hatte, und ich starrte entsetzt hin, als die Meute um die Ecke des kleineren Palas herum auf uns zuraste. Wie viele es waren? Fünfzig? Wenigstens fünfzig. Sie waren unmöglich zu zählen. Ein Jäger trieb sie mit kläffenden Rufen an, und sie sahen mehr nach Wölfen als nach Hunden aus. Sie hatten ein raues Fell, waren riesenhaft groß, und sie jaulten so schreckenerregend, dass ich unwillkürlich einen Schritt zurücktat. Das war die Höllenmeute der wilden Jagd, es waren die Geisterhunde, die in der Finsternis ihr Unwesen treiben und ihre Beute über die Grenzen der Schattenwelt jagen, wenn es Nacht wird. Wir konnten das Tor nicht mehr erreichen. Die Hunde würden uns einkreisen, uns zu Boden zerren, uns zerfleischen, und ich dachte, das müsse meine Strafe dafür sein, dass ich den wehrlosen Bruder Jænberht in Cetreht getötet hatte, und dann ergriff mich das kalte, weibische Zittern verächtlicher Angst. Stirb gut, mahnte ich mich, stirb gut, aber wie konnte man zwischen den Reißzähnen von Hunden gut sterben? Unsere Kettenhemden würden ihren wilden Angriff verlangsamen, aber nicht sehr. Außerdem rochen die Hunde unsere Angst. Sie gierten nach unserem Blut und stürzten in einem jaulenden, klauenbewehrten Wirbel aus Morast und Fängen auf uns zu, und ich senkte Schlangenhauch, um ihn der ersten zähnefletschenden Bestie ins Maul zu rammen, und da wurden sie unvermittelt von einer neuen Stimme gerufen.

Es war die Stimme einer Jägerin. Sie war klar und laut, und es erklangen keine Worte, sondern ein seltsamer, kreischender Ruf, der die Morgenluft durchschnitt wie ein Jagdhorn, und die Hunde erstarrten augenblicklich, dann drehten sie sich um sich selbst und winselten erbärmlich. Einer war mir bis auf drei oder vier Schritte nah gekommen, ein Untier mit schlammverklebtem Fell, und es krümmte und wand sich, als die unsichtbare Jägerin ihren Ruf erneut erklingen ließ. Es lag etwas Trauriges in diesem wortlosen Ruf, der sich mehr wie ein zitternder Todesschrei anhörte, und die Hündin jaulte im Gleichklang. Der Jäger, der die Hunde losgelassen hatte, versuchte sie mit der Peitsche wieder auf uns zu hetzen, aber erneut tönte die seltsame, heulende Stimme deutlich durch den Regen, doch dieses Mal klang sie drohender, als jaule die Jägerin vor unvermitteltem Ärger. Und da stürzten sich drei der Hunde auf den Jäger. Er schrie, und dann versank er in einer Masse aus Fell und Zähnen. Die Reiter trieben ihre Pferde zu den Hunden, um sie von dem sterbenden Mann wegzujagen, doch die Jägerin war nun in wildes Gekreische verfallen, das die ganze Meute in Richtung der Pferde rasen ließ. Die Morgenluft erzitterte in dem strömenden Regen, den unirdischen Schreien und dem Gejaule der Hunde, und die Reiter drehten angsterfüllt um und galoppierten zurück zum Torhaus. Da ertönte ein sanfterer Ruf von der Jägerin, und die Hunde scharten sich gehorsam um die Esche und ließen die Reiter abziehen.

Ich hatte einfach nur mit aufgerissenen Augen die Geschehnisse verfolgt. Die Hunde kauerten mit zurückgezogenen Lefzen auf dem Boden, behielten die Tür von Kjartans Palas im Blick, und dort erschien schließlich auch die Jägerin. Sie stieg über den zerhackten Körper, den Steapa im Eingang hatte liegen lassen, und sie summte etwas für die Hunde, und sie legten sich auf den Bauch, während die Jägerin uns über die Tiere hinweg ansah.

Es war Thyra.

Ich erkannte sie nicht sofort. Es war Jahre her, seit ich Ragnars Schwester gesehen hatte, und ich erinnerte mich an sie als ein schönes Mädchen, glücklich, gesund und empfindsam, das vorhatte, seinen dänischen Krieger zu heiraten. Dann war der Palas ihres Vaters niedergebrannt worden, ihr dänischer Krieger wurde getötet, und sie war von Kjartan geraubt und Sven gegeben worden. Und jetzt sah ich sie wieder, und sie hatte sich zu einer Kreatur wie aus einem Albtraum verwandelt.

Sie trug einen langen Umhang aus Rehleder, der an ihrem Hals von einer beinernen Brosche zusammengehalten wurde, doch darunter war sie nackt. Als sie zwischen den Hunden umherging, wurde der Umhang von ihrem Körper weggezogen, der erschreckend mager und grässlich schmutzig war. Ihre Beine und Arme waren mit Narben übersät, als ob sie jemand immer wieder mit einem Messer geschlagen hätte, und wo keine Narbe war, da war eine Wunde. Ihr goldenes Haar war strähnig, matt und schmierig, und sie hatte abgestorbene Efeuranken in das filzige Gewirr geflochten. Der Efeu hing ihr bis weit über die Schultern herunter. Finan bekreuzigte sich bei ihrem Anblick. Steapa tat es ihm gleich, und ich tastete nach meinem Hammeramulett. Thyras gebogene Fingernägel waren so lang wie ein Kastriermesser, und dann wedelte sie mit diesen Hexenhänden herum und schrie mit einem Mal die Hunde an, die sich krümmten und jaulten, als litten sie schreckliche Schmerzen. Sie sah zu uns herüber, und mein Blick begegnete dem Wahnsinn in ihren Augen, und ein Angstschauer überlief mich, denn unvermittelt hockte sie sich auf den Boden, zeigte auf mich, und aus ihren blitzenden Augen sprühte reiner Hass. «Ragnar!», schrie sie. «Ragnar!» Der Name klang aus ihrem Mund wie ein Fluch, und die Hunde drehten sich zu mir um und starrten mich an, und ich wusste, dass sie sich auf mich stürzen würden, sobald Thyra das nächste Mal den Mund öffnete.

«Ich bin Uhtred!», rief ich ihr zu. «Uhtred!» Ich nahm meinen Helm ab, sodass sie mein Gesicht sehen konnte. «Ich bin Uhtred!»

«Uhtred?», fragte sie, ohne mich aus den Augen zu lassen, und in diesem Moment wirkte sie ganz vernünftig, sogar bestürzt. «Uhtred», sagte sie noch einmal, und es klang, als ob sie versuche, sich an den Namen zu erinnern, aber immerhin lenkte der Ton die Hunde von uns ab, und dann fing Thyra an zu schreien. Es war kein Schrei für die Hunde, sondern ein jammernder, heulender Schrei, der an die Wolken gerichtet war, und dann wandte sie jählings ihren Zorn gegen die Hunde. Sie klaubte Hände voller Schlamm auf und bewarf sie damit. Noch immer sprach sie nicht zu ihnen, doch die Tiere verstanden ihre Laute, und sie gehorchten ihr, indem sie über die steinige Hügelkuppe von Dunholm hetzten, um den neuen Schildwall beim Tor anzugreifen. Thyra folgte ihnen, rief ihnen etwas zu, spuckend und bebend, trieb die Höllenmeute in Raserei, und die Angst, die mich wie angewurzelt auf dem kalten Boden hatte erstarren lassen, verging, und ich rief meinen Männern zu, Thyra zu folgen.

Diese Hunde waren schreckliche Wesen. Untiere aus dem Schlund der Weltenverwirrung, die nichts konnten außer zu töten, und Thyra trieb sie immer weiter an mit ihren hohen, heulenden Schreien, und der Schildwall löste sich auf, lange bevor der erste Hund überhaupt dort war. Die Männer flohen, zerstreuten sich auf Dunholms weiter Felsenkuppe, und die Hunde verfolgten sie. Nur ein paar Tapfere blieben beim Tor, und dorthin wollte ich jetzt. «Das Tor!», rief ich Thyra zu. «Thyra! Schick sie zum Tor!» Sie machte ein bellendes Geräusch, schrill und kurz, und die Hunde folgten ihr und hetzten auf das Torhaus zu. Ich habe andere Jäger ihren Hunden so geschickt Befehle geben sehen wie ein Reiter, der seinen Hengst mit Schenkeln und Zügeln führt. Ich selbst habe diese Fähigkeit nie erlernt, doch Thyra besaß sie.

Kjartans Männer am Tor starben einen qualvollen Tod. Die Hunde stürzten sich mit gefletschten Zähnen auf sie, und die Schreie der Männer klangen in unseren Ohren. Ich hatte bisher weder Kjartan noch Sven gesehen, doch ich hatte auch nicht nach ihnen Ausschau gehalten. Ich wollte nur zu dem großen Tor gelangen und es für Ragnar öffnen. Also folgten wir den Hunden, doch da setzte bei einem der Reiter wieder die Vernunft ein, und er rief den verängstigten Männern zu, sie sollten uns von hinten einkreisen. Der Reiter war ein großer Mann, sein Kettenhemd wurde halb durch einen schmutzigen, weißen Umhang verdeckt. In seinem Helm waren goldbronzen gerahmte Auslassungen für die Augen, sodass sein Gesicht nicht zu sehen war, aber ich war sicher, dass ich Kjartan vor mir hatte. Er trieb seinen Hengst an, und zwanzig Männer folgten ihm. Doch da jaulte Thyra eine kurze, abfallende Tonfolge, und zwei Dutzend der Hunde stellten sich den Reitern in den Weg. Einer von ihnen versuchte den Hunden in seiner Verzweiflung durch eine zu schnelle Wendung seines Pferdes zu entkommen, und das Tier stürzte. Mit den Hufen den Morast aufwühlend, versuchte es wieder auf die Beine zu kommen, als sich schon ein halbes Dutzend Hunde auf seinen Bauch stürzte. Andere Hunde setzten über das Pferd hinweg, um den Reiter zu zerfleischen, der aus dem Sattel gefallen war. Ich hörte den Mann brüllen und sah einen Hund wegtaumeln, dem ein stampfender Huf das Bein gebrochen hatte. Das Pferd schrie. Ich rannte unter dem strömenden Regen weiter und sah einen Speer aufblitzen, der vom Wall heruntergeschleudert worden war. Die Männer auf dem Dach des Torhauses versuchten uns mit ihren Speeren aufzuhalten. Sie schleuderten sie auf die Hundemeute, die weiter die restlichen Männer des aufgelösten Schildwalls in Stücke riss, doch es waren zu viele Hunde. Wir waren mittlerweile nahe am Tor, nur noch zwanzig Schritte trennten uns von ihm. Thyra und ihre Hunde hatten uns sicher über die Kuppe von Dunholm gebracht, und unsere Gegner befanden sich in vollkommener Verwirrung. Doch dann stieg der Mann mit dem weißen Umhang, dessen dichter Bart unter dem Rand seines Helmes zu erkennen war, vom Pferd und befahl seinen Männern, die Hunde abzuschlachten.

Sie formten einen Schildwall und griffen an. Sie hielten ihre Schilde niedrig, um die Hunde abzuwehren, und setzten Speere und Schwerter ein, um sie zu töten. «Steapa!», rief ich, und er verstand, was ich wollte, und gab den anderen Männern den Befehl, ihm zu folgen. Er und Clapa waren als Erste zwischen den Hunden, und ich sah Steapas Axt auf ein behelmtes Gesicht niederfahren, als Thyra die Hunde zum Angriff auf den neuen Schildwall rief. Männer kletterten vom Festungswall herunter, um sich in die wilde Schlacht zu stürzen, und ich wusste, dass wir schnell sein mussten, sonst hätten Kjartans Leute die Hunde abgeschlachtet, und als Nächstes würden sie uns abschlachten. Ich sah einen der Hunde hochspringen und sich in das Gesicht eines Mannes verbeißen, und der Mann schrie, und der Hund jaulte mit einem Schwert im Bauch, und Thyra kreischte auf die Hunde ein, und Steapa hielt gegen die Mitte des feindlichen Schildwalls, doch der wurde immer länger, je mehr gegnerische Krieger dazustießen, und in ein paar Momenten würden sich die Flügel dieses Schildwalls um meine Männer und um die Hunde schließen, und alle würden niedergemacht werden. Also rannte ich zum Bogengang des Torhauses. Am Tor selbst wurde der Bogengang nicht verteidigt, doch auf dem Wall standen immer noch Krieger mit Speeren. Alles, was ich einsetzen konnte, war der Schild eines Toten, und ich betete, dass sich der Tote einen guten Schild hatte bauen lassen. Ich hob ihn über meinen Helm, steckte Schlangenhauch in die Scheide und rannte los.

Die schweren Speere fuhren auf mich herab. Sie krachten auf den Schild und landeten spritzend im Schlamm, und mindestens zwei bohrten sich durch die Lindenholzbretter. Dann erschütterte ein Schlag meinen linken Unterarm, und der Schild wurde durch das Gewicht der Speere schwerer und schwerer, doch dann war ich unter dem Torbogen und in Sicherheit. Die Hunde jaulten und kämpften. Steapa forderte die Gegner brüllend zum Kampf heraus, doch keiner wollte es darauf ankommen lassen. Ich sah, dass sich die Flügel von Kjartans Schildwall langsam schlossen, und ich wusste, dass wir alle sterben würden, wenn es mir nicht gelänge, das Tor zu öffnen. Ich würde beide Hände brauchen, um den riesigen Querbalken anzuheben, der das Tor verschloss, doch einer der Speere hatte an meinem linken Unterarm den Ärmel des Kettenhemdes durchdrungen, und es gelang mir nicht, ihn herauszuziehen. Also musste ich zuerst mit Wespenstachel die ledernen Halterungen des Schildes durchschneiden. Danach konnte ich die Speerspitze aus dem Ärmel des Kettenhemdes und meinem Arm reißen. Der Ärmel war mit Blut verschmiert, doch der Arm war nicht gebrochen, und so hievte ich den gewaltigen Schließbalken hoch und zerrte ihn von den Torflügeln weg.

Dann zog ich die Flügel des Tores nach innen auf, und Ragnar und seine Leute standen in fünfzig Schritten Entfernung davor, und sie jubelten, als sie mich sahen, und rannten los, während sie sich mit erhobenen Schilden vor den Speeren und Äxten schützten, die vom Wall herabgeschleudert wurden. Sofort verlängerten sie unsere Reihe zu einem Schildwall und gingen mit all ihren Waffen und all ihrem Ingrimm auf Kjartans überraschte Männer los.

Und so wurde Dunholm, die Felsenfestung in der Flussschleife, genommen. Jahre später schmeichelte mir ein hoher Herr aus Mercien damit, dass sein Skalde ein Lied darüber sang, wie Uhtred von Bebbanburg die Felsenfestung allein erstiegen hatte, sich seinen Weg durch zweihundert Gegner kämpfte, um schließlich das große Tor zu öffnen, das von einem Drachen bewacht wurde. Es war ein schönes Lied, voller Schwertkunst und Tapferkeit, aber es war blanker Unsinn. Wir waren zwölf, und nicht nur einer, und die Hunde übernahmen den größten Teil des Kampfes, und Steapa erledigte fast den gesamten übrigen Teil, und wenn

Thyra nicht aus dem Palas gekommen wäre, dann würden vielleicht heute noch Kjartans Nachfahren in Dunholm regieren. Auch war der Kampf nicht vorbei, nachdem das Tor geöffnet war, denn wir waren immer noch in der Unterzahl, aber wir hatten die übrigen Hunde und nicht Kjartan, und Ragnar brachte seinen Schildwall in die Festung, und dort kämpften wir gegen die Verteidiger.

Es war ein Kampf Schildwall gegen Schildwall. Es war der Kampf im Schildwall mit all seinen Schrecken. Es war das Donnern der Schilde, die gegeneinanderkrachten, und es war das Keuchen der Männer, die mit Kurzschwertern aufeinander einstachen oder mit einer Drehung ihre Schwerter in die Bäuche der Gegner stießen. Es war Blut und Kot und Gedärm, das sich im Schlamm ringelte. Im Schildwall sterben Männer, und dort verdienen sie sich die Ruhmesgesänge der Skalden. Ich reihte mich in Ragnars Wall ein, und Steapa, der sich den Schild eines Reiters genommen hatte, der von den Hunden zerrissen worden war, schob seinen massigen Körper neben mich und hob seine Kriegsaxt. Beim Vorrücken stiegen wir über tote und sterbende Hunde hinweg. Der Schild wird zur Waffe, sein großer Eisenbuckel zur Keule, um Gegner abzuwehren. Und wenn der Feind stolpert, dann tut man noch einen Schritt näher an ihn heran und stößt mit der Klinge vor, und dann steigt man über den Verwundeten und lässt ihn von den Nachrückenden töten. Es dauert selten lange, bis einer der Schildwälle zusammenbricht, und in diesem Kampf löste sich Kjartans Wall als Erster auf. Er hatte versucht, uns mit den Flügeln seines Schildwalls einzuschließen, und seine Männer an die Außenflanken seiner Linie geschickt, doch die überlebenden Hunde bewachten unsere Seiten, und Steapa schwang seine Axt wie einen Dreschflegel, und er war so riesig und so stark, dass er auf diese Art die feindliche Linie aufbrach und es ganz einfach aussah. «Wessex!», rief er immer wieder, «Wessex!», als würde er für Alfred kämpfen, und ich stand an seiner rechten und Ragnar an seiner linken Seite, und der Regen peitschte auf uns herab, als wir uns mit Steapa durch Kjartans Schildwall kämpften. Wir kamen ohne Schwierigkeiten hindurch, sodass schließlich kein Feind mehr vor uns stand, und dann löste sich Kjartans Schildwall ganz auf, und seine Männer rannten zurück zu den Gebäuden.

Kjartan war tatsächlich der Mann mit dem schmutzigweißen Umhang. Er war groß, fast so groß wie Steapa, und er war stark, doch er spürte, dass seine Festung fallen würde, und befahl seinen Männern, einen neuen Schildwall zu bilden, doch einige seiner Krieger waren schon dabei, aufzugeben. Dänen geben sich nicht leicht geschlagen, doch Kjartans Männer hatten festgestellt, dass sie gegen dänische Landsleute kämpften, und es war keine Schande, sich einem solchen Feind zu ergeben. Andere flüchteten durch das Brunnentor, und mich packte die Angst, dass Gisela entdeckt und entführt werden könnte. Doch die Frauen, die zum Wasserholen gegangen waren, schützten sie. Sie kauerten alle zusammen hinter der Palisade des Brunnens, und die angsterfüllten Männer flüchteten an ihnen vorbei zum Fluss hinunter.

Doch nicht alle flohen oder gaben auf. Einige wenige Männer scharten sich um Kjartan, hoben ihre Schilde und erwarteten den Tod. Kjartan mochte grausam gewesen sein, aber er war auch tapfer. Sein Sohn Sven dagegen war nicht tapfer. Er hatte die Männer auf dem Festungswall am Torhaus befehligt, und diese Männer machten sich fast alle nordwärts davon und ließen Sven mit nur noch zwei anderen Kämpfern zurück. Guthred, Finan und Rollo erkletterten den Wall, um mit ihnen zu verhandeln, doch nur

Finan wurde gebraucht. Der Ire hasste es, im Schildwall zu kämpfen. Er war zu feingliedrig, so meinte er, um Teil einer solch kraftbestimmten Tötungswalze zu sein, doch im offenen Kampf wurde er für seine Feinde zu einem bösen Geist. Finan der Flinke war er früher genannt worden, und ich beobachtete erstaunt, wie er Guthred und Rollo überholte, es mit den drei Männern allein aufnahm und seine beiden Schwerter so rasch vorschnellen ließ wie zuschlagende Vipern. Er trug keinen Schild. Er verwirrte Svens Verteidiger mit Finten, drehte sich an ihren Angriffen vorbei und tötete sie beide mit einem Grinsen. Dann wandte er sich Sven zu, doch Sven war feige. Er drückte sich in eine Ecke des Festungswalls und hielt seinen Schild und sein Schwert weit auseinander, als wolle er zeigen, dass er nichts Böses im Sinn habe. Immer noch grinsend ging Finan in die Hocke und machte sich bereit, sein langes Schwert in Svens ungeschützten Bauch zu stoßen.

«Er gehört mir!», schrie Thyra in diesem Moment. «Er gehört mir!»

Finan warf ihr einen Blick zu, und Sven zuckte mit dem Schwertarm, als wolle er zustoßen, doch da schnellte schon Finans Schwert in seine Richtung, und Sven erstarrte. Er winselte um Gnade.

«Er gehört mir!», kreischte Thyra erneut. Sie streckte ihre mageren Hände mit den grässlichen Fingernägeln nach Sven aus und schluchzte vor Hass. «Er gehört mir!»

«Du gehörst zu ihr», sagte Finan. «So sei es», und er täuschte einen Stoß gegen Svens Bauch vor, und als Sven zum Schutz seinen Schild senkte, rammte Finan einfach seinen Körper dagegen, sodass Sven rückwärts vom Festungswall stürzte. Sven schrie beim Fallen. Es war kein tiefer Sturz, nur etwa so tief wie zwei Männer groß sind, doch er schlug dumpf wie ein Sack Korn auf den schlammigen

Boden. Zappelnd lag er auf dem Rücken und versuchte sich aufzurichten, doch da stand schon Thyra über ihm, und sie hatte einen langen, jammernden Schrei ausgestoßen, und die restlichen Hunde waren zu ihr gekommen. Sogar verstümmelte Hunde schleppten sich durch Unrat und Blut bis an ihre Seite.

«Nein», sagte Sven. Er starrte mit seinem einen Auge zu ihr hoch. «Nein!»

«Ja», zischte sie und dann bückte sie sich und nahm ihm das Schwert aus der widerstandslosen Hand, und dann machte sie ein kläffendes Geräusch, und die Hunde stürzten sich auf ihn. Er zuckte und schrie, als sie ihre Fänge in seinen Körper schlugen. Einige der Hunde, die darauf abgerichtet waren, schnell zu töten, wollten ihm an die Kehle gehen, doch Thyra wehrte sie mit dem Schwert ab, und so töteten die Hunde Sven, indem sie ihn vom Schritt aufwärts zerfleischten. Seine Schreie durchschnitten den Regen wie scharfe Klingen. Sein Vater hörte alles, und Thyra sah zu und lachte einfach nur.

Und Kjartan lebte immer noch. Vierunddreißig Männer waren ihm geblieben, und sie wussten, dass sie dem Tod geweiht waren, und wollten als stolze Dänen sterben. Doch da ging Ragnar zu ihnen, die Adlerschwingen an seinem Helm waren gebrochen und durchnässt, und wortlos deutete er mit seinem Schwert auf Kjartan, und Kjartan nickte und trat aus seinem Schildwall. Die Eingeweide seines Sohnes wurden von den Hunden verschlungen, und Thyra tanzte durch die Lachen aus Svens Blut und summte ein Lied auf ihren Sieg.

«Ich habe deinen Vater getötet», sagte Kjartan höhnisch zu Ragnar, «und dich werde ich auch töten.»

Ragnar sagte nichts. Die beiden Männer standen sechs Schritte voneinander entfernt und maßen sich mit Blicken.

«Deine Schwester war eine gute Hure», sagte Kjartan, «bevor sie verrückt geworden ist.» Dann stürzte er unvermittelt mit erhobenem Schild vor, und Ragnar machte einen Schritt nach rechts und ließ Kjartan an sich vorbeilaufen, und Kjartan, der damit gerechnet hatte, ließ sein Schwert herumschwingen, um Ragnars Knöchel zu treffen, doch Ragnar war schon wieder ausgewichen. Die beiden Männer beobachteten sich erneut abwägend.

«Sie war sogar noch eine ganz brauchbare Hure, nachdem sie verrückt geworden war», sagte Kjartan, «außer, dass wir sie festbinden mussten, damit sie sich nicht mehr wehren konnte. So hatten wir es leichter mit ihr, verstehst du?»

Da griff Ragnar an. Den Schild erhoben und das Schwert zu einem niedrigen Vorstoß bereit. Die beiden Schilde krachten gegeneinander, und Kjartan fing Ragnars Schwerthieb ab, und beide Männer legten sich mit ihrem ganzen Gewicht in ihre Schilde, um den anderen zu Fall zu bringen, und dann trat Ragnar wieder zurück. Er wusste, wie schnell und erfahren Kjartan war.

«Aber ich habe schon bessere Huren gehabt als deine Schwester», sagte Kjartan. «Sie ist inzwischen zu verbraucht. Und zu verdreckt. Nicht mal ein Bettler hat noch Lust, sie zu nehmen. Das weiß ich. Ich habe sie nämlich letzte Woche einem angeboten, und er wollte sie nicht haben. Fand sie zu schmutzig.» Und dann machte er unvermittelt einen Vorstoß und hieb mit seinem Schwert nach Ragnar. Sein Angriff war nicht kunstvoll, bloß reine Kraft und Geschwindigkeit, und Ragnar wich mit einem Schritt seitwärts aus und fing den wilden Ausfall mit seinem Schild ab, und ich bekam Angst um ihn und wollte ihn unterstützen, doch Steapa hielt mich zurück.

«Das ist sein Kampf», sagte er.

«Ich habe deinen Vater umgebracht», sagte Kjartan, und sein Schwert schlug eine Kerbe in Ragnars Schild. «Ich habe deine Mutter verbrannt», brüstete er sich, und ein weiterer Hieb traf den Schildbuckel, «und ich habe deine Schwester zur Hure gemacht», sagte er und trieb Ragnar mit seinem nächsten Schwertstreich noch weiter zurück. «Und als Nächstes werde ich auf deine ausgeweidete Leiche pissen», brüllte Kjartan, holte aus und schwang seine Klinge wieder niedrig gegen Ragnars Knöchel. Dieses Mal traf er, und Ragnar stolperte. Mit seiner Hand, die seit der Schlacht von Ethandun verkrüppelt war, hatte er seinen Schild unwillkürlich gesenkt, und Kjartan riss seinen Schild hoch, um den Gegner zu Boden zu werfen, und Ragnar, der während des ganzen Kampfes noch kein Wort gesagt hatte, begann mit einem Mal laut zu schreien. Einen Wimpernschlag lang hielt ich es für den Schrei eines todgeweihten Mannes, doch in Wahrheit war es Zorn. Er rammte seinen Körper unter Kjartans Schild hindurch gegen seinen Feind und schob den größeren Mann mit schierer Kraft zurück, um dann mit einem flinken Seitenschritt aus seiner Reichweite zu treten. Ich hatte geglaubt, er sei durch den Hieb gegen seinen Knöchel lahm geworden, doch er hatte seine Stiefel mit Eisenbändern verstärkt, und wenn auch eines der Bänder nahezu zerschlagen war und wenn er auch eine Schramme abbekommen hatte, so war er doch nicht ernstlich verletzt, und jählings verwandelte er sich in ein Bündel aus Wut und Bewegung. Es war, als sei er mit einem Mal aufgewacht. Er fing an, um Kjartan herumzutanzen, und das war das Geheimnis des Zweikampfes. In Bewegung zu bleiben. Ragnar blieb in Bewegung, und er schäumte vor Zorn, und seine Schnelligkeit konnte es fast mit Finans Flinkheit aufnehmen, und Kjartan, der geglaubt hatte, seinem Gegner überlegen zu sein, fand sich mit einem Mal in einem verzweifelten Kampf wieder. Sein Atem reichte ihm nicht mehr zu weiteren Beleidigungen, nur noch, um sich zu verteidigen, und Ragnar bestand nur noch aus Grimm und Gewandtheit. Er stieß gegen Kjartan vor, griff ihn an, stieß erneut vor, zielte, drehte sich weg, täuschte niedrige Angriffe vor, wehrte mit seinem Schild einen Gegenangriff ab und schwang sein Schwert Herzbrecher, um Kjartan am Helm zu treffen. Er schlug eine Beule in das Eisen, aber das Metall hielt, und Kjartan warf nur den Kopf zurück, und Ragnar rammte seinen Schild gegen den Kjartans, um den kräftigen Gegner rückwärts aus dem Gleichgewicht zu bringen. Sein nächster Hieb zerschlug eines der Lindenholzbretter von Kjartans Schild, der nächste traf den Rand des Schildes und hinterließ eine tiefe Kerbe in der eisenbeschlagenen Kante, und Kjartan machte einen Schritt rückwärts, und Ragnar stimmte ein Totenlied an, das so schrecklich klang, dass die Hunde bei Thyra anteilnehmend mitjaulten.

Über zweihundert Männer sahen diesem Kampf zu. Wir alle wussten, was geschehen würde, denn nun war Ragnar vom Rausch des Tötens ergriffen worden. Von der rasenden Wut des Schwert-Dänen. Kein Mann kann dieser Raserei widerstehen, und Kjartan schlug sich gut, solange er es vermochte, doch schließlich stolperte er über einen toten Hund, als ihn Ragnar erneut rückwärts trieb. Kjartan landete auf dem Rücken, und Ragnar wich seinem wilden Schwerthieb aus und stellte sich über ihn und stach mit Herzbrecher zu. Er durchbrach damit den Ärmel von Kjartans Kettenhemd und durchtrennte die Sehnen seines Schwertarmes. Kjartan versuchte wieder hochzukommen, aber Ragnar trat ihm ins Gesicht, und dann drückte er ihm seinen Stiefelabsatz auf die Kehle. Kjartan würgte. Dann trat Ragnar zurück und ließ seinen Schild vom linken Arm gleiten. Mit seiner verkrüppelten linken Hand nahm er Kjartan das Schwert ab. Er zog es mit den beiden Fingern, die er noch bewegen konnte, aus Kjartans kraftloser Hand, warf es in den Schlamm und dann tötete er seinen Gegner.

Es war kein schneller Tod, doch Kjartan schrie kein einziges Mal. Zuerst wehrte er Ragnars Schwert noch mit seinem Schild ab, aber Ragnar ließ ihn Hieb um Hieb langsam verbluten. Kjartan sprach nur noch einmal, bevor er starb, und da bat er um sein Schwert, damit er ehrenvoll in die Totenhalle Odins einziehen konnte, doch Ragnar schüttelte den Kopf. «Nein», sagte er, und das war sein einziges Wort bis zu seinem letzten Hieb. Dieser Hieb war ein zweihändig geführter Stich abwärts in Kjartans Bauch, ein Stich, der sich durch das Kettenhemd in Kjartans Körper bohrte und auf der anderen Seite durch das Kettenhemd unter Kjartans Rückgrat in die Erde fuhr. Und so ließ Ragnar den Herzbrecher stecken und trat zurück, um Kjartan seinem zuckenden Todeskampf zu überlassen. Dann hob er den Kopf den Regentropfen entgegen, und während sein Schwert von einer Seite zur anderen schwang, wo er seinen Gegner an den Boden genagelt hatte, rief er die Wolken an. «Vater!», rief er. «Vater!» Er sagte Ragnar dem Älteren, dass sein Tod nun gerächt war.

Auch Thyra wollte ihre Rache. Sie hatte bei den Hunden gekauert, um Kjartan sterben zu sehen, doch nun richtete sie sich auf und schickte die Hunde zu Ragnar. Zuerst dachte ich, sie wolle von ihnen Kjartans Leiche zerfleischen lassen, doch stattdessen kreisten sie Ragnar ein. Es waren immer noch wenigstens zwanzig der wölfischen Bestien übrig, und sie knurrten Ragnar an und schlichen um ihn herum, und Thyra kreischte ihn an. «Du hättest viel früher kommen müssen! Warum bist du nicht früher gekommen?»

Er starrte sie an, fassungslos vor ihrem Zorn. «Ich bin gekommen, sobald …», fing er an.

«Du bist auf Beutezug gegangen!», schrie sie ihn an. «Du hast mich hier im Stich gelassen!» Die Hunde schienen Thyras Schmerz zu spüren, und sie krümmten sich, das Fell bluttriefend und die Zungen aus blutverschmierten Mäulern hängend. Sie warteten nur auf ein Wort, und dann würden sie ihn in eine blutigrote Masse verwandeln. «Du hast mich hier im Stich gelassen!», jammerte Thyra wieder, und sie stellte sich zwischen die Hunde, um ihrem Bruder ins Gesicht zu sehen. Dann fiel sie auf die Knie und begann zu schluchzen. Ich wollte zu ihr, doch die Hunde wandten mir ihre Köpfe zu und fletschten unter bösartigen Augen die Zähne, sodass ich mich schnell wieder zurückzog. Thyra weinte, und ihr Kummer war so heftig wie der Sturm, der über Dunholm tobte. «Ich werde dich töten!», schrie sie Ragnar an.

«Thyra», sagte er.

«Du hast mich hier im Stich gelassen!», beschuldigte sie ihn erneut. «Du hast mich hier im Stich gelassen!» Sie erhob sich, und mit einem Mal wirkte sie wieder ganz vernünftig, und ich erkannte, dass sie unter all dem Schmutz und all den Narben immer noch eine Schönheit war. «Der Preis für mein Leben», sagte sie ganz ruhig zu ihrem Bruder, «ist dein Tod.»

«Nein», erklang da eine neue Stimme, «nein, das ist er nicht.»

Es war Pater Beocca, der gesprochen hatte. Er hatte unter dem großen Torbogen gewartet, und nun hinkte er über das blutige Schlachtfeld und sprach mit machtbewusster Strenge. Thyra knurrte ihn an. «Du bist schon tot, Priester!», sagte sie und machte eines ihrer kläffenden Geräusche, worauf sich die Hunde Beocca näherten und

Thyra wieder anfing wie eine Wahnsinnige zu zucken. «Tötet den Priester!», schrie sie den Hunden zu. «Tötet ihn! Tötet ihn! Tötet ihn!»

Ich lief los, doch da erkannte ich, dass ich nicht gebraucht wurde.

Die Christen reden viel über Wunder, und ich wollte immer einmal selbst so eine Zauberei erleben. Sie behaupten, Blinde würden wieder sehend, Krüppel könnten wieder laufen und der Leprakranke geheilt werden. Ich habe sie Geschichten von Männer erzählen hören, die über Wasser laufen konnten, und sogar von Toten, die aus ihren Gräbern wiederauferstanden seien, aber mit eigenen Augen habe ich so etwas nie gesehen. Wenn ich eine dieser Zaubereien selbst gesehen hätte, dann wäre ich heute ein Christ, aber die Priester sagen, uns müsse stattdessen der Glaube genügen. Doch an diesem Tag, in dem unaufhörlichen Regen, sah ich etwas, das einem Wunder so nahe wie nur irgendetwas kam, das ich jemals erlebt habe.

Pater Beocca hinkte in seiner schmutzstarrenden Priesterkutte geradewegs in die Meute der bösartigen Hunde. Sie hatten den Befehl bekommen, sich auf ihn zu stürzen, und Thyra schrie, sie sollten ihn töten, doch Beocca beachtete die Bestien gar nicht, und sie schreckten vor ihm zurück. Sie winselten sogar, als fürchteten sie den schielenden Krüppel, und er humpelte ruhig an ihren grässlichen Fängen vorbei und ließ Thyra nicht aus den Augen, deren Gekreisch langsam zu einem Wimmern und dann zu lautem Schluchzen wurde. Ihr Umhang stand offen und ließ ihre narbenübersäte Nacktheit sehen, und Beocca nahm seinen durchweichten Umhang und legte ihn um ihre Schultern. Sie hatte das Gesicht in ihre Hände gebettet. Sie wimmerte immer noch, und die Hunde jaulten aus Mitgefühl gemeinsam mit ihr, und Ragnar sah einfach nur zu. Ich dachte, Beocca würde Thyra wegführen, doch er legte seine Hände um ihr Gesicht, und dann schüttelte er sie unvermittelt. Er schüttelte sie sehr fest, und als er es tat, rief er den Himmel an. «Herr!», rief er, «nimm diesen Dämon von ihr! Lass das Böse aus ihr herausfahren! Erlöse sie aus der Knechtschaft Abaddons!» Da schrie sie, und die Hunde warfen ihre Köpfe zurück und heulten den Regen an. Ragnar stand wie erstarrt. Beocca schüttelte erneut Thyras Kopf, und er tat es so heftig, dass ich fürchtete, er würde ihr das Genick brechen. «Erlöse sie von dem Bösen, Herr!», rief er. «Nimm sie auf in Deiner Liebe und Deiner großen Gnade!» Er starrte in die Wolken. Seine verkrüppelte Hand hielt Thyras Haar mit den toten Efeuranken, und er ließ ihren Kopf nach vorne und zurück fahren, während er mit einer lauteren Stimme als der eines Kriegsherrn auf dem Schlachtfeld seine Gebete intonierte. «Im Namen des Vaters», rief er, «und des Sohnes und des Heiligen Geistes, befehle ich euch, ihr verderbten Dämonen, aus diesem Mädchen auszufahren. Ich werfe euch in den Abgrund zurück. Ich verbanne euch! Ich schicke euch für die Ewigkeit und einen Tag in die Hölle, und ich tue es im Namen des Vaters und des Sohnes und des Heiligen Geistes! Fahrt aus!»

Und da begann Thyra auf einmal zu weinen. Nicht zu kreischen und zu schluchzen und keuchend um Atem zu ringen, sondern einfach leise zu weinen, und sie ließ ihren Kopf an Beoccas Schulter sinken, und er legte seine Arme um sie und wiegte sie und sah uns voller Groll an, als stünden wir, blutbeschmiert, bewaffnet und kampfbereit, wie wir waren, im Bund mit den Dämonen, die er verbannt hatte. «Es geht ihr jetzt gut», sagte er unbeholfen. «Es geht ihr jetzt gut. Oh, weg mit euch!» Dieser gereizte Befehl galt den Hunden, und erstaunlicherweise gehorchten sie ihm und schlichen sich davon und ließen Ragnar in Frieden. «Wir müssen dafür sorgen, dass sie es warm hat», sagte Beocca, «und wir müssen ihr etwas Richtiges zum Anziehen geben.»

«Ja», sagte ich, «das müssen wir.»

«Nun, wenn du es nicht tun willst», sagte Beocca ungehalten, weil ich mich nicht rührte, «dann werde ich es tun.» Er führte Thyra zu Kjartans Palas, aus dessen Abzug im Dach noch immer Rauch stieg. Ragnar wollte, dass ich sie begleitete, doch ich schüttelte den Kopf, und er ließ es dabei. Dann stellte ich meinen rechten Fuß auf Kjartans Körper und zerrte den Herzbrecher aus der Leiche. Ich gab Ragnar sein Schwert, und er umarmte mich, doch keiner von uns beiden empfand ein Hochgefühl. Wir hatten das Unmögliche geschafft, wir hatten Dunholm eingenommen, doch Ivarr lebte immer noch, und Ivarr war der gefährlichere Feind.

«Was soll ich Thyra sagen?», fragte mich Ragnar.

«Du sagst ihr die Wahrheit», antwortete ich, weil ich nicht wusste, was ich sonst sagen sollte. Und dann ging ich Gisela holen.

Gisela und Brida halfen Thyra beim Waschen. Sie wuschen ihren Körper und ihr Haar, sie befreiten es von den Efeuranken und kämmten die goldenen Strähnen aus, und dann trockneten sie es vor dem großen Feuer in Kjartans Palas, und sie kleideten Thyra in ein einfaches, wollenes Gewand und einen Umhang aus Otternfell. Ragnar setzte sich zu ihr ans Feuer und sprach mit ihr. Sie blieben bei diesem Gespräch unter sich, und ich trat mit Pater Beocca vor das Haus. Es hatte zu regnen aufgehört. «Wer ist Abaddon?», fragte ich.

«Ich war für deine Erziehung verantwortlich», sagte er,

«und ich schäme mich vor mir selbst. Wie kannst du das nicht wissen?»

«Ich weiß es eben nicht», sagte ich. «Also, wer ist er?»

«Der dunkle Engel des bodenlosen Abgrundes natürlich. Ich bin sicher, dass ich dir das beigebracht habe. Er ist der erste Dämon, der dich quält, wenn du nicht Buße tust und das Christentum annimmst.»

«Ihr seid ein tapferer Mann, Pater.»

«Unsinn.»

«Ich wollte zu ihr», sagte ich, «aber die Hunde haben mich zu sehr geängstigt. Diese Bestien haben heute dreißig oder mehr Männer getötet, und Ihr seid einfach zwischen sie gelaufen.»

«Das sind doch nur Hunde», sagte er geringschätzig. «Wenn Gott und Sankt Cuthbert mich nicht einmal vor Hunden beschützen können, wozu sind sie dann überhaupt fähig?»

Ich unterbrach ihn, legte ihm beide Hände auf die Schultern und drückte sie. «Ihr wart sehr mutig, Pater», beharrte ich, «und ich bewundere Euch dafür.»

Beocca war überaus geschmeichelt von diesem Lob, doch er bemühte sich dennoch um Bescheidenheit. «Ich habe einfach nur gebetet», sagte er, «und Gott hat alles andere getan.» Ich ließ ihn los, und er ging ein paar Schritte und trat nebenbei mit seinem Klumpfuß an einen Speer, der nach dem Kampf liegen geblieben war. «Ich habe nicht geglaubt, dass die Hunde mir etwas tun würden», sagte er, «weil ich Hunde immer gemocht habe. Als Kind hatte ich selbst einen Hund.»

«Ihr solltet Euch wieder einen anschaffen», sagte ich. «Ein Hund wäre Euch ein treuer Gefährte.»

«Ich konnte als Junge nicht arbeiten», fuhr er fort, als hätte ich nichts gesagt. «Gut, ich konnte Steine sammeln und die Vögel von der frischen Saat verjagen, aber ich konnte keine richtigen Arbeiten verrichten. Der Hund war mein Freund, aber dann ist er gestorben. Ein paar andere Jungen haben ihn getötet.» Er blinzelte ein paar Mal. «Thyra ist eine schöne Frau, findest du nicht?», sagte er versonnen.

«Jetzt ist sie es wieder», stimmte ich zu.

«Diese Narben an ihren Armen und Beinen», sagte er, «ich hatte geglaubt, Kjartan oder Sven hätten sie verletzt. Aber sie waren es nicht. Sie hat es selbst getan.»

«Sie hat sich selbst geschnitten?»

«Sich mit Messern aufgeritzt, wie sie mir erzählt hat. Warum hat sie das nur getan?»

«Um sich hässlich zu machen?», schlug ich vor.

«Aber das ist sie nicht», sagte Beocca verständnislos. «Sie ist wunderschön.»

«Ja», sagte ich, «das ist sie.» Wieder erfüllte mich Mitleid für Beocca. Er wurde alt, und er war immer ein Krüppel und immer hässlich gewesen, und er hatte immer heiraten wollen, doch niemals war ihm die Liebe begegnet, von der er träumte. Er hätte Mönch werden sollen, sodass er gar nicht hätte heiraten dürfen. Stattdessen war er Priester, und er hatte eine Priesterseele, denn nun sah er mich mit strenger Miene an.

«Alfred hat mich geschickt, um Frieden zu predigen», sagte er, «und ich habe gesehen, wie du einen heiligen Bruder getötet hast, und jetzt noch dies hier.» Er verzog das Gesicht, als er auf die Toten deutete.

«Alfred hat uns geschickt, um für Guthreds Sicherheit zu sorgen», erinnerte ich ihn.

«Und wir müssen dafür sorgen, dass der Heilige Cuthbert sicher ist», mahnte er mich.

«Das werden wir.»

«Wir können nicht hierbleiben, Uhtred, wir müssen zurück nach Cetreht.» Er sah zu mir empor, und in seinem guten Auge stand Besorgnis. «Wir müssen Ivarr schlagen!»

«Das werden wir auch, Pater», sagte ich.

«Er hat das größte Heer in ganz Northumbrien!»

«Aber er wird ganz allein sterben, Pater.» Ich wusste selbst nicht, warum ich das gesagt hatte. Die Worte waren mit einem Mal aus meinem Mund gekommen, und ich dachte, dass ein Gott durch mich gesprochen haben musste. «Er wird allein sterben», wiederholte ich, «das verspreche ich Euch.»

Doch zuvor gab es anderes zu tun. Wir mussten Kjartans Hort unter dem Fußboden des Palas' ausgraben, der als Hundezwinger gedient hatte. Diese Arbeit ließen wir Kjartans Sklaven tun, sie gruben den stinkenden Boden auf, und wir fanden Silberbarren und Fässer mit Gold und Altarkreuze und Armringe und Lederbeutel voller Bernstein, Jett und Granatstein und sogar Ballen wertvoller Seidenstoffe, die den weiten Weg von China gekommen und nun in der feuchten Erde halb verrottet waren. Kjartans besiegte Kämpfer bauten einen Scheiterhaufen für ihre Toten, wenn Ragnar auch verhinderte, dass Kjartan selbst und das, was von seinem Sohn Sven noch übrig war, verbrannt werden durften. Stattdessen wurden ihnen Rüstung und Kleidung genommen, und dann wurden ihre Leichen den Schweinen vorgeworfen, die der Herbstschlachtung entgangen waren und in der nordwestlichen Ecke des Festungsgeländes gehalten wurden.

Die Verantwortung für Dunholm wurde Rollo übertragen. Guthred hatte im Überschwang des Sieges verkündet, die Festung sei nun sein Eigentum, und er würde sie zu einer der Königsfestungen in Northumbrien machen, doch ich nahm ihn beiseite und sagte ihm, er solle Dunholm an

Ragnar abgeben. «Ragnar ist Euch freundlich gesinnt», erklärte ich ihm, «und Ihr könnt darauf vertrauen, dass er Dunholm verteidigen kann.» Auch ich konnte Ragnar vertrauen. Er würde immer wieder in das Gebiet von Bebbanburg eindringen und dafür sorgen, dass mein betrügerischer Onkel beständig in Angst lebte.

Also gab Guthred Dunholm an Ragnar, und Ragnar beauftragte Rollo damit, Dunholm zu halten, und ließ ihm für die Zeit, die wir im Süden waren, dreißig Männer zur Sicherung des Festungswalles da. Mehr als fünfzig von Kjartans geschlagenen Männern leisteten Ragnar den Treueid, doch erst nachdem er festgestellt hatte, dass keiner von ihnen daran beteiligt gewesen war, den Palas seiner Eltern niederzubrennen und damit an ihrem Tod mitschuldig war. Jeder Mann, der diese Mordtaten unterstützt hatte, wurde getötet. Die anderen würden mit uns reiten, zuerst nach Cetreht und dann zu unserem Kampf mit Ivarr.

Und so hatten wir die Hälfte unserer Aufgabe hinter uns gebracht. Kjartan der Grausame und Sven der Einäugige waren tot, doch Ivarr lebte noch, und Alfred von Wessex, wenn er es auch niemals ausgesprochen hatte, wollte auch ihn tot sehen.

Also ritten wir nach Süden.

ELF

Am nächsten Morgen brachen wir auf. Der Regen war nach Süden abgezogen und hatte einen klaren Himmel mit vereinzelten Wolken hinterlassen, unter dem wir durch das große Tor von Dunholm ritten. Wir ließen den Hort in Rollos Obhut. Wir alle waren nun reich, nachdem wir Kjartans Vermögen an uns gebracht hatten, und wenn wir die Begegnung mit Ivarr überlebten, würden wir diese Reichtümer unter uns aufteilen. Ich hatte den Hort, den ich in Fifhaden zurückgelassen hatte, mehr als ersetzt, und ich würde als wohlhabender Mann zu Alfred zurückkehren, sogar als einer der wohlhabendsten Männer seines gesamten Königreichs, und dieser Gedanke heiterte mich auf, als wir uns hinter Ragnars Banner mit der Adlerschwinge zur nächstgelegenen Furt des Wiire aufmachten.

Brida ritt mit Ragnar, Gisela neben mir, und Thyra wich nicht mehr von Beoccas Seite. Ich habe nie erfahren, was Ragnar ihr in Kjartans Palas gesagt hat, aber sie hatte ihren Frieden mit ihm geschlossen. Ihr Wahnsinn war verschwunden. Ihre Fingernägel waren geschnitten, ihr Haar mit Sorgfalt unter einer weißen Haube hochgesteckt, und an diesem Morgen hatte sie ihren Bruder mit einem Kuss begrüßt. Sie wirkte immer noch unglücklich, doch Beocca fand die richtigen Worte, um sie zu trösten, und sie saugte diese Worte auf, als wären sie Wasser und sie stünde kurz vor dem Verdursten. Die beiden ritten Stuten, und Beocca vergaß, während er mit Thyra sprach, wie unwohl er sich im Sattel fühlte. Hinter ihm führte ein Diener ein Packpferd, das mit vier enormen Altarkreuzen aus Kjartans

Hort beladen war. Beocca hatte verlangt, dass sie an die Kirche zurückgegeben wurden, und keiner von uns konnte ihm das verweigern, nachdem er sich als ebenso großer Held wie irgendeiner von uns erwiesen hatte. Nun beugte er sich zu Thyra hinüber, sprach drängend auf sie ein, und sie hörte aufmerksam zu.

«In einer Woche ist sie Christin», sagte Gisela zu mir.

«Wenn es so lange dauert.»

«Was wird jetzt aus ihr?», fragte sie.

Ich zuckte mit den Schultern. «Vermutlich steckt er sie in ein Nonnenkloster.»

«Die arme Frau.»

«Aber wenigstens lernt sie dort Gehorsam», sagte ich. «Sie wird dann bestimmt nie aus zwölf dreizehn machen.»

Gisela versetzte mir einen Klaps auf den Arm, bei dem sie sich selbst wehtat, während ich kaum etwas spürte. «Ich hatte mir geschworen», sagte sie und rieb ihre Knöchel, wo sie über den Ärmel meines Kettenhemdes gerutscht waren, «dich nie mehr zu verlassen, wenn ich dich wiederbekäme. Keinen Moment.»

«Aber dreizehn?», sagte ich. «Wie konntest du so etwas tun?»

«Weil ich wusste, dass die Götter auf unserer Seite sind», antwortete sie einfach. «Ich werfe die Runenstäbe.»

«Und was sagen die Runenstäbe über Ivarr?»

«Dass er sterben wird, wie eine Schlange unter einer Hacke», sagte sie grimmig und zuckte zusammen, weil ihr Schlamm, der von Steapas Pferd hochgeschleudert worden war, ins Gesicht spritzte. Sie wischte ihn ab und sah mich stirnrunzelnd an. «Müssen wir wirklich nach Wessex?»

«Ich habe es Alfred geschworen.»

«Du hast es ihm geschworen?»

«Ich habe ihm den Treueid geleistet.»

«Dann müssen wir nach Wessex», sagte sie ohne jede Begeisterung. «Magst du Wessex?»

«Nein.»

«Und Alfred?»

«Nein.»

«Warum nicht?»

«Er ist zu fromm», sagte ich, «und zu ernst. Und er stinkt.»

«Alle Sachsen stinken», sagte sie.

«Aber er stinkt mehr als die meisten anderen. Es liegt an seiner Krankheit. Er muss die ganze Zeit scheißen.»

Sie zog ein Gesicht. «Wäscht er sich denn nicht?»

«Wenigstens ein Mal im Monat», sagte ich, «und wahrscheinlich noch öfter. Er ist sehr anspruchsvoll, wenn es ums Waschen geht, aber er stinkt trotzdem. Stinke ich auch?»

«Wie ein Eber», sagte sie grinsend. «Werde ich Alfred mögen?»

«Nein. Und er wird deine Anwesenheit auch nicht gutheißen, weil du keine Christin bist.»

Darüber lachte sie nur. «Und was wird er mit dir machen?»

«Er wird mir Land geben», sagte ich, «und erwarten, dass ich für ihn kämpfe.»

«Was bedeutet, dass du gegen die Dänen kämpfst.»

«Die Dänen sind Alfreds Feinde», sagte ich, «also stimmt es. Ich kämpfe gegen die Dänen.»

«Aber das ist mein Volk», sagte sie.

«Und ich habe Alfred meine Treue geschworen», sagte ich, «also muss ich tun, was er will.» Ich lehnte mich im Sattel zurück, als sich mein Hengst seinen Weg einen steilen Abhang hinuntersuchte. «Ich liebe die Dänen», sagte ich, «sogar viel mehr, als ich die Westsachsen liebe, aber es ist mein Schicksal, für Wessex zu kämpfen. Wird bið ful āræd.»

«Und das bedeutet?»

«Dass das Schicksal das Schicksal ist. Dass es über uns herrscht.»

Sie dachte eine Weile darüber nach. Sie trug wieder das Kettenhemd, doch um ihren Hals lag jetzt ein goldener Reif, der aus Kjartans Truhen stammte. Er bestand aus sieben Golddrähten, die umeinander geschlungen waren, und ich hatte ähnliche Reife gesehen, die aus den Gräbern der britischen Anführer aus der alten Zeit geholt worden waren. Der Ring verlieh ihr ein wildes Aussehen, das ihr gut stand. Sie hatte ihr schwarzes Haar unter eine wollene Mütze gesteckt, und auf ihrem schmalen Gesicht lag ein verträumter Ausdruck, und mir ging durch den Kopf, dass ich für alle Zeiten einfach nur dieses Gesicht anschauen könnte. «Und wie lange bist du als Alfreds Mann verpflichtet?»

«Bis er mich von meinem Eid entbindet», sagte ich, «oder bis entweder er oder ich tot sind.»

«Aber du hast doch gesagt, dass er krank ist. Wie lange wird er wohl noch leben?»

«Vermutlich nicht mehr besonders lange.»

«Und wer wird dann König?»

«Ich weiß nicht», sagte ich und wünschte, ich hätte eine andere Antwort gehabt. Alfreds Sohn Edward war ein ewig greinendes Kind und viel zu jung für den Thron, und Alfreds Neffe Æthelwold, dem Alfred die Krone abgenommen hatte, war ein trunksüchtiger Narr. Der trunksüchtige Narr hatte größere Anrechte auf den Thron, doch mit einem Mal überraschte ich mich selbst dabei, Alfred ein langes Leben zu wünschen. Ich wunderte mich über mich selbst. Ich hatte Gisela die Wahrheit gesagt, ich mochte Alfred nicht, aber ich erkannte dennoch an, dass er auf der britannischen Insel die wahre Macht verkörperte. Kein anderer hatte solche Ziele, kein anderer hatte diese Entschlusskraft, und Kjartans Tod war weniger auf uns als auf Alfred zurückzuführen. Er hatte uns in den Norden geschickt, und er hatte gewusst, dass wir tun würden, was er wollte, auch wenn er uns nicht ausdrücklich gesagt hatte, was das war, und auf einmal wurde mir klar, dass ein Dasein als Alfreds Schwurmann vielleicht doch nicht so trübselig war, wie ich befürchtet hatte. Aber wenn er bald starb, dann wäre sein Tod das Ende von Wessex. Die Thegn würden um die Krone kämpfen, und die Dänen würden die Schwäche des Landes ausnutzen und wie ein Rabenschwarm einfallen, um die besten Stücke aus dem Kadaver zu reißen.

«Wenn du Alfreds eingeschworener Mann bist», fing Gisela zurückhaltend an, und mir wurde klar, dass ihr ähnliche Gedanken durch den Kopf gegangen sein mussten, «warum hat er dich dann hierherkommen lassen?»

«Weil er will, dass dein Bruder in Northumbrien regiert.»

Sie dachte über meine Antwort nach. «Weil Guthred so eine Art Christ ist?»

«Das ist Alfred sehr wichtig», sagte ich.

«Oder weil Guthred schwach ist?», fragte sie weiter.

«Ist er denn schwach?»

«Du weißt, dass er es ist», sagte sie spöttisch. «Er ist ein liebenswürdiger Mann, und die Leute haben ihn schon immer gemocht, aber er versteht es nicht, Härte zu zeigen. Er hätte Ivarr gleich töten sollen, als er ihm das erste Mal begegnet ist, und Hrothweard hätte er schon längst in die Verbannung schicken sollen, aber er hat es nicht gewagt. Er fürchtet Sankt Cuthbert viel zu sehr.»

«Und warum sollte Alfred einen schwachen König auf Northumbriens Thron haben wollen?», fragte ich sanft.

«Damit Northumbrien schwach ist», sagte sie, «wenn eines Tages die Sachsen kommen und ihr Land zurückhaben wollen.»

«Ist es das, was deine Runenstäbe voraussagen?»

«Sie sagen», antwortete Gisela, «dass wir zwei Söhne und eine Tochter haben werden und dass dir der eine Sohn das Herz brechen und dich der andere stolz machen und dass deine Tochter die Mutter von Königen sein wird.»

Ich lachte über diese Voraussage, aber nicht, weil ich spotten wollte, sondern weil Gisela das alles mit solcher Überzeugung vorbrachte. «Und bedeutet das», fragte ich, «dass du mit nach Wessex kommst, auch wenn ich gegen die Dänen kämpfe?»

«Es bedeutet», sagte sie, «dass ich nicht von deiner Seite weichen werde. Das ist mein Schwur.»

Ragnar hatte Späher vorausgeschickt, und während der Tag langsam verstrich, kamen einige von ihnen auf erschöpften Pferden zurück. Ivarr, so hatten sie erfahren, hatte Eoferwic besetzt. Es war ganz leicht für ihn gewesen, und Guthreds ausgedünnte Festungsmannschaft hatte die Stadt lieber kampflos übergeben, als sich in ihren Straßen abschlachten zu lassen. Ivarr hatte geplündert, was er konnte, eine neue Wachmannschaft auf den Festungswall gestellt und zog nun schon wieder Richtung Norden. Von dem Fall Dunholms konnte er bisher kaum gehört haben, also hatte er vermutlich vor, Guthred irgendwo zu stellen, der nach seiner Vermutung noch in Cetreht lag oder hoffnungslos in Richtung der Einöde von Cumbrien irrte. Ivarrs Streitmacht, so erzählten die Leute, sollte eine riesige Horde sein. Manche behaupteten, Ivarr gebiete über zweitausend Speere, doch diese Zahl taten Ragnar und ich ab. Dennoch war ich sicher, dass Ivarrs Männer weit in der Überzahl waren und dass er vermutlich auf der gleichen Römerstraße nordwärts zog, auf der wir nach Süden unterwegs waren. «Können wir gegen ihn kämpfen?», fragte Guthred.

«Wir können gegen ihn kämpfen», antwortete Ragnar an meiner statt, «aber wir können sein Heer nicht besiegen.»

«Und warum ziehen wir dann nach Süden?»

«Um Cuthbert zu retten», sagte ich, «und um Ivarr zu töten.»

«Aber wenn wir ihn doch nicht besiegen können», sagte Guthred verwirrt.

«Wir stellen uns zum Kampf gegen ihn», sagte ich und brachte Guthred damit noch weiter durcheinander, «und wenn wir ihn nicht schlagen können, dann ziehen wir uns nach Dunholm zurück. Dafür haben wir es doch eingenommen, als Rückzugsmöglichkeit.»

«Wir überlassen den Göttern die Entscheidung», erklärte Ragnar, und weil wir so zuversichtlich waren, fragte Guthred nicht weiter.

Am gleichen Abend erreichten wir Cetreht. Wir waren schnell vorwärtsgekommen, weil wir die ganze Strecke lang auf der Römerstraße bleiben konnten, und als die Sonne die Hügel im Westen rot färbte, durchquerten wir bei einer Furt den Swale. Die Geistlichen hatten, statt sich in die Hügel zurückzuziehen, die kargen Annehmlichkeiten Cetrehts vorgezogen, und niemand hatte sie belästigt, während wir nach Dunholm geritten waren. Sie hatten in den südlich gelegenen Hügeln dänische Reiter gesehen, doch keiner dieser Berittenen hatte sich der Festung genähert. Die Reiter hatten sie beobachtet, durchgezählt und waren wieder abgezogen, und ich vermutete, dass diese Männer Späher von Ivarr gewesen waren.

Pater Hrothweard und Abt Eadred zeigten sich nicht sehr beeindruckt davon, dass wir Dunholm erobert hatten. Alles, was sie kümmerte, war der Leichnam des Heiligen und die anderen wertvollen Reliquien, die sie noch am Abend auf dem Friedhof ausgruben und in einer feierlichen Prozession in die Kirche trugen. Bei dieser Gelegenheit traf ich auf Aidan, den Verwalter von Bebbanburg, und seine zwei Dutzend Männer, mit denen er im Dorf gewartet hatte. «Ihr könnt nun sicher nach Hause reiten», erklärte ich ihm, «denn Kjartan ist tot.»

Aidan glaubte mir nicht sofort. Dann verstand er, was uns gelungen war, und er musste gefürchtet haben, dass die Männer, die Dunholm eingenommen hatten, als Nächstes gegen Bebbanburg ziehen würden. Und genau das wollte ich auch tun, aber ich hatte geschworen, noch vor der Heiligen Nacht zu Alfred zurückzukehren, und deshalb blieb mir nicht genug Zeit, um meinen Onkel herauszufordern.

«Wir sollten morgen früh aufbrechen», sagte Aidan.

«Das werdet Ihr», stimmte ich zu, «und wenn Ihr Bebbanburg erreicht habt, dann werdet Ihr meinem Onkel berichten, dass ich in Gedanken unablässig bei ihm bin. Ihr werdet ihm berichten, dass ich seine Braut genommen habe. Und Ihr werdet ihm an meiner statt versprechen, dass ich ihm eines Tages den Bauch aufschlitzen werde, und wenn er stirbt, bevor ich dieses Versprechen erfüllen kann, dann versprecht ihm an meiner statt, dass ich zum Ersatz seinen Söhnen die Eingeweide aus dem Bauch reißen werde, und wenn seine Söhne ebenfalls Söhne haben, dann töte ich auch sie. Sagt ihm all das, und sagt ihm, dass die Leute gedacht haben, Dunholm sei ebenso wie Bebbanburg uneinnehmbar, und dass Dunholm unter meinem Schwert gefallen ist.»

«Ivarr wird Euch töten», sagte Aidan höhnisch.

«Darauf würde ich nicht wetten», sagte ich.

In dieser Nacht beteten ausnahmslos alle Christen. Sie versammelten sich in der Kirche, und ich dachte, sie würden vielleicht ihren Gott um den Sieg über die heranrückende Streitmacht Ivarrs bitten, doch stattdessen dankten sie ihm nur dafür, dass er die wertvollen Reliquien beschützt hatte. Sie stellten den geöffneten Sarg mit Sankt Cuthberts Leiche vor dem Altar auf, den sie mit dem Kopf des Heiligen Oswald, dem Evangeliar und dem Reliquiar mit den Barthaaren des Heiligen Augustinus geschmückt hatten. Sie sangen Hymnen, sie beteten, sangen noch mehr Hymnen, und ich dachte schon, sie würden niemals mehr aufhören zu beten, doch dann, mitten im dunklen Herzen der Nacht, waren sie endlich still.

Ich lief auf dem niedrigen Festungswall entlang und musterte unter dem schwachen Licht des abnehmenden Mondes den Verlauf der Römerstraße Richtung Süden. Von dort würde Ivarr kommen, und ich konnte nicht sicher sein, dass er keine sorgfältig ausgewählte Reitergruppe zu einem nächtlichen Angriff losschicken würde, und deshalb hatte ich hundert Männer in den Gassen des Dorfes Aufstellung nehmen lassen. Doch der Angriff blieb aus, und als in der Dunkelheit Nebel aufstieg und die Felder mit einem Schleier überzog, kam Ragnar, um mich abzulösen. «Wir werden morgen früh Reif bekommen», sagte er zu mir.

«Das werden wir», stimmte ich zu.

Er stampfte mit den Füßen auf, damit sie warm wurden. «Meine Schwester», sagte er, «hat mir erzählt, dass sie nach Wessex gehen und sich taufen lassen wird.»

«Überrascht dich das?»

«Nein», sagte er. Er sah die lange, gerade Straße hinunter. «Es ist wohl das Beste», sagte er niedergeschlagen, «und sie mag Pater Beocca. Was wird nun aus ihr werden?»

«Ich vermute, dass sie Nonne wird», sagte ich, denn ich konnte mir nicht vorstellen, welches andere Schicksal in Alfreds Wessex auf sie warten sollte.

«Ich habe sie im Stich gelassen», sagte er, und ich erwiderte nichts, denn es war die Wahrheit. «Musst du zurück nach Wessex?», fragte er.

«Ja. Ich habe es geschworen.»

«Schwüre können gebrochen werden», sagte er ruhig, und das stimmte, aber in einer Welt, in der die verschiedensten Götter herrschen und allein die drei Spinnerinnen den Lauf des Schicksals kennen, sind Schwüre unsere einzige Sicherheit. Wenn ich einen Schwur brach, konnte ich nicht erwarten, dass andere mir gegenüber ihre Schwüre hielten. So viel hatte ich gelernt.

«Ich werde den Eid nicht brechen, den ich Alfred geleistet habe», sagte ich, «aber ich werde dir einen anderen Eid schwören. Ich schwöre dir, dass ich niemals gegen dich kämpfen werde und dass alles, was mein ist, auch dein ist, und dass ich tun werde, was ich kann, wann immer du Hilfe brauchst.»

Ragnar schwieg eine Weile lang. Dann trat er gegen eine Grassode auf der Wallkrone und blickte in den Nebel. «Ich schwöre dir das Gleiche», sagte er leise, und weil er sich in ebenso peinlicher Verlegenheit befand wie ich, trat er erneut gegen die Grassode. «Mit wie vielen Männern wird Ivarr wohl kommen?»

«Achthundert?»

Er nickte. «Und wir haben nicht einmal dreihundert.»

«Es wird nicht zum Kampf kommen.»

«Nein?»

«Ivarr wird sterben», sagte ich, «und damit wird es zu Ende sein.» Ich berührte das Heft Schlangenhauchs, um mein Glück zu beschwören, und spürte dabei die leicht erhabenen Ränder von Hilds Kreuz. «Er wird sterben», sagte ich erneut und betastete immer noch das Kreuz, «und Guthred wird regieren, und er wird tun, was du ihm zu tun rätst.»

«Willst du, dass ich ihm sage, er soll Ælfric angreifen?», fragte er.

Ich dachte kurz darüber nach. «Nein.»

«Nein?»

«Bebbanburg ist zu stark», sagte ich, «und es gibt kein zweites Tor wie in Dunholm. Außerdem will ich Ælfric selber töten.»

«Wird Alfred dir das erlauben?»

«Er wird», sagte ich, obwohl ich in Wirklichkeit bezweifelte, dass Alfred mir diesen Luxus jemals gestatten würde, aber ich war sicher, dass es mein Schicksal war, nach Bebbanburg zurückzukehren, und ich vertraute auf dieses Los. Ich wandte mich um und ließ meinen Blick über das Dorf schweifen. «Alles ruhig?»

«Alles ruhig», sagte Ragnar. «Sie haben mit dem Beten aufgehört und schlafen jetzt. Du solltest auch schlafen.»

Ich kehrte ins Dorf zurück, doch bevor ich zu Gisela ging, öffnete ich leise die Kirchentür und sah im schwachen, flackernden Licht einiger Altarkerzen Priester und Mönche auf dem Boden schlafen. Einer von ihnen schnarchte. Ich schloss die Tür ebenso leise wieder, wie ich sie geöffnet hatte.

In der Morgendämmerung weckte mich Sihtrics Gehämmer gegen den Türsturz. «Sie sind da, Herr!», rief er. «Sie sind da!»

«Wer ist da?»

«Ivarrs Männer, Herr.»

«Wo?»

«Auf der anderen Seite des Flusses, Herr! Reiter!»

Es waren nur etwa einhundert Reiter, und sie versuchten nicht, die Furt zu überqueren, und deshalb vermutete ich, sie seien nur zum Nordufer des Swale befohlen worden, um uns den Fluchtweg abzuschneiden. Ivarrs Hauptstreitmacht würde von Süden her auftauchen, wenn das auch keine Aussicht war, die in dieser nebligen Dämmerung für große Begeisterung sorgen konnte. Dann hörte ich im Dorf Männerrufe. «Was geht da vor?», fragte ich Sihtric.

«Die Christen sind in Aufruhr, Herr.»

Ich ging zur Kirche und stellte fest, dass das goldene Reliquiar mit den Barthaaren des Heiligen Augustinus, das überaus wertvolle Geschenk Alfreds an Guthred, gestohlen worden war. Es hatte zusammen mit den anderen Reliquien auf dem Altar gestanden, doch über Nacht war es verschwunden, und Pater Hrothweard jammerte neben einem Loch, das hinter dem Altar in die Flechtmauer gerissen worden war. Auch Guthred war da und hörte Abt Eadred zu, der den Diebstahl als ein Zeichen göttlicher Missbilligung deutete.

«Und was missbilligt Gott?», fragte Guthred.

«Die Heiden natürlich», knurrte Eadred.

Pater Hrothweard schaukelte im Stehen vor und zurück, rang die Hände und rief die göttliche Rache auf die Häupter der Ungläubigen herab, die das heilige Kleinod gestohlen und die Kirche entweiht hatten. «Offenbare uns die Schuldigen, Herr!», rief er und dann sah er mich und fand scheinbar, dass damit die Offenbarung eingetreten war, denn sofort deutete er auf mich. «Er war es!», spie er aus.

«Wart Ihr es?», fragte Guthred.

«Nein, Herr», sagte ich.

«Er war es!», beharrte Hrothweard.

«Ihr müsst die Habe all dieser Heiden durchsuchen»,

erklärte Eadred an Guthred gewandt, «denn wenn die Reliquie nicht gefunden wird, dann ist unsere Niederlage sicher. Für diese Sünde werden wir von Ivarr vernichtet werden. So wird uns Gott für diesen Frevel züchtigen.»

Es schien mir eine seltsame Strafe zu sein, einem heidnischen Dänen zu gestatten, einen christlichen König niederzuwerfen, weil eine Reliquie gestohlen worden war, doch die Voraussage schien zuzutreffen, denn am Vormittag, während in der Kirche immer noch eine hoffnungslose Suche nach dem Reliquiar durchgeführt wurde, brachte einer von Ragnars Leuten die Nachricht, dass Ivarrs Streitmacht in Sicht war. Sie zogen von Süden her auf uns zu und bildeten schon eine halbe Meile vor Ragnars kleiner Truppe ihren Schildwall.

Auch für uns war es Zeit, sich bereit zu machen. Guthred und ich trugen schon unsere Kettenhemden, unsere Pferde waren gesattelt, und wir mussten nur noch hinausreiten und uns einen Platz in Ragnars Schildwall suchen, doch der Verlust der Reliquie hatte Guthred völlig außer Fassung gebracht. Als wir aus der Kirche getreten waren, nahm er mich beiseite. «Könnt Ihr Ragnar fragen, ob er sie genommen hat?», bat er mich. «Oder ob es vielleicht einer seiner Leute war?»

«Ragnar hat sie nicht genommen», sagte ich verächtlich. «Wenn Ihr den Schuldigen finden wollt», fuhr ich fort, «dann durchsucht die dort.» Ich deutete auf Aidan und seine Reiter, die nun, nachdem Ivarr in der Nähe war, nur allzu gerne Richtung Norden aufbrechen wollten, es aber nicht wagten, solange Ivarrs Leute die Furt über den Swale blockierten. Guthred hatte sie gebeten, sich in unseren Schildwall einzureihen, doch das hatten sie abgelehnt, und nun warteten sie nur noch auf eine Gelegenheit, sich davonzumachen.

«Kein Christ würde die Reliquie stehlen!», rief Hrothweard, der meinen letzten Satz gehört hatte. «Das ist die Untat eines Heiden!»

Inzwischen hatte Guthred das Grauen gepackt. Er glaubte immer noch an den christlichen Zauber, und er betrachtete den Diebstahl als ein Zeichen kommenden Unglücks. Er verdächtigte Aidan keineswegs, aber er wusste auch nicht, wen er sonst verdächtigen sollte, und deshalb ebnete ich ihm den Weg noch weiter.

Ich rief Finan und Sihtric, die darauf warteten, mich zum Schildwall zu begleiten. «Dieser Mann», erklärte ich Guthred und deutete auf Finan, «ist ein Christ. Du bist doch Christ, oder, Finan?»

«Das bin ich, Herr.»

«Und er ist Ire», sprach ich weiter, denn jeder weiß, dass die Iren über die Gabe der Wahrsagerei verfügen. Finan, der genauso wenig wahrsagen konnte wie ich, bemühte sich um einen rätselhaften Gesichtsausdruck. «Er wird Eure Reliquie finden», versprach ich.

«Wirklich?», fragte Guthred eifrig.

«Ja, Herr», sagte Finan zuversichtlich.

«Dann tue es, Finan», sagte ich, «während ich Ivarr töte. Und bringe uns den Schuldigen, sobald du ihn gefunden hast.»

«Das werde ich.»

Ein Diener brachte mir mein Pferd. «Kann Euer Ire die Reliquie wirklich finden?», fragte Guthred.

«Ich werde der Kirche all mein Silber geben», sagte ich laut genug, damit es ein Dutzend Männer hören konnten, «und ich werde ihr mein Kettenhemd, meinen Helm, meine Armringe und meine Schwerter geben, wenn Finan Euch nicht sowohl die Reliquie als auch den Dieb bringt. Er ist Ire, und die Iren besitzen geheimnisvolle Fähigkeiten.» Ich richtete meinen Blick auf Hrothweard. «Habt Ihr das gehört, Priester? Ich verspreche der Kirche mein gesamtes Vermögen, wenn Finan den Dieb nicht ausfindig machen sollte!»

Hrothweard hatte dazu nichts zu sagen. Er funkelte mich böse an, doch ich hatte mein Versprechen in aller Öffentlichkeit gegeben, und es bezeugte meine Unschuld, also begnügte er sich damit, meinem Pferd vor die Hufe zu spucken. Gisela, die gekommen war, um die Zügel des Hengstes zu halten, musste zur Seite springen, um der Spucke auszuweichen. Sie berührte meinen Arm, als sie meine Steigbügel nach vorn ausrichtete. «Kann Finan die Reliquie finden?», fragte sie mich leise.

«Er kann es», versprach ich.

«Weil er geheimnisvolle Fähigkeiten hat?»

«Weil er sie gestohlen hat, meine Liebe», flüsterte ich ihr zu, «und zwar auf meine Anweisung. Vermutlich steckt der Kasten jetzt gerade in einem Misthaufen.» Ich lächelte sie an, und sie lachte leise.

Dann setzte ich meinen Fuß in den Steigbügel und wollte mich gerade in den Sattel schwingen, als mich Gisela noch einmal aufhielt. «Sei vorsichtig», sagte sie. «Ivarr ist ein gefürchteter Krieger.»

«Er ist ein Lothbrok», sagte ich, «und alle Lothbroks kämpfen gut. Sie lieben den Krieg. Aber sie kämpfen wie irre Hunde, bestehen nur aus Raserei und Wildheit, und deshalb sterben sie am Ende auch wie irre Hunde.» Ich stieg auf meinen Hengst, angelte mit dem rechten Fuß nach dem zweiten Steigbügel, und dann ließ ich mir von Gisela meinen Helm und meinen Schild geben. Zum Lebewohl berührte ich noch einmal ihre Hand, dann nahm ich die Zügel und folgte Guthred in südlicher Richtung.

Wir wollten uns Ragnars Schildwall anschließen. Er war

nur kurz und wurde von Ivarrs viel längerem Schildwall, der südlich von uns stand, an beiden Seiten weit überragt. Ivarrs Wall war mehr als zwei Mal so lang wie unserer, und das bedeutete, dass seine Leute unsere gesamte Linie einschließen und unsere Männer von den Flanken her töten konnten. Wenn es zum Kampf käme, würden wir einfach abgeschlachtet werden, und das wussten Ivarrs Leute. Ihr Schildwall blitzte vor Speeren und Äxten, und schon jetzt feierten sie ihren bevorstehenden Sieg. Sie schlugen mit ihren Waffen gegen ihre Schilde, und das dumpfe Trommelgeräusch rollte durch das weite Tal des Swale, und es steigerte sich zu einem klirrenden Donnern, als Ivarrs Rabenbanner in der Mitte ihrer Linie erhoben wurde. Um das Banner hatte sich eine Gruppe Reiter versammelt, die sich nun aus dem Schildwall löste und auf uns zuritt. Unter den Reitern befand sich Ivarr ebenso wie sein rattengesichtiger Sohn.

Guthred, Steapa, Ragnar und ich ritten Ivarr ein kleines Stück entgegen, und dann warteten wir. Die Reitergruppe, die auf uns zukam, bestand aus zehn Männern, doch ich sah nur Ivarr. Er saß auf Witnere, und das hatte ich mir erhofft, denn so hatte ich einen Grund, Streit mit Ivarr anzufangen, doch noch hielt ich mich zurück und ließ Guthred ein paar Schritte vor mir reiten. Ivarr musterte uns einen nach dem anderen. Einen Augenblick lang wirkte er von meinem Anblick überrascht, doch er sagte nichts. Ragnar vor sich zu sehen schien ihn zu verwirren, und Steapas enorme Größe beeindruckte ihn sichtlich, doch Ivarr wandte sich an keinen von uns dreien, sondern nickte stattdessen in Guthreds Richtung. «Würmerschiss», grüßte er den König.

«Herr Ivarr», gab Guthred zurück.

«Ich bin heute in seltsam gnädiger Stimmung», sagte Ivarr, «wenn Ihr abzieht, dann verschone ich Eure Männer.»

«Wir haben keinen Streit», sagte Guthred, «der nicht durch Verhandlungen beigelegt werden könnte.»

«Verhandlungen», knurrte Ivarr und schüttelte den Kopf. «Verschwindet aus Northumbrien», sagte er, «und zwar weit weg, Ihr Würmerschiss. Ihr könnt zu Euren Freunden in Wessex gehen, aber Eure Schwester lasst Ihr als Geisel hier. Wenn Ihr das tut, werde ich Gnade walten lassen!» Er war jedoch nicht gnädig, sondern nur vernünftig. Die Dänen waren unbarmherzige Krieger, aber auch viel vorsichtiger, als ihr Ruf glauben machte. Ivarr war zum Kampf bereit, aber noch lieber wollte er, dass die Gegenseite sich ergab, denn dann würde er keine Männer verlieren. Er würde in diesem Kampf siegen, doch für diesen Sieg musste er mit dem Tod von sechzig oder siebzig seiner Krieger rechnen, und das war eine vollständige Schiffsbesatzung und damit ein hoher Preis. Es war besser, Guthred am Leben zu lassen. Ivarr ließ Witnere ein paar Schritte zur Seite machen, sodass er an Guthred vorbei Ragnar ansehen konnte. «Ihr haltet Euch in merkwürdiger Gesellschaft auf, Herr Ragnar.»

«Vor zwei Tagen», sagte Ragnar, «habe ich Kjartan den Grausamen getötet. Dunholm ist nun mein. Ich überlege, Herr Ivarr, ob ich Euch vielleicht auch töten sollte, damit Ihr es mir nicht streitig machen könnt.»

Wenn Ivarr überhaupt etwas erschrecken konnte, dann zog jetzt ein beunruhigter Ausdruck über sein Gesicht. Er warf einen Blick auf Guthred, und dann sah er mich an, als suche er nach einer Bestätigung für Kjartans Tod, doch unsere Mienen verrieten nichts. Ivarr zuckte mit den Schultern. «Ihr hattet einen Streit mit Kjartan», sagte er zu Ragnar, «und das war Eure Angelegenheit, nicht meine. Ich würde Euch als Freund willkommen heißen. Unsere Väter waren auch Freunde, war es nicht so?»

«Das waren sie», sagte Ragnar.

«Dann sollten wir ihre Freundschaft erneuern», sagte Ivarr.

«Warum sollte er mit einem Dieb Freundschaft schließen?», fragte ich.

Ivarr sah mich an, in seinen Schlangenaugen stand keine Regung. «Ich habe gestern eine Ziege kotzen sehen», sagte er, «und was sie hochwürgte, hat mich an Euch erinnert.»

«Ich habe gestern eine Ziege scheißen sehen», gab ich zurück, «und was sie hat fallen lassen, hat mich an Euch erinnert.»

Darauf antwortete Ivarr mit einem höhnischen Grinsen, doch er beschloss, die Beleidigungen nicht mehr fortzusetzen. Sein Sohn jedoch zog das Schwert, und Ivarr hob warnend die Hand, um dem Jungen zu zeigen, dass der Moment zum Töten noch nicht gekommen war. «Macht Euch davon», sagte er zu Guthred, «macht Euch schnell davon, und ich werde vergessen, Euch jemals gesehen zu haben.»

«Die Ziegenkacke hat mich an Euch erinnert», sagte ich, «aber ihr Geruch hat mich an Eure Mutter erinnert. Es hat widerlich ranzig gestunken, aber was soll man von einer Hure erwarten, die einen Dieb geboren hat?»

Einer der Krieger hielt Ivarrs Sohn zurück. Ivarr selbst sah mich nur schweigend an. «Ich kann Euren Tod über drei Sonnenuntergänge hinweg währen lassen», sagte er schließlich.

«Aber wenn Ihr das gestohlene Gut zurückgebt», sagte ich, «und das Urteil annehmt, das König Guthred über Euch fällen wird, dann werde ich vielleicht Gnade zeigen.»

Ivarr wirkte eher belustigt als verärgert. «Was habe ich denn gestohlen?», fragte er.

«Ihr reitet mein Pferd», sagte ich, «und jetzt will ich es wiederhaben.»

Er tätschelte Witnere am Hals. «Wenn Ihr tot seid», sagte er zu mir, «dann lasse ich Eure Haut gerben und mache mir einen Sattel daraus, damit ich den Rest meines Lebens auf Euch furzen kann.» Er sah Guthred an. «Macht Euch davon», sagte er, «weit weg. Lasst Eure Schwester als Geisel hier. Ich gebe Euch ein paar Augenblicke Zeit, damit Ihr Vernunft annehmen könnt, und wenn Ihr es nicht tut, dann werden wir euch alle töten.» Er wollte davonreiten.

«Memme», rief ich ihm nach. Doch er beachtete mich nicht und lenkte nur Witnere zwischen seinen Reitern hindurch, um an ihrer Spitze zurück zu seinem Schildwall zu reiten. «Alle Lothbroks sind Memmen», sagte ich. «Immer machen sie sich davon. Was ist mit Euch los, Herr Ivarr? Habt Ihr Euch aus Angst vor meinem Schwert in die Hosen gepisst? Zuerst seid Ihr vor den Schotten davongelaufen, und jetzt lauft Ihr vor mir davon!»

Ich glaube, dass ich die Schotten erwähnte, war zu viel für ihn. Diese überwältigende Niederlage schwärte immer noch in Ivarrs Gedächtnis, und nun hatte ich einen weiteren Dorn in die Wunde gestochen, und mit einem Mal kam das Wesen der Lothbroks zum Ausbruch, das er bisher hatte beherrschen können. Mit einem Ruck, der das Tier schmerzen musste, riss er den Zügel herum. Witnere wandte sich gehorsam um, und Ivarr zog sein langes Schwert. Er galoppierte auf mich zu, doch ich wich ihm aus und gelangte so auf die weite Fläche vor seiner Streitmacht. Dort wollte ich Ivarr sterben lassen, vor den Augen all seiner Männer, und dort ließ ich meinen Hengst halten und wandte mich wieder zu Ivarr um. Er war mir gefolgt, doch nun hatte er Witnere gezügelt, und das Tier stampfte mit dem rechten Vorderhuf auf die weiche Erde.

Ich glaube, Ivarr wünschte in diesem Moment, er hätte sich beherrscht, aber nun war es zu spät. Jeder Mann in den beiden Schildwällen hatte gesehen, dass er sein Schwert gezogen und mich auf die langgestreckte Wiese verfolgt hatte, und nach dieser Herausforderung konnte er nicht einfach wieder wegreiten. Jetzt musste er mich töten, und er war nicht sicher, dass es ihm gelingen würde. Er war ein guter Kämpfer, doch er hatte auch Verletzungen erlitten, er hatte Schmerzen in den Gelenken, und er kannte meinen Ruf.

Sein Vorteil war Witnere. Ich kannte dieses Pferd, und ich wusste, dass es besser kämpfte als mancher Krieger. Witnere würde mein Pferd angreifen, wenn er Gelegenheit dazu bekam, und er würde auch mich selbst angreifen. Daher wollte ich Ivarr als Erstes aus dem Sattel werfen. Ivarr ließ mich nicht aus den Augen. Ich glaube, er wollte mich angreifen lassen, denn er ließ Witnere keinen Zügel, doch statt auf ihn zuzureiten, wandte ich mich zu seinem Schildwall. «Ivarr ist ein Dieb», brüllte ich seinen Leuten zu, «der vor den Schotten davongelaufen ist! Er ist gerannt wie ein geprügelter Hund! Er hat geheult wie ein Kind, als wir ihn aufgelesen haben!» Ich lachte und wandte meine Augen nicht von Ivarrs Schildwall ab. «Er hat geheult, weil er verletzt war», rief ich, «und in Schottland nennen sie ihn seitdem nur noch Ivarr den Schwächling.» Aus dem Augenwinkel sah ich, dass der Köder gewirkt hatte und Ivarr auf Witnere heranwirbelte. «Er ist ein Dieb!», rief ich wieder. «Und ein Feigling!» Und während ich diese letzte Beleidigung brüllte, drückte ich meinem Pferd die Knie in die Flanken und hob meinen Schild. Witnere schien nur aus dem Weißen in seinen Augen und seinen weißen Zähnen zu bestehen, als er mit seinen gewaltigen Hufen Erdklumpen hochschleudernd auf mich zugaloppierte, und als er sehr nah war, rief ich seinen Namen. «Witnere! Witnere!» Ich wusste, dass Ivarr ihn wahrscheinlich anders nannte, doch vielleicht erinnerte sich der Hengst an diesen Namen, oder er erinnerte sich an mich, denn er stellte die Ohren auf und verlangsamte seinen Schritt, während ich mein Pferd geradewegs auf ihn zutrieb.

Ich benutzte den Schild als Waffe. Ich stieß ihn heftig gegen Ivarr, und zugleich richtete ich mich leicht im rechten Steigbügel auf. Ivarr mühte sich, Witnere von mir wegzubringen, doch der große Hengst war verwirrt und aus dem Tritt geraten. Ich rammte meinen Schild gegen Ivarrs und warf mich mit meinem gesamten Gewicht auf meinen Gegner, um ihn rückwärts zu Fall zu bringen. Ich nahm dabei die Gefahr in Kauf, dass ich selbst fallen und er im Sattel bleiben würde, aber ich wagte es nicht, meinen Schild oder mein Schwert loszulassen, um ihn zu packen. Ich hoffte einfach, dass ich ihn mit meinem Gewicht aus dem Sattel werfen konnte. «Witnere!», rief ich erneut, und der Hengst drehte sich mir halb zu, und diese Bewegung zusammen mit meinem Schwung warfen Ivarr vom Pferd. Er landete auf seiner rechten Seite, und ich selbst stürzte zwischen den beiden Pferden zu Boden. Ich fiel hart, und mein eigener Hengst versetzte mir versehentlich einen Tritt, der mich gegen Witneres Hinterläufe rollen ließ. Ich rappelte mich auf, schlug Witnere die flache Seite meines Schwertes aufs Hinterteil, um ihn zu vertreiben, und duckte mich fast im selben Moment vor Ivarrs Angriff hinter meinen Schild. Er war nach dem Sturz schneller wieder auf die Füße gekommen als ich, und sein Schwert fuhr krachend gegen meinen Schild. Er hatte wohl erwartet, dass ich diesem Hieb ausweichen würde, doch ich fing ihn einfach ab. Durch meinen linken Arm, der schon von dem Speer in Dunholm verwundet war, fuhr der Schmerz, aber ich war größer, schwerer und kräftiger als Ivarr, und ich drückte mich gegen meinen Schild, um ihn zurückzudrängen.

Er wusste, dass er unterliegen würde. Er war alt genug, um mein Vater zu sein, und seine Verletzungen aus früheren Schlachten machten ihn langsamer, doch er war immer noch ein Lothbrok, und die Lothbroks lernen das Kämpfen von Kindesbeinen an. Mit einem Knurren sprang Ivarr auf mich zu, täuschte mit seinem Schwert einen Hieb von oben an, um dann von unten zuzustoßen, und ich machte einen Ausweichschritt, wehrte seinen Stoß ab, ließ seine Hiebe auf meinen Schild niedergehen und unternahm nicht einmal den Versuch eines Gegenangriffs. Stattdessen verspottete ich ihn. Ich nannte ihn einen jämmerlichen alten Mann. «Ich habe Euren Onkel getötet», höhnte ich, «und er hat nicht viel besser gekämpft als Ihr. Und wenn Ihr tot seid, alter Mann, dann schlitze ich die Ratte auf, die Ihr Euren Sohn nennt. Und seine Leiche verfüttere ich an die Raben. Ist das alles, was Ihr zu bieten habt?»

Er hatte versucht, sich mit seinem Schwert auf mich zu stürzen, doch er hatte nicht aufgepasst, war auf dem nassen Gras ausgerutscht, kniete nun mit einem Bein und hatte seine Deckung verloren, weil er sich mit seiner Schwerthand abstützen musste. Ich hätte ihm den Todesstoß versetzen können, doch ich wandte mich von ihm ab, ließ ihm Zeit aufzustehen, und alle Dänen sahen, dass ich ihm diese Möglichkeit gewährte, und dann sahen sie, wie ich meinen Schild wegwarf. «Ich lasse ihm noch eine Gelegenheit zu kämpfen», rief ich ihnen zu. «Er ist ein erbärmlicher Dieb, aber ich lasse ihm noch eine Gelegenheit, sich zu wehren!»

«Du sächsischer Hurensohn», stieß Ivarr hervor und griff mich erneut an. Das war seine Art zu kämpfen. Angreifen, angreifen, angreifen, und er wollte mich mit seinem Schild wegdrängen, doch ich wich ihm erneut aus und schlug ihm mit der flachen Seite meiner Schwertklinge von hinten auf den Helm. Dieser Schlag brachte ihn zum zweiten Mal aus dem Gleichgewicht, und ich sprang wieder einige Schritte von ihm weg. Ich wollte ihn demütigen.

Dass ich ihn erneut zum Taumeln gebracht hatte, ließ ihn vorsichtig werden, und er umkreiste mich langsamer. «Ihr habt mich zum Sklaven gemacht», sagte ich, «und nicht einmal dabei wart Ihr schließlich erfolgreich. Wollt Ihr mir nicht lieber Euer Schwert geben?»

«Ziegenschiss», sagte er. Dann stürzte er vor, zielte auf meine Kehle und senkte dann schnell sein Schwert, um mein linkes Bein zu treffen, doch ich machte einfach einen Schritt zur Seite und schlug ihm Schlangenhauch auf den Hintern, sodass er wegstolperte.

«Gebt mir Euer Schwert», sagte ich, «dann lasse ich Euch am Leben. Wir sperren Euch in einen Käfig, und ich führe Euch in ganz Wessex vor. ‹Hier ist Ivarr Ivarson, einer aus der Lothbrok-Sippe›, werde ich den Leuten sagen. ‹Ein feiger Dieb, der vor den Schotten davongelaufen ist.›»

«Bastard!» Er stürzte sich wieder auf mich und versuchte dieses Mal, mich mit einem wilden Schwertstreich in den Bauch zu treffen, doch ich trat zurück, und seine lange Klinge zischte an mir vorbei, und er grunzte, als er in verzweifelter Raserei wieder ausholte, und ich stieß mit Schlangenhauch an seinem Schild vorbei und traf seine Brust, und die Gewalt des Stoßes ließ ihn rückwärts stolpern. Bei meinem nächsten Hieb, der ihn an der Seite des Helmes traf, taumelte er, und mein dritter Vorstoß traf mit solcher Wucht auf seine Schwertklinge, dass sein Schwertarm zurückfuhr und die Spitze von Schlangenhauch an seiner Kehle lag.

«Feigling», sagte ich, «Dieb.»

Er schrie vor Wut und holte wild mit seinem Schwert aus, doch wieder trat ich zurück und ließ die Klinge an mir vorbeirasen. Sofort darauf schwang ich Schlangenhauch nach oben und ließ ihn mit aller Kraft auf sein rechtes Handgelenk niederfahren. Er keuchte auf. Die Knochen seines Handgelenks waren gebrochen.

«Es ist nicht leicht, ohne Schwert zu kämpfen», sagte ich, schlug erneut zu und zielte auf seine Klinge, sodass ihm das Schwert aus der Hand geschleudert wurde. Nun stand blankes Entsetzen in seinen Augen. Nicht das Entsetzen eines Mannes, der den Tod vor sich hat, sondern das Entsetzen eines Kriegers, der ohne sein Schwert in der Hand sterben soll.

«Ihr habt mich zum Sklaven gemacht», wiederholte ich, stieß ihm Schlangenhauch gegen das Knie, und er versuchte, die paar Schritte zu seinem Schwert zu machen, und ich traf ihn mit einem noch härteren Hieb erneut am Knie. Meine Klinge fuhr durch seinen ledernen Beinharnisch und traf den Knochen. Ivarr sank in die Knie. Ich schlug ihm mit Schlangenhauch auf den Helm, und dann stellte ich mich hinter ihn. «Er hat mich zum Sklaven gemacht», rief ich seinen Männern zu, «und er hat mein Pferd gestohlen. Aber er ist dennoch ein Lothbrok.» Dann bückte ich mich, hob sein Schwert an der Klinge hoch und streckte es ihm entgegen. Er nahm es.

«Danke», sagte er.

Und dann tötete ich ihn. Ich schlug ihm den Kopf halb von den Schultern. Er machte ein gurgelndes Geräusch, erbebte am ganzen Körper und brach zusammen, doch sein Schwert hatte er nicht losgelassen. Wenn ich ihn ohne sein Schwert hätte sterben lassen, hätten mich viele der Dänen, die dem Kampf zusahen, für mutwillig grausam gehalten. Sie verstanden, dass er mein Feind war, und sie verstanden, dass ich Grund genug hatte, ihn zu töten, doch keiner von ihnen hätte verstanden, wenn ihm der Einzug in die Totenhalle Odins verwehrt geblieben wäre. Und eines Tages, dachte ich, würden mich Ivarr und sein Onkel dort willkommen heißen, denn in der Totenhalle feiern wir mit unseren Feinden und erinnern uns wieder und wieder an all unsere Kämpfe.

In diesem Moment erklang ein Schrei, und als ich mich umwandte, sah ich Ivarrs Sohn auf mich zugaloppieren. Er stürzte sich auf mich, wie sein Vater sich auf mich gestürzt hatte, ganz Wut und unüberlegte Raserei, und er beugte sich aus dem Sattel, um mich in zwei Stücke zu hauen, und ich fing seine Klinge mit Schlangenhauch ab, und Schlangenhauch war das weit bessere Schwert. Sein Hieb schrammte über meinen Arm, doch seine Klinge brach. Ivar galoppierte an mir vorbei, hielt noch den Rest seines Schwertes in der Hand, und dann holten zwei Krieger seines Vaters zu ihm auf und zwangen ihn weg, bevor ich ihn töten konnte. Ich rief nach Witnere.

Er kam zu mir. Ich tätschelte seine Nase, griff nach dem Sattel und schwang mich auf seinen Rücken. Dann wandte ich mich zu Ivarrs führungslosem Schildwall um und rief mit einer Handbewegung Guthred und Ragnar an meine Seite. Wir ritten bis auf zwanzig Schritte Entfernung an den Schildwall heran. «Ivarr Ivarsohn ist in Walhalla eingezogen», rief ich, «und er ist einen würdigen Tod gestorben! Ich bin Uhtred Ragnarson! Ich bin der Mann, der Ubba Lothbrokson getötet hat, und dies ist mein Freund, Graf Ragnar, der Kjartan den Grausamen getötet hat! Wir dienen König Guthred.»

«Seid Ihr ein Christ?», rief einer der Männer.

Ich zeigte ihnen mein Hammeramulett. Die Krieger

gaben die Nachricht von Kjartans Tod durch die lange Reihe des waffenstarrenden Schildwalls weiter. «Ich bin kein Christ», rief ich, als sie wieder ruhig waren. «Aber ich habe den Zauber der Christen gesehen! Und die Christen haben ihren Zauber über König Guthred wirken lassen! Ist von euch noch keiner zum Opfer von Zauberei geworden? Hat keiner von euch sein Vieh sterben oder seine Frau krank werden sehen? Ihr alle habt Zauberei erlebt, und die Christen können mächtige Zauber bewirken! Sie haben Leichen und abgeschlagene Köpfe, und sie benutzen sie für ihren Zauber, und sie haben ihre magischen Sprüche über unseren König gesprochen! Aber ihr Zauberer hat einen Fehler gemacht. Er ist zu habgierig geworden, und letzte Nacht hat er König Guthred ein wertvolles Kleinod gestohlen! Doch Odin hat seine magischen Sprüche unwirksam werden lassen!» Ich drehte mich im Sattel um und sah, dass Finan endlich aus der Festung kam.

Er war von einem Handgemenge am Eingang der Festung aufgehalten worden. Einige der Geistlichen hatten versucht, Finan und Sihtric am Verlassen der Festung zu hindern, doch dann hatten sich ein paar von Ragnars Dänen eingemischt, und nun ritt der Ire über die Wiese auf mich zu. Er führte Pater Hrothweard an seiner Seite, besser gesagt, Finan hatte Hrothweard am Schopf gepackt, sodass dem Priester nichts anderes übrig blieb, als neben dem Pferd des Iren entlangzustolpern.

«Das ist der Christenhexer. Hrothweard», schrie ich. «Er hat König Guthred mit seinen Zaubersprüchen in Bann geschlagen, mit der magischen Kraft von Leichnamen, aber nun haben wir seine Taten aufgedeckt, und wir haben die Macht seiner Beschwörungen über König Guthred gebrochen! Und nun frage ich euch: Was soll mit dem Hexer geschehen?»

Darauf gab es nur eine Antwort. Die Dänen wussten, dass Hrothweard Guthreds Berater gewesen war, und sie wollten seinen Tod. Hrothweard kniete mittlerweile mit gefalteten Händen im Gras und starrte zu Guthred empor. «Nein, Herr!», flehte er.

«Ihr seid der Dieb?», fragte Guthred ungläubig.

«Ich habe das Reliquiar in seinem Gepäck gefunden, Herr», sagte Finan und hielt den goldenen Behälter in die Höhe. «Er hatte es in eines seiner Hemden eingewickelt.»

«Er lügt», widersprach Hrothweard.

«Er ist Euer Dieb, Herr», sagte Finan ehrerbietig, und dann bekreuzigte er sich. «Ich schwöre es bei unserem toten Herrn Christus.»

«Er ist ein Zauberer», rief ich Ivarrs Dänen zu. «Er wird euren Rindern die Drehkrankheit anhexen, er wird die Braunfäule auf euer Getreide herabrufen, er wird eure Frauen unfruchtbar und eure Kinder krank machen! Wollt ihr ihn haben?»

Sie brüllten vor lauter Begehrlichkeit und Hrothweards Schluchzen wurde unbeherrschbar.

«Ihr könnt ihn haben», schrie ich, «wenn ihr Guthred als euren König anerkennt.»

Sie riefen uns ihr Treueversprechen entgegen. Dann begannen sie wieder, mit ihren Schwertern und Speeren auf ihre Schilde zu trommeln, doch dieses Mal zeigten sie damit ihre Anerkennung Guthreds als König. Ich beugte mich zu ihm hinüber und nahm seine Zügel. «Zeit, ihnen einen Gruß zu entbieten, Herr», erklärte ich ihm. «Zeit, sich großzügig zu erweisen.»

«Aber», er sah zu Hrothweard hinunter.

«Er ist ein Dieb», sagte ich, «und Diebe müssen sterben. So will es das Gesetz. So würde Alfred entscheiden.»

«Ja», sagte Guthred, und wir überließen Hrothweard

den heidnischen Dänen, und seine Schreie klangen noch lange zu uns herüber. Ich weiß nicht, was sie mit ihm gemacht haben, denn von seinem Körper blieb nicht viel übrig, wenn sein Blut auch in weitem Kreis um die Stelle, an der er starb, das Gras verdunkelte.

An diesem Abend hielten wir eine dürftige Siegesfeier ab. Dürftig, weil wir kaum etwas zu essen hatten, doch immerhin gab es reichlich Bier. Die dänischen Thegn schworen Guthred die Treue, während die Priester und Mönche in der Kirche zusammenhockten und darauf warteten, ermordet zu werden. Hrothweard war tot, und Jænberht war umgebracht worden, und deshalb erwarteten sie alle, nun auch selbst zu Märtyrern zu werden. Doch ein Dutzend nüchterne Männer von Guthreds Haustruppe genügte, um sie zu beschützen. «Ich werde sie ihren Schrein für Sankt Cuthbert bauen lassen», erklärte Guthred mir.

«Das würde Alfred sehr befürworten», sagte ich.

Guthred starrte über das Lagerfeuer hinweg, das wir auf einer Straße in Cetreht entzündet hatten. Ragnar lieferte sich ungeachtet seiner verkrüppelten Hand einen Ringkampf mit einem riesigen Dänen, der zuvor Ivarr gedient hatte. Beide Männer waren betrunken, und weitere Betrunkene feuerten sie an und schlossen Wetten darüber ab, wer gewinnen würde. Guthred starrte hin, doch er nahm den Wettkampf nicht wahr. Er dachte nach. «Ich hätte niemals geglaubt», sagte er schließlich immer noch fassungslos, «dass Pater Hrothweard ein Dieb sein könnte.»

Gisela, die sich unter meinem Umhang an meine Schulter geschmiegt hatte, bebte vor unterdrücktem Lachen. «So wie kein Mensch jemals glauben würde, Herr, dass Ihr und ich Sklaven gewesen sein könnten», gab ich zurück, «und dennoch waren wir es.»

«Ja», sagte er verwundert, «das waren wir.»

Es sind die drei Spinnerinnen, die über unser Leben bestimmen. Sie sitzen an der Wurzel Yggdrasils, und dort treiben sie ihre Scherze mit uns. Es hat ihnen gefallen, Guthred den Sklaven in Guthred den König zu verwandeln, ebenso wie es ihnen gefiel, mich wieder südwärts nach Wessex zu schicken.

Doch in Bebbanburg, wo das graue Meer für alle Zeiten auf die langen, hellen Strände schlägt und der kalte Wind das Banner mit dem Wolfskopf über dem Palas flattern lässt, fürchteten sie unterdessen meine Rückkehr.

Denn das Schicksal lässt sich nicht betrügen, es lenkt uns, und wir alle sind seine Sklaven.

NACHWORT DES AUTORS

Die Herren des Nordens setzt mit seiner Handlung etwa einen Monat nach Alfreds erstaunlichem Sieg bei Ethandun über die Dänen ein. Diese Geschichte wird in *Der weiße Reiter* erzählt. Guthrum, bei Ethandun der Anführer der unterlegenen Streitmacht, flüchtete anschließend nach Chippenham, wo er von Alfred belagert wurde. Doch die Feindseligkeiten kamen schnell zum Ende, denn Alfred und Guthrum schlossen einen Friedensvertrag miteinander. Darauf zogen sich die Dänen aus Wessex zurück, und Guthrum und seine mächtigsten Grafen traten geschlossen zum Christentum über. Alfred wiederum erkannte Guthrum als König von Ostanglien an.

Die Leser der beiden ersten Bände dieser Romanserie wissen, dass Guthrum nicht gerade dafür berühmt war, seine Friedensverträge einzuhalten. So brach er die Waffenruhe, die in Wareham beschlossen worden war, und ebenso das Abkommen, das man in Exeter ausgehandelt hatte. Doch sein letzter Friedensvertrag hatte Bestand. Guthrum nahm Alfred als Paten an und ließ sich auf den Namen Æthelstan taufen. Eine der Überlieferungen berichtet, dies sei in dem Taufbecken geschehen, das noch heute in der Kirche von Aller in Somerset zu sehen ist, und es scheint so, als habe diese Konversion tatsächlich aus Überzeugung stattgefunden, denn als Guthrum nach Ostanglien zurückgekehrt war, regierte er als christlicher Monarch. Weitere Verhandlungen zwischen Guthrum und Alfred führten im Jahre 886 zum Vertrag von Wedmore, der England in zwei Einflusssphären aufteilte: Wessex und das südliche Mercien wurden sächsisch, während Ostanglien, das nördliche Mercien und Northumbrien unter dänische Oberhoheit fielen. So entstand das Danelag. Es bezeichnete den nordöstlichen Teil Englands, der nun für eine Weile von dänischen Königen regiert wurde, und noch immer finden sich dort in Ortsnamen und sprachlichen Besonderheiten Spuren aus dieser Epoche.

Mit dem Vertrag von Wedmore erkannte Alfred an, dass ihm die Kräfte fehlten, um die Dänen vollständig aus England zu vertreiben, und er verschaffte ihm genügend Zeit, seine Regierung im Kernland von Wessex zu festigen. Doch war damit nicht das gesamte Problem gelöst, denn Guthrum war keineswegs der König aller Dänen, geschweige denn aller Nordmänner. Deshalb konnte er nicht verhindern, dass Wessex auch weiterhin angegriffen wurde. Diese Angriffe sollten kommen, und sie werden in weiteren Romanen beschrieben werden. Dennoch sicherten der Sieg von Ethandun und das folgende Abkommen mit Guthrum zum großen Teil die Unabhängigkeit von Wessex und versetzten Alfred und seine Nachfolger in die Lage, das Danelag zurückzuerobern. Einer der ersten Schritte, die Alfred auf diesem langen Weg unternahm, war die Verheiratung seiner ältesten Tochter Æthelflaed mit Æthelred von Mercien. Mit dieser Ehe hoffte er, die Bündnistreue zwischen den Sachsen von Mercien und den Sachsen von Wessex zu sichern. Æthelflaed selbst erwies sich zu ihrer Zeit als bedeutende Heldin im Kampf gegen die Dänen.

Den Blick von der Geschichte Wessex' im späten neunten Jahrhundert auf die Northumbriens zu richten, ist, als wechsle man von hellem Licht in dunkle Finsternis. Sogar die Herrscherlisten für den Norden, in denen die Namen der Könige und die Daten ihrer Regierung aufgeführt werden, stimmen nicht überein. Sicher scheint jedoch, dass kurz nach der Schlacht von Ethandun ein König namens Guthred (manche Quellen nennen ihn Guthfrith) den Thron von York (Eoferwic) bestieg. Er löste einen sächsischen Herrscher ab, der zweifellos ein Marionettenkönig gewesen war, und regierte bis in die 890er Jahre. Guthreds Geschichte wird von zwei Besonderheiten begleitet: Erstens war er, obgleich Däne, ein Christ, und zweitens wird beharrlich berichtet, er sei einst ein Sklave gewesen. Auf diesem schwachen Fundament habe ich den vorliegenden Roman aufgebaut. Guthred stand sicherlich in Verbindung mit Abt Eadred, dem Hüter von Cuthberts Leichnam (ebenso wie zu seinen Schätzen der Kopf des Heiligen Oswald und das Evangeliar von Lindisfarne gehörten), und Eadred war es, der schließlich in Cuncacester, dem heutigen Chester-le-Street in der Grafschaft Durham, den großen Schrein für Cuthbert errichtete. Im Jahr 995 fand der Körper des Heiligen seine endgültige Ruhestatt in Durham (Dunholm).

Kjartan, Ragnar und Gisela sind fiktive Gestalten. Es gab einen Ivarr, doch ich habe mir bei der Beschreibung seines Lebens große Freiheiten herausgenommen. Der Geschichte ist er vor allem durch seine Nachfolger bekannt geworden, die im Norden noch für viel Unruhe sorgen sollten. Von einer Festung des neunten Jahrhunderts in Durham berichten die Quellen nichts, doch es scheint mir sehr unwahrscheinlich, dass ein so leicht zu verteidigender Ort nicht genutzt worden wäre, und es ist zudem äußerst naheliegend, dass jeglicher Überrest einer solchen Festung während des späteren Baus der Kathedrale und des Schlosses verschwand, die nun seit fast tausend Jahren auf dem Felsengipfel von Durham stehen. In Bebbanburg gab es eine Festung, die sich im Laufe der Zeiten zur gegenwärtigen Pracht von Bamburgh Castle gewandelt hat. Im elften Jahrhundert herrschte dort eine Familie mit Namen Uhtred, die zu meinen Vorfahren gehört, doch von den Unternehmungen dieser Familie im späten neunten Jahrhundert haben wir nahezu keine Kenntnis.

Die Geschichte Englands im späten neunten und frühen zehnten Jahrhundert bewegt sich von Wessex aus Richtung Norden. Uhtreds Schicksal, das er gerade zu erkennen beginnt, ist es, im Zentrum der westsächsischen Rückeroberung des Landes zu stehen, das später England heißen wird, und deshalb hat er seine letzte Schlacht noch lange nicht geschlagen. Er wird Schlangenhauch noch häufig brauchen.